KNAUR

Über den Autor:

Thomas Finn, geboren 1967 in Evanston/Chicago, studierte Volkswirtschaft und war nebenbei als Journalist und Autor für diverse deutsche Verlage und Magazine tätig, u. a. als Chefredakteur für das Magazin Nautilus. Seit 2001 arbeitet er als Roman-, Spiele- und Drehbuchautor. Er ist mit zahlreichen Preisen ausgezeichnet worden, u. a. mit der Segeberger Feder. Er lebt und arbeitet in Hamburg.

Mehr unter: www.thomas-finn.de

THOMAS FINN

SCHWARZE TRÄNEN

ROMAN

KNAUR

Besuchen Sie uns im Internet:
www.knaur.de

FSC
www.fsc.org
MIX
Papier aus verantwortungsvollen Quellen
FSC® C083411

Originalausgabe März 2014
Knaur Taschenbuch

Ein Unternehmen der Droemerschen Verlagsanstalt
Th. Knaur Nachf. GmbH & Co. KG, München

Redaktion: Momo Evers, Haus der Sprache
Umschlaggestaltung: ZERO Werbeagentur, München
Umschlagabbildung: FinePic®, München
Satz: Adobe InDesign im Verlag
Druck und Bindung: CPI books GmbH, Leck
ISBN 978-3-426-51349-1

2 4 5 3 1

Für Tigger, Philipp und Gunter,
ohne die diese Geschichte sicher andere Wege
genommen hätte.

Inhalt

Faust
Des Dramas zweiter Teil

»Ich bin der Geist, der stets verneint!
Und das mit Recht; denn alles, was entsteht,
Ist wert, dass es zugrunde geht;
Drum besser wär's, dass nichts entstünde.
So ist denn alles, was ihr Sünde,
Zerstörung, kurz das Böse nennt,
Mein eigentliches Element.«

Mephistopheles,
Faust; Vers 1338

Prolog

Silber- und Bleibergwerk *Teufelsgrund*,
Schwarzwald
13. September 1431

Wie ein Schleier aus schwarzen Tränen stürzte der Regen auf die Bergwelt hinab. Jacob, der unter einer Tanne Schutz vor den Wassermassen suchte, zuckte zusammen, als ein Blitz die Wolkendecke entflammte. Dem ersten folgte ein zweiter. Dann ein dritter. Ein fahlgelbes Wetterleuchten setzte die Wolkendecke in Brand, und mit ihm rollte ein Grollen von den Passwänden, das der Unterwelt selbst entstiegen zu sein schien. Die Arme eng um den durchfeuchteten Bergmannkittel geschlungen, trat Jacob unter den Zweigen hervor und sah argwöhnisch zum Nachthimmel auf. Irgendetwas stimmte mit den Wolken nicht. Sie erinnerten ihn an Schwaden glühenden Schwefels, und mit jedem Atemzug drängten mehr von ihnen über dem Tal zusammen. Instinktiv fasste er nach dem Griff seiner Bergbarte. Die Axt mit der langen Spitze gehörte zur traditionellen Ausrüstung der Bergleute und diente ihnen als Werkzeug und Waffe gleichermaßen. Allein ihre Nähe vermochte ihn heute nicht zu beruhigen.

Zum Teufel mit der Furcht! Er war doch sonst nicht so zimperlich. Wenn er sich zusammenriss, würde diese Nacht sein Leben von Grund auf verändern. Im Geiste sah er den riesigen Haufen Hacksilber schon vor sich, den ihm der

Hutmeister und Oberste Bergwerksaufseher versprochen hatte. Für den Wochenlohn, für den er und die anderen Hauer sonst in der Grube schufteten, konnten sie sich nicht einmal ein Pfund Butter leisten. Er hingegen würde schon bald so reich sein, dass er sich im nahen Staufen jede Hure kaufen konnte, die er haben wollte – falls er nicht gleich in Freiburg sein Glück versuchte. Alles, was er dafür tun musste, war, den Fremden heimlich in den Berg zu führen. Dorthin, wo der seltsame Unfall passiert war – auch wenn er und die anderen Kumpel den Zwischenfall im Stollen für alles andere als natürlichen Ursprungs hielten.
Jacob trat zurück unter die Tanne und überprüfte, ob das Talglicht seiner Laterne noch brannte. Dann wanderte sein Blick zurück zu dem schlammigen Grubenpfad, der hinunter ins Dorf führte. Jenen Weg, den gewöhnlich die Knechte und Knappen nahmen, wenn sie zwischen Bergwerk und Siedlung hin- und herwechselten. Doch der Pfad lag noch immer verwaist und regennass vor ihm. Wo blieb der Kerl? Scheute er das schlechte Wetter?
Ein grelles Licht zuckte am Rande seines Sichtfeldes auf. Dem heftigen Donnerhall folgte ein mächtiger Windstoß, der Jacob von den Beinen fegte. Bäuchlings stützte er auf den Weg und blieb im Matsch liegen. Was, zum Henker …? Im nahen Wald prasselte es. Dort stand jetzt eine ausgewachsene Fichte in Flammen. Allmählich sickerte die Erkenntnis in sein Bewusstsein, dass keine zehn Schritt von ihm entfernt ein Blitz eingeschlagen war. Schwankend rappelte er sich wieder auf – als ihm eine selbstgefällige Stimme entgegenschlug. »Mitternacht! Pünktlich, wie immer.«
Jacob zerrte die Axt aus dem Gürtel und sah sich um. Unweit von ihm trat eine schlanke, hoch aufragende Gestalt aus dem Flackerlicht. Der Fremde trug einen dunklen Übermantel ohne Gürtel, der ihm bis zu den Knöcheln

reichte. Sein Gesicht war kaum mehr als ein blasser Schemen unter der breiten Krempe des tief in die Stirn gezogenen Lederhutes. Die Kopfbedeckung erinnerte Jacob an die eines Gelehrten, flößte ihm jedoch kein Vertrauen ein. Irgendetwas stimmte nicht mit diesem Mann. Nur wusste Jacob nicht zu sagen, was. Sein Blick irrlichterte hinüber zu dem ausgetretenen Grubenpfad. Wie war der Fremde hierhergelangt, wenn nicht über diesen Weg? »Seid Ihr der Doktor?«, krächzte er.

»Welch ein bewundernswertes Ausmaß an Scharfsinn.« Die Gestalt trat zwischen den Bäumen hervor und lüpfte die Krempe des Hutes. Im Licht der Flammen enthüllte sich Jacob ein bärtiges, fast asketisches Gesicht mit spitzer Nase und harten Augen, die ihn unnachgiebig musterten. »Gestatten, Magister Johann Georg Faust, Quellbrunn der Nekromanten, Astrologe, Erster der Magier, Chiromant, Aeromant, Pyromant, Zweiter in der Hydromantie. Wenngleich Letzteres auch einer neuerlichen Überprüfung bedürfte, für die mir im Moment aber die Zeit fehlt.« Ein spöttisches Lächeln kräuselte Fausts Lippen. »Du bist dieser Jacob, der mir als Führer versprochen wurde?«

»Äh, ja. Aber wie seid Ihr …?« Jacob stockte, denn schlagartig wurde ihm bewusst, was ihn am Erscheinungsbild des Gelehrten irritierte. Hut und Umhang glänzten nicht vor Nässe. Sie wirkten staubtrocken, als sei der Fremde soeben durch die Tür eines Gasthauses ins Freie getreten. Jacob leckte sich unruhig über die Lippen, als ihm auffiel, dass auch das Rauschen des Regens verstummt war. Um ihn herum tröpfelte es noch von den Bäumen, doch das Unwetter war ebenso plötzlich zum Erliegen gekommen, wie es aufgezogen war. Das Prasseln des Feuers hingegen erschien ihm jetzt lauter als zuvor. Jacob schauderte. War dieser Faust tatsächlich ein Schwarzkünstler? Er packte das Berg-

eisen fester. »Zuvor will ich wissen, wie es mit meiner Belohnung aussieht«, rief er.
»Immer einen Blick fürs Wesentliche. Das gefällt mir.« Faust stiefelte im Schein der Flammen an ihm vorbei, blieb an der Abbruchkante neben dem Grubenpfad stehen und sah hinab auf das unter ihnen liegende Bergwerksgelände. »Doch mag an dieser Stelle der Hinweis angebracht sein, dass der Lohn für deine Gefälligkeit nicht vom Hutmeister, sondern aus meiner Tasche aufgebracht wird.«
»Ist mir egal, von wem ich das Silber erhalte.«
»Sei versichert, du bekommst, was du verdienst. Allerdings nur, wenn du dich als nützlich erweist.«
Glaubte der Kerl, er habe es mit einem Narren zu tun? Faust wandte ihm noch immer den Rücken zu, und kurz erwog Jacob, dem Kerl die Axt über den Schädel zu ziehen. Es wäre nicht das erste Mal, und vielleicht käme er so noch leichter an die Belohnung heran.
»Du bist doch nützlich, oder?« In der Stimme des Doktors schwang ein lauernder Unterton. Jacob fühlte sich wie ein kleiner Junge, der beim Eierdiebstahl ertappt worden war. »Sicher bin ich das«, antwortete er unbehaglich, ehe er vorsichtig neben den Doktor trat, um selbst einen Blick auf das nächtlich verschattete Tal zu werfen. Die große Senke unter ihnen war auf ganzer Länge abgeholzt und wirkte wie eine klaffende Wunde in der Bergwelt. In der Dunkelheit zeichneten sich die Lagerhäuser sowie die überdachten Arbeitsstätten der Röster und Bergschmiede ab. Die Hütten mit den Treträdern und Tiergöpeln hingegen waren ebenso kaum zu erahnen wie die Grubenbauten und Pochstellen, die Waschwerke sowie die Meilerplätze und Abraumhalden. »Der Eingang zum Hauptstollen ist zu dieser Tageszeit versperrt«, brummte Jacob schließlich. »Aber da existiert ein weiteres Mundloch, gleich da hinten neben der Schmelz-

hütte. Der Nebenstollen führt ebenfalls zu der Stelle. Doch eines sage ich Euch schon jetzt: In das Bergwerk selbst kriegen mich keine zehn Pferde mehr. Ich führe Euch nur bis zum Eingang.«

»Der Hutmeister berichtete mir, dass du Zeuge der Tragödie warst«, sprach Faust ohne erkennbare Gefühlsregung. »Berichte mir davon.«

Jacob räusperte sich. »Na ja, als die Männer verschüttet wurden, gehörte ich zu jenen, die versucht haben, sie zu bergen.«

»Und?«

»Wir haben drei Tage gebraucht, bis wir uns zu ihnen durchgearbeitet hatten. Und die ersten eineinhalb Tage haben wir sie auch noch gehört.«

»Was hast du gehört?«, wollte Faust wissen.

»Nichts. Also nichts Verständliches. Sie ...« Jacob starrte weiter hinunter zum Tal. »Sie haben geweint.«

»Geweint?«

»Ja. Immer, wenn wir innehielten, konnten wir sie schluchzen hören. Den meisten aus der Bergungsmannschaft ging das durch und durch. Die haben die ewige Flennerei nicht mehr ausgehalten und sind nach oben ans Tageslicht geflüchtet.«

»Aber du nicht?«

»Nein, ich nicht. Jedenfalls anfangs.« Jacob warf seinem Begleiter einen verstohlenen Blick zu, doch der Gelehrte ließ sich nicht anmerken, was er von der Geschichte hielt. »Ich bin aus einem anderen Holz geschnitzt.«

»Davon bin ich überzeugt.« Faust grinste wissend, und abermals fühlte Jacob sich ertappt. Aus irgendeinem Grund kam ihm mit einem Mal der Junge in den Sinn, dem er vor etlichen Jahren wegen drei Silberpfennigen den Schädel eingeschlagen hatte. Wusste sein Gegenüber von der Schuld, mit der er seine unsterbliche Seele befleckt hatte? Vielleicht konnten Schwarzkünstler so etwas spüren? Hieß es denn nicht, dass Mörder wie er ihre Seele an den Teufel verkauften? Unsinn, dachte Jacob und schüttelte den Gedanken ab.

»Die Verschütteten haben jedenfalls geflennt wie kleine Kinder. Ging irgendwann in ein Wimmern über. Bis sie still wurden. Ganz still.« Faust schwieg, und Jacob zuckte mit den Schultern. »Ich schätze mal, Grubengas oder so.«

»Grubengas?« Faust sah ihn erstmals an. »In einem Silberbergwerk? Bist du närrisch?«

Jacob wusste nicht, was er darauf erwidern sollte. Jetzt erschien ihm die Erklärung ebenfalls unsinnig.

»Und es waren dreizehn Männer, die verschüttet wurden?«

»Dreizehn?« Jacob wurde ob der Zahl unbehaglich zumute. »Na ja. Eigentlich waren es elf.«

»Bemühe deinen Verstand! Das ist wichtig.« Faust fixierte ihn drohend. »Der Hutmeister sprach von exakt dreizehn Männern.«

»Ja, alle zusammen wohl schon. Denn als wir uns zu den Kumpeln durchgearbeitet hatten, zwängte sich einer von uns zu ihnen in die Dunkelheit, um nach ihnen zu sehen. Dann war er plötzlich weg. Also, er hat nicht mehr geantwortet, und gesehen haben wir ihn auch nicht mehr. Aber dann haben wir ihn gehört. Genauso wie bei den anderen. Ich meine … da ging dieses Schluchzen aufs Neue los.« Die Erinnerung an das Geschehene behagte Jacob ganz und gar nicht. »Schließlich ging unser Steiger nachsehen. Als der ebenfalls nicht zurückkam, wurde uns Übrigen angst und bange zumute. Da haben wir die Wand wieder dicht gemacht und sind abgehauen.« Jacob schauderte bei der Erinnerung, versuchte sich aber nichts anmerken zu lassen. Unterdessen flammten tief unter ihnen in der Senke die Lichter von Laternen auf. Wächter schwärmten aus und prüften, ob der Sturm Schäden auf dem Grubengelände angerichtet hatte. Zwei von ihnen hatten offenbar den brennenden Baum hinter ihm und dem Doktor erspäht und marschierten bereits den Grubenpfad empor. Jacob fluchte stumm. Mit etwas Pech würden die beiden sie entdecken und dumme Fragen stellen.

»Und dir ist bei alledem nie der Gedanke gekommen, dass das Bergwerk seinen Namen nicht zu Unrecht trägt? *Teufelsgrund?*«

Jacob schluckte. »Pah, hier im Schwarzwald wimmelt es von solchen Orten. Kennt Ihr das Höllental? Oder die Teufelstreppe?« Er lachte leise auf und hörte selbst, wie gepresst es klang. »Außerdem gehört das Bergwerk dem Bischof von Basel. Das wird doch wohl mehr Gewicht haben als die alten Märchen, die man sich über das Bergwerk erzählt, oder?«

»Eben, mein Freund. Eben.« Fausts Lippen umspielte ein böses Lächeln. »Welcher erwachsene Mann wird sich schon von ein paar Schauergeschichten bange machen lassen. Darf ich?« Der Doktor nahm ihm die Laterne ab, öffnete die Klappe und griff in die Flamme. Jacob riss ungläubig die Augen auf, als das trübe Flämmchen ansatzlos in Fausts Hand sprang, an Ballen und Gelenken emporwanderte, um schließlich an der Spitze des Zeigefingers zu wabern, als wäre diese der Docht einer Kerze. Ohne Jacob aus den Augen zu lassen, führte Faust die brennende Fingerspitze vor den Mund. »So nah am Ziel meiner Suche sollten wir beide keine weitere Zeit verlieren. Lass mich nur zunächst der Festtagsbeleuchtung ein Ende setzen.« Er blies das Flämmchen aus, und schlagartig sanken im nahen Wald die Flammen der brennenden Fichte in sich zusammen. Nicht einmal Rauch stieg von dem verkohlten Baumgerippe auf.

Jacob keuchte ungläubig und starrte sein Gegenüber entgeistert an. Erst jetzt entdeckte er, dass sich das unheimliche Schauspiel bei den Laternen der Wächter wiederholte. Eine nach der anderen erlosch, und Grubenpfad und Tal versanken in Dunkelheit. Nein, korrigierte Jacob sich, das war keine einfache Dunkelheit. Die Finsternis, die Berg und Tal nun umfangen hielt, war allgegenwärtig. Er fühlte sich, als habe man ihm eine Binde um die Augen gelegt, und seine Nackenhaare stellten sich auf, als ein Luftzug ihm über die Haut fuhr und ein Flattern dicht neben seinem Ohr erklang. Wie der Flügelschlag eines Schwarms von Raben, dachte er. Auch die Luft roch plötzlich anders. Abgestanden und stickig.

Faust drückte ihm im Dunkeln die Laterne wieder in die Hand. Dann schnippte er, und in der Lampe züngelte erneut ein Flämmchen empor. Ihr Schein beleuchtete einen von Schrämspuren überzogenen Felsengang, dessen niedrige Decke von hölzernen Grubenstempeln gestützt wurde.

»Gott im Himmel!« Jacob begriff, dass sie beide von einem Augenblick zum anderen im Berg gelandet waren. Schreiend wich er vor Faust zurück – und krachte gegen die Felswand, wo er zu Boden ging. Panisch tastete er nach seinem Bergeisen, doch die Axt war fort. Faust hielt sie in der Rechten und wies mit ihr auf sein Gesicht.

»Ich hoffe, wir beide verstehen einander jetzt besser?« Der Blick des Zauberers durchbohrte ihn wie kaltes Eisen, und einen Moment lang glaubte Jacob durch diese Augen hindurch wie durch ein Fenster auf die Seele des Mannes blicken zu können. Dort lagen so viel Arroganz und verkommene Bosheit, dass ihm schlecht wurde vor Angst.

»Und jetzt hoch mit dir. Du wirst so lange an meiner Seite bleiben, bis ich deine Dienste nicht mehr benötige.«

Jacob nickte stumm. Hastig rappelte er sich auf, hob die Laterne an und stolperte voran in die Dunkelheit.

Es dauerte fast eine halbe Stunde, bis Jacob seinen unheimlichen Begleiter an Leitern und Haspelwinden vorbei durch die Tunnel, Kammern und Schächte bis zu jenem Stollen geführt hatte, der hinter den Kumpeln eingestürzt war. Noch immer türmte sich dort das Gestein bis zur Decke. Davor säumte Schutt ihren Weg, und im Gang standen die mit Steinen gefüllten Tragekörbe, die sie bei ihrer überstürzten Flucht zurückgelassen hatten.
»Scheint so, als sei hier seit unserem Abgang niemand mehr gewesen.« Jacob zitterte und wusste selbst nicht zu sagen, ob er sich mehr vor diesem Doktor Faust oder dem lichtlosen Ort fürchtete, an den er sie beide geführt hatte.
Faust bedeutete ihm, still zu sein, und lauschte, dann lächelte er. »Nein, wir sind hier unten alles andere als allein.«
Auch Jacob konnte es jetzt hören. Von irgendwoher drang ein leises Raunen und Flüstern an seine Ohren. »Was ist das?«, keuchte er.
»Verdammte Seelen«, erklärte Faust gelangweilt und kramte ohne Eile unter seinem Gewand.
»Berggeister?!« Jacob blieb der Entsetzensschrei in der Kehle stecken, so sehr fürchtete er sich.
»Nenn sie, wie du willst«, knurrte der Gelehrte und öffnete eine längliche Schachtel, der er zwei langstielige Pflanzen mit ausgefransten grünen Blättern und weißen, in voller Pracht stehenden Blüten entnahm. Waren das Buschwindröschen?
»Diese Seelen sind so lästig wie Ungeziefer. Aber damit habe ich gerechnet. Solange wir etwas Hexenblum bei uns haben, belästigen sie uns nicht.« Faust warf ihm das Bergeisen zu. »Also, worauf wartest du? Mach den Weg frei.«
Jacob krümmte sich zusammen. Wie ein geprügelter Hund stolperte er an Faust vorbei und zu dem Schutthügel hinüber. Erst nach ein paar zittrigen Atemzügen fand er den Mut, das Gestein an der Stelle zu bearbeiten, die er und sei-

ne Kumpel damals wieder mit Felsen verschlossen hatten. Das pochende Geräusch seines Bergeisens hallte von den Stollenwänden, Gestein rumpelte zu Boden. Schließlich gelang es ihm, den engen Zugang zu dem verschütteten Gangabschnitt erneut freizulegen. Dunkelheit gähnte ihm entgegen. Doch sosehr er auch lauschte, jenseits des Zugangs herrschte Stille.
Faust trat hinter ihn und drückte ihm die Hexenblum in die Hand. »Hübsch festhalten, mein Freund. Solange du dieses Pflänzchen bei dir trägst, können dir die Geister nichts anhaben.«
Jacob wimmerte leise. »Ihr wollt tatsächlich dort hinein?«, stieß er hervor, und seine Stimme klang fremd in seinen Ohren. Kurz erwog er, Faust anzugreifen, ihn fortzustoßen und zu laufen, bis er diesem vermaledeiten Stollen entronnen sein würde. Doch ein Blick in die kalten schwarzen Augen des Doktors belehrte ihn eines Besseren, und so fügte er sich in sein Schicksal.
Faust schob ihn ungeduldig vorwärts. »Nein, nicht *ich* will da rein, *wir* wollen da rein. Und jetzt Beeilung.«
Jacob sprach mit bebenden Lippen das Vaterunser, während er sich durch die Öffnung zwängte. Abermals polterte Gestein, und er rutschte auf der anderen Seite eine Schutthalde hinunter. Rasch kam er wieder auf die Beine und hob zitternd die Laterne. Vor ihm im Dunkeln lag der abgeschnittene Streckenabschnitt. Er war leer ... oder? Jacob spähte angestrengt in die Dunkelheit und entdeckte weiter hinten, am Rande des Lichtkreises, graue Schemen, die halb sitzend, halb aufgerichtet gegen die Stollenwand lehnten. Schemen mit Gliedmaßen.
Hinter ihm bahnte sich Doktor Faust einen Weg in den Tunnel, nahm ihm die Laterne ab und drehte die Blende auf. »Hervorragend. All die Jahre der Forschungen. Sie waren

nicht umsonst.« Er eilte voran, ohne seinen Begleiter weiter zu beachten.

Jacob, den plötzlich Dunkelheit umfing, stolperte bebend hinterher. Als er den Zauberer eingeholt hatte, ächzte er. Dreizehn leblose Körper, deren Haut sich pergamenten über die Knochen spannte, kauerten rechts und links des Tunnels. Ihre staubige Kleidung wirkte viel zu groß, hing schlaff an den ausgemergelten Gliedmaßen herab, und unter den abgemagerten, verschrumpelten Händen zeichneten sich Gelenke und Knochen überdeutlich ab. Endlich wagte er es, einen Blick auf die Gesichter der Toten zu werfen. Das waren Fratzen! Die Münder waren weit aufgerissenen, zwischen den gebleckten Zähnen stachen verdorrte Zungen hervor, und die tiefliegenden Augenhöhlen mit den verschrumpelten Augäpfeln waren an den Rändern gerötet. Es dauerte eine Weile, bis Jacob begriff, dass die Nässe in seinen Beinkleidern nicht allein vom Regen herrührte. »Was zur Hölle ist mit ihnen geschehen?«

Faust lächelte kalt und beleuchtete eine eingetrocknete Pfütze mit weißlichem Salzrand, die die Gangmitte zwischen den mumifizierten Bergleuten ausfüllte. »Es ist so, wie du berichtet hast: Sie haben geweint. Sie haben so lange geweint, bis auch der letzte Tropfen Feuchtigkeit ihre Leiber verlassen hatte.«

Jacob wurde vor Grauen fast ohnmächtig. »Kann uns das ebenfalls passieren?« Panisch schaute er sich um und meinte plötzlich, von irgendwoher ein Raunen zu hören.

»Nein«, murmelte Faust. »Dreizehn Leichen. Dreizehn Opfer. Das sollte reichen, um all das Leid, das sie hier unten freigesetzt hatten, wie ein Tuch aufzusaugen.« Er hob die Laterne und spähte an den Toten vorbei. »Ganz ohne Zweifel haben deine Kumpel hier unten einen überaus bedeutenden Fund gemacht.«

Jacob sah ihn fragend an, doch der Zauberer beachtete ihn nicht. Stattdessen beleuchtete er den Gangabschnitt hinter den Toten, als würde er etwas suchen. »Schon einmal kam es zu einem solchen Ereignis wie hier in Teufelsgrund. Nur ist das bereits einige hundert Jahre her. Es geschah zur Zeit von König Barbarossa. Auch damals waren es dreizehn Opfer.«

Jacob zitterte. »Bitte, lasst uns gehen.«

»Nein, erst wenn ich den Stein in Händen halte.«

»Was für einen Stein?«

»Einen Diamanten.« Faust packte ihn am Arm und zog ihn an den entstellten Leichen vorbei, während er das Licht gezielt auf eine funkelnde Stelle am Stollenende ausrichtete. Dort, unmittelbar neben einem herrenlosen Hammer, lag eine zersprungene Steindruse. Jacob hatte kristallgefüllte Hohlkugeln wie diese schon mehrfach gesehen. Doch das Ding am Ende des Gangs war seltsam. Das umgebende Gestein war tiefschwarz und schien nur einen einzigen Kristall zu umhüllen. Dieser funkelte und blitzte in einem kalten dunklen Licht wie eine übergroße Träne und wirkte, als sei er bereits in Tropfenform geschnitten.

»Bei allen Höllenmächten, da ist er!« Faust lachte triumphierend und streckte die Rechte aus, doch in diesem Moment glitt eine fahle Gestalt aus der Felswand. Und dann noch eine und noch eine. Jacob schrie auf. Berggeister! Die Spukgestalten starrten sie mit leeren, rot leuchtenden Augen an, und es vergingen einige Wimpernschläge, bis Jacob begriff, wer sie waren. »Gott, das sind meine toten Kumpel.«

»Ja, sie halten hier Wache. Also hoch mit dem Zauberkraut!«

Ebenso wie Faust reckte Jacob den Gestalten die Hexenblum entgegen. Die Schemen wehklagten und zerstreuten sich, als triebe sie ein geisterhafter Wind auseinander. Doch weiter hinten glitten bereits weitere Gestalten aus dem Fels, die sie zornig anstarrten. Nach und nach verdorrten die Blütenblätter in Jacobs Händen. »Bitte«, schluchzte er, »so lasst uns doch endlich gehen! Die Blume verdorrt!«

»Sehe ich«, gab Faust unbeeindruckt zurück. »Wir müssen die Geister austricksen. Bleib stehen und halt uns den Spuk vom Leib, damit ich Schutzkreise ziehen kann.« Er zückte ein Stück Kreide und bückte sich.

Jacob beobachtete einer Panik nah, wie der Doktor um ihn einen Kreis zog, den er rasch mit Symbolen versah. Jacob wusste nicht, was er mehr fürchten sollte – den Doktor oder die geisterhaften Gestalten, die immer wieder auf sie zuwogten. Stets wenn sie ihnen zu nahe kamen, wehrte er sie mit der Hexenblum ab, und jedes Mal verwelkte ein weiteres der weißen Blütenblätter. Faust zeichnete derweil einen fünfzackigen Stern auf den Boden und stellte sich selbst hinein. »So, das sollte ausreichen«, brummte er zufrieden.

»Wozu ausreichen?«, wimmerte Jacob, den das eigentümliche Gefühl beschlich, dass sich die Geister nun auf ihn konzentrierten. Inzwischen fiel das vorletzte Blütenblatt zu Boden.

»Der Drudenfuß, in dem ich stehe, sollte ausreichen, um mich vor den Geistern zu schützen, wenn sie über dich herfallen. Und solange sie mit dir beschäftigt sind, wird das hier«, Faust kramte ungerührt eine weitere Hexenblum aus seiner Schachtel, »allemal langen, um den Diamanten zu bergen.«

»Was!?« Jacob fuhr herum, packte das Bergeisen in seinen Händen fester und stürzte sich mit einem wütenden Aufschrei auf seinen Begleiter. Doch er kam nicht weit. Mitten im Sprung prallte er gegen ein unsichtbares Hindernis.

»Oh, ich vergaß zu erwähnen, dass du in einem Zwingkreis stehst.« Faust lächelte zuvorkommend. »Ein solcher verhindert, dass das, was sich in seinem Innern befindet, aus ihm entkommt.«

Das letzte Blütenblatt in Jacobs Händen fiel ab und trudelte zu Boden. Am Stollenende wogte die Heerschar der Geister heran.

»Fahr zur Hölle, elender Zauberer!«, brüllte Jacob und schluchzte, während er mit dem Bergeisen verzweifelt gegen die unsichtbare Wand hämmerte. »Soll dich der Teufel holen!«

»Glaube mir, um genau das zu verhindern, bin ich hier.« Faust deutete eine Verbeugung an, dann wandte sich ab, als sei der wimmernde Haufen Mensch hinter ihm für ihn nicht weiter von Interesse.

Als die kreischende Geisterschar den Zwingkreis überwand, begann Jacob zu schreien.

Faust
Des Dramas erster Teil

»Blut ist ein ganz besondrer Saft.«
Mephistopheles,
Faust; Vers 1740

Freitag, der Dreizehnte
Heute

»Abrakadabra!« Lukas Faust stand umringt von Zuschauern in Staufens malerischer Altstadt und verzichtete darauf, dem wohl ältesten aller bekannter Zaubersprüche auch noch das ebenso bekannte ›Dreimal schwarzer Kater!‹ hinzuzufügen. Seine kleine Aufführung war schon so kaum eines Kindergeburtstages würdig und eher der Not geschuldet. Fehlte nur noch, dass er sich in historische Tracht hüllte und seinen berühmt-berüchtigten Namensvetter imitierte, den Zauberer und Schwarzkünstler Doktor Faust. Der umtriebige Magier, dem Goethe Anfang des neunzehnten Jahrhunderts mit seiner berühmten Tragödie zu Weltruhm verholfen hatte, war untrennbar mit Staufen verbunden. Allerdings war der historische Faust bereits im sechzehnten Jahrhundert gestorben; angeblich in Staufens *Hotel zum Löwen.* Bei alchimistischen Experimenten, wie die Legende verhieß. Das Gasthaus lag nur knappe fünfzig Meter von seinem jetzigen Standpunkt entfernt und erfreute sich auch heute noch größter Beliebtheit. Dass die lokale Sage davon sprach, sein Namensvetter sei damals vom Teufel geholt worden, schien die vielen Touristen nicht abzuschrecken – im Gegenteil. Und auch Lukas Faust deutete es als gutes Omen, dass Staufen sich aufgrund dieser Legende gern als ›Fauststadt‹ präsentierte. Denn schließlich war auch ihm daran gelegen, eine ganz bestimmte Person

zum Teufel zu jagen – und wer wusste schon zu sagen, ob es *ihm* nicht gelingen würde?
Er hob den Kartenstapel routiniert an jener Stelle ab, an der die Touristin das Messer in das Paket gesteckt hatte. Anschließend drehte er das Päckchen theatralisch auf die Bildseite um. Jeder konnte so das gesuchte Pik-Ass sehen, das er zuvor vermeintlich irgendwo im Kartenset untergemischt hatte. Die Touristin staunte; die Umstehenden applaudierten. Eine Fingerübung, ebenso versiert ausgeführt wie die Münztricks, die er zuvor gezeigt hatte.
Lukas verneigte sich, und obwohl ihm alles andere als zum Lachen zumute war, strahlte er professionell mit der Septembersonne um die Wette. Deren Schein tauchte die pastellfarbenen Bürgerhäuser in malerisches Licht und ließ die künstliche, von klobigen Blumenkübeln überdachte Wasserrinne, die den Stadtkern nach Art der berühmten Freiburger Bächle durchzog, wie ein Band aus Kristall glitzern. Selbst die vielen Risse an den Hauswänden, über denen an manchen Stellen rote Aufkleber mit dem Schriftzug ›Staufen darf nicht zerbrechen‹ prangten, wirkten heute nahezu malerisch. Lukas dachte zurück an die missglückten Erdwärme-Bohrungen nahe des alten Rathauses vor fünf Jahren und an die damit einhergehende besorgniserregende Hebung des Untergrundes unter der denkmalgeschützten Altstadt, die Politik und Bürger bis heute in Atem hielt. Kurz kniff er die Augen zusammen und fixierte die Risse, bis er sie wieder deutlich sah. Mit einem Mal schienen sie ihm wie ein Sinnbild dafür, sich nie wieder vom äußeren Schein blenden zu lassen. Er wusste schließlich aus eigener Erfahrung, dass selbst die hübscheste Fassade Risse bekam, wenn das Fundament nicht hielt, was es versprach. Nur dass sich sein Groll nicht auf Staufen richtete, sondern auf ein verführerisches Miststück namens Sylvia. Denn allein

um sie zu finden, war er hier. Sie, die kleine Berlinerin, die ihn nach Strich und Faden ausgenommen hatte. Dabei war sonst er derjenige, dem nachgesagt wurde, er spiele mit den Gefühlen seiner Mitmenschen wie auf der Klaviatur eines Keyboards. Doch das dreiundzwanzigjährige Luder mit den langen schwarzen Haaren und den sinnlichen Lippen hatte den Spieß einfach umgedreht! Rückblickend war es ihm ein Rätsel, dass er nicht schon bei ihrem Kennenlernen vor zwei Wochen erkannt hatte, wie diese Schlange auf zwei Beinen wirklich tickte. Immerhin hatte sie ihm mitten auf dem Alexanderplatz die Brieftasche stehlen wollen. Zugegeben, er hatte sie nur ertappt, weil er die Tricks der Szene kannte und selbst nicht als Musterschüler für moralisch integres Verhalten durchging. Doch von der ersten Sekunde an hatte er gespürt, dass mit Sylvia etwas nicht stimmte. Umso mehr ärgerte er sich, dass er ihr auf den Leim gegangen war. Statt mit dem Hirn hatte er mit anderen Körperteilen gedacht. Bei Licht betrachtet, war das auch kein Wunder, denn Sylvia war die Gestalt gewordene Versuchung. Noch immer wurde sein Mund trocken, wenn er an ihre festen Brüste, den in jeder Hinsicht griffigen Hintern und vor allem an die Nächte dachte, die sie beide wie im Fieber verbracht hatten. Bei alledem war Sylvia so unnahbar geblieben, wie er es bei keiner zweiten Frau erlebt hatte. War das von Anfang an Teil des Spieles gewesen?
Lukas wusste nicht, ob es ihn mehr wurmte, dass sie seine Gefühle so missbraucht hatte oder seine Kunst. Denn sie hatte ihn mit ihren tabulosen Überredungskünsten davon überzeugt, seine Trickfertigkeit auf weitaus gewinnbringendere Weise zu nutzen. Zwei Wochen lang waren sie ein Duo Infernale gewesen. Während Sylvia ihre Opfer gekonnt ablenkte, hatte er sein Talent besudelt und seine Fingerfertigkeit als Taschendieb eingesetzt. Fast achttausend Euro hat-

ten sie ergaunert, und ihr kurzes Zusammenleben kam ihm immer noch vor wie ein Rausch aus Tausendundeiner Nacht. Dabei war die Bühnenzauberei für ihn sein Heiliger Gral. Er hatte schon einiges in seinem Leben verbockt, aber wenn er sich neue Tricks ausdenken und das Publikum damit verblüffen konnte, fühlte er sich für einen winzigen Augenblick als der Mittelpunkt des Universums und Teil der großen Illusion, die die meisten für die Wirklichkeit hielten. Leider war das sein einziges Talent. Denn ihm stets auf den Fersen war diese elende Zerrissenheit, die ihn nichts in seinem Leben zu Ende bringen ließ und dafür sorgte, dass er praktisch jeden in seiner Umgebung enttäuschte, ob er das nun wollte oder nicht. Lukas hatte selbst keine Erklärung dafür, aber manchmal war ihm, als würden im Innersten seines Wesens zwei Seiten seines Ichs um Vorherrschaft ringen. Dass Sylvia es trotz ihrer Skrupellosigkeit irgendwie geschafft hatte, die ewige Unruhe in ihm zu bändigen, offenbarte sie ohne Zweifel als einen dunklen Spiegel seiner selbst. Und das war die bitterste Erkenntnis.
Vielleicht war es am Ende ja ganz gut gewesen, dass sie aufgeflogen waren? Das heißt, dass *er* aufgeflogen war. Denn zuletzt war er ausgerechnet an einen Zivilbullen geraten, der ihn quer durch Berlin gejagt, aber zum Glück nicht erwischt hatte. Als er es dann spätabends wagte, wieder zu seiner Bude zurückzukehren, war Sylvia fort gewesen. Mitsamt der Kohle und seinen übrigen Wertgegenständen. Nur, dass das Miststück nicht ganz so schlau gewesen war, wie sie vielleicht gedacht hatte. Ein Betätigen der Rückruftaste hatte ihm offenbart, dass sie von seinem Festnetzanschluss mit der Bahnauskunft telefoniert hatte, und das Reiseziel hatte sie sogar auf einem Block notiert. Wie in einem schlechten Krimi hatte er die Zettel mit einem Bleistift schraffiert und so ihren Zielort herausgefunden: Staufen.

Hier war er nun, das Lächeln mittlerweile zur Maske gefroren, und seine Chancen, sie zu finden, standen nicht schlecht. In Kürze begann hier die *Staufener Zeitreise.* Ein ebenso buntes wie schrilles Spektakel, das in den vergangenen Jahren Tausende Besucher in die Stadt gelockt hatte. Ein Wochenende lang spielten über fünfhundert Statisten Staufens bewegte Stadtgeschichte vom Mittelalter bis hin zum Revolutionsjahr 1848 nach. Dann erfüllte Kanonendonner die kleine Stadt, Umzüge drängten durch die Gassen, und vom Bürger- bis hin zum Malefizturm erstreckte sich ein Mittelaltermarkt, auf dem Weine, Biere und Speisen aller Art angeboten wurden. Wie er Sylvia einschätzte, würde sie die Gelegenheit nutzen, weitere Touristen auszunehmen. Er aber kannte ihre Vorlieben und wusste, welche Plätze sie für ihre Gaunereien bevorzugte. Und er hatte genug Zeit, sich mit Staufens Örtlichkeiten vertraut zu machen. Er würde sie finden und dann … Lukas schüttelte den Gedanken ab. Er wusste nicht, was er dann tun würde.
Der Applaus der Menge war zum Erliegen gekommen, und in der Mütze zu seinen Füßen befanden sich nur dreißig Cent. Lukas seufzte innerlich. Seine überstürzte Abreise hatte seine letzten Ersparnisse aufgebraucht. Er würde sich nicht einmal den Schlafplatz in der Jugendherberge leisten können. Sein Plan, sich mit Kunststücken zu finanzieren, schien auch ins Wasser zu fallen, denn am Himmel, jenseits der hoch über der Stadt thronenden Ruine der Burg Staufen, die eingebettet in die Weinberge des Markgräflerlandes lag, zogen dunkle Regenwolken auf. Lange würde er hier nicht mehr stehen können.
Lukas strich sich das dunkle Haar aus der Stirn, steckte das Kartenspiel weg und zählte insgeheim die Umstehenden durch. Seine kleine Vorführung hatte genügend Zuschauer angelockt. Nach dem Säen wurde es Zeit, die Ernte einzu-

fahren – und das möglichst, bevor ihm die Polizei auf die Schliche kam. Doch konnte er das wagen? Seine Ankunft in Staufen fiel auf einen Freitag, den Dreizehnten. Er war nicht besonders abergläubisch, doch Freitage wie dieser hatten es zeit seines Lebens in sich gehabt. Sein leiblicher Vater war an einem Freitag, dem Dreizehnten, gestorben. An einem Freitag, dem Dreizehnten, war sein Hund von einem Blitz erschlagen worden, seine erste große Liebe hatte an einem solchen Tag mit ihm Schluss gemacht, und sogar sein verhasster Stiefvater war an einem Freitag, dem Dreizehnten, in sein Leben getreten. Und das waren nur die Highlights, die mit diesem Datum verbunden waren. Noch konnte er zu Hause anrufen und um Geld bitten. Es wäre nicht das erste Mal. Nur hatte es seine Mutter selbst schwer genug. Seit Jahren schon rackerte sie sich für ihn ab. Es hatte Zeiten gegeben, da fragte er sich, ob sie eigentlich selbst noch etwas übrig behielt, während sie ihm ständig seine Eskapaden finanzierte. Zum Dank hatte er schon wieder fast acht Monate verstreichen lassen, seit er sie das letzte Mal besucht hatte. Nicht weil er ein schlechter Sohn sein wollte, sondern vielmehr aus Scham. Weil sich in seinem Leben einfach nichts änderte. Und wenn sein verhasster Stiefvater am Apparat wäre, würde der ihn eh nur wieder als Versager beschimpfen. Nein, die Entscheidung war längst gefallen. Er würde sein Glück ein letztes Mal aufs Spiel setzen. Einen anderen Weg gab es nicht.

»Kommen wir zum Höhepunkt der heutigen Darbietung!« Er präsentierte drei schwarze Plastikbecher, kramte eine Erbse aus der Tasche seiner Lederjacke und ging in die Hocke. »Denn ein wahrhafter Zauberer scheut das Duell mit seinem Publikum nicht. Fangen wir mit einem kleinen Warm-up an.« Er legte die Erbse auf den Karton zu seinen Füßen, stülpte eine der Kappen darüber und legte die ande-

ren Becher daneben. Mit fließenden Bewegungen vertauschte er ihre Plätze. »Na, kann mir jemand sagen, unter welchem Becher die Erbse liegt?«
Ein Jugendlicher deutete auf das Hütchen in der Mitte.
»Oh, schade.« Lukas lüpfte es. Es war leer. Dabei hatte er nichts getan. Der Typ war einfach nicht aufmerksam genug gewesen. »Probieren wir es ein weiteres Mal.« Lukas legte die Erbse erneut auf den Karton, stülpte abermals eine der Kappen darüber und vertauschte mehrfach die Plätze der Becher. Ein kleines Mädchen deutete schüchtern auf die Kappe zu seiner Linken. »Nicht schlecht!« Lukas hob den Becher an und präsentierte die Erbse. Das Mädchen freute sich, und er zwinkerte ihr zu. Natürlich plante er nicht, Kinder auszunehmen. Die beiden Typen, die weiter rechts standen und schon eine Weile in breitem sächsischen Dialekt Witze über seine Aufführung rissen, waren ein deutlich besseres Ziel. Dass die beiden den Charme schmieriger Gebrauchtwagenhändler hatten und keinen Hehl daraus machten, dass sie auf jemanden wie ihn herabblickten, forderte Lukas' Stolz erst recht heraus. Er musste sie nur noch dazu bringen, einzusteigen.
Lukas griff in die Hosentasche, präsentierte eine Euromünze und sah das Mädchen an. Anschließend legte er die Münze gut sichtbar auf den Karton. »Mal sehen, ob du aufmerksam genug bist, wenn ich die Hütchen etwas schneller vertausche. Dann gehört der Euro dir.« Er wiederholte sein Spiel und verschob die Becher diesmal etwas rascher. »Na?« Die Kleine sah kurz zu ihrer Mutter auf und deutete diesmal auf das mittlere Hütchen. Lukas hob die Kappe an, und – welche Überraschung! – abermals lag sie richtig. Er tat etwas verärgert und überreichte dem Mädchen den Euro. »Hier, kauf dir ein Eis. Am besten gleich.«
Freudig nahm das Mädchen das Geldstück entgegen.

Lukas wartete, bis sie und ihre Mutter abgezogen waren. Perfekt. Jetzt wirkte es so, als sei es ›kinderleicht‹, ihm auf die Schliche zu kommen. »Bekanntlich heißt es, dass Kinder die Welt mit anderen Augen sehen«, witzelte er und erweckte bewusst den Eindruck, froh zu sein, dass die Kleine fort war. Abermals präsentierte er Erbse und Hütchen und gab einer Dame mit Kamera die Chance, ihn zu durchschauen. »Ups. Schon wieder ein Treffer.«
Die meisten Umstehenden grinsten mitleidig.
Einer der beiden Sachsen meldete sich zu Wort. »Tja, Junge, da musst du schon ein bisschen gewitzter sein.«
Jetzt hatte er ihn an der Angel. »Ich ergänze«, antwortete Lukas leutselig, »Kinder und Frauen durchschauen die Welt. Wir Männer hingegen haben schon Schwierigkeiten, zwei zueinanderpassende Socken zu finden – ganz so wie der Herr dort.« Der Sachse starrte säuerlich an sich hinunter und bemerkte, dass Lukas recht hatte.
Die Frauen im Publikum lachten.
Lukas beglückwünschte sich zu seiner raschen Beobachtungsgabe. Die kleine Provokation würde ihre Wirkung nicht verfehlen. Er lächelte und schob nach. »Aber bekanntlich schärft sich der Blick des Jägers, wenn sich das Wild blicken lässt.«
Jetzt kam es darauf an. Er zückte seinen letzten Fünfeuroschein, legte ihn auf den Karton und sah wie zufällig zu dem vorwitzigen Sachsen auf. »Findet sich hier jemand, der *gewitzt* genug ist, die Herausforderung anzunehmen?«
»Hier!« Der Mann drängte sich zu ihm durch, offensichtlich bestrebt, seinen Ruf wiederherzustellen. »Ich werde auf dich anstoßen, wenn ich mir auf deine Kosten einen genehmige.«
Sein beleibter Kumpel lachte, als habe er einen anzüglichen Scherz gemacht.

»Nun, Jägersmann«, spielte Lukas seine Rolle weiter, »das erscheint mir bei näherem Hinsehen ein etwas ungleiches Duell. Mein Einsatz liegt hier, doch wo ist der Eure?«
Sein Gegenüber stutzte, zückte dann aber seine Brieftasche und zog ebenfalls einen Fünfeuroschein. Lukas holte tief Luft, als er sah, wie prall das Portemonnaie gefüllt war.
»Also, die Wette gilt«, grunzte sein Gegenüber.
»Waidmannsheil!« Lukas präsentierte Erbse und Becher, deckte sie theatralisch auf und zu und begann das Hütchenspiel aufs Neue. Gespannt sah er zu dem Sachsen auf. »Und?«
»Ich würde mal sagen, die Erbse liegt da!« Der Mann zeigte auf die Kappe rechts von ihm. Arme Sau. Es war völlig egal, auf welches Hütchen er wies, denn Lukas hatte die Erbse mit Daumen und Ringfinger an sich genommen und verbarg sie geschickt in seiner Handfläche. Eskamotieren, charlieren, palmieren. Er beherrschte die Grundbegriffe der Taschenspielerei aus dem Effeff. »Leider daneben!« Er hob die Kappe an und zuckte entschuldigend mit den Schultern. Stattdessen plazierte er die Erbse geschickt unter dem mittleren Becher, als er die dortige Kappe anhob. Säuerlich sah ihn der Mann an, machte aber gute Miene zum bösen Spiel.
»Noch mal.«
»Gern.« Lukas legte beide Scheine auf den Karton.
Der Sachse zückte seinerseits einen Zehner.
Kurz darauf hatte Lukas einen Gewinn von fünfzehn Euro zu verbuchen. Dem Betrogenen war anzusehen, dass er nicht so recht wusste, was er von der Sache halten sollte. Als Spielverderber wollte er aber auch nicht gelten.
In diesem Moment schoben sich die Wolken vor die Sonne, und der Straßenzug verdunkelte sich. Lukas fröstelte, dennoch bemächtigte sich seiner jenes Hochgefühl, das er zuletzt an Sylvias Seite erlebt hatte. Vorsichtig hielt Lukas nach den Hütern des Gesetzes Ausschau. Die standen nicht

auf Trickbetrügereien, wie er sie gerade abzog. Doch im Moment ließ sich keiner der Beamten blicken. Es war so leicht! Wider alle Vernunft beschloss Lukas weiterzumachen. Er brachte eine Zuschauerin rechts von ihm dazu zu wetten – und ließ sie fünf Euro gewinnen. Danach war der Damm gebrochen, und weitere Touristen versuchten ihr Glück. Im Hintergrund bimmelten die Glocken der Sankt-Martins-Kirche zur ersten Mittagsstunde, und trotz des sich abzeichnenden Regens blieben weitere Schaulustige stehen. Innerhalb kürzester Zeit schaffte er es, fünfzig Euro einzusacken. Er wollte seine Vorstellung gerade abbrechen, als der Sachse erneut vortrat. »Moment.« Sein dicker Freund wollte ihn davon abhalten, doch der Kerl schüttelte ihn ab und präsentierte verärgert einen Fuffziger. »Hier. Wir wetten um den ganzen Pott. Und diesmal behalte ich dich im Auge.« Er grinste siegessicher.

Lukas atmete tief ein. Der Fuffziger sah einfach zu verlockend aus. »Gut, ein letztes Mal. Aber nicht, dass ich Sie nicht gewarnt hätte. Also, aufpassen!« Abermals täuschte er seine Zuschauer. »Nun, wo ist die Erb…«

Als Lukas aufsah, erstarrte er. Keine drei Meter von ihm entfernt stand Sylvia. Wie immer war ihre rote Jacke leicht aufgeknöpft und ließ den Ansatz ihrer Brüste erkennen – und wie immer schaffte sie es, nicht billig, sondern aufregend zu wirken. Sie schien nicht im mindesten überrascht, ihn zu sehen. Stattdessen lächelte sie spöttisch. Wissend. Fast schadenfroh.

»Da!« Der Sachse griff nach dem linken Becher, bevor ihm Lukas zuvorkommen konnte. Wie erwartet, war es darunter leer. Wütend fegte der Mann die anderen Kappen vom Tisch, unter denen ebenfalls keine Erbse zu finden war, denn die hielt Lukas noch immer in der Hand. »Du verdammter Betrüger!«

Unter den Umstehenden erhob sich empörtes Gemurmel. Lukas unterdrückte einen Fluch und richtete sich auf. Sylvia hatte sich inzwischen zwei Schritte von der Menschenmenge entfernt und warf ihm eine Kusshand zu.
»Ich hab's die ganze Zeit gewusst!« Der Sachse griff nach den Geldscheinen, trat den Karton zur Seite und packte Lukas am Kragen. »Auf so einen Penner wie dich habe ich gerade gewartet! Mein Freund und ich arbeiten nämlich bei der Security.«
»Niemand nennt mich einen Penner.« Lukas, der seine Überraschung endlich überwand, stieß den Sachsen zurück, was diesen noch mehr verärgerte.
»Ach? Nicht?« Sein Gegenüber langte ihm kurzerhand eine und lachte, als Lukas zu Boden stürzte und sich wütend die Wange rieb. Zwei der Umstehenden zückten nun ihre Handys, um die Polizei zu verständigen. Mist. Dieser Freitag entwickelte sich genau so, wie er befürchtet hatte.
»Und die hier siehst du ebenfalls nicht wieder.« Der verdammte Hilfssheriff beugte sich zu ihm herab und präsentierte Lukas verstohlen die insgesamt einhundert Euro des Wetteinsatzes. »Die Scheinchen werde ich jetzt einstecken«, flüsterte er gehässig. »Und wenn die Polizei fragt, wo der Zaster geblieben ist, werde ich behaupten, dass du sie einem deiner arbeitslosen Pennerfreunde zugesteckt hast.«
Lukas schwollen vor Wut die Adern an den Schläfen an. Wie immer, wenn er sich herausgefordert fühlte, wurde ihm alles andere egal. »Macht nichts«, zischte er ebenso leise zurück. »Ich hab ja die hier!« Ebenso unmerklich präsentierte er dem Sachsen dessen prall gefüllte Geldbörse. Er hatte sie ihm längst aus der Jacke gezogen.
Das Grinsen auf dem Gesicht des Mannes erlosch.
Zornig rammte Lukas seinen Kopf nach vorn und glaubte ein leises Knacken zu hören, als die Nase seines Peinigers

brach. Winselnd vor Schmerz kippte der Sachse hintenüber. Lukas war schneller auf den Beinen als je zuvor in seinem Leben. Dann rannte er.

»Horst, schnapp dir das verdammte Arschloch!«, hörte er den am Boden Liegenden brüllen. Doch da hatte Lukas bereits zwei Passanten beiseitegeschubst, stürmte die kopfsteingepflasterte Gasse hinunter und hetzte kurz darauf an der samtroten Fassade des berühmten Gasthauses vorbei, in dem sein Namensvetter sich vor einigen Jahrhunderten in die Luft gesprengt hatte. Einladend stand die Tür offen, doch Lukas rannte, als sei der Teufel hinter ihm her. In seinem Rücken erklangen aufgebrachte Schreie. Als er zurücksah, erkannte er zu seinem Leidwesen, dass der andere Sachse trotz seiner Leibesfülle die Verfolgung aufnahm. Der Kerl war schneller, als er ihm zugetraut hatte. Lukas stürmte auf den Marktplatz mit dem historischen Rathaus, das sich mit seiner bläulich weiß schimmernden Fassade und den bunten Wappen deutlich vor dem nunmehr schwarzen Himmel abzeichnete. Ein kühler Wind kam auf, und aus irgendeinem Grund fiel sein Blick auf die Zeiger der Rathausuhr – kurz nach 13 Uhr. Ein Schwarm Krähen stob krächzend vom Giebel auf. Lukas ignorierte den gespenstischen Anblick, rannte am Marktplatzbrunnen vorbei und warf im Laufen das Fahrrad eines erschrockenen Jugendlichen um, während im Hintergrund die obligatorischen »Haltet-den-Dieb-Rufe« ertönten. Ein weiterer Blick zurück offenbarte, dass auch der Bestohlene mit blutender Nase hinter ihm herstolperte und dessen Freund zügig aufholte. Verdammter Mist!

Lukas schlug einen Haken und sprintete am ehemaligen Kornhaus vorbei in eine wenig bevölkerte Gasse, die von Cafés, Weinstuben und kleinen Geschäften flankiert wurde. Zwei Japaner vor einem Schaufenster machten ihm hastig

Platz. Schließlich erreichte er eine Kreuzung, wich einem weinroten Kombi aus, dessen Fahrer wütend hupte, und suchte verzweifelt nach einer Möglichkeit, seine Verfolger abzuschütteln – als er Sylvia ein weiteres Mal entdeckte. Sie trat etwa zwanzig Meter vor ihm auf die Straße und lächelte. Wie hatte sie ihn so schnell überholen können? Vollkommen ruhig stand sie da, und fast schien es ihm, als erwarte sie ihn. Ihr langes schwarzes Haar, das der Wind anhob, wirkte im Zwielicht unwirklich. Wie fließende Schatten, die ihre weiblichen Konturen provozierend umschmeichelten. Über ihm am Himmel grollte es. Gelassen zog sie sich wieder zurück, während hinter Lukas die Stiefelschritte der Sachsen aufhallten. »Gleich haben wir dich, du Wanze!«
Lukas stürmte weiter in die Richtung, in die Sylvia verschwunden war. Er gelangte auf einen gepflasterten, von Bäumen gesäumten Platz, der von zweistöckigen, mittelalterlich anmutenden Wohnhäusern gerahmt wurde. Sylvia sah er nicht unter den herbstlaubfarbenen Dächern der ausladenden Baumkronen, aber in diesem Moment schlug sein Smartphone an. Als Lukas zu den Bäumen hinüberrannte, sich hektisch zu den immer näher kommenden Schritten in seinem Rücken umwandte und das Handy zückte, leuchtete ihm auf dem Display Sylvias Name entgegen.
»Scheiße, hilf mir!«, fauchte er sie an.
»Du klingst ja richtig verzweifelt«, schallte ihm Sylvias spöttische Stimme entgegen.
Lukas fluchte leise. Panisch sah er sich um und entdeckte, dass er in einer Art Sackgasse gelandet war. Von hier aus ging es nicht weiter.
»Aber ich will mal nicht so sein«, erklärte ihm Sylvia derweil in nonchalantem Plauderton. »Sieh dich um. Ich habe etwas für dich zurückgelassen. Wenn du es gefunden hast, warte bis zum Glockenschlag und lauf dann zur nächstbes-

ten Tür. Und Lukas«, ihre Stimme wurde schärfer, »besser, du befolgst meine Anweisungen.«
Es klickte, und er sah sich verwirrt um. Da entdeckte er die Karten. Sie lagen unter einem der Bäume; der auffrischende Wind trieb sie zunehmend auseinander und über das Pflaster. Ein Tarot-Spiel? Ratlos betrachtete er die antiquiert wirkenden Karten und kämpfte den Impuls nieder, zurück auf die Straße zu laufen, um dort sein Glück zu versuchen. Die beiden Sachsen kamen immer näher! Schließlich siegte die Neugier. Rasch hob er eine der Karten auf und sah, dass sie allesamt das gleiche Motiv trugen: eine Frau in schwarzem, sündhaft geschlitztem Gewand, das Haupt von verwelkten Blumen gekrönt. Die Ähnlichkeit mit Sylvia war unverkennbar. Lasziv hielt sie das Maul eines Löwen gepackt, der demütig zu ihr aufblickte. Ohne Zweifel war dies die elfte Karte des Tarots, auch wenn die Abbildung seltsam verfälscht wirkte. Soweit Lukas wusste, stand das Motiv für Kraft. Wollte ihn Sylvia verarschen? Und was sollte das mit den Glocken? Er blickte auf seine Uhr. Kein Kirchturm der Welt läutete um dreizehn Uhr … dreizehn.
In diesem Moment ertönte über den Dächern Staufens der erste Glockenschlag. Der Klang drang verzerrt an seine Ohren, ein weiterer Glockenschlag folgte. Auch dieser war unheimlich. Einige Oktaven zu tief, wie Lukas fand. Und was war das? Die eigentümliche Tarot-Karte in seiner Hand verfärbte sich an den Rändern schwarz. In diesem Moment tauchte der beleibte Sachse hinter der Hausecke auf. Der dritte Glockenschlag ertönte. Dann der vierte. Die Töne folgten im Sekundentakt, jeder von ihnen tiefer als der vorhergehende. Wie ein bedrohlicher Countdown.
Sein Verfolger schien nichts von alledem zu bemerken, hielt triumphierend inne und rannte mit geballten Fäusten auf ihn zu.

Weitere Glockenschläge rollten an Lukas' Ohren und mischten sich mit dem Grollen am Himmel zu einem unheimlichen Klangbild. Die Karte in seiner Hand wirkte inzwischen wie verkohlt. Lukas warf sich herum, hetzte tiefer in die Schatten der Bäume. Wohin, verdammt? Er wollte soeben in einen der Vorgärten springen, als er Finger an seiner Jacke spürte. Lukas schüttelte die Hand ab, tauchte unter einem Schwinger des Dicken hindurch, rannte an ihm vorbei zurück in Richtung Straße – und direkt in die Arme des anderen Sachsen, der soeben um die Häuserecke gespurtet kam. Noch immer quoll ihm das Blut aus der Nase. Aus seinem Blick sprach blanker Hass.

Das unheimliche Geläut wurde immer tiefer und beängstigender. Ohne mitgezählt zu haben, wusste Lukas, dass sie inzwischen zum zehnten Mal geschlagen hatten. Seine Verfolger brüllten. Abrupt wechselte Lukas die Richtung, und obwohl ihm Sylvias Anweisung vollkommen irrwitzig vorkam, stürmte er auf eine der Wohnungstüren zu. Er erreichte sie mit dem dreizehnten Glockenschlag, riss sie auf – und stolperte kopfüber in die Finsternis.

Höllenzwang

Lukas war so übel wie nach einer durchzechten Nacht. Ein Kribbeln erfüllte seine Gliedmaßen, in seinen Ohren rauschte das Blut, und der schwache Geruch warmen Essens drang ihm in die Nase. Essen? Der Geruch drehte ihm den Magen nur noch mehr um. Schwankend hielt er sich aufrecht und taxierte seine Umgebung: ein großer Raum mit dunkler Wandtäfelung, die sich in Form eines Schachbrettmusters bis über die niedrige Raumdecke spannte. Unmittelbar unter der Decke prangten mittelalterlich anmutende Bemalungen, und überall im Raum verteilt standen gedeckte Tische. Die Flecken auf den Tischtüchern verrieten ihm, dass hier vor kurzem Personen gespeist hatten. Was war das hier? Ein Restaurant?
Konsterniert spähte er hinter sich, hielt nach der aufgerissenen Haustür und den beiden Sachsen Ausschau – und fand nichts von beidem. Lukas klammerte sich an einem Stuhl mit herzförmiger Holzlehne fest. Er war so durcheinander, dass er eine Weile brauchte, bis er sich traute, sich abermals zu regen. Erstmals fiel sein Blick auf die schlanken Saalfenster. Dahinter war es so dunkel, als wäre die Sonne längst untergegangen. Verdammt, wo war er?
Lukas hob die Armbanduhr. Dem Ziffernblatt zufolge war es eine halbe Stunde vor Mitternacht. Hektisch kramte er sein Smartphone hervor und überprüfte die Uhrzeit. Das gleiche Resultat. Die Datumsanzeige zeigte noch immer Freitag an, doch er hatte nicht den blassesten Schimmer, was in den vergangen elf Stunden passiert war. Er ließ sich auf den Stuhl sinken und zwang sich, ruhig zu atmen. Hier stimmte etwas nicht. Und zwar ganz und gar nicht. Seine Gedanken überschlugen sich, kreisten um

Fragen, auf die er keine Antwort fand, und die Angst trieb ihm den Schweiß aus den Poren. Er kam erst wieder zur Besinnung, als er Schritte vernahm. Eine junge, adrett gekleidete Frau mit rotem Rock und weißer Bluse betrat den Speisesaal mit einem Stapel frischer Tischdecken unter dem Arm und sah ihn überrascht an. »Es tut mir leid, aber die Küche hat bereits geschlossen. Wenn Sie Hunger haben, schaue ich gern, ob ich Ihnen noch etwas aufs Zimmer bringen kann.«

»Nein, äh, danke.« Lukas erhob sich steif und versuchte sich an einem Lächeln. Es zerfaserte. Also war das hier ein Hotel. Nur welches? Er würde sich zum Narren machen, wenn er die Frau fragte. Vorsichtshalber betastete er seine Jacke und spürte noch immer die Ausbeulung des gestohlenen Portemonnaies. Hastig verließ er den Essraum und überprüfte den Inhalt der Börse. Er fand neben zahlreichen Plastikkarten und zerknüllten Einkaufszetteln fast fünfhundert Euro. Der arrogante Sachse hatte vor ihrem Zusammentreffen offenbar einen Geldautomaten geplündert. Das war gut, beantwortete aber nicht die drängendste Frage: Was sollte er jetzt tun?

Lukas lauschte. Als ihm aus einem der Gänge das Geräusch leiser Stimmen entgegendrang, folgte er diesem einen Gang mit abzweigenden Türen und Treppen entlang und geradewegs zur Hotelrezeption. In dem schmalen Bereich mit rot gestrichenem Tresen und dunkler Wandtäfelung reichte eine schlanke Mittdreißigerin soeben einem Gast seinen Zimmerschlüssel. Der Mann bedankte sich, klappte den Griff eines Rollkoffers aus und nickte grüßend, als er an Lukas vorbeiging. Lukas hingegen beachtete die freundliche Geste kaum. Erstaunt starrte er auf einen Rucksack, der unweit des Tresens auf dem Boden stand. Das war sein eigener, unverkennbar durch die Aufnäher diverser Jonglage-

und Zauberer-Festivals, die er eine Zeitlang gesammelt hatte wie Heavy-Metal-Anhänger Festival-Badges. Unmöglich! Den hatte er doch am Bahnhof in ein Schließfach gesperrt.

Die Rezeptionistin sah zu ihm auf, runzelte die Stirn, bemerkte dann aber den Blick, mit dem er den Rucksack ansah. »Ist das Ihrer?«

Lukas nickte bloß.

»Sehr schön. Ihre Freundin sagte mir bereits, dass Sie später kommen würden. Wie Sie sehen, hat der Taxifahrer Ihr Gepäck bereits gebracht.«

Sprach die Frau von Sylvia? Lukas' Verwirrung wich aufkeimendem Ärger. Aufgewühlt kramte er in den Taschen seiner Jacke nach dem Schließfachschlüssel. Er fand ihn neben Trickwürfeln, einem Kartenspiel und alten Einkaufszetteln. Wenn *er* ihn noch hatte, wie war dann dieser Taxifahrer an sein Gepäck gelangt? Die Rätsel nahmen kein Ende.

Die Dame an der Rezeption tippte etwas in ihren Computer und lächelte. »Ah, da habe ich Sie ja. Lukas Faust, richtig? Wie witzig. Es kommt nur selten vor, dass ein Faust unser historisches Faustzimmer bucht. Nicht, dass Sie sich da oben vom Teufel holen lassen.« Sie zwinkerte ihm freundlich zu und reichte ihm den Anmeldebogen. »Wenn Sie das bitte noch ausfüllen würden.«

Lukas machte gute Miene zum bösen Spiel. Natürlich könnte er jetzt sein Gepäck nehmen und draußen in der Nacht sein Glück versuchen. Nur befürchtete er, dass er dann keine Antworten auf seine Fragen bekommen würde. Und von denen hatte er inzwischen einige. Rasch erledigte er die Formalitäten und sah so erstmals, wo er gelandet war: im Gasthaus zum Löwen. Zufall?

Lukas runzelte die Stirn, während er sich in das Faustzimmer einschrieb, in dem sein berüchtigter Namensvetter angeblich einst zu Tode gekommen war. Es war separat gelistet, etwas teurer als die anderen, und Lukas fragte sich unwillkürlich, ob die ganze Schauergeschichte rund um diesen Raum mehr war als der Clou einer gewieften Marketing-Abteilung. Er setzte seine Unterschrift unter das Anmeldeformular und sah wieder zu der Rezeptionistin auf. »Und meine, ähm, Freundin ist schon oben?«

Die Dame warf einen Blick aufs Schlüsselbord. »Ja, sie hat den Schlüssel bereits abgeholt. Es ist das Zimmer Nummer fünf. Einfach dort entlang und die Treppe nach oben.« Sie beugte sich über den Tresen und wies ihm den Weg.

Lukas nahm den Rucksack auf und folgte dem Fingerzeig. Zu seinem Erstaunen stieß er auf halbem Weg nach oben auf eine gusseiserne Tür- und Gitterkonstruktion, die ihn vermutlich gedanklich auf das sechzehnte Jahrhundert einstimmen sollte. Hübsch, aber auch gruselig. Abermals versuchte er sich daran zu erinnern, auf welche Weise er in das Hotel gelangt war. Doch die vergangenen Stunden waren wie weggewischt. Was blieb, war eine tiefe Verunsicherung. Und die behagte ihm erst recht nicht.

Die Nummer fünf war leicht zu finden, denn auf der schwarz gestrichenen Zimmertür prangte in gotischer Schrift *Dr. Faust.* Die Tür war nur angelehnt; aus dem Inneren erklang das Rauschen einer Dusche. Misstrauisch trat er ein und sah sich in dem schummrigen Raum um. Das Faustzimmer war nicht allzu groß, doch die Betreiber des Löwen hatten sich einiges einfallen lassen, um den Gast stimmungsvoll in die Zeit der Renaissance zurückzuversetzen. Das Fenster zum Innenhof war mit bunten Motiven der Faustsaga geschmückt, die Ecke daneben mit ihrem achteckigen Tisch und den blutrot gepolsterten Stühlen wie ein Alkoven gestaltet. Die angrenzende verglaste und stimmungsvoll beleuchtete Wandnische war mit alchimistischen Gerätschaften gefüllt. Den eigentlichen Blickfang bildete jedoch das breite, von einem dunklen, hölzernen Baldachin überdachte Himmelbett. Die Nachttischlampe beleuchtete die zur Zimmertür weisende Holzfläche, auf der reliefartig das Konterfei eines gelockten Mannes mit Bart und Umhang prangte. Der geschnitzte Schriftzug darunter stellte unmissverständlich klar, dass es sich bei der Abbildung um den Zauberer und Alchimisten Doktor Faust handelte. Netter Marketinggag. Lukas zweifelte daran, dass er tatsächlich so ausgesehen hatte. Ebenso wie er daran zweifelte, dass es sich bei dem Interieur im Raum um die echte Möblierung aus der damaligen Zeit handelte. Und doch strahlte das Zimmer etwas aus, das sich schwer in Worte fassen ließ. Nichts Greifbares. Es war eher wie ein Hauch, der seine Sinne streifte. Unwirklich. Unheimlich. Lukas schloss die Tür, deren Schloss gleichfalls in altertümlichem Schmiedestil gehalten war, schüttelte sich und wandte sich verärgert der Badtür zu. »Ich hoffe, du hast mitbekommen, dass ich da bin!«

Die Dusche wurde abgestellt.

Lukas stellte seinen Rucksack neben den offenen Kleiderschrank, der an einen mittelalterlichen Stadtturm gemahnte, und griff gereizt nach einer Karte, die auf dem Nachttisch stand. Sie informierte den Gast über die Geschichte des Hotels. In ihr befand sich auch jene denkwürdige Inschrift, die er bereits am Vormittag auf der Außenfassade des Gebäudes erblickt hatte:

Anno 1539 ist im Leuen zu Staufen Doctor Faustus
so ein wunderbarlicher Nigromanta gewesen,
elendiglich gestorben, und es geht die Sage,
der obersten Teufel einer, der Mephistopheles,

den er in seinen Lebzeiten lang nur
seinen Schwager genannt,
habe ihm, nachdem der Pakt von 24 Jahren abgelaufen,
das Genick abgebrochen
und seine arme Seele der ewigen Verdammnis
überantwortet.

»Willkommen«, begrüßte ihn eine rauchige Stimme.

Lukas ließ die Karte sinken und blickte zum Bad. Wasserdampf umhüllte Sylvias fraulichen Körper. Das Handtuch, das sie sich um Hüfte und Oberkörper geschlungen hatte, enthüllte mehr, als es verbarg. Lasziv griff sie zu ihrem nassen Haar, um es mit einem zweiten Tuch zu trocknen. Lukas wollte etwas sagen, seinem Ärger Luft machen. Stattdessen starrte er auf ihre Brustwarzen, die sich überdeutlich unter dem Badelaken abzeichneten. Hastig wandte er den Blick ab, doch es war zu spät. Sylvia hatte es gesehen. Sie lächelte spöttisch. Mit wiegendem Hüftschwung trat sie ans Bett.

»Na, gefällt dir, was du siehst?« Provozierend langsam knöpfte sie das Badelaken auf und ließ es fallen. Lukas zwang sich dazu, woanders hinzusehen, doch Sylvias perfekt gebräunter Körper, ihre wie modelliert wirkenden Brüste und auch die übrigen Rundungen, an denen jedes Gramm Körpergewicht genau da saß, wo es hingehörte, machten es ihm nicht leicht. Sylvia trocknete ihr Haar weiter und strich sich mit der Zunge leicht über die Lippen. In diesem Augenblick wirkte sie auf Lukas anders als noch in Berlin. Nicht weniger verführerisch, aber eine Spur ordinärer.

»Was tust du hier?«, wollte er wissen. »Und vor allem: Was mache ich hier?«

»Süßer, du bist genau da, wo du sein sollst. Nur musste ich die Sache zum Schluss hin etwas forcieren.« Herablassend sah sie ihn an.

Lukas ärgerte der Blick, dennoch glitt der seine wieder hinab zu ihren Brüsten. Er musste sich regelrecht zwingen, ihr in die Augen zu schauen. »Das ist keine Antwort.«
Sylvia lachte. »Denkst du, ich habe mich deiner in Berlin ohne Grund angenommen?«
»Was soll das heißen? Ich habe *dich* dabei erwischt, wie du mir mein Geld klauen wolltest.«
»Oha, ich bin ja wirklich ein böses Mädchen.« Sylvia kam langsam auf ihn zu. »Aber wie wir beide wissen, bist du mir ebenfalls an die Wäsche gegangen – und das weitaus öfter.« Sie grinste. »Gib's zu: du hast viel von mir gelernt. Nicht nur im Bett. Wie viel war denn in der Brieftasche dieses Touristen?«
Lukas wich vor ihr zurück und stieß gegen die Bettkante. »Noch mal, was soll das alles? Und was ist in den letzten Stunden passiert? Ich erinnere mich an nichts mehr. Stand ich unter Drogen?«
Sylvia stieß ihn vor die Brust, er landete rücklings auf dem Bett – und kapitulierte. Was auch immer er ihr noch an den Kopf hatte werfen wollen, im Augenblick sah er sich dazu außerstande. Wie ein Raubtier stieg sie mit ihrem nackten Körper über ihn und rieb ihre Brüste an seinem Oberkörper. Warum musste sie auch so verdammt gut riechen?
»Was«, flüsterte sie, »wenn ich dir sage, dass du in all der Zeit recht hattest?«
»Womit recht hatte?«, keuchte er.
»Dass die Wirklichkeit nur eine Illusion ist. Dass die Welt vollkommen anders ist, als du glaubst.« Lukas liefen wohlige Schauer über den Körper, denn Sylvia knabberte an seinen Ohrläppchen. Ihr heißer Atem erregte ihn. »Es hat seinen Grund, dass ich dich nach Staufen geführt habe. In diesem Monat. Hierher. In dieses Zimmer.«
Lukas stöhnte vor Lust. »Wenn du unbedingt nach Staufen

wolltest, hättest du mich verdammt noch mal auch einfach bitten können, mitzukommen.«
»Zur Hölle damit. Wie langweilig.« Sylvia richtete sich auf und lachte vulgär. Dabei achtete sie darauf, dass ihre Brüste keine Handbreit über seinem Gesicht hingen. »Das hätte keinen Spaß gemacht. Außerdem wollte ich wissen, ob du von selbst begreifst, was in dir steckt.« Sie beugte sich über ihn und leckte abermals an seiner Ohrmuschel. »Ich kann dein Blut riechen. Deinen Stolz. Deine Selbstgerechtigkeit. Deinen Egoismus.« Lukas wurde unbehaglich zumute, doch sie sprach weiter. »Alles, was dich daran hindert, der zu werden, der du sein könntest, bist du selbst. Glaube mir, das ist ein Kompliment, das ich nicht jedem mache.«
Unvermittelt spürte Lukas einen stechenden Schmerz am Ohr, denn Sylvia hatte zugebissen. »Hast du sie noch alle?« Wütend stieß er sie von sich und betastete sein schmerzendes Ohr. Es blutete. »Drehst du jetzt völlig durch?«
Mit einem angriffslustigen Fauchen warf sich Sylvia erneut auf ihn, erstickte seine Abwehrversuche mit katzenhafter Gewandtheit, schleuderte ihn auf den Bauch und drehte ihm den Arm schmerzhaft auf den Rücken. »Du glaubst nicht, wie gern ich dich jetzt zureiten würde.« Lukas spürte angewidert, wie sie ihm das Blut vom Ohr leckte. »Nur haben wir dafür keine Zeit.«
»Was zum Teufel ist mir dir los?«, ächzte er. Erfolglos versuchte er weiterhin, sich zu befreien.
»Glaubst du wirklich, dass das, was dir heute widerfahren ist, mit rechten Dingen zuging? Was, wenn ich dir sage, dass du in dreizehnter Generation von ebenjenem Faust abstammst, der einst in diesem Zimmer gestorben ist? Was, wenn ich dir sage, dass er es war, der mich geschickt hat? Dass er will, dass du dein Erbe antrittst?«

»Ein Toter soll dich geschickt haben?« Lukas lachte hilflos. »Ich dachte, die Seele dieses Kerls schmort in der Hölle?«
»Ja, er sitzt in der Hölle – aber nicht mehr lange!« Sylvia verstärkte ihren Griff, und Lukas schrie schmerzerfüllt auf.
»Verdammte Scheiße, lass mich los!«
»Armer Lukas. Fühlst du dich *benutzt?*« Sylvia rieb ihre Brüste auf obszöne Weise an seinem Rücken. Ihre Stimme klang kalt. »Noch drei Minuten bis Mitternacht. Wenn ich es dir befehle, wirst du hier in diesem Zimmer dein Erbe einfordern. Hast du mich verstanden?« Sie packte sein Haar und riss seinen Kopf hoch. »Es muss heute geschehen. Und falls du dich weigerst, werde ich dir jeden Knochen in deinem Leib einzeln brechen.«
Lukas stöhnte. Diese Frau war ja wahnsinnig!
»Warum heute?«, ächzte er, um Sylvia am Reden zu halten, während er fieberhaft nach einer Fluchtmöglichkeit Ausschau hielt.
»Weil dein berühmter Vorfahr *heute* vor 472 Jahren gestorben ist, Süßer. An einem Freitag, dem Dreizehnten, um Mitternacht.« Sie leckte ein weiteres Mal über sein blutendes Ohr. »Überrascht? Der gute Doktor ist nämlich nicht 1539 zur Hölle gefahren, sondern 1541. Und heute schreiben wir den ersten Freitag, den Dreizehnten, 2013. Begreifst du jetzt?«
Lukas ächzte. »472 Jahre? Nicht 666 oder eine andere beeindruckend höllische Zahl, sondern schnöde 472 Jahre?« Erfolglos stemmte er sich gegen ihren Griff. »Was soll daran bitte Besonderes sein?«
»Weil die Quersumme dreizehn ist!«, antwortete ihm eine Männerstimme.
Sylvia kreischte auf.
Lukas spürte, wie sich ihr Körper schlagartig von ihm löste. Etwas klatschte gegen die Zimmerdecke. Verärgert wälzte

er sich auf den Rücken – und glaubte, den Verstand zu verlieren. Unmittelbar über ihm krallte sich eine rabenschwarze, entfernt weibliche Gestalt mit langem Echsenschwanz und wulstigen Flügelansätzen fest, deren fettige Haare wie fauliges Stroh zu ihm herabbaumelten. »Sylvia?!«
Die abstoßende Kreatur ignorierte ihn und fauchte stattdessen in Richtung Zimmermitte. »Wage es nicht, mich aufzuhalten, Sterblicher!« Ein schlangenartiges Etwas züngelte aus ihrer Mundhöhle. »Schon bald wird sich die Höllenpforte öffnen und auch dich verschlingen, wenn du nicht auf der richtigen Seite stehst.«
»Zurück mit dir in die Hölle, Dämonenschlampe!« Ein Knall brachte Lukas' Ohren zum Klingen, und ein gleißender Lichtblitz schlug in das Wesen über ihm ein. Die gespenstische Kreatur zerplatzte in einer Wolke aus schwarzem Rauch, dem ein bestialischer Schwefelgestank folgte. Lukas, der noch immer wie paralysiert dalag, hustete krampfhaft. Dann, endlich, gewöhnten sich seine Augen wieder an das Schummerlicht, und er keuchte auf. Direkt neben dem Bett stand ein junger Mann mit sorgfältig gestutztem Backenbart und dandyhaften Zügen. Der antiquiert wirkende Anzug aus vornehmer Kaschmirwolle und der hohe Zylinder verstärkten den Eindruck einer Erscheinung aus einem vergangenen Jahrhundert. Verdammt, wie war der Kerl in das Zimmer gekommen? Lukas wich auf dem Bett bis an die Wand zurück.
Selbstgefällig hob der Fremde eine unregelmäßig gezackte Röhre aus verglastem Gestein und blies über das Ende, als hielte er eine rauchende Pistole in der Hand. »Ein Sukkubus. Natürlich.« Der Mann lächelte geringschätzig. »Es sieht Johann ähnlich, dass er einen Liebesdämon schickt, um seinen Urenkel auf Kurs zu bringen.«
Lukas schüttelte den Kopf. Was für ein wirrer Alptraum!

»Wer zum Teufel sind Sie? Und was war das da oben für eine Kreatur?«
»Wie ich schon sagte, Junge. Du hast dich mit einem Sukkubus eingelassen. Einem Liebesdämon. Diese Missgeburten der Hölle haben durchaus ihre Reize, nur sollte man ihre Dienste nicht ohne entsprechende Schutzmaßnahmen in Anspruch nehmen. Alles, wonach sie trachten, ist, dich zu verderben – falls du das nicht ohnedies schon bist.«
»Sukkubus?« Lukas schloss die Augen, kniff sich fest in den Oberarm, zählte stumm bis zehn und öffnete die Augen wieder. Sein Oberarm schmerzte. Und der Fremde stand noch immer neben dem Bett. Lukas' Gedanken überschlugen sich. »Also gut«, sagte er schließlich. »Das ist hier so etwas wie die ›Versteckte Kamera‹, ja? Ich hab es jetzt verstanden. Wirklich sehr witzig; super Special Effects, Leute. Aber jetzt reicht es. Wir können abbrechen.«
Sein Gegenüber zückte ungerührt eine Taschenuhr, während er den seltsamen Stab wie zufällig auf Lukas richtete. »Denk, was du willst. Hauptsache, du gehorchst. Uns beiden bleiben noch etwa siebzig Sekunden bis Mitternacht.«
Lukas fixierte den drohend auf ihn gerichteten Kristallstab. So ein Ding hatte er schon einmal während seiner Studienzeit in Heidelberg gesehen. Im Schauraum des Geologisch-Paläontologischen Instituts. Das war ein Fulgurit, ein Donnerkeil. Diese Gebilde aus geschmolzenem Kristall entstanden im Boden nach Blitzeinschlägen. Hatte dieses Ding den Blitz ausgelöst? Unmöglich. »Noch mal, wer sind Sie? Und was soll das alles?«, insistierte er.
»Bist du wirklich so begriffsstutzig?« Der elegant gekleidete Mann sah ihn gereizt an. »In früheren Zeiten hat man Männer wie mich als Zauberer, Hexenmeister oder Schwarzkünstler diffamiert. Ich bevorzuge die Bezeichnung Uni-

versalgelehrter.« Er lächelte maliziös und lüpfte kurz den Zylinder. »Einem Herumtreiber wie dir wird das vermutlich nichts sagen, aber in den alten Tagen kannte man mich unter dem Namen Agrippa von Nettesheim.«
Lukas starrte sein Gegenüber konsterniert an. Doch, der Name sagte ihm sehr wohl etwas. Schließlich hatte er sich berufsbedingt mit der historischen Zauberkunst beschäftigt. Hatte dieser Gelehrte, Astrologe und Naturphilosoph nicht sogar erfolgreich eine Hexe vor einem Inquisitionsgericht verteidigt? Und ihm war, als wäre Nettesheim einst exkommuniziert worden. Aber das war in der Renaissance gewesen, vor annähernd fünfhundert Jahren! Lukas schüttelte den Kopf. Entweder der Typ war verrückt, oder er selbst stand unter Drogen. Das würde auch die Sache mit Sylvia erklären.
Der Fremde behielt ungerührt weiterhin die Taschenuhr im Auge. »Noch fünfzig Sekunden, dann bringen wir die Angelegenheit hinter uns.«
Lukas seufzte stumm und beschloss, sich auf das seltsame Spiel des Mannes einzulassen. »Ich weiß immer noch nicht, was Sie wollen.«
Der Zauberer seufzte. »Wie deine dämonische Gespielin bereits so trefflich ausgeführt hat, wirst du um Mitternacht dein Erbe einfordern. Dein Vorfahre, den ich übrigens persönlich kannte, hat Forschungen mit derart brisanten Ergebnissen betrieben, dass ich höchstselbst bereit bin, jedes Risiko der Welt einzugehen, um sie an mich zu bringen.« Nettesheim sah wieder zu ihm auf. »Na ja, seine Forschungen haben dem Guten am Ende leider nichts genutzt. Offenbar war er noch in der Planungsphase, als ihn der Leibhaftige geholt hat. Dumm gelaufen für den Doktor.«
»Sie sprechen allen Ernstes von Doktor Faust?«
»Von wem wohl sonst?« Nettesheim starrte gelangweilt auf

seine Taschenuhr. Den Kristallstab hielt er noch immer auf ihn gerichtet. »Ja, seine Seele schmort tatsächlich in der Hölle. Allerdings ist es ihm trotz seiner misslichen Lage gelungen, dir einen Boten zu schicken. Und das ist der beste Beweis, dass er auf dem richtigen Weg war. Ärgerlicherweise hat der gute Doktor nicht nur seine Geheimnisse mit ins Grab genommen, sondern auch dafür gesorgt, dass außer ihm selbst nur ein Nachfahre seiner eigenen Blutlinie an dieses Wissen gelangt.«

»Und das bin dann also ich?« Lukas sah sein Gegenüber ungläubig an und unterdrückte mit Mühe das hysterische Kichern, das ihm die Kehle emporkroch. Dieser Nettesheim-Verschnitt gehörte eindeutig in die Klapsmühle.

»Siehst du hier noch jemand anderen?« Geringschätzig verzog Nettesheim die Lippen. »Wenn ich dich anschaue, kann ich es selbst kaum glauben. Ein mieser kleiner Dieb, der mehr schlecht als recht durchs Leben stolpert. Eine Schande für die ganze Zunft. Egal.« Er sah wieder auf die Uhr. »Noch fünfzehn Sekunden. Hoch mit dir.« Er trat zwei Schritt zurück und wies Lukas mit dem Donnerkeil an, sich vom Bett zu erheben.

Lukas reagierte nicht.

Der Zauberer verengte drohend die Augen. »Ich glaube, du unterschätzt den Befehlscharakter meiner Vorschläge. Ich werde dich ebenso rösten wie dein dämonisches Flittchen, wenn du nicht gehorchst.«

Lukas schluckte. Vermutlich war es besser, das Spielchen mitzuspielen, um bei der erstbesten Gelegenheit abzuhauen. Während er sich langsam aufrappelte, läuteten die Kirchturmglocken der Stadt zur Mitternacht.

»Los, fordere dein Erbe ein. Jetzt!«

Lukas seufzte, dann fragte er gedehnt: »Und wie genau hätten Sie gern, dass ich … mein Erbe einfordere?«

Von Nettesheim zielte mit dem Donnerkeil ungehalten auf sein Gesicht.
»Schon gut, schon gut. Also: *Ich, Lukas Faust, fordere mein Erbe ein.* Reicht das?« Lukas sah seinen Besucher herausfordernd an. Im Stillen erwartete er, dass der ganze Hokuspokus in wenigen Augenblicken vorüber sein würde. Stattdessen glühte der Zimmerboden plötzlich grün auf. Lukas starrte fassungslos den Teppich zu seinen Füßen an, der in dem unheimlichen Licht immer transparenter wurde und den Blick auf einen von grünlich leuchtenden Nebelschleiern erfüllten Schacht freigab. Aus der Tiefe raste ein hell leuchtendes Objekt nach oben. Mit einem Aufschrei sprang Lukas zurück, als ein greller, fast medizinballgroßer Kugelblitz an ihm vorbeischoss, abrupt innehielt und sich funkensprühend um sich selbst drehte. Das war zu viel.
»Hilfe!« Lukas schrie aus Leibeskräften und versuchte an dem Irren mit dem Zylinder vorbeizustürmen. Er war kaum einen Schritt weit gekommen, als es in den Händen des Mannes aufblitzte. Lukas riss die Hand empor, als ihm ein unerträglicher Schmerz durch Arm und Körper fuhr. Dann ging er röchelnd zu Boden.
»Hoch mit dir!«, brüllte ihn von Nettesheim an, der noch immer den Stab auf ihn gerichtet hielt. »Noch so ein Versuch, und ich verbrenn dir dein Gekröse!«
Lukas erhob sich schwankend. Seine Hand schmerzte und blutete leicht. Ohne Zweifel hatte er einen elektrischen Schlag abbekommen. Und was für einen. Wollte der Kerl ihn etwa umbringen?
»Los, los, los!« Von Nettesheim wedelte aufgeregt mit dem Donnerkeil in der Hand. »Nimm den Grimoire an dich. Rasch!«
Panisch wandte sich Lukas der sprühenden Kugel zu. In

ihrem Innern, umzüngelt von knisternden Entladungen, schwebte ein Foliant mit ledernem Einband, in dem mittig ein gleißender Edelstein in Tränenschliff eingebettet war. Darüber und darunter prangte eine altertümliche Aufschrift: *D. Faustus. Magus Maximus Kundlingensis. Dreyfacher HÖLLENZWANG.*

Lukas, der vermutete, dass mit dem Grimoire das Zauberbuch gemeint war, griff zitternd in die sprühende Kugel. Seine Hände kribbelten, während er das Buch an sich zog. Im selben Moment sank der Kugelblitz in sich zusammen und verging mit einem sprühenden Geräusch. Im Zimmer war es nun wieder so schummrig wie zuvor, allerdings stank die Luft intensiv nach Ozon. Ungläubig starrte Lukas auf das Buch. Obwohl seine blutende Hand noch immer leicht taub war, berührte er den prachtvoll geschliffenen Edelstein. Er musste unfassbar wertvoll sein – wenn er denn echt war. Ging es dem Irren darum? Um Reichtum?

Nettesheim lachte triumphierend. »Gut gemacht. Der gute Johann – möge seine verdorbene Seele noch möglichst lange in der Hölle schmoren – wäre sicher stolz auf dich. Nur werde *ich* seine Aufzeichnungen jetzt an mich nehmen.« Mit einem verschlagenen Grinsen richtete er den Donnerkeil auf Lukas' Gesicht. »Du hingegen, Junge, hast deinen Zweck erfüllt.«

Ein scharfer Knall ertönte an der Spitze der Kristallröhre, und Lukas wurde abermals von einem bläulichen Lichtblitz geblendet. Doch statt ihn zu treffen, beschrieb der Blitz einen jähen Bogen und schlug knisternd in das Buch ein. Ein Blick auf Nettesheim verriet Lukas, dass der Astrologe darüber ebenso erstaunt war wie er selbst.

Mit einem zornigen Knurren stieß der Zauberer den Donnerkeil erneut vor, feuerte diesmal ein regelrechtes Blitzlichtgewitter auf Lukas ab – und erreichte ihn abermals nicht. Einmal mehr wurden die Blitze von dem Einband abgefangen. Nein, nicht von dem Einband. Von dem darin eingebetteten Stein.

Lukas' Schreck wich aufkeimendem Zorn. »Hältst du dich für den Star-Wars-Imperator Palpatine, du Wichser!?« Mit einem Aufschrei sprang er vor und schlug Nettesheim den Donnerkeil aus der Hand. Die unaufhörlichen Entladungen fanden ein jähes Ende. Bevor sein Gegner realisierte, wie ihm geschah, hämmerte Lukas ihm den Einband des Buches quer über den Schädel. Ein Klirren war zu hören, wie Glas, das auf Stein zersprang – und plötzlich lief alles wie in Zeitlupe ab. Agrippa von Nettesheim kippte mit einem gurgelnden Laut gegen den hölzernen Baldachin des Bettes. Kristallsplitter rieselten wie Schneeflocken zu Boden. Und einen Augenblick lang glaubte Lukas das Schmettern von Posaunen zu vernehmen. Ihre Klänge erschütterten sein Innerstes zutiefst. Zugleich spürte er, wie sich seiner eine lange vergessene Gefühlsregung bemächtigte, die ihn vor Demut auf die Knie sinken ließ. Es war die Ahnung, dass er nicht grundlos lebte. Dass alles in der Schöpfung einen Sinn hatte.

*

Als Lukas wieder zu sich kam, lag Nettesheim reglos vor ihm am Boden. Aus einer Platzwunde am Kopf des Zauberers sickerte Blut. Lukas verharrte einige Sekunden lang in kompletter Starre. War der Alptraum jetzt vorbei? Und vor allem: Was sollte er jetzt tun? Nach dem Puls des Mannes tasten? Den Zimmerservice bitten, einen Notarzt zu rufen? Oder die Beine in die Hand nehmen und losrennen – fort aus diesem Zimmer, fort von diesem Wahnsinn, zurück nach Berlin? Seine Augen weiteten sich vor Entsetzen, als er sah, wie sich die Platzwunde des Zauberers direkt vor seinen Augen wieder schloss.

Er erhob sich panisch, starrte unentschlossen von dem reglosen Nettesheim zu dem Buch in seinen Händen und entdeckte zu seinem Erstaunen, dass der Edelstein im Bucheinband zersplittert war. Also doch nur ein billiger Schmuckstein? Noch einmal fiel sein Blick auf den Bewusstlosen, dann siegte die Neugierde. Er klappte das Buch auf und warf einen Blick auf die Pergamentseiten. Sie waren eng mit einer krakeligen Handschrift bekritzelt, zwischen denen die Zeichnungen von Pflanzen und alchimistischen Gerätschaften prangten. Weitere Seiten waren mit absonderlichen Symbolen gefüllt. Lukas traute seinen Augen nicht. Ohne Zweifel war dies ein altertümliches Zauberbuch. Nur dass der Einband jetzt mit seinen blutigen Fingerabdrücken befleckt war. Dem Aufdruck auf dem Einband zufolge stammte es wirklich von Doktor Faust. Das alles konnte doch unmöglich wahr sein! Wenn er nicht unter dem Einfluss von Drogen stand, war das eben die verdammt beste Illusion gewesen, die er je gesehen hatte. Der Fremde, das Zimmer, das Buch – all das fühlte sich so unglaublich echt an …

Lukas schüttelte sich, als ihm bewusst wurde, dass die Pointe mit der versteckten Kamera, auf die er seit Auftauchen des Zauberers wartete, nicht kommen würde. Der bewusstlose Mann zu seinen Füßen war real. Seine Verletzungen waren real. Seine Schmerzen waren es auch. Und obschon die Ereignisse ihm absolut irreal erschienen, blieb nur eine logische Schlussfolgerung: Offenbar war auch diese Situation real – und mit ihr seine eigene, bodenlose Ratlosigkeit.

Das Buch noch immer in der Hand, bemerkte er plötzlich, dass durch den Raum ein kühler Luftzug strich. Die Zimmerfenster standen weit offen, und der Nachtwind blähte die roten Vorhänge. Eigenartig. Niemand hatte die Läden geöffnet. Misstrauisch näherte er sich der Fensterfront und vernahm vom Himmel her ein schwaches Donnergrollen, dessen Hall vom Innenhof des Hotels verstärkt wurde. Draußen begann es zu regnen.

»Nicht schlecht, Famulus. Agrippa hat dich offensichtlich unterschätzt.« Die lockende Stimme war plötzlich da. Nur kam sie nicht von draußen, sie erklang in seinem Rücken.

Lukas wirbelte herum, doch das Dämmerlicht der Nachttischlampe beleuchtete lediglich den Zauberer, der noch immer am Boden lag. Schützend hielt Lukas den Folianten vor sich. »Wer spricht da?«

»Die verdorbene Seele zu deinen Füßen hat mich stets ›Monsieur‹ genannt«, drang es aus den Schatten, »aber für gewöhnlich höre ich auf einen anderen Namen.« Aus dem Wandschrank sprang ein schwarzer Pudel, schüttelte sich und beschnüffelte gelangweilt den Bewusstlosen. »Meine Güte, der Kerl hat sich seit unserer letzten Begegnung um mindestens vierzig Jahre verjüngt. Und den besten Zwirn trägt er ebenfalls, dieser eitle Stutzer.« Der Pudel hob sein Bein und markierte den reglosen Körper in Höhe des Herzens. Dann sah er zu Lukas auf, dem es fast schien, als grinse das Tier, ehe es fortfuhr. »Unsterblichkeit wollen sie. Und die Geheimnisse der Schöpfung gleich mit dazu. Und womit verbringen sie dann ihre kostbare zusätzliche Lebensspanne? Sie verprassen ihr Vermögen und vertändeln sie mit ihren Eitelkeiten, bis sie vergessen haben, warum sie all die Mühen überhaupt auf sich genommen haben. In höchstem Maße abstoßend.«

Lukas stand stocksteif da und glotzte den Pudel fassungslos an. »Ein … sprechender … Hund. Ich fasse es nicht. Ein sprechender *Hund!*«

Einen kurzen Moment lang waberten in den Pupillen des Pudels rote Flammen auf. »Lass dich nicht von meinem Äußeren täuschen.« Die Stimme war kalt.
Lukas keuchte. Sein Blick irrlichterte durch das Hotelzimmer, bis er auf den Donnerkeil fiel. Rasch sprang Lukas vor, griff mit schmerzender Hand nach dem Stab und richtete ihn drohend auf den Hund, der sich allerdings wenig beeindruckt zeigte.
»Andersherum.« Der Köter verdrehte die Augen. »Nicht, dass du dir versehentlich selbst weh tust.«
Lukas stutzte, drehte den Stab um und richtete ihn abermals auf den Hund aus. »Fort mit dir, was auch immer du bist!«
»Junger Famulus, dein Auftritt gerät zur Posse.« Der Pudel gähnte, sprang aufs Bett und streckte alle viere von sich. Gelangweilt legte er den Kopf auf die Vorderpfoten. »Wie ich sehe, möchtest du den Teufel mit dem Beelzebub austreiben. Das ist natürlich möglich. Du musst nur einen Pakt mit der Hölle schließen, um die Kräfte des Stabes nutzen zu können. Alles, was du dafür tun musst, ist, deine Seele an den Infernalischen Abgrund zu verpfänden. Geht auch ganz leicht.« Der Hund zwinkerte ihm zu. »Als dein Advocatus Diaboli biete ich mich sogar an, dir den lästigen Papierkram abzunehmen. Die teuflische Bürokratie ist für einen Sterblichen ja kaum zu durchschauen. Allein drei Durchschläge für Großkanzler Adramelech, drei weitere an die Fürsten Astaroth, Asmodi und Belial, ganz zu schweigen von unseren Archivaren, die ebenfalls auf ihren Privilegien bestehen. Und dann erst das Kleingedruckte. Eine höllische Plackerei.« Der Köter fletschte grinsend die Zähne.
Lukas wankte zurück und schüttelte den Kopf. »Das glaube ich einfach nicht. Das kann nicht sein«, murmelte er.

»Ach, ist es nicht? Na, dann kannst du den Pakt ja getrost eingehen.« Der Pudel hob den Kopf und beäugte ihn. »Oder hast du etwa Angst?«

Lukas schluckte. Ja, er hatte Angst. Angst davor, dass er langsam den Verstand verlor. Ihm fiel das berühmte Sherlock-Holmes-Zitat ein. *Hat man das Unmögliche eliminiert, so muss, was übrig bleibt, mag es noch so unwahrscheinlich erscheinen, die Wahrheit sein.* Lukas starrte den Pudel entsetzt an.

»Ah, sind wir in der Akzeptanzphase angekommen? Das ist schön. Tröste dich, das dauert immer ein bisschen. Unsereins verbirgt sich ja nicht ganz ohne Grund vor euch Sterblichen. Jetzt aber sollten wir beide uns erst einmal kennenlernen.« Der Pudel sprang auf und beschnüffelte Bettdecke und Laken. »Irre ich mich, oder stinkt es hier nach Sukkubus? Du hast dich doch hoffentlich nicht mit dem Abschaum des Abgrundes eingelassen?« Er betrachtete den Zimmerboden. »Und wo wir schon dabei sind: Vielleicht verrätst du mir, wie du es geschafft hast, mich heraufzubeschwören? Ich entdecke nirgendwo einen Beschwörungskreis. Keine Zauberrunen. Kein Pentagramm. Kurz, nichts, was dich dazu befähigt hätte, mich …« Der Pudel verstummte abrupt und legte den Kopf schief, als lausche er. Von draußen wehte es kalt herein, und Lukas vernahm aus dem Innenhof das Prasseln des Regens. Mit einem leisen Knurren schüttelte sich der Pudel. »Das ist doch nicht möglich.« Der schwarze Köter zwinkerte erwartungsvoll mit den Augen – doch nichts passierte. Ein zorniges Grollen entstieg der Hundekehle, das Lukas vorsichtshalber einen Schritt zurückweichen ließ. »Nun gut. Eines nach dem anderen.« Die Töle sprang vom Bett, und Lukas stieß panisch den Donnerkeil in seine Richtung. Der Effekt war gleich null.

»Ich sagte doch, ohne Höllenpakt kein Blitz. Aber dass du Talent hast, das erkenne ich an deinem Geruch.« Er schnüffelte an seinem Bein, fixierte Lukas' blutige Finger und sah erstaunt zu ihm auf. »Sieh an, ein Faust! Ich hätte nicht gedacht, dass wir uns schon so bald über den Weg laufen würden.«

»Verflucht!«, schrie Lukas. »Was bist du?«

»Sagt dir der Begriff Familarteufel etwas?« Der Hund setzte sich auf seine Hinterbeine und hechelte. »Mein Name lautet Mephistopheles. Das bedeutet übersetzt ›Feind des Lichts‹. Gute Freunde dürfen mich aber auch Mephisto nennen. Nur Mephi mag ich nicht, das klingt wie zweitklassiges Hundefutter.«

»Me... Mephistopheles?!« Der berühmte Teufel? Lukas wurde bleich. »Allmächtiger!«

»Komm schon, ich bitte dich.« In Mephistos Augen blitzte Ärger auf. »Du gehörst doch hoffentlich nicht zu den Narren, an denen das Zeitalter der Aufklärung spurlos vorübergezogen ist? Glaubst du wirklich, es gäbe einen allmächtigen Gott, der so dämlich wäre, bei all seiner Allmächtigkeit eine so unvollkommene Spezies wie euch Menschen zu erschaffen?« Er schnaubte abfällig und trottete zurück zu Nettesheims noch immer reglosem Körper. »Ihr sauft, hurt, stehlt, betrügt und mordet. Ganz so, wie es euch gefällt. Wenn es gut für euch läuft, schreibt ihr das stets Gott zu. Gott, der Schöpfer. Gott, der Vater. Gott, der Allmächtige.« Er schüttelte sich angewidert. »Aber wenn ihr erwischt werdet, wenn euch jemand für eure Taten zur Rechenschaft zieht, dann, plötzlich, heißt es, der Teufel hätte seine Finger im Spiel gehabt. Schau dich in der Welt um. Glaubst du wirklich, dass die Hölle für all das verantwortlich ist, was ihr Menschen euch untereinander antut? Als bedürfe es dafür unsereins.«

»Unsereins?« Lukas schnaubte. »An Gott soll ich nicht glauben, aber an die Hölle?«
»Ach, werden wir jetzt philosophisch?« Mephisto maß ihn mit hochmütigem Blick. »Also gut, nur mal angenommen, einen allmächtigen Schöpfer gäbe es. Dann müsste er doch, sagen wir einmal, einen Fels erschaffen können, der so schwer ist, dass er ihn selbst nicht mehr heben kann?«
Lukas runzelte die Stirn. »Na ja ...«
»Ah, siehst du!« Der Pudel fletschte triumphierend die Zähne. »Und was ist dann mit seiner Allmächtigkeit? Ich sag's dir: Es gibt keinen allmächtigen Gott! Es hat ihn nie gegeben, und es wird ihn nie geben. Ihr Sterblichen steht ganz allein da.«
Lukas starrte den Pudel nachdenklich an. »Wäre das nicht gerade ein Beweis seiner Allmächtigkeit? Weil es nichts gibt, das er nicht heben kann?«
»Meine Güte, geht es noch armseliger? Das ist ja ungefähr so, als würdest du die Frage nach dem Ursprung des Lichts damit beantworten, dass du den Lichtschalter angeknipst hast.« Der Pudel leckte sich wenig beeindruckt eine Teppichfluse aus dem lackschwarzen Fell.
»Wenn du existierst und damit auch die Hölle, dann muss das bedeuten, dass es auch Gott gibt.«
Mephisto furzte. »Na gut, eins zu null für dich. Wäre ansonsten wohl auch etwas zu einfach gewesen. Dennoch, an deiner Stelle würde ich mich nicht allzu sehr auf ... Gott ... verlassen. Denn ... Gott ... hat sich schon vor langer Zeit aus dem Tagesgeschäft zurückgezogen. Weder wir noch die andere Seite wissen, was aus ihm wurde.«
»Das heißt, es gibt auch den Himmel?«
»Du meinst, abseits von dem, was du mit deinem Sukkubus erlebt hast?« Mephisto fletschte grinsend die Zähne. »Frag mich das ein anderes Mal. Im Augenblick sollten

wir besser herausfinden, wie wir beide in diese Situation geraten sind. Du bist doch ebenfalls nicht freiwillig hier, oder?«

Lukas ließ Donnerkeil und Buch sinken und lutschte am Finger, der noch immer leicht blutete. Zumindest ließ der Schmerz allmählich nach. »Mit etwas Glück erwache ich gleich doch noch und frage mich, was sie mir auf der Straße für Dope angedreht haben. Aber wenn du schon fragst: Nein. Keine Ahnung.« Stockend schilderte er Mephisto, was er seit dem Morgen erlebt hatte.

»Dein Erbe also?« Der Pudel musterte interessiert den Höllenzwang. »Ich wittere an diesem Schinken nichts Außergewöhnliches. Und der alte Faust soll den Sukkubus persönlich geschickt haben?«

»Sylvia …« Lukas stockte, als die Erinnerung an das Ding unter der Decke mit voller Wucht zurückkehrte. »Diese … Dämonin sprach sogar davon, dass … Faust bald zurückkehren würde.«

»Von dort, wo seine verdammte Seele einsitzt? Unmöglich. Andererseits …« Mephisto lauschte wieder in sich. Ein tiefsitzender Groll blitzte in den Hundeaugen auf. Jäh ruckte sein Kopf zum Fenster herum. »Was auch immer hier vor sich geht«, knurrte er, »es lockt die anderen Zauberer an wie Blut die Haie. Ich spüre bereits, wie die nächste Schmeißfliege naht.«

Lukas trat alarmiert ans Fenster. Draußen schüttete es inzwischen wie aus Kübeln. Der Wind hatte ebenfalls aufgefrischt, doch viel beunruhigender war der Anblick, den der Nachthimmel bot. Die tief über Staufen hängenden Regenwolken zogen sich über dem Hotel zusammen wie das Auge eines Orkans. Auf gar keinen Fall ging das da oben mit rechten Dingen zu.

»Was soll ich tun?«

»Siehst du, unsere Männerfreundschaft gedeiht doch prächtig. Fehlt nur noch, dass du mich bald Gassi führst.«
»Verdammt, ich meinte das ernst!«
»Hey.« Mephisto gab sich gekränkt. »Eben hast du nicht einmal an mich geglaubt, und jetzt suchst du meinen Rat.«
Hinter ihm stöhnte von Nettesheim. Der Zauberer kam wieder zu sich.
»Also gut. Zunächst schlage ich vor, dass du dir einen Stuhl schnappst und dem eitlen Geck dort den Schädel einschlägst. Seine Seele wandert dann direkt in die Hölle und kann dir …«
»Ich soll den Mann *erschlagen?*« Lukas starrte Mephisto empört an. »Niemals. Das tue ich nicht.«
»War auch nur ein kleiner Test.« Mephisto lachte hämisch. »Wie es aussieht, hat Agrippa magische Vorkehrungen getroffen, die seine armselige irdische Hülle schützen. Bei seinen arkanen Vorlieben tippe ich fast darauf, dass er dem guten Oscar Wilde nacheiferte. Kennst du Wildes literarisches Werk? Mich hat es gut unterhalten.«
»Verschone mich mit deiner Nachhilfestunde.«
»Schade.« Der schwarze Pudel wirkte fast ein wenig enttäuscht. »Hauptsache, dir ist bewusst, dass die anderen bei dir nicht so viel Skrupel kennen.«
»Aber warum? Ich habe doch mit diesem ganzen Höllenkram überhaupt nichts zu schaffen.« Lukas kam plötzlich eine Idee. »Hier. Was, wenn ich dir das Buch gebe?« Er hielt Mephisto den Höllenzwang hin. »Du verschwindest damit, und ich bin aus dem Schneider.«
»Sehr verlockend.« Mephisto leckte sich die Lefzen. »Aber wie dir vielleicht nicht entgangen ist, habe ich gerade keine Hand frei, um dein Geschenk entgegenzunehmen.«
Lukas starrte Mephisto an. »Du bist ein *Teufel.* Du wirst doch wohl deine Gestalt verändern können. Oder dir ir-

gendwelche Höllenträger herbeirufen, die den Wälzer für dich tragen, oder etwas in der Art.«

Mephisto knurrte und ließ das Buch nicht aus den Augen. »Ich gebe es nur ungern zu, aber mit den rätselhaften Umständen meines Erscheinens ging leider ein kleiner Schwächeanfall einher.«

»Ein kleiner *Schwächeanfall?*« Lukas lachte ungläubig. »Dann gebe ich das Buch eben einem der Zauberer. Du hast ja gesagt, die sind schon unterwegs.«

»Ich persönlich schätze deine Feigheit, wenngleich ich bei deinen Anlagen etwas mehr Neugier erwartet hätte. Nur rettest du dich damit nicht. Wir können deshalb ebenso gut zu wichtigeren Themen zurückkehren.« Mephisto legte den Kopf schief. »Du sagst also, du hast mich nicht beschworen. Nicht einmal meinen Namen dreimal ausgesprochen und dabei über die linke Schulter gespuckt? Das reicht bei Talenten wie dir für gewöhnlich.«

Lukas staunte. So einfach war das? »Nein«, sagte er.

»Und von Nettesheim hat mich ebenfalls nicht gerufen?«

»Nicht, dass ich wüsste.«

»Dennoch bin ich hier. Irgendetwas *ist* also geschehen. Etwas, das die Sphären erschüttert hat. Etwas derart Außergewöhnliches, dass sogar ich mich erschrecken würde, wäre ich solcher Gefühle mächtig.« Der Pudel knurrte. »Offenbar hätte ich Faust zu Lebzeiten besser im Auge behalten sollen.« Er dachte kurz nach. »Ich befürchte, schon aus diesem Grund wird dir niemand deine armselige Geschichte vom unschuldig in Not geratenen Trickdieb abnehmen. Wenn du den Höllenzwang freiwillig abgibst, wird das deine Häscher erst recht misstrauisch machen. Wenn sie dich nicht umbringen, werden sie dich vermutlich foltern, bis sie dir deine letzten Geheimnisse abgepresst haben.«

»Aber ich selbst hüte doch gar keine Geheimnisse.« Lukas fasste sich verzweifelt an den Kopf. »Da oben ist nichts. Wirklich.«

»Ja, den Eindruck gewinne ich langsam auch.«

Draußen donnerte es, und inmitten des Regens schlugen schwere Gegenstände auf das Fensterbrett.

Hagel? Lukas drehte sich um und fuhr entsetzt zurück. Das war kein Hagel. Da draußen regneten plötzlich schwarz-grüne Frösche vom Himmel. Einer der ekligen Lurche rutschte soeben vom Fensterbrett in den Innenhof, der von immer lauter werdendem Quaken erfüllt wurde. Ein zweiter Frosch hüpfte in den Raum. Er war fast handgroß und starrte ihn mit tiefschwarzen Glubschaugen an.

Mephisto stürzte mit lautem Kläffen an Lukas vorbei und zerbiss das Tier, bevor es ihm zu nahe kommen konnte. »Rasch, schließ die Läden, wenn du an deinem Leben hängst. Das sind Abaddons-Lurche!«

Lukas, der den Namen noch nie gehört hatte, stürmte zu den Fenstern und schlug sie zu, bevor noch weitere Frösche ins Zimmer eindringen konnten. »Was ist mit diesen Viechern?«

Ein weiteres der Tiere schlug von außen gegen die Scheibe und blieb mit seinen Saugnäpfen daran kleben.

»Das ist bloß die Vorhut.« Mephisto sah sich lauernd im Raum um. »Und zwar für etwas, dem es eigentlich verboten ist, zu erscheinen. Wenn diese Frösche ihr Opfer berühren, markieren sie es mit ihrem Schleim. Und den bekommt man mit normalen Mitteln kaum noch ab. Andere können dich dann wittern, egal, wo du dich versteckst.«

»Andere?«

»Dämonen!«, knurrte Mephisto. »Sehr gefährliche Dämonen. Nichts kann sie dann davon abhalten, dich zu zerfetzen. Selbst manche von uns Teufeln sind nicht gegen sie gefeit.«

»Es gibt einen Unterschied zwischen Teufeln und Dämonen?«

»Allerdings. Dämonen sind der Abschaum des Infernalischen Abgrunds. Wir Teufel hingegen, wir haben Klasse! Aber dazu später. Erst einmal muss ich dich in Sicherheit bringen, damit ich herausfinden kann, was hier eigentlich vor sich geht.«

In diesem Moment richtete sich von Nettesheim auf und sah sie mit glasigen Augen an. Als der Blick des Zauberers auf den Pudel fiel, wich seine Desorientiertheit blankem Zorn. »Mephistopheles?!«

Bevor der Zauberer handeln konnte, ruckte der schwarze Pudel zur Nachttischlampe herum. Seine Augen glühten in höllischem Feuer. Schon sauste die Lampe gegen den Kopf des Zauberers. Es klirrte, und der Mann brach erneut zusammen. Jetzt war es noch schummriger im Raum.

»Los, fessle ihn mit dem Kabel, bevor er wieder zu sich kommt!«, herrschte Mephisto Lukas an, während die Lurche im Innenhof ein lautes Quakkonzert aufführten. Inzwischen klebten sieben von ihnen an den Scheiben und starrten ins Innere.

Lukas kam der Aufforderung eilig nach, während Mephisto die Kleidung des Zauberers beschnüffelte. »Greif in die rechte Jackentasche.«

Lukas tat es und beförderte einen Haufen seltsamer Gegenstände ins Freie. Versteinerte Farne, ein Stück fettiger Kreide, Krähenfedern, einen Kupferspachtel, einen streng nach Kräutern riechenden Lederbeutel mit verschnörkelten Brandzeichen und drei schwarze Kerzen.

»Sehr gut, das sind Beschwörungskerzen. Nimm den Spachtel und ritze in eine der Kerzen folgende Zeichen.« Mephisto schnappte nach der Kreide und malte drei verschnörkelte Runen auf den Raumboden.

»Und was …?«

»Beweg dich!«, bellte er ihn an. »Wir machen aus ihr eine magische Schauerkerze. Ein Hexenzauber, den sogar du hinbekommst. So eine Kerze wehrt in deiner Welt nicht nur Regen, Hagel und Blitze ab, sondern überhaupt alles, was ein Gewitter an Übel hervorbringt.«

Lukas verstand nur Bahnhof, nickte aber und schnitzte eilig die Zauberzeichen in das Wachs. »Und jetzt?«

»Und jetzt raus aus dem Gebäude.«

»Moment. Wir brauchen etwas, damit die Kerze bei dem Sturm nicht ausgeblasen wird.« Lukas stürmte zu der verglasten Wandnische mit den alchimistischen Gerätschaften, zögerte kurz und zertrümmerte die Scheibe. Zu seinem Befremden knacksten auch die Scheiben an der Fensterfront neben ihm. An den dortigen Außenseiten klebten inzwischen ganze Trauben der unheimlichen Amphibien. Lukas griff sich beherzt einen großen Glaskolben, der zwischen Reagenzgläsern und einer Apothekerwaage stand. Dann, einer Eingebung folgend, rannte er zurück und durchwühlte die andere Jackentasche des Zauberers. Wer Kerzen bei sich trug, musste sie auch entzünden können. Tatsächlich fand er ein vornehmes Benzinfeuerzeug mit goldenen Applikationen sowie eine silberne Taschenuhr mit vier schwarzen Zeigern. Die Uhr sah einfach zu verlockend aus. »Für die entstandenen Mühen, Arschloch!« Lukas steckte die Uhr rasch ein. Nur am Rande nahm er wahr, dass die Augenlider des Zauberers wieder flatterten. Unter Mephistos argwöhnischem Blick schnippte er das Feuerzeug an, erhitzte das Wachs an der Kerzenunterseite und drückte sie aufrecht in den Kolben.

»Beeilung!«, ermahnte ihn der Pudel.

Lukas schulterte seinen Rucksack und öffnete die Zimmertür. »Und wohin jetzt?«

»Weg aus Staufen«, bellte Mephisto. »Und zwar so schnell wie möglich. Ich bringe dich zu jemandem, der dir hoffentlich Obdach gewährt. Nur müssen wir dafür in den Wald. Wir benötigen einen Hexenring.«

Fänggen

Eilig stürmte Lukas die Hoteltreppe nach unten. Hinter den übrigen Zimmertüren waren aufgeregte Stimmen zu hören, was ihn zugleich entsetzte und beruhigte. Offenbar gab es den unheimlichen Froschregen wirklich. Er war nicht der Einzige, der ihn sah! Doch kaum hatten er und der schwarze Pudel den Gang zur Rezeption erreichte, vereiste er innerlich. Dort hüpften ein gutes Dutzend Frösche umher, die sich nun ruckartig zu ihnen umdrehten. Und vor dem Tresen lag die nette Rezeptionistin. Tot? Bewusstlos? Lukas wusste es nicht. Die Eingangstür des Hotels stand weit offen, und von draußen schlug ihnen ein ohrenbetäubendes Krötenkonzert entgegen.

Mephisto sträubte sein schwarzes Fell. »Die Kerze. Mach sie an!«

Zitternd schnippte Lukas das Feuerzeug an und hielt sie an den Docht der Schauerkerze im Glaskolben. Als das Wachs Feuer fing, hielt der eklige Froschteppich mitten in der Bewegung inne.

»Weiter. Wir müssen in Bewegung bleiben.« Mephisto sprang vor, und Lukas folgte ihm, den Kolben mit der qualmenden Schauerkerze weit von sich gestreckt. Erleichtert sah er, wie sich der quakende Froschteppich teilte und unwillig einen Weg freigab. »Was ist mit der Rezeptionistin?«

»Kommt schon irgendwann wieder zu sich«, kläffte der schwarze Pudel. »Das Gelurch hat es auf dich abgesehen. Raus jetzt!«

Gemeinsam stürmten sie vor das Hotel, und Lukas war, als sei er im falschen Film gelandet. Ein heftiger Platzregen peitschte über Dächer und Straßen der Altstadt. Das stete

Grollen klang, als wuchteten Riesen schwere Felsen über das nächtliche Firmament. Überall um sie herum klatschten Frösche vom Himmel auf das Pflaster und sammelten sich quakend um Pfützen und Rinnen. Über ihnen, inmitten der sich spiralförmig drehenden Wolkendecke, hatte sich ein schwefelgelbes Sturmauge gebildet, das den Blick auf die Sterne freigab, die vor seinen Augen zu zittern schienen. Immerhin wurde Lukas nicht von einem einzigen Regentropfen benetzt. Die Schauerkerze hielt, was Mephisto versprochen hatte.

»Raus aus der Stadt«, bellte Mephisto. »Ohne Markierung fällt es dem Geschmeiß schwerer, dich aufzuspüren. Aber der Sturm kann jeden Augenblick losbrechen!« Der Pudel stürmte an den vielen Amphibien vorbei zum Marktplatz, doch Lukas hatte längst etwas anderes erblickt. »Warte!« Er rannte im Froschgewitter quer über die Gasse und zu einem herrenlos herumstehenden Moped, das sein Besitzer vor einem Geschäft abgestellt hatte. Es war eine ältere Kreidler Mustang. Sie schien gut in Schuss zu sein, und ihr Alter war für seine Absichten von Vorteil. Lukas schwang sich auf den Bock und suchte Zündschloss und Massekabel. Kurzerhand riss er den Stecker zum Zündschloss ab und kickte. Stotternd sprang die Maschine an.

»Oh, ein veritabler Bruch des siebten Gebotes«, stellte Mephisto erfreut fest, während er zu ihm auf den Tank sprang. »Und das schon zum zweiten Mal in der kurzen Zeit unserer Bekanntschaft. Das gefällt mir.«

»Halt dein Maul«, zischte Lukas. »Schließlich haben wir keine andere Wahl!«

»Das mit dem falschen Zeugnis ablegen war das achte Gebot, oder? Wie dem auch sei: Mir gefällt deine Wahl jedenfalls«, kam es höhnisch zurück.

Lukas knurrte leise, klemmte Buch und Glaskolben zwischen sich und den Pudel, trat die Stütze weg und gab Gas. Mit aufheulendem Motor zog die Kreidler an.

Über ihnen am Gasthaus zum Löwen klappte ein Laden, und von Nettesheims zorniges Gesicht tauchte im Fensterrahmen auf. »Faust gehört mir!«, brüllte er wütend gen Himmel. »Mir allein!«

Lukas ignorierte den Zauberer, brauste über diverse Kröten hinweg und erreichte kurz darauf den Marktplatz, wo ihn ebenfalls ein wogender Froschteppich erwartete. Die Innenstadt war fast menschenleer, auch wenn er über sich an den Fenstern unzählige Gesichter erblickte, die erstaunt auf die Straßen starrten. Jede Kröte, über die er fuhr, verbesserte seine Laune. Und noch etwas stimmte ihn zufrieden: Das Moped war frisiert. Bereits auf Höhe des Rathauses stand die Tachonadel bei achtzig Stundenkilometern und schlug ungerührt weiter nach rechts aus. Wären da bloß nicht die zuckenden Frösche, die nach wie vor vom Himmel sausten, ihm ins Gesicht zu klatschen drohten und ihn rechts und links des Weges ansprangen! Doch sobald die dämonischen Lurche in den Lichtschein der Schauerkerze gerieten, wurden sie zur Seite geschleudert, als habe er vor dem Moped einen unsichtbaren Regenschirm aufgespannt. Lukas duckte sich trotzdem, während er mit knatterndem Motor weiter durch die Altstadt raste. Dann, endlich, erreichte er den Altstadtrand.

Mephisto dirigierte ihn nach links. Die Szenerie wirkte hier wie ausgewechselt. Die Straße glänzte zwar regennass im Licht der Laternen, und Autos kamen ihm hupend entgegen, doch nirgendwo waren Frösche zu sehen.

»Haben wir es geschafft?«, rief er gegen den Fahrtwind an.

»Nein«, brüllte Mephisto, der argwöhnisch zurückblickte. »Aber die Kerze hat es hinter sich.«

Lukas warf einen Blick auf die erlöschende Kerze und sah kurz zurück auf das gespenstische Sturmauge über der Altstadt, das sich noch immer drehte und sich allmählich in ihre Richtung verlagerte. Na großartig.
»Rechts jetzt!«, herrschte ihn Mephisto an.
Abermals heulte die Kreidler auf. Lukas schwenkte in einen Neubau-Straßenzug ein, der auf die Weinberge vor Staufens Haustür zuführte. Der Abstand der Laternen am Straßenrand wurde größer, ein Zeichen dafür, dass sie sich rasch der Stadtgrenze näherten. Plötzlich war Lukas, als könne er über sich Flügelschlag vernehmen. Über einer der Laternen rauschte ein Schwarm Vögel vorbei. Krähen? Unwillkürlich musste er an die Aasfresser denken, die am Mittag vom Dach des Rathauses aufgestiegen waren.
Inzwischen hatten sie das letzte Haus hinter sich gelassen und ratterten auf einen Feldweg zu, der weiter hinauf auf den Weinberg führte. Erstmals schaltete Lukas die Scheinwerfer an. »Sollen wir uns hier verstecken?«
»Nein, wir müssen ganz nach oben, in den Wald«, knurrte der Pudel.
Über ihnen am Himmel flammte ein geisterhafter Blitz auf, der sich von jenseits des Weinberges bis über den Stadtkern Staufens verästelte. Ihm folgte lauter Donnerhall. Zugleich schien es Lukas so, als stemme sich das grelle Leuchten gegen das Sturmauge, das ihnen nachfolgte.
»Du solltest besser einen Zahn zulegen«, fauchte der Familarteufel.
Lukas entschloss sich zu einer Abkürzung und schwenkte kurzerhand direkt auf den Weinberg ein. Die Trauben an den Rebstöcken leuchteten im Scheinwerferlicht wie Blutstropfen. Mit Vollgas quälte er die erfreulich geländegängige Maschine den Hang hinauf, brauste, oben angelangt, einen weiteren schmalen Pfad entlang und wieder-

holte das Manöver bei zwei weiteren Hängen. Dann, endlich, tauchte vor ihnen die Waldgrenze auf. Lukas hatte keine Ahnung, wo genau sie sich befanden, aber von dem Berg aus hatten sie einen prachtvollen Blick auf das nächtlich beleuchtete Staufen – sah man von den dunklen Regenschleiern ab, die sich noch immer auf die Stadtmitte ergossen.

Mephisto hockte mit rotglühenden Augen vor ihm auf dem Tank und starrte voraus. »Weiter!«, forderte er. »Bis zu dem Feldweg da hinten. Und dann sieh zu, dass du die Maschine loswirst. Die Reifen sind voll mit Krötenschleim.«

Entsetzt starrte Lukas zu den Rädern und sah, dass der Teufel recht hatte. »Und das sagst du mir erst jetzt?«

»Alles eine Frage des Timings!« Mephisto lachte rauh und sprang vom Moped, kaum dass sie ihr Ziel erreicht hatten. Lukas ließ die Kreidler auf dem Weg liegen, packte Buch und Rucksack und hetzte hinter Mephisto her in den Wald hinein. Dort war es stockfinster. Lukas verlor mehrfach fast das Gleichgewicht, während er sich durch Wurzeln und Unterholz vorwärtskämpfte. »Wohin laufen wir?«, keuchte er.

»Wie ich schon sagte«, knurrte der Pudel. »Ich muss einen Hexenring finden. Dem Kundigen dienen sie als Reiseportale. Und meine Nase sagt mir, dass wir auf dem richtigen Weg sind.«

»Ein Hexenring als Reiseportal, alles klar.« Lukas, dem der Schweiß in Bächen den Rücken hinunterlief, war erstaunt über seine eigene Souveränität. Aber ehrlich gesagt, war ihm inzwischen alles egal. Hauptsache, sie kamen von hier weg.

Mittlerweile hatten Lukas' Augen sich an die Dunkelheit gewöhnt, und so blieb er rechtzeitig stehen, als Mephisto plötzlich innehielt. Vor ihnen erstreckte sich eine von Farnen und vermoderten Baumstümpfen umgrenzte Lichtung, auf dem ein Ring aus Fliegenpilzen stand.

»Gerade noch rechtzeitig«, stellte der Pudel zufrieden fest. »Da ist er ja.«

»Wohl kaum.« Aus dem Geäst der Bäume stob laut krächzend ein Schwarm Krähen auf und formte sich am anderen Lichtungsrand zu einer dunklen Gestalt mit menschlichen Konturen und Zylinder. Von Nettesheim!

Lukas stöhnte. Der dandyhafte Zauberer trat auf die mondhelle Lichtung, wischte sich eine Feder vom Kaschmirumhang und funkelte ihn und seinen vierbeinigen Begleiter zornig an. »Habt ihr geschwätzigen Ratten geglaubt, ich kenne eure Pläne nicht?«

Mephisto knurrte drohend, doch Nettesheim zuckte bloß mit den Schultern. »Komm schon, Mephistopheles. Du willst mir drohen? Selbst *ich* spüre deine Veränderung. Und nebenbei bemerkt: Weiß der Jungspund neben dir, dass *ich* es war, der ihn auf der Fahrt davor bewahrt hat, von Zähnen und Klauen zerfetzt zu werden? Nicht? Das sieht dir ähnlich. Du und ich wissen, dass du nur ein Schatten deiner selbst bist. Nicht mehr als der räudige Köter, in dessen Gestalt du uns Sterbliche seit Jahrtausenden heimsuchst.« Der Zauberer wartete eine Antwort des Teufels erst gar nicht ab, sondern wandte sich Lukas zu. »Und jetzt her mit dir, Junge. Der da«, er spuckte in Richtung des Pudels, »kann dir nicht helfen.«

Lukas umklammerte das Buch und sah unschlüssig zwischen Zauberer und Hund hin und her. Keiner von beiden erschein ihm vertrauenswürdig, aber im Gegensatz zu dem Zauberer hatte der Pudel bislang zumindest noch nicht versucht, ihn umzubringen.

»Rühr dich ja nicht vom Fleck.« In Mephistos Augen loderte ein unheimliches Feuer auf, und Agrippa von Nettesheim zuckte zusammen, als der Familarteufel bis dicht an den Kreis aus Pilzen herantrat. »Ich warne dich, Agrippa. Du solltest dir gut überlegen, mit wem du dich anlegst.«

Die Lippen des Magiers bebten, doch dann kehrte der Hochmut in seine Züge zurück. Er deutete eine Verbeugung an und lüpfte dabei kurz seinen Zylinder. »Wohlan denn, Monsieur. Zeigt mir gern, wie Ihr es anstellen wollt, am Ende nicht wie ein begossener Pudel dazustehen.« Von Nettesheim warf die Arme gen Himmel und wisperte etwas auf Latein. Im gleichen Moment schlug ihnen aus dem Wald dumpfes Geheul entgegen. Gleich drei der Bäume rings der Lichtung durchliefen eine hässliche Metamorphose. Knisternd und krachend verwandelten sie sich vor Lukas' Augen in große, holzige Ungeheuer, die am ganzen Körper behaart waren wie räudige Füchse. Aus Astlöchern quollen nachtschwarze Augen, die wie Kohlen in einem Schmiedebecken glühten. Das Blätterkleid welkte und legte sich wie strähniges Altweiberhaar um verzerrte Fratzen, die sich unter der Rinde hervorwölbten.

»Aufpassen! Das sind Fänggen!« Mephistos Fell sträubte sich. »Diese Walddämonen fressen Menschenfleisch!«

Knirschend formten sich die Äste zu langen, ungelenken Armen mit spinnenbeinartigen Fingern. An den einstigen Stämmen klafften Fressmäuler auf, deren wulstige Lippen wie geborsten wirkten.

»Greift sie euch!«, brüllte Nettesheim. »Bringt mir den Grimoire!«

Ein langgezogenes Heulen erklang, als der erste der Fänggen seine Wurzeln aus dem Boden riss und mit schweren Schritten auf sie zustampfte.

Lukas schrie auf und beobachtete starr vor Angst, wie Mephistos Pudelgestalt zähnefletschend in die Höhe wuchs. Wie eine Bulldogge mit rotglühenden Augen baute er sich vor dem ersten Walddämon auf und fixierte ihn. Das grässliche Baummonster winselte kläglich, riss den Astarm vor die Rindenfratze und wich vor ihm zurück. Doch auch die anderen beiden Fänggen brachen jetzt aus der Erde. »Du weißt, wer vor dir steht«, donnerte Mephistos Befehl über die Lichtung. »Gehorche!«

Die grässliche, noch immer in seinem Bann stehende Baumkreatur wirbelte herum und hieb ohne Vorwarnung nach einem der beiden anderen Fänggen. Das Geräusch brechenden Holzes erfüllte die Lichtung, als die Baumdämonen aufeinanderprallten und ineinander verkeilt in den Wald stürzten.

»Famulus, her mit dir!« Mephisto, jetzt wieder in harmloser Pudelgestalt, berührte einen der Fliegenpilze. Die Pilze des Hexenrings erstrahlten nach und nach in sattem Purpurrot. Ein geisterhafter Wind kam auf.

»Auseinander, elendes Dämonenpack!«, keifte von Nettesheim auf der anderen Seite der Lichtung. »Ihr gehorcht mir. Mir allein!«

Lukas rannte los und sah den dritten Fänggen erst, als es fast zu spät war. Ein mächtiger Asthieb fegte ihn von den Beinen und schleuderte ihn hart gegen einen Baum. Schon krallten sich Astzweige um seinen Rucksack und wuchteten ihn kopfüber in die Höhe. Panisch schrie er auf, löste die Gurte und stürzte zurück auf den Waldboden. Unweit von ihm lag aufgeschlagen Fausts Höllenzwang. Der Wind fuhr über die raschelnden Seiten.

»Rüber zum Hexenring!«, bellte Mephisto. Inmitten des purpurrot leuchtenden Pilzkreises waberte die Luft wie über einem Backofen.

Lukas mühte sich hoch, packte den Folianten am Bucheinband und wollte zum Pilzring rennen, doch da war Nettesheim bereits heran und griff zu. Wütend zerrten sie beide an dem Zauberbuch – als der Höllenzwang mit einem hässlichen Laut entzweiriss. Schreiend kippte Lukas hintüber, stolperte – und stürzte in die Tiefe.

Der Rosengarten zu Worms

»Mephisto?« Lukas glaubte zu schweben. Nebelfinger streiften sein Gesicht. Für einen Augenblick umfing ihn absolute Stille. Doch so übergangslos, wie das Gefühl der Leichtigkeit ihn durchströmt hatte, riss die Schwerkraft auch an ihm. Die Macht, die ihn verschluckt hatte, spie ihn ebenso plötzlich wieder aus, und er kippte vornüber. Lukas stürzte durch einen engen Tunnel, der ihm schier die Luft aus den Lungen presste, dem Licht entgegen. War das etwa Tageslicht?

Japsend krachte er in eine Dornenhecke, und tatsächlich: Sonnenlicht blendete ihn, und es duftete intensiv nach Blüten. Abermals war ihm speiübel zumute. »Was zum Teufel ...?«

»Stets zu Diensten.« Mephisto hockte neben ihm und betrachtete verärgert die Reste des Höllenzwangs. Abgesehen vom Buchdeckel hingen nur noch zwei Dutzend Seiten an der Bindung. Der Rest war fort. »Hättest du nicht besser auf den Grimoire aufpassen können?«

»Entschuldige, aber ich war zufällig damit beschäftigt, nicht von diesem Baummonster gefressen zu werden«, giftete Lukas zurück. Er wartete, bis die Übelkeit nachließ, dann befreite er sich von den Dornen und sah sich um. Auch hier befand sich neben ihm ein Ring aus fleischig-roten Pilzen, doch die übrige Szenerie hatte sich vollkommen verändert. Um ihn und den Pudel herum erstreckte sich ein verwilderter Garten von melancholischer Schönheit. Die Mittagssonne stand hoch am Himmel. Es war angenehm warm. Bienen summten über einen verkrauteten und von weißen Wasserrosen bedeckten Teich. Überall um sie herum ragten schwer tragende weiße, rote und rosafarbene Rosenstöcke auf; dazwischen lockten wuchernde Brombeerhecken mit reifen Früchten. Doch unweit einer brüchigen Gartenlaube, deren Säulen von Efeu und wildem Wein umrankt waren, befanden sich auch gepflegter wirkende Areale, auf denen aromatische Kräuter wie Kamille, Engelwurz und Rosmarin gediehen. Und ein allgegenwärtiges Vogelzwitschern erfüllte die Luft, das … Lukas stutzte und lauschte genauer, bis er wusste, was ihn störte. Das Zwitschern der Vögel klang – blechern. »Wo sind wir hier?« Lukas' Blick fiel auf zwei dornenumrankte Statuen, die Ritter mit hoch erhobenen Schwertern zeigten.

Mephisto hob den Kopf. »Im legendären Rosengarten zu Worms.«

»In *Worms?*« Lukas riss die Augen auf. »Die Stadt liegt über zweihundert Kilometer nördlich von Staufen!«

»Ein einfacher Höllenpakt, mein unbedarfter Famulus, und auch du wärest zu solchen Wundertaten imstande. Der Höllenzwang deines Ahnen wäre dir bei deiner Einführung in die dunklen Künste sicher ein guter Ratgeber gewesen.« Mephisto nickte in Richtung eines klobigen Gegenstands zu Füßen der Ranken – seinem Rucksack.

Verblüfft starrte Lukas den Hund an. »Danke.«

»Na, ich weiß doch, was sich gehört.« Der Pudel fletschte die Zähne zu der Parodie eines Lächelns. »Und jetzt, junger Famulus, haben wir lange genug gerastet. Wir müssen weiter. Komm mit.«

Lukas, der zu erschöpft war, um nach dem Ziel ihrer Reise zu fragen, schulterte sein Gepäck und folgte dem Höllenhund, der ihn eine dick von Moosen überwucherte Steintreppe hinauf zu einem Plateau des Gartens führte. Von dort kam auch das blecherne Vogelgezwitscher.

Unter dem ausladenden Blätterdach einer stattlichen Linde von rund fünfzehn Metern Höhe hielten sie inne. Lukas lehnte sich gegen den dicken, überaus kräftigen Stamm. Hoch über ihm rauschten die Blätter und spendeten willkommenen Schatten. Doch was war das? Auf den Ästen hockte ein gutes Dutzend kunstvoll geschmiedeter Metallvögel, deren Schnäbel im Takt ihres Gezwitschers klapperten. Lukas sah sich weiter um und erkannte, dass die Linde das Zentrum des weitläufigen Gartens bildete. Umgrenzt wurde das Gelände von einem Ring erhabener Marmorsäulen, deren blütenförmige Kapitelle mit leicht durchhängenden Seilen verbunden waren. Sie schimmerten in der Sonne wie gesponnenes Gold. Jenseits der goldenen Borden flirrte die Luft wie an einem heißen Sommertag. Dennoch konnte er in der Ferne Häuser, Dächer und Türme ausmachen. War das Worms? Der Anblick der Stadt erschien ihm unwirklich, als wäre entweder die Stadt oder der Garten selbst entrückt. Lukas tippte auf Letzteres. »Wo befinden wir uns hier?«

Mephisto rollte mit den Augen. »Ist dir die Sage vom Wormser Rosengarten ein Begriff?«

»Der … was?«

»Darf ich daraus schließen, dass du nicht einmal die Nibelungensage kennst?«

»Doch, natürlich.« Lukas drehte sich irritiert zu dem Pudel um. »Wer kennt die Sage um Kriemhild, Siegfried und den Nibelungenschatz nicht? Das ist schließlich *das* deutsche Heldenepos. Nur erinnere ich mich an keinen Rosengarten.«

»Ich gestehe, der Rosengarten ist auch nicht Teil des Liedes, sondern Teil eines eher lokal bekannten Sagenschatzes – nur dass Kriemhild darin ebenfalls eine gewichtige Rolle spielt.« Mephisto wirkte amüsiert. »Worms war schließlich einer *der* Hauptschauplätze der damaligen Geschehnisse. Kriemhild lebte hier.«

»Sie existierte wirklich?«, fragte Lukas. »Dann lebte auch Siegfried, der Drachentöter? Ihr Gemahl?« Der schwarze Pudel nickte, und Lukas lachte ungläubig. »Eine unglückliche Liebe, wenn ich mich erinnere.«

»Na ja, die Angelegenheit hat sich nicht ganz so zugetragen, wie es die Legenden behaupten. Und ich muss es wissen – ich hatte damals selbst meine Finger im Spiel.« Mephisto kratzte sich mit dem Hinterlauf am Kopf. »Aber Kriemhild war nach dem feigen Mord an ihrem Sigilein tatsächlich derart sauer, dass sie aus Rachlust das ganze Königsgeschlecht zu Worms geopfert hat. Was für eine Hexe. Und was für ein Spaß. Die einstmals gute Seele ist mir am Ende wie eine reife Frucht in den Schoß gefallen. Vollgesogen mit bittersüßer Bosheit. Ganz so, wie ich es mag.«

Lukas starrte den Pudel fassungslos an, doch der fuhr ungerührt fort: »Hier in Worms ist Kriemhild auch als Königin des Rosengartens bekannt, wenngleich der Garten ursprünglich von dem selbsternannten Schwarzalbenkönig Alberich geschaffen wurde. Ein mythischer Ort, der als Turnierplatz diente. Hier hat Siegfried einst den berüchtigten Lindwurm bezwungen.« Mephisto wies zu der stattlichen Linde. »Der mit Lindwurmblut getränkte Boden ist jedenfalls noch immer von urtümlicher Kraft erfüllt. Du siehst ja selbst, wie gut hier all die Pflanzen gedeihen. Die Wurzeln der Linde reichen bis tief hinab zu den Knochen des Lindwurms. Du verstehst schon. Linde. Lindwurm. Hm?«

Lukas verstand langsam gar nichts mehr.

Mephisto seufzte. »Egal, die magischen Implikationen verschieben wir auf später. Kriemhild hat um die Zusammenhänge gewusst, denn sie hat Siegfried hier sogar bestattet. Und zwar samt seiner Schätze …« Er grinste verschlagen. »Allerdings sind wir nicht seinetwegen hier.«

»Und warum dann?«
»Weil sich heute jemand anderes um den verzauberten Garten kümmert: das Mündel jenes Mannes, mit dem ich dich zusammenbringen will.«
»Und wer soll das sein?« Lukas betrachtete resigniert die Reste des Höllenzwangs. Wenn er ehrlich war, war ihm inzwischen alles egal.
»Abraham von Worms!«
Lukas sah nun doch auf. »War das nicht ein jüdischer Kabbalist?«
Mephisto grinste schadenfroh. »Abraham hat sich neben der Zahlenmystik auch der Geomantie und der Theurgie gewidmet, der Engelsbeschwörung.«
»Man kann *Engel* beschwören?«
Mephisto lachte schallend. »Na, zumindest habe ich ihn in dem Glauben gelassen. Das war einer meiner besten Scherze. Herrlich. Ohne es zu bemerken, geriet er immer mehr in den Dunstkreis der Hölle. Als er begriff, welcher Sphäre seine vermeintlichen Schutzgeister wirklich entstammten, war es zu spät. Da gehörte seine Seele bereits uns.«
Lukas funkelte Mephisto zornig an. »Du scheinst ein Meister darin zu sein, dir Feinde zu machen.«
»Na, das sagt ja der Richtige.« Mephisto verzog die Lefzen. »Mal ehrlich, wer braucht schon Freunde? Ich sage immer: Wenn du einen Freund suchst, leg dir 'nen Hund zu. He, he.«
»Abraham von Worms lebt also noch«, stellte Lukas fest, ohne auf die Bemerkung einzugehen. »Und du glaubst, er würde uns helfen?«
»Tja, darin liegt das Problem.« Der schwarze Pudel trat an die Linde, hob sein Hinterbein und pinkelte gegen den Stamm. »Abraham hat sich schon vor vielen Jahren komplett aus der Zaubererwelt zurückgezogen. Die Spaßbremse hat mir meine kleine Scharade nie verziehen und seine Zau-

berkraft dazu genutzt, sich so gut von der Welt abzuschotten, dass es selbst mir kaum möglich ist, ihn aufzuspüren. Zumindest, bis er den Fehler beging, diesen Ort aufzusuchen.« Mephisto legte sich zwischen die Wurzeln der Linde und leckte sich schamlos am Schritt. »Natürlich hat der gute Abraham auch hier Schutzzauber gewirkt. Aber für den Fall der Fälle habe ich stets dafür gesorgt, dass in diesem Garten ein Hexenring aus Satansröhrlingen wächst. Quasi als kleines Schlupfloch, falls es sich als nötig erweisen sollte, ihn zu Lebzeiten noch einmal aufzusuchen.«

»Na gut. Jetzt sind wir also hier. Aber was soll uns das bringen?«, fragte Lukas. »So, wie du das schilderst, hat Abraham von Worms allen Grund, wütend auf dich zu sein. Ich sehe nicht, warum er dir einen Gefallen tun sollte.«

»Warten wir es ab.« Mephisto setzte sich wieder auf. »Abraham hat nämlich einen Schwachpunkt. Vor einiger Zeit suchte eine junge Hexe bei ihm Zuflucht. Seitdem kümmert er sich um sie. Das kleine Luder hatte sich unseren, sagen wir mal, ›Steuereintreibern‹ entzogen. Ihre Seele wurde fällig, und da ist sie einfach ausgebüxt.«

Lukas hob interessiert die Brauen. »Ach, das ist möglich?«

»Vorsicht, Famulus. Gefährliches Terrain.« Mephisto fixierte ihn mit strengem Pudelblick. »Wichtig ist nur, dass sich die Kleine seitdem die Einöde ihres Lebens damit vertreibt, sich mit Abrahams Einwilligung um den Rosengarten zu kümmern. Ihr Name lautet Millepertia. Sie taucht hier stets zur Mittagszeit auf, um ihre Beete zu pflegen und Zauberkräuter zu ziehen.« Der Familarteufel seufzte. »Leider sind bislang alle meine Bemühungen, Abrahams und ihr gemeinsames Versteck aufzuspüren, gescheitert. Die Sache eilte ja nicht. Denn irgendwann krepiert schließlich jeder Zauberer und jede Hexe. Dann fahren ihre Seelen unweigerlich in die Hölle ein. Jetzt allerdings hat sich die Situa-

tion geändert. Du steckst in Lebensgefahr. Und ich bin deinetwegen sehr besorgt.« Mit treuem Hundeblick sah Mephisto zu ihm auf.
»Hör auf, mich zu verscheißern!« Wütend rückte Lukas von dem Pudel ab. »Was wollen wir hier wirklich?«
»Ehrlich, ich sorge mich um dich.« Mephistopheles zwinkerte ihm zu. »Wir werden die süße Millepertia dazu bringen, bei Abraham um Asyl für dich zu bitten. Wir appellieren am besten an ihre Nächstenliebe.«
»Nächstenliebe?« Lukas lachte ungläubig, als ihm das Zwiegespräch zwischen Mephisto und Nettesheim wieder in den Sinn kam. »Nein, mein Lieber, es geht nicht um mich. Es geht auch nicht um diese Hexe mit dem selten dämlichen Namen. Du bist es, der Abrahams Hilfe braucht!«
Der Teufel in Pudelgestalt knurrte. »Wir wollen mal nicht dramatisieren. Ja, es stimmt, ich habe nichts gegen seine Unterstützung einzuwenden. Aber vor allem geht es mir um deine Sicherheit.«
»Aha. Und was hat es dann mit deinem angeblichen Schwächeanfall auf …« Lukas kam nicht dazu, seine Frage zu beenden, denn die blechernen Vögel über ihnen veränderten ihre Melodie. Jetzt trällerten sie laut und durchdringend.
Mephisto sprang auf. »Schnell, mir nach. Da kommt sie.« Der schwarze Pudel zerrte an seinem Hosenbein.
Lukas folgte ihm unwillig hinter den dicken Stamm der Linde. Aus dem Versteck heraus beobachtete er, wie die Ranken der Heckenrosen am Rande des Gartens in Bewegung gerieten. Die dornigen Zweige schraubten sich fast drei Meter empor, teilten sich knisternd und formten innerhalb weniger Augenblicke einen kunstvollen Portalbogen. An den verschlungenen Ranken öffneten sich Hunderte Knospen. Kaum waren die Rosen erblüht, schritt eine schlanke Frau durch die Öffnung, die Lukas auf höchstens

Ende zwanzig schätzte. Ihr weizengelbes, hüftlanges Haar rahmte ein hageres Gesicht mit hochstehenden Wangenknochen, und die Jeans und die grüne Bluse, die sie trug, ließen sie auf die Ferne noch blasser wirken, als sie vermutlich eh war. Millepertias Körper besaß nicht Sylvias verschwenderische laszive Weiblichkeit, aber sie hatte etwas an sich, das ihn ansprach.

»Na, gefällt sie dir?«

Lukas sah fassungslos an sich herab. Rubbelte sich dieser gottverdammte Pudel tatsächlich an seinem Bein? »Lass das!«, zischte Lukas und schüttelte den übertrieben hechelnden Hund ab.

Mephisto grinste breit und schleckte sich über die Nasenspitze.

Die junge Frau hielt einen Weidenkorb im Arm, streifte mit der Rechten über die Rosen am Wegesrand, roch lächelnd an einer der Blüten, schritt dann ohne Eile zu einem der Kräuterbeete und bückte sich.

»Na, dann wollen wir mal.« Bevor Lukas es verhindern konnte, jagte der schwarze Pudel zwischen die Büsche.

Zögernd trat Lukas hinter dem Stamm hervor, um die Szenerie aus sicherer Entfernung zu beobachten.

»Deine gebückte, demütige Haltung gefällt mir, Mille!«, hörte er Mephistos vor Anzüglichkeit triefende Stimme.

Mit einem Aufschrei wirbelte die junge Frau herum und ließ den Korb fallen. Dann fiel ihr Blick auf den Pudel. Sie keuchte. »Du?« Die Panik in ihrer Stimme war nicht zu überhören.

»Aber, aber, meine Liebste. Soweit ich weiß, haben wir miteinander den Bund fürs Leben geschlossen. Natürlich sorge ich mich um dein Wohlergehen und halte stets meine schützenden Krallen über dein zartes Haupt«, säuselte Mephisto.

Lukas hätte schwören mögen, dass der Pudel in diesem Au-

genblick mit gespielt treuem Augenaufschlag mit den Wimpern klimperte.
Millepertia wich zurück und hob ein kleines Messer, dessen Schneide sie auf die Handfläche ihrer linken Hand legte. »Nur einen Schritt weiter, und du weißt, was ich tue.« Ihre Stimme klang schrill und enthüllte starke Unsicherheit. »Wie hast du es geschafft, hier einzudringen?«
»Ach, das ist doch unwichtig, meine Teuerste. Wichtig ist doch nur zu wissen, dass ich ohne dich *Höllenqualen* gelitten habe.«
Lukas wurde es zu bunt. »Mephisto, hör auf mit dem Mist!« Entschlossen rückte er den Rucksack zurecht und bahnte sich nun seinerseits einen Weg zu den Beeten.
Die junge Hexe fuhr zu ihm herum, und ihre Augen weiteten sich in jähem Schrecken. Rasch hob sie ihre Hände mit dem Messer über den Kopf. »Ich warne Euch«, schrie sie mit sich überschlagender Stimme. »Bleibt mir vom Leib!«
»Hey, ich will dir nichts tun.« Lukas blieb verwundert stehen. Fast schien es, als würde die Hexe sich mehr vor ihm fürchten als vor Mephistopheles. Mit den Resten des Höllenzwangs deutete Lukas auf den schwarzen Pudel. »Er hat mich hergebracht. Seit ...«, hilflos sah er zur Sonne auf und warf dann einen Blick auf seine Uhr. Die Datumsanzeige zeigte wenig überraschend Samstag an. Na, großartig. »Seit gestern Nacht stolpere ich von einem Unglück ins nächste. Und ich habe keine Ahnung, wie ich in diesen Schlamassel hineingeraten bin!«
»Darf ich vorstellen: mein neuer Famulus.« Mephisto zwinkerte Millepertia plump vertraulich zu und weckte so erst recht Lukas' Zorn.
»Hör auf, mich so zu nennen«, herrschte er ihn an. »Du weißt es. Ich weiß es. Wir beide haben nichts miteinander zu schaffen. Bis gestern wusste ich nicht einmal, dass dieser

ganze Himmel-Hölle-Wahnsinn überhaupt existiert. Alles, was ich verdammt noch einmal will, ist mein altes Leben zurück.«

Millepertias erschrockener Blick ging ihm durch und durch. Er sah jetzt, dass sie faszinierende, tiefgrüne Augen hatte. Allerdings wirkte sie noch immer, als würde sie sich im nächsten Augenblick tief in die Hand schneiden. Was sie wohl mit dieser Drohung bezweckte?

»Es ist mir einerlei, wer du bist«, fauchte sie, »Mephistopheles erscheint niemandem ungefragt.«

»Mir schon!«, blaffte Lukas zurück. »Ich habe mit diesem ganzen Dämonenkram nichts zu schaffen.«

»Hast du nicht?«, bellte Mephisto in gekünsteltem Erstaunen. »Und was ist mit deinen sexuellen Abenteuern mit dem reizenden Sukkubus?« Der Pudel genoss es sichtlich, ihn in Verlegenheit zu bringen.

»Ich wusste doch gar nicht, was sie ist!«, fauchte Lukas. »Faust hat mir diesen Liebesdämon auf den Hals gehetzt und …«

»Faust?« Eine ungehaltene Bassstimme donnerte durch den Garten, und Millepertia seufzte erleichtert auf. Vor dem Rosenportal stand jetzt ein Mann mit Schläfenlocken und schlohweißem, bis zur Brust reichendem Rauschebart. Der Mann trug ein Käppchen auf dem Kopf sowie ein schlichtes, sandfarbenes, knöchellanges Faltengewand und musterte sie ungehalten.

»Abraham, mein Bester!«, begrüßte ihn Mephisto leutselig. »Nach all den Jahren dachte ich mir, dass …«

»Wage es nicht, auch nur dein Wort zu erheben, du schlangenzüngiges Lügenmaul! Nicht auf meinem Grund und Boden!«

»Geht es vielleicht auch etwas höflicher?«, maulte der Pudel. »Ich habe schließlich auch Gefühle.«

»Du hast *Gefühle?*«

»Sind Wut, Hass und Verachtung etwa keine Gefühle?« Der Pudel fixierte den Zauberer trotzig. Der Alte riss wütend die Hände empor, murmelte etwas auf Hebräisch, und eine Wolke glitzernden Staubs wirbelte durch die Luft, die sich vor ihren Augen zu einem fünfzackigen Drudenfuß formte.

»Hey, hey, hey!«, Mephisto trippelte hastig einige Schritte zurück. »Warum denn gleich so misstrauisch? Vielleicht sollten wir beide uns erst einmal …«

Der Drudenfuß blitzte gleißend hell im Sonnenlicht auf, und mit einem Knall verging der Pudel zu schwarzem Rauch.

Lukas konnte es kaum glauben, aber Mephisto war fort.

Der Blick des alten Mannes heftete sich auf ihn. »Und jetzt zu Euch, junger Mann.« Drohend schritt Abraham von Worms auf ihn zu. »Wie Millepertia … Mille bereits sagte: Es gibt niemanden, dem Mephistopheles ohne Grund erscheint.«

»Ach ja?« Wie so oft siegte Lukas' Stolz über seine Vernunft. »Ich habe langsam die Schnauze voll von Teufeln und Zauberern. Dieser verdammte Höllenhund ist mir in Staufen erschienen. Er konnte mir nicht einmal selbst sagen, warum er dort aufgetaucht ist.«

»In Staufen?« Millepertia musterte ihn aufmerksam, dann fragte sie zögernd: »Und wer bist du?«

»Mein Name ist Lukas Faust.« Er wand sich unter ihrem Blick. »Angeblich bin ich ein Nachfahre dieses Alchimisten aus der frühen Renaissance. Dieser …«

»… Doktor Faust?« Abraham von Worms trat argwöhnisch näher und betrachtete ihn von oben bis unten. Sein Blick fiel auf den Einband des zerstörten Höllenzwangs. Er runzelte die Stirn. »Gut.« Er hob mahnend den Finger. »Ich bitte Euch nun, uns genau zu berichten, was sich in Staufen zugetragen hat. Und ich rate Euch, bei der Wahrheit zu bleiben. Wittere ich auch nur den Hauch einer Lüge, sorge ich persönlich dafür, dass Ihr diesen Ort nicht lebend verlassen werdet.«

Lukas schluckte. Stockend berichtete er, was ihm seit Freitagmittag widerfahren war. »Ich habe wirklich keine Ahnung, wie ich in diesen Schlamassel geraten bin«, endete er.

Abraham von Worms und Millepertia tauschten misstrauische Blicke.

»Und bei den Resten des Grimoires in Euren Händen handelt es sich tatsächlich um den Höllenzwang Eures Vorfahren?«

»Na ja, um das, was davon übrig ist.« Bereitwillig reichte Lukas dem Zauberer das zerrissene Buch. »Den Rest hat mir Agrippa von Nettesheim aus den Händen gerissen.«

»Der schleimige Raffzahn lebt also noch.« Abraham nahm die Überreste des Folianten an sich und blätterte sie interessiert durch. »Und der Sukkubus hat tatsächlich behauptet, von Faust persönlich geschickt worden zu sein?«

»Ja.« Lukas spürte, wie ihm die Hitze in die Wangen stieg. Die Sache mit der Dämonin wurde ihm zunehmend peinlich. Vor allem, da die Angelegenheit abermals vor dieser Millepertia zur Sprache kam.

Tatsächlich wandelte sich das Misstrauen in ihrem Blick in Verachtung. »Männer.«

»Vielen Dank«, gab Lukas gereizt zurück. »Eine Frau, die selbst einen Pakt mit dem Teufel geschlossen hat, ist im Gegensatz zu mir selbstverständlich über jeden Zweifel erhaben.«

Wütend maßen sich beide mit Blicken. Es war Millepertia, die zuerst ihre Lider senkte. »Bitte, Abraham, schick ihn weg«, wandte sie sich nun an ihren Beschützer.

Abraham reagierte nicht. Stattdessen betrachtete er die

Überreste des Höllenzwangs von allen Seiten und fuhr sich nachdenklich durch den Bart. »Ich frage mich, was unser gemeinsamer vierbeiniger Bekannter damit bezweckt hat, Euch ausgerechnet hierherzubringen. Der hinterhältige Ziegenbock weiß genau, dass ich mich schon lange aus der Welt zurückgezogen habe. Ich möchte mit ihm und den Ränken meiner Kollegen nichts mehr zu schaffen haben.« Er sah wieder auf. »Und Ihr seid wirklich keinen Höllenpakt eingegangen, junger Faust?«

»Nein, bin ich nicht.«

»Es gibt Möglichkeiten, das zu überprüfen«, zischte die Hexe, doch Lukas ließ sich nicht einschüchtern. »Jederzeit gern«, konterte er. »Seit gestern bin ich ja von Fachleuten auf diesem Gebiet nur so umringt.«

»Ihr beide ermüdet mich.« Abrahams Blick wanderte von Millepertia zu ihm. »Ihr«, er deutete diesmal auf Lukas, »haltet Eure lose Zunge künftig im Zaum. Und du«, er nickte Millepertia zu, »vergiss nicht, dass auch du einst Hilfe erhalten hast.«

Die junge Frau funkelte den Zauberer empört an und murmelte leise: »Das war etwas anderes.«

Abraham wandte sich wieder an Lukas. »Wohlan denn, ich werde Euch eine Nacht Quartier gewähren. Und sei es nur, damit ich diese Schrift studieren kann. Wenn Ihr die Wahrheit sprecht, so haben sich gestern in Staufen außergewöhnliche Dinge zugetragen. Die Seele von Johann Faust schmort seit bald fünfhundert Jahren in der Hölle. Nicht einmal die Engel könnten ihm dort noch helfen. Erweist sich Euer Bericht jedoch als wahr, würde das meine bisherigen Studienergebnisse grundlegend in Frage stellen. Wenn ich die Lektüre beendet habe, werde ich entscheiden, wie ich weiter mit Euch verfahre.«

Lukas seufzte. »Danke. Auch wenn ich nicht weiß …«

»Das wird sich finden.« Ohne ihn eines weiteren Blickes zu würdigen, wandte Abraham sich ab und marschierte, den Folianten noch immer in Händen, zurück zum Gartenrand. Millepertia griff nach ihrem Korb und folgte ihm. Nach einigen Metern wandte sie sich zu Lukas um und fuhr ihn an. »Was ist? Willst du hier Wurzeln schlagen?«
Er deutete unbehaglich auf die Rosenpforte und dachte an die schreckliche Übelkeit, die er gerade erst überwunden hatte. »Das ist doch schon wieder so ein magisches Portal, oder?«
»Du kannst natürlich gern auf den Bus warten.« Millepertias Stimme klang ungehalten. »Allerdings befürchte ich, hier hält keiner.«

Himmel und Hölle

Auf der anderen Seite des Portals fand sich Lukas auf einer kastaniengesäumten Allee wieder und stellte voller Genugtuung fest, dass die Übelkeit diesmal ausgeblieben war. Offenbar gewöhnte er sich langsam an diese Art zu reisen. Er folgte Abraham von Worms und Millepertia zu einer Bushaltestelle. Niemand nahm Notiz von ihnen oder wunderte sich über den seltsamen Aufzug des Magiers. Es dauerte nicht lange, bis Lukas den Grund dafür erfuhr. Als der völlig überfüllte Omnibus hielt, zückte der Zauberer einen goldenen Anhänger, der Lukas entfernt an das Modell eines Atoms mit seinen Elektronenringen erinnerte. Wahrscheinlicher aber war, dass das Kleinod einer miniaturisierten Armillarsphäre nachempfunden war, wie sie in den Stuben alter Astronomen gestanden hatten. Der Zauberer pustete gegen die Ringe. Schon schwirrten und drehten sich die goldenen Reifen um einen Bernstein in ihrer Mitte. Auf unerklärliche Weise sorgte das seltsame Instrument nicht bloß dafür, dass sie niemand bemerkte, sondern zauberte ihnen auch einen Sitzplatz aus dem Nichts. Denn als Abraham von Worms den Anhänger hob, rückten zwei der Bänke rechts von ihnen unbemerkt von den dort sitzenden Passagieren auseinander. Eine weitere Sitzbank schob sich in den entstandenen Zwischenraum, als wäre sie schon immer da gewesen.

»Nichteuklidische Geomantie!«, brummte der Zauberer und setzte sich ungerührt ans Fenster, wo er erneut in dem Höllenzwang zu blättern begann.

Lukas rutschte neben Millepertia auf die Sitzbank.

Als sie schließlich am Karlsplatz ausstiegen, sah er sich aufmerksam um. Das geheime Domizil des Zauberers und der

Hexe lag im Westen der Stadt und war derart exponiert, dass Lukas zunächst seinen Augen nicht traute. Sprachlos starrte er auf den wuchtigen, an die sechzig Meter hohen Wasserturm, der mit seinem Spitzdach, den himmelwärts strebenden Erkern und der von gotischen Fenstern durchbrochenen Außengalerie mehr an einen trutzigen Wehrturm denn an einen Zweckbau erinnerte.

»Beeindruckend«, murmelte er.

»Nibelungenstil«, antwortete Abraham von Worms. »So jedenfalls hat der damalige Architekt die Bauweise bezeichnet.«

Lukas hielt die Bezeichnung für etwas hochgegriffen, lauschte aber dennoch aufmerksam, als der Zauberer fortfuhr. »Tatsächlich ist das Gebäude nur wenig mehr als hundertzwanzig Jahre alt. Als er aufgegeben wurde, entstanden in dem Turm reguläre Wohnungen, aber durch eine kleine geomantische Spielerei habe ich dafür gesorgt, dass niemand von uns als Untermietern erfahren hat.«

»So wie eben im Bus?«

»Sozusagen.« Erstmals kräuselten sich die Lippen des Alten zu einem Lächeln. »Nur in etwas größerem Stil.«

Sie marschierten durch den Verkehrslärm auf das breite Sockelgeschoss des Turmes zu. Lukas entdeckte etwa auf halber Höhe zwischen Eingang und Turmspitze ein steinernes Stadtwappen. Es zeigte zwei Drachen, die den Stadtschlüssel in den Klauen hielten. Millepertia klatschte zweimal in die Hände, und unvermittelt blitzte der Schlüssel metallisch auf. Bewegung kam in die Plastik, und einer der Drachen löste sich von der Turmwand.

Lukas trat erschrocken zurück, als das Monstrum auf breiten Schwingen zu ihnen in die Tiefe segelte.

»Ein Golem«, klärte ihn Millepertia auf und nahm der Kreatur den Schlüssel ab. Der Schädel des lehmigen Drachen ruckte zu Lukas herum und knirschte drohend mit den Zähnen. Dann stieg das unheimliche Geschöpf wieder zur Turmwand auf und gesellte sich zu seinem geflügelten Kameraden.

»Ein *Golem?!*« Lukas schnappte hörbar nach Luft. Natürlich kannte er die berühmte Erzählung des Rabbi Löw aus Prag, der mit seinen kabbalistischen Kräften einen menschenähnlichen Golem aus Lehm erschaffen hatte. Dass diese Geschöpfe aber auch in anderer Gestalt wirklich existierten … hätte er sich inzwischen eigentlich selbst denken können. Es wurde immer irrwitziger.

»Es wäre von Vorteil, wenn Ihr Euch an ihren Anblick gewöhntet«, sagte der Zauberer. »Hier gibt es noch weitere von ihnen. Sie bewachen den Turm.«

Millepertia steckte den Schlüssel in eine Mauerfuge neben dem Haupteingang und drehte ihn. Rumpelnd schoben sich die Quader auseinander und gaben den Weg in eine düstere Kammer frei. Lukas beschloss, all die Seltsamkeiten einfach hinzunehmen. Er folgte seinen Begleitern, die Wand wuchs hinter ihnen wieder zusammen, und irgendwo über ihnen gellte ein schriller Raubvogelschrei durch die Decke. Ein Ruck durchlief die Kammer. Das ziehende Gefühl in seiner Magengegend vermittelte Lukas den Eindruck, als würde der Raum angehoben und nach oben gezogen.

Schließlich öffnete sich die Wand auf der anderen Seite der Kammer, und sie betraten ein stattliches Turmzimmer, dessen Anblick ihn beeindruckt innehalten ließ. Links und rechts entdeckte er runde Fensterdurchbrüche mit altertümlichen Butzenscheiben, auf denen Dutzende milchig grauer Zahlen eingelassen waren. Die Luft roch nach Leder und Pergament. Kein Wunder, denn die schmucklosen Ziegelwände zierten halboffene Schränke, gläserne Vitrinen, Kommoden und hohe Regale, die unter der Last alter Folianten und Schriftrollen ächzten. Überall lagen aufgeschlagene Atlanten herum. Altertümliche Stadt- und Geländekarten hingen an Ständern, zwischen zwei mannshohen Drachenstatuen stand ein hölzerner und von Nadeln gespickter Globus, und auf einem Arbeitstisch lagen kupferne Zirkel, Lineale und andere Winkelmesser. Das Chaos setzte sich auch unter der Turmkuppel fort, denn etwa drei Meter über ihren Köpfen verlief eine Rundgalerie, von der Türen zu weiteren Räumen abzweigten. Auch in der Kuppel säumten unzählige Regale die Wände. Lukas trat interessiert vor einen Schaukasten mit polierter Kristallfläche, unter der versteinerte Muscheln, Trilobithen und Ammoniten ausgestellt waren. Dann fiel sein Blick auf eine Sammlung an der Wand hängender Wünschelruten sowie offene Kisten, in denen Flaschen standen, die augenscheinlich mit verschiedenfarbigen Sand- und Erdproben gefüllt waren.

Abraham von Worms beäugte ihn aufmerksam, während er die aufgeschlagenen Seiten eines auf Latein verfassten Quartbandes betrachtete, dessen farbenprächtige Abbildung ohne Zweifel den Rosengarten zeigte. Nur dass inmitten der Blumen und Bäume ein überaus hässlicher Zwerg mit knotigen Gliedmaßen und Blähbauch tanzte, der Lukas entfernt an das Rumpelstilzchen aus den Grimmschen Kinder- und Hausmärchen erinnerte. Darunter prangte ein lateinischer Schriftzug: *Alberich. Rex albae.* Albenkönig? Hatte nicht bereits Mephisto diesen Alberich erwähnt? Nur dass er sich einen Albenkönig deutlich anders vorgestellt hätte. Galadriel kam ihm in den Sinn, Legolas und überhaupt *Der Herr der Ringe.* Die Alben in der Verfilmung, die hatten etwas hergemacht. Aber dieser Gnom hier? Auf der anderen Seite – wenn der Winzling nur über halb so viel Macht verfügte, wie Lukas es sich von einem *Albenkönig* ausmalte, wollte er ihm definitiv nicht begegnen.

Noch ehe Lukas fragen konnte, was es mit diesem Rumpelstilzchen-Verschnitt auf sich hatte, trat Millepertia an eine der beiden Drachenstatuen heran und legte ihr den Schlüssel in die Klauen. Die Pranken schlossen sich mit knirschendem Geräusch; der Rest des Golems regte sich nicht. Lukas wandte sich dem eigentlichen Blickfang des Turmzimmers zu – einem runden, fast drei Meter durchmessenden Sockel aus schwarzem Basalt, der sich in der Mitte des Raumes erhob. Seine Oberfläche wirkte poliert, und sein Rand war mit vergoldeten astrologischen oder astronomischen Symbolen beschriftet, genau vermochte er das nicht zu sagen. Nur wenige Zollbreit über dem Sockel, hell beleuchtet von den Lichtkegeln der Rundfenster, baumelte ein vergoldetes, fast mannsgroßes Foucaultsches Pendel, dessen lange Drähte sich in der Dunkelheit der Turmspitze verloren. Das monströse Pendel hing schief und zitterte leicht. Wie eine Pfeilspitze wies es auf eine Reihe vergoldeter Symbole, die die Oberfläche des Sockels wie die Beschriftung einer Sonnenuhr zierten.

»Ebenfalls beeindruckend«, sagte Lukas anerkennend. »Was auch immer Sie hier mit dem ganzen Kram machen.«

»Ich bin Geomant, Herr Faust.« Abraham von Worms hängte sich die winzige Armillarsphäre wieder um den Hals und ließ sie unter seinem langen Bart verschwinden. »Mein Spezialgebiet«, fuhr er fort, »ist die arkane Erforschung und Nutzung von Kraftlinien, Wasseradern und geomantischen Raumstrukturen. Die ganze Welt ist von ihnen überzogen. In China hat man die Kraftlinien einst Drachenpfade genannt, hierzulande sprechen die Kundigen von Ley-Linien oder Drachenlinien. Tatsächlich sind sie Rupturen in der Schöpfung, die beim Sturz Satans entstanden. Die zügellose Energie der großen Schlange tritt dort zum Vorschein – wie Blut, das aus einer Wunde quillt. Der Rosengarten, den Ihr bereits kennengelernt habt, liegt auf dem Kreuzungspunkt solcher Rupturen. Ebenso wie dieser Turm. Bedient man sich ihrer Kräfte, ist es, als würde man den Boden, auf dem man steht, zur Ader lassen. Es …« Abraham von Worms hielt inne, als habe er bereits zu viel gesagt. Dann seufzte er. »Leider muss ich mich dieser Kräfte bedienen. Mir ist sehr wohl bewusst, dass ich gesucht werde.«

»Mephisto deutete an, dass er Sie nicht finden …«

»Nennt seinen Namen nie wieder!«, unterbrach ihn der alte Jude scharf. »Nicht nur *er* sucht nach mir. Auch einige meiner Kollegen, die nicht vor Mord zurückschrecken würden, um meine Geheimnisse für sich zu gewinnen.«

»Umso mehr danke ich Ihnen, dass Sie mich als vertrauenswürdig einstufen.«

»Gib dich keinen Illusionen hin«, bemerkte Millepertia schnippisch. »Sobald du uns verlässt, löschen wir dir die Erinnerung an unser Versteck aus dem Gedächtnis.«

Lukas lag bereits eine unfreundliche Antwort auf der Zunge, doch Abraham von Worms hob mäßigend die Hand. »Ich möchte Euch bitten, dieses Prozedere als reine Vorsichtsmaßnahme anzusehen. *Er* …« Der Zauberer deutete vielsagend zum Boden. »… ist überaus trickreich. Aus welchen Gründen er Euch auch immer zu uns brachte – einer von ihnen ist ohne Zweifel jener, über Euch unseren Aufenthaltsort ausfindig zu machen.«

Lukas atmete tief ein. Der Gedanke war ihm auch schon gekommen. »Und was, wenn ihm das gelingen sollte?«

»Da der Höllenpakt ausschließt, dass *er* uns selbst ein Leid antun darf, wird er möglicherweise versuchen, uns zu einer

Torheit zu verleiten. Oder er könnte auf den Gedanken kommen, unsere Gegner auf uns aufmerksam zu machen«, antwortete der Zauberer ernst. »Was auch immer ihm einfällt: Es könnte uns am Ende das Leben kosten. Was dann mit unseren Seelen passiert, wisst ihr ja bereits.«

»Und jetzt?«

»Mille wird Euch das Zimmer zeigen, das Ihr für die Dauer Eures Aufenthaltes beziehen werdet. Danach möchte ich Euch um Eure Gesellschaft bitten. Es gibt einiges zu bereden.«

Lukas nickte. Tatsächlich knurrte sein Magen, außerdem fühlte er sich, als habe er die Nacht durchgemacht – und vielleicht hatte er das ja auch?

Millepertia strich sich ihr Haar hinter die Ohren und deutete brüsk zu einer Wendeltreppe, die neben einem brusthohen Abakus mit zahlreichen Steinkugeln hinauf zur Galerie führte.

Als Lukas ihr nach oben folgte, stellte er mit Verwunderung fest, dass manche der Regale auf dem Rundgang aus Stalakmiten bestanden, zwischen denen auf unterschiedlicher Höhe Steinplatten eingefügt waren. Auch auf ihnen ruhten unzählige alte Bücher und Schriften in hebräischer, griechischer und lateinischer Sprache und zwischen ihnen derart viele Kristalle aus unterschiedlichen Mineralien, dass einige von ihnen als Buchstützen dienten.

Millepertia öffnete eine niedrige Tür. »Hier, dein Zimmer.«

Lukas ging an ihr vorbei und sah sich um. Der Raum war klein; Tageslicht fiel durch ein schießschartenartiges Fenster auf einen altertümlichen Bettkasten. Ein einfacher Schrank, ein Tisch und ein Stuhl rundeten die schlichte Einrichtung ab.

»Ich hole dir gleich was zu essen. Aber denke ja nicht, dass du hier wie ein Fürst bewirtet wirst«, blaffte Millepertia.

Lukas stellte den Rucksack auf dem Stuhl ab und blies sich die Haare aus der Stirn. »Warum diese Feindseligkeit?«
»Weil wir abgesehen von dem, was du uns erzählt hast, rein gar nichts über dich wissen.«
Irgendetwas in ihrem Blick sagte ihm, dass das nicht die ganze Wahrheit war. »Dann frag mich.«
Sie neigte ihren Kopf. »Ich will wissen, woher du stammst. Wo lebst du? Was machst du? Wer bist du?«
Lukas verlor sich einmal mehr in den faszinierend grünen Augen der Hexe. Sie funkelten im Licht des Fensters wie kleine Smaragde. »Oha, läuft das jetzt auf einen Seelenstriptease hinaus? Also gut, ich beantworte dir deine Fragen, wenn du mir im Anschluss mehr über dich erzählst.«
»Offenbar vergisst du, dass du *unser* Gast bist – nicht umgekehrt.«
»Ja, aber auch ich habe Fragen. Bis gestern hätte ich die Existenz von Zauberern und Hexen schlichtweg geleugnet.«
Millepertia trat einen Schritt vor, und in ihre faszinierenden grünen Augen schlich sich ein forschender, fast kämpferischer Ausdruck. »Wir werden sehen. Also?«
Lukas atmete tief ein straffte sich. »Ich bin sechsundzwanzig Jahre alt und komme ursprünglich aus Bremen. Ich habe eine abgebrochene Lehre als Bankkaufmann hinter mir, in Heidelberg ein paar Jahre Geschichte und Psychologie studiert und war ansonsten auf Mittelaltermärkten und Straßenfestivals unterwegs. Zuletzt habe ich mein Glück in Berlin gesucht.«
»Du hast studiert?«
Lukas nickte knapp und starrte Millepertia weiterhin unverwandt an. »Fünf Semester. War nichts für mich.«
»Und was treibst du jetzt?«
Lukas setzte sein charmantestes Lächeln auf, griff sich in die Hosentasche und präsentierte eine Münze, während er ihr

gleichzeitig beide Handflächen entgegenhielt. »Schau gut hin.« Kurz rieb er sich die Hände und öffnete diese wieder. Die Münze war fort.

»Verflucht, wie hast du das angestellt?« Millepertias blasses Gesicht verfinsterte sich. »Bist du etwa doch im Bunde mit …?«

»Hey, mach mal halblang. Das war ein Trick.« Lukas wiederholte die kleine Vorstellung und zeigte ihr jetzt, wie er sie abgelenkt und die Münze heimlich verborgen hatte.

Verblüfft öffnete sie den Mund. »Und davon kann man leben?«

»Na ja, mehr schlecht als recht.« Lukas zuckte mit den Schultern. »Eigentlich träume ich davon, eines Tages als Bühnenmagier groß rauszukommen. Deswegen war ich ja in Berlin. Varieté, du verstehst? Das ist für mich das Größte. Ich hab auch schon an ein paar großen Tricks gearbeitet. Leider haben sie mir den Lagerraum in Berlin ausgeräumt, bevor ich durchstarten konnte. Ehrenschulden.«

Millepertia runzelte die Stirn. »Ehrenschulden?«

»Schulden halt.« Lukas ärgerte sich, dass er das Thema überhaupt angeschnitten hatte.

»Du hast also Glücksspiel betrieben?«

»Na ja, mit Glück hatte das nicht so viel zu tun.« Er lachte verständnisheischend und fragte sich zugleich, wie er überhaupt dazu kam, ihr davon zu erzählen.

»Du hast also falschgespielt und deine Mitspieler betrogen?«, bohrte Millepertia weiter. »Und die haben dir dafür deine Sachen weggenommen?«

»Herrje, das waren Arschlöcher, die es nicht besser verdient hatten. Ich weiß bis heute nicht, wie sie mir auf die Schliche gekommen sind. Außerdem hatten sie mich zuvor selbst reingelegt. Das Geld stammte aus dem Verkauf von Motorrädern, die wir gestohlen und an einen Zwischenhändler verkauft hatten. Nur haben mich die Mistkerle zuvor um meinen Anteil betro…« Lukas hielt perplex inne. Hatte er jetzt tatsächlich die Sache mit den Motorrädern erwähnt? »Aber das war nur eine kurze Episode in meinem Leben«, versuchte er den Ausrutscher hastig wettzumachen. »Nachdem sie mich aus der Uni rausgeschmissen hatten, stand ich auf der Straße. Ich wusste nicht, was ich tun sollte. Meine letzte Kohle war für den Arsch draufgegangen, der für mich zu den Prüfungsarbeiten gegangen ist. Nur hat sich der Idiot erwischen lassen.« Verflucht, was tat er da? Er redete sich zunehmend um Kopf und Kragen.

»Und du hast wirklich keinen Höllenpakt geschlossen?«

»Nein!« Lukas schrie die letzte Antwort.

Das geheimnisvolle Funkeln in Millepertias Augen erlosch, und Lukas begriff, dass sie ihn reingelegt hatte.

»Hexenblick!«, erklärte sie schnippisch. »Ich sagte doch, dass es Wege gibt, dir die Wahrheit zu entlocken. Ich kümmere mich dann mal ums Essen.«

Fassungslos sah Lukas ihr nach und kam sich auf gewisse Weise ebenso benutzt vor wie zuvor von dem Sukkubus. Miststück. Einen Moment lang gaukelte ihm seine Phantasie einen lodernden Scheiterhaufen vor. Der Gedanke erwärmte ihn. Das würde er ihr noch heimzahlen!

Wütend schleuderte er seine Jacke aufs Bett und trat ans Fenster. Die rauchigen Zahlen, die auch hier in die Scheiben eingelassen waren, schmälerten nicht den atemberaubenden Anblick, der sich ihm bot. Unter ihm spannte sich das rote Dächermeer von Worms bis zum Horizont. Er konnte sogar die Türme des Doms erkennen. Selbst der Rhein war zu erahnen. Kurz erwog er, sich umzuziehen und einfach abzuhauen. Dass diese Teufelsanbeter dann sein Gedächtnis manipulieren würden, war ihm völlig egal. Doch was sollte

er tun, wenn ihn seine Verfolger fanden? Er war müde, er war hungrig, und er wollte endlich Antworten.
Gereizt verließ er das Zimmer und stiefelte die Wendeltreppe hinunter. Das Pendel schwang jetzt in Form einer Acht über dem Basaltsockel und drehte sich dabei ständig um den Mittelpunkt – nur um unvermittelt wieder über einem der Symbole zu verharren. Der Anblick war bizarr.
»Irgendetwas bringt die Rupturen in Unordnung. Eigenartig«, erklang die Stimme von Abraham von Worms. Der Magier stand neben dem großen Abakus, betrachtete das Pendel und rieb sich das Kinn. Gedankenvoll sah er zu ihm. »Ich hoffe, Ihr seid mit dem Zimmer zufrieden?«
»Mit dem Zimmer schon«, knurrte Lukas. »Nur das Personal lässt zu wünschen übrig.«
»Aha.« Die Lippen des Alten kräuselten sich zu einem flüchtigen Lächeln. »Dann folgt mir, bitte.« Er schritt an einem Regal mit Zettelkästen vorbei, zwischen denen eine Sammlung geschnitzter Schmuck- und Edelsteine lagerte. Das waren Gemmen aus allen möglichen Epochen. Ob sie ebenfalls Zauberkräfte besaßen? Der Gedanke kam Lukas immer noch seltsam vor.
Abraham von Worms setzte sich an einen großen, von Büchern und Zetteln überquellenden Schreibtisch und bot ihm einen Hocker an. Als Lukas Platz nahm, rauschte Millepertia mit einem Tablett in Händen durch die Tür, das sie ihm unwirsch reichte. Ratlos starrte er auf einen dicken Kanten trockenen Brotes, ein Stück Käse und einen Tonkrug mit Wasser. Was sollte das denn sein? Gefängnisfraß?
Auch der Zauberer runzelte die Stirn. »Mille, ich dachte, wir hätten in der Speisekammer noch …«
»Ach, lassen Sie es gut sein.« Lukas sah Millepertia mit gespielter Freundlichkeit an. »So dürr, wie Ihr Mündel ist,

macht sie seit Jahren die gleiche Diät. Da will ich mal nicht so sein.«

»Dürr?« Eine steile Zornesfalte bildete sich auf Millepertias Stirn.

Lukas ignorierte sie, langte zu, und wider Erwarten machte ihm das karge Mahl nichts aus. Sein Hunger war einfach zu groß.

»Wenn ich es recht einschätze, seid Ihr etwas überraschend mit den arkanen Realitäten konfrontiert worden«, brummte Abraham von Worms. »Ihr werdet Fragen haben.«

»Ja, so könnte man das zusammenfassen.« Lukas spülte das Brot mit Wasser hinunter und sah auf. »Dass Himmel und Hölle existieren, habe ich schon begriffen. Und mir ist auch ziemlich drastisch klargeworden, dass es Dämonen wie diesen Sukkubus oder diese Walddämonen gibt.« Ihm liefen allein bei der Erinnerung an das Erlebte kalte Schauer den Rücken herunter. »Gehe ich recht in der … beunruhigenden Annahme, dass das noch nicht alles ist?«

Abraham von Worms nickte langsam und seufzte. »Hm, wo fange ich an? Luzifers Rebellion am Anbeginn der Schöpfung ist Euch bereits zu Ohren gekommen?«

»Sicher.« Lukas brach ein Stück Käse ab. »Angeblich war Luzifer der erste der Engel. In seinem Hochmut soll er versucht haben, sich über Gott zu stellen. Andere Legenden berichten, glaube ich, dass er nicht bereit war, vor Gottes zweiter Schöpfung niederzuknien – also vor den Menschen. Am Ende hat ihn der Erzengel Michael zur Strecke gebracht. Diese Rebellion?«

»Fast«, gab Abraham ernst zurück. »Michael hat ihn zur Strafe in den Infernalischen Abgrund gestoßen. Oder in die Hölle, wie man sie häufig nennt. Die weiteren Gründe für Luzifers Rebellion, die Ihr noch nicht angeführt habt, sind für uns jetzt und hier nicht von Belang. Wichtig zu wissen ist allerdings, dass sich damals ein Drittel der Engel dieser Rebellion angeschlossen haben. Sie alle wurden mit Luzifer aus dem Himmelreich verbannt. Aber nicht alle sind in der Hölle gelandet.«

Lukas sah irritiert auf. »Wie bitte?«

Abraham seufzte. »Es gibt zwei Klassen von Abtrünnigen. Ihr erinnert Euch an jene Fänggen, die Euch im Wald bei Staufen angegriffen haben?«

»Diese fürchterlichen Baumdämonen?«

»Nein, junger Mann, diese Bezeichnung ist nicht korrekt. Fänggen sind weder Teufel noch Dämonen. Sie gehören zu den Schwarzalben. Bei ihnen handelt es sich um Geschöpfe, die bei Satans Höllensturz nicht in die Hölle verbannt wurden. Sie strandeten auf ihrem Weg in den Infernalischen Abgrund im Diesseits.«

»Wieso sind nicht alle in der Hölle gelandet?« Lukas sah den Zauberer fragend an.

»Gute Frage.« Abraham von Worms kratzte sich am Bart. »Diejenigen unter ihnen, die wir als Schwarzalben bezeichnen, würde man heutzutage wohl als Mitläufer bezeichnen. Ihr Vergehen wog nicht schwer genug. Ausgestoßen wurden sie dennoch. Seitdem lauern sie in den verborgenen Winkeln unserer Welt. Die meisten von ihnen halten sich zurück und hoffen auf die Gnade des Himmels, doch manche von ihnen ähneln zunehmend Teufeln und Dämonen. Gier und Rachsucht treibt sie, und sie lassen sich nur allzu gern für Untaten aller Art einspannen.«

Lukas, der bei den Ausführungen unwillkürlich an den Quartband mit der Abbildung des Rosengartens und dem seltsamen Zwerg denken musste, richtete sich gespannt auf. »Sie sind nicht der Erste, der einen Unterschied zwischen Teufeln und Dämonen macht. Auch … *er* … tat das. Aber ich begreife nicht, warum?«

»Sehr gut.« Abraham von Worm nickte wohlwollend. »Ich sehe, Ihr habt trotz der turbulenten Ereignisse gut zugehört. Ist Euch bei der Legende vom Höllensturz nichts aufgefallen?«

»Nein. Sollte es das?«

»Ja. Denn darin war nicht davon die Rede, dass die Engel die Hölle erst *erschaffen* mussten. Sie existierte bereits.«

Lukas hielt im Kauen inne. »Sie *existierte* bereits?«

»Allerdings. Und zwar vermutlich schon lange vor der Schöpfung unserer Welt.« Abraham von Worms legte die Fingerspitzen aufeinander. »Ist Euch die Zohar ein Begriff?«

»Den Namen habe ich schon gehört. Hat, soweit ich weiß, irgendetwas mit der Kabbala zu tun. Die alte und mystische Tradition des Judentums, mit der auch Sie sich angeblich beschäftigen.«

Der Zauberer nickte. »Ganz in Übereinstimmung mit der Tora versuchen die verschiedenen kabbalistischen Traditionen dem Wesen Gottes und der Engel näherzukommen. Die Zohar wiederum ist das bedeutendste Schriftwerk der Kabbala. Und nach der Zohar-Auslegung des Ersten Buches Mose hat Gott vor der Schöpfung unserer Welt andere Welten erschaffen, diese aber wegen ihrer Unvollkommenheit wieder zerstört. Bis auf eine, die als geborstenes Fragment zurückblieb. Wir vermuten, dass es sich bei dieser Domäne um die Hölle handelt.«

»Das ist nicht Ihr Ernst?« Lukas verschluckte sich fast. »Und das Himmelsreich ist dann ebenfalls eine dieser Welten?«

»Wer weiß das schon so genau?« Abraham hob vielsagend seine buschigen Brauen. »Die Hölle jedenfalls hatte bereits Bewohner. Und diese nennen wir Dämonen. Jene Engel hingegen, die gemeinsam mit Luzifer in dieses Reich verbannt wurden, nennen wir Teufel. Seit dem Höllensturz haben sie dort die Macht an sich gerissen. Allerdings unterscheiden sich Teufel und Dämonen nicht maßgeblich voneinander. Sie alle lassen sich von Kundigen beschwören. Und sie alle trachten danach, uns Menschen zu verderben, wenn es ihnen schon nicht anders gelingt, unsere Welt zu zerstören.«

Lukas sah Zauberer und Hexe aufmerksam an. »Und das kann jeder? Ich meine, sich Teufel und Dämonen dienstbar zu machen?«

»Ja und nein.« Abraham seufzte. »Kleinere Manipulationen der Wirklichkeit sind unter richtiger Anleitung jedem möglich. Solche Hexereien habt Ihr selbst bereits durchgeführt.«

»*Was* habe ich?«

»Ich rede von der Schauerkerze, die Ihr nach eigener Aussage angefertigt habt. Bei diesen Dingen handelt es sich um Brosamen, mit denen die Ausgeburten der Hölle uns Sterbliche ködern, um unsere Seelen an sich zu binden. Denn in jedem von uns brennt ein göttlicher Funke. Es heißt, er erstrahle umso heller, je mehr man liebt. Von diesem Licht nähren sich all diese Entitäten.«

»Moment.« Lukas schüttelte den Kopf. »Teufel und Dämonen suchen unsere Liebe?«

»Nein, keinesfalls. Ich habe mich offenbar etwas unglücklich ausgedrückt. Dem Höllengesindel ist Liebe so fern wie ein Gebirgskiesel dem Meer.« Aus der Stimme des Zauberers sprach Verbitterung. »Tatsächlich gibt es noch etwas, das den göttlichen Funken in uns zu entfachen vermag. Oder sollte ich besser sagen: zu erschüttern? Nämlich Leid, Unglück und Qualen. Aus diesem Grund trachten die Bewohner der Hölle danach, unsere Seelen einzufangen und in ihren Seelenmühlen zu zermahlen. Das nämlich erwartet uns Sünder nach dem Tod in der Hölle.«

»Aber wenn es den Himmel gibt, wieso lässt er so etwas zu?«
»Weil uns der freie Wille gegeben wurde«, erklärte Millepertia. Ihre grünen Augen funkelten trotzig. »Wir haben es selbst in der Hand, für welche Seite wir uns im Leben entscheiden.«
Lukas war noch immer nicht überzeugt. »Aber wenn man so leicht abrutschen kann, warum dann der ganze Aufwand mit diesen Höllenpakten?«
»Verwechselt die Hölle besser nicht mit dem Fegefeuer«, korrigierte ihn Abraham. »Letzteres ist der Ort, an den die meisten Sünder nach ihrem Tod gelangen. Dort erleiden ihre Seelen ebenfalls Qualen, und die Höllenbewohner umschwirren sie wie Motten das Licht. Aber durch echte Reue kann man diesem Ort wieder entrinnen. Ein Höllenpakt hingegen kettet die Seele für die Ewigkeit an den Infernalischen Abgrund. Ein solcher Pakt ist unwiderruflich. Allerdings erhält man zum Ausgleich ungleich stärkere Macht im Leben. Macht, die weit über die Anfertigung einer magischen Kerze hinausreicht.« Der Zauberer strich über Fausts Höllenzwang, der vor ihm auf dem Tisch lag. »Euer Ahne Doktor Faust ist damals einen solchen Höllenpakt eingegangen und hat den Preis dafür bezahlt. Jedenfalls nach allem, was wir wissen.«
»Ich begreife immer noch nicht, wieso man überhaupt einen Höllenpakt schließen sollte.« Lukas sah zu dem Zauberer auf. »Ein kurzes Leben ins Saus und Braus, nur um dann endlose Höllenqualen zu erleiden? Das ist doch Wahnsinn.«
»Nicht, wenn Ihr davon überzeugt seid, dem Tod ein Schnippchen schlagen zu können«, entgegnete Abraham ungerührt. »Ihr habt natürlich recht. Es *ist* Wahnsinn. Aber so, wie ich Euch einschätze, solltet auch Ihr Momente er-

lebt haben, in denen man nicht mehr klar denkt. Zeiten, in denen man glaubt, man könne alles erreichen und bliebe von dem Unbill der Wirklichkeit verschont.«

»Tja, wer hoch fliegt, fällt eben tief.« Lukas stellte das leere Tablett auf den Boden und sah dabei wie zufällig zu Millepertia.

»Aus Euch spricht die Arroganz und die Selbstgefälligkeit der Jugend. Falls es Eure Absicht war, mich zu beleidigen, so lasst Euch gesagt sein, dass ich mich längst damit abgefunden habe, eines Tages den Preis für meine Hybris zu zahlen.«

Lukas verstand erst jetzt, dass der Zauberer den Seitenhieb gegen die Hexe auf sich bezog. »Einen Augenblick«, stotterte er. »So war das nicht gemeint. Ich …«

»Ich habe Euch schon richtig verstanden, junger Faust.« Der Zauberer lächelte, doch das Lächeln erreichte seine Augen nicht. »Warten wir doch einfach jenen Moment ab, an dem Ihr selbst fallt. Als Nachfahre von Doktor Johann Faust seid Ihr sozusagen prädestiniert dazu. Ich hoffe, Ihr erinnert Euch dann an dieses Gespräch.«

»Was haben denn meine Vorfahren damit zu tun?«

»Ach, das wusstet Ihr nicht?« Der Zauberer lachte. »Der Hölle ist nicht an irgendwelchen Seelen gelegen. Besonders interessiert sie sich für Sterbliche mit besonders machtvollen Seelen. Leute wie Euch und mich!«

»Und meine Seele soll besonders … machtvoll sein?«, fragte Lukas lauernd.

Abraham lehnte sich vor und fixierte ihn. »Als die Erzengel auf Gottes Geheiß den Garten Eden errichteten, half ihnen dabei eine Gruppe von Engeln, die als Grigori bekannt wurden. Ebendiese Grigori sollen später, beim Anblick der Töchter Evas, fleischliche Gelüste entwickelt haben. Kurz, sie haben mit den Menschenfrauen Nachkommen gezeugt, die unter anderem als Riesen in die Legenden eingegangen sind.«

»Wie bitte? *Riesen?*«

»Besonders bibelfest seid Ihr offenbar nicht.«

»Nein. Sollte ich?«

»Zumindest würde es mir manche Erklärungen ersparen«, seufzte der Zauberer. »Bei Gelegenheit könntet Ihr das Buch Mose aufschlagen. Speziell das sechste Kapitel ist von einigem Interesse. Diese Nachkommen waren jedenfalls ebenso machtvoll wie zerstörerisch. Wir können getrost davon ausgehen, dass einige von ihnen für die Götterlegenden überall auf der Welt verantwortlich sind. Die biblische Sintflut diente nicht zuletzt dazu, sie vom Antlitz der Welt zu tilgen. Aber«, Abraham hob mahnend einen Finger, »noch immer leben einige unter uns, durch deren Adern ein wenig Engelsblut fließt. Denn wer Engelsblut in sich trägt und zur richtigen Stunde geboren wird, meistert die arkanen Künste auf besonders beeindruckende Weise. Zu ihnen gehörte auch Euer Ahne. Doktor Faust war ebenso verschlagen wie genial.« Sein Gegenüber lehnte sich wieder zurück. »Und Ihr, junger Mann, seid ein Faust. Jetzt, da die Sendboten der Hölle auf Euch aufmerksam geworden sind, werden sie nichts unversucht lassen. Sie werden Euch so lange in Versuchung führen, bis Eure Seele rettungslos verdorben ist. Und dann, mein Freund, möchte ich diese hochmütige Rede gern noch einmal von Euch hören.«

Lukas wurde blass. Dann war das der Grund, warum ihm all die Freitage, die auf einen Dreizehnten fielen, so übel mitgespielt hatten? Und wenn die Hölle jetzt wirklich auf ihn aufmerksam geworden war, wie kam er aus alledem wieder raus? Bevor er auch nur eine Frage stellen konnte, fuhr Abraham von Worms fort.

»Aber zurück zu Euren Erlebnissen in Staufen.« Der Zauberer schien seinen Ärger souverän beiseitezuschieben und blätterte in den verbliebenen Seiten des Höllenzwangs. »Gab es vielleicht noch etwas, das Ihr erfahren habt? Denkt genau nach, was Sukkubus oder Agrippa erwähnt haben. Jedes Detail mag wichtig sein.«

Lukas atmete tief ein. »Agrippa von Nettesheim kannte mich. Keine Ahnung, woher. Zumindest machte er den Eindruck, als wisse er, wer ich bin. Er und Sylvia – also ... ich meine ... der ... Sukkubus – standen sich feindselig gegenüber. Außerdem sprach der Sukkubus von einer Höllenpforte, die sich öffnen würde.«

»Ein Höllentor?« Abraham und Millepertia warfen einander besorgte Blicke zu.

»Ja, und dass sich Agrippa gut überlegen soll, auf welcher Seite er steht, wenn es dazu kommt. Und da war noch etwas.« Lukas legte die Hände grüblerisch vor den Mund. »Von Nettesheim erwähnte irgendwelche Forschungen meines Ahnen. Und dass er jedes Risiko der Welt eingehen würde, um an die Ergebnisse dieser Forschungen zu gelangen.«

»Interessant. Und zwar in höchstem Maße.« Der Zauberer drehte die Überreste des Höllenzwangs hin und her. »Doch zunächst etwas anderes: Was ist das hier?« Er deutete auf die Aussparung im Einband, in der sich noch in Staufen der zersprungene Edelstein befunden hatte. »Ich habe darin Diamantsplitter entdeckt.«

»Ach, das.« Lukas winkte ab. »Das war ein Schmuckstein. Hatte einen hübschen Schliff, so ein bisschen wie eine Träne. Aber der Stein ist in tausend Teile zersprungen, als ich von Nettesheim das Buch über den Kopf gezogen habe.«

Abraham schüttelte den Kopf. »Ich bin Geomant. Ich erkenne einen Diamanten, wenn ich ihn sehe.«

»Ein Diamant zerspringt doch nicht so einfach«, widersprach Lukas. »Oder doch?«
»Eigentlich nicht.« Der Zauberer schwieg eine Weile, sah dann aber wieder auf. »Ihr spracht im Rosengarten von Fausts Rückkehr.«
Lukas nickte.
»Hat der Dämon mehr darüber verraten?«
»Mehr? Ich verstehe nicht.«
»Dann will ich es deutlicher machen.« Abraham strich sich über den Bart. »Ich habe Euch nicht aus Barmherzigkeit bei mir aufgenommen, sondern weil in Zaubererkreisen bereits seit fünfhundert Jahren ein seltsames Gerücht die Runde macht. Ein Gerücht, das ich ehrlich gesagt so irrwitzig fand, dass ich es nie ernst genommen habe. Vielleicht war das ein Fehler.«
»Und was besagt dieses Gerücht?«, wollte Lukas zunehmend ungeduldig wissen. Dass er sich rundum auf unbekanntem Terrain befand, machte ihn nervös. Nicht nur die Örtlichkeit und die Personen in diesem Raum waren ihm fremd – die Welt selbst war ihm unbekannt geworden. Mit jeder neuen Information, die ihm der alte Mann gab, verschoben sich die Zusammenhänge. Und woher sollte er wissen, ob er diesem Zauberer und seiner Hexe überhaupt vertrauen konnte?
»Wir, die wir einen Höllenpakt eingegangen sind, fürchten nichts mehr als den Tod«, fuhr der Geomant fort. »Ich erläuterte Euch bereits, was im Falle des Todes mit unseren Seelen geschieht. Natürlich wird Gevatter Hain eines Tages zu jedem von uns kommen, doch die Zauberei ermöglicht es, diesen Moment möglichst weit aufzuschieben. Nur ist bei manchen meiner Kollegen das Überleben über die Jahrhunderte zum reinen Selbstzweck verkommen. Sie beschäftigen sich mit nichts anderem mehr.« Der Zauberer deutete

auf sich. »Auch ich bin inzwischen ein altes Fossil. Ich habe dem Tod seit nunmehr sechshunderteinundfünfzig Jahren ein Schnippchen geschlagen. Von Doktor Faust aber wird gemunkelt, dass er zu Lebzeiten an einem Plan arbeitete, den Höllenpakt selbst aufzuheben!«

Einen Augenblick lang wurde es still im Turmzimmer.

»Aber … haben Sie nicht gerade eben noch selbst angedeutet, dass das unmöglich ist?«

Abraham nickte. »Aber ich erwähnte auch, dass Faust ein ebenso genialer wie skrupelloser Kopf war. Er hat in seiner vergleichsweise kurzen Lebensspanne mehr erreicht als viele andere von uns in Jahrhunderten. So hat er gleich sieben rivalisierende Zauberer besiegt, die allesamt älter waren als er. Darunter Michael Scotus, Roger Bacon, Albertus Magnus und Arnaldus de Villanova.«

»Und was ist mit Euch?« Lukas musterte von Worms neugierig. »Wenn ich richtig rechne, habt auch Ihr damals schon gelebt.«

Sein Gegenüber lächelte grimmig. »Ja, auch mir hat Faust einen Besuch abgestattet. Unser Duell endete mit einem Unentschieden. Agrippa von Nettesheim soll ihm ebenfalls entgangen sein, allerdings durch feige Flucht. Und für einen Schwarzkünstler hat Faust auffallend oft die Nähe geistlicher Würdenträger gesucht. Der Bamberger Fürstbischof etwa soll ihm nach einem gelungenen Horoskop Türen in höchste klerikale Kreise geöffnet haben. Oder der damalige Prior des Klosters Rebdorf – dieser gewährte Faust Zutritt zu der damals weltberühmten Klosterbibliothek.«

»Also war mein Vorfahr hinter irgendetwas her?«

»Ganz offensichtlich.« Der Zauberer stand auf und trat vor eines der Rundfenster. Gedankenverloren starrte er auf die Silhouette von Worms. »Ich vermute, es ging ihm um den angehäuften Wissensschatz der Kollegen. Er hat darin offenbar nach etwas gesucht, das uns anderen verborgen geblieben ist. Wie es aussieht, könnte er damit Erfolg gehabt haben. Denn wenn es ihm tatsächlich möglich war, Euch von der Hölle aus einen Dämon zu schicken, ist das eine sehr beunruhigende Vorstellung. Es würde nämlich bedeuten, dass Doktor Faust die geltenden Höllengesetze außer Kraft gesetzt hat.«

»Dann …« Lukas stockte. Da er nicht davon ausging, dass ein Zauberer in der Hölle seine Kräfte behielt, konnte das eigentlich nur eines bedeuten: »Dann ist Doktor Fausts Seele eventuell schon frei?«

»Hätte *er* dann nicht davon wissen müssen?« Abraham drehte sich zu ihm um. Lukas besann sich der Reaktion, die Mephistopheles in Staufen gezeigt hatte – der Familarteufel hatte Doktor Faust betreffend erstaunt und ratlos gewirkt. Die Anzeichen sprachen also eher dafür, dass die Seele seines Ahnen noch immer in der Hölle schmorte. Die Angelegenheit blieb einstweilen ein Rätsel. Lukas deutete auf das Zauberbuch. »Und darin findet sich nichts, was uns mehr Aufschluss gibt?«

»Bis jetzt nicht.« Von Worms setzte sich wieder und blätterte die Überreste des Höllenzwangs erneut durch. »Sehr viele Seiten sind uns ja leider nicht geblieben. Und in diesen beschreibt Faust einige bekannte und weniger bekannte Zauberflüche und Rezepturen. Nichts Außergewöhnliches. Wenn auf den Seiten nicht zusätzliche Botschaften mit Zauberei verborgen sind, befürchte ich, dass Nettesheim die aufschlussreicheren Teile des Buches erbeutet hat. Allerdings findet sich auf den hinteren Seiten der Beginn einer mir unbekannten Beschwörung, die leider an der interessanten Stelle abbricht. Ich werde mir den Grimoire heute Abend noch einmal genauer vornehmen. Jetzt aber … wenn ich ehrlich bin, bin ich müde.« Er sah wieder auf. »Möglicherweise hat dieser Sukkubus auch gelogen, und Faust hat ihn gar nicht entsendet.«

»Und wenn er nicht gelogen hat?« Millepertia deutete ungehalten auf den Zauberer und sich selbst. »Wenn dieser Doktor Faust wirklich einen Weg zum Aufheben eines Höllenpaktes gefunden hat, betrifft das auch uns beide. Dann gibt es vielleicht Hoffnung.«

»Dann verrate mir, warum ausgerechnet *er* dafür gesorgt hat, dass Fausts Höllenzwang überhaupt in unsere Hände gefallen ist?« Abraham sah Millepertia scharf an. »Nichts, was *er* sagt und tut, geschieht ohne Grund. Alles, was *er* macht, dient ihm allein. Ich will meine Zeit nicht damit verschwenden, einem Phantom nachzujagen.«

Millepertia wollte etwas erwidern, stattdessen presste sie die Lippen aufeinander und schwieg.

»Und was geschieht jetzt mit mir?«, fragte Lukas.

Abraham wog sein Haupt. »Darüber werde ich morgen entscheiden. Vielleicht finde ich einen Platz, an dem Ihr für eine Weile sicher sind.«

Lukas schüttelte verärgert den Kopf. »Und das war's jetzt? Ende der Unterhaltung? Ich bin entlassen?«

»Erst einmal.« Der Magier sah ihn ausdruckslos an. »In der Regel findet sich alles Weitere.«

»Na toll.«

Millepertia räumte das Tablett weg, und da sich Abraham wieder in den Höllenzwang vertiefte, marschierte Lukas zurück auf sein Zimmer, hämmerte die Tür hinter sich zu und warf sich aufs Bett. Von draußen schien noch immer die Nachmittagssonne in den Raum, doch ihr Licht schenkte ihm wenig Trost. In welch einen Irrsinn war er da bloß geraten? Existierte dieser geheime Plan zur Tilgung eines Höllenpaktes wirklich? Falls ja, war ein solches Vorhaben an Wahnwitz oder Wahnsinn kaum zu überbieten. Musste es nicht darauf hinauslaufen, den Teufel selbst auszutricksen? Wie sollte so etwas möglich sein? Und noch eine Frage trieb ihn um und schnürte ihm die Kehle zu: Welche Rolle hatte sein Ahne in diesem Spiel für ihn vorgesehen?

Lukas befürchtete, keine gute.

Die Wilde Jagd

Als Lukas hochschreckte, brauchte er eine Weile, bis er begriff, dass er noch immer auf dem engen Kastenbett im Turmzimmer lag. Es war dunkel, und draußen regnete es mal wieder. Seine Hoffnungen, bloß einen bösen Traum durchlebt zu haben, zerstoben. Mühsam quälte er sich in die Senkrechte und bemerkte, dass er noch immer angezogen war. Ein Blick auf die Leuchtziffern seiner Uhr verriet ihm, dass er fast neun Stunden in tiefem, traumlosem Schaf verbracht hatte. Dann aber hatte ihn etwas geweckt. Lukas lauschte und glaubte inmitten der Regengeräusche ein gedämpftes Klatschen zu hören. Er griff zu seinem Smartphone und betätigte die Licht-App. Der helle Schein riss Bettkasten, Tisch, Hocker und Schrank aus der Dunkelheit, und ihm fiel auf, dass sein Rucksack umgekippt war.

Da! Da war das Geräusch schon wieder. Hinten, beim Schrank. Er leuchtete und entdeckte an der Wand hinter dem Möbel einen nur knapp verdeckten Türrahmen. Argwöhnisch spähte er zum Zimmerausgang, doch die Tür war geschlossen. Schließlich siegte seine Neugier. Er stand auf und rückte den Schrank mühsam von der Wand ab. Dahinter kam tatsächlich eine weitere Tür zum Vorschein. Und diesmal glaubte er sogar, einen flinken Schatten durch den Spalt am Boden huschen zu sehen. Mäuse? Lukas bückte sich, und der Lichtschein seines Handys strich über einen feucht schimmernden Fleck am Boden. Was war das? Schleim?

Vorsichtig betätigte er die Klinke. Abgeschlossen.

Lukas öffnete den Kleiderschrank und fand darin, was er suchte: einfache Bügel aus Draht. Er schnappte sich einen

der Bügel, bog ihn zurecht und stocherte damit wie mit einem Dietrich in dem Türschloss herum.
Es klickte.
Vorsichtig zog er die Tür auf und beleuchtete einen weiteren Raum, der deutlich größer als seine Schlafkammer war. Der Lichtkegel glitt über Regale, in denen – Körperteile und Gliedmaßen lagen! Voller Abscheu schreckte er zurück. Es dauerte einige tiefe Atemzüge, bis er einen zweiten Vorstoß wagte.
Erneut fiel das Licht des Handys auf Pranken, Flügel und schuppige Schwänze. Erst bei näherem Hinsehen begriff Lukas, dass es sich bei den Gliedmaßen um Exponate aus Ton oder Lehm handelte. Und von diesen stammte auch der lehmig-modrige Geruch, der in dem Raum hing.
Vorsichtig ging Lukas näher. Vor den Regalen standen verschmutzte Werktische und hölzerne Bottiche, und an der Wand gegenüber war ein Brennofen mit Rauchabzug untergebracht. Voller Argwohn betrachtete er eine mannshohe, mit einem weißen Laken abgedeckte Gestalt in der hinteren Raumecke. Von ihr waren lediglich die Lehmfüße zu sehen, die sehr menschlich beschaffen waren. Lukas ahnte, wo er sich befand. Offenbar war das hier die Werkstatt, in der Abraham von Worms seine Golems fertigte.
Vom Regen abgesehen hörte er nun keine Geräusche mehr und wollte schon wieder kehrtmachen – als er zwei weitere Türen entdeckte. Eine führte rechts zur Galerie des Turmzimmers, die andere erinnerte ihn an eine Balkontür. Kurz haderte er mit sich, dann schritt er vorsichtig zur Letzteren und öffnete auch diese. Die Luft, die ihm entgegenschlug, war warm, leicht feucht und roch würzig nach Humus und süßen Pollen. Er befand sich jetzt auf der Außenbalustrade des Wasserturms, wie er leicht an den gotischen Fensterdurchbrüchen erkennen konnte. Allerdings

waren diese mit hohen Sprossenscheiben ausgestattet, die dem Rundgang den Charakter eines Wintergartens verliehen. Der Regen prasselte gegen die Scheiben, so dass das nächtliche Lichtermeer der Stadt nur verschwommen zu sehen war.

Das Licht des Smartphones enthüllte Kübel mit Büschen und Pflanzen. Er ging weiter und entdeckte links und rechts des Weges weitere Setzkästen mit Sträuchern und Kräutern. Mehrfach blitzten im Licht einfache Holzschildchen auf, auf denen in altmodischer und weiblich anmutender Schrift die Namen der Gewächse standen: Galgant, Hahnenfuß, Herbstzeitlose, Christophskraut und Engelwurz waren nur einige der Kräuter, die hier gediehen. Vermutlich war das hier Millepertias Reich. Er spürte einen leichten Windzug. Das Unwetter da draußen war offenbar heftiger, als er angenommen hatte.

Lukas wollte schon wieder zurückgehen, um die Suche nach dem Etwas in seinem Zimmer erneut aufzunehmen, als sein Licht eine weitere Balkontür streifte. Sie führte offenbar in einen Raum neben der Werkstatt, dessen Fensterscheiben seltsam blind und nahezu vollständig von Efeu überrankt waren. Abermals siegte seine Neugier. Die Tür sperrte etwas, ließ sich aber öffnen. Hinter ihr erstreckte sich ein staubiges Arbeitszimmer, das schon seit langer Zeit ungenutzt zu sein schien. Spinnweben hingen von Wänden und Decke. Links von ihm, an der Wand neben den verkrauteten Fenstern, erhob sich ein mit Büchern, Zetteln und Schreibmaterialien übersätes Schreibpult. Nicht weit davon entfernt stand eine graustichige Kommode, auf der ein einsamer achtarmiger Chanukka-Leuchter thronte. Auch die hiesigen Regale waren mit Büchern gefüllt, und an den Wänden standen Engelsstatuen in von Spinnweben verhangenen Nischen. Ihr An-

blick wirkte auf ihn ebenso gespenstisch wie deprimierend.
Schließlich fiel sein Licht rechter Hand auf einen großen Wandteppich mit den eingewebten Worten *Portae Lucis*, was er mühsam als ›Pforten des Lichts‹ übersetzte. Unter dem Schriftzug zeigte der Teppich einen Gelehrten, der ein verzweigtes Gebilde aus zehn miteinander verbundenen Kugeln hielt, die hebräische Inschriften trugen. Lukas' Beschäftigung mit der Historie der Zauberei erwies sich nun als Vorteil. Er wusste, dass dies die zehn Sephiroth waren, die göttlichen Urpotenzen des Weltenbaumes, welche nach Ansicht der Kabbalisten alle Ebenen des Seins durchdrangen.
Lukas betrat den dunklen Raum, wagte es aber nicht, etwas vom Platz zu nehmen. Bei den Büchern in den Regalen handelte es sich vor allem um Sprachlexika. Die aufwendige Prägeschrift des Folianten auf dem Pult offenbarte sich ihm erst, als er die dicke Staubschicht fortgepustet hatte, die auf dem Einband ruhte: *Buch der wahren Praktik in der uralten göttlichen Magie und in erstaunlichen Dingen, wie sie durch die heilige Kabbala und durch Elohym mitgetheilt worden sammt der Geister- und Wunder-Herrschaft, welche Moses in der Wüste aus dem feurigen Busch erlernet, alle Verborgenheit der Kabbala umfassend.* Darunter stand ein Name: *Abraham ben Rabbi Shimon bar Jehuda ben Rabbi Shimon.*
»Was gibt dir das Recht, hier einzudringen?«
Lukas fuhr erschrocken herum – in der Tür zum Wintergarten stand Millepertia. Sie sah aus wie eine zum Sprung bereite Katze. »Dachtest du, ich bekäme es nicht mit, wenn jemand durch meine Beete marschiert? Wenn Abraham davon erfährt, wird er dich in hohem Bogen vom Turm werfen!«

Brüsk wandte sie sich ab und marschierte davon, doch Lukas stürmte hinter ihr her. »Bitte, Mille. Warte.« Vermutlich war es keine gute Idee, sie so vertraulich anzureden, denn sie wirkte jetzt noch gereizter. »Ich habe mich hier oben lediglich etwas umgesehen.«

»Du nutzt unsere Gastfreundschaft aus.«

»Nein. Ich dachte, etwas gehört zu haben. Und ja, ich war neugierig. Und?« Er sah sie aufgebracht an. »Bis gestern noch hätte ich jeden für verrückt erklärt, der mir mit Teufeln, Dämonen und Zauberern gekommen wäre. Und jetzt? Jetzt stecke ich mittendrin in etwas, das mir wie ein schlechter Witz vorkommt.« Lukas hob hilflos die Hände. »Ich hab euch sogar den verdammten Höllenzwang überlassen. Was muss noch passieren, damit du begreifst, dass ich nicht der Feind bin?«

Millepertia funkelte ihn böse an. »Auch das gibt dir nicht das Recht, hier herumzuschnüffeln.«

»Okay. Sorry. Kommt nicht wieder vor. Aber da *war* etwas in meinem Zimmer!«

»Ach ja? Außer uns und den Golems ist hier oben nichts.«

Lukas seufzte. So kam er nicht weiter. »Kannst du mir trotzdem mal verraten, warum du mich die ganze Zeit wie deinen Erzfeind behandelst?«

»Weil ich spüre, dass du Abraham in Gefahr bringst«, gab sie gereizt zurück. »Die Hölle hat ihm schon übel genug mitgespielt.«

Obschon Lukas das nicht für die ganze Wahrheit hielt, nickte er knapp und wandte sich erneut dem staubigen Zimmer und den Engelsstatuen zu. »Ich weiß. *Er* hat sich mir gegenüber damit gebrüstet.«

»Seit damals hat Abraham seine kabbalistischen Forschungen so gut wie eingestellt«, sagte Millepertia. »Dabei wollte er einst aus den heiligen Schriften Wege ableiten, um Gott

näherzukommen. Verstehst du? Er ist nicht wie die anderen Zauberer.« Der Regen prasselte immer heftiger gegen die Scheiben.
Millepertia schien zu überlegen, ob es überhaupt lohnte, mit ihm zu reden. »Abraham gibt es nicht offen zu, aber trotz seiner Verbitterung hoffte er, dass die Himmlischen seine Absichten erkennen und ihm wieder einen Weg zurück ins Licht weisen würden. Aber nichts dergleichen ist geschehen. Wie auch?« Sie lachte bitter. »Wir … er hat sich damit abgefunden. Und jetzt kommst du und bringst alles durcheinander.«
Lukas betrachtete sie aufmerksam: »Also gibt es Engel?«
»Abraham ist davon überzeugt.« Millepertia schnaubte verächtlich. »Das Schicksal von uns Sterblichen scheint sie allerdings nicht zu kümmern. Denn sie zeigen sich nicht.«
»Und du? Teilst du Abrahams Überzeugung?«
»Falls es Engel gibt, interessieren sie mich nicht. Sie waren nie da, als ich sie brauchte.«
»Dann bist du bei deinem Höllenpakt also nicht reingelegt worden?«
Es dauerte eine Weile, bis Millepertia antwortete. »Nein. Ich habe der Unterwelt meine Seele ganz offen angeboten.«
»Aber warum?« Lukas schüttelte verständnislos den Kopf. »Für Reichtum? Macht? Ruhm?«
»Nein. Aus Rache!« Ihre Augen blitzten. »Das war 1635, während des Krieges, den ihr heute den Dreißigjährigen nennt. Die Schweden mussten sich aus Worms zurückziehen und zogen plündernd und brandschatzend über das Land. Sie töteten meinen Vater und alle, die ich kannte. Meine Tochter Sophie und ich waren die Einzigen, die entkamen. Der Teufel sorgte dafür, dass alle Söldner an einem grausamen Fieber starben. Leider hat mich Satan betrogen.

Er brachte mich wegen einer Nichtigkeit dazu, zum Ort des Leids zurückzukehren. Dort erkrankte auch Sophie. Sie starb nur wenig später. Jetzt ist es zu spät für Reue. Warum mich das Schicksal mit Abraham zusammengebracht hat, weiß ich nicht, aber jetzt kümmere ich mich um ihn. Niemand war je so gut zu mir wie er.«

»Und der Vater deiner Tochter?«

»Ich wüsste nicht, was dich das angeht«, blaffte sie, fügte dann jedoch, leiser jetzt, hinzu: »Zu dem Zeitpunkt war er schon tot.«

»Das tut mir sehr leid … Mille«, sagte Lukas. Dieses Mal widersprach sie nicht. Ein kleiner Fortschritt, wie Lukas fand. Nach einer kleinen Pause fuhr er fort: »Dennoch kann ich nicht glauben, dass *er* mich ausgerechnet zu dem einzigen Zauberer mit reinen Absichten geführt haben soll.«

»Es ist mir egal, was du denkst. Merke dir einfach Folgendes: Wer Abraham etwas zuleide tut, den töte ich! Und jetzt …«

Ein unheimlicher Klang mischte sich in die Wind- und Regengeräusche vor den Turmmauern. Er erinnerte Lukas entfernt an das Schmettern eines Jagdhorns. »Was war das?«

Auch Millepertia ruckte zu den Fenstern herum. »Keine Ahnung.«

Mit einem unguten Gefühl ging er an ihr vorbei, presste sein Gesicht gegen die Scheiben – und erstarrte. Die Wolken über dem Turm hatten sich zu einem Sturmauge formiert, wie er es bereits in Staufen gesehen hatte. »Das ist der gleiche Sturm wie gestern Nacht!«, keuchte er.

»Unmöglich. Der Turm ist magisch gesichert. Wir sind unauffind…« Jetzt entdeckte auch sie die unzähligen am Nachthimmel tanzenden Lichterpaare, die rasend schnell näher kamen. Waren das glühende Augen? Inmitten des Sturmgeheuls meinte er nun Hundegebell zu hören, dem sich ein fernes Wiehern anschloss. Abermals erklang das Jagdhorn.

»Oh nein!«, rief Millepertia entsetzt. »Das ist die Wilde Jagd!«

»Die was?«

»Eine Meute aus Dämonen und dunklen Alben, deren einziges Ziel das Töten und Verschleppen Sterblicher ist.« Sie packte ihn am Arm und riss ihn mit sich, als gleich mehrere der rauchigen Zahlen in den Scheiben aufglühten.

Durch den Turm hallte ein Alarmton wie ein Fanfarenstoß. Doch es war zu spät. Wütendes Gebell umtoste den Wintergarten. Lukas glaubte jenseits der Fenster eine grässlich lachende Gestalt mit langen strähnigen Haaren vorbeirauschen zu sehen, der ein Geisterzug grausiger Kreaturen folgte, die unter lautem Schreien, Johlen, Heulen, Jammern, Ächzen und Stöhnen auf den Turm zuwogten. Schwere Körper krachten von außen gegen die Fenster, und die magischen Schutzzeichen im Glas glühten noch stärker auf – bis eine der Scheiben unter dem Ansturm barst. Ein vierbeiniges Hundewesen mit glühend roten Augen, fahlweißem, räudigem Fell und Reißzähnen wie ein Hai rollte unter lautem Splittern über die Beete und versperrte ihnen knurrend den Weg.

Millepertia biss sich mit einem wütenden Aufschrei in die Hand und vollführte mit dieser eine schnelle, ausladende Bewegung. Blut spritzte aus der Wunde, und Lukas traute seinen Augen nicht. Ihr Blut war grün! Wo es auftraf, schraubten sich binnen Sekunden wippende Pflanzen mit eiförmigen Blättern aus dem Untergrund, an deren Enden sich goldgelbe Blüten entfalteten. Auch der Höllenhund wurde von den Blutstropfen benetzt. Wie von einem Brandeisen berührt, jaulte er auf und drehte sich im Kreis. Wo Millepertias Blut ihn benetzt hatte, überzog sich das

schmutzig weiße Fell ebenfalls mit Pflanzen. Rasend schnell hüllte das Gestrüpp die dämonische Kreatur ein. Sosehr der Höllenhund auch nach den Dolden schnappte, er verlor den Kampf. Vollends überwuchert sackte er zusammen.
Millepertia zog Lukas an dem Dämon vorbei, als abermals eines der Fenster zerbrach und der nächste Höllenhund in den Wintergarten vordrang. Panisch rannten sie in das Werkzimmer und schlugen die Außentür zu.
Lukas hetzte zu der Lehmgestalt und zog so lange an ihr, bis sie polternd gegen die Balkontür krachte und dabei in mehrere Teile zerbrach. »Verdammter Mist! Wofür habt ihr Golems, wenn diese zu nichts nütze sind?«, fluchte er, fuhr zu Millepertia herum und riss ungläubig die Augen auf. Ausgehend von der Bisswunde in ihrer Hand, verwandelte sich die junge Hexe in ein bizarres Geschöpf mit weiblichen Konturen, das gänzlich aus Pflanzensträngen, Blättern und Blumen bestand. Statt ihres Haares umspielte jetzt ein Schleier goldgelber Blüten ihre Schultern, während ihr Leib und ihre Gliedmaßen wie aus Blättern und Pflanzenfasern modelliert wirkten. Allein die grünen Augen funkelten menschlich.
Millepertia ignorierte ihn, berührte die Balkontür und überzog sie komplett mit Gestrüpp, das seine Wurzeln tief in die Lehmteile der Golem-Figur grub.
Das erstaunte Keuchen blieb Lukas in der Kehle stecken, als er von der Tür zu seinem Zimmer lautes Quaken hörte. Das konnte doch nicht wahr sein! »Mille, aufpassen!«, brüllte er und deutete zu den zwei schleimigen Fröschen auf der Türschwelle. »Abaddons-Lurche!«
Seine Begleiterin fuhr herum. »Wie kommen die hier rein?«, fauchte sie mit Knisterstimme.
Lukas ahnte es: Zwischen den Fröschen und dem Bett lag sein Rucksack, und aus einer der Seitentaschen sprang ein

weiterer Lurch. Nun wusste er auch, wo der seltsame Fleck auf der Türschwelle herrührte.
Abermals schleuderte Millepertia grünes Blut, und die beiden Frösche teilten das Schicksal des ersten Höllenhundes. Längst donnerte es gegen die Balkontür, wütendes Gebell schlug ihnen von draußen entgegen. Die Tür knirschte in den Angeln, doch der gelb-grüne Bewuchs hielt. Noch. Weitere Fenster im Wintergarten klirrten; in das Bellen und Knurren mischte sich lautes Triumphgeheul. Das Pflanzenwesen, das einst Millepertia gewesen war, schob sich raschelnd an ihm vorbei. Gemeinsam liefen sie durch sein Zimmer zur Innengalerie des Turmes. Im Vorbeihasten griff er nach seiner Jacke und beförderte Rucksack und Dämonenlurch mit einem Tritt in die hinterste Zimmerecke. Dann knallte er die Tür ins Schloss – was den dämonischen Lärmpegel leider nicht minderte. Aus der von Kristalllampen beleuchteten Haupthalle drangen Kampfgeräusche zu ihnen herauf, von irgendwoher schmetterte wieder das Jagdhorn, eines der großen Rundfenster war eingeschlagen, und nasskalte Luft wehte in das Turmzimmer. Zwischen den Regalen und dem hohen Basaltblock kämpfte einer der Drachengolems gegen eine alte Frau mit schiefen Zähnen und messerscharfen Krallen, die fast so lang wie ihre Finger waren. Schnappend und geifernd umkreisten sich Drache und Vettel, während Lukas hinter Millepertia die Treppe hinabstürmte. Unten angekommen, sah er auch Abraham von Worms, dem der zweite Drachengolem den Rücken gegen einen wolfsgroßen Raben freihielt. Der Vogel-Unhold versuchte den Zauberer daran zu hindern, einen Beschwörungskreis aus Sand zu streuen, doch schon war der Golem zur Stelle, schnappte sich den Raben, zerriss ihn und spie die Federreste gegen ein Regal.
Abraham ließ sich von alledem nicht aus der Ruhe bringen.

»Aufpassen, Mille!«, rief er konzentriert und wies zu der klauenbewehrten Alten. »Das ist eine Drude!«
Das widerwärtige Mütterchen kicherte hässlich auf, der Drachengolem biss zu, doch die Drude verwandelte sich mit einem sphärischen Zischen in schwarzen Rauch, dem die Kiefer des Wächters nichts anhaben konnten.
Stattdessen wogte die Rauchgestalt auf Lukas zu. Der sprang mit einem Aufschrei zurück und richtete den Lichtstrahl seines Smartphones auf den Qualm, der tatsächlich etwas vor dem Licht zurückwich.
Schon war Millepertia heran. Sie packte nach den Schwaden, die sich unter dem Griff ihrer Pflanzenhände wieder in ihre ursprüngliche Schauergestalt zurückverwandelten. Kreischend schlugen Drude und Hexe aufeinander ein.
Von der Galerie rauschten zwei weitere Drachengolems zu ihnen herab. Keinen Augenblick zu spät, denn ein weiteres Rundfenster splitterte, und eine koboldhafte Gestalt mit krummer Nase und Jagdspieß galoppierte auf einem schwarzen Geißbock auf sie zu. Mit ihm stürzten zwei Höllenhunde in das Zimmer, die jedoch von den Drachen aufgehalten wurden. Kobold und Geißbock hingegen galoppierten unbeeindruckt weiter. Lukas wühlte panisch in seiner Jackentasche, zückte den Donnerkeil und deutete in hilflosem Entsetzen auf die Koboldgestalt. Wie schon in Staufen war der Versuch erfolglos.
Abraham, der in diesem Augenblick seinen Beschwörungskreis beendet hatte, sah auf. »Bei allen Cherubim, Ihr habt einen Donnerkeil?«, fluchte er. »Wenn er aufgeladen ist, haltet uns gefälligst diese Bestien vom Leib.«
»Wie denn?«, keuchte Lukas mit von blanker Panik erstickter Stimme.
»Ich dachte, Ihr seid ein Faust. Haltet das Ding richtig herum!«

Was? Aber er hielt die Kristallröhre doch genau so, wie es ihm Mephisto gesagt hatte! Rasch drehte er den Donnerkeil und hieb mit ihm in Richtung eines Höllenhundes. Ein lauter Knall brachte seine Ohren zum Klingen, und ein greller Lichtblitz fegte die fahlweiße Kreatur von den Beinen. Mit rauchendem Fell blieb sie liegen und winselte.

Mephisto! Lukas konnte nicht glauben, wie leicht ihn der hinterhältige Familarteufel reingelegt hatte. Sofort stand er Millepertia mit einem zweiten Blitzschlag bei. Die Drude taumelte getroffen zurück, und die Hexe erwürgte sie kurzerhand mit ihren Rankenarmen.

Lukas' Kampfgeist war geweckt. Er erledigte mit dem Donnerkeil zwei weitere Höllenhunde, die den ersten nachgefolgt waren, und setzte gerade zu einem Jubelschrei an, als seine Zimmertür oben auf der Galerie aufflog. Heraus stürmte ein ganzes Rudel der vierbeinigen Bestien. Im gleichen Augenblick bäumte sich der Geißbock auf, und der auf ihm reitende Kobold rammte seinen Spieß tief in den Leib eines der Drachenwächter. Knirschend brach der Golem auseinander.

»Haltet aus!«, rief Abraham von Worms. »Ich versuche einen Sandteufel zu rufen. Betet, dass wir es mit seiner Hilfe schaffen, an den Mantel zu gelangen.«

Lukas hatte weder eine Ahnung, wovon der Zauberer sprach, noch blieb ihm Zeit, nachzufragen. Seite an Seite mit der verwandelten Millepertia half er den drei verbliebenen Golems mit Blitzschlägen und Hexenkräften, die Angreifer abzuwehren. Doch während der Zauberer unentwegt Formeln intonierte, verloren die Blitzschläge des Donnerkeils an Kraft. Die Leiber der Golems wiesen zahllose Risse auf; auch Millepertias Bewegungen wurden langsamer. Warum dauerte das so lange?!

Mehr und mehr Schauergestalten der Wilden Jagd drangen in das Turmzimmer ein; unter ihnen Spukgestalten mit wehenden Gewändern, geflügelte Schlangen und entstellte Leichname, die funkensprühende Peitschen schwangen. Einer der Peitschenstränge züngelte quer durch den Raum in Lukas' Richtung. Schnell sprang er zur Seite, Millepertia warf die Rankenhände nach vorn, und wie von einem Hexenschuss getroffen, bäumte sich die Kreatur auf und kippte hintenüber.

Als in der Mitte von Abrahams Beschwörungskreis unter lautem Brausen eine sandige Windhose emporwuchs, die sich innerhalb von Augenblicken zu einer humanoiden Hörnergestalt mit trichterförmigen Augen und Dreizack in den Händen verdichtete, konnte Lukas sich nicht entscheiden, ob er jubeln oder schreien wollte.

»Ich befehle dir, mir zu gehorchen!«, donnerte Abrahams Stimme.

»Ich gehorche! Ich gehorche!«, jaulte der beschworene Teufel mit einer Demut, die Lukas überraschte. »Ich tue überhaupt alles, wenn Ihr es uns bloß gestattet, in Eurer Sphäre zu bleiben.«

Lukas, der den zunehmend heißer werdenden Donnerkeil in die Linke wechselte, warf dem Teufel einen überraschten Blick zu. Auch Abraham schien die Offerte zu erstaunen. »Uns?«

»Wir sind sieben, Zauberer!« Die Stimme des Sandteufels klang panisch. »Bitte, wir dienen Euch zu allen Konditionen. Nur schickt uns nicht wieder zurück.«

Einer der Drachengolems wurde von einer kräftigen Satyrgestalt gegen ein Regal geschleudert und zerbröselte zu Staub, während Millepertia erst eine der wandelnden Leichen in gelblich grünes Gestrüpp hüllte und dann ächzend in die Knie ging.

»Her mit euch!«, befahl Abraham von Worms. »Kämpft! Gehorcht! Nur Menschen sind für euch tabu!«
Als hätten die Sandteufel bloß auf diese Gelegenheit gewartet, wölbte sich der Boden im Beschwörungskreis nach oben. Es knackste, und wie unter großem Druck riss der hölzerne Untergrund auf. Splitter flogen ihnen um die Ohren, als sechs weitere Sandteufel orkanartig aus dem Beschwörungskreis hervorbrachen und sich ebenso wie der erste Gehörnte heulend auf ihre Gegner warfen.
Lukas wandte sich Millepertia zu, deren Körper nur noch halb von gelben Blüten bedeckt war. Die freiliegenden Hautpartien waren von Kratzern und Schrammen übersät und von grünen Pflanzensäften bedeckt. Sie stöhnte.
Abraham von Worms rannte an ihre Seite. Die miniaturisierte Armillarsphäre in der Linken, malte er mit der Rechten Schutzsymbole in die Luft. Als staubige Gebilde verharrten sie vor seiner Brust, nur um auf seinen Wink hin wie Geschosse zwischen die Angreifer zu fahren. Wo sie auftrafen, zerplatzten die Körper der Dämonen wie Gebilde aus fauligem Schlamm.
Lukas, der sich einen Überblick über das Kampfgeschehen zu machen versuchte, durchfuhr die kalte Furcht. Weder die Staubgeschosse noch die wie Derwische wütenden Sandteufel würden dem nicht enden wollenden Strom der Angreifer standhalten können. Immer mehr von ihnen drängten in den Turm.
»Faust, ich kümmere mich um Mille«, herrschte ihn Abraham an. »Lauft Ihr zu der Kiste dort neben dem Schreibtisch, und bringt uns den Mantel! Ich halte Euch den Rücken frei.«
Lukas nickte bloß und stürmte blindlings die Schneise entlang, die Abraham und die Sandteufel freiräumten. Doch die Angreifer rochen den Braten und konzentrierten sich

jetzt auf ihn. Während ein furchteinflößender Satyr einen der Sandteufel zerschmetterte, zogen die übrigen Teufel einen schützenden Ring um ihn. Einer der Höllenhunde brach trotzdem zu ihm durch. Schreiend schoss Lukas mit Blitzen um sich, doch deren Macht setzte der Kreatur kaum mehr zu. Die geifernde Bestie setzte bereits zum Sprung an, als ihr Leib mit einem Mal wie ein glühendes Kohlescheit auseinanderbrach. Ein sirrender Ton lag in der Luft, und der Donnerkeil in Lukas' Händen zerplatzte in einem heißen Funkenregen. Oh nein! Schmerzerfüllt schüttelte er die Hand, stolperte vorwärts, erreichte die Truhe und öffnete sie. Sie war leer.

»Da ist nichts!«, rief er panisch.

»Das Nichts *ist* der Mantel!«, brüllte Abraham von Worms, während er den Satyr mit einem magischen Sandstrahl gegen die Rundfenster schleuderte.

Lukas griff in die Leere, fühlte überraschend Stoff zwischen den Fingern – und sah seine Hand vor seinen Augen unsichtbar werden. Beherzt zog er an dem unerwartet schweren Stoff. Kurz darauf verschwanden auch seine Unterarme. Unter hysterischem Kichern sah er, wie ein weiterer Sandteufel unter dem Angriff der Wilden Jagd zusammenbrach – und warf sich den seltsamen Tarnmantel kurzerhand über Kopf und Schultern. Dann rannte er zurück zu dem Beschwörungskreis. Es war nicht zu glauben! Obwohl einige der aufgeschreckten Kreaturen nach ihm Ausschau hielten, gelang es Lukas, unter dem Mantel an ihnen vorüberzuschlüpfen. Er war tatsächlich unsichtbar!

Erst in unmittelbarer Nähe von Zauberer und Hexe lüpfte er den Umhang. »Ich hab ihn!«, keuchte er.

Der alte Jude fuhr wenig überrascht herum und deutete auf Millepertia, die nun wieder in menschlicher Gestalt neben

ihm lag. »Versteckt euch neben dem Eingang«, zischte er und wies unmerklich zu jener Wandstelle, durch die sie am Nachmittag das Turmzimmer betreten hatten.
Lukas warf den Tarnmantel auch über die Hexe und schleppte die Benommene aus der Gefahrenzone.
Abraham von Worms schoss weitere Bannzeichen auf die Dämonenschar und rief dann etwas auf Hebräisch, das wie ein Kommando klang. Staunend sah Lukas, wie drei der Sandteufel plötzlich menschliche Formen annahmen, während sich die beiden verbliebenen Drachengolems zu dem Zauberer zurückzogen. Im selben Moment explodierte etwas mitten im Raum, und eine gewaltige Staubwolke rollte wie ein Sandsturm durch das verwüstete Turmzimmer. Die Sichtverhältnisse reduzierten sich von einem Moment zum anderen auf null.
Lukas hustete, spuckte und versuchte sich und Millepertia inmitten all des Chaos so gut wie möglich vor dem Sand zu schützen – als er eine Bewegung am Umhang spürte. »Still jetzt!«, flüsterte Abraham von Worms ihm zu. »Jetzt wird sich zeigen, ob wir es schaffen, die Brut auszutricksen.«
Inmitten der Staubwolke konnte Lukas die Konturen der verbliebenen beiden Drachengolems ausmachen. Wild schlugen sie mit den Flügeln und stürzten durch die Rundfenster ins Freie. Erst jetzt entdeckte Lukas die drei Wesen auf den Golem-Rücken, deren Silhouetten vage den ihrigen ähnelten. Waren das etwa die Sandteufel? Zumindest die Wilde Jagd schien genau dies zu glauben, denn unter lautem Wutgeheul folgte die Dämonenschar den Golems hinaus in die Nacht.
Als sich der Staub gelegt hatte, schlug Abraham den Mantel zurück und verbannte mit seinen Zaubern die letzten beiden Höllenhunde, die im Turm zurückgeblieben waren. »Schnell, zum Schacht!«, rief er ihm und Millepertia zu,

während er selbst zu einem intakten Regal hastete und dort einige Dinge zusammenklaubte.
Lukas tat, wie ihm geheißen, und half Millepertia aufzustehen. Ihr Blick war glasig, und sie war kaum ansprechbar. »Nicht bewusstlos werden, hörst du!« Er schlug ihr sanft gegen die Wange, und sie nickte. Fahrig tastete sie die Ziegel ab. Wie am Nachmittag öffnete sich vor ihnen die verborgene Aufzugskammer in der Wand. Den Mantel mit sich ziehend, stolperten sie hinein. Abraham hatte gerade zu ihnen aufgeschlossen, als eine befehlsgewohnte Stimme durch das Turmzimmer dröhnte: »Gebt auf!«
Der Zauberer fuhr herum, und Lukas folgte seinem Blick. Tatsächlich – ganz hinten, neben einem der geborstenen Rundfenster, stand jemand! Der Eindringling war schlank, trug ein schwarzes, knöchellanges Gewand mit dunklem Pelzbesatz an Kragen und Schultern und eine dunkle Lederkappe über der hohen Stirn. Schnurr- und Backenbart waren auf altmodische Weise gewachst. Lukas schätzte den Mann auf etwa sechzig Jahre.
Auch wenn der Fremde sie nahezu ausdruckslos musterte, beschlich Lukas das Gefühl, dass dem Blick des Mannes nichts entging.
»Wer seid Ihr?«, grollte Abraham.
»Jemand, dem ebenso wie Ihnen daran gelegen ist, für tot gehalten zu werden.« Der Fremde lächelte und präsentierte eine düster glosende Kristallkugel. Lukas glaubte in der Stimme einen leichten Akzent zu hören. »Sie sehen mich übrigens überrascht, Abraham von Worms. Ich bin Ihnen in all den Jahren tatsächlich auf den Leim gegangen.«
Lukas war sich nun sicher, dass der Mann Engländer war.
»Was gibt Euch das Recht, mich und meine Gäste anzugreifen?«, zischte der alte Jude.
»Die Umstände, geschätzter Kollege.« Der Fremde lächelte

kalt. »Händigen Sie mir den Rest von Fausts Höllenzwang aus, und ich verschone Sie und Ihre Gäste.«
Abraham hob kampfbereit die Armillarsphäre. »Ihr glaubt tatsächlich, mich ausgerechnet in meinem eigenen Heim bedrohen zu können?«
»Verstehe.« Die Augen des Fremden nahmen wieder jenen raubtiergleich taxierenden Ausdruck an. »Sie möchten sich Ihre Beute nicht aus den Händen nehmen lassen. Nachvollziehbar. Aber dumm.« Er trat zur Seite. »Ich denke zwar, dass ich Ihnen weit überlegen bin, dennoch werde ich nicht den Fehler begehen, es auf den letzten Metern vor dem Ziel darauf ankommen zu lassen. Nicht ich werde Sie töten. Dieses Vergnügen sei einem anderen gestattet.«
Hinter dem Rundfenster flammte ein grelles Licht auf, dessen Schein sich kränklich über die Verwüstungen im Turmzimmer legte. Und mit dem Licht kam die Kälte. Wie eine Woge rollte sie heran. In Windeseile kroch Rauhreif an Wänden und Trümmerteilen empor. Lukas wich zitternd zurück und sah, dass sein Atem kleine Wölkchen bildete. »Was ist das?«
Ein lautes Wiehern hallte durch den Raum. Die Luft stank jetzt nach Schimmel und verrotteten Pflanzen. Aus dem Lichtschein preschte ein halbverwester Falbe auf sie zu, dessen Zügel von einem übergroßen Skelett in weißem Leichenhemd gehalten wurden. Eine fünfzackige Dämonenkrone krönte den bleichen Schädel; die Lichtpunkte in den knöchernen Augenhöhlen glühten silbrig und waren feindselig auf Lukas gerichtet.
Abraham rief etwas auf Hebräisch und feuerte drei seiner Bannzeichen auf den Reiter ab, doch die staubigen Gebilde zerschellten an der dämonischen Gestalt, wie Rauch, der gegen eine Granitsäule wehte. Erneut fuhr der Zauberer mit der Hand durch die Luft. Das große Pendel im Raum schlug

jäh nach rechts aus, traf Ross und Reiter hart in die Flanken und schleuderte beide im Galopp beiseite. Lukas sah noch, wie sich der halbverweste Gaul unter dem Kommando des Skeletts wieder aufrichtete, doch die Mauer vor ihnen schloss sich bereits.

»Wer war das?«, rief Lukas entgeistert.

»Der Helljäger!«, antwortete Abraham, und Lukas stellte beunruhigt fest, dass die Stimme des Geomanten zitterte.

In diesem Moment sackte die geheime Kammer unter ihnen weg, und sie rauschten in die Tiefe.

Der Helljäger

Lukas stützte Millepertia und stolperte gemeinsam mit ihr und Abraham durch eine endlos erscheinende Abfolge von Tunneln, Treppen und Gängen. Die Zauberkammer hatte sie nicht am Sockelgeschoss des Turms entlassen, sondern irgendwo tief unter der Erde. Das düstere Gangsystem schien Jahrhunderte auf dem Buckel zu haben. Mal passierten sie brüchige Ziegelwände, dann wieder Gestein, das wie von Krallen bearbeitet wirkte.

Für Fragen blieb keine Zeit. Abraham von Worms trieb sie unnachgiebig an, wenn er nicht gerade damit beschäftigt war, hinter ihnen wie aus dem Nichts Barrikaden aus Fels zu errichten. Lukas hatte es aufgegeben, sich zu wundern. Der Wahnsinn, der in sein Leben Einzug gehalten hatte, wurde zum Alltag. Er war nur froh, dem Grauen im Turm einigermaßen unbeschadet entronnen zu sein. Die paar Brandblasen an den Händen konnte er verkraften. Millepertia allerdings konnte sich kaum aufrecht halten und verlor immer wieder das Bewusstsein.

Schließlich erreichten sie den Durchbruch zu einem säuerlich stinkenden Tonnengewölbe, in dem drei große Fässer sowie Regale standen, auf denen staubige Flaschen lagerten. Ein verschütteter Weinkeller? Decke und Boden waren von Rissen übersät; rechter Hand führte eine steinerne Treppe hinauf zu einem Durchgang, der von Steinen und Geröll blockiert war. Schwacher Verkehrslärm verriet, dass sie sich dicht unter dem Stadtgebiet befanden.

»Gut, kleine Pause«, brummte der alte Zauberer.

Lukas breitete den unsichtbaren Mantel auf den Treppenstufen aus und bettete Millepertia darauf. Ihre Augenlider flatterten, und sie stöhnte. »Sie braucht dringend einen Arzt.«

»Vor allem braucht sie frisches Erdreich«, korrigierte ihn der Zauberer. »Sie hat viel Blut verloren.« Er zückte die Kette mit der Armillarsphäre, pendelte den Untergrund vor den Stufen aus und deutete auf eine Steinplatte mit tiefem Riss. »Dort. Helft mir, die Platte hochzuwuchten.«

Gemeinsam zwängten sie ihre Finger in den Spalt und zerrten, bis die Platte endlich hochkippte. Ein Tausendfüßler huschte davon.

Der Zauberer nahm Millepertias blasse Rechte mit den Bissspuren und legte sie auf die Erde. Im selben Moment knisterte es, Wurzeln wuchsen aus Handfläche und Ballen und gruben sich tief in den Boden.

Lukas betrachtete das Phänomen aufmerksam. »Wer oder was ist sie?«

»Sie ist, was sie ist«, brummte der Zauberer.

»Halten Sie mich nicht zum Narren.« Zornig sah Lukas auf. »Ich habe gesehen, was aus Mille wurde. Sie hat sich da oben in ein Wesen halb Pflanze, halb Mensch verwandelt. Selbst mir ist klar, dass das keine normale Hexerei ist.«

Abraham sah ihn eine Weile ernst an. »Na gut. Als die Teufel kamen, um ihre Seele zu holen, hat sie sich in ein Feld aus Hartheu geflüchtet. Johanniskraut. Eine Zauberpflanze, die seit alters her auch als Teufelsfluchkraut bekannt ist, denn angeblich wehrt es Dämonen ab. Millepertia wurde von dem Hartheu nicht bloß gerettet, es ging eine Symbiose mit ihr ein.«

»Und warum?«

Der Geomant zuckte mit den Schultern. »Alle meine diesbezüglichen Nachforschungen verliefen im Sande. Ich schließe auf Albenwirken, nur kenne ich den Grund dafür nicht.«

Lukas sah wieder zu Millepertia hinüber, die wie eine zerbrechliche Porzellanpuppe am Boden lag. Es schien ihm, als würden sich ihre spröden Lippen langsam glätten. »Ist sie denn noch sie selbst?«

»Ja. Sonst wäre ich nicht das Wagnis eingegangen, sie bei mir aufzunehmen.« Der Zauberer erhob sich und schob die Armillarsphäre unter seine Kleidung zurück. »Sie und ich sind einander erst vor einigen Jahrzehnten begegnet. Bei einer meiner geomantischen Unternehmungen im Umland der Stadt stieß ich durch Zufall auf sie. Das Johanniskraut hatte ihren Körper wie einen schützenden Kokon umhüllt. Wie ich später erfuhr, hat sie darin fast dreihundert Jahre im Tiefschlaf verbracht. Faszinierenderweise altert sie nicht.«

»Sie ist also so eine Art Studienobjekt für Sie?«

»Ich bitte Euch«, gab der Zauberer herablassend zurück. »Gerät Euer Faustsches Blut erneut in Wallung? Weshalb sollten meine Beweggründe für Euch von Interesse sein?«

Lukas wusste nicht, was er antworten sollte. Er mochte es sich kaum eingestehen, aber trotz der ruppigen Art der Hexe war da etwas an ihr, das ihn rührte. »Dann verraten Sie mir, warum Sie sie bei sich aufgenommen haben. Dient sie Ihnen als Gärtnerin?«

»Sie dient mir nicht«, brummte der Alte. »Wenn sie wollte, könnte sie jederzeit gehen. Sie erinnert mich an meine Tochter Chaja.« Er schwieg eine Weile und betrachtete sie fast liebevoll. »Mit dem Unterschied, dass Mille in mehrfacher Hinsicht einen grünen Daumen hat. Vermutlich hätte ich den Rosengarten von Worms ohne sie nie aufgespürt.«

»Wieder im Rahmen Ihrer geomantischen Studien?«

»Nein, um dies hier zu finden.« Abraham beugte sich vor und strich über den unsichtbaren Mantel. »Ihr ahnt, um welches Kleidungsstück es sich hierbei handelt?«

Lukas stutzte und dachte an die Nibelungensage. Hatte Mephisto nicht berichtet, dass Siegfried im Rosengarten begraben lag? »*Das* ist die legendäre Tarnkappe aus Siegfrieds

Grab? Jene, die er dem Zwergenkönig Alberich abgenommen hat? Aber … das ist ein Mantel!«

»Mit der Tarnkappe war stets ein Mantel gemeint«, antwortete der Zauberer. »Solche Kleidungsstücke nannte man im Frühmittelalter Cappa. Ich benötigte ihn, um im wahrsten Sinne des Wortes unsichtbar zu bleiben. Mit Hilfe des Mantels gaukelte ich meinen intriganten Zunftgenossen vor, ich sei längst tot. Bis vor kurzem war mir dabei ja auch Erfolg beschieden.«

Millepertia ächzte, schlug die Augen auf und zog langsam das Wurzelgeflecht ihrer Hand aus dem Boden. Sie wirkte jetzt deutlich erholter. Die Schrammen und Risse auf ihrer Haut waren verschwunden. Ein sanftes Lächeln lag um ihre Lippen, doch als sie Lukas erblickte, verdüsterten sich ihre Züge. »Er ist schuld, dass uns die Wilde Jagd angegriffen hat. Er hat Abaddons-Lurche in den Turm gebracht.«

»Mann, du bist wirklich eine undankbare Zicke!«, empörte sich Lukas. »Frag dich lieber, wer dich bis hierhergeschleppt hat!«

»Hört auf damit. Beide!« Abraham klopfte sich verärgert den Dreck aus den Kleidern. »Hinter alledem steckt Mephistopheles. Eine List wie diese ist typisch für den schwarzen Hundsfott.« Er zog sorgenvoll die Stirn in Falten. »Eigenartig. Aus irgendeinem Grund will er mich unbedingt in die Ränke meiner Kollegen hineinziehen. Ich frage mich, warum?«

»Ich glaube, er braucht Hilfe«, sagte Lukas.

»Hilfe? Er?« Abraham lachte, und Millepertia verzog mitleidig das Gesicht.

»Was ist daran so lustig?«, knurrte Lukas.

Der Zauberer sah ihn ungläubig an. »Ihr wisst es wirklich nicht? Ihr habt keine Ahnung, um wen es sich bei Mephistopheles handelt?«

Lukas sah verwirrt in die Runde. »Er sagte mir, er sei so eine Art Familarteufel.«

»Oh nein.« Abraham von Worms schüttelte energisch den Kopf. »Er ist nicht irgendein Teufel. Er ist *der* Teufel! Der Herrscher der Hölle. Luzifer!«

»Wie bitte?« Lukas lachte. »Sie verarschen mich doch.«

Doch die Gesichter seiner Begleiter blieben ausdrucklos.

»Ernsthaft jetzt?« Er konnte es immer noch nicht fassen. »Und warum erscheint *der* Teufel dann in Gestalt eines armseligen schwarzen Pudels? In jedem zweitklassigen Horrorfilm sieht der Teufel beeindruckender aus.«

»Glaubt es, oder lasst es bleiben«, entgegnete der Zauberer ungerührt. »Das liegt bei Euch.«

»Es heißt, dass der Satan die Hölle nicht leibhaftig verlassen kann«, sagte Millepertia, und Abraham von Worms nickte: »Betrachtet Luzifers Pudelgestalt als eine Art Avatar. Mephistopheles ist gewissermaßen ein Splitter von Luzifers Persönlichkeit – und agiert doch eigenständig.«

»Aber warum ausgerechnet als *Pudel?*«

»Warum nicht?« Der Geomant half Millepertia auf die Beine. »Hunde gehören zu den ersten Tieren, die der Mensch domestiziert hat. Die meisten von uns empfinden sie als Freunde. Das kann Mephistopheles nur recht sein. Gerade Pudeln sagen Menschen nach, charmant, gewitzt und gefallsüchtig zu sein. Hinzu kommt, dass ein Hund als Begleiter niemandem in unserer Gesellschaft besonders auffällt.«

Lukas seufzte. »Egal. *Er* ist im Augenblick nicht unser Problem. Ich würde lieber wissen, wer der Kerl war, der uns die Wilde Jagd auf den Hals gehetzt hat.«

»In der Tat.« Abraham von Worms nickte sorgenvoll. »Von irgendwoher kam mir der Mann bekannt vor.«

»Welcher Kerl?«, wollte Millepertia wissen.

Lukas berichtete ihr, was während ihrer Bewusstlosigkeit

vorgefallen war. Abraham nutzte die Gelegenheit, die aus dem Turm geretteten Habseligkeiten auf dem Boden auszubreiten, als führe er eine Art Inventur durch. Lukas sah weitere Lederbeutel, ein Kästchen aus Zedernholz, Steine mit arkanen Gravuren, Knochen, Haarbüschel und sogar einen Satz Linsen samt ledernem Rohr. Als Lukas fertig war, verstaute auch der Zauberer seine Utensilien wieder in den Falten seines Gewands und ergänzte: »Wer auch immer der Mann war, er muss sehr machtvoll sein. Es ist ihm gelungen, sich den Helljäger dienstbar zu machen.«

»Und wer soll das sein?«, fragte Lukas.

»Der Anführer der Wilden Jagd«, klärte ihn Millepertia auf. »Üblicherweise versammelt er die Dämonen und Schwarzalben. Er selbst hält sich lieber im Hintergrund. Dass er persönlich eingegriffen hat, ist ungewöhnlich und spricht für die überragenden Fähigkeiten unseres Gegners.«

»Dem Dialekt nach müsste der Zauberer Engländer sein«, wandte Lukas ein. »Falls die Abstammung eines Zauberers nach einigen Jahrhunderten überhaupt noch von Bedeutung ist.«

Abraham lächelte grimmig. »Glaubt mir, seine Abstammung vergisst man nicht.«

»Und was hat es jetzt mit dem ominösen Helljäger auf sich?«, hakte Lukas nach. »Über einen Dämon mit solcher Macht weiß man doch sicher etwas mehr, als dass er der Anführer dieser Wilden Jagd ist, oder?«

Millepertia nickte. »Sein wahrer Name lautet Abaddon, und sein Beiname ... *Engel des Abgrunds.*«

»Einen Engel stelle ich mir ehrlich gesagt anders vor.«

»Niemand weiß, wer er tatsächlich ist«, sprang Abraham ein. »Dabei wird Abaddon bereits in der Bibel erwähnt – im Alten Testament, und zwar in Verbindung mit dem Schoel, dem Totenreich. Als *Engel des Abgrunds* taucht er erst im

Neuen Testament auf. Und die Offenbarung des Johannes deutet an, dass Abaddon den Schlüssel zum Infernalischen Abgrund bei sich trägt. Was auch immer damit gemeint ist.«

»Schon klar«, knurrte Lukas. »Für mich klingt das, als hätten da ein paar Propheten zu tief ins Glas geschaut.«

»Eure Arroganz ist fast schon bewundernswert«, stellte Abraham von Worms fest und verstaute seine letzten verbliebenen Besitztümer. »Aber Abaddon wird uns erneut aufspüren, wenn wir nicht in Bewegung bleiben.«

»Verwechseln Sie Sarkasmus bitte nicht mit Arroganz.« Lukas setzte sich auf die Treppenstufen und schaltete endlich die Lampe seines Smartphones aus. Nur noch 35 Prozent Energie, und sein Ladekabel befand sich vermutlich im Bauch eines Höllenhunds. Na klasse. »Ich gebe zu, ich verstehe nicht viel von dem Ränkespiel zwischen Himmel und Hölle. Aber ich habe Augen im Kopf. Und ich kann zuhören. Abgesehen von dem Engländer und seinem Helljäger gibt es nämlich noch etwas anderes, das ich beunruhigend finde. Oder ist nur mir aufgefallen, dass mit Ihren Sandteufeln irgendetwas nicht stimmte? Vielleicht ist meine Vorstellung von Teufeln ja eine falsche, aber die Gehörnten kamen mir doch ziemlich diensteifrig vor.« Abraham sah ihn gespannt an, und so fuhr Lukas fort: »Und da ist noch etwas: Auch Mephisto hat auf mich einen seltsamen Eindruck gemacht. Insbesondere jetzt, da ich weiß, wer er wirklich ist. Denn wenn ich so darüber nachdenke und falls ich das richtig sehe, war mir diese Wilde Jagd mit dem Engländer schon in Staufen auf den Fersen. Und nicht Mephisto hat mir dort beigestanden und den Sturm mit aller Macht zurückgedrängt, sondern von Nettesheim. Zumindest sprach Mephisto selbst von einem Schwächeanfall, der ihn übermannt hätte; deshalb glaube ich, dass es von Nettesheim gewesen sein muss, der mir geholfen hat. Na ja, jedenfalls …

konnte Mephistopheles mir offenbar nicht helfen. Jedenfalls nicht so. Das ist doch … komisch, oder?« Beschwörend sah Lukas in die Runde. »Diese kriecherischen Sandteufel, Mephistos angeblicher Schwächeanfall … als würde dort, wo all diese Teufel und Dämonen herstammen, irgendetwas … Beunruhigendes vor sich gehen.«

Abraham berührte nachdenklich seine Schläfenlocken. »Ihr habt recht, das Resultat meiner Beschwörung war in der Tat ungewöhnlich. Noch ungewöhnlicher ist jedoch, was Ihr über *ihn* berichtet. Wie dem auch sei; immerhin hat der Angriff eines gezeigt, das uns zuversichtlich stimmen sollte.« Er klopfte gegen eine Ausbeulung unter seinem Gewand, die verdächtig nach Fausts Grimoire aussah. »Unser Teil des Höllenzwangs muss eine Bedeutung haben. Wäre dem nicht so, hätte der Unbekannte nicht so nachdrücklich nach den fehlenden Seiten verlangt.«

»Es sei denn«, warf Millepertia ein, »es geht nicht um den Grimoire, sondern um ihn.« Sie deutete auf Lukas.

»Geht das schon wieder los?« Lukas erhob sich und sah sie gereizt an. »Es tut mir wirklich leid, dass euer Versteck angegriffen wurde. Wenn ich könnte, würde ich das alles gern ungeschehen machen. Aber das kann ich nicht.«

»Ach ja?«, höhnte Millepertia, doch ehe sie sich erneut in Rage reden konnte, griff Abraham ein: »Der Verlust des Turmes ist schmerzhaft, aber es geschieht nicht zum ersten Mal, dass ich überstürzt das Versteck wechseln muss. Ich verfüge noch über weitere.«

»Ist Ihr Turmdomizil denn jetzt für jeden sichtbar?«, wollte Lukas wissen.

»Nein.« Abraham schüttelte den Kopf. »Die Wilde Jagd konnte zwar die Schutzrunen überwinden, aber meine kleine geomantische Raumkrümmung lässt sich auf diese Weise nicht aushebeln.«

»Und Sie machen mich für den Angriff nicht verantwortlich?«
Abraham musterte ihn eine Weile und schüttelte schließlich den Kopf. »Nein. Zumindest nicht persönlich. Derzeit sieht es ganz so aus, als säßen wir alle im gleichen Boot.«
Lukas sah Millepertia an. »Wie wäre es dann mit etwas mehr Teamgeist, statt uns ständig gegenseitig an die Kehle zu gehen?«
»Im Augenblick erscheint mir das ebenfalls sinnvoll.« Abraham nickte.
Lukas reichte ihm die Hand, und der Zauberer schlug zögernd ein. Lukas wandte sich Millepertia zu, die noch immer mit finsterem Gesichtsausdruck dastand. »Friede? Wenigstens mal für eine Stunde oder so?«
Es dauerte eine Weile, bis sie nickte. »Aber ich warne dich«, sagte sie. »Ich behalte dich im Auge.«
Er grinste. »Ob es hilft, wenn ich dich mal auf eine Flasche Blumendünger einlade?«
Bevor Millepertia erneut explodieren konnte, ergriff Abraham das Wort. »Dass von Nettesheim einer unserer Gegner ist, wissen wir. Doch wir müssen unbedingt herausfinden, wer der Engländer ist. Ganz unabhängig davon, dass ich den Angriff auf meinen Turm in höchstem Maße persönlich nehme.« Die Züge des Zauberers nahmen einen kämpferischen Ausdruck an. »Wie der Zufall so spielt, gibt es hier in Worms jemanden, der uns bei der Beantwortung dieser Frage vielleicht helfen kann. Ich habe uns nicht ohne Grund in dieses Labyrinth geführt.« Er spähte zurück zum Tunnel, und auch Millepertia blickte sich erstmals genauer um. Dann stöhnte sie. »Das ist nicht dein Ernst, Abraham? Du solltest besser als ich wissen, dass Maghbar nicht zu trauen ist.«
»Maghbar?« Lukas sah die beiden fragend an.

»Maghbar ist ein Ghul«, brummte der Zauberer. »Man könnte auch sagen, er ist der König der Ghule südlich des Mains.«
»Sind Ghule nicht Leichenfresser?«, fragte Lukas unbehaglich.
»Allerdings.« Der Zauberer schniefte. »Ursprünglich waren die Ghule in Persien beheimatet. Doch im elften Jahrhundert sind sie den ersten Kreuzfahrern bis ins Heilige Römische Reich gefolgt. Hier in Worms haben sie sich zuerst niedergelassen und sich dann wie die Ratten über die ganze Welt ausgebreitet.«
Lukas begriff. »Dann stammen die Gänge, durch die Sie uns geführt haben, von den *Ghulen?*«
Der Alte nickte.
»Und wie sollen uns diese Leichenfresser helfen?«
»Durch ihre untrüglichen magischen Sinne.« Abraham tippte sich gegen die Nase. »Ghule sind feige und verschlagen, haben sich jedoch wie kaum ein anderes Wesen an die Menschenwelt angepasst. Einst fielen sie lediglich über unsere Friedhöfe her, heute jedoch sind sie als exzellente Zaubermittelbeschaffer bekannt. Sie dienen all jenen Zauberern, Hexen und Schwarzalben, die diese Mühen nicht selbst auf sich nehmen wollen.«
»Und als solche können sie uns helfen?«, fragte Lukas.
»Durchaus. Um einen derart machtvollen Dämon wie den Helljäger heraufzubeschwören, bedarf es verfluchter Gegenstände, wie sie vornehmlich die alten Babylonier oder Ägypter besaßen. Dinge, die heute nur noch schwer zu finden sind. Im speziellen Fall tippe ich auf Nephilimsknochen. Um einen Dämonenfürsten zu rufen, gibt es kaum ein potenteres Hilfsmittel.«
»Und Sie meinen, dass sich der Unbekannte die Knochen von den Ghulen hat beschaffen lassen?«

»Mit ziemlicher Sicherheit.« Abraham von Worms nickte. »Vorausgesetzt, er konnte ihren Preis bezahlen. Leichen. Gold. Oder andere Dinge, die sie dann gewinnbringend weiterverscherbeln.«
»Also gut«, sagte Millepertia. »Dann lasst uns nicht länger hier herumstehen, sondern aufbrechen und herausfinden, ob sie uns helfen können. Vor Maghbar sollten wir uns aber dennoch in Acht nehmen. Schon mancher, der mit dem Leichenfresser Geschäfte gemacht hat, fand sich kurz darauf in der Speisekammer der Ghule wieder.« Unwillig nahm sie den Tarnmantel an sich und marschierte auf den Kellerdurchbruch zu. Lukas und Abraham folgten ihr.

Das Knochenlabyrinth

Fast eine Stunde schlichen sie durch Gänge und Abzweigungen, bis das Licht von Abrahams Leuchtkristall unzählige grinsende Totenschädel aus der Dunkelheit riss. Die Schädel waren in einer großen, modrig riechenden Erdhöhle mittig zu einer Pyramide aufgetürmt und hatten einst zweifelsohne auf den Schultern von Menschen gesessen. Dürre Wurzeln stachen wie lange Finger von der Decke der Höhle, und nicht weit von dem gespenstischen Schädelturm entfernt waren zwei große Grabplatten in die Wand eingelassen.

»Was … was ist das hier?«, wollte Lukas wissen.

»Wir befinden uns unter dem alten jüdischen Friedhof von Worms«, knurrte Abraham. »Alle meine Versuche, die Ghule von hier zu vertreiben, waren nutzlos. Aber immerhin kann man sie von diesem Ort aus rufen.«

Lukas bemerkte im Halbdunkel einen übergroßen Blasebalg, der schräg hinter der Schädelpyramide aufragte. Das Ding bestand aus einer seltsamen grauen Tierhaut. Jedenfalls hoffte Lukas, dass es Tierhaut war.

Der Zauberer nickte Millepertia zu und trat an den Blasebalg heran.

»Hier.« Millepertia, deren helles Haar im Licht des Leuchtkristalls wie ein Heiligenschein schimmerte, reichte Lukas den Tarnmantel. »Besser, du versteckst dich und wartest ab, was wir mit Maghbars Hilfe in Erfahrung bringen. Diejenigen, die nicht der Gesellschaft der Zauberer und Hexen entstammen, betrachten die Ghule nämlich bloß als Futter.«

Lukas nickte, nahm den Tarnmantel an sich und streifte ihn über. Hoffentlich machte der Mantel nicht nur unsichtbar, sondern übertünchte auch Gerüche. Schließlich hatte Abraham erst vor wenigen Augenblicken die untrügliche Nase der Ghule gelobt.

»Dann los.« Abraham griff nach dem Blasebalg und betätigte ihn. Der Luftstrom fauchte gegen die Schädelpyramide, brach sich an Augenhöhlen, Kieferleisten und Zähnen und erzeugte einen tiefen, durchdringenden Ton, der Lukas eine Gänsehaut über den Rücken jagte. Abraham mühte sich einige Minuten ab, dann richtete er sich wieder auf, das unheimliche Heulen verebbte, und erwartungsvolle Stille legte sich über die Höhle.

Als Lukas es nicht mehr aushielt und gerade eine Bemerkung machen wollte, hörte er Kratzlaute hinter einer der Grabplatten. Im nächsten Moment knirschte es, und die Steine schwangen wie Türflügel auf. Zwei kauernde Schatten schlüpften in die Höhle, von deren Leibern ein süßlicher Verwesungsgeruch ausging. Lukas würgte den Entsetzenslaut, der ihm die Kehle hinauffuhr, nur mit Mühe hinunter. Stattdessen starrte er aus weit aufgerissenen Augen auf die Wesen, die sich im Schein von Abrahams Leuchtkristall langsam aufrichteten. Es waren zwei Ghule, die nun vor ihnen hockten – menschengroße Wesen mit räudigem Fell, überlangen Klauenarmen und Beinen, die einem Esel zur Ehre gereichten. Ihre kahlen Köpfe ähnelten denen von Hunden oder übergroßen Ratten; in ihren kleinen, lackschwarzen Augen funkelte die Verschlagenheit.

Der Ghul zur Rechten fuhr eine seiner langen Krallen aus und deutete auf Abraham von Worms. »Du bist der jüdische Zauberer, habe ich recht?« Seine Stimme klang ungelenk und kehlig. »Und dein Hexenmündel hast du ebenfalls mitgebracht.«

Der andere Ghul bleckte seine Reißzähne und beäugte Millepertia misstrauisch.

»Wir wollen mit Maghbar sprechen«, sagte Abraham unbeeindruckt.
Die Ghule scharrten mit ihren Hufen. »Ich befürchte«, hechelte der erste, »ihr werdet mit uns vorliebnehmen müssen.«
»Ich verhandle nicht mit Lakaien.«
Die Ghule warfen sich verärgerte Blicke zu. Lukas stockte der Atem, als der zweite sich unvermittelt auf alle viere fallen ließ und wie ein Hund in seine Richtung schnüffelte. Zitternd duckte er sich noch tiefer unter den Tarnmantel.
»Seid ihr allein?«
»Das siehst du doch, Aasfresser«, bemerkte Millepertia schnippisch. Tatsächlich hockte sich der Ghul wieder auf seine Hinterbeine, sah sich aber noch immer misstrauisch um. Lukas, der den Atem angehalten hatte, atmete langsam und vorsichtig wieder aus.
»Also, wie sieht es aus: Wollt Ihr Geschäfte machen, oder sollen wir uns an Eure Verwandten im Norden wenden?«
Abraham zückte eine Schachtel. »Staub von Moses' Gesetzestafeln.«
Die Ghule leckten sich über die Schnauzen und starrten das Kästchen gierig an. »Moses, sagst du?«, hechelte der erste. »Gut, wir führen euch zu Maghbar. Aber wir können euch nicht garantieren, dass er euch eine Audienz gewährt.«
»Das lasst unsere Sorge sein«, brummte der Zauberer.
Die Kreatur schmatzte und sprang zurück in den Gang. Abraham und Millepertia folgten ihm. Lukas hätte schreien mögen, als er sah, was das bedeutete. Der zweite Ghul nämlich blieb zurück, blähte seine Nasenlöcher und schnupperte abermals. Argwöhnisch trat er an den Schädelturm heran und sah sich um.
Lukas handelte, bevor ihn seine Furcht endgültig übermannte. Hastig schlich er an der Wand entlang zum Tunnel

und schlüpfte unbemerkt von dem zweiten Ghul hinein. Geschafft! Wenn Abraham von Worms und Millepertia dachten, er würde hier allein mit einem Menschenfresser zurückbleiben, dann hatten sie sich getäuscht. Außerdem würde er so die Geheimnisse, die sie hoffentlich in Erfahrung brachten, aus erster Hand mit anhören.
Ungesehen folgte Lukas Millepertia, Abraham und dem Ghul durch den klaustrophobisch engen Tunnel und war froh, dass der andere Leichenfresser erst nach längerer Inspektion der Höhle nachrückte. Als er es jedoch tat, war er erschreckend schnell, und Lukas konnte sein Glück kaum fassen, als sie in genau diesem Augenblick ein zweites Gewölbe erreichten und er dem schnüffelnden Verfolger im letzten Augenblick ausweichen konnte.
Doch seine Erleichterung währte nur kurz. Der beißende Verwesungsgestank in diesem Raum raubte ihm fast den Atem. Vor ihnen hockten drei weitere Ghule, die an Arm- und Beinknochen knabberten, die ohne Zweifel menschlich waren. Es hingen noch Fleischfetzen und Kleiderreste an den Gliedmaßen. An einem kleineren Arm schimmerte matt ein Armband aus rosafarbenen Plastikperlen, wie kleine Mädchen sie zur Besiegelung ihrer Kinderfreundschaften austauschten. Lukas wurde übel.
Lauernd sahen die Leichenfresser auf, und der Ghul hinter ihnen gesellte sich zu seinen Kumpanen. Der andere führte sie weiter in die Tiefe – durch Gänge, über ausgetretene Treppenstufen und vorbei an von Kerzenlicht erhellten Nischen mit Kerzenständern aus Totenköpfen. Da wehte ihnen aus einem dunklen Loch im Boden eine feuchtwarme, überaus wohlriechende Luft entgegen, die inmitten des allgegenwärtigen Gestanks besonders befremdlich wirkte.
»Was ist das für ein Duft?«, wollte Millepertia wissen.
»Ah. Gefällt er dir? Unser neuestes Produkt.« Der Ghul

blieb kurz stehen und fletschte grinsend die Zähne. »Da unten kochen wir Seife. Feinste Seife aus frischen Kinderknochen. Keines älter als vier Jahre, dafür sorgen wir schon.« Er stieß ein hundeartiges Bellen aus, das offenbar so etwas wie ein Lachen darstellte. »Mit ihr bekommt man sogar Dämonenmale ab. Interessiert?«

»Nein.« Lukas hörte die mühsame Beherrschung in Millepertias Stimme.

Der Ghul führte sie durch weitere Tunnel und Stollen bis zum Eingang einer großen Halle, die über und über mit Kerzen beleuchtet war. Entsetzt riss Lukas die Augen auf – das komplette Interieur bestand aus Menschenknochen! Abertausenden von Menschenknochen. Die Wände des Saals waren bis hoch zu einer umlaufenden Knochengalerie mit Schulterblättern getäfelt. Davor standen Vitrinen aus Oberschenkelknochen. Und über ihnen, an der Saaldecke, hingen lange Girlanden aus Ellen- und Speichenknochen, die bis zu einem großen, siebenarmigen Lüster reichten, der aus scheinbar allem bestand, was ein menschliches Skelett herzugeben hatte. Lukas schlich hinter Ghul, Zauberer und Hexe her und bemerkte erst jetzt, dass der komplette Hallenboden von geometrischen Mosaiken überzogen war, die die Ghule aus Tausenden von Fingerknöchelchen zusammengesetzt hatten. Erst jetzt fiel sein Blick auf die Stirnseite der Halle, wo sich ein gut vier Meter hoher Knochenthron erhob, der mit Schädeln unterschiedlicher Größe verziert und von Kerzenlicht beleuchtet war. Rechts und links an den Saalwänden standen jeweils zwei kräftige Ghule mit besonders langen Krallen Wache.

Ihr Führer brachte Abraham und Millepertia bis zur Mitte der Thronhalle und wies sie an, dort zu warten. Dann huschte er auf allen vieren durch ein knöchernes Portal unterhalb der Galerie, dessen Rundbogen von zwei aufgerich-

teten menschlichen Skeletten gebildet wurde. Stille kehrte ein, die allein von dem Hecheln der Ghulwächter durchbrochen wurde.
Um sich abzulenken, schlich Lukas unsichtbar zu einer der Knochenvitrinen und betrachtete die auf mehrere Schalen verteilte Auslage. Batterien? Aber was sollten die Drähte? Schockiert fuhr er zurück. Das waren gebrauchte Herzschrittmacher!
Endlich waren vom Torbogen her Geräusche zu hören.
»Abraham von Worms!«, hallte eine gurgelnde Bassstimme durch den Saal. Flankiert von vier weiteren Wächtern, schob sich ein Ghul in den Thronsaal, der an Fettleibigkeit alle anderen Bewohner des Labyrinths in den Schatten stellte. Sein Schädel mit den Hängewangen erinnerte an den einer Dogge, und der speckige Hals ging fast ansatzlos in einen Schwabbelkörper über, dessen Fettpolster von einem protzigen Brokatgewand zusammengehalten wurden. Makhbar begrüßte den Zauberer mit einem geschäftstüchtigen Lächeln und hob seine von Ringen bewehrte Krallenhand, als erwarte er, dass der Zauberer diese küsste. Millepertia hingegen beachtete er kaum. »Sag schon«, röhrte er, »wie lange liegt unsere letzte Begegnung zurück?«
»Fünfundsiebzig Jahre, sechs Monate und acht Tage«, antwortete Abraham, der die Ringhand geflissentlich ignorierte. »Und ich kann nicht sagen, dass ich Euch währenddessen vermisst hätte. Dennoch habe ich gleich gesehen, dass Ihr in der Zwischenzeit noch etwas stattlicher geworden seid.«
»Charmant wie immer.« Makhbar grinste verschlagen und senkte die Klaue, während sich seine Leibwächter links und rechts von ihm aufbauten. »Ich hatte schon befürchtet, du seist zwischenzeitlich in die Hölle gefahren. Und glaub mir, ich hätte es wirklich bedauert, wenn dein Körper irgendwo

nutzlos herumgelegen hätte. Andere hätten sich über deine Einzelteile gefreut, aber deine Augäpfel hätte ich für mich behalten, alter Mann. Ich bin mir sicher, sie hätten ein vorzügliches Dessert abgegeben.«

Abrahams Gesicht blieb ausdruckslos. »Ich höre, Ihr habt Eure schmierigen Geschäfte ausgedehnt.«

Der Ghul grinste. »Du meinst die Seife? Was soll ich sagen. Ein echter Kaufmann ist stets auf der Suche nach neuen Geschäftsmodellen. Den Knochenleim von früher will heute doch keiner mehr haben. Auch unsere Kerzen aus Leichenfett gehen seit dem Krieg der Zauberer nicht mehr so gut.«

»Krieg der Zauberer?«, hakte Millepertia nach.

Der Ghul starrte Millepertia missbilligend an. »Sagt bloß, davon habt ihr nichts mitbekommen? Sie sind in den letzten hundert Jahren übereinander hergefallen wie hungrige Wölfe. Es heißt, sie alle seien auf der Jagd nach einem Geheimnis gewesen, von dem ihre jämmerliche Existenz abhängen soll.« Makhbar schwieg eine Weile und hoffte offenbar auf eine Erwiderung, doch Abraham und Millepertia kommentierten das Gehörte nicht. »Aber vielleicht ist das auch bloß wieder eines dieser Gerüchte. Sind jedenfalls nicht mehr viele von euch Zauberern übrig, was nicht gut fürs Geschäft ist.« Makhbar fixierte Millepertia. »Stattdessen schlagen wir uns jetzt vermehrt mit euch Hexen herum. Nur besitzt ihr Teufelsweiber so wenig Phantasie.« Gönnerhaft breitete er die fleischigen Arme aus und wies zu den Vitrinen. »Wir sind daher mit der Zeit gegangen. Inzwischen machen wir sogar Geschäfte mit den Nichtzauberern und leisten so unseren Anteil daran, ihre Seelen ins wärmende Fegefeuer zu führen.« Er lachte dreckig und bedeutete seinen Gästen, ihm zu einigen der Vitrinen zu folgen. Makhbar griff nach einem Kunstherz aus Titan. »Hier. Gebraucht, aber in einem Eins-a-Zustand.«

Abraham von Worms runzelte die Stirn. »Ist es das, was ich denke? Ein Maschinenherz?«

»Abraham, Abraham.« Der fette Ghul schüttelte mitleidig den Kopf. »In welchem Jahrhundert lebst du? Die Menschen machen sich ihre Wunder heutzutage selbst. Echte Zauberei ist etwas aus der Mode gekommen. Wir haben übrigens auch Glasaugen und Prothesen aller Art im Angebot.« Er deutete hinüber zu Lukas, der unter dem Tarnmantel zusammenzuckte, bevor er begriff, dass der Ghul in Wahrheit auf die Vitrine neben ihm wies. »Sogar gebrauchte Herzschrittmacher. Das sind ebenfalls so kleine Maschinchen. Wumm-wumm. Wumm-wumm. Die halten das Herz in Schwung. Dummerweise werden die Menschen dadurch immer älter, so dass ihr Fleisch am Ende ganz zäh ist.« Makhbar verzog angewidert die Fratze. »Und weißt du, wofür die Sterblichen die abgelegten Dinger verwenden? Für ihre Hunde. Die Teile sind ein echter Verkaufsschlager.« Makhbar stampfte zufrieden mit seinen Hufen auf. »Ich weiß noch, wie wir damals damit begonnen haben, die Goldfüllungen aus den Zähnen zu brechen. Welch armseliger Beginn. Heute gebiete ich über ein hochspezialisiertes Geschäftsimperium. Haut, Knorpel, Hornhäute, Herzklappen, Knochen, Gefäße – wir verwerten die Leichen inzwischen fast vollständig. All das gute Zeug, das wir früher bloß gefressen haben, machen wir heute zu Gold. Und stets fragen sich unsere Abnehmer, wie wir an Material in solcher Qualität herankommen.« Er lachte röhrend, und Lukas verengte die Augen. Für seinen Geschmack plapperte der Ghul zu viel.

»Wir hoffen nicht, dass du dein Kerngeschäft aus den Augen verloren hast«, sprach Millepertia, und Makhbar beäugte sie wie die Auslage in einer Metzgerei. »Sei ganz beruhigt«, hechelte er. »Was auch immer eure verdorbenen Herzen begehren, hier findet ihr es.« Er stampfte auf seinen Hufen hinüber zum Knochenthron und zwängte den massigen Leib auf die Sitzfläche. Plump vertraulich deutete er nach oben zur Galerie, wo weitere Knochenvitrinen aufgereiht waren. »Die guten Sachen sind natürlich etwas teurer. Fluchbeutel aus dem alten Byzanz, gnostische Gemmen aus Mesopotamien, verzauberte römische Kristallkugeln, Voodoo-Puppen samt Nadelbesteck aus Übersee, entweihte Hostien und vieles mehr.« Er beugte sich vor. »Jüngst sind sogar ein paar frisch gegossene Freikugeln hereingekommen. Samt Pulver und Muskete. Nur seid ihr deswegen sicher nicht hier.«

»Nein.« Abraham von Worms zückte das Kästchen, während die insgesamt acht Ghule der Wache einen lockeren Ring um ihn und Millepertia bildeten. »Man hat Euch unterrichtet, was ich mitgebracht habe?«

»Oh ja.« Lukas glaubte zu sehen, wie dem Ghul Geifer aufs Gewand tropfte. »Bitte, lass sehen.« Er streckte die Hand aus, und Abraham drückte die Schachtel einem der Ghulwächter in die Klauen, der sie in demütiger Haltung zum Thron trug.

Makhbar öffnete die Schachtel, und seine Augen weiteten sich.

Plötzlich vernahm Lukas hinter sich, im Gang zum Thronraum, leise Hufschritte. Die Geräusche waren kaum wahrnehmbar, aber sie klangen, als würden dort mehrere Ghule Aufstellung beziehen. Auch in der Düsternis jenseits des Portalbogens unter der Galerie waren schemenhafte Bewegungen auszumachen. Eine Falle? Lukas sah hinüber zu Abraham von Worms und Millepertia, die von alledem nichts mitbekamen.

»Und wer sagt mir«, röhrte Makhbar, »dass die Tonkrümel wirklich von Moses' Gesetzestafeln stammen?«

»Habe ich dich je belogen?«, fragte der Zauberer.

»Ich werde das prüfen müssen.« Der Ghul winkte einen seiner Wächter heran, der das Kästchen nahm, beschnüffelte und dann herumreichte.

Lukas gefiel das alles nicht. Spielte Makhbar auf Zeit? Wenn er wenigstens noch den Donnerkeil besäße! Plötzlich, aus Not geboren, kam ihm eine Idee. Rasch sah er sich um und entdeckte in der Saalecke rechts von sich eine knöcherne Wendeltreppe, die hinauf zur Galerie führte. Unsichtbar, wie er war, huschte er so schnell wie möglich dorthin und die Stufen hinauf. Einige knarrten, doch die Ghule waren mit sich selbst beschäftigt. Oben angelangt, eilte er an den Vitrinen entlang. Offenbar lagerten hier tatsächlich die interessanten Sachen. Zaubergegenstände aus allen Epochen und Jahrhunderten. Bücher, alte Spielkarten, Knochenwürfel, Fluchtafeln mit Keilschriften, eine mumifizierte Hand mit eintätowierten astrologischen Symbolen, Kristallkugeln und sogar eine Spindel. Endlich fand er, was er suchte. Die Muskete! Die Jagdwaffe besaß zu seiner Überraschung gleich zwei Läufe und lehnte zusammen mit Stopfer, Zündkraut und Pulverhorn neben einem Kissen, auf dem ringförmig sieben Bleikugeln mit kleinen, eingeritzten Kreuzen drapiert waren. Waren das wirklich Freikugeln?

Er hatte sich lange genug in der Theaterszene herumgetrieben, um den *Freischütz* zu kennen, die berühmte Oper von Carl Maria von Weber. Dort suchte ein Jäger sein Jagd- und Liebesglück, indem er den Teufel um Beistand anflehte. Sieben verfluchte Freikugeln erhielt er zum Ausgleich; jede dieser Kugeln traf stets ins Ziel. Allein die siebte Kugel wurde angeblich von der Hand des Teufels gelenkt. Wenn das hier wirklich diese Freikugeln waren, sollte der kleine Nachteil leicht auszutricksen sein. Er würde einfach vermeiden, die siebte Kugel abzufeuern. Aber wie lud man so eine Muskete? Hektisch wühlte er unter dem Umhang sein Smartphone hervor und versuchte eine Internetverbindung aufzubauen, um die Frage so zu klären. Doch das Gerät hatte so tief unter der Erde keinen Empfang. Was jetzt?

Unten in der Thronhalle war wieder Abrahams Stimme zu hören. »Prüfung abgeschlossen?«, fragte er ungeduldig. »Dann können wir jetzt zum geschäftlichen Teil übergehen. Ihr bekommt die Schachtel, wenn Ihr mir verratet, wem Ihr in letzter Zeit Nephilimsknochen verkauft habt.«

Lauernd sah Makhbar auf. Da drängte sich der Leichenfresser, der Abraham, Millepertia und unwissentlich auch Lukas hierhergeführt hatte, unter hündischen Verbeugungen zu seinem König durch und trat neben ihn. Er flüsterte Makhbar etwas zu und reihte sich zwischen die umstehenden Ghule ein.

An ihrer Körperhaltung erkannte Lukas, dass nun auch Abraham und Millepertia begannen, misstrauisch zu werden.

»Nephilimsknochen?«, erhob der fette Ghul wieder seine Stimme. »Wer sagt dir, dass ich je welche besessen hätte?«

»Treibt mit mir keine Spielchen.« Der Zauberer hob die Armillarsphäre.

»Du drohst mir?« Der Ghul verengte die feisten Augen und zückte seinerseits eine Kette, an der eine Phiole mit skelettierten Fingern baumelte. »Weißt du, was das hier ist?« Er hob das Glasgefäß an. »Eine Reliquie des Apostels Andreas. Seine Schwurfinger. Es heißt, sie beschützen seinen Träger vor Hexerei wie der deinen.«

Aus den Tunneln unterhalb der Galerie strömten jetzt fast zwanzig Ghule in die Halle, die Abraham und Millepertia wie ein Haufen hungriger Ratten umkreisten.

Die Hexe hob ihre Hand in Mundhöhe und sah sich lauernd um. Auch Abraham wirkte angespannt. »Wir müssen nicht kämpfen«, versuchte er die Wogen zu glätten.

»Ach, müssen wir nicht? Dann ergibst du dich freiwillig?« Makhbar lachte hässlich. »Der, dem ich die Nephilimsknochen verkauft habe, hat geahnt, dass jemand nach ihm fragen könnte. Leider habe ich mit ihm bereits eine Vereinbarung für diesen Fall getroffen. Und ich befürchte, du wirst den Preis nicht überbieten können. Nicht, nachdem dein Versteck aufgeflogen ist, wie man hört.«

Die Ghule brachen in grässliches Gewieher aus und scharrten angriffslustig mit ihren Hufen. Makhbar brachte sie zum Verstummen. »Also, ergebt ihr euch freiwillig, oder wollt ihr euch von uns zerreißen lassen?«

»Wirkt diese Reliquie auch gegen eine Freikugel, du Fettsack?«, rief Lukas von der Galerie herunter. Längst hatte er die Muskete an sich genommen und die Kugeln und alles andere, das zu ihr gehörte, in den Taschen des Tarnmantels verstaut. Die Waffe war zwar immer noch nicht geladen, aber er wusste aus langjähriger Erfahrung, dass ein gut ausgeführter Bluff ebenfalls Wunder wirken konnte. Ruhig zielte er auf den Kopf des Ghulkönigs.

Die Ghule in der Halle kreischten entsetzt auf, und Makhbar starrte zornig nach oben. »Wer bist du?«

»Der Kammerjäger.« Lukas spannte beide Hähne der Waffe. »Ich habe gehört, dass es hier in Worms ein Problem mit Ungeziefer gibt. Nur die Größe überrascht mich.«

Millepertia sah erstaunt zu ihm hinauf, allein Abraham ließ sich seine Überraschung nicht anmerken. »Dachtest du, wir kämen allein?« Ungehalten marschierte er auf den Ghul zu, der sich auf erbärmliche Weise klein zu machen versuchte. »Der Name!«

Unruhig leckte sich Makhbar über die Schnauze. »John Dee.«

»Der Engländer ist John Dee?« Abraham wirkte verblüfft. »Ich dachte, der sei längst tot?«

»Wer ist dieser John Dee?«, rief Lukas, der die doppelläufige Muskete noch immer auf den Ghul gerichtet hielt.
»Er war im sechzehnten Jahrhundert Berater von Königin Elisabeth der Ersten«, klärte ihn Abraham von Worms auf. »Nur dachte ich, dass er 1898 von Rasputin bezwungen worden sei.« Er wandte sich wieder dem Ghul zu. »Dann weißt du, wo er sich aufhält?«
Makhbar schüttelte den Kopf. »Wenn er uns aufsucht, hinterlässt er nie Spuren. Nicht einmal einen Fussel, dem sein Geruch anhaftet. Er ist darin ebenso raffiniert wie du, Abraham.«
Die übrigen Ghule verteilten sich derweil unter der Galerie, so als planten sie, zu ihm hochzuspringen. »Was, wenn er lügt?«, rief Lukas und ärgerte sich über das leichte Zittern in seiner Stimme.
»Das kann ich überprüfen.« Millepertia scheuchte zwei Ghule beiseite, die jedoch erst wichen, als Makhbar ihnen zunickte. »Ich habe nichts zu verbergen.«
»Runter mit der Reliquie!«, befahl Lukas. »Und sag deinen Kreaturen, dass du stirbst, sobald auch nur einer von ihnen einen Huf auf die Treppe setzt.« Widerwillig kam Makhbar dem Befehl nach. »Denke immer daran, Mensch«, grollte er. »Wir Ghule haben jetzt deinen Geruch in der Nase. Eines Tages werden wir dich finden.«
»Stellt euch hinten an«, antwortete Lukas kaltschnäuzig.
Millepertia schob die Reliquie mit den Füßen beiseite und fixierte den Ghul eine Weile mit ihrem Hexenblick. »Kennst du den Aufenthaltsort John Dees?«
»Nein!«, jammerte der fette Ghulkönig. »Er ist es, der uns aufsucht. Nicht umgekehrt.«
Sie trat seufzend zurück. »Soweit ich erkennen kann, spricht er die Wahrheit. Leider.«
»Einen Moment!« Lukas runzelte die Stirn. »Wie war das

mit dem Geruch? Ihr Ghule könnt die Fährte eines Zauberers aufnehmen, wenn ihr seinen Geruch kennt?«
»Oh ja. Und nicht nur den Geruch von Zauberern.« Makhbar fletschte wütend die Reißzähne.
»Zumindest, wenn die Fährte frisch ist«, korrigierte ihn Abraham von Worms.
»Wie frisch?«
»Maximal drei Tage.« Fragend sah der Zauberer zu Lukas auf. »Allerdings gibt es Zauberrituale, die die Ghulsinne verwirren. Dee dürfte ebenfalls von ihnen Kenntnis haben. Besitzt du denn etwas von ihm?«
»Nein. Nicht von ihm.« Lukas marschierte mit der Waffe im Anschlag und umweht von dem Tarnmantel die Treppe hinunter. Die Ghule knurrten, machten ihm aber widerwillig Platz. »Könnt ihr auch die Fährte von Agrippa von Nettesheim aufnehmen?« Er trat neben Millepertia und bedeutete ihr, ihm in die rechte Außentasche seiner Lederjacke zu greifen. Sie fischte Würfel und ein gezinktes Kartenspiel hervor, dann schlossen sich ihre Finger um die goldene Taschenuhr, die er in Staufen an sich genommen hatte, und zogen sie hervor.
»Meine Güte!« Abraham trat zu ihnen. »Das ist ein Chronos-Manipulativ. Woher habt Ihr das?«
»Ich habe die Uhr und den Donnerkeil von Nettesheim abgenommen«, erklärte Lukas. »Ist dieses Chronosdings denn wertvoll?«
»Kundige können mit ihm Manipulationen in der Zeit durchführen.«
»Können wir das Ding gebrauchen?«
Abraham besah sich die Taschenuhr genauer und seufzte. »Es würde etwas dauern, ihre Kräfte zu erforschen. Nein, derzeit ist sie uns wohl zu nichts nütze.«
Lukas hielt die Flinte weiter in Hüfthöhe und trat vor den

Ghulthron. Makhbar leckte sich unruhig über die Lippen. »Also, wie sieht es aus? Wir erfahren, wo sich von Nettesheim versteckt. Dafür dürft ihr Ghule die Uhr behalten.«
»Behalten?« Die Furcht im Blick des Ghuls wich einem geschäftstüchtigen Funkeln.
Lukas setzte sein gewinnendstes Lächeln auf. »Ja. Und da die Uhr offenbar so viel mehr wert ist, schlage ich überdies vor, dass wir unsere kleinen Unstimmigkeiten von eben vergessen. Ihr lasst künftig uns in Ruhe und wir euch. Euer Leben gibt es obendrauf. Deal?«
Makhbar ließ sich die Uhr aushändigen und beschnüffelte sie. Er grinste breit. »Deal!«

Der Homunkulus

Der Achtzylindermotor blubberte, und der Wind rüttelte an dem schweren Faltverdeck. Lukas hielt das Steuerrad des alten Tourenwagens fest im Griff und starrte abwechselnd durch die dreiteilige Windschutzscheibe hinaus auf die von Scheinwerfern beleuchtete Straße und dann wieder auf die Landkarte, die ausgebreitet vor ihm auf dem Schoß lag. Inzwischen war es Sonntagnacht; ihr Ziel war die Kurstadt Baden-Baden. Den Aussagen der Ghule gemäß hielt Agrippa von Nettesheim sich dort auf.

Und doch blieb ein Rest Zweifel. Sollte ein so alter und erfahrener Zauberer wie Nettesheim nicht über die gleichen Sicherungsmaßnahmen verfügen wie Abraham oder dieser John Dee? Lukas warf Abraham, der im Halbdunkel neben ihm auf dem Beifahrersitz saß, einen kurzen Blick zu. Doch sein Begleiter meditierte, während sich Millepertia im Fond des Wagens zusammengekauert hatte und schlief. Und so konzentrierte er sich wieder auf den Gegenverkehr.

Der alte Jude hatte sie, kaum dass die Ghule ihnen die Informationen über von Nettesheims Aufenthaltsort verschafft hatten, zu zwei Lagerhallen auf einem verlassenen Fabrikgelände am Rande von Worms geführt. Und ähnlich wie damals im Bus hatte er dort mit Hilfe seiner Armillarsphäre den Raum manipuliert. Zwischen die beiden Lagerhallen hatte sich ein komplettes Grundstück samt Scheune geschoben, die den Eindruck erweckte, einst zu einem Bauernhof gehört zu haben. Dabei schien die Scheune eher als Lagerraum denn als Wohnort gedacht zu sein, denn ihr Inneres ähnelte mehr dem Speicher eines Antik-Möbelmarktes als dem Interieur des Wasserturms. Überall standen Regale und Vitrinen mit einer Vielzahl alter Bücher und Schriften herum, und auch dort hortete Abraham Sand, Gestein und Mineralien, die scheinbar von überall her auf der Welt stammten.

Während Abraham und Millepertia sich mit neuen Utensilien ausstatteten, forderte der Zauberer ihn auf, sich um das aufsehenerregendste Fundstück im Schuppen zu kümmern: ein fast fabrikneuer Horch 780 mit Baujahr 1932. Lukas hatte seinen Augen kaum getraut. Die dunkel lackierte Luxuslimousine mit der langen Motorhaube und den Reserverädern über den vorderen Kotflügeln war ohne Zweifel der Traum eines jeden Autosammlers. Tatsächlich war der Tourenwagen seit seiner Anschaffung kaum mehr bewegt worden, was Lukas leicht am Kilometerstand hatte ablesen können. Doch der Tank war voll. Lukas musste lediglich etwas Öl nachfüllen und einige Kontakte reinigen, danach lief der Motor wieder wie geschmiert. Und er hatte die Zeit genutzt, um sich schlauzumachen, wie sich die erbeutete Jagdflinte mit den Freikugeln laden ließ, und sie schussbereit gemacht. Jetzt, während er durch die Nacht fuhr und die letzten Stunden Revue passieren ließ, wuchs in ihm der Ärger über seine Begleiter. Nicht ein Wort des Lobes hatten sie für ihn übrig gehabt. Dabei war klar, dass die beiden ohne seine Hilfe höchstwahrscheinlich in der Speisekammer der Ghule geendet wären. Teamarbeit stellte Lukas sich anders vor.

Irgendwann ließen sie Worms hinter sich, und Abraham und Millepertia vertrauten offenbar darauf, dass er ihr Ziel schon finden würde. Der Weg nach Baden-Baden war dabei nicht das Problem, sondern der Umstand, mit dem alten Autokennzeichen nicht aufzufallen. Viel zu spät war Lukas bewusst geworden, dass sie jede halbwegs aufmerksame Polizeistreife ohne richtige Straßenzulassung anhalten würde.

Daher mied er die Autobahn und wählte Bundesstraßen und abseits liegende Feldwege. Doch auch dort erregten sie trotz vorgerückter Stunde ein gewisses Aufsehen. Irgendwann beschloss Lukas, die Fahrt mit dem Oldtimer zu genießen, statt sich weiter über etwaige Entdeckungen den Kopf zu zerbrechen. Seine Begleiter würden im Fall des Falles schon die rechten Mittel parat haben.
Sooft er konnte, trat er das Gaspedal voll durch und erreichte so eine Spitzengeschwindigkeit von hundertfünfundzwanzig Stundenkilometern. Ein hell erleuchteter Golf mit Jugendlichen kam ihnen auf der nächtlich verdunkelten Straße entgegen und rauschte anerkennend hupend an ihnen vorbei. Lukas grinste. Ghule, Geister und Dämonen. All das blieb allmählich hinter ihnen zurück; er überlegte sich stattdessen, wie es wohl wäre, den Wagen für eine Spritztour mit Freunden zu nutzen. Drei, vier Namen zuckten ihm durch den Kopf. Leute aus seiner Uni-Zeit. Auch Straßenkünstler. Aber schnell wurde ihm klar, dass es keinen gab, den er in der Vergangenheit nicht vor den Kopf gestoßen hatte. Er besaß keine Freunde. Selbst seine Mutter würde ihn angesichts eines solchen Automobils vermutlich bloß misstrauisch fragen, ob er schon wieder in Schwierigkeiten steckte.
Lukas' Lächeln verblasste. Schließlich blickte er in den Rückspiegel und betrachtete eine Weile Millepertias schlafendes Gesicht. Sie lehnte schräg gegen die Rückbank, und ihre gelbblonden Haare umrahmten sie auf eine Weise, die ihn unwillkürlich an einen dieser Rauscheengel erinnerte, wie sie für ein paar Euro auf jedem Weihnachtsmarkt zu erstehen waren. Warum nur lehnte sie ihn so ab? *Sie* war doch die Teufelspaktiererin. Dagegen war er ein Unschuldslamm. Und er hatte ihr verdammt noch mal nichts getan. Im Gegenteil.

Lukas betrachtete sie weiter und versuchte, sich Millepertia als Mutter vorzustellen. Wie hatte ihre verstorbene Tochter noch geheißen? Sophie. Ob die Kleine ihr ähnlich gesehen hatte? Konnte sich denn Millepertia nach all den langen Jahren überhaupt noch an die Kleine erinnern? Sie war schließlich schon einige hundert Jahre alt und inzwischen nicht mehr sie selbst, sondern ein Geschöpf zweier Welten. Millepertia war seltsam. Und auch faszinierend. Lukas seufzte.

»Braucht Ihr eine Pause?«, tönte es vom Beifahrersitz. Der Zauberer war aus seiner Meditation erwacht und strich sich den langen Bart glatt.

»Nein, geht schon. Wir müssten die Stadt eigentlich bald erreichen«, antwortete Lukas und sah auf die Leuchtziffern seiner Uhr. Sie standen auf 22.16 Uhr. »Nur müsste ich irgendwann mal tanken. Sie verfügen nicht zufällig über Barmittel?«

»Barmittel? Ihr meint Geld.« Abraham warf ihm einen raschen Seitenblick zu. »Nein, tut mir leid. Daran habe ich bei unserer Flucht aus dem Turm nicht gedacht. Und in meinem kleinen Speicher vorhin verwahre ich vornehmlich geomantische Utensilien.«

Lukas seufzte und war jetzt erst recht froh, dass er den Sachsen ausgenommen hatte. »Na ja, ein bisschen was habe ich noch. Allerdings beunruhigt es mich ehrlich gesagt etwas, dass wir ansonsten pleite sind.«

»Wir und mittellos? Mitnichten.« Abraham schmunzelte. »Ich bin Zauberer, Herr Faust. Nur benötige ich solchen Tand für gewöhnlich nicht. Um Euch zu beruhigen: Ich bin durchaus vermögend, nur sollten wir einige Tage warten, bis sich der Staub so weit gelegt hat, dass wir gefahrlos nach Worms zurückkehren können. Wenn Ihr uns bis dahin zur Bewältigung profaner Angelegenheiten mit

Euren Mitteln aushelfen könntet, fühlte ich mich Euch zu Dank verpflichtet.«

»Und wenn wir nicht nach Worms zurückkehren können?«, hakte Lukas misstrauisch nach.

Doch Abraham schien die Frage nicht aus der Ruhe zu bringen. »Kommt Zeit, kommt Rat. In diesem Fall werden wir einfach eines meiner anderen Verstecke aufsuchen. Gebt mir Bescheid, wenn Eure Barschaft aufgezehrt ist.«

Diesmal war es Lukas, der den Zauberer scheel musterte. Wollte der Kerl ihn über den Tisch ziehen? Andererseits, das Auto, in dem sie saßen, sollte sich zur Not zu Geld machen lassen. »Verraten Sie mir, woher Sie den Wagen haben?« Er klopfte gegen das hölzerne Lenkrad.

Abraham schmunzelte. »Gefällt er Euch? Mir hat diese Motorkutsche damals auch gefallen.« Fast liebevoll strich Abraham über die Ledersitze. »Das war überhaupt das erste Mal, dass mir eine der technischen Neuerungen gefallen hat. Fast so, als hätte ich über die Jahrhunderte den Sinn dafür verloren. Das war auch der Grund, warum ich den Wagen gekauft habe. Nur hat sich schnell herausgestellt, dass diese Maschinen und ich keine Freunde sind. Würde ich an Eurer Stelle sitzen, würde der Motor vermutlich wieder bocken und aussetzen.«

»Wieso das?« Lukas lauschte, doch der Achtzylindermotor lief noch immer reibungslos.

»Ich weiß es nicht«, seufzte der Alte. »Vielleicht liegt es an meiner Beschäftigung mit der Geomantie. Andere Zauberer sollen angeblich keine solchen Probleme haben. Ich schätze, der Wagen spürt es. Das ist auch der Grund, warum er so lange ungenutzt herumstand.«

»Der Wagen *spürt* es?« Lukas lachte. »Das ist ein *Auto* und kein Lebewesen.«

»Seid Euch da nicht zu sicher. Viele Dinge sind beseelt.«

Eine Weile schwiegen sie, und Lukas musste an Stephen Kings *Christine* denken. Der Gedanke an ein verfluchtes Auto gefiel ihm gar nicht.

In der Ferne tauchten nun endlich die Lichter Baden-Badens auf. »Finden Sie es nicht ebenfalls seltsam, dass es den Ghulen so leicht fiel, von Nettesheim aufzuspüren?«, wechselte er das Thema.

»Doch.« Abrahams Stimme blieb ausdruckslos. »Es könnte sich um eine Falle handeln.«

»Eine Falle?« Lukas sah den Zauberer entgeistert an. »Wann hatten Sie vor, uns auf diese Option aufmerksam zu machen?«

»Ich wollte Euch nicht beunruhigen. Das ist auch der Grund, warum wir uns dem Ort auf profane Weise annähern. Baden-Baden ist von Nettesheims Spielwiese. Ich vermag nicht zu sagen, ob er nicht rund um die Stadt Sicherungen errichtet hat, die ihn warnen würden, wenn wir auf arkane Weise gereist wären.«

»Das heißt, von Nettesheim erwartet uns?«

»Das heißt, dass wir stets mit allem rechnen sollten. Man überlebt nicht Hunderte von Jahren ohne eine gewisse Vorsicht. Und zur Not habt Ihr ja Eure Flinte.« Abraham musterte die alte Reisetasche hinter dem Fahrersitz, in der Lukas die doppelläufige Muskete verstaut hatte. »Eure Neugier letzte Nacht hätte übrigens tödlich für Euch enden können. Denn natürlich war ich in der Lage, Mille und mich zu schützen.«

»Das wirkte da unten im Knochensaal aber ganz anders.«

»Tatsächlich?« Abraham schürzte die Lippen. »Ihr solltet mich besser nicht unterschätzen. Aber ich gestehe, dass wir ohne Euer Eingreifen vermutlich nicht so schnell an die Information über Agrippas Aufenthaltsort gelangt wären. Nur müssen wir uns jetzt vor der Waffe hüten, die Ihr dummerweise an Euch genommen habt. Ihr schwebt in großer Gefahr – und wir mit Euch.«

»Sie meinen die Sache mit den Freikugeln?« Lukas winkte ab. »Ich weiß selbst, dass die siebte Kugel angeblich vom Teufel gelenkt wird. Ich werde sie einfach nicht abfeuern.«

»Ach, werdet Ihr nicht? Und was, wenn es jemand anderes für Euch tut?« Der Zauberer sah ihn ernst an. »Für gewöhnlich trifft die siebte Kugel den Schützen selbst. Oder jemanden, den er liebt.«

»Ich werde schon aufpassen«, sagte Lukas. »Außerdem … was hätte ich denn da unten sonst tun sollen?«

»Zurückbleiben«, antwortete sein Begleiter. »So, wie wir es Euch gesagt haben.«

»Na, vielen Dank«, knurrte Lukas. Sie passierten jetzt das Ortsschild von Baden-Baden, und er schaltete runter in den dritten Gang. »Sagen Sie mir lieber, gegen wen die Kugeln alles helfen. Wie sieht es mit Dämonen aus?«

»Ich weiß es nicht«, meinte Abraham und nahm die Karte auf Lukas' Schoß an sich. »Die meisten Dämonen sind durch gewöhnliche Waffen nicht zu verletzen. Mich hat es schon überrascht, dass Makhbar Angst vor dieser Waffe hatte. Ob die Kugeln auch gegen andere Schwarzalben wirken, müsst Ihr wohl selbst herausfinden.« Seine Stimme nahm einen beschwörenden Unterton an. »Nur würde ich Euch raten, das Gewehr überhaupt nicht abzufeuern. Waffen wie diese *wollen* benutzt werden. Am Ende jedoch dienen sie allein dem Teufel.«

Lukas schluckte. »Na ja, vielleicht sollte ich Meph…, sollte ich *ihn* bei unserer nächsten Begegnung fragen, ob er bei uns nicht eine Ausnahme macht.«

»Hütet Euch davor, ihn noch einmal anzurufen!«, sagte Abraham scharf. »*Er* ist ein Meister der Manipulation, und Ihr werdet in diesem Spiel stets der Unterlegene sein. Ihr seht ja selbst, wohin uns unsere kurze Begegnung mit ihm geführt hat.« Ungehalten beäugte er die Karte und wies auf eine Abzweigung. »Da entlang, bitte; Richtung Augustaplatz. Von Nettesheim bewohnt offenbar eine der Villen im Süden, nahe der Lichtentaler Allee.«

Lukas sagte der Name nichts. Dies war sein erster Besuch in Baden-Baden, und er wusste nicht viel von der am nördlichen Schwarzwaldrand gelegenen Stadt. Nur, dass hier – gerechnet auf die Gesamtbevölkerung – die meisten Millionäre Deutschlands lebten. Oder dass die Mineral- und Heilquellen der Stadt schon von den Römern entdeckt worden waren und nicht nur den Stadtnamen, sondern auch deren Ruf als weltbekannten und idyllisch gelegenen Kur- und Urlaubsort geprägt hatten. Außerdem gab es hier eine vornehme Spielbank, in der die High Society aus aller Welt ihr Geld verzockte. Lukas hatte selbst schon damit geliebäugelt, dort sein Glück zu versuchen. Und jetzt war er hier und konnte es nicht tun. Er seufzte.

Abraham weckte Millepertia, und sie fuhren mit der alten Limousine quer durch die nächtlich erleuchtete Stadt. Je näher sie der Altstadt kamen, desto mehr wichen die einfachen Häuser hübschen Gründerzeitbauten mit Mansardendächern und reichen Ornamenten an den Außenfassaden. Überhaupt hatte Baden-Baden viel von einem französischen Landstädtchen. Sie passierten vornehme Boutiquen, Cafés und Geschäfte für Luxuswaren aller Art. Jeder Straßenzug wirkte auffallend sauber und aufgeräumt. Männer in geschniegelten Anzügen und schmuckbehangene Frauen mit kleinen Hunden bevölkerten die Vorplätze der teuren Restaurants, und wenn sie an Ampeln hielten, schlugen ihnen russische Sprachfetzen entgegen. Selbst das abgeblätterte Plakat an dem eingerüsteten Altbau links von ihnen, das auf die Monate zurückliegenden »Herbert von Karajan

Pfingstfestspiele« aufmerksam machte, besaß einen gewissen Charme.
Immerhin, ihr Oldtimer fiel in der Altstadt kaum auf. Denn trotz der späten Stunde kurvte hier alles herum, was die Automobilindustrie an Gutem und Teurem zu bieten hatte. Gelbe Maseratis, rote Lamborghinis, ein schwarzer Maybach und sogar ein silbernes Cabriolet, das mehr einem Mondmobil denn einem Sportwagen ähnelte. »Ich ahne langsam, warum sich von Nettesheim hier niedergelassen hat«, brummte Lukas.
»Wir alle haben im Laufe der Jahrhunderte ein gewisses Vermögen angehäuft«, sagte Abraham. »Sprachen wir nicht bereits darüber? Die Frage ist doch vielmehr, was man damit anstellt.«
Sie hatten inzwischen das Zentrum der Stadt mit dem nächtlich illuminierten und von Säulen geschmückten Kurhaus, der alten Trinkhalle und den Kolonnaden erreicht. Der Zauberer lotste ihn mit sicherer Stimme weiter nach Süden, vorbei an protzigen Hotels und begrünten Plätzen und bis zu einem erhöhten Straßenzug mit Ausblick auf eine langgestreckte nächtliche Parklandschaft. Kurz darauf erreichten sie im Schatten einer waldigen Anhöhe ein abgeschiedenes Villenviertel. Nur wenige Laternen erleuchteten die verlassene Straße, und Abraham gab ihm ein Zeichen, langsamer zu fahren.
Millepertia beugte sich nach vorn, um besser sehen zu können. Lukas befand, dass sie erstaunlich gut roch. Verdammt, er hatte jetzt wirklich andere Probleme!
Abraham deutete auf ein weitläufiges Grundstück zu ihrer Rechten. Hinter einer hohen Mauer samt gusseiserner Toreinfahrt ragten hohe Bäume auf, und Dach und Fassade eines eleganten und mindestens dreistöckigen Herrenhauses schälten sich schemenhaft aus der Dunkelheit. »Wir sind

da«, brummte der alte Jude. »Wenn die Ghule wahr gesprochen haben, befindet sich von Nettesheims derzeitiges Domizil hier.«
Lukas fuhr etwas weiter und parkte am Straßenrand neben einem Stromverteilerkasten. Misstrauisch blickte er die kopfsteingepflasterte Straße zurück. »Und jetzt? Das Grundstück ist doch bestimmt magisch gesichert.«
»Wir werden uns einen Überblick verschaffen«, sagte Millepertia. »Kannst du klettern?«
»Ich denke schon. Warum?«
Sie öffnete ohne eine Antwort die Fondtür, und Lukas und Abraham folgten ihr hinaus in die Nacht. Die Luft roch waldig, in der Ferne erklang leise Musik und perlendes Frauengelächter. Millepertia reichte Lukas den Tarnmantel und deutete hinüber zu einer der Straßenlaternen vor dem Grundstück von Nettesheims.
»Gute Idee«, brummte Abraham, der offenbar ahnte, was sie plante. Er packte Linsen und Lederrohr aus, montierte sie umständlich zu einem Fernrohr zusammen und reichte es Lukas, der seinerseits die Tasche mit der Jagdflinte aus der Limousine kramte. »Hier. Dieses Spektiv enthüllt arkanes Wirken, wenn es in den Sichtkreis der Linsen gerät.«
Lukas nahm das Fernrohr an sich und sah, dass Millepertia unter einer Straßenlaterne vor der Mauer in die Hocke ging und sich mit einer Nadel in den Finger stach. Ausgehend von der Wunde verwandelte sie sich erneut in ein bizarr anmutendes Pflanzenwesen, das wie eine Mischung aus Mensch und Johanniskrautbusch aussah.
Lukas wusste noch immer nicht, was er davon halten sollte. Mit starrer Miene beobachtete er, wie sich die blühenden Hartheuranken an dem Laternenmast emporwickelten und die Leuchte am oberen Ende so lange umrankten, bis ihr Teil der Straße in völliger Dunkelheit lag.

»Mach schon!«, forderte Millepertia ihn mit eigentümlicher Knisterstimme auf, und endlich begriff Lukas. Er rückte den Tarnmantel zurecht, stieg leicht befremdet auf Millepertias struppige Schultern und kletterte mit Hilfe zahlreicher schlaufenförmig herabhängender Ranken die Laterne nach oben. Wie erhofft, hatte er von hier einen exzellenten Blick auf das Grundstück hinter der Mauer, das mit den vielen Bäumen, Büschen und Hecken eher einem kleinen Park als einem Garten glich. Agrippa von Nettesheim wusste ganz eindeutig zu leben.
Lukas reckte sich und fasste die protzige Villa ins Auge. Das dreigeschossige Gebäude war weiß gestrichen und entstammte vermutlich dem neunzehnten Jahrhundert. Ein weißer Kiesweg schlängelte sich vom Tor auf einen säulengeschmückten Vorbau zu. Als seine Augen sich an die Dunkelheit gewöhnt hatten, entdeckte er zudem eine Veranda, eine Dachterrasse und sogar einen viereckigen Turm, der dem Anwesen eine besonders herrschaftliche Note gab. Alles wirkte ruhig und unverdächtig – bis auf die knappe Bewegung weiter rechts im Garten. Aus Richtung einer Gartenlaube trottete ein Hund auf den Rasen. Eine Bulldogge?
Lukas hob das Spektiv und betrachtete Grundstück und Haus erstmals durch die magische Linsenkonstruktion. Vor Überraschung wäre er fast vom Laternenmast gefallen. Das runde Sichtfeld wurde von wabernden Flammen umzüngelt, die das Bild im Spektiv in rote und hellgelbe Schatten hüllten. Lukas rückte die Bulldogge näher heran und erkannte zu seinem Entsetzen, dass das Tier bloß eine Illusion war. Tatsächlich hockte auf dem Rasen einer dieser zweischwänzigen Höllenhunde, die er schon von ihrem Zusammenstoß mit der Wilden Jagd her kannte!
Alarmiert suchte er das Grundstück weiter ab und entdeckte zwischen den Bäumen einen weiteren Höllenhund, der

an etwas nagte, das er nicht erkennen konnte. Schließlich nahm er die Villa selbst in Augenschein – und atmete tief ein. Das stattliche Gebäude wirkte in dem Spektiv, als sei es erst kürzlich Opfer eines Orkans geworden. Zahlreiche Fenster waren zertrümmert, die Beete vor dem Haus mit Dachschindeln übersät, und vor der Treppe mit der zerschmetterten Eingangstür lagen zwei zerbrochene Skulpturen, die so wirkten, als wären sie aus großer Höhe von der Fassade gefallen. »Ach du Scheiße!«

»Was?«, ertönte Abrahams Stimme von unten.

Lukas kletterte den Laternenmast wieder nach unten, schlug den Tarnmantel zurück, und Millepertia verwandelte sich wieder in Menschengestalt, während er aufgeregt berichtete, was er gesehen hatte. »Ich befürchte fast«, endete er, »dass von Nettesheim Besuch von der Wilden Jagd bekommen hat. Zumindest halten auf dem Grundstück die gleichen Höllenhunde Wache, die auch uns angegriffen haben.«

»Verdammt.« Abraham zog zornig an seinem langen Bart. »Na gut. Uns bleibt nichts anderes übrig, als vor Ort nachzusehen. Und Ihr habt lediglich zwei Höllenhunde ausmachen können?«

»Lediglich?« Lukas lachte unsicher. »Falls Ihnen mehr lieber sind … vielleicht finden wir ja noch ein paar.«

Millepertia verdrehte schweigend die Augen.

Der Zauberer nahm ihm kämpferisch den Tarnmantel ab. »Dann werde ich uns mal den Weg freimachen.« Mit diesen Worten war er verschwunden.

Lukas starrte entgeistert auf die Stelle, wo Abraham von Worms eben noch gestanden hatte; dann folgte er Millepertias Blick zu Mauer und Toreinfahrt. Von dem Zauberer war noch immer nichts zu sehen, und es war totenstill.

»Er schafft das wirklich alleine?«, fragte Lukas.

»Natürlich«, gab Millepertia knapp zurück.

Schweigend warteten sie in der Dunkelheit, bis die Hexe leise sagte: »Bei den Ghulen hast du dich geschickter angestellt, als ich dir zugetraut hätte.«
»Abraham war davon nicht so begeistert.«
»Kann ich mir vorstellen.« In ihrem Blick lag wieder dieser Ausdruck, den er nicht zu deuten wusste. Trotz, gemischt mit Neugier, aber auch … Furcht. Vor ihm?
»Dir ist hoffentlich klar, dass *er* dich verraten wird? Und uns gleich mit dazu.«
»Wer?«
»Na, wer schon?« Ihre grünen Augen funkelten böse. »*Er.* Der Teufel.« Sie starrte die Straße hinunter. »Es hat bereits begonnen. Alles gerät in Bewegung.«
Lukas bemühte sich, ruhig zu klingen. »Weißt du, ich verstehe ja, dass du sauer auf mich bist. Ich sehe selbst, dass ich euer Leben gehörig durcheinandergebracht habe. Nur begreife ich nicht, warum du mir ständig das Gefühl gibst, als wäre ich persönlich schuld an dem ganzen Schlamassel. Ich bin da auch nur reingeraten.«
»Nein, bist du nicht.« Sie klang plötzlich müde. »Du bist der Bote. Mit dir kommt unser Ende. Ein Ende, das uns schon lange vorherbestimmt ist.«
Lukas sah sie ratlos an. »Was redest du da?«
Doch noch ehe sie antworten konnte, hörten sie jenseits der Mauer ein lautes Knurren, das unvermittelt in klägliches Jaulen umschlug. Es folgten ein zweites und drittes Winseln, dann Schritte auf dem Kiesweg jenseits der Toreinfahrt.
Lukas griff hastig zu der Tasche mit der Jagdflinte. Wie von Geisterhand öffnete sich quietschend das gusseiserne Tor der Einfahrt, und kurz darauf erschien Abraham wie aus dem Nichts und winkte ihnen zu.
»Es waren drei Höllenhunde!«, zischte er, als sie bei ihm

waren. »Davon abgesehen scheint der Garten sauber zu sein. Im Haus könnte ich allerdings Unterstützung gebrauchen.«

Millepertia nickte, und Lukas kramte Flinte, Pulverhorn und die restlichen Freikugeln hervor. Dann schlichen sie so lautlos wie möglich auf die Villa zu. Auf halbem Weg stieg Lukas ein beißender Schwefelgeruch in die Nase. Er hoffte inständig, dass das alles war, das von den Höllenhunden übrig geblieben war.

Unbehelligt erreichten sie die Treppe zum Vestibül des Herrenhauses, wo sie auf die zerbrochenen Überreste merkwürdig verdrehter Löwenstatuen stießen. Die marmornen Fragmente waren von tiefen Kratzern und Schrammen übersät.

Mit Lukas zu seiner Linken und Millepertia zu seiner Rechten hob Abraham seine Armillarsphäre, und sie betraten die düstere Empfangshalle.

Misstrauisch beäugte Lukas umgekippte Kübel mit hohen Farnen und ein wertvoll wirkendes Aktgemälde, das nahe der Treppe zum Obergeschoss schräg an der Wand hing. In der Villa war es auffallend still.

»Wir könnten etwas mehr Licht gebrauchen«, murrte Abraham, hob seinen Leuchtkristall und sah Lukas auffordernd an.

Der kramte sein Smartphone hervor, starrte auf die niederschmetternde Statusmeldung der Energieanzeige und steckte es wieder weg. Stattdessen ging er zu einem Lichtschalter an der Wand und betätigte ihn. Nichts geschah. »Einen Moment«, sagte er, drang tiefer in die Vorhalle vor und fand schließlich im Schatten der Treppe einen Sicherungskasten. Alle Sicherungen waren herausgesprungen, doch kaum, dass er sich an den Schaltern zu schaffen machte, erstrahlte über ihnen ein protziger Kristalllüster.

»So geht es natürlich auch.« Abraham nickte und schritt auf

eine Tür am Ende der Vorhalle zu. Mit dem offenen Tarnumhang, der immer wieder Teile seines Körpers verbarg, wirkte er wie ein Geist.

Sie durchmaßen luxuriös eingerichtete Räume, die von dem verschwenderischen Lebensstil von Nettesheims zeugten: einen mahagonigetäfelten Speisesaal, ein altertümliches Raucherzimmer und gleich mehrere Salons, die von teuren Rokoko-Möbeln, persischen Teppichen und alten Gemälden überquollen. Sie zeugten in der wahllosen Zusammenstellung sündhaft teurer Kostbarkeiten vor allem vom schlechten Geschmack des Hausherrn.

Die Verwüstungen im Erdgeschoss hielten sich in Grenzen. In der modern eingerichteten Küche jedoch stießen sie auf den schrecklich zugerichteten Leichnam einer jungen Bediensteten. Ihr Körper war übersät mit tiefen Bissen und Kratzwunden.

Lukas keuchte. »Die bringen wirklich Menschen um!«, entfuhr es ihm.

»Natürlich tun sie das«, entgegnete Abraham ruhig.

»Aber diese Frau hatte doch ganz sicher nichts mit alledem zu schaffen.«

»Denkt Ihr, die Hölle trägt ihren Namen zu Unrecht?«

Lukas schluckte und spürte Übelkeit in sich aufsteigen. Bis jetzt hatte er sich an die Hoffnung geklammert, irgendwie heil aus der Sache herauskommen zu können. Schließlich fühlte er sich völlig unschuldig an all dem Wahnsinn um sich herum. Doch die Leiche der jungen Frau ließ keinen Zweifel offen. Die Höllenmächte würden auch ihn nicht verschonen. Er atmete tief aus und ein, doch noch immer liefen ihm kalte Schauer über den Rücken.

»Ich schätze, der Angriff auf das Haus erfolgte bereits letzte Nacht«, hörte er Millepertia sagen, doch im Grunde wollte er all das gar nicht so genau wissen. Er wollte an etwas anderes denken, an irgendetwas, sich ablenken und die tote Frau zu seinen Füßen vergessen. Entschlossen betrat er einen benachbarten Gang, stieß dort auf den Zugang zu einer Kühlkammer sowie eine angelehnte Tür und öffnete sie. Angesichts der vielen Monitore, die sich in diesem Raum befanden, stieß er einen leisen Pfiff aus. Ein Überwachungsraum. Von Nettesheim setzte offenbar nicht auf Zauberei allein. Lukas betrat das Zimmer mit der Waffe im Anschlag und hörte, wie Millepertia und Abraham ihm folgten. Kurz darauf steckten auch sie die Köpfe in den Raum.

»Was ist das hier?«, wollte die Hexe wissen.

Lukas erklärte ihr die Funktion des Zimmers und schritt interessiert die Monitore ab. Fast die Hälfte der Kameras war ausgefallen. Von jenen, die noch ihren Dienst versahen, waren einige auf den Garten und andere auf unbekannte Räumlichkeiten im Haus gerichtet. Darunter befanden sich eine verwüstete Bibliothek, zwei Schauräume mit Glasvitrinen, das mittelalterlich anmutende Gemälde eines uralten Mannes, dessen Gesicht trotz der Runzeln und Falten eine gewisse Ähnlichkeit mit von Nettesheim aufwies, und ein hochmodern ausgerüstetes Laboratorium. Lukas blieb vor einem der Bildschirme stehen und stutzte. »Was ist das denn?« Die Überwachungskamera war auf ein dämmriges Kellergewölbe gerichtet, in dem sich drei oder vier gefährlich anmutende Kreaturen mit Katzenköpfen, kräftigen Krallenarmen und langen schwarzen Schlangenleibern wanden.

Abraham trat an den Monitor heran, dessen Bild sofort körnig wurde. »Tatzelwürmer!« Er schnaubte missbilligend und richtete sich wieder auf. Das Bild klarte wieder auf. »Die Biester sind ebenso angriffslustig wie selten. Ich wette, Agrippa hält sie zu Verteidigungszwecken. Dass sie noch in ihrem Versteck sind, deutet darauf hin, wie rasch der Angriff auf die Villa erfolgt sein muss.«

»Seht mal hier!« Millepertia deutete auf einen Monitor weiter links, der ein großes Arbeitszimmer zeigte. Auf dessen Boden lag ein junger Mann mit Backenbart und altertümlicher Unterwäsche auf dem Rücken; Arme und Beine waren gefesselt und x-förmig abgespreizt. Der Brustkorb hob und senkte sich in regelmäßigen Abständen.

»Das ist von Nettesheim!«, rief Lukas.

»Sieh an«, murmelte Abraham. »Agrippa war bei unserer letzten Begegnung ein alter Mann. Könnt Ihr sehen, wo er sich befindet?«

Lukas überprüfte die Anordnung der Monitore. »Vermutlich irgendwo in den oberen Geschossen.«

Der Zauberer wandte sich bereits ab, doch Lukas hielt ihn auf. »Warten Sie. Wenn Dee Agrippa am Leben gelassen hat, müssen wir dann nicht mit weiteren Überraschungen rechnen?«

»Durchaus möglich.« Abraham runzelte die Stirn. »Worauf wollt Ihr hinaus?«

»Na, es muss doch einen Grund dafür geben, dass er von Nettesheim am Leben gelassen hat.«

»Sicher. Vermutlich glaubt Dee, Agrippa noch zu brauchen.«

»Trotzdem. Spazieren wir hier nicht ein klein wenig zu sorglos durch das Haus? Dee wird seinen Gefangenen doch nicht unbewacht zurückgelassen haben?«

Abraham und Millepertia wechselten einen kurzen Blick, dann bequemte der Zauberer sich zu einer Antwort. »Hat er ja auch nicht. Habt Ihr bereits die Höllenhunde draußen im Garten vergessen? Die werden selbst mit Ghulen fertig. Davon abgesehen, ist die Villa mit Tarn- und Schutzsiegeln ausgestattet, die sie von der gewöhnlichen Außenwelt abschirmt. Wir könnten auf dem Grundstück ein Feuerwerk veranstalten – und keiner der Nachbarn würde etwas davon mitbekommen.« Abraham betrachtete die Monitore und schürzte seine Lippen zu einem geringschätzigen Lächeln. »Hinzu kommt, dass Agrippa dank der Fesselung zu keiner Zaubergeste fähig ist. Er selbst hat überdies dafür gesorgt, dass niemand von seinem Domizil weiß. Selbst wenn er Freunde besäße, was ich bezweifle, gäbe es niemanden, der ihn finden und ihm helfen könnte. Dee weiß das alles ebenfalls. Aber falls es Euch beruhigt«, Abraham tippte sich gegen die Schläfe, »meine Sinne sind gespannt. Ich bin alles andere als sorglos.« Der Zauberer verließ den Überwachungsraum mit grimmigem Blick, und Lukas seufzte. Eigentlich hatte er vorgehabt, einige der Bänder zurückzuspulen und sich anzusehen, was letzte Nacht vorgefallen war. Auf der anderen Seite ahnte er bereits, was er dort zu sehen bekommen würde. Falls sich Dämonen überhaupt von einer Kamera erfassen ließen. Und so folgte er dem Zauberer und Millepertia in das erste Obergeschoss. Dort waren die Verwüstungen deutlich stärker, und sie fanden eine weitere Leiche. Dem Torso nach ebenfalls eine junge Frau, doch ihr Kopf fehlte. Lukas übergab sich ansatzlos. Selbst Millepertias mitfühlender Blick vermochte ihn kaum zu beruhigen.

»Komm«, sagte sie eindringlich. »Wir müssen weiter.«

Das brach den Bann. Lukas wischte sich über die Lippen, nickte und folgte ihr auf wackligen Beinen. Noch so ein Fund, und er würde schreiend davonlaufen.

Sie betraten eine riesige Zimmerflucht voller kitschig roter Plüschmöbel. Überrascht registrierte er, dass Wände und Decken mit kleinen und großen Aktgemälden gepflastert waren. Die Bilder hingen dicht an dicht, und geöffnete Doppeltüren links und rechts führten in ähnlich ausgestattete Räume – insgesamt Aberhunderte, wenn nicht gar Tau-

sende Bilder von leicht oder gar nicht bekleideten Frauen in lasziven Posen. Erotik quer durch die Epochen und kein Ende in Sicht. Kopflose Leichen und historische Wichsvorlagen – er kam sich vor wie in einem schlechten Horrorfilm.
»Ich schätze, wir stehen in den Trophäenzimmern des Hausbesitzers«, wisperte Millepertia mit verächtlichem Unterton. Pikiert schob sie mit den Füßen die Überreste eines zerrissenen Gemäldes zur Seite, das eine freizügige Rubensdame auf einem Himmelbett zeigte.
Abraham schüttelte lediglich den Kopf. »Ich habe schon von ganz anderen Sammlungen gehört, die einige Kollegen über die Jahrhunderte zusammengetragen haben. Agrippa scheint sich die Langeweile seiner Unsterblichkeit mit erotischen Abenteuern zu versüßen.«
Jetzt wusste Lukas auch, warum sich der Kerl so gut mit Liebesdämonen auskannte. Die Schlafzimmer, die sie nun durchschritten, zeigten überdies deutlich, dass auch die toten Frauen mehr als nur Hausangestellte gewesen waren.
»Das ist doch alles krank«, presste Lukas hervor und stapfte weiter, ohne die ausladenden Betten und die darum verteilten Spielzeuge und Gerätschaften eines weiteren Blickes zu würdigen.
Schließlich erreichten sie einen weiteren Saal, in dem sie von den Wänden nicht länger nackte Frauen, sondern Männer und Würdenträger aller Epochen anstarrten. »Weitere Trophäen? Was sein Liebesleben angeht, scheint von Nettesheim nicht sonderlich festgelegt zu sein«, murrte Lukas.
Abraham sah sich um und runzelte die Stirn. »Nein, das hier scheinen besiegte Rivalen zu sein. Zauberer.« Er deutete auf eine bärtige Gestalt neben einem Treppenaufgang. »Der da ist ohne Zweifel Meister Twardowski. Ein berühmter polnischer Alchimist und Magier, der auf rätselhafte Weise verschwand.«

»Wie wäre es, wenn wir uns wieder auf das Wesentliche konzentrieren?«, zischte Millepertia, die bereits die Treppe ins zweite Obergeschoss hinaufstapfte.
Sie schienen sich nun dem Zentrum des Kampfes zu nähern. Die Fenster zum Garten waren größtenteils zersplittert, und sie schritten durch verwüstete Bibliotheken und Schauräume, die deutlich mehr an die Heimstatt eines Magiers erinnerten als die Räume zuvor.
Abraham sammelte einige der Zauberschriften vom Boden auf und blätterte sie durch. »Mille, sieh dir das an: Bildzauberei!«, brummte er.
»Was bitte?« Lukas sah ihn fragend an.
Abraham wies auf die beschädigten Buchbestände um sie herum. »Agrippa scheint ein ausgeprägtes Interesse an Invultuationen zu haben. Bildmagie aller Art. Es geht darum, ein möglichst plastisches Abbild des Opfers zu erstellen, um so auf die Ferne Liebeszauber, Flüche und jede andere Form von schwarzer Magie zu wirken. Vielleicht waren all die Gemälde doch nicht bloß einfache Trophäen.«
»Agrippa von Nettesheim ist ein mieses Dreckschwein!«, fluchte Millepertia, und Lukas teilte ihre Einschätzung.
Sie passierten einen Raum, an dem sich vermutlich Schutzsiegel an den Wänden befunden hatten, von denen jetzt aber nur noch schwarze, eingebrannte Flecken zeugten. In einem von Asche übersäten Saal mit zerstörten Vitrinen entdeckte Millepertia eine weitere Tür, öffnete sie und pfiff leise durch die Zähne. »Seht euch das mal an.«
Sie hatten das große Laboratorium gefunden, das sie bereits unten im Überwachungsraum gesehen hatten. Von Nettesheim setzte auch hier auf moderne Technik. Zwar befand sich auf dem mit Glassplittern übersäten Boden ein großer Beschwörungskreis, doch statt altertümlicher Kolben und Retorten bevölkerten die Arbeitstische und Regale Liebig-

kühler, Analysegeräte, Zentrifugen und andere technische Gerätschaften. Die Apparaturen und Instrumente standen Seite an Seite mit Flaschen und Dosen, deren Inhalte schon eher dem entsprachen, was Lukas von einem mittelalterlichen Alchimisten erwartete. Darunter befanden sich beschriftete Gefäße mit Mumienstaub, Haut- und Knochenteile von Moorleichen, Quecksilber, Salpeter, getrocknete Amphibien und sogar Fläschchen mit geronnenem Menstruationsblut und der Aufschrift *Armesünderfett.* Lukas schüttelte sich. Das Interessanteste in dem Raum jedoch war, dass die Schneise der Zerstörung geradewegs auf eine Türflucht zulief, hinter der Treppenstufen nach oben auszumachen waren. Das musste der Zugang zum Turm der Villa sein.

Sie gingen weiter, als Lukas verblüfft innehielt. »Abraham, bitte sagen Sie mir, was das dort ist.« Er deutete mit der Flinte auf einen großen, mit gelblicher Flüssigkeit gefüllten Glaszylinder, in dem ein knapp unterarmgroßes, menschenähnliches Geschöpf mit faserigem Alraunenleib schwebte. Struppige Haare standen von dem viel zu großen Kopf ab, und die Augen waren geschlossen, als schliefe das Wesen.

»Das ist in höchstem Maße erstaunlich!« Abraham näherte sich dem Glaszylinder und beäugte das Geschöpf interessiert. »Nach meinem Dafürhalten ist das ein Homunkulus. Ein künstliches Menschlein.«

Lukas erinnerte sich, davon schon einmal gehört zu haben. »Ich dachte, so ein Homunkulus sei bloß eine philosophische Figur.«

»Oh nein.« Abraham lächelte. »Schon in den antiken alchimistischen Schriften wurde die Erschaffung eines solchen Miniaturmenschen angedeutet. Der Erste, dem dies in unseren Breiten gelungen sein soll, war Paracelsus. Er beschreibt den Homunkulus in seiner Schrift *De natura rerum*. Leider hatte er mit der Beseelung dieses Wesens Probleme.« Der Zauberer öffnete die Schnappriegel des Messingdeckels, mit dem der Zylinder verschlossen war, und klappte ihn auf. Ein eitriger Geruch wehte ihnen entgegen. Lukas rümpfte die Nase. »Ähnlichen Problemen stehen wir Kabbalisten bei den Golems gegenüber. Denn einem weitverbreiteten Irrglauben gemäß ist es nicht etwa Gottes wahrer Name, der Geschöpfe wie sie beseelt, es sind Naturgeister, die unsereins heraufbeschwören muss, um ihnen Leben einzuhauchen. Gott lässt sich eben nicht ins Handwerk pfuschen. Allerdings soll ein Homunkulus zu weit größeren Verstandesleistungen imstande sein als ein Golem. Ich kenne Schriften, in denen angedeutet wird, dass Paracelsus seinen Geist in diese Wesen zu transferieren vermochte. Auf diese Weise war es ihm möglich, Orte aufzusuchen, die ihm als Mensch verschlossen geblieben wären.« Der Zauberer griff zu einem Glasstab, tauchte ihn in die trübe Flüssigkeit und stupste den Homunkulus an. Das kleine Menschlein zuckte kurz zusammen. »Er lebt tatsächlich«, stellte Abraham fasziniert fest. »Doch er ist ohne Bewusstsein.«

»Könntet ihr eure alchimistischen Beschäftigungen bitte auf später verschieben«, zischte Millepertia gereizt. »Wir sind wegen von Nettesheim hier.«

»Natürlich.« Abraham von Worms räusperte sich und legte den Glasstab beiseite. Er hob die Armillarsphäre an, und gemeinsam betraten sie das Treppenhaus.

Wie erwartet, fanden sie den Magier ein Stockwerk höher, im Turm der Villa. Lukas' Blick glitt über das protzige Zimmer mit dem riesigen Schreibtisch und den hohen Bücherregalen, das offensichtlich als Studierstube diente. An den Wänden hingen Speere, Blasrohre und bunte Holzmasken.

Offenbar war Nettesheim irgendwann in Afrika gewesen. Die Schubladen des Arbeitstisches standen offen und wirkten durchwühlt, viele Bücher lagen aufgeklappt auf dem Boden, und ganze Regalreihen schienen komplett ausgeräumt worden zu sein. Von Nettesheim lag noch immer in derselben entwürdigenden Weise da, wie sie es auf dem Monitor gesehen hatten: gefesselt, geknebelt, auf dem Rücken und mit nichts als seiner altertümlichen Unterwäsche bekleidet, die fast seinen ganzen Körper bedeckte und deren herausragenstes Merkmal eine Knopfleiste war, die vom Brustbein bis zur Hüfte reichte. Hände und Füße hatte man ihm mit Stricken so fest an den Standbeinen von Schreibtisch und Regalen gefesselt, dass er sich kaum noch rühren konnte.

Aufgeschreckt hob der Magier den Kopf und nuschelte etwas in seinen Knebel. Dann jedoch verstummte er und glotzte sie ungläubig an. Offensichtlich hatte er anderen Besuch erwartet – oder ihn irritierte die bizarre Erscheinung, die Abraham in seinem Tarnumhang bot.

Lukas richtete seine Flinte auf Nettesheim. »Wieso bist du nicht tot, Arschloch?« Er musste wieder an die Frauen denken, die um des Magiers willen gestorben waren. Millepertias Gesichtsausdruck zufolge schien sie seine Verachtung zu teilen. Ohne den Geknebelten eines weiteren Blickes zu würdigen, machte sie sich daran, Schreibtisch und Regale zu durchsuchen, während sich Abraham von Worms vor den Mann hinkniete und ihm den Knebel lockerte. »Ein falsches Wort, Agrippa, und ich führe zu Ende, was John Dee begonnen hat.«

Zornig sah von Nettesheim zu Abraham auf. »Sieh an. Der berühmte Abraham von Worms lebt also ebenfalls noch. Natürlich.« Er lachte rauh. »Kaum gerät die Hölle in Unordnung, kommst auch du aus deinem Versteck gekrochen. Und wie ich sehe, besitzt du sogar einen Tarnmantel. Sehr beeindruckend.« Wütend starrte er durch den Zauberer hindurch zu Lukas. »Und den jungen Faust hast du dir inzwischen ebenfalls geschnappt. Gratulation. Ich habe die Angelegenheit in Staufen wohl etwas unterschätzt. Aber ich verspreche, das passiert mir so schnell nicht noch einmal.«

»Erspare uns dein Gefasel.« Abraham packte ihn am Ausschnitt der Unterwäsche. »Du wirst uns jetzt ein paar Fragen beantworten.«

»Warum sollte ich?«, höhnte dieser. »Glaubst du, du könntest mich so einfach umbringen? Nein, Abraham, ich bin unverwundbar. Selbst John Dee ist mir nicht beigekommen.«

»Tatsächlich?« Mit fast wissenschaftlichem Interesse las Abraham von Worms eine herumliegende Schreibfeder auf und rammte sie Agrippa von Nettesheim in den Unterarm. Der Gefesselte zuckte kurz zusammen, doch als der Zauberer die Feder aus dem Fleisch zog, wuchs die Wunde wieder zusammen. »Sieh an«, stellte er sachkundig fest. »Irgendetwas zieht deine Verletzungen auf sich.« Er packte seinen Rivalen am Kinn und drehte dessen Kopf nach links und rechts. »Und du siehst erstaunlich jung aus.«

»Man tut, was man kann. Auch du hast deine natürliche Lebensspanne weit überschritten. Mich würde ebenfalls interessieren, wie du das angestellt hast.«

Abraham ließ ihn wieder los. »Jeder von uns hütet seine Geheimnisse.«

»Ganz sicher tun wir das.« Ein spöttisches Lächeln kräuselte Agrippa von Nettesheims Lippen. »Da wir das geklärt hätten, sag deinem Flittchen, dass sie vergebens sucht. John Dee hat Fausts Höllenzwang an sich genommen.«

»Das Flittchen mag solche Ausdrücke nicht.« Millepertia drehte sich mit einer der afrikanischen Masken in der Hand

zu ihm um. »Hast du deine Huren schon mal mit einem zünftigen Hexenschuss erwartet? Ist sicher eine ganz neue Erfahrung.« Sie stieß den Finger ruckartig vor, doch von Nettesheim grinste nur. »Glaubst du wirklich, dein armseliger Hexenfluch könnte mir etwas anhaben?«
Millepertia starrte ihn hasserfüllt an.
Lukas richtete die Waffe auf die Brust des Magiers. »Das reicht. Ich will jetzt endlich wissen, was hier gespielt wird. Geht es bei alledem um die Aufhebung des Höllenpaktes, an der mein Vorfahre angeblich gearbeitet hat?«
Von Nettesheim maß Lukas und seine Begleiter mit einem mitleidigen Blick. »Ich fasse es nicht. Da kommt es zum bedeutendsten Ereignis seit Luzifers Höllensturz, und ihr stolpert so ahnungslos durch die Lande wie ein Haufen adoleszenter Narren, die glauben, Satanismus hieße, gegen einen Grabstein zu urinieren.«
»Du magst vielleicht nicht sterben können«, sagte Abraham kalt, »aber wie ich eben sehen konnte, empfindest du noch immer Schmerzen. Soll ich dir weitere Schmerzen zufügen, Agrippa?«
Nettesheim versteifte sich; dann schüttelte er den Kopf. »Verdammt, ich weiß selbst nicht, was genau geschehen ist«, schrie er. »Es heißt, der alte Faust habe einen Aufstand in der Hölle entfacht.«
»Wie bitte?« Abraham bedachte Lukas und Millepertia mit einem ungläubigen Seitenblick.
»Ja, du hörst richtig. Die Sache ging Freitagnacht in Staufen los, als der da sein Erbe eingefordert hat.« Von Nettesheim nickte gequält in Lukas' Richtung. »Seitdem ist nichts mehr wie zuvor. Versuche dich an einer Beschwörung, und du wirst selbst erleben, dass die Regeln der Zauberei in Unordnung geraten sind.« Fahrig leckte er sich über die Lippen. »Erst letzte Nacht habe ich von einem Dämon erfahren,

dass Luzifer angeblich entmachtet wurde. Die Teufel und Dämonen gehen sich jetzt gegenseitig an die Kehle.«

»Wie soll das bitte möglich sein?«

»Glaube es, oder glaube es nicht«, zischte Agrippa. »Die Teufel sind jetzt ohne Führung. Warum fragst du nicht den jungen Faust, was geschehen ist? Mephistopheles persönlich stand ihm in Staufen bei. Vielleicht hat *er* ihm verraten, was ihm widerfahren ist.«

Abraham sah Lukas fragend an, doch der schüttelte den Kopf.

»Und John Dee?«

Agrippa schnaubte wütend. »Der Sauhund hat mich mit der Wilden Jagd überfallen, als ich gerade damit beschäftigt war, Fausts Höllenzwang zu studieren. Offenbar hat mich in Staufen einer dieser Abaddons-Lurche berührt, so dass er mich finden konnte.«

»Du wirst nachlässig. Auch wir haben dich aufgespürt.«

Der Gefesselte verengte zornig die Augen. »Dees Auftritt war etwas beeindruckender. Er behauptete, dem neuen Herrn der Hölle zu dienen. Du solltest ihn kennen. Sein Name lautet Abaddon. Abaddon, der Zerstörer, König der Hölle in der Apokalypse.«

Lukas sah den Magier ungläubig an. »Sie sprechen allen Ernstes von diesem … *Helljäger?*«

»Ja, so wird er auch genannt. Denn mehr blieb nach seiner Entmachtung nicht von ihm übrig.« Agrippa versuchte sichtlich, ihn abzuschätzen, bevor er in belehrendem Tonfall fortfuhr. »Abaddon hasst den Teufel. Seit Luzifers Machtergreifung war er dazu verdammt, sich wie ein Dieb zwischen den Schatten herumzutreiben. Er war verbannt im Diesseits, unfähig, in die Hölle zurückzukehren, und abgeschnitten von dem Großteil seiner einstigen Macht. Jetzt aber hält er angeblich den Höllenthron besetzt und jagt den

Teufel. Und wie man hört, belohnt er all jene, die ihm dabei helfen, Mephistopheles zu stellen.«

»Aber wie soll das möglich sein?« Millepertia legte die Maske fort. »Der Teufel ist der Teufel. Niemand kommt ihm an Macht gleich.«

»Frag doch ihn, wie das möglich ist!« Agrippa warf Lukas einen giftigen Bick zu. »Schließlich hat er irgendwie damit zu tun.«

»Gar nichts habe ich!«, herrschte ihn Lukas an. »Bis vorgestern wusste ich nicht einmal, dass es Himmel und Hölle überhaupt gibt. Im Übrigen haben *Sie* mich dazu gezwungen, Fausts Höllenzwang erscheinen zu lassen und mein Erbe einzufordern und all diesen Blödsinn. Und jetzt haben wir den Salat, und Sie haben nichts Besseres zu tun, als anderen die Schuld in die Schuhe zu schieben. Wissen Sie, wie man so etwas nennt, Agrippa von Nettesheim? Ich verrate es Ihnen. Man nennt das *erbärmlich.*«

Agrippa ignorierte ihn und wandte sich Abraham zu. »Hast du dich nie über den Widerspruch in den alten Schriften und Prophezeiungen gewundert? Oder dich gefragt, wie es zwei Herrscher über die Hölle zugleich geben kann?«

»Selbstverständlich habe ich das.«

»Die Antwort auf diese Frage ist ganz einfach.« In Agrippas Blick blitzte es. »Abaddon hat *vor* Luzifer über die Hölle geherrscht. Und jetzt fordert er seine unumschränkte Herrschaft erneut ein. Natürlich widersetzen sich die gefallenen Engel seiner Herrschaft, doch Abaddon wird von Tag zu Tag mächtiger.«

Abraham richtete sich mit knackenden Gliedern auf. »Auf gewisse Weise ergibt das sogar einen Sinn. Wenn Doktor Faust wirklich eine Möglichkeit gefunden hat, den Teufel zu entmachten, könnte er mit dem neuen Herrscher der Hölle auch eine neue Vereinbarung treffen.«

»Endlich begreifst du!« Agrippa lachte. »Während wir anderen bloß versucht haben, unser irdisches Jammertal zu verlängern, hat Johann Faust eine Lösung gefunden, um das Problem an der Wurzel zu packen. Der Doktor war genial, auch wenn er selbst die Früchte seiner Forschungen nicht mehr genießen konnte.«

»Sind Sie sich da sicher?«, warf Lukas ein.

»Natürlich, du dummer Junge«, Agrippa schnaubte abfällig. »Schließlich ist er krepiert, bevor er seine hochtrabenden Pläne umsetzen konnte. Ansonsten säße seine verdammte Seele doch wohl kaum in der Hölle ein, oder? Dee muss irgendwie auf Fausts Forschungsergebnisse gestoßen sein und führt nun zu Ende, woran der Doktor damals getüftelt hat.«

»Und das bereits ohne Besitz von Fausts Höllenzwang?«, zeigte sich Lukas skeptisch.

Agrippa von Nettesheim warf Abraham und Millepertia einen gequälten Blick zu. »Wie lange muss ich mich noch mit diesem Laien abmühen? Können wir die Angelegenheit nicht unter sechs Augen besprechen? Nur wir, die uns die Sache überhaupt betrifft?«

»Warum sollten wir?«, sagte Abraham.

Nettesheims Stimme nahm einen beschwörenden Unterton an. »Ganz einfach: Weil Dee im Augenblick die Nase vorn hat. Warum tun wir uns nicht zusammen? Wenn wir ihn niederringen, könnten *wir* uns Abaddon andienen. Der Höllenpakt mit all seinen unangenehmen Folgen für unsere Seelen – er wäre Geschichte.«

Lukas sah, wie sich in die Blicke seiner Begleiter ein Funke Hoffnung stahl. »Hey, ihr werdet doch wohl nicht auf diesen Kerl hören! Warum hat Dee uns und ihm wohl diese Wilde Jagd auf den Hals gehetzt? Wozu all die Mühen, wenn der Kampf zwischen Abaddon und Teufel schon entschieden wäre?« Er klemmte sich die Flinte unter die Achsel. »Außerdem möchte ich daran erinnern, dass die Rechnung noch eine unbekannte Variable birgt. Hat der ... Sukkubus nicht in Staufen angedeutet, dass Doktor Faust schon bald aus der Hölle zurückkehren soll? Falls da etwas dran ist ... nun ja ... ist mein berühmter Ahne vielleicht schon jetzt deutlich einflussreicher, als ihr denkt.«

»Lächerlich«, widersprach von Nettesheim. »Fausts Seele ist dort, wo sie jetzt einsitzt, rettungslos verloren. Im Augenblick versucht John Dee ihn zu beerben. Wie man sieht, mit einigem Erfolg. Immerhin hat er Abaddon selbst dazu gebracht, an seiner Seite zu streiten. Wir müssen dem Helljäger bloß klarmachen, dass wir die besseren Verbündeten sind.«

»Und wer hat dann Lukas den Sukkubus auf den Hals gehetzt?«, warf Millepertia ein. »War das auch Dee?«

»Nicht nach ihrer Aussage«, sagte Lukas nachdenklich. Es war ihm noch immer unangenehm, über Sylvia zu sprechen. »Außerdem frage ich mich, wofür Abaddon den Zauberer überhaupt braucht, wenn er bereits über den Höllenthron herrscht. Da stimmt doch irgendetwas nicht.«

»Hm.« Abraham musterte nachdenklich die afrikanischen Kunstgegenstände an der Wand. »Die Hölle ist der ideale Ort, um mit einem Sukkubus in Kontakt zu treten. Theoretisch gibt es keinen besseren. Faust säße also direkt an der Quelle.«

»Ja, aber warum sollte ihm ein solcher Dämon überhaupt gehorchen?«, wandte Millepertia ein.

»Muss er doch gar nicht«, meinte Lukas. »Ein Sukkubus ist ein Dämon, richtig? Gehört er damit nicht streng genommen eher zu den Untertanen Abaddons als zu denen des Teufels? Und würde es dann nicht reichen, wenn Faust über den Sukkubus einen Weg gefunden hat, aus eigenem Antrieb diesen Abaddon zu kontaktieren?«

Millepertia sah ihn fragend an. »Das wäre denkbar, ja. Aber wozu hätte Faust das tun sollen? Was könnte er dem Helljäger schon bieten, wenn er selbst in der Hölle sitzt?«
Lukas wollte etwas sagen, doch ihm fiel keine Antwort ein.
»Dennoch, der Gedanke ist nicht dumm.« Abraham nickte Lukas wohlwollend zu. »Dass wir nicht über die Informationen zur Beantwortung der Frage verfügen, bedeutet schließlich nicht, dass die Theorie selbst fehlerhaft ist. Wir wissen ja noch nicht einmal, ob Abaddon tatsächlich oder gar unumschränkt über den Höllenthron herrscht. Mit einiger Sicherheit festhalten können wir nur, dass in der Hölle Aufruhr herrscht und Mephisto noch im Spiel ist. Aber beides kann sich natürlich jederzeit ändern.« Er seufzte. »Nähern wir uns unserer ursprünglichen Fragestellung also von einem anderen Winkel aus: Offenbar haben es alle beteiligten Parteien für notwendig erachtetet, mit Lukas Faust Johanns Nachfolger ins Rennen zu schicken. Warum?« Er betrachtete Lukas nachdenklich und wandte sich dann dem am Boden liegenden von Nettesheim zu. »Vielleicht beantwortest du uns diese Frage?«
Agrippa stöhnte ungehalten. »Als damals das Gerücht die Runde machte, dass Faust in Staufen vom Teufel geholt wurde, war ich der Erste, der sich in seinem verwüsteten Zimmer umsah. Damals habe ich entdeckt, dass er dort etwas mit einem babylonischen Blutsiegel abgesichert hatte.«
»Blutsiegel?« Lukas runzelte die Stirn.
»Eine magische Sicherung«, sprang Abraham ein. »Sie verhindert, dass niemand außer dem Zauberer selbst ein bestimmtes Versteck findet. Oder – im Falle seines Ablebens – ein Zauberer der eigenen Familie.«
»Hat nur leider dreizehn Generationen gedauert, bis die Fausts wieder einen Nachfahren mit seinem Potenzial hervorgebracht haben«, schimpfte von Nettesheim. Wütend

fixierte er Lukas. »Ganz zu schweigen davon, dass die Sterne erst wieder richtig stehen mussten, damit sich in Staufen das Versteck offenbaren konnte. Eigentlich wollte ich dich selbst dorthin bringen, Junge. Du hast ja keine Ahnung, wie lange ich dich schon beobachtet habe. Aber dann bemerkte ich, dass dieser Sukkubus mit dir Kontakt aufnahm. Also beschloss ich, abzuwarten und herauszufinden, wer mir da in die Quere kommen wollte. An den Rest der Geschichte solltest du dich erinnern.«

»Ja, vor allem daran, dass Sie mich umbringen wollten!«, herrschte ihn Lukas an.

»Auf jeden Fall hast du genug Zeit gehabt, Fausts Höllenzwang zu untersuchen«, mischte sich Abraham wieder ein. Er beugte sich über Agrippa und fixierte ihn mit festem Blick. »Also, was hast du herausgefunden?« Seine Stimme war leiser geworden, eindringlicher, und Lukas lief ein Schauer über den Rücken.

Nettesheim lachte geziert. »Ach komm schon, Abraham. Wenn du und der Junge so dicke seid, bedeutet das zweifelsohne, dass du den anderen Teil des Grimoires besitzt. Wie wäre es, wenn wir unsere Erkenntnisse teilen?«

»Also gab es Erkenntnisse?«

Agrippa lächelte ölig. »Sicher. Ich habe die Reste des Folianten mit allen magischen und technischen Mitteln untersucht, die mir in der kurzen Zeit zur Verfügung standen. Sieh dir nur mein Labor an, dann weißt du, dass ich stets auf der Höhe der Zeit geblieben bin.«

»Das ist uns nicht entgangen. Auch nicht dein kleiner Versuch da unten im Labor, Gott zu spielen, im verzweifelten Bemühen, künstliches Leben zu erschaffen.«

»Ach ja?« Agrippas Gesicht nahm einen lauernden Ausdruck an, und Lukas spürte, wie es hinter der hohen Stirn arbeitete. Zu gern hätte er gewusst, was dem Mann durch den Kopf ging. »Dann weißt du ja, dass ich nicht bluffe. Nur musst du mir schon etwas entgegenkommen. Denk nur an den Lohn! Den Höllenpakt zu brechen, das ist doch das, was jeder von uns will, oder?«

Abraham schnaubte. »Eine verlockende Aussicht, unbenommen. Nur frage ich mich, wie von einem solchen Arrangement mehr als nur einer profitieren soll?«

Während Agrippa über eine Antwort nachzudenken schien, winkte Lukas Abraham und Millepertia zu sich. »Könnten wir mal kurz unter sechs Augen sprechen?«, flüsterte er. Die beiden nickten, folgten ihm ins Treppenhaus, und er senkte seine Stimme. »Also mir ist es ehrlich gesagt egal, wer über die Hölle herrscht. Ich würde es euch auch gönnen, wenn ihr euch von dem Höllenpakt befreit. Aber ich hoffe, jedem hier ist klar, dass uns dieser Dandy in Unterhosen bei der erstbesten Gelegenheit hereinlegt.«

»Natürlich wird er das«, sagte der alte Geomant. »Ihr habt einen anderen Vorschlag?«

»Ich möchte, dass ihr alles in eurer Macht Stehende tut, damit ich mein normales Leben zurückbekomme. Schwört ihr mir das? Dann hätte ich tatsächlich eine Idee.«

Abraham und Millepertia tauschten überraschte Blicke. Schließlich antwortete die Hexe: »Das können wir dir nicht versprechen. Die Hölle ist bereits auf dich aufmerksam geworden. Wir könnten dir nur helfen, dich vor Teufeln und Dämonen zu verbergen. Mehr ist nicht drin.«

Lukas seufzte. Er hatte sich mehr erhofft. »Also gut.« Er atmete tief ein. »Agrippa von Nettesheim gab doch eben damit an, dass er den Höllenzwang abgesehen von magischen auch mit technischen Mitteln untersucht hat. Das kann nur heißen, dass hier irgendwo elektronische Geräte herumstehen, mit denen er das bewerkstelligt hat. Agrippa wird seine Untersuchungsergebnisse garantiert abgespei-

chert haben. Wenn John Dee diese nicht zerstört hat, haben wir alles, was wir brauchen.«
»Ich verstehe nicht viel von moderner Technik, aber ich ahne, worauf Ihr hinauswollt.« Abraham lächelte, und selbst Millepertia warf ihm einen anerkennenden Blick zu.
»Und was sind das für Geräte?«, fragte sie.
»Na ja.« Lukas zuckte mit den Schultern. »Computer. Scanner. Ich traue dem Typen sogar zu, dass er einen Tomographen besitzt. Dinge, die auch Wissenschaftler einsetzen, wenn sie Bücher und Pergamente untersuchen.« Er erntete verständnislose Blicke. »Egal. Das Labor unten scheidet aus. Ich würde mich erinnern, wenn da etwas Passendes gestanden hätte. Aber das Haus ist groß.«
»Na gut.« Millepertia sah auffordernd in die Runde. »Wir teilen uns auf. Wenn wir etwas finden, das modern aussieht, geben wir dir Bescheid.«
Sie kehrten zu Agrippa zurück und ignorierten dessen Fragen. Abraham überprüfte die Fesseln des Zauberers und steckte ihm allem Protest zum Trotz den Knebel erneut in den Mund. Dann eilten sie die Turmtreppe empor. Millepertia nahm sich das dritte Obergeschoss der Villa vor, während Abraham und Lukas das Dachgeschoss inspizierten. Es dauerte nicht lange, dann wurden sie fündig. Ein mit hellen Nussbaummöbeln eingerichtetes Dachzimmer beherbergte ein Kopiergerät, mehrere Scanner, zwei Laserdrucker, ein teures Computerterminal und eine fotografisch anmutende Gerätschaft, die Lukas früher schon einmal an der Uni gesehen hatte. Die südliche Fensterfront des Raumes war ebenso zertrümmert wie die Überreste eines Druckers. Graue Asche wehte über den Boden und ein Gerät, das Lukas an einen altertümlichen Röntgenapparat erinnerte. Es roch verschmort, aber sonst hatte das Zimmer den Angriff der Wilden Jagd weitestgehend unbeschadet über-

standen. Selbst die alten Bücher und Folianten sowie Stapel mit Kopien alter Zauberschriften lagen noch ordentlich in Regalen und Vitrinen.

Lukas schnalzte mit der Zunge und grinste. »Wusste ich doch, dass ich recht hatte!« Er wandte sich dem Fotoapparat zu. »Wenn ich mich nicht irre, ist das ein Gerät für Fluoreszenz-Fotografie.«

Abraham musterte ihn interessiert und lächelte gequält. »Ich wage kaum zu fragen, was das ist.«

»Mein einstiger Professor hat uns mal von diesem Verfahren erzählt. Apparate wie diese werden eigentlich im medizinischen Bereich eingesetzt, aber man kann mit ihnen auch alte Schriften oder Gemälde besonders schonend untersuchen. Details weiß ich auch nicht, aber das Ganze funktioniert auf Basis irgendwelcher chemischer Verbindungen, die ... irgendwie das UV-Licht absorbieren und es in anderen Wellenbereichen wieder abstrahlen. Und so werden dann verschiedene Bearbeitungsstufen auf alten Gemälden sichtbar oder verborgene Schriften auf Palimpsesten – also auf alten Manuskriptseiten, die einst durch Schaben gereinigt und dann neu beschrieben wurden und ...«

»Ihr müsst mir nicht sagen, was ein Palimpsest ist«, unterbrach ihn der alte Jude verschnupft. »Ich erinnere mich noch gut daran, wie unbezahlbar neues Pergament früher war.«

»Natürlich.« Lukas setzte sich an den Computer neben dem UV-Gerät und lehnte die Muskete gegen den Tisch. Der Computer war bereits hochgefahren, befand sich allerdings im Stand-by-Modus. Als er den Cursor bewegte, erschien eine Passwortabfrage. »Mist!« Er durchwühlte die Schreibtischschubladen nach einem Hinweis, fand mehrere Kameras und abgelegte Mobiltelefone und sogar ein Ladekabel, das zu seinem Smartphone passte. Mit einem zufrie-

denen Grinsen schloss er das Gerät ans Netz an; dann wandte er sich wieder dem Computer zu.
»Benötigt Ihr Hilfe?« Abraham beugte sich über seine Schulter, und der Monitor begann prompt zu flimmern.
»Am meisten helfen Sie mir, wenn Sie sich von dem Rechner fernhalten«, bat ihn Lukas. »Sie wissen ja selbst, dass sich Ihre … Ausstrahlung nicht so gut mit modernen Geräten verträgt.«
Abraham nickte und zog sich wieder zurück.
»Von Nettesheim hat den PC mit einem Passwort gesichert«, erklärte Lukas. »Fällt Ihnen da etwas ein?«
Der alte Zauberer dachte nach und fütterte ihn mit einer Reihe lateinischer Begriffe, von denen keines zum Erfolg führte. Danach versuchte er es ergebnislos mit Ortsnamen wie Gent, Köln, Pisa und anderen, die in von Nettesheims früheren Leben angeblich eine Rolle gespielt hatten. »Das wäre wohl auch zu einfach gewesen.« Lukas raufte sich die Haare. »Und verraten wird uns dieser Mistkerl sein Passwort sicher auch nicht. Im schlimmsten Fall nennt er uns eines, das die Selbstlöschung der Festplatte auslöst oder etwas in der Art. Sieht so aus, als stünden wir wieder am Anfang.«
Sein Blick fiel auf ein Regal neben dem Computertisch. Er runzelte die Stirn, als er die dort verwahrten Bücher bemerkte. Ganz zuoberst lag ein abgegriffener Band mit dem Titel *Geschichte meines Lebens.* Lukas grinste breit. »Das würde zu dem alten Lustmolch passen«, murmelte er und gab den Autor des Schmökers ein: Giacomo Casanova. Das Fenster verschwand und machte dem virtuellen Schreibtisch Platz. Lukas schüttelte ungläubig den Kopf und verschaffte sich einen raschen Überblick. Neben zahlreichen ungeordneten Ordnern lag auf der Bildschirmoberfläche ein Programmsymbol, das einer Kamera ähnelte. Lukas klickte es an, und auf dem Monitor öffneten sich zahlreiche kleine Fenster mit

Bildausschnitten, die jenen im Überwachungsraum glichen. »Sieh an.« Er schloss das Programm und klickte sich durch mehrere der Ordner. Sie waren gefüllt mit Hunderten eingescannter Manuskriptseiten. Schließlich hielt er nach Dateien mit dem Datum von gestern Ausschau. »Sehen Sie mal, ich glaube, ich hab es.« Vor ihm öffneten sich Bilddateien mit eingescannten Buchseiten in lateinischer Schrift, die verdächtig jenen Seiten ähnelten, die von ihrem Teil des Höllenzwangs übrig geblieben waren.

»Sehr gut, junger Mann.« Abraham trat gerade so weit hinter ihn, dass seine Ausstrahlung nicht die Elektronik störte, und betrachtete die Seiten aufmerksam. Lukas beäugte missbilligend den zerstörten Drucker, mit dem er die Dateien problemlos hätte ausdrucken können. Stattdessen gab ihm Abraham nun gute zehn Minuten Anweisungen, vor und zurück zu blättern. Dabei interessierte er sich vornehmlich für einige Seiten weiter vorn im Buch, die von Nettesheim mit digitalen Anmerkungen versehen hatte. Leider ebenfalls auf Latein.

»Was für eine Chuzpe!«, murmelte der Zauberer. »Das ist der Rest jener Beschwörungsanleitung, von der ich Euch bereits in Worms erzählt habe. Jetzt wird mir klar, dass es sich dabei um die Anleitung zu einer Geisterbeschwörung handelt. Faust beschreibt, wie es möglich ist, für den Fall seines Ablebens seinen Geist aus der Hölle heraufzubeschwören. Nur ähnelt die Methode verdächtig einer alten chaldäischen Beschwörungsmethode, mit der man einen Dämon in den Körper eines Menschen einfahren lassen kann. Als Lohn für dessen Mühen verspricht Faust dem Beschwörer unverblümt, ihn an dem Geheimnis des Zerreißens der Ketten des Höllenpaktes teilhaben zu lassen. Allerdings müssen dafür einige Rahmenbedingungen eingehalten werden. Sogar ein Menschenopfer ist vonnöten.«

»Ein Menschenopfer?« Lukas sah entsetzt auf. »Also gut. Mal angenommen, Faust hat mir den Sukkubus tatsächlich geschickt. Und nehmen wir auch mal an, er wollte damit sicherstellen, dass ich den Höllenzwang wirklich erhalte. Wie konnte mein Ahne davon ausgehen, dass ich zu einem Mord imstande wäre? Glaubte er allen Ernstes, jeder seiner Nachfahren wäre so skrupellos wie er selbst?«

Abraham studierte die Seiten weiter und seufzte. »Nein, ich befürchte, er bezweckte damit etwas gänzlich anderes. Auch wenn Euch der Gedanke nicht gefallen wird: Ihr, junger Mann, wart offenbar nie als Beschwörer vorgesehen. Die Anleitung wendet sich an einen erfahrenen Zauberer. Ich vermute, dass Ihr als Gefäß für Fausts Seele dienen solltet.«

»Was?!« Lukas starrte schockiert auf den Monitor. »Faust will in mich *einfahren*? So was *geht*?«

»Selbstverständlich ist so etwas möglich. Zahlreiche Zauberer haben sich durch die Jahrhunderte mit den Möglichkeiten der Seelenwanderung beschäftigt.«

»Ist das … so eine Art Besessenheit?« Lukas dachte an die Horrorfilme seiner Jugend. Der Exorzist. Das Ritual. Der Exorzismus der Emma Evans. Ihm wurde übel.

»So oder so. Er versucht, Euren Körper zu übernehmen. Wie viel dann noch von Eurem eigentlichen Selbst übrig bleibt, darüber kann ich nur Mutmaßungen anstellen.« Abraham schürzte die Lippen. »Ist Euch in Worms nicht aufgefallen, dass es der Helljäger bei seinem Erscheinen weniger auf mich als auf Euch abgesehen hatte?« Er legte Lukas die Hand auf die Schulter und bedeutete ihm, einige Seiten zurückzublättern. »Und das ist leider noch nicht alles. Als ausdrückliche Vorbedingung wird in dem Text genannt, dass der Edelstein des Einbandes an Euch auszuhändigen wäre, damit Ihr ihn vor Ritualbeginn zerstört.

Ob freiwillig oder durch Zwang, dazu finden sich im Text keine Angaben. Ihr erinnert Euch an den Stein? Ich habe Euch in Worms darauf angesprochen.«
Lukas nickte mit trockener Kehle. Natürlich erinnerte er sich.
»Ohne diese Vorbedingung«, fuhr der Zauberer fort, »sind alle Anstrengungen zur Übernahme des Wirtskörpers umsonst. So zumindest steht es hier geschrieben.«
Lukas versuchte, sich den zersplitterten Edelstein wieder vor Augen zu führen. »Der Klunker ist eher zufällig kaputtgegangen«, krächzte er und sah an sich hinab. *Wirtskörper!* Das war ja widerlich!
»Wirklich? Denn hier steht, dass der Stein zuvor mit Eurem Blut benetzt werden muss.«
Lukas runzelte angestrengt die Stirn. »Von Nettesheim hatte mich verletzt. Ich will nicht ausschließen, dass so etwas von meinem Blut auf das Buch gelangt ist«, sagte er gedehnt.
Abraham zog den Überrest des Höllenzwangs unter seinem Gewand hervor und betrachtete die Flecken auf dem Buchdeckel. »Offenbar habt Ihr die Ereignisse damit in Gang gesetzt – wenngleich unabsichtlich, aber das zählt in der Zauberei für das Ergebnis nicht.«
Lukas stöhnte. »Steht da auch, was es mit diesem Diamanten auf sich hat?«
»Nein, leider nicht.« Abraham wies auf eine Unterdatei in dem Bildordner. »Was befindet sich in diesem … Kästchen?«
Lukas öffnete ihn und entdeckte darin Aberdutzende türkisblauer Aufnahmen in unterschiedlichen Schattierungen. Er öffnete sie der Reihe nach. »Offenbar die gleichen Manuskriptseiten wie eben, nur aufgenommen mit dem fluoreszenz-fotografischen Verfahren«, kommentierte er. »Allerdings erkenne ich nirgendwo Buchstaben oder Sym-

bole, die darauf hindeuten, dass das Pergament zweitverwendet wurde.« Er öffnete das letzte Bild, das den hinteren Einband des Höllenzwangs zeigte. Schwach, aber deutlich wahrnehmbar, prangte über der kompletten Seite ein lateinisches Wort: *Apertus.* Darunter befand sich die Darstellung eines Objektes, das Lukas für einen Kerzenhalter mit Löwenkopf hielt. »Oha. Da ist doch etwas. Wissen Sie, was der Begriff übersetzt heißt?«

»Das ist das lateinische Wort für ›offen‹. Moment mal.« Abraham nahm die Überreste des vorderen Teils des Höllenzwangs zur Hand und beäugte die Innenseite des Einbandes. Aufgeregt trat er an eine Lampe heran und hielt sie darunter. »Hier ist ebenfalls ein Wort zu erkennen«, murmelte er. »Nur schwach und, wie es aussieht, mit unsichtbarer Tinte abgefasst, aber die lange Zeit hat sie sichtbar werden lassen. Es lautet *Semper.*«

»Und was heißt das?«

»Das ist der lateinische Begriff für ›immer‹.« Sein Kopf ruckte hoch. »Aber natürlich. *Semper apertus!* Immer offen!« Abraham wirkte plötzlich aufgeregt. »Das ist der Leitspruch der Ruprecht-Karls-Universität in Heidelberg. Sie ist die älteste in Deutschland. Bis zum Dreißigjährigen Krieg befand sich dort die weltberühmte *Bibliotheca Palatina,* eine der wichtigsten deutschen Renaissance-Bibliotheken. Aber das ist nicht alles. In Zaubererkreisen kursiert ein Gerücht, nach dem an der Universität ein verschollener Trakt mit verbotenen Schriften existierte, der von niemand Geringerem verborgen wurde als von Eurem Ahnen.«

Lukas riss die Augen auf. »Vielleicht sind diese verborgenen Einträge eine Art Erinnerungsstütze!«

Abraham nickte bedächtig. »Wäre ich Faust und hätte die Möglichkeit einer Seelenwanderung von der Hölle zurück ins Diesseits als Option betrachtet, hätte ich mir vermutlich gleichfalls einen Hinweis für die Zukunft hinterlassen. In etlichen Jahrhunderten kann viel geschehen. Auch Erinnerungen können verblassen. Und bei so einer wichtigen Erinnerung hätte ich nichts dem Zufall überlassen.« Er ließ den Teil des Höllenzwangs in seinen Händen sinken und sah sich unruhig um. »Wo bleibt eigentlich Mille? Wir sollten nach ihr sehen, sie ist schon ziemlich lange fort.«

»Warten Sie, vielleicht finde ich sie von hier aus.« Lukas klickte das Kamerasymbol an, und vor ihm bauten sich die Bilder der Überwachungskameras auf. Er suchte sie nach der Hexe ab, fand sie jedoch nicht. Stattdessen blieb er bei der Übertragung aus dem Laboratorium hängen. Verwundert kniff er die Augen zusammen. »Sagen Sie, Abraham, haben Sie eigentlich den Zylinder geschlossen, in dem der Homunkulus war?«

»Ähm.« Der Zauberer wirkte überrumpelt. »Ich erinnere mich nicht genau. Wieso?«

»Der Homunkulus ist fort.« Lukas kontrollierte sofort das Arbeitszimmer. »Ach du Scheiße! Nettesheim ist ebenfalls verschwunden.«

Abraham schien etwas entgegnen zu wollen, doch dann schrie er auf und fasste sich in den Nacken. Verwundert präsentierte er einen kleinen Pfeil mit Federbusch, dann wurde sein Blick glasig. Er sackte vor dem Tisch zusammen.

Sofort griff Lukas nach der Flinte, als die Stimme Agrippas ertönte und ihn zurückhielt. »Eine falsche Bewegung, Junge, und du bist tot!«

Lukas erstarrte und drehte sich langsam zum Zimmereingang um. Dort stand der Magier in seiner lächerlichen Unterwäsche und hielt eines der Blasrohre auf ihn gerichtet. »Curare!«, erklärte er zuvorkommend. »Es lähmt die

Atemwege und sorgt für einen grässlichen Erstickungstod. Mal sehen, wie sich Abraham so schlägt.«

Der röchelte und starrte zur Zimmerdecke.

Agrippa maß den am Boden Liegenden mit einem verächtlichen Blick, dann wanderte sein Blick vom PC zu ihrem Teil des Höllenzwangs. »Wie ich sehe, habt ihr schon ohne mich angefangen. Wie unhöflich. Also, Junge, du wirst mir jetzt verraten, was ihr entdeckt habt!«

»Gar nichts«, log Lukas und sann verzweifelt darüber nach, was er tun konnte.

»Lüg mich nicht an! Ihr habt gerade von einer Bibliothek gesprochen.« Mit einem gierigen Funkeln ging Agrippa in die Hocke und zerrte an Abrahams Tarnumhang. »Der gehört jetzt übrigens mir.«

»Wohl kaum!«, erklang da Millepertias Stimme hinter ihm. Schon flog die Hexe mit einem Aufschrei ins Zimmer, warf sich auf den überrumpelten Agrippa von Nettesheim und schleuderte ihn quer durchs Zimmer.

Der Magier stürzte gegen den Kopierer, rollte sich gekonnt ab und schoss den Giftpfeil auf sie ab.

Zu Lukas' Entsetzen traf er, doch Millepertia schien das nicht zu stören. Voller Verachtung warf sie sich erneut auf Nettesheim und zerkratzte ihm mit ihren Fingernägeln das Gesicht. »Pflanzengifte kümmern mich nicht, du Stück Aas!«

Agrippa schrie auf, doch schon wenige Augenblicke später verschwanden die Schrammen in seinem Gesicht, als wären sie nie dort gewesen. Lukas kannte diesen Effekt bereits aus Staufen; trotzdem starrte er den Magier wie gelähmt an.

Millepertia hingegen schien gerade erst in Fahrt zu kommen. Rasend schnell verwandelte sie sich in das grün-gelbe Hartheuwesen und schlang ihre Rankenarme um Agrippas Hals. Doch der Magier packte die Ranken, und Flammen umwaberten plötzlich seine Hände. Millepertia kreischte schmerzerfüllt auf.

Mit einem Tritt trieb von Nettesheim sie in eine Ecke des Raumes. Er stand jetzt direkt vor dem zerstörten Fenster, das ihn wie ein düsteres Gemälde umrahmte.

»Hände hoch!«, schrie Lukas. Längst hatte er die doppelläufige Muskete angelegt. Doch Agrippa lachte nur, während die Pflanzengestalt Millepertias raschelnd wieder auf die Beine kam. »Jungchen«, höhnte der Magier und deutete mit brennendem Finger auf ihn. »Du kannst mich nicht verletzen.«

»Aber vielleicht etwas Zeit gewinnen«, sagte Lukas kalt und betätigte den Abzug.

Die Pulverpfanne fauchte auf, und donnernd entlud sich die erste Freikugel. Der Magier wurde in die Brust getroffen und wie eine Gliederpuppe zurückgeschleudert. Es splitterte, als sein Leib die verbliebenen Überreste des Turmfensters durchbrach und er schreiend in der Nacht verschwand.

Lukas rannte zum Durchbruch und blickte nach unten in den Garten. Von Nettesheim lag mit seltsam abgewinkelten Gliedmaßen auf dem Rasen. Der Kerl war fast zwölf Meter in die Tiefe gestürzt, und doch konnte Lukas sehen, wie Agrippas Selbstheilungskräfte seinen Körper bereits wieder zucken ließen.

»Wir müssen weg von hier!« Lukas wirbelte zu Millepertia herum, die bereits in ihrer Hartheugestalt neben Abraham kniete und ihm etwas von ihren Pflanzensäften einflößte.

»Gib mir eine Minute«, antwortete sie mit Knisterstimme. »Sonst wird Abraham nicht überleben.«

»Was? Ich denke, er ist unsterblich?«

»Er ist gegen Krankheiten und das Alter gefeit, aber nicht unverwundbar.« Die Hexe sah ihn mit ihrem von Blättern,

Blüten und Ranken modellierten Gesicht an. In ihren grünen Augen schimmerten Tränen.
Lukas haderte kurz mit sich, dann nickte er und nutzte die Zwangspause, um das leergeschossene Rohr der Muskete neu durchzuladen. »Kannst du ihm denn helfen?«
»Ich hoffe es.«
Lukas spähte abermals in den Garten hinaus, wo Agrippa von Nettesheim in diesem Moment wieder auf die Beine kam und hasserfüllt zu ihm hinaufstarrte. Instinktiv duckte sich Lukas, doch Agrippa von Nettesheim wandte sich plötzlich ab und lief mit federnden Schritten hinüber zum Gartenpavillon.
»Wir müssen jetzt wirklich los«, mahnte Lukas, eilte zurück zum PC und sann kurz darüber nach, die Dateien auf sein Smartphone zu kopieren. Zu seinem Ärger fehlte ihm die entsprechende App, und einen Datenstick fand er in der Eile ebenfalls nicht. Er konnte nur hoffen, dass sie hatten, was sie brauchten. »Der Kerl ist bereits wieder auf den Beinen und heckt irgendetwas aus.« Wütend löschte er die Dateien und griff anschließend nach Smartphone, Ladekabel und Höllenzwang. Kurz hielt er inne. »Komisch. Warum hat uns Agrippa nicht einfach mit einem Feuerball geröstet, oder was er sonst so draufhat?«
»Vermutlich ist er zu so etwas nicht imstande«, antwortete Millepertia, die Abraham anhob und ihn ohne erkennbare Mühe zum Zimmerausgang trug. »Gerade die mächtigeren Zauber benötigen Zeit, Vorbereitung und entsprechende Mittel, um zu wirken. Zu alledem dürfte er nach seiner Befreiung keine Zeit gehabt haben.«
»Nach seiner *Befreiung*? Wer soll ihn denn befreit haben?«, fragte Lukas, doch dann verstand er. »Lass mich raten: Er hat seinen Geist wie damals Paracelsus in den Homunkulus versetzt und sich so von den Fesseln befreit?«

»Ich vermute es.«
»Verflucht, warum hat Abraham das Gefäß bloß geöffnet?«
Lukas folgte ihr die Treppe nach unten, als von einem der zerschlagenen Gangfenster her ein Gebrüll wie von Raubkatzen zu hören war.
Millepertia starrte nach draußen. »Oh nein. Er hat die Tatzelwürmer freigelassen.«
Lukas erinnerte sich nur zu gut an die schwarzen Katzen-Schlangen-Chimären, die er im Überwachungsraum gesehen hatte. »Wie gefährlich sind die Viecher?«
»Sehr gefährlich.« Millepertia konnte selbst in ihrer Hartheugestalt nicht verbergen, dass sie beunruhigt war. »Und Agrippa wird sich neu ausrüsten. Ohne Abraham haben wir gegen ihn keine Chance.«
»Trotzdem, wenn wir ihn jetzt nicht fertigmachen, wird er uns ewig jagen.«
»Und wie willst du das anstellen?«, herrschte ihn Millepertia an. »Ich sagte doch bereits, dass wir ohne Abraham …«
»Ganz einfach«, unterbrach sie Lukas kämpferisch. »Indem wir ihn an seiner empfindlichsten Stelle treffen: seiner Unverwundbarkeit!«
Inzwischen hatten sie das Laboratorium erreicht, und Millepertia warf ihm einen ungläubigen Blick zu. »Wie soll uns das bitte gelingen?«
»Mir ist vorhin ein Gedanke gekommen.« Lukas blieb stehen. »Abraham sagte doch, dass sich von Nettesheim intensiv mit Bildmagie beschäftigt hat. Als Mephisto ihm in Staufen gegenüberstand, höhnte der, dass Agrippa offenbar Oscar Wilde nacheifern würde. Ich dachte damals, er meinte damit seinen dandyhaften Aufzug. Aber inzwischen glaube ich, von Nettesheim hat sich wie Dorian Gray ein Bild erschaffen, das an seiner Stelle altert und seine ganze Verkommenheit aufnimmt.«

»Dorian wer?« Millepertia sah ihn verwirrt an.
»Das Bildnis des Dorian Gray! Das ist eine Geschichte von Wilde. Und genau so ein Bild habe ich vorhin auf einem der Monitore im Überwachungsraum gesehen. Es ähnelte Agrippa, nur war die Gestalt darauf deutlich älter.«
»Bist du dir sicher?«
Als Lukas nickte, warf Millepertia ihr gelbes Blütenhaar zurück. »Von einer solchen Zauberpraxis habe auch ich schon einmal gehört. Allerdings in Zusammenhang mit einer Statue.«
»Schön. Nur habe ich keine Ahnung, wo er das Bild versteckt haben könnte.« Lukas lauschte wieder in Richtung des Gartens und glaubte, von dort ein schwaches Fauchen zu hören. »Ich selbst würde einen solchen Schatz vermutlich in einem Schweizer Banktresor verstauen.«
»Moment.« Millepertias grüne Augen leuchteten hoffnungsvoll. »Hier im Haus gibt es doch ganz andere Räume, die als Versteck geeignet wären. Räume, in denen ein solches Gemälde überhaupt nicht auffallen würde.«
»Mein Gott, natürlich!«, rief Lukas, der sofort verstanden hatte, was sie meinte. »Eine solche Überheblichkeit würde gut zu dem Wichser passen. Bete, dass wir recht haben. Denn falls nicht, sind wir am Arsch.«
Sie rannten durch die Zimmer mit den Vitrinen, hetzten die Treppe ins erste Obergeschoss hinab und stürmten in die schwülstig eingerichteten Bildersäle mit den vielen nackten Frauen.
Millepertia sah sich misstrauisch um. »Ist es nicht etwas gefährlich, zwischen all den Aktgemälden ein Männerbild aufzuhängen?«
»Ohne jeden Zweifel«, erklärte Lukas. »Aber was ist mit dem Saal, in dem die besiegten Rivalen ausgestellt sind?«
Millepertia nickte, legte Abraham auf eine mit rotem Stoff

überzogene Chaiselongue und warf den Tarnmantel über ihn. Keinen Augenblick zu spät, denn in diesem Moment war schräg hinter ihnen ein Knurren zu hören.
Lukas wirbelte herum und entdeckte einen schlanken Schatten mit Pantherkopf, scharfen Vorderkrallen und blitzenden Reißzähnen, der mit seinem Schlangenleib die Wand emporkletterte. Verdammt, diese Tatzelwürmer waren so lang wie eine Königsboa! Ohne zu überlegen, spannte er den Hahn und schoss. Gerade noch rechtzeitig, denn das bizarre Ungeheuer sprang ihn in ebenjenem Augenblick an, als der Knall ertönte. Die Freikugel durchschlug den Katzenschädel, und dunkles Blut spritzte gegen die Aktgemälde. Der Halbdrache stürzte zu Boden und rührte sich nicht mehr.
»Schnell jetzt!«, kommandierte Millepertia. Gemeinsam rannten sie in den Nachbarsaal und sahen sich angestrengt zwischen den Porträts und Bildern der fremden Zauberer um. Ein weiterer Tatzelwurm huschte hinter ihnen in den Saal und stürzte sich auf sie. Lukas schoss diesmal aus der Hüfte, und auch der Raubkatzenschädel dieser Kreatur zerplatzte in einer Wolke aus Knochen und Blut. Panisch griff er zu Kugeln, Pulverhorn und Stopfer, um die Muskete erneut zu laden – als er die Kamera an der oberen Raumdecke entdeckte. Er folgte der Richtung des Objektivs und fand endlich das gesuchte Bild. Agrippas magisches Gemälde war nur wenig größer als ein DIN-A4-Blatt.
»Mille, da vorn!«
Abermals huschte einer der schwarzen Tatzelwürmer in den Raum, sprang an den Gemälden empor und schlängelte sich an der Decke entlang auf sie zu. Lukas, der noch immer damit beschäftigt war, eines der Musketenrohre zu laden, brüllte auf – doch zu spät. Die Katzenchimäre sprang zu ihm herab und schlug ihm fauchend die Reißzähne in den

Arm. Unter Schmerzen stolperte er nach hinten, doch schon war Millepertia heran, packte den Tatzelwurm am Schwanz und schleuderte ihn wie ein Stück nasser Wäsche zu Boden. Das Ungeheuer kreischte auf, wickelte seinen Schlangenleib um ihren Oberkörper und schnappte zu. Doch die Hexe hielt dagegen und umwickelte den Hals des Ungeheuers mit ihren Pflanzensträngen.
Zitternd und mit blutigem Unterarm lud Lukas die Muskete weiter durch, während Millepertia den Tatzelwurm mit großer Kraftanstrengung erwürgte. Im Korridor waren bereits neuerliche Kratz- und Schabelaute zu hören.
»Wie viele von diesen Viechern kommen denn noch?« Lukas verzichtete darauf, auch das zweite Musketenrohr zu laden. Stattdessen stolperte er zur Gangtür und warf sie zu, während Millepertia ihren Gegner mit einem angewiderten Laut von sich schleuderte. Nur wenige Sekunden später schlug von außen ein schwerer Körper gegen den Holm und kratzte über das Holz.
Lukas ignorierte die Laute, wandte sich dem magischen Bild zu und wollte darauf schießen, doch dann hielt er inne. Verdammt! Der Magier hatte das Bild zweifelsohne mit Panzerglas gesichert, denn eine der verfluchten Kugeln, die Lukas eben auf die Tatzelwürmer abgefeuert hatte, steckte in der Scheibe, die mit spinnwebförmigen Rissen übersät war.
Millepertia stürzte an ihm vorbei, drückte ihre Rankenarme gegen die Glasfläche und keuchte, als sich feinste Johanniskrauttriebe zwischen die Risse drängten und sie weiteten. Es knirschte, und mit einem platzenden Laut flog die halbe Scheibe aus dem Rahmen. Millepertia nahm das Bildnis mit schadenfrohem Gelächter von der Wand – als ein greller Lichtblitz in ihren Hartheukörper einschlug. Funken stoben in Nackenhöhe auf, sie zuckte wie unter spastischen

Krämpfen, und einige der gelben Blüten ihres Haares gerieten in Brand. Röchelnd klappte sie zusammen. Das Gemälde fiel zu Boden.
Lukas ruckte mit der Flinte im Arm herum und entdeckte von Nettesheim, der mit hassverzerrtem Gesicht in der Zwischentür zum Nachbarsaal stand. In seiner Rechten hielt er wie damals in Staufen einen Donnerkeil. Ihre Blicke trafen sich, und der kristalline Stab ruckte abermals vor. Im gleichen Moment donnerte die Muskete. Lukas spürte noch, wie ihm ein scharfer Schmerz durch den Oberarm fuhr und er gegen die Wand geschleudert wurde, als die Freikugel den Donnerkeil traf und dieser in einer Wolke aus Kristallsplittern explodierte. Von Nettesheim schrie auf und wollte bereits auf ihn zustürzen, als ihn etwas von hinten packte und umwarf. Abrahams Körper wurde einen Moment lag unter dem Tarnmantel sichtbar. Sichtlich angeschlagen drosch der alte Geomant auf Agrippa ein, doch der sichelte dem geschwächten Zauberer die Beine unter dem Leib weg und erhob sich wieder.
Lukas kümmerte sich nicht darum. Er war längst zu dem Bild gekrochen. In seiner Rechten lag das Feuerzeug, das er Agrippa in Staufen abgenommen hatte. Er öffnete den Verschluss und kippte das Benzin darüber. Dann schnippte er den Feuerstein an.
Mit einem panischen Aufschrei rannte von Nettesheim auf ihn zu, doch das Bildnis hatte bereits Feuer gefangen.
»Hol das Stöckchen!« Lukas packte das Gemälde am Rahmen und schleuderte es mit aller Kraft und wie einen Diskus durch eines der zerstörten Saalfenster.
Agrippas panisches Gesicht wurde krebsrot, und Brandblasen bildeten sich an Kinn und Wange. Heulend vor Schmerz und Wut wechselte er die Richtung und stürzte mit einem Hechtsprung hinter dem Gemälde her. Dann

war er verschwunden. Nur seine Schreie hallten noch durch den Garten.
Lukas erhob sich stöhnend, half Millepertia auf die Beine, und gemeinsam humpelten Sie hinüber zu Abraham. Ohne ein Wort zu wechseln, hoben sie den benommenen Zauberer an und flüchteten mit ihm nach unten.
Sie verließen das Haus über eine Terrasse, schützen sich so gut es ging mit dem Tarnmantel und hasteten über den Kiesweg und durch das Tor des Grundstücks auf den alten Horch zu. Lukas startete panisch den Motor, und im Scheinwerferlicht wurde der scharfe Schlagschatten eines weiteren Tatzelwurms sichtbar, der auf die Straße sprang. Auch im Rückspiegel glaubte Lukas jetzt eine huschende Bewegung zu erkennen. Ohne weiter nachzudenken, gab er Vollgas, überrollte den Halbdrachen, ehe dieser auf die Kühlerhaube springen konnte, und brauste mit röhrendem Motor die Straße hinunter.
Erst als er einige Kilometer in Richtung Innenstadt gerast war, drosselte Lukas das Tempo und warf einen Blick in den Rückspiegel. Millepertia, die längst wieder ihre normale Gestalt angenommen hatte, kümmerte sich auf dem Rücksitz um den inzwischen bewusstlosen Abraham. Sie wirkte erschöpft. Im Auto roch es nach ihren verbrannten Haaren.
»Ob von Nettesheim tot ist?«, fragte sie, als sie seinen Blick bemerkte.
Lukas bog in eine Nebenstraße ein. »Keine Ahnung«, presste er hervor und versuchte, seinen schmerzenden Unterarm zu ignorieren. »Selbst wenn – John Dee wird uns jagen, sobald er von unserem Auftauchen in Baden-Baden erfährt. Wenn wir überleben wollen, wird uns nichts anderes übrigbleiben, als der Fährte zu folgen, die Doktor Faust gelegt hat. Und das beunruhigt mich ehrlich gesagt am meisten.«
»Wieso?«

»Ist dir nicht aufgefallen, dass Faust mit meiner Hilfe eine Lawine an Ereignissen losgetreten hat, die sich kaum noch stoppen lässt? In der Hölle tobt angeblich eine Revolte, und in unserer Welt kämpft jetzt jeder gegen jeden, um Nutznießer der Ereignisse zu werden. Fast glaube ich, dass genau das Fausts Plan war.«

»Und was sollen wir deiner Meinung nach tun?«

»Die Ereignisse stoppen.« Lukas stöhnte. »Nur brauchen wir dafür die Hilfe von jemandem, der Abaddon an Macht gleichkommt.«

»Und wer soll das sein?«

»Na, wer wohl?« Lukas lachte bitter. »Nur müssen wir dem Teufel dazu erst einmal wieder auf den Thron verhelfen.«

Der verschollene Trakt

»Ich habe die neuen CampusCards. Mit denen kommen wir ganz easy in die Universitätsbibliothek.« Lukas schlug die Haustür der kleinen Heidelberger Ferienwohnung hinter sich zu, stellte die Einkaufstüten ab und warf vorsichtshalber noch einen Blick durchs Fenster, wo ihm die Nachmittagssonne entgegenlachte. Einen Augenblick lang glaubte er, unweit ihrer Limousine eine Bewegung ausmachen zu können, doch es handelte sich offenbar um ein Spiel der Schatten. Unwillkürlich musste er daran zurückdenken, welche Mühen es ihn nach ihrer Ankunft gekostet hatte, in der Stadt zwei Autokennzeichen zu stehlen und diese an dem Horch anzubringen. Noch immer befürchtete er, dass ihre Trickserei auffliegen könnte.

Sein Blick glitt an dem Auto vorbei zur Alten Brücke über den Neckar. Soeben fuhr eine Touristen-Barkasse unter den barocken Sandsteinpfeilern hindurch, und ihn beschlich ein Anflug von Wehmut. Er hatte hier in Heidelberg zweieinhalb Jahre seines Lebens verbracht. Eine Zeit, die ihm im Rückblick fast ruhig und angenehm erschien. Natürlich, auch hier gab es bis heute Menschen, denen er nicht begegnen wollte. Bei mindestens dreien von ihnen hatte er noch Schulden, außerdem lebten hier zwei stinksaure ehemalige Kommilitoninnen. Ob sie inzwischen ahnten, warum er sich mit ihnen eingelassen hatte? Hoffentlich nicht.

Früher hatte er dem Ganzen eine gewisse Komik abgewinnen können. Doch jetzt war es ihm, als habe er damals etwas verspielt. Er seufzte. Ja, er wusste inzwischen, dass jedes Handeln spätestens nach dem Tod Konsequenzen hatte. Doch trotz der gefährlichen und in jeder Hinsicht unwirklichen Geschehnisse der vergangenen Tage entsetzte ihn die

Vorstellung seltsamerweise nicht sonderlich. Stattdessen zog er aus dem Wissen darum eine seltsame Befriedigung. Fast so, als habe er all die Jahre bloß darauf gewartet, dass sich der Schleier heben und ihm die Wahrheit hinter den Dingen offenbaren würde. Die Frage war nur, was er jetzt mit diesem Wissen anfangen sollte.

Unwillig löste er sich von der Scheibe und stiefelte mit den Tüten ins Wohnzimmer, wo ihn Millepertia erwartete. Beim Anblick der Hexe hielt er verblüfft inne. Sie wirkte deutlich ausgeruhter und hatte sich während seiner Abwesenheit die verbrannten Haare abgeschnitten. Sie reichten ihr nur noch bis knapp zu den Schultern, und die Veränderung stand ihr gut.

»Was starrst du mich so an?« Ihre grünen Augen funkelten misstrauisch.

»Es ist … Nichts.« Er räusperte sich und warf die beiden Plastikkärtchen mit den elektronischen Strichcodes auf den Wohnzimmertisch.

»Hast du diese CampusCards gestohlen?«

»Meine Güte. Ja, habe ich«, antwortete er gereizt. »Wen interessiert's?« Wie stellte es diese Hexe bloß an, dass er wegen einer solchen Lappalie plötzlich ein schlechtes Gewissen bekam?

Er packte die Tüte mit den Lebensmitteln aus, unter denen sich auch *die* Heidelberger Spezialität schlechthin befand: Studentenküsse, in einer roten Schachtel. Eine Köstlichkeit aus Schokolade, Nougat und Waffeln, die er eigentlich für Millepertia mitgebracht hatte. Jetzt aber warf er statt der Schachtel eine Boulevard-Zeitung auf den Tisch, auf der in großen Schlagzeilen »Seltenes meteorologisches Phänomen: Froschregen über Staufen« stand. Sie nahm die Zeitung an sich und starrte das Foto eines von Fröschen überzogenen Straßenzuges an.

»Die Unibibliothek hat noch bis neunzehn Uhr geöffnet«, erklärte er kurz angebunden und kramte aus der zweiten, größeren Tüte einige neue Kleidungstücke hervor. Darunter waren zwei T-Shirts, Boxershorts und einige Dinge aus der Drogerie. Beiläufig reichte er Millepertia eine frische Bluse und eine neue Cordjacke. »Hier, damit wir nicht wie die Iltisse stinken.«
Sie nahm die Kleidungsstücke verblüfft entgegen, und er seufzte leise. Appartementmiete, Einkäufe sowie Sprit und Bleiersatz für ihre Limousine hatten inzwischen den Großteil des Geldes aufgezehrt, das er dem Sachsen abgenommen hatte. Der Rest würde höchstens noch für eine weitere Tankladung reichen. Wenn überhaupt. Allmählich sollte er Abraham daran erinnern, etwas von seinem Vermögen aufzutreiben. Außerdem spielte die Zeit gegen sie. Allerdings schien er im Augenblick der Einzige zu sein, der dieser Ansicht war, denn zumindest Millepertia wirkte nicht, als habe sie es eilig. »Also«, setzte er erneut an, »wir haben noch gute vier Stunden Zeit, um der Bibliothek einen Besuch abzustatten.« Er zog die Jacke und sein leicht muffig riechendes Hemd aus und stand nun mit nacktem Oberkörper da. Kurz überprüfte er den Verband über der Bisswunde, dann streifte er sich eines der frischen T-Shirts über. »Abraham bekommen wir locker mit dem Tarnumhang ins Gebäude. Wir beide sollten uns allerdings vorsichthalber mit den Unterschriften hinten auf den Cards vertraut ma…« Er blickte verwundert zu der leeren Couch hinüber, auf der der Zauberer noch bis vor drei Stunden wie ein Toter geschlafen hatte. »Wo ist Abraham überhaupt?«
Millepertia antwortete nicht. Sie hielt noch immer ihre neuen Kleidungsstücke in der Hand und starrte ihn an. Lukas zog das T-Shirt endgültig über die Brust. »Ist was?«
»Nein, was soll schon sein?«

Irrte er sich, oder huschte über das Gesicht der Hexe ein Anflug von Röte?
Hastig wandte sie sich ab und deutete in ihrer üblichen kratzbürstigen Art zum Bad. »Abraham hat das Gift überwunden. Er hat gerade die Dusche ausprobiert.«
Offenbar hatte der Zauberer seinen Namen gehört, denn er trat in diesem Moment aus dem Badezimmer. Seine Schläfenlocken und sein langes, schlohweißes Haar waren frisch frisiert, aber er wirkte noch immer etwas blass. »Ah, ich sehe, Ihr habt Euch nützlich gemacht und etwas zu essen besorgt. Ich sterbe vor Hunger.«
»Tun Sie sich keinen Zwang an.« Lukas sah auf die Uhr. »Allerdings brauchen wir von hier bis zur Bibliothek mindestens eine halbe Stunde. Das sollten wir mit einplanen.«
Abraham setzte sich und griff zu den mitgebrachten Leckereien. »Mille hat mir bereits von Euren Bemühungen berichtet«, sagte er, während er kräftig zulangte. »Nur ist Euch da ein kleiner Denkfehler unterlaufen. Die Ruprecht-Karls-Universität von vor fünfhundert Jahren ist nicht mit der heutigen Universität vergleichbar. Die heutige Bibliothek gab es damals noch gar nicht.«
»Was?« Lukas starrte ihn überrumpelt an. »Wissen Sie, was das für ein Akt war, an die beiden CampusCards zu kommen?«
»Was auch immer das ist, wir brauchen sie nicht.«
»Und wo befand sich die Bibliothek dann?« Lukas sah Millepertia hinterher, die mit ihren neuen Kleidungsstücken an ihm vorbei ins Bad ging.
»Ich brauchte selbst eine Weile, bis ich wieder darauf kam«, schmatzte der Zauberer. »Mir als Juden war der Besuch der Universität damals schließlich nicht gestattet. Von allen Zunftkollegen habe ich von dieser Lehreinrichtung also am wenigsten profitiert. Doch soweit ich mich erinnere, gab es

hier damals gleich vier Bibliotheken: die Büchersammlung der Artistenfakultät, die der höheren Fakultäten und die der Stiftskirche. Außerdem die Schlossbibliothek, die nach Fausts Tod mit jener der Kirche vereint wurde und so den Grundstock für die berühmte *Bibliotheca Palatina* bildete.«

»Na ja, das Heidelberger Schloss ist heute bloß noch eine Ruine.«

»Ich weiß.« Abraham vertilgte Käse und Brot in einer Geschwindigkeit, dass Lukas allein vom Hinsehen schwindelig wurde. »Während Mille vorhin im Garten ihre Kräfte aufgefrischt hat«, fuhr er fort, »habe ich mich an einer eidetischen Meditation versucht, um so meine Erinnerungen an die damalige Zeit aufzufrischen. Mit Erfolg. Ich erinnere mich wieder daran, dass das Gerücht vom entrückten Bibliothekstrakt kurz nach der Walpurgisnacht des Jahres 1537 die Runde machte. Dass Johann Faust damit in Verbindung gebracht wurde, liegt daran, dass ihn damals einer der Kollegen in der Stadt gesehen hat. Insbesondere fiel mir jedoch wieder ein, dass in jener Nacht ein kleines Mädchen ermordet aufgefunden wurde. Und zwar im Altarraum der Stiftskirche.«

»Was Sie für keinen Zufall halten?«

»Natürlich nicht. Jemand, der Räume ausgerechnet an einem geweihten Ort entrücken will, kann dies nur mit Blutmagie bewerkstelligen.« Abraham machte sich jetzt über die Studentenküsse her, die ihm einen verzückten Gesichtsausdruck entlockten. »Ich bin daher davon überzeugt, dass wir genau dort suchen müssen.«

»Und welche der Kirchen war die Stiftskirche?«

»Na, die berühmte Heiliggeistkirche im Stadtzentrum«, antwortete Abraham, der sich gesättigt zurücklehnte und allmählich wieder Farbe bekam. »Die Bibliothek befand sich damals auf den Emporen, wo die Lichtverhältnisse

zum Lesen am besten waren. Und dort sollten wir auch mit der Suche beginnen.«
Die Tür zum Bad öffnete sich, und heraus trat Millepertia in ihren neuen Kleidungsstücken. Bluse und Jacke verliehen ihr ein sportliches Aussehen.
Selbst Abraham hob eine Augenbraue. »Habt Ihr das gekauft?«, fragte er.
Lukas nickte.
Der Zauberer maß ihn mit einem Blick, den Lukas von den Vätern seiner Exfreundinnen her kannte. Der Alte glaubte doch wohl nicht, dass er sich mit den Präsenten an Millepertia heranmachen wollte? Er stand auf Frauen mit deutlich mehr Figur! Frauen, die ihn nicht bei jeder Gelegenheit heruntermachten! Millepertia war überhaupt nicht sein Typ! Jedenfalls theoretisch.
Eine Spur zu hastig zog er seine Jacke wieder an. »Da wir gerade über Ausgaben reden – allmählich herrscht Ebbe in unserer Reisekasse. Jetzt wäre der Zeitpunkt gekommen, an dem Sie vielleicht etwas von ihrem Vermögen lockermachen sollten.«
»Ach, ist es schon so weit?« Abraham steckte sich einen weiteren der Studentenküsse in den Mund und leckte sich genießerisch die Finger. »Nun, heute wird das wohl nichts mehr, aber seid ganz unbesorgt, ich werde mich des Problems zügig annehmen.«
»Ich hoffe es.« Lukas fischte sein Handy hervor und rief die Website der Heidelberger Touristeninformation auf. »Na super«, knurrte er missmutig. »Die Kirche schließt bereits in einer Dreiviertelstunde.« Er wickelte die doppelläufige Muskete in den Tarnmantel, überlegte kurz, ob er sie wieder laden sollte, und entschloss sich dagegen.
Gemeinsam verließen sie das Appartement in Richtung Innenstadt. Spätestens als sie die dichtbebaute Altstadt mit

ihren verträumten Gassen, den Museen und kleinen Galerien erreicht hatten, bereute es Lukas, zu geizig gewesen zu sein, auch für Abraham neue Kleider zu kaufen. Der Zauberer wirkte in jeder Hinsicht unzeitgemäß, und Studenten und Touristen gleichermaßen sahen sich nach ihnen um. Zwanzig Minuten später erreichten sie den von alten Häusern gesäumten Marktplatz, der bis hinüber zum Hotel *Zum Ritter,* dem ältesten noch erhaltenen Gebäude in Heidelberg, mit Menschen aller Altersgruppen und Nationalitäten gefüllt war. In der Mitte des Platzes thronte die imposante Heiliggeistkirche und erweckte mit ihren soliden Strebepfeilern aus rotem Sandstein den Eindruck, für die Ewigkeit erbaut worden zu sein. Der hohe Glockenturm der Hallenkirche mit der barocken Turmhaube ragte stolz zum blauen Himmel auf, und von dem dunklen Dach flatterten soeben einige Tauben zum Marktplatz herab. Die Stimmung auf dem Platz war entspannt, und jeder hier genoss die Wärme der Septembersonne. Als sie den Herkulesbrunnen passierten, sah sich Lukas misstrauisch um. Früher hatte er sich hier gern mit anderen Straßenkünstlern getroffen, doch von seinen Schuldnern war zum Glück keiner vor Ort.

Erleichtert eilte er auf die Kirche zu, an deren Haupteingang sie ein Angestellter freundlich darauf hinwies, dass das Gebäude in fünfzehn Minuten geschlossen werde. Abraham nickte, und sie betraten das von roten Pfeilern getragene Mittelschiff des Gotteshauses. Die unzähligen Sitzbänke unter der kreuzgewölbten Basilika reichten bis weit hinüber zum Chor, und die Stille, die hier herrschte, bildete einen angenehmen Kontrast zu dem Trubel auf dem Marktplatz. Lediglich das Gemurmel einiger unüberhörbar amerikanischer Touristen in einem der mit bunten Glasfenstern ausgestatteten Seitenschiffe hallte durch den Saal.

Lukas sah zu der großen Orgel auf und fasste die umlaufende Empore gute acht Meter über ihnen ins Auge. »Und was jetzt?«, wollte er leise wissen. »Ich habe keine Ahnung, wie wir da raufkommen sollen.«

»Mir erscheint es klüger, wenn wir uns hier irgendwo verbergen und abwarten, bis wir ungestört sind«, wisperte Millepertia. »Wenn unsere Suche Erfolg haben soll, brauchen wir mehr Zeit.«

Lukas suchte bereits nach einem Versteck, als er plötzlich einen Ruf vernahm. »Lukas?«

Überrascht wandte er sich um und wurde blass. »Viola?« Sie war es. Mit ihren feuerroten Haaren und den vielen Sommersprossen würde er sie vermutlich unter Hunderten von Frauen wiedererkennen. Was tat die denn hier? Seine einstige Kommilitonin löste sich von der Gruppe amerikanischer Touristen und kam verärgert auf ihn zu. »Bist du es wirklich?«

Lukas sah sich mit leichtem Unbehagen zu Millepertia und Abraham um, die seiner Ex interessiert entgegenblickten.

»Hi, was machst du denn hier?«, gab er sich jovial. »Jobbst du jetzt als Touristenführerin?«

»Ja, tue ich.« Viola steckte die Hände kämpferisch in die Taschen ihrer Jacke und warf auch Abraham und Millepertia einen knappen Blick zu. »Ich habe dauernd versucht, dich zu erreichen. Aber du hast nie zurückgerufen.«

»Na ja.« Er räusperte sich unangenehm berührt und hielt wider besseres Wissen nach Mephisto Ausschau. Einen solch bösen Scherz traute er eigentlich nur ihm zu. Doch sein Blick streifte lediglich die Abbildungen von Heiligen, die ihm eine Spur zu leutselig lächelten. »Das mit dem Studium hier war 'ne blöde Idee. Ich bin dann weg nach Berlin«, nuschelte er.

»Ohne mir irgendwas zu sagen?«

»Ey, tut mir leid. Ich weiß, das alles kam etwas überstürzt.«

»*Überstürzt?* Du Arsch hast mich ausgenutzt und bist feige abgehauen, bevor ich dir die Meinung geigen konnte.« Ihre Augen schimmerten feucht vor unterdrückter Wut. »Du wolltest bloß in dem Varieté meines Vaters auftreten, stimmt's?«

»Das ist doch Unsinn.«

»Spar dir deine verdammten Lügen. Nur damit du es weißt: deine Miriam habe ich inzwischen ebenfalls kennengelernt.«

Lukas trat verlegen auf der Stelle. Es wurde immer schlimmer.

»Ist das da deine Neue? Weiß die, wie du drauf bist?« Viola nickte in Millepertias Richtung, und er sah aus den Augenwinkeln, wie die Hexe argwöhnisch die Augen verengte. Na großartig.

»Nein.« Lukas räusperte sich. »Das da sind bloß ... Bekannte von mir.«

»So wie ich, oder was?« Viola liefen jetzt Zornestränen über die Wange. »Und was diese Miriam betrifft: Ich weiß längst, dass du neben mir auch fast ein halbes Jahr mit ihr zusammen warst.« Lukas wäre am liebsten im Erdboden versunken, denn Violas Stimme wurde immer lauter. Sie machte ihm allen Ernstes in aller Öffentlichkeit eine Szene. Selbst die Touristen schauten schon komisch herüber, doch seine Ex war nicht zu stoppen: »Hast du sie ebenfalls bloß ausgenutzt? Sie ist doch die Tochter eines deiner alten Professoren, oder? Sie hat mir erzählt, dass sie für dich sogar heimlich Prüfungsunterlagen von ihm geklaut hat.«

»Okay, ich gebe zu, das war vielleicht nicht ganz anständig. Aber ...«

»Nicht ganz *anständig*? Arschloch!« Ansatzlos holte sie aus und gab ihm eine schallende Ohrfeige. Dann machte sie auf der Stelle kehrt und stolzierte hocherhobenen Hauptes zu

ihrer Gruppe zurück. Einer der Amerikaner übersetzte offenbar das Gehörte, denn die ganze Gruppe klatschte jetzt Beifall, der viel zu laut in der Kirche aufhallte.
Lukas berührte seine schmerzende Wange und drehte sich peinlich berührt zu Millepertia und Abraham um. Er blickte in ausdruckslose Gesichter. »Soso, interessanter Einblick in Eure Zeit hier«, brummte Abraham.
Millepertia schürzte verächtlich die Lippen. »Nicht, dass ich etwas anderes erwartet hätte.« Kopfschüttelnd eilte sie hinter Viola her.
»Oh Mann, bitte«, stöhnte Lukas und wandte sich an Abraham. »Sie wird es doch jetzt nicht noch schlimmer machen wollen, oder?«
Der alte Jude antwortete nicht, sondern sah zu, wie Millepertia Viola ansprach, leise mit ihr redete und hin und wieder zu ihm herübersah. Lukas wurde immer nervöser. Schließlich huschte ein böses Lächeln über Violas Lippen, sie und ihre Touristengruppe verließen die Kirche, und Millepertia kam zu ihnen zurück. »Lukas' Bekannte hat mir verraten, wie wir hinauf zur Empore gelangen«, sagte sie knapp und nickte zu einem der Seitenschiffe, wo sich eine Tür befand.
Verstohlen forschte Lukas in ihren Zügen nach einem Anflug von Verachtung oder Abscheu, aber die Hexe wandte sich ab. Er sah nur noch ihr Haar, das im Takt ihrer Schritte wippte. Misstrauisch folgte er Abraham und der Hexe zu der Tür, die allerdings verschlossen war. Millepertia lächelte. »Abraham, könntest du bitte mal?«
Der Zauberer sah sich verstohlen um. »Tut mir leid, Mille, aber das hier ist geweihter Boden. Du solltest wissen, dass dieser mich davon abhält, hier ohne weiteres Magie zu wirken.«
Millepertia nickte knapp, atmete tief ein, stach sich mit ei-

ner Nadel in den Finger und legte diesen auf das Schloss. Lukas glaubte zu sehen, wie aus der Wunde feine Ranken sprossen und in das Schloss hineinwucherten. Wenig später klickte es, und Millepertia öffnete die Tür. Eigenartig. Warum konnte sie auf geweihtem Boden zaubern, Abraham jedoch nicht? Und vor allem: Wie zum Teufel hatte sie Viola die Information mit der Empore entlockt? Hatte sie ihr am Ende versprochen, ihn von dort oben herunterzustürzen? Noch immer argwöhnend, folgte er ihr und dem Zauberer in einen weißgestrichenen Korridor, von dem aus Treppenstufen nach oben führten. »Verrätst du mir bitte mal, was du eben mit Viola zu bereden hattest?«, platzte es schließlich aus ihm heraus, während er hinter ihr die Treppe hinaufmarschierte.

»Ach, du erinnerst dich an ihren Namen? Damit hätte ich jetzt gar nicht gerechnet.« Millepertia sah ihn hochmütig an, bequemte sich dann aber doch zu einer Antwort. »Ich habe einfach an die weibliche Solidarität appelliert und ihr in Aussicht gestellt, dass ich einige Tricks kenne, die deinem – wie sagt man heute? – die deinem Sexualtrieb künftig einen ordentlichen Dämpfer versetzen werden.«

Lukas sah Millepertia entsetzt an. »Das ist nicht dein Ernst!«

»Für solche Flüche sind wir Hexen doch berüchtigt.« Sie grinste breit.

Lukas wurde flau im Magen.

»Könntet ihr euer Gezänk bitte auf später vertagen?«, zischte Abraham erbost. Er legte den Finger an die Lippen, öffnete eine Tür, und sie betraten die Empore.

Lukas schlich zur Brüstung, spähte nach unten und sah, wie im Chorraum zwei Angestellte überprüften, ob alle Besucher die Kirche verlassen hatten. Schließlich ertönte ein hallendes Rumpeln, und die große Kirchentür wurde geschlossen.

Regungslos warteten sie einige Minuten, dann wandten sie sich der Galerie zu. Durch die hohen Fenster fiel das Licht der Abendsonne auf einige Regale, in denen Bücher mit Kirchenliedern lagen. Viel mehr schien es hier auch nicht zu entdecken zu geben. Enttäuscht wandte Lukas sich an den Zauberer: »Wonach sollen wir eigentlich suchen?«

»Nach allem, was Euch ungewöhnlich erscheint«, erklärte dieser, zückte ein Pendel und schritt damit konzentriert die Galerie ab.

Lukas ging ratlos ein paar Schritte hier- und dorthin, doch dann hielt er inne. »Wenn der verschollene Trakt tatsächlich existiert«, flüsterte er, »wird ihn Faust vermutlich so verborgen haben, dass er selbst ihn jederzeit wieder aufspüren kann, oder?«

»Davon ist auszugehen.« Abraham sah kurz auf.

»Vielleicht hat er sich dazu einer ähnlichen Methode wie in Staufen bedient?« Lukas breitete die Arme aus und versuchte es erneut mit den Worten, die er drei Tage zuvor im *Hotel zum Löwen* gesprochen hatte. War das wirklich erst drei Tage her? Es kam ihm vor, als läge diese Zeit ein ganzes Leben zurück. »Ich, Lukas Faust, Erbe von Doktor Faust, will, dass sich der verschollene Trakt offenbart.« Doch nichts geschah. »Na ja, war einen Versuch wert.«

»So schlecht ist die Idee nicht.« Abraham sah Millepertia auffordernd an.

Diese verstand den alten Juden scheinbar auch ohne Worte und forderte Lukas auf, seine Hand auszustrecken. Ehe er noch begriff, wie ihm geschah, hatte sie ihm auch schon mit einer Nadel in den Finger gestochen.

»Aua! Was soll das?«

»Stell dich nicht so an. Ich mache das ständig.« Sie presste

einen seiner Blutstropfen hervor, und der Zauberer benetzte sein Pendel damit. »Sollte sich Faust auch hier babylonischer Blutmagie bedient haben«, brummte er, »wird uns Euer kostbarer Lebenssaft vielleicht zum Ziel führen.«
Abermals schritt der Alte die Empore ab, und diesmal schlug das Pendel in eine bestimmte Richtung aus. Lukas und Millepertia folgten Abraham in den Bereich nahe der großen Orgel und zu einer – kahlen Wand.
»Seltsam, ich bin mir sicher, hier ist irgendetwas«, murrte der Zauberer und sah sich um.
»Da!« Lukas wies auf einen alten Kerzenständer. Der schwarze gusseiserne Halter war an einem der Emporenbögen befestigt und trug eine einsame Kerze. Viel interessanter war jedoch, dass der Standfuß wie ein Löwenkopf gestaltet war, ähnlich der Zeichnung, die sie im Höllenzwang gesehen hatten.
»Sehr gut!« Abraham steckte das Pendel zufrieden weg, präsentierte eine Schachtel mit Phosphorhölzchen und entzündete den Docht.
Abermals geschah nichts.
Millepertia seufzte. »Blutmagie, Abraham.« Sie pustete die Kerze aus, entfernte sie und deutete auf den Dorn.
Lukas streckte resigniert seine Hand vor, doch statt sie erneut auf den Dorn zu drücken, quetschte er noch einmal an seiner Wunde.
Der Blutstropfen hatte das Metall kaum berührt, als sich die Empore schlagartig verdunkelte und ein unheimliches Knarren durch die Kirche rollte. Lukas schreckte zurück und sah verblüfft mit an, wie sich die Empore vor ihnen plötzlich weitete und eine niedrige Eichentür an der Wand auftauchte.
»Wie ich es mir gedacht habe!« Abraham atmete tief ein, öffnete die Tür – und Lukas schnappte nach Luft. Im Däm-

merlicht sahen sie vor sich einen Trakt mit schief stehenden Holzregalen, die über und über mit Büchern und Pergamentrollen gefüllt waren. Ein kühler, moderiger Luftzug wehte ihnen entgegen, der nach Staub, altem Pergament und vor allem nach Schimmel roch.
Fröstelnd und vorsichtig folgte Lukas seinen Begleitern hinein in eine andere Welt. An der Decke blätterte der Putz ab, und die mittelalterlichen Kirchenfenster, die die rechte Wand des alten Bibliotheksflügels säumten, waren vor Schmutz fast blind. Das wenige Licht, das sie durchließen, wirkte fahl und kränklich. Selbst die religiösen Motive auf den bunten Scheiben waren auf bizarre Weise entstellt. Die Gestalt des heiligen Georg etwa, der sonst stets mit dem Schwert in der Hand über einen Lindwurm triumphierte, war wie von Pestbeulen übersät, während der Drache seltsam triumphierend zu ihm aufsah. Über allem in der Bibliothek lag einer grauer Staubschleier, und manche der Schriften waren von einer dicken Schimmelschicht überzogen. Lukas wäre am liebsten umgekehrt. Selbst das kühle, menschenleere Kirchenschiff in ihrem Rücken erschien ihm mit einem Mal wie ein warmer, heimeliger Ort.
Abraham trat vor ein altes Lesepult und klappte vorsichtig das darauf liegende Buch auf. Es knackte brüchig. »Schade«, flüsterte er. »Ich hatte gehofft, ein Register zu finden.«
Millepertia fischte derweil mit spitzen Fingern eine Pergamentrolle aus einem Regal und ließ sie angewidert fallen. Sie war über und über mit Maden bedeckt.
In diesem Moment drang aus der Tiefe des Raumes ein hektisches Flattern an ihre Ohren. Reglos verharrten sie und lauschten, doch der alte Bibliothekstrakt war so düster wie eine Gruft.
Lukas kramte nun doch die doppelläufige Muskete aus dem Tarnmantel und lud sie umständlich durch. Wenn hier et-

was auf sie lauerte, wollte er dem nicht unbewaffnet entgegentreten. Dann reichte er Millepertia den Mantel, und gemeinsam mit Abraham rückten sie tiefer in die Bibliothek vor. Auf einigen Regalen lagen dicke Schwarten, die mit Ketten gesichert waren. Viele Bücher waren von Wurmlöchern perforiert, die fast die Dicke eines Bleistifts besaßen, während andere von Tintenfraß zerstört waren. Da entdeckte Lukas einen großen Himmelsglobus mit den Darstellungen der Sternzeichen. Er berührte ihn – und in der Bibliothek erhob sich mit einem Mal ein ohrenbetäubendes Getöse. Lukas glaubte seinen Augen nicht zu trauen, doch überall um ihn herum sprangen plötzlich Bücher aus den Regalen, die mit den Einbänden flatternd zur Raumdecke aufstiegen und sich auch ansonsten wie eine Schar aufgeschreckter Vögel verhielten.
»Ruhig, meine Lieben. Kscht! Zurück auf eure Plätze«, drang eine heisere Röchelstimme an ihre Ohren.
Die Bücher über ihren Köpfen schlugen noch immer wild mit den Buchdeckeln, doch einzelne von ihnen glitten nun wieder zurück auf die Regale. Die Luft war jetzt von Staub erfüllt, der in Lukas' Nase kitzelte. Er nieste.
»Herr, seid Ihr das? Seid Ihr endlich zurückgekommen?« Aus dem Dunkeln drang ein Schlurfen.
Abraham, der offenbar etwas entdeckt hatte, bedeutete Millepertia hektisch, sich und ihn mit dem Tarnmantel zu verhüllen. Lukas gab er aufgeregt stumme Zeichen, die dieser so deutete, dass er stehen bleiben möge. Den Rest verstand er nicht. Schon waren die beiden verschwunden. Verdammt, was sollte das?
Lukas hob panisch die Flinte und sah jetzt selbst die Gestalt, die aus dem Dunkeln trat. Am liebsten hätte er geschrien, denn das, was da auf ihn zuwankte, war kein Mensch, auch wenn es vielleicht einmal einer gewesen war.

Jetzt war es nicht mehr als ein wandelnder Leichnam in zerschlissener Mönchsrobe. Die Haare hingen dem Wesen wie eitrige Rinnsale vom Schädel, das Gesicht war von grünlich weißem Schimmel entstellt, und dort, wo einstmals Augen gewesen waren, prangten zerfressene Löcher, die ihn hohl anstarrten. »Herr?«

Mit schreckensgeweiteten Augen umklammerte Lukas seine Waffe und kämpfte gegen eine Ohnmacht an. Der untote Mönch tastete sich derweilen schnüffelnd an den Regalen entlang. Dass er blind war, war offensichtlich. Lukas kam eine verzweifelte Idee. »Ich bin hier«, flüsterte er rauh.

»Endlich, Herr.« Die Gestalt saugte die Luft mit dem Geräusch eines Lungenkranken ein, und die leblosen Lippen bleckten sich zu einem gespenstischen Lächeln. »Ihr habt länger für eure Rückkehr gebraucht, als ich dachte.« Der blinde Mönch kam näher und tastete mit seinen schimmeligen Fingern nach ihm. Lukas musste all seinen Willen aufbringen, um die Hand, die ihm über Brust und Gesicht fuhr, nicht angewidert zur Seite zu schlagen.

»Mir kam etwas dazwischen«, antwortete er mit gepresster Stimme und sah sich verzweifelt nach Abraham und Millepertia um. Natürlich fand er sie nicht.

»Einige hundert Jahre, will ich meinen«, antwortete der blinde Mönch heiser und kicherte. »Habe die Zeit etwas aus dem Blick verloren.« Er schnüffelte. »Ihr seid es, ohne Zweifel. Doch Eure Stimme klingt so jugendlich. Wie von frischer Lebenskraft erfüllt. Und wo ist Euer Bart?«

Lukas dachte an das zurück, was Abraham über die Pläne seines Ahnen gemutmaßt hatte. »Nun, ich stecke jetzt im Körper meines Nachfahren. Das war leider unumgänglich.«

Der Mönch präsentierte eine Reihe fauliger Zähne. »Dann hat Euer Plan funktioniert? Natürlich hat er das.« Er lachte kehlig. »Die erste Teufelsträne ist zerstört. Es hat begonnen. Wundervoll. Ich dachte schon, Ihr hättet den guten Bartholomäus vergessen.« Die Modergestalt sprach offenbar von sich selbst. Doch was meinte er mit dieser Teufelsträne? Egal – weiter! »Natürlich nicht, wäre ich sonst hier?«

»Das ist gut, denn ich habe Euch in all der Zeit treue Dienste geleistet.«

Lukas rückte von der unheimlichen Gestalt ab und musste angesichts des vielen Staubs in der Luft abermals niesen.

Der Mönch hingegen ruckte unvermittelt zu jener Stelle herum, an der sich eben noch Abraham und Millepertia aufgehalten hatten. Abermals schnüffelte er. »Seltsam, hier ist noch ein anderer Geruch …«

»Ihr seid also nicht untätig geblieben?«, lenkte Lukas die Aufmerksamkeit des Untoten rasch wieder auf sich.

»Oh nein.« Der blinde Mönch drehte sich röchelnd zu ihm um. »Ich hab sie alle gelesen. Alle Bücher hier. Mehrfach. Schließlich möchte ich, dass Ihr meine verdorbene Seele ebenfalls rettet.«

Lukas fragte sich, wie der Mönch das Lesen ohne Augen bewerkstelligt hatte, verwarf die Frage dann aber wieder. »Ich hoffe, deine Studien haben etwas gebracht?«, fragte er stattdessen.

»Oh ja. Folgt mir.« Ungelenk schlurfte der Mönch wieder den Gang zurück.

Lukas folgte ihm widerwillig. »Sicher wollt Ihr wissen, ob ich Arnold von Wieds Niederschrift gefunden habe.«

»Und, hast du?«

»Oh ja, Herr. Sie war gut versteckt und jeder einzelne Satz verschlüsselt. Aber ich hatte ja genug Zeit.« Die Schauergestalt lachte kehlig und führte ihn zu einem weiteren Lesepult, das direkt unter einem der schmutzverkrusteten Kirchenfenster stand. Dass auf dem Fenster einst ein Heiliger abgebildet war, konnte Lukas nur an dem vage auszumachenden Heiligenschein erkennen. Jetzt wirkte die düstere Gestalt dort oben, als habe sie die Blattern.

Bartholomäus trat an das Pult heran und strich über den Ledereinband eines aufgeschlagenen alten Buches. »Es ist so, wie Ihr gemutmaßt habt. Der Bischof hat jedoch nicht nur mit den Engeln gesprochen, sondern auch mit Andwari.«

Andwari? Lukas runzelte die Stirn. Wer war denn das jetzt schon wieder?

»König Barbarossa selbst hat ihn damals offenbar mit den Nachforschungen betraut«, fuhr der blinde Mönch röchelnd fort. »Die erste interessante Entdeckung ist, dass Arnold von Wied während des zweiten Kreuzzuges das magische Schwert Salomons gefunden hat. Er behauptet in seiner Niederschrift, dass Salomon die Klinge von einem Engel ausgehändigt bekam. Ich schätze, das wäre genau so eine Waffe, wie Ihr sie immer gesucht habt. Nur denke ich, dass wir die Suche nach ihr verschieben, bis wir Klarheit über die andere Angelegenheit gewonnen haben?«

»Ja, da hast du wohl recht.« Lukas lachte unsicher. »Was hast du denn noch herausgefunden?«

»Nun, da bin ich auch schon bei den Adamanten. Wie wir beide wissen, wird Euer kleiner Plan ohne sie keine Früchte tragen. Die größte Überraschung war, dass Arnold von Wied in seiner Niederschrift nicht nur zwei erwähnt, sondern derer drei.«

»Drei also!«, stellte Lukas gewichtig fest. In Wahrheit verstand er bloß Bahnhof. Den Begriff Adamant hatte er ebenfalls noch nie gehört. Das Wort klang aber ein wenig so wie Diamant. Erfolglos hielt er wieder nach seinen Begleitern Ausschau. Wo waren die, verdammt? Wie sollte er diesen Bluff weiter aufrechterhalten, wenn er nicht die geringste

Ahnung hatte, wovon dieser verfaulte Mönch überhaupt sprach?

»Ja, Ihr habt richtig gehört«, fuhr dieser derweil fort. »Einer, so schreibt es von Wied, wurde von den Schwarzalben im hohen Norden entdeckt. Einen weiteren habt Ihr damals im Schwarzwald gefunden. Es fehlt also der dritte.«

»Das ist in der Tat interessant.« Lukas räusperte sich.

Der Mönch sah auf. »Geht es Euch gut, Herr?«

»Sicher. Ich leide bloß unter ein paar Gedächtnislücken, seit ich in diesem Körper stecke. Nun ja.« Er lachte selbstgefällig. »Vergessen wir diese Adamanten erst einmal. Berichte mir stattdessen, was du alles über diese Teufelstränе weißt.«

Der Mönch schwieg und richtete seinen hohlen Blick direkt auf ihn. Lukas erstarrte. Hatte er etwas Falsches gesagt? Hektisch durchforstete er seine Erinnerungen, bis ihm wieder einfiel, dass der Edelstein auf dem Bucheinband des Höllenzwangs in Tränenform geschliffen war. Waren diese Teufelstränе und diese Adamanten etwa identisch? Er war ein solcher Idiot!

»Nennt mir die Anzahl der Dämonen, die König Salomon einst beschworen und in bronzene Gefäße gesperrt hat«, forderte der Mönch mit einem Mal ohne Vorwarnung.

»Wie bitte?«

»Die Anzahl der Dämonen, Doktor Faust.« Lauernd richtete sich der Mönch auf.

In diesem Augenblick ertönte im Dunkeln ein leises Niesen. Millepertia.

Sein Gegenüber wirbelte herum. Dann wandte er sich wieder ihm zu. »Ihr seid nicht der richtige Faust«, zischte er zornig. »Und Ihr seid auch nicht allein!« Mit einem Satz sprang er vor und griff nach dem Buch. Lukas, der glaubte, dass ihn der Untote angreifen wollte, betätigte den Abzug. Es donnerte, und der Rückschlag riss ihm die Waffe fast aus der Hand. Weiter hinten zwischen den Regalen krachte es. Als sich der Pulverdampf legte, sah er den Teufelsmönch, der noch immer das Buch umklammert hielt. Ein großes Loch prangte in seiner Kutte, doch das schien ihn nicht zu kümmern. Bevor Lukas abermals abdrücken konnte, warf sich Fausts unheimlicher Diener zur Seite und verschwand zwischen den Schatten.

Mist.

Hinter einem der Regale wurden Abraham und Millepertia sichtbar. »Lasst ihn nicht entkommen!«, rief der Zauberer, und Lukas verkniff sich eine bissige Antwort. Millepertia stürzte vor, und Lukas kramte mit einer Hand sein Smartphone heraus und machte Licht. Dann lief er ihr hinterher, drückte ihr die improvisierte Taschenlampe in die Hand und bedeutete ihr zu leuchten, während er mit der Waffe im Anschlag zwischen den Regalen vorrückte.

»Benutzt die Waffe nicht noch einmal!«, bellte Abrahams Stimme hinter ihm.

Lukas drehte die Muskete wie einen Knüppel um.

Irgendwo tiefer in der Bibliothek ertönte ein hämisches Kichern. »Ihr werdet alle sterben!«, gurrte es.

Wo auch immer der schimmelige Mönch jetzt steckte, er stimmte einen gutturalen Gesang an, der wie die Perversion eines Kirchenliedes anmutete. Es klang grauenvoll und fuhr Lukas durch Mark und Bein.

Millepertia leuchtete in die Ecken, als die Luft unvermittelt feuchter und schwerer zu werden schien. Fast hatte Lukas den Eindruck, als habe der Lichtschein zunehmend Schwierigkeiten, die Düsternis zu durchdringen.

»Aufpassen!«, rief Abraham, der mit mehreren Gemmen in der Hand dicht hinter ihnen stand. Keinen Atemzug später erzitterte der Trakt wie unter einem Erdbeben, und aus mehreren der Regale polterten Bücher auf den Boden. Ein faulig warmer Schwefelgeruch wehte durch die Regalreihen, und Lukas bemerkte, wie seine Füße im Untergrund einsanken, als stehe er auf einem weichen Teppich. Sein Blick glitt zu Boden, und er würgte trocken. Der komplette Untergrund nahm nach und nach das Aussehen fauligen Fleisches an. »Scheiße, scheiße, scheiße!«, schrie er. »Was ist das, verdammt?«

Rund um sie herum verwandelten sich die Bücher in lange Reihen scharfkantiger Raspelzähne. Die Regale sanken mit einem schlammigen Geräusch in sich zusammen und ähnelten zunehmend riesigen Kieferleisten, während die Pergamentrollen zu fleischigen und pilzartigen Gebilden mutierten, die wie die Schluckzäpfchen in einem monströsen Rachen wirkten. Die ganze Bibliothek verwandelte sich in einen höllischen Schlund.

»Raus hier!«, brüllte Abraham. Seine Gemmen erstrahlten in blauem Licht, und er zog Millepertia in genau jenem Moment zurück, als sich die monströsen Zahnreihen links und rechts von ihnen aufeinander zubewegten und malmend gegeneinanderkrachten.

Lukas indes warf sich panisch nach vorn und hörte, wie es hinter ihm knirschte. Er stürzte auf den schlammigen Fleischboden, versuchte sich wieder aufzurappeln und wurde von einer neuerlichen Erschütterung zu Boden gerissen. Aus den Augenwinkeln sah er den Lichtschein seines Smartphones, der sich hektisch zum Ausgang bewegte.

»Abraham«, schrie er panisch. »Lassen Sie mich nicht zurück!« Mit einem Aufschrei rollte er sich zur Seite, denn auch über ihm an der Decke bildeten sich jetzt blitzende Zahnreihen. Keinen Augenblick zu spät, denn die komplette Raumdecke senkte sich plötzlich herab, und mit einem berstenden Geräusch krachten die dämonischen Zähne aufeinander. Lukas schrie wie am Spieß. Die Zähne lösten sich voneinander; der Boden hob sich jetzt wie eine überdimensionierte Zunge und schleuderte ihn direkt auf eine der breiten Kieferleisten zu. Lukas sah die monströse Zahnreihe direkt über sich, und sein Gehirn arbeitete fieberhaft. Was hatte der verfluchte Pudel in Staufen noch gleich gesagt: *Du sagst also, du hast mich nicht beschworen. Nicht einmal meinen Namen dreimal ausgesprochen und dabei über die linke Schulter gespuckt? Das reicht bei Talenten wie dir für gewöhnlich.* Lukas keuchte – und tat das Einzige, was ihm zu seiner Rettung noch einfiel. In nackter Todesangst spuckte er über die linke Schulter und brüllte: »Mephisto, Mephisto, Mephisto – rette mich!«

Highway to hell

I'M ON THE HIGHWAY TO HELL! ON THE HIGHWAY TO HELL! Der Refrain des bekannten *AC/DC*-Songs dröhnte in voller Lautstärke in Lukas' Ohren, als er wieder zu sich kam. Er brauchte eine Weile, bis er begriff, dass er auf einer Sitzbank mit billigem Kunststoffbezug saß. Wo war er? Er hob den Kopf und schrie entsetzt auf. Ihm gegenüber saß eine grauenerregende Gestalt in blutbesudeltem Anzug, der der halbe Schädel fehlte. Gehirnmasse leckte ihr über das Ohr, und ihr verbliebenes Auge starrte leer durch ihn hindurch. Erst auf den zweiten Blick sah Lukas, dass durch den Körper der widernatürlichen Kreatur die Rückenlehne schimmerte. Das da vor ihm musste ein Geist sein! Ein Geist, der vor seinem Tod einen schrecklichen Unfall gehabt hatte!

Panisch sprang Lukas auf, hob die Flinte an und sah sich um. Er befand sich in einem schäbigen Linienbus, und um ihn herum saßen noch mehr Geister. Schräg gegenüber hockte ein kaum zehn Jahre altes Mädchen im Schlafanzug, eine Puppe in der einen und ein blutiges Küchenmesser in der anderen Hand. Ein gemeines Grinsen entstellte ihre kindlichen Züge. Zwei Bänke hinter ihr entdeckte er eine hochmütig dreinblickende Krankenschwester, aus deren Kitteltasche der Kolben einer Spritze ragte. Und da waren noch viele mehr: ein Greis in Gestapo-Uniform, drei Schlägertypen mit Einschusswunden, ein fettleibiger und dichtbehaarter Kerl in verschwitztem Unterhemd, der zu Lukas' Befremden einen Frauenslip über dem Kopf trug, sowie ein Priester, um dessen Hals noch immer ein Strick baumelte. Sie alle stierten an ihm vorbei in Fahrtrichtung.

»Mann, ich liebe diesen Song!«, bellte vorn eine vertraute Stimme gegen die Beats an.

Lukas wirbelte herum und sah einen ihm nur zu gut bekannten schwarzen Pudel auf dem Fahrersitz, der unter wildem Headbanging den Liedtext mitgrölte: *NO STOP SIGNS. SPEED LIMIT. NOBODY'S GONNA SLOW ME DOWN!*

»Hör auf damit, verdammt!«, brüllte Lukas gegen den Lärm an.

»Was denn? Was denn?« Mephistopheles sah ihn mit aufgesetzter Bestürzung an und fummelte mit der Pfote an der alten Musikanlage neben dem Lenkrad herum. »Möchtest du etwas anderes hören? Das hier vielleicht?« Unvermittelt dröhnten die Klänge von *Saltatio Mortis* durch den Bus, und Mephisto grölte diesmal die letzte Strophe von *Miststück* mit. OB DU JEMALS GELIEBT HAST, WERD ICH NIEMALS ERFAHR'N, DENN JEDER DEINER LIEBSTEN MUSSTE ZUR HÖLLE FAHR'N! Er lachte hämisch. »Und hier, meine neuesten Schützlinge: *Devil's Tabernacle!*« Der Song wechselte abermals, und der hypnotische Klang einer Violine, die von Drums und E-Gitarren untermalt wurde, fegte wie ein heißer Höllenwind durch den Bus.

»Verdammt, was soll das? Wo bin ich hier?« Durch die Scheiben sah er, dass der Bus mit rasender Geschwindigkeit eine stark frequentierte Autobahn auf der falschen Fahrbahnseite entlangraste. Die Außenwelt wirkte trübe, grau und wie von Schlieren durchzogen, und die vielen Autos, mit denen sie immer wieder hätten kollidieren müssen, rauschten durch den Bus hindurch, als wären sie nichts weiter als Projektionen. Mephisto drehte die Musik leiser und grinste. »Wie heißt es so schön: Wer wie der Teufel fährt, begegnet ihm.«

Lukas, dem nicht der Sinn nach Scherzen stand, blaffte den Pudel abermals an: »Wo sind wir, verdammt noch mal?« Mit pikiertem Gesichtsausdruck stiefelte er an dem Geist einer dicken Frau mit weit aufgerissenen Augen und unter der linken Brustseite verkrampften Händen vorbei. In ihrem Mund steckte noch immer ein feistes Stück Buttercremetorte mit Marzipanröschen.

»Aber das siehst du doch, Famulus. Das hier ist die Linie 666. Die Sünder hinter dir haben in der großen Lotterie des Lebens ein Eins-a-Ticket direkt in die Hölle ergattert.« Ein langgezogenes Heulen entstieg Mephistos Hundekehle, das die verdammten Seelen in den Sitzreihen mit schaurigem Wehklagen beantworteten. Mephisto musterte die Vielzahl der Geister ungehalten. »Herrschaften, das hier ist keine Kaffeefahrt. Etwas mehr Inbrunst, wenn ich bitten dürfte. Zu Lebzeiten seid ihr euren Sünden auch mit mehr Begeisterung nachgekommen.«

Die Dicke schräg hinter ihnen röchelte erstickt und würgte im verzweifelten Bemühen, etwas zu sagen, nur noch mehr Kuchen hervor. Was auch immer die Frau getan hatte, Lukas beschlich der grausige Eindruck, dass ihr jetzt erst klarwurde, wo sie sich befand.

»Dummerweise rasen wir derzeit ohne Ziel durch die Zwischenwelt«, fuhr Mephistopheles ungerührt fort. »Üblicherweise hockt hier nämlich Malphas, der Überbringer. Nur spielen sich in der Hölle zurzeit dramatische Szenen ab, die die Aufmerksamkeit unseres Fahrers etwas mehr in Anspruch nehmen, weshalb er seinen Pflichten als Linienbuschauffeur derzeit nicht in gewohnter Weise nachkommen kann.«

»Die Höllenrebellion.«

Mephistos Pudelaugen glühten rot auf, und er knurrte.

Lukas wich unwillkürlich einen Schritt vor ihm zurück.

»Im Übrigen weiß ich inzwischen, wer du in Wahrheit bist.«

»Blitzmerker!« Der Pudel sprang vom Fahrersitz und schlich Lukas um die Beine. An dem Höllentempo des Busses änderte das nichts.

Lukas war mit seiner Geduld am Ende. Am liebsten hätte er den scharwenzelnden Pudel mit einem Tritt aus dem Bus befördert. Doch dieser sprang nun auf den Sitz neben dem blutbesudelten Anzugträger und musterte Lukas aufmerksam. »Also, Famulus, wollen wir unsere Zeit verschwenden und noch weiter Party machen?«

Der Tote mit dem halben Schädel starrte den Teufel furchtsam mit seinem einen Auge an. »Ich wär ehrlich gesagt für Party«, röchelte der Geist hoffnungsvoll.

»Fresse, Koksnase. Wenn Malphas jemals wieder zurück ist, bekommst du mehr Party, als du je in deinem Leben gewollt hast.«

Mephisto fixierte wieder Lukas. »Also, Famulus, berichtest du mir jetzt endlich, was in der Zwischenzeit passiert ist? Denn seit mich Abraham, dieser missgünstige Schlemihl, verbannt hat, musste ich hier untätig herumhocken und darauf warten, dass du mich endlich rufst.«

»Ich dachte, er hätte dich in die Hölle zurückgeschickt?«

»Nein.« Mephistos Augen blitzten zornig. »Ich habe noch nicht herausgefunden, wieso, aber aus irgendeinem Grund öffnet sich mir der Weg zurück in den Infernalischen Abgrund nicht. Und das, Famulus, widerspricht allen Gesetzen der Hölle. *Meiner* Hölle! Ich bin stattdessen hier in der Zwischenwelt gestrandet.«

»Aber ich denke, du bist der Teufel? Dann hast du deine Macht tatsächlich eingebüßt?«

»Noch eine so anmaßende Frage, und deine Seele landet schneller neben der Fleischwurst mit der Buttercremetorte, als du *Marzipanröschen* sagen kannst. Jetzt dein Bericht, wenn ich bitten darf.«

Lukas seufzte, stellte die doppelläufige Muskete ab und schilderte Mephisto, was sich bis zu ihrer Durchsuchung der Heiliggeistkirche ereignet hatte. Bei alledem versuchte er standhaft, den schrecklich zugerichteten Geist neben dem Teufel zu ignorieren.

»Sieh an«, brummte Mephisto. »Zumindest wart ihr nicht untätig. Das ist doch schon mal was. Und in die Kirche hätte ich euch schon aus gesundheitlichen Gründen nicht begleiten können.«

»Aus gesundheitlichen Gründen?«

»Sicher. In Kirchen wird mir regelmäßig schlecht.« Mephisto rotzte in den Gang. »Bleiben wir also bei dem, was ihr herausgefunden habt. Salomons Schwert interessiert mich im Augenblick nicht. Aber was diese Adamanten betrifft, über sie hast du nicht mehr herausfinden können?«

»Nein«, gestand Lukas kleinlaut. »Blöderweise ist mir dieser verschimmelte Bibliothekar auf die Schliche gekommen, bevor ich mehr aus ihm herausquetschen konnte. Inzwischen bin ich mir aber sicher, dass mit den Adamanten Edelsteine gemeint sind, von denen einer offenbar im Einband von Fausts Höllenzwang eingelassen war.«

»Ermutigend, dass du hin und wieder doch mit dem Kopf und nicht bloß mit dem Schwanz denkst. Sehr gut.« Mephisto fläzte sich breitbeinig auf dem Sitz, leckte sich den Schritt, grinste und stellte sich dann auf die Hinterbeine. »Adamant leitet sich von einem griechischen Begriff ab, der so viel wie ›unbezwingbar‹ bedeutet. Im Mittelalter wurden damit vornehmlich ganz besondere Diamanten bezeichnet.«

»Das passt«, meinte Lukas und wich angeekelt zurück, als Mephisto sich nun anschickte, seine Hand abzuschlecken.

»Fausts Plan sah offenbar vor, dass ich den Stein zerstören sollte. Warum ich und kein anderer, weiß ich nicht. Nur scheint der Stein noch eine andere Bezeichnung zu tragen: Teufelsträne! Kannst du damit etwas anfangen?«

Mephisto schwieg und dachte nach. »Nein. Nur beschleicht mich der Eindruck, dass es mir etwas sagen sollte.« Er kratzte sich hinter dem Ohr und legte den Kopf schief. »Sieht ganz so aus, als bräuchten wir noch einmal Abrahams Hilfe. Es wird Zeit, dass er all das Wissen, das ich ihm habe zukommen lassen, endlich einmal sinnvoll einsetzt.«

»Dann sind er und Mille aus der Bibliothek entkommen?«, fragte Lukas hoffnungsvoll.

»Sicher. Abraham ist ja kein Narr. Außerdem hätte ich gespürt, wenn seine oder Milles Seele in die Hölle gefahren wären. Die beiden säßen dann vermutlich gleich neben dir. Abraham würde aber wohl eher einem blutigen Haufen Chamin ähneln, und deine kleine Hexenschnecke könnte dich nicht einmal mehr beeindrucken, wenn sie sich einen heißen Hartheu-Stringtanga wachsen lassen würde.« Mephisto grinste verschlagen. »Schon den Kontrakt vergessen, den die beiden mit mir geschlossen haben? Ich schlage also der Einfachheit halber vor, dass wir beide ebenfalls rasch einen Höllenpakt schließen und du uns zu ihnen bringst.«

»Hältst du mich für bescheuert?« Lukas sah den Teufel entgeistert an. »Niemals, ich betone: Niemals werde ich so verrückt sein, einen Höllenpakt einzugehen.«

»Zu bedauerlich. Dann werden wir hier weiter untätig herumsitzen müssen, während draußen die Hölle aus dem Ruder läuft. Und glaub mir: Das willst du nicht.« Mephistos Stimme klang auf einmal weinerlichen. »Niemand wird deine Lieben jetzt mehr retten können. Abraham nicht. Deine süße Mille nicht«, er sah kurz auf, und ein verschlagener Unterton schlich sich in seine Worte. »Und deine arme Mutter wohl auch nicht.«

»Meine Mutter?« Lukas versteifte sich. »Wie kommst du plötzlich auf meine Mutter?«

»Offenbar ist alle Welt hinter dir her, Famulus.« Mephisto sah ihn kummervoll an. »Was läge näher, als ihrer habhaft zu werden, um dich zu Zugeständnissen zu bewegen? Ich *könnte* auch deine Mutter schützen. Natürlich könnte ich das. Aber du willst ja nicht.«

Lukas' Blick verfinsterte sich. »Und wie kommt es dann, dass ich hier bin – so ganz ohne Höllenpakt? Hä? Du lügst mich doch an!«

»Meine Güte, bist du störrisch.« Mephisto schnaubte ungehalten. »Aus dir könnte ein so guter Zauberer werden. Warum wohl hast du dich instinktiv dieser lächerlichen Gaukelkunst zugewandt? Hm? Ich verrate es dir: Du hast all die Jahre über gespürt, was in dir steckt. Wenn ich dir den letzten Schliff verpasse, könnte dir die Welt zu Füßen liegen.«

»Dir ist das vielleicht entgangen, aber ich arbeite gerade daran, mich zu ändern.«

»Hohle Phrasen.« Der Pudel furzte. »Ich kenne dich besser als du dich selbst. Hat dir Abraham nicht verraten, warum die Hölle hinter Menschen wie dir her ist?«

Lukas schluckte. »Er sagte, das Engelsgeschlecht der Grigori habe sich nach der Erschaffung des Garten Eden mit Menschenfrauen eingelassen und Nachkommen gezeugt.«

»Richtig. Und diese Nachkommen waren ebenfalls nicht frei von Begierde.« Mephistopheles hechelte lauernd. »Was, wenn ich dir verrate, dass du nicht von irgendeinem Engel abstammst – sondern von mir persönlich!«

Lukas wollte etwas sagen, doch die Stimme brach ihm weg.

Stattdessen glotzte er den Teufel ungläubig an – so, wie die vielen Geister um ihn herum plötzlich ihn selbst anstarrten.
»Von dir?«
»Warum nicht? Ich bin schließlich nicht irgendwer. Denkst du, die Grigori hätten sich des Menschengeschlechts so brünstig angenommen, wenn ihnen nicht jemand mit stolzgeschwellter Rute vorangeeilt wäre? Willst du wissen, wie deine Urahnin so war?« Mephisto stellte sich auf die Hinterbeine und präsentierte zu Lukas' Entsetzen sein pochend erigiertes, dunkles Pudelglied. Wie ein billiger Pornostar legte er eine Pfote hinter den Kopf und vollführte stoßende Bewegungen mit dem Hinterteil. »Boah, das kleine Luder war ein richtiger Nimmersatt. Sie …«
»Hör auf! Ich verzichte!«
Mephisto fiel wieder auf alle viere. »Schade. So prüde wie du war sie jedenfalls nicht.« Er deutete mit einer seiner Pfoten auf ihn. »Was glaubst du wohl, warum die Fausts so brillante Zauberer hervorbringen? Deine Ahnenreihe reicht weiter zurück, als du ermessen kannst. Und was den Doktor betrifft: Wie hat er es wohl trotz seiner kurzen Lebensspanne fertiggebracht, sich über all seine deutlich älteren Zunftgenossen zu erheben? Ich sage dir, warum: weil durch eure Adern mein Blut fließt. Ihr Fausts seid nicht dazu geschaffen, vor irgendjemandem den Schwanz einzuziehen. Ihr seid dazu geboren, zuzustoßen und euch zu nehmen, was euch durch Geburtsrecht zusteht. Du wirst dich nie verändern.«
Lukas saß schockiert da und dachte über das Gehörte nach.
»Und doch bin ich ein Mensch«, sagte er trotzig. »Wir Menschen verfügen über einen freien Willen. Ich muss nicht so werden wie mein Ahne.«
»Ach, komm. Lieber eine gesunde Verdorbenheit als eine verdorbene Gesundheit. He, he.«

Lukas war alles andere als nach Späßen zumute. »Wenn ich mir vor Augen führe, was Doktor Faust angerichtet hat, kann das doch wohl ebenfalls nicht in deinem Sinne sein.«
»Na ja, Fausts Plan zeugt von beeindruckender Raffinesse. Etwas Vergleichbares wie er hat bislang niemand zuwege gebracht. Das nicht zuzugeben, wäre mehr als kleinlich.« Der Pudel schniefte. »Bedauerlicherweise muss ich dem Ganzen dennoch schleunigst einen Riegel vorschieben.«
»Trotzdem lasse ich mich nicht von dir erpressen.« Lukas lehnte sich demonstrativ zurück. »Wenn dieser Höllenpakt tatsächlich notwendig ist, um zurückzukehren, werden wir hier eben verschimmeln. Ich gehe ihn nicht ein. Und solange ich hier bin, nützt es unseren Gegnern auch nichts, meine Mutter zu entführen.« Der Bluff kam mit einer derartigen Selbstverständlichkeit über seine Lippen, dass er Angst vor sich selbst bekam. In Wahrheit war er vor Sorge ganz krank. »Soll doch Abaddon über die Hölle herrschen.«
Mephisto knurrte verärgert. »Na gut, da gibt es vielleicht doch noch eine weitere Möglichkeit.«
Lukas grinste breit und spürte, wie er langsam Oberwasser bekam. Ein gutes Gefühl. »Wusste ich es doch. Du brauchst mich mehr als ich dich!«
»Nicht so voreilig!« Mephisto präsentierte ein perfektes Pokerface, und Lukas kamen Zweifel. Hatte er etwas übersehen? Der Pudel streckte sich ausgiebig und sah dann zu ihm auf. »Eines hast du nicht bedacht, Famulus. Was glaubst du, was dein Leben ohne mich wert ist? Richtig: keinen Pfifferling. Wenn sich Faust tatsächlich deines Körpers bedienen will, werden seine Häscher nichts unversucht lassen, um dich aufzuspüren. Und es wird ihnen zweifelsohne gelingen.«
»Aber warum?« Lukas' Verzweiflung kehrte mit voller

Wucht zurück. »Die Rebellion in der Hölle wurde doch schon entfacht. Mit Dee und jetzt vermutlich auch mit von Nettesheim verfügt Abaddon gleich über zwei willfährige Diener, die alles tun würden, um mit seiner Hilfe den Höllenpakt aufzuheben. Wieso sollte ich auch nur für einen von denen interessant sein?«

»Die Dummheit hast du unmöglich von mir, sondern von deiner Urahnin«, stellte Mephisto fest. »Also noch mal für einfachere Gemüter: Faust will zurück in die Welt der Sterblichen. Das immerhin hast du schon von allein begriffen. Dazu braucht seine Seele aber einen geeigneten Körper. Ein dahergelaufener Zauberer reicht ihm nicht, er will das Luxusmodel – dich. Und was Abaddon betrifft: Faust wird nicht so verrückt gewesen sein, Abaddon oder wem auch immer all sein Wissen zu offenbaren. Dann bräuchte ihn nämlich niemand mehr. Jetzt bist du wieder an der Reihe, Famulus. Was folgerst du daraus?«

»Dass da noch mehr kommt?«, antwortete Lukas vorsichtig. »Dass Fausts Plan nicht nur die Hölle, sondern auch irgendetwas auf der Erde betrifft, zum Beispiel?«

»Eben.« Mephistopheles nickte gönnerhaft. »Ich bin der festen Überzeugung, dass hinter alledem noch viel mehr steckt. Ein Plan, den du in seiner Gänze noch gar nicht überblicken kannst und der selbst mich überraschen könnte.«

»Du hast also keine Idee, was Faust plant?«

Mephisto zwinkerte ihm zu. »An Ideen mangelt es mir nie, und Rätsel löse ich mit Bravour. Ich werde es herausfinden. Und damit die Reise etwas kurzweiliger wird, wirst du mich begleiten.« Der Pudel leckte sich über die Schnauze. »Wir beginnen bei Arnold von Wied, dem Verfasser dieser Schrift aus der Bibliothek, von der du erzählt hast. Er war im zwölften Jahrhundert Erzbischof von Köln. Ich erinnere mich an ihn, weil er ein besonders sturer, uneinsichtiger Bock war.«

»Du hast wohl erfolglos versucht, ihn umzudrehen?«

»Ach was. Manchmal gewinnt man, manchmal verliert man«, knurrte Mephisto. »So läuft das eben im Seelengeschäft. Viel interessanter ist, dass der Bischof deinem Bericht gemäß einst den Schwarzalbenkönig aufgesucht hat. Was ihn dazu bewogen hat, weiß ich nicht, aber wenn er das konnte, können wir das auch.«

»Den *Schwarzalbenkönig?*« Lukas sah den Pudel verständnislos an. Andererseits kam ihm der Begriff bekannt vor. Richtig, *rex albae* – das Bild in Abrahams Turm.

»Alberich!«, half ihm Mephistopheles weiter auf die Sprünge. »Alberich, Andwari – all das sind bloß weitere Namen, hinter denen dieser miese Verräter steckt. Ich habe dir bereits im Rosengarten kurz von ihm erzählt. Denn er war es, der den Garten erschaffen hat. Einen abstoßenderen Wendehals als ihn gibt es nicht. Er kämpfte einst an meiner Seite. Unmittelbar vor meinem Duell mit Michael, dem alten Erzengel, hat er es gerade noch so geschafft, seinen Hals aus der Schlinge zu ziehen und die Seiten zu wechseln. Seitdem harrt er als gebrochene Existenz im irdischen Exil aus und wartet wie all die anderen Kriecher hier auf himmlische Vergebung. Ein hoffnungsloser Fall.«

»Und du weißt, wie wir ihn finden können?«

»Natürlich.« Mephisto grinste. »Mit Hilfe des Rosengartens in Worms.«

Die Antwort überraschte Lukas nicht einmal. »Und wie kommen wir von diesem ungastlichen Ort hier zurück nach Worms?«

»Indem du mir etwas von deinem Blut gibst«, stellte der Pudel nonchalant fest. »Als Lebender gehörst du nicht hierher. Du bist also mein Gast. Und als solcher lasse ich dich gehen, wenn es mir gefällt. Nur hat alles seinen Preis. Ich habe dich mit meiner Macht geholt, du bringst uns mit der deinigen wieder zurück.« Mephisto leckte sich genüsslich über die Lefzen. »Allerdings möchte ich dir nicht vorenthalten, dass auch Abraham anschließend nicht mehr dazu in der Lage sein wird, mich einfach so wieder wegzuschicken. Du bist fortan wie mein liebender Enkel, der seinen Großvater an die Hand nimmt, um ihn sicher über die Straße zu führen. Oder anders gesagt: Unsere Blutsbrüderschaft wird mich künftig vor Anfeindungen dieser Art schützen. Ist das nicht eine schöne Vorstellung, Famulus?«

»Ich muss mich gleich übergeben.«

»Tu dir keinen Zwang an.« Mephisto grinste und deutete auf die Frau mit der Buttercremetorte. »Der Mund von Fettklops Nimmersatt steht ohnedies grad offen. Ziel gut, dann brauchen wir hinterher nicht wischen.« Mephisto stieß ein rauhes Gelächter aus und wirkte, als fühle er sich pudelwohl. »Jedenfalls wird mich so eine nichtsnutzige Bannformel fortan nicht mehr aus dem Gleichgewicht bringen.«

Lukas sah von dem Pudel zu den entsetzlichen Gestalten, die den Höllenbus bevölkerten. Er hatte das Spiel mit dem Feuer noch nie gescheut, den Einsatz aber auch selten derart deutlich vor Augen gehabt. »Und das, was du da eben beschrieben hast, ist kein Höllenpakt?«

»Aber nein. Heiliges Indianerehrenwort. Den musst du schon aus freien Stücken und bei vollem Bewusstsein abschließen.«

Lukas überlegte eine Weile. Doch ihm blieb keine Wahl. »Na gut.« Wütend nestelte er an seinem Armverband und kratzte den Schorf auf. »Aber ich stelle zwei Bedingungen.

Erstens: Du sorgst dafür, dass meine Mutter aus der Schusslinie gebracht wird.«

»Meinetwegen. Und zweitens?«

»Wenn wir das hier hinter uns haben, setzt du uns irgendwo an einer Telefonzelle ab, damit ich Millepertia anrufen kann. Die hat hoffentlich noch mein Handy.«

Der Nibelungenhort

Die Abendsonne tauchte den Rosengarten von Worms in warme Rottöne, und der Wind trug den herrlichen Duft von Rosenblüten heran. Lukas und Mephistopheles warteten unter der großen Linde im Zentrum des Gartens, als die Hecke am Rande des verzauberten Geländes plötzlich emporwuchs und jenes Rosenportal ausbildete, das Lukas erst wenige Tage zuvor erblickt hatte. Auch die Singvögel über ihnen in den Zweigen trällerten erneut ihre blecherne Melodie, als Abraham und Millepertia durch den Torbogen schritten. Beide waren unverletzt, und Lukas sah befriedigt, dass Millepertia noch immer Bluse und Jacke trug, die er ihr in Heidelberg besorgt hatte.

Mephisto sprang sofort auf. »Mein linker, linker Platz ist frei. Ich wünsche mir den Abraham herbei. Da ist er ja!«, grölte er begeistert und schaute Abraham mit erwartungsvollem Augenzwinkern an.

»Wie kannst du es wagen?«, brüllte Abraham ungehalten und marschierte vorbei an Rosenhecken und Gestrüpp auf die stattliche Linde zu. Sein Gesicht war rot vor Wut, als er und Millepertia den schattigen Platz erreichten. Erst fixierte er den feixenden Mephistopheles, dann Lukas. »Wie konntet Ihr nur so dumm sein, Euch wieder mit *ihm* einzulassen?«

»Lassen Sie mich überlegen?«, antwortete Lukas gedehnt. »Vielleicht, weil ich sonst tot gewesen wäre?« Nur mit Mühe gelang es ihm, seine eigene Wut im Zaum zu halten. Abraham war es schließlich gewesen, der ihn im Stich gelassen hatte – nicht umgekehrt!

»Also mir erscheint das absolut einleuchtend«, meinte der schwarze Pudel. »Aber mich fragt ja keiner.«

Millepertia legte Abraham in einer beruhigenden Geste die Hand auf den Arm, und tatsächlich atmete der alte Jude tief durch, und sein Gesicht nahm langsam wieder eine normale Farbe an. Dann reichte sie Lukas das Smartphone und musterte Mephisto dabei argwöhnisch. »Warum wollte er, dass wir uns hier treffen, Lukas?«

»Och, Mille.« Mephisto sprang auf und wirkte fast beleidigt. »Warum fragst du mich nicht selbst? Ich stehe hier. Direkt vor dir. Leibhaftig sozusagen.« Er zwinkerte Lukas zu. »Leibhaftig war jetzt gut, oder?«

»Beantworte die Frage, du lausiger Hundsfott!«, fauchte ihn Abraham an. »Und überlege dir gut, was du sagst. Denn wenn auch nur eine Lüge über deine schmierigen Lippen kommt, schicke ich dich zur Hölle.«

»Findest du nicht, dass deine Drohungen früher etwas mehr Biss hatten, Abraham? Die Hölle ist immerhin mein Zuhause.«

»Ein Zuhause, in das er nicht zurückkehren kann«, versuchte Lukas die Wogen zu glätten. Ruhig erläuterte er Zauberer und Hexe, was ihm widerfahren war und auf welche Weise Mephisto ihn aus der Zwischenwelt zurückgebracht hatte. Als er zu dem Pilzkreis aus Satansröhrlingen deutete, über den sie den Garten wieder betreten hatten, seufzte Mephisto theatralisch. »Petze!«

Abraham allerdings interessierte sich kaum für den Pilzkreis. Stattdessen starrte er Lukas noch immer entgeistert an. »Ihr habt Euer *Blut* dem *Teufel* überlassen? Ist Euch nicht klar, dass *er* Euch jetzt jederzeit aufspüren kann?«

»Stimmt, das hatte ich ganz vergessen zu erwähnen«, gab Mephisto leutselig zu. »Aber vielleicht versuchst du meinen Famulus nicht weiter zu beunruhigen und hörst dir lieber an, was ich euch anzubieten habe, alter Mann.«

»Was könntest *du* uns schon anbieten?«, fuhr Millepertia ihn an. »Abraham und ich haben nach den Zwischenfällen in Baden-Baden und Heidelberg Zeit genug zum Nachdenken gehabt. Wir haben längst beschlossen, uns zurückzuziehen. Dein Krieg ist nicht unser Krieg.«

»Schade, denn ich wollte euch gerade die Aufhebung des Infernalischen Kontrakts anbieten.« Mephistopheles beobachtete Millepertia und Abraham mit schräg geneigtem Kopf. Eine Weile war nur das Rauschen der Linde zu hören. Abraham und Millepertia warfen sich ungläubige Blicke zu.

»Sag das noch einmal«, flüsterte der Zauberer.

»Meine Güte, eine Schmach wird nicht besser, indem man sie wiederkäut. Ihr habt mich schon verstanden. Ja, ich brauche potente Gefolgsleute. *Verfügbare* potente Gefolgsleute. Und: Nein, ich möchte nicht darüber reden. Und: Ja, die Rabattaktion gilt nur für euch und auch nur im Erfolgsfall.« Mephisto sah geschäftig in die Runde. »Selbstverständlich erkläre ich auch gern, wie dieser Erfolgsfall auszusehen hat. Wir finden heraus, was es mit diesen Adamanten auf sich hat, vereiteln Abaddons Höllenrebellion und inthronisieren mich wieder als unangefochtenen Herrscher über den Infernalischen Abgrund. Danach könnt ihr euch dann gern die Pulsadern aufschlitzen, und eure Seelen dürfen entfleuchen, wohin sie wollen. Im himmlischen Paradies ist es allerdings ziemlich langweilig. Das nur als Warnung.«

»Du wirst uns betrügen«, stellte Millepertia fest. »Ich habe bereits einen Blick auf meine Zukunft geworfen. Darin war von einem Paradies nichts zu sehen. Darin schmore ich in der Hölle.«

Lukas sah sie betroffen an. »Wie kannst du das wissen?« Doch statt ihm zu antworten, wich sie seinem Blick aus.

Der schwarze Pudel musterte sie interessiert. »Was auch immer du über deine Zukunft zu wissen glaubst – nichts ist in Stein gemeißelt. Alles ist im Fluss. Ein jeder von euch Sterblichen hat sein Schicksal selbst in der Hand.«
»Wie können wir sicher sein, dass du Wort hältst?«, wollte Abraham von Worms wissen.
Mephisto schnaubte unwillig. »Ich schwöre auf Gott. Jetzt zufrieden?«
»Bei … Gott?« Abraham riss erstaunt die Augen auf, und er und Millepertia wechselten überraschte Blicke. Der Zauberer bedeutete ihr, ihm in den Garten zu folgen, wo kurz darauf eine hitzige Diskussion im Flüsterton begann.
Lukas sah ihnen nach, dann wandte er sich dem Pudel zu, der sich wartend auf dem Boden ausgestreckt hatte. »Hast du eben allen Ernstes bei Gott geschworen? Bei unser aller allmächtigem Schöpfer?« Nach dem Gespräch in Staufen konnte er sich diese kleine Spitze nicht verkneifen.
Mephisto schwieg. Plötzlich grinste Lukas breit. »Sieh einmal an. Ein Schwur auf Gott ist für dich also bindend, richtig?« Mephisto ignorierte ihn weiter.
»Oder wirst du sie dennoch betrügen?«
»Zur Hölle! Natürlich würde ich das, wenn ich das jetzt noch könnte. Was für eine dämliche Frage.« Der schwarze Pudel knurrte drohend. »Und jetzt genug der Fragerei. Ich habe schließlich einen Ruf zu verlieren.« Lukas verschränkte die Arme vor der Brust, grinste aber noch immer. Er beschloss, sich dieses nicht ganz unwichtige Detail zu merken. Abraham und Millepertia kehrten nun endlich wieder zurück. Der alte Zauberer atmete tief ein. »Gut. Wir sind dabei. Was bleibt uns auch anderes übrig. Aber um eines klarzustellen: Wenn wir merken, dass du uns hintergehst, versuchen wir unser Glück bei Abaddon.«

»Womit der Beweis angetreten wäre, dass Konkurrenz eben *nicht* das Geschäft belebt.« Mephisto schnaubte, dann nickte er knapp.

Über Millepertias Gesicht huschte ein schmales Lächeln. »Also gut«, sagte sie, »wie Lukas uns ja soeben berichtet hat, willst du Alberich kontaktieren. Ich frage mich, wie du das anstellen möchtest?«

»Eine gute Frage, die eine gute Antwort erfordert. Allerdings wundert es mich, dass du nicht selbst darauf kommst. Mittels dieses Gartens natürlich.« Der schwarze Pudel sah sich triumphierend um. »Denn wer hat den Rosengarten einst erschaffen? Genau: Alberich. Unmittelbar nach dem Sieg Siegfrieds gegen den Lindwurm, um genau zu sein. Dass Kriemhild sich hier später breitgemacht hat, hat sie allein mir zu verdanken.« Er sah zu Abraham auf. »Ich schätze, du weißt längst, welche Magie den Garten von der Außenwelt abschirmt?«

»Selbstverständlich.« Abraham sah zu den geschmiedeten Vögeln hinüber, und Lukas folgte seinem Blick. »Es ist ihre Melodie, die auf die Kraftlinien dieses Ortes einwirkt und ihn verhüllt. Dabei habe ich mich stets gefragt, wer die mechanischen Vögel angefertigt hat.«

Mephisto setzte sich auf die Hinterläufe und hob dozierend die Vorderpfote. »Die Vögel wurden von Freya erschaffen. Na, klingelt's? Das war eine dieser Riesinnen, die die Germanen als Götter verehrt haben. Der verräterische Schwarzalb hat die Piepmätze kurz nach der Sintflut an sich gerissen und seinem Schatz einverleibt. Wie so vieles andere auch.«

»Welcher Schatz?«, wollte Lukas wissen.

»Na, welcher Schatz wohl? Der Nibelungenhort natürlich!«

»Wie bitte?«, platzte es aus Lukas heraus. »Du meinst *den*

Nibelungenhort? Der, den Siegfried angeblich in den Rhein geworfen hat?«

Mephisto stöhnte. »Besonders sagenfest bist du nicht, oder?«

Als Lukas den Kopf schüttelte, hievte der Pudel sich erneut in Dozierposition. »Also gut, hier die Kurzfassung: Dieser Schatz, den du den Nibelungenhort nennst, ist steinalt. Mythische Urzeit, als die Engelsbrut noch als Götter über die Erde wandelte und so. Alberich hat es irgendwie geschafft, sich bei denen als eine Art Schatzmeister einzuschleimen. Cleverer Schachzug, muss man ihm lassen. Er musste dann nur noch ein wenig warten, bis die Sintflut die Riesen vom Antlitz der Welt gespült hat, und – schwups – hat dieser Schwarzalb sich alles unter den Nagel gerissen, dessen er habhaft werden konnte: Gold, Wissen und einen Haufen mächtiger Zaubergegenstände. Mit all diesem Kram in Händen hat er sich dann als König des überlebenden Albengeschmeißes aufgespielt. Den Rest solltest du kennen: Alberich setzte den Drachen als unbezwingbaren Wächter über den Hort ein. Siegfried besiegte ihn natürlich trotzdem, weil ich ihm geholfen habe. Und nachdem Siegfried sich ekstatisch im Drachenblut gewälzt hatte, hatte Alberich selbst mit Tarnmantel und Kraftgürtel nichts mehr zu melden, und so hat der gute Sigi auch ihn ausgeknockt. Kannst du mir noch folgen?«

»Ja, schon.« Lukas sah zu Abraham und Millepertia, die den Ausführungen gleichfalls interessiert lauschten.

»Bestens«, stellte Mephisto fest, »denn jetzt wird es spannend. Siegfried interessierte sich nämlich nur für den Schatz, um damit Kriemhild rumzukriegen. Immer diese Hormone! Ist das zu fassen?« Er schüttelte den Kopf. »Tja, und weil Sigi also losmusste, um sich vor der Hexe mit seinen Heldentaten zu brüsten, hat er sich doch tatsächlich von Alberich breitschlagen lassen, ausgerechnet Alberich selbst wieder als Wächter über den Nibelungenhort einzusetzen. Tja. Dumm gelaufen. Denn natürlich hatte der Zwerg nichts Eiligeres zu tun, als Hagen von Tronje dazu zu bringen, Siegfried zu erschlagen, um ihm den Schatz wieder abzunehmen. *Hagen* wiederum ließ den Schatz abtransportieren und versenkte ihn an einem geheimen Ort im Rhein. Nur musste Kriemhild, diese dumme Kuh, ihm später ja unbedingt den Kopf abschlagen lassen, womit sie den Einzigen getötet hatte, der wusste, wo der Schatz verborgen lag.«

»Wirklich?«, merkte Abraham an. »Verhielte es sich so, wie du es schilderst, würde Alberich wohl kaum um den Verbleib des Rheingoldes wissen.«

»Ach, Abraham. Ich wusste schon immer, warum du zu den Lieblingen in meiner nicht gerade kleinen Sammlung interessanter Seelen zählst.« Mephisto zwinkerte ihm zu. »Genau so ist es! Ich bezweifle, dass Alberich weiß, was es mit diesen Adamanten auf sich hat, denn sonst hätte diese Mistratte längst eine ähnliche Intrige angezettelt, wie Faust es getan hat. Ich gehe daher davon aus, dass Erzbischof Arnold von Wied Alberich einst dazu brachte, ihn zu dem Nibelungenhort zu führen. Warum auch immer. Und wie auch immer er das angestellt hat. Vermutlich liegt im Hort etwas, das er einsehen wollte. Etwas, das möglicherweise auch uns weiterhilft.«

»Und wie kommen wir jetzt an den Schwarzalbenkönig heran?«, fragte Lukas.

»Na ja, ich habe Kriemhild damals dabei geholfen, das magische Geträllere der Vögel da oben im Baum so zu verändern, dass der Garten zwar weiter entrückt bleibt, Alberich ihn aber nicht mehr betreten kann. Und das will er, denn schließlich liegt hier irgendwo Siegfried bestattet – und der besitzt noch immer einige interessante Grabbeigaben, die Seine Impertinenz von eigenen Gnaden gern an sich reißen würde.« Mephisto sah zu Abraham auf. »Ich schätze, du weißt, was ich meine.«

Der Zauberer räusperte sich. »Schon möglich«, sagte er kühl.

»Wusste ich es doch, dass du auf deine alten Tage nicht bloß an einem Schrebergarten interessiert warst.« Mephisto grinste spöttisch und wandte sich Millepertia zu. »Was mich zu der Frage bringt, wie du es eigentlich geschafft hast, den Garten aufzuspüren. Denn dass ihr ihn gefunden habt, war doch vor allem dein Verdienst, oder?«

Millepertia lächelte eisig. »Vielleicht auf ähnliche Weise, wie ich es geschafft habe, dich von mir fernzuhalten?«

Mephisto knurrte, und Lukas spürte, dass es etwas zwischen den beiden gab, das ihm verborgen blieb.

Selbst Abraham musterte die beiden interessiert. »Du kannst Alberich also wieder Zutritt zum Garten verschaffen?«, fragte er Mephisto.

»Kann ich. Nur solltest du wissen, was du ihm dafür im Austausch anbieten müsstest.« Mephisto sah Abraham ernst an.

Der Zauberer, der die Anspielung des Teufels offenbar gleich verstanden hatte, strich nachdenklich über seine Schläfenlocken. »Gut. Einverstanden.«

»Dann gilt der Handel.« Mephisto sprang mit einem gewaltigen Satz hinauf ins Geäst des Baumes. Dort trippelte er schrittsicher zu den blechernen Vögeln und manipulierte sie einen nach dem anderen. Der Vogelgesang änderte sich unmerklich, und der schwarze Pudel sprang wieder zurück auf den Boden. »Jetzt heißt es: Abwarten! Es sollte nicht lange dauern, bis der Giftzwerg hier auftaucht. Nur solltet

ihr euch vor ihm hüten. Unter den Schwarzalben gibt es kaum einen, der verschlagener ist als Alberich. Verhandelt geschickt, und findet heraus, was Arnold von Wied einst gesucht hat.«
»Du verschwindest?«, fragte Lukas erstaunt.
»Ja, denn wenn Alberich meine Nähe auch nur spürt, wird er nicht kommen. Und noch einmal: Hütet euch vor seinen Tricks. Er wird zweifelsohne versuchen, euch zu verraten. Nicht jeder ist so eine ehrliche Haut, wie ich es bin.« Mephisto grinste, trat näher an Lukas heran und flüsterte: »Ich kümmere mich derweil um deine Mutter.«
»Du bringst sie in Sicherheit. Aber davon abgesehen, ist sie für dich tabu, verstanden?«
»Warum nur immer dieses Misstrauen?« Mephisto sah beleidigt zu ihm auf. »In der Zwischenzeit wappnest du dich besser, Famulus. Falls die Sache schiefläuft und ihr kämpfen müsst, steht ihr einem Gegner gegenüber, mit dem nicht zu spaßen ist.« Er nickte ihm zu und schritt mit hoch erhobener Rute hinunter zu dem verwilderten Areal mit den Satansröhrlingen. Auf einen Wink Abrahams hin folgte ihm Millepertia – als wollten die beiden sicherstellen, dass er auch wirklich verschwand.
Lukas setzte sich mit einem Seufzer auf eine Wurzel, fischte eine weitere Freikugel aus der Jacke und lud vorsichtshalber das leergeschossene Rohr der Muskete nach. Er war gerade fertig, als Millepertia zurückkehrte und ihn entsetzt ansah. »Hast du eben allen Ernstes die siebte Freikugel geladen?«
»Blödsinn.« Lukas wühlte in seiner Jackentasche und wurde bleich. »Das kann doch nicht wahr sein!« Hektisch durchsuchte er auch die andere Tasche und zählte in Gedanken ab, wie oft er bislang mit der Flinte geschossen hatte. Fünf Mal. Die sechste Kugel steckte noch im Lauf, also hat-

te er gerade tatsächlich die siebte Kugel geladen. »Dieser elende Mistkerl!« Fluchend sprang er auf. »Wenn Mephisto eben nichts gesagt hätte, hätte ich diesen Fehler nie begangen.« Panisch klopfte er mit den Mündungsläufen auf einen Stein, doch die beiden Kugeln wollten einfach nicht herausfallen.

Abraham schüttelte den Kopf. »Ich hatte Euch gewarnt. Die Kugeln sind verflucht. Sie *wollen* abgefeuert werden.«

»Wenn Mephisto glaubt, mich hereinlegen zu können, hat er sich getäuscht«, fauchte Lukas. »Ich werde die Flinte nicht mehr anrühren. Besser noch: Ich vergrabe sie. Und dann wollen wir doch mal sehen, ob …«

Ein deutlich vernehmbares Knistern ließ ihn innehalten. Ebenso wie Abraham und Millepertia blickte er in die Richtung, aus der das Geräusch kam. Schräg unterhalb des von der Linde bewachsenen Hügels wölbte sich eine Rosenhecke wie eine gewaltige Blase aus Ranken und Blüten nach oben. Das Dornengestrüpp riss mit einem hässlichem Laut auf, und heraus kletterte ein bizarr anmutendes Wesen mit überlanger Nase, hochstehenden Wangenknochen und schiefen Zähnen, das ihm in all seiner Hässlichkeit den Atem verschlug.

Alberich reichte ihnen höchstens bis zur Brust. Seinen Kopf krönten schwarze, spitz zulaufende Fledermausohren, und die Gelenke seiner dürren Beine wirkten wie verknotet. Sie trugen einen fehlproportionierten Körper mit Kugelbauch und viel zu langen Armen. Zwar war der Schwarzalbenkönig in feinste Stoffe gekleidet, die über dem Bauch von einem prachtvollen Gürtel aus Goldlamellen gehalten wurden, doch konnten auch sie die spitzen Buckel nicht verbergen, die verdächtig nach abgerissenen Flügelstümpfen aussahen. Unwillkürlich hob Lukas die Flinte.

»Endlich!«, schnarrte der Schwarzalb, während er sich im Garten umsah. Dann ruckte sein Fledermausschädel herum, und er stierte zur Linde empor. Lauernd stelzte er durch die Hecken auf sie zu; sein Blick irrlichterte zwischen ihnen und den geschmiedeten Vögeln hin und her. »Zauberer- und Hexenpack. Was treibt ihr hier?«

»Wir begrüßen dich ebenfalls, Albenkönig«, sprach Abraham mit fester Stimme. Längst hielt er zwei Gemmen sowie seine Armillarsphäre in Händen.

»Darauf verzichte ich, ihr dreckigen Diebe. Das ist mein Garten. Mein Grund und Boden.«

»Niemand streitet ab, dass du diesen Garten einst angelegt hast«, antwortete Abraham, »nur scheinen mir die heutigen Besitzverhältnisse eher ungeklärt.«

»Ich weiß schon lange, dass ihr euch hier wie einst Kriemhild breitgemacht habt«, zischelte das Wesen. Sein Blick glitt hinüber zu Millepertia. »Ich konnte den Garten vielleicht nicht betreten, aber ich konnte dich beobachten.«

»Freu dich, denn ich war es, die dir die Rückkehr ermöglicht hat«, log die Hexe. »Etwas mehr Dankbarbeit wäre also angebracht.«

»Dankbarkeit?« Der Schwarzalb spie zu Boden. »Offenbar wisst ihr nicht, wem ihr gegenübersteht!« Er nestelte an seinem Gürtel und lächelte hinterhältig. »Ich könnte euch mit den Kräften meines Zaubergürtels zerreißen.«

»Und wir können deine Vögelchen da oben im Baum jederzeit dazu bringen, dich mit ihren Misstönen wieder aus dem Garten zu werfen«, brummte Abraham unbeeindruckt. Bluffte er? Lukas nahm es an. »Geschweige denn von den arkanen Implikationen, die es hätte, wenn ich meinen Lehrling bitte, sie zu zerstören.«

Lukas hob vorsichtshalber die Flinte und zielte wie zufällig auf eines der blechernen Tiere.

Alberich fixierte die Waffe zornig. »Noch mal: Was wollt ihr?«
»Wir erbitten einen Gefallen.« Abraham trat würdevoll vor und blieb keine zwei Schritt vor dem Schwarzalb stehen.
»Warum sollte ich dir einen Gefallen erweisen? Du bist ein Zauberer. Ein Teufelspaktierer. All dein Tun zielt darauf ab, deine Macht zu mehren, zu lügen und zu betrügen.«
»Seltsam«, mischte sich Lukas erstmals ein. »Ähnliches haben wir von dir gehört.«
Der Schwarzalb stieß ein beleidigt klingendes Zischen aus.
»Du hast einst Arnold von Wied, dem Erzbischof von Köln, eine Audienz gewährt«, erklärte der alte Jude. »Ebendiesen Gefallen erbitten nun auch wir von dir.«
Misstrauisch starrte der Schwarzalbenkönig den Zauberer an. »Wieso?«
»Die Gründe gehen dich nichts an«, schnappte Millepertia.
Alberich schnaubte. »Der Bischof machte mir einst als Gegenleistung ein überaus wertvolles Kleinod aus der Zeit vor der Sintflut zum Geschenk für meine Dienste. Und was bietet ihr mir als Gegenleistung?«
»Den Garten«, erklärte Abraham. »Wenn du uns zufriedenstellst, geben wir ihn auf und kehren nie wieder zurück.«
»Der Rosengarten?«, höhnte die hässliche Gestalt. »Mein Eigentum wollt ihr mir zum Geschenk machen. Wie reizend von euch. Und was, wenn ich an dem Grünzeug gar kein Interesse mehr habe?«
»Doch, hast du«, sagte Abraham fast gelangweilt. »Ohne Garten kein Zugriff auf Siegfrieds Grab. Und ohne sein Grab keinen Zugriff auf Tarnmantel und das magische Schwert Balmung, mit dem er nicht nur den Drachen, sondern auch dich einst besiegt hat. Aber gut, wenn du kein Interesse hast ...« Er hob die Gemmen.
Lukas starrte Abraham verwirrt an. Besaßen sie diesen

Tarnmantel nicht schon längst? Was heckte der Zauberer aus?

»Warte!« Alberich leckte sich über die Lippen. »Wir sollten verhandeln.« Die Falschheit troff nur so von seinen Lippen. »Der Bischof wollte damals etwas getrocknetes Drachenblut. Ich kann euch ebenfalls davon besorgen.«

Lukas lachte. »Du lügst so dreist, dass ich Bauchschmerzen bekomme.« Er spannte einen Hahn der Muskete und sah zu den Blechvögeln der Linde auf.

Auch Abraham hatte nur ein spöttisches Lächeln für Alberichs Vorschlag übrig. »Wir wissen, dass du ihn einst zum Nibelungenhort geführt hast. Du führst uns genau an den Ort, an den du den Bischof einst gebracht hast. Und du zeigst uns, was er sehen wollte. Was wir dir im Gegenzug bieten, weißt du.«

Alberich dachte kurz nach. Plötzlich lächelte er. »Na gut.«

»Moment«, merkte Lukas an, der spürte, dass sie der Zwerg irgendwie zu hintergehen trachtete. Was bei Mephisto funktionierte, würde hoffentlich auch bei dem kleinen Widerling Wirkung zeigen. »Du schwörst auf Gott, dass du dich an die Vereinbarung halten wirst!«

Alberich sah ihn hasserfüllt an. Diesmal dauerte es eine Weile, bis er antwortete. »Gut, ich schwöre bei Gott, dass ich genau das tue, um das Abraham mich gebeten hat. Aber mein Hort ist für Zauberer tabu. Ich habe ihn mit Siegeln gegen euereins gesichert, die ich nicht einfach zerstören kann. Und ja, ich schwöre ebenfalls bei Gott, dass sie tatsächlich existieren. Allerdings«, er leckte sich über die Lippen, »betrifft das nicht die junge Hexe. Sie hat etwas an sich, das anders ist. Etwas, das es ihr ermöglichte, den Garten zu finden. Sie könnte ich zum Hort führen.«

Lukas war kein Zauberer. Außerdem behagte es ihm nicht, dass Alberich die Gruppe trennen wollte. Er wollte gerade

widersprechen, doch Abraham trat ihm überraschend auf den Fuß, und so verstummte er.
»Gut.« Abraham nickte. »Wenn auch Millepertia sich darauf einlässt.«
Die sah den Schwarzalb misstrauisch an. »Lass uns keine Zeit verlieren.«
Seltsam zufrieden stelzte der Schwarzalb zurück zu dem aufgerissenen Rosenbusch.
Millepertia warf ihren Begleitern einen unglücklichen Blick zu und folgte ihm.
»Rasch!«, wisperte Abraham plötzlich und streifte Lukas den Tarnmantel über. »Mille kann zwar auf sich selbst aufpassen, aber der Kerl heckt eindeutig etwas aus. Ihr seid kein Zauberer. Also folgt den beiden. Habt ein Auge auf sie.«
Lukas brauchte keine zweite Aufforderung. Unsichtbar schlich er hinter Schwarzalb und Hexe her und holte sie in jenem Moment ein, als Alberich aus den Ranken und Blüten des aufgeblähten Rosenstocks eine niedrige Pforte formte. Er forderte Millepertia auf, hindurchzutreten, sah mit bösem Lächen zu Abraham auf, schien Lukas nicht zu vermissen und schlüpfte selbst durch die Hecke.
Lukas sprang hinterher, bevor sich der Rosenbusch wieder schließen konnte.

Die Szenerie veränderte sich schlagartig, und Lukas riss staunend die Augen auf. Alberich, Millepertia und er standen von einem Augenblick zum anderen auf einer Plattform am Rande einer gewaltigen Grotte, die als stolzer Felsendom mindestens dreißig Meter über ihnen aufragte. Die Luft roch nach Flusswasser, und weit über ihnen in der Spitze der Kaverne quoll beständig Wasser aus einen Loch und plätscherte, statt wie ein Katarakt herabzustürzen, als

glitzernder Schleier über die Felswände. Auch die Plattform, auf der sie standen, wurde von der Nässe überspült. Floss dort oben tatsächlich der Rhein?
Doch dann fiel Lukas' Blick auf den massiven Felssockel in der Mitte des Felsengewölbes, der ringförmig von einem tiefen Schacht umschlossen wurde, und die Frage war vergessen. Auf dem Sockel standen brennende Ölschalen, deren Licht sich in Bergen aus Gold und Geschmeide brach. Der Nibelungenhort! Nie zuvor hatte Lukas solche Pracht gesehen. Auf dem Massiv ruhten Schalen mit Edelsteinen, die in allen Farben des Regenbogens glitzerten. Sie standen neben geöffneten Truhen, die von goldenen Halsringen, Kämmen, Ketten und Münzen überquollen. Zwischen den Truhen erhoben sich kunstvolle Walkürenstatuen aus Marmor, die wiederum als Stützen für versilberte Rundschilde, Schwerter, Speere und Äxte mit goldenem Zierrat dienten. Und das war noch lange nicht alles, denn weiter hinten konnte er Bögen, Helme und große silberne Krüge ausmachen, die einen sonderbaren spitzkegligen Goldhelm auf einem Pfeiler umringten. Er sah verdächtig nach einem altertümlichen Zauberhut aus. Zwischen all den Kostbarkeiten stand sogar ein kompletter Streitwagen mit vergoldeter Deichsel. Lukas war sprachlos. Teufel, das war vermutlich der größte Schatzberg, den er jemals zu Gesicht bekommen würde. Gelänge es ihm, auch nur etwas davon für sich abzuzweigen, hätte er ausgesorgt. Und zwar für immer. Der Schwarzalb sah Millepertia lauernd an und bedeutete ihr, stehen zu bleiben. Dann stakste er über eine brüchig erscheinende Steinbrücke, die den Abgrund zwischen Hort und Höhlenwand überspannte, und winkte ihr zu. Millepertia folgte ihm vorsichtig. »Also, was wollte der Bischof hier sehen?«, fragte sie.
»Urds Spiegel«, grollte Alberich. »Urd war eine Riesin. Die

älteste der drei Nornen, der Schicksalsweberinnen. Dieser Spiegel vermag Vergangenheit, Gegenwart und Zukunft weiszusagen. Urd und ihre Schwestern Werdandi und Skuld haben ihm einst ihren Atem eingehaucht.« Er führte sie an einer vergoldeten Harfe vorbei.
Lukas schlich nun ebenfalls über die Brücke, um die beiden nicht aus den Augen zu verlieren. Nur handelte es sich dabei um ein Unterfangen, das schwieriger als gedacht war. Denn in den vielen Schalen rund um ihn herum funkelte das kostbare Geschmeide einfach zu verlockend. Ob all das Gold magisch gegen Diebstahl gesichert war? Lukas zögerte. Andererseits, was, wenn nicht? Was, wenn Alberich nicht damit gerechnet hatte, dass ihn ein gewöhnlicher Dieb bestahl? Seine Linke zuckte unter dem Tarnumhang hervor, und als nichts geschah, stopfte sich Lukas die Jackentaschen grinsend mit Ketten, Ringen und anderen Pretiosen voll. Neben dem mannshohen Modell einer versilberten Esche, von deren Zweigen hölzerne Masken baumelten, blieb er schließlich stehen und sah zu, wie der Zwerg Millepertia zu einem vergoldeten Eichenthron führte. Auf diesem stand ein prachtvoller, dreigeteilter Spiegel mit Schwanenschnitzereien. »Sag mir doch, warum Arnold von Wieds Besuch hier so wichtig für euch ist«, säuselte er. »Vielleicht kann ich euch helfen?«
Die Hexe schüttelte brüsk den Kopf. »Verschwinde, und lass mich allein.«
Ein verschlagener Zug mischte sich in die Züge des Schwarzalben. Kurz nestelte er an seinem Gürtel, besann sich dann jedoch eines Besseren und trollte sich.
Millepertia wartete ab, bis Alberich wieder vor der Brücke stand, dann beugte sie sich über den Spiegel und berührte fast zärtlich den Rahmen. Lukas stand gute zwei Meter hinter ihr und betrachtete ihr Tun aufmerksam. Unvermittelt

trübten sich die Spiegelflächen, so als streife sie der warme Atem eines Riesen.

»Stell deine Frage, Johannes' Tochter«, flüsterte eine greise Frauenstimme.

Lukas spannte sich und sah, dass Millepertia die Anrede ebenso irritierte wie ihn. *Johannes' Tochter* … War Milles Vater aus irgendeinem Grund bedeutender, als er bislang wusste? Die Greisinnenstimme fuhr fort: »Doch wisse, dass es dem Betrachter des Spiegels nur einmal im Leben gestattet ist, ihm eine Frage zu stellen.«

Millepertia sah sich zu Alberich um, der vor Neugier auf und ab hüpfte. Sie überlegte und flüsterte ihrerseits. »Verrate mir das Geheimnis der Teufelstränen.«

Inmitten des Graus der linken Spiegelfläche glaubte Lukas plötzlich den Schemen einer alten Frau zu erahnen, und Urd begann erneut zu sprechen. »Als der Sohn der Morgenröte, der stolzeste aller Engel, gegen seinen Schöpfer aufbegehrte, verstieß derjenige, der wie Gott ist, ihn in das bitterkalte Totenreich. Auf seinem Sturz vergoss der Sohn der Morgenröte drei Tränen, die in Adamanten ungeahnter Pracht zur Erde fielen. Dreifach war sein Leid, dreifach seine Qual. So wurde aus dem strahlendsten aller Unsterblichen die Finsternis, die Hels Reich regiert.«

Lukas spürte, wie sich sein Herzschlag beschleunigte. Er kannte die Geschichte von Luzifers Niederlage gegen den Erzengel Michael und den folgenden Höllensturz. Das Gesicht verschwand, und in der mittleren der Spiegelscheiben erschien ein kaum erkennbares Frauengesicht, das weniger alt wirkte – Werdandi, die Norne der Gegenwart.

»In diesen Tränen«, sprach eine neue Stimme, »schlummern die göttlichen Tugenden: Glaube, Hoffnung und Liebe.

Doch umschlossen sind sie von ewigem Leid. Hüte dich vor ihnen, denn Fluch und Verderben folgen ihnen auf dem Fuß. Eine der Tränen ist zerstört, und doch ist ihr Schicksal mit dem Schicksal der Welt verwoben. Auch dein Schicksal, Tochter des Johannes, ist mit ihnen verknüpft.«

Im Grau der rechten Spiegelscheibe war jetzt ebenfalls ein Gesicht zu erahnen. Es ähnelte dem eines jungen Mädchens – Skuld, die Norne der Zukunft. »Zwei düstere Prophezeiungen ranken um die schwarzen Tränen«, flüsterte eine helle Kleinmädchenstimme. »So heißt es, dass der, der die Tränen zerstört, den Höllenfürsten vernichtet. Wenngleich dies auch nur dem Teufel selbst möglich sein soll.«

Lukas legte irritiert die Stirn in Falten. War der Teufel denn nicht der Höllenfürst? Ihm schwirrte der Kopf vor Namen, Ereignissen und Möglichkeiten, die samt und sonders seinen bisherigen Horizont sprengten.

»Wisse auch«, fuhr Skuld fort, »dass es heißt, dass die Tränen das mythische Tor zur Hölle versiegeln. Fallen sie, fallen die letzten Riegel. Dann wird Ragnarök, die ihr die Apokalypse nennt, die Welt heimsuchen. Hels Kreaturen werden in die Welt einfallen, und ihr glühender Zorn wird alles Leben, wie ihr es kennt, vernichten.«

Der Spiegel nahm wieder seine glitzernde Oberfläche an. Millepertia stand ebenso konsterniert da wie Lukas. Auch sie schien das Gehörte erst einmal verdauen zu müssen.

»Ha!« Alberichs Stimme hallte hinter ihnen auf, und Lukas sah, dass sich der Schwarzalb längst wieder zum Thron geschlichen hatte. »Seit fast neunhundert Jahren sterbe ich vor Neugier, was Arnold von Wied damals unbedingt in Erfahrung bringen wollte. Es geht also um Ragnarök! Sag schon, Hexe, steht das Weltenende bevor?«

Offenbar hatte der hässliche Gnom doch nicht alles mitbekommen.

Millepertia sah den Schwarzalb erbost an. »Wenn du schon lauschst, Alberich, hättest du früher kommen müssen. Von mir erfährst du nichts. Ich gehe jetzt.«
»Gar nichts wirst du!«, kreischte die Kreatur. »Im Gegenteil.« Lauernd kam er näher. »Schon lange frage ich mich, wer du tatsächlich bist, du liederliche Schlampe. Über welche Kräfte du in Wahrheit gebietest. Seit Jahren muss ich tatenlos dabei zusehen, wie du dir meinen Garten zu eigen machst und zwischen meinen geliebten Rosen deine eklig stinkenden Kräuter ziehst. Und ich habe noch immer nicht herausgefunden, wie du überhaupt finden konntest, woran Heerscharen von Zauberern gescheitert sind.« Er redete sich immer mehr in Rage. »Und jetzt stehst du hier alleine vor mir und spürst Geheimnissen nach, die mich bereits tausend Jahre länger quälen. Ist dir klar, dass mir der Bischof damals die Reste von Thors Hammer gegeben hat, um den Spiegel befragen zu dürfen?« Alberich griff sich an den Kopf und schrie, dass der Speichel flog. »Warum? Warum hat er sich von einem solchen Schatz getrennt? Ich will es endlich wissen. Und du wirst es mir jetzt verraten!«
Bevor Lukas handeln konnte, überstürzten sich die Ereignisse. Millepertia schlug sich die Zähne in die Hand, und Alberich berührte seinen Gürtel. Sie verwandelte sich in rasender Geschwindigkeit in Pflanzengestalt und wirbelte dem Schwarzalb grünliches Blut entgegen. Dort, wo es auf den Leib des Alben traf, entwickelte ihr Lebenssaft wie schon damals in Worms ein seltsames Eigenleben. Knisternd breiteten sich Ranken und Blüten über seinen Leib aus, die versuchten, Alberich einzuhüllen. Doch der Schwarzalbenkönig zerriss die Stränge mit übermenschlichen Kräften, sprang mit einem Satz vor, packte Millepertia und schleuderte sie zu Boden. Millepertias von Blüten ge-

krönter Kopf schlug gegen den Thron. Ihr Blick trübte sich, und die Verwandlung ebbte ab.
Lukas warf den Tarnmantel ab und richtete die Flinte auf Alberich. »Eine falsche Bewegung, und ich schieße dir ein Loch in deinen hässlichen Schädel!«
Alberich wirbelte zu ihm herum und sah ebenso verblüfft wie zornig zu ihm auf. »Du mieser Dieb hast meinen Tarnmantel!?« Erst jetzt wanderte sein Blick zu Lukas' prall gefüllten Taschen, aus denen die Ansätze goldener Kettenglieder und rubingeschmückter Gewandspangen ragten. Alberich schien nun kurz davor zu stehen, vor Wut zu platzen. »Und jetzt … wagst du es sogar, mich selbst hier inmitten meines Hortes zu bestehlen!?«
»Die Waffe ist mit Freikugeln geladen«, erklärte Lukas kalt. »Ich muss nicht einmal zielen.«
Alberich legte den Kopf schief und grinste verschlagen. »Jungchen, du glaubst doch wohl nicht, dass du mich damit schrecken kannst. Denn nachdem Siegfried sich im Drachenblut wälzte, um unbezwingbar zu werden, habe ich es ihm gleichgetan.« Ungerührt fischte er unter seiner Kleidung Lederriemen hervor, mit denen er Millepertia die Arme auf den Rücken fesselte. Er erhob sich und breitete einladend die Arme aus. »Also schieß, wenn du glaubst, dass du mich verletzten kannst!«
Lukas schluckte. »Du hast einen Schwur auf Gott abgelegt.«
»Ich habe geschworen, die Hexe hierherzuführen. Nicht aber, ihr nichts zu tun.« Er lachte dreckig. »Für deine Dreistigkeit werde ich dich jetzt vierteilen und mir zurückholen, was mir gehört.«
Lukas handelte, bevor der Schwarzalb seine Drohung wahr machen konnte. Obwohl ihn die prall gefüllten Jackentaschen etwas in der Bewegung hinderten, griff er rasch nach

dem Tarnmantel zu seinen Füßen, trat einen Schritt zur Seite und hielt ihn am ausgestreckten Arm über eine der Feuerschalen. »Nur einen Schritt, und dein geliebter Mantel geht in Flammen auf.«
Alberich hielt im Sprung inne und starrte auf Lukas' Hand, die unsichtbar über der Ölschale verharrte. Er stieß ein Wutgebrüll aus, das durch die ganze Kaverne hallte. »Das *wagst* du nicht!«
»Doch. Und wenn es das Letzte ist, was ich tue.« Lukas war so zornig über die Hinterlist Alberichs, dass ihm alles egal war. »Töte mich. Töte Millepertia. Und hol dir meinetwegen auch das Gold zurück.« Er klopfte gegen die Ausbeulungen seiner Jacke. »Aber deinen geliebten Tarnmantel wirst du nie wiedersehen.«
Der Schwarzalb leckte sich über die Lippen. Plötzlich lächelte er. »Warte.« Sein Tonfall wurde schmeichelnd. »Was, wenn ich dir im Austausch gegen den Mantel das Leben der Hexe biete? Ich gestatte es dir sogar, das Geschmeide zu behalten.«
Lukas dachte eine Weile nach. »Ihr Leben und deine Versicherung, dass du uns beiden nichts antun wirst. Und du wirst abermals auf Gott schwören.«
»Gott, Gott, Gott! Ich hasse das.« Alberich stampfte wütend mit den Beinen auf. »Na gut. Ich schwöre.«
Für Lukas' Geschmack kam ihm der Schwarzalb etwas zu rasch entgegen. Doch er entdeckte diesmal keine Lücke in dem Schwur.
»Hier.« Er warf Alberich den Tarnmantel vor die Füße und eilte hinüber zu Millepertia, die soeben wieder zu sich kam. Benommen blinzelte sie ihn an.
Alberich las derweil den Tarnmantel vom Boden auf und kicherte triumphierend. »Mein Schatz. Mein Ein und Alles. Endlich sind wir wieder vereint.« Er hüllte sich in den Tarn-

mantel und verschwand bis auf den Kopf. »Und jetzt verreckt. Denn ohne mich wird sich hier kein Tor mehr für euch auftun.« Er lachte schallend und hüpfte wie ein Besessener auf und ab. »Und abermals breche ich den geleisteten Schwur nicht.«

»Öffne die Fesseln«, stöhnte Millepertia. »Vielleicht schaffe ich es doch, ihn im Kampf zu bezwingen.«

Lukas betrachtete den Zwerg wütend und erhob sich, ohne Millepertias Wunsch Folge zu leisten.

»Lukas, was tust du?« Erschrecken zeichnete sich in ihrem Blick ab, doch Lukas ignorierte sie. »Nicht schlecht, Alberich. Du hast mich tatsächlich ausgetrickst.«

»Oh ja.« Der Schwarzalbenkönig lachte und konnte kaum aufhören.

Lukas deutete auf ihn. »Wie wäre es mit einem neuen Handel?«

Alberich brach abermals in wieherndes Gelächter aus. »Warum sollte ich mich noch einmal auf einen Handel mit dir einlassen?«

»Weil die Hexe weder dir noch uns tot etwas nützt.« Mit unbewegtem Gesicht räumte er das Geschmeide aus den Jackentaschen, kramte zuunterst seine Würfel hervor, zögerte – und verstaute den wertvollen Schmuck dann wieder. »Ich schlage vor, dass wir um sie spielen. Denn da die Hexe jetzt mir gehört, biete ich sie als Wetteinsatz, als Preis für einen Weg zurück in die Freiheit.«

»Du verdammtes Schwein!« Millepertia schrie auf und wand sich in ihren Fesseln.

Lukas griff zu einem Schal aus teurem Brokat und knebelte sie. Millepertia schrie noch immer in den Stoff, doch Lukas sah sie mit ernstem Blick an und schüttelte unmerklich den Kopf. Millepertia jedoch verstärkte bloß ihre Bemühungen, sich von den Fesseln zu lösen. Vergeblich.

Lukas wandte sich von ihr ab, denn jetzt ging es um alles oder nichts.

Alberich war längst stehen geblieben und musterte ihn misstrauisch. »Vielleicht würde ich dich sogar freilassen, wenn du sie mir so überlässt?«

»Tja. Nur bin ich nicht ohne Grund hier.« Lukas trat vor und ließ die Würfel klappern. »Wenn du und deine Leute aufgepasst haben, wirst du wissen, dass in der Hölle gerade bemerkenswerte Dinge vor sich gehen.« Er beschloss, so nah wie möglich an der Wahrheit zu bleiben. »Luzifer und der einstige Höllenfürst Abaddon kämpfen miteinander um den Höllenthron. Wenn Abaddon gewinnt – und derzeit sieht es ganz so aus –, dann naht das Weltenende. Wir sind Arnold von Wieds Spuren gefolgt, um einen Weg zu finden, wie wir die Apokalypse überleben können.«

»Was hat das mit mir zu schaffen?« Alberich sah ihn lauernd an. »Ich bin ein Schwarzalb. Ich habe sogar den Höllensturz überlebt. Das Weltenende betrifft nur euch Sterbliche.«

»Na ja, Majestät, wenn Abaddon erst seine Herrschaft antritt, werden die Karten neu gemischt«, versuchte Lukas es mit aufgesetzter Freundlichkeit. »Und das betrifft dann auch Euch. Bei meiner letzten Begegnung mit dem Helljäger machte dieser nämlich durchaus den Eindruck, dass er sehr wohl zwischen Freund, Feind und elenden Feiglingen zu unterscheiden weiß.« Lukas deutete auf sich. »Millepertias Wissen wird es Abraham und mir erlauben, Abaddon zu unterstützen. Wir wollen uns damit einen Weg erkaufen, um zu überleben. Euch hingegen könnte das Wissen ebenfalls zum Vorteil gereichen. Denn wenn Ihr ihm helft, wird er Euch dafür vermutlich in Ämter heben, die Euren Fähigkeiten weitaus angemessener sind als die armselige Krone, die Ihr jetzt tragt. Wenn das nicht überhaupt der einzige Grund ist, Euch am Leben zu lassen.«

»Ich könnte den Spiegel selbst befragen«, knurrte Alberich.
»Dummes Geschwätz. Könntet Ihr das, hättet Ihr es schon längst getan. Und so, wie ich Euch einschätze, habt Ihr Eure Frage schon vor langer Zeit aufgebraucht.«
Alberich fletschte die Zähne. »Ich musste schwören, der Hexe nichts anzutun. Schon vergessen? Sie ist wertlos für mich.«
Lukas lächelte still in sich hinein. Jetzt hatte er ihn. »Ah, wenn es bloß daran liegt. Dann spielen wir eben um sie, mit meiner ausdrücklichen Genehmigung, dass Ihr sie im Falle des Sieges so lange quälen dürft, bis sie Euch verrät, was sie gehört hat.« Millepertia gab einen erstickten Laut von sich. »Gewinne hingegen ich, werden Abraham und ich Nutznießer ihres Wissens sein. Ihr hingegen werdet hoffentlich den Status quo aufrechterhalten können.«
Alberich leckte sich unruhig über die Lippen.
»Also, wie sieht es aus? Ein Spiel?« Lukas klapperte mit den Würfeln. »Die Chancen steht fifty-fifty, und wir beide haben jeweils mehr zu gewinnen als zu verlieren.«
»Wer sagt mir, dass du mich nicht betrügst, Zauberer?«
»Wäre ich ein Zauberer, wäre es mir angesichts Eurer Schutzsiegel wohl kaum gelungen, hier einzudringen.« Lukas sah ihn auffordernd an. »Also, jeder von uns würfelt dreimal mit zwei Würfeln. Die höchste Punktzahl gewinnt.«
»Wir nehmen andere Würfel.«
»Damit Ihr *mich* betrügt? Haltet Ihr mich für einen Dummkopf?« Lukas hielt ihm die beiden Würfel hin. »Selbstverständlich dürft Ihr überprüfen, ob sie gezinkt sind.«
Alberich warf den Tarnumhang ab und beschnüffelte die Würfel. Dann brummte er zufrieden. »Gut. Spielen wir.« Er hockte sich hin und grinste.
Lukas tat es ihm gleich.

Millepertia hinter ihnen gab weiterhin dumpfe Protestlaute von sich, doch keiner von ihnen beachtete sie.
Ärgerlicherweise ließ Alberich die Würfel sofort über den Boden klappern.
Sechs und fünf Augen.
»Vielleicht hätte ich dir sagen sollen, dass das Glück stets mit mir ist. Das ist Teil meines Wesens.« Der Schwarzalb kicherte hämisch, und Lukas atmete scharf ein. Er nahm die Würfel an sich und würfelte ebenfalls. Hauptsache, der elende Giftzwerg bekam nicht mit, auf welche Weise er ihn hereinzulegen gedachte …
Vier Augen und drei Augen. Er hatte sich mehr erhofft.
Mit möglichst argloser Miene gab er dem Schwarzalb die Würfel zurück, und dieser ließ sie ein weiteres Mal rollen.
Drei Augen und ein Auge. Missgelaunt sah er auf.
Lukas unterdrückte einen Laut des Triumphes und griff rasch wieder zu den Würfeln, bevor Alberich misstrauisch werden konnte.
Zweimal vier Augen. Sie hatten jetzt beide insgesamt fünfzehn Augen gewürfelt. Gleichstand.
Alberich knurrte und rollte die Würfel zum letzten Mal. Drei Augen und zwei Augen.
Lukas wurde heißkalt. Er nahm die Würfel an sich, schüttelte sie und ließ sie ein letztes Mal rollen. Zwei und Fünf. Sein Plan war aufgegangen. Er hatte gewonnen. Weitaus knapper, als er gedacht hatte, aber das war ihm im Augenblick egal. »War nett, mit Euch zu spielen.« Diesmal war er es, der grinste. Er erhob sich, klopfte gönnerhaft gegen seine prall gefüllen Jackentaschen und löste endlich Millepertias Fesseln. Die schüttelte wütend seine Hand ab und befreite sich selbst von ihrem Knebel. Blass vor Zorn funkelte sie ihn an und glich damit Alberich, der mit ähnlichem Gesichtsausdruck zu ihm aufsah. »Wie auch immer du deinem

Glück auf die Sprünge geholfen hast«, zischte er, »freu dich nicht zu früh. Ihr werdet es noch bereuen, mich herausgefordert zu haben.«
Lukas nahm die Drohung gelassen, schnappte sich seine Flinte und wies an den vielen Schätzen vorbei zur Brücke. »Wenn ich bitten dürfte.«
Alberich marschierte voran und blieb vor der Brücke stehen. Unwirsch beschrieb er eine Geste, und an der Felswand jenseits des gegenüberliegenden Plateaus wuchsen Dornenranken empor, die sich zu einer Pforte erhoben. »Möget ihr an eurer Freiheit ersticken!«
Millepertia marschierte hocherhobenen Hauptes an ihm vorbei, und Lukas folgte ihr rasch. Sie hatten die Brücke kaum zur Hälfte überquert, als der Fels unter ihren Füßen erbebte. Rechts und links von ihnen brach das Gestein mit Getöse auseinander und stürzte in die Tiefe. Ebenso wie Millepertia stürzte Lukas nach vorn, schleuderte die Flinte aufs Plateau und konnte sich gerade noch an der Felskante festhalten. Doch Millepertia dicht hinter ihm hatte nicht so viel Glück. Sie brach inmitten der stürzenden Quader ein und sackte weg.
»Mille!« Lukas wirbelte herum und griff mit der Linken nach ihr. Er erwischte sie im letzten Moment an der Jacke, bevor sie in die Tiefe fallen konnte. Ein schmerzhafter Ruck ging durch seinen Körper, und er fühlte sich, als läge er auf einer Streckbank. Seine Rechte krallte sich über ihm ins feuchte Gestein, während er mit der Linken die Hexe festhielt. Weit unter ihnen im Schacht rumpelte es. Millepertias Leib hingegen zerrte wie ein nasser Sack an ihm. Eine grünlich blutende Wunde verunzierte ihre Stirn, und sie stöhnte benommen. »Mille!«, ächzte Lukas. »Komm zu dir. Ich kann uns nicht mehr lange halten.«
»Oh, hatte ich vergessen, euch davor zu warnen, dass die

Brücke nur einen trägt?«, höhnte Alberich und hüpfte wieder auf und ab. »Und was die Schätze betrifft, Jungchen, die werden jetzt dein Verderben sein. Verreckt endlich!«

Von einem Moment zum anderen zerrten überall dort, wo sich Lukas die Taschen mit Gold und Geschmeide vollgestopft hatte, beständig anwachsende Gewichte an seinem Körper. Lukas spürte, wie ihn die Jacke nach unten zog und seine Rechte unter der zusätzlichen Belastung langsam abglitt. »Mille!«, schrie er.

Ihre Lider flatterten, und sie kam wieder zu sich. Grüngelbes Johanniskraut wucherte aus ihrer Kopfwunde, spross überall aus ihrem Körper und rankte auch an Lukas empor, um sich über ihm am Fels festzuklammern. Keinen Augenblick zu spät, den Lukas verlor jäh den Halt, doch diesmal war es Millepertias Pflanzengestalt, die ihn wie wilder Wein an der Felswand hielt.

Alberich kreischte vor Zorn, und die schwere Last in Lukas' Jacke spannte die Taschen bis knapp zum Zerreißen.

Dicht zog sich Millepertias Pflanzenleib an Lukas empor, und während sie ihn mühsam festhielt, fixierte sie ihn mit ihren smaragdgrünen Augen. »Erst benutzt du mich als Wetteinsatz, und jetzt rettest du mich. Warum?«

»Ich wollte dich die ganze Zeit über retten«, wisperte er stöhnend. »Ich habe Alberich bis auf den ersten Wurf stets zwei Trickwürfel zugespielt. Sie tragen auf den sechs Seiten zweimal die Zahlen eins bis drei. Er konnte nicht gewinnen. Jedenfalls theoretisch. Und jetzt zieh mich hoch. Bitte!«

»Theoretisch?« Noch immer las er in ihrem Blick Ärger. Hatte sie wirklich geglaubt, er würde sie opfern? »Wie kommst du darauf, dass ich dich reinlegen wollte?«

Millepertia versuchte, ihn in die Höhe zu ziehen, doch es gelang ihr nicht. Das verfluchte Gold in Lukas' Jacke schien ein Eigenleben zu entfalten und hielt dagegen. »Ich schaffe es nicht«, keuchte sie. »Da ist etwas, das …«

Teufel, er musste das Geschmeide loswerden. Sofort! Lukas langte panisch in die Taschen, doch das verfluchte Gold hielt dagegen und gewann nur noch weiter an Gewicht. Mille ächzte, und ihr Pflanzenleib knisterte unter der Anstrengung. Alberich lachte boshaft, als Lukas eine verzweifelte Idee kam. Angestrengt zerrte er an den Nähten seiner rechten Jackentasche. Mit einem platzenden Laut riss sie unter der zusätzlichen Belastung auf, und unter ihm regnete es goldene Ketten und Ringe in die Tiefe. Auch die linke Jackentasche entleerte er auf diese Weise. Mille gelang es nun endlich, ihn in ihrer Pflanzengestalt hinauf auf das Plateau zu zerren, wo sie ihn brüsk auf den Fels warf. Erschöpft blieb Lukas dort liegen, während sich seine Begleiterin unter knisternden Geräuschen zurück in Menschengestalt verwandelte. Alberich tobte auf der anderen Seite, doch keiner von ihnen schenkte ihm Beachtung.

Lukas rappelte sich mühsam auf und starrte finster über die Felskante. All das schöne Gold, es war dahin. Doch es war ihm inzwischen egal. Seine Gedanken kreisten vor allem um den unausgesprochene Vorwurf. Er wandte sich Millepertia zu und sah ihr in die grünen Augen. »Mille«, sagte er sanft, »wann begreifst du endlich, dass ich nicht dein Feind bin? Ich wäre eben lieber selbst gestorben, als dich loszulassen.«

Sie wandte ihren Blick nicht ab, aber in ihren Augen stand keine Freude, sondern Trauer. »Und doch wirst du eines Tages mein Verderben sein«, gab sie leise zurück.

»Was?!« Lukas schüttelte ungläubig den Kopf. »Okay, das mit dem Gold eben war wirklich dämlich. Ich hätte wissen müssen, dass …«.

»Das meine ich nicht«, entgegnete sie müde. »Es ist vielmehr so, dass ich dich schon lange kenne, Lukas. Dein Ge-

sicht erscheint mir seit dreihundert Jahren regelmäßig in meinen Träumen. Seit mich das Teufelsfluchkraut umschloss und sich mit mir verband. Vielleicht willst du es nicht, dennoch wird es geschehen.« Sie wandte sich erschöpft ab, und Lukas folgte ihr bestürzt zum Rosenportal.
»Was wird geschehen?«, rief er ihr hinterher.
Sie wandte sich zu ihm um, und der Kummer in ihren Augen schnürte ihm die Kehle zu. »Du wirst dafür sorgen, dass ich in die Hölle fahre!«

Die Ruhe vor dem Sturm

»Tränen? Das ist doch lächerlich.« Mephistopheles hockte auf der Wohnzimmercouch und verzog pikiert das Pudelgesicht. »Bei meinem Kampf gegen Michael, diesen Emporkömmling, habe ich vielleicht ein paar Tropfen Schweiß vergossen, aber doch nicht *Tränen!*«

»Vielleicht ging es dir ja damals so wie Lukas, wenn er morgens in den Spiegel blickt«, meinte Millepertia spitz. »Besser, du gewöhnst dich daran.«

»He.« Lukas sah auf, und zufrieden mit sich, dass ihre kleine Spitze angekommen war, huschte ein Lächeln über die Züge der Hexe. Unwillkürlich musste auch er grinsen. An Mephistopheles gewandt fuhr Millepertia fort: »Außerdem hängt deine Existenz von den Steinen ab. Unsere Gegner werden nichts unversucht lassen, die übrigen beiden Adamanten aufzuspüren und zu zerstören. Und dann bist du Geschichte.«

»Langsam erschließt sich mir, warum es im Neuen Testament hieß, Abaddon trage den Schlüssel zum Abgrund«, sagte Abraham nachdenklich. »Sind die Siegel erst zerstört, wird er mit diesem Schlüssel das Höllentor aufstoßen, um so über die Welt herzufallen. Das wäre zumindest meine Theorie.«

»Sprach der Sukkubus nicht bereits in Staufen von einem Höllentor?« Lukas suchte bewusst Millepertias Blick, und sie nickte bestätigend. Zum ersten Mal seit Tagen wirkten ihre Züge durchgängig weich. Und zum ersten Mal hatte er auch nicht das Gefühl, dass sie in seiner Gegenwart angespannt war. Ihre Enthüllung an der Brücke schockierte ihn zwar noch immer, doch auf gewisse Weise schien sie das Eis zwischen ihnen gebrochen zu haben. Nur an ihrem Humor mussten sie noch arbeiten. Dabei wollte ihm noch immer nicht in den Sinn, wie Mille überhaupt an diesen Unfug glauben konnte. Leider hatten sie bislang noch nicht die Gelegenheit gehabt, wieder unter vier Augen zu sprechen. Nachdem sie den Rosengarten verlassen hatten, waren sie auf magischem Weg zurück nach Heidelberg gereist. Lukas hatte darauf bestanden, Mephistos Rückkehr in ihrem Appartement abzuwarten. Die Miete war schließlich noch für eine Nacht bezahlt, außerdem hatte er sich nach einer Dusche gesehnt.

»Auch ich habe dieses Detail mit dem Sukkubus und dem Höllentor nicht vergessen.« Abraham von Worms strich sich nachdenklich über den langen Bart.

»Aber was genau hat es mit diesem Höllentor auf sich?«, fragte Lukas. »Jeder von euch Zauberern kann doch nach Gutdünken Teufel und Dämonen beschwören, oder? Wozu dann dieses Tor?«

»Das ist so nicht ganz richtig«, korrigierte ihn Mephisto. »Jede Beschwörung eines der Unseren in diese Welt ist überaus komliziert und verlangt vom ausführenden Zauberer großes Können. Von allein schaffen es nur die wenigsten von uns hierher. Beim Höllentor handelt es sich hingegen um eine Pforte in eure Welt, die die Bewohner des Infernalischen Abgrundes nach Belieben durchschreiten können. Doch das Höllentor ist verschlossen. Bislang galt es als unumstößliche Tatsache, dass es von himmlischen Kräften versiegelt ist. Ist es einmal geöffnet, ist es um eure Welt geschehen.«

»Nur würde kein Zauberer mit etwas Verstand wollen, dass das passiert«, erklärte Abraham mit Nachdruck. »Wer will schon in einer Welt leben, die von der Apokalypse heimgesucht wird?«

»Na ja, mein genialer Vorfahre scheint das für eine hervorragende Sache zu halten«, merkte Lukas gereizt an. »Vielleicht hat er bei seinen hochtrabenden Plänen ja genau daran nicht gedacht?«

»Das ist sicherlich nicht der Fall.« Der schwarze Pudel schüttelte den Kopf. »Sehr viel glaubwürdiger ist, dass wir noch nicht genug wissen. Die naheliegenden Fragen, mit denen wir uns beschäftigen sollten, sind: Wo sind die übrigen Klunker? Und: Was machen wir mit ihnen, wenn wir sie haben?«

»Kann man die Diamanten vielleicht wieder … reparieren?«, wollte Lukas wissen.

Abraham seufzte. »Die Mittel der Geomantie schließen so etwas nicht per se aus«, sagte er vorsichtig. »Nur weiß ich nicht, ob das auch in diesem speziellen Fall gilt. Insbesondere bräuchten wir dafür die Überreste jener Träne, die im Deckel des Höllenzwangs eingelassen war. Ich besitze leider nur die wenigen Bruchstücke, die im Einband steckten.« Er präsentierte ein Glasröhrchen mit einigen Diamantsplittern. »Aber selbst wenn mir alle Teile vorlägen, könnte ich für nichts garantieren.«

»Manchmal frage ich mich, welche Probleme ihr ohne mich hättet«, murrte Mephisto. »Während ihr mit Alberich Fangen gespielt habt, war ich so frei, noch einmal in Staufen vorbeizuschauen. Mir war sofort klar, dass der zersprungene Stein wichtig für uns sein würde. Nur waren die meisten Splitter bereits fort. Uns ist also jemand zuvorgekommen.«

»Das ist kein gutes Omen.« Millepertia wirkte alarmiert.

»Nein, ist es nicht«, knurrte der schwarze Pudel. »Und ich muss es wissen, ich bin schließlich Fachmann für schlechte Omen. Ich musste daher unkonventionelle Wege beschreiten, um doch noch ein paar der Splitter aufzutreiben.« Mephisto trat an den Wohnzimmertisch, wühlte mit seiner

Zunge in der Backe und spuckte aus. »Wisst ihr eigentlich, wie erniedrigend es ist, mit der Zunge in einem Staubsaugerbeutel zu wühlen?«

Lukas verkniff sich nur mit Mühe ein Lachen. »Und du weißt über diese Tränen wirklich nichts Genaueres?«, fragte Lukas. »Gar nichts, das uns irgendwie weiterhelfen könnte?«

»Nein!«, grollte der schwarze Pudel. »Ich sagte doch bereits, dass ich derzeit etwas unpässlich bin. Bei allem, was nicht die Bewohner des Infernalischen Abgrundes betrifft, bin ich in dieser reizenden Pudelgestalt allen irdischen Beschränkungen unterworfen. Aber lasst euch davon nicht täuschen. Des Pudels Kern ist schwärzer als sein Fell. Allerdings werde ich mir gut überlegen, wann und wo ich meine Kräfte einsetze. Sie sind selbst in dieser Gestalt noch gewaltig.« Mephisto grinste breit, und für einen kurzen Augenblick glaubte Lukas, diabolische Flammen in den Augen des Tieres lodern zu sehen. Falls das ein Bluff war, war es ein guter, denn Lukas hatte plötzlich den Eindruck, im Zimmer sei es mit einem Schlag mehrere Grad wärmer geworden.

»So oder so: Wir müssen herausfinden, wo sich die anderen beiden Adamanten befinden«, sagte Abraham und zwirbelte geistesabwesend an einer seiner Schläfenlocken. »Mit diesen zusätzlichen Splittern kann ich vielleicht einen Weg beschreiten, der uns zu den anderen Tränen führt. Nur befürchte ich, dass unsere Gegner Ähnliches vorhaben.« Aus den Untiefen seines Gewandes förderte er eine Pinzette zutage, fischte mit ihr die Diamantsplitter aus der Hundespucke und ließ seine Beute zu den anderen Splittern in das Röhrchen gleiten.

»Und wie wollen Sie das anstellen? Die anderen Tränen aufzuspüren, meine ich?«, fragte Lukas.

»Abraham spricht von der Geomantie in ihrer ursprünglichsten Form«, antwortete Mephistopheles an des Zauberers statt.

Abraham nickte. »Die Geomanten früherer Tage bedienten sich ihrer Zauberkunst vor allem als Weissagungstechnik, bevor sie lernten, welcher Nutzen sich aus den Erdkräften noch ziehen lässt. Die Idee ist folgende: Wenn die Teufelstränen derart miteinander verbunden sind, wie es zu vermuten steht, könnte man gegebenenfalls mit einer von ihnen die anderen aufspüren. Ich hoffe nur, uns stehen für dieses Unterfangen genügend Bruchstücke zur Verfügung.« Er hob das Glasröhrchen an und betrachtete den Inhalt. »Außerdem benötige ich eine Landkarte. Möglichst eine Weltkarte.«

»Wenn für den Anfang eine Deutschlandkarte hilft, davon hätten wir eine im Auto«, schlug Lukas vor.

Abraham nickte, und so eilte er vor die Tür des Appartements zu dem Parkplatz, auf dem ihr alter Horch stand. Obschon es draußen dunkel war, erahnte er jenseits der Nachbarhäuser das glitzernde Band des Neckars. Kurz verlor er sich in diesem wohltuend normalen Anblick, dann wandte er sich seufzend ab und suchte in der Limousine nach der Karte, die sie auf dem Weg nach Baden-Baden benutzt hatten. Er wollte gerade wieder zurückgehen, als ihn ein Geräusch an der Rückfront des Wagens innehalten ließ. Es klang wie ein kurzes Klopfen.

Lukas starrte argwöhnisch ins Dunkel, schaltete die Leuchtfunktion seines Smartphones an und öffnete beherzt die Heckklappe. Der Stauraum war leer.

Plötzlich ertönte ein lautes Kreischen, und unter dem Wagen schoss ein schwarzer Kater hervor, huschte mit rasender Geschwindigkeit über die Straße und verschwand im Vorgarten eines der Nachbarhäuser. Mit laut klopfendem

Herzen sah Lukas ihm nach. War das ein Zufall? Irgendein streunendes Tier? Oder steckte mehr dahinter? Vorsichtshalber bückte er sich, doch unter dem Wagen war nichts.

Er sah sich noch eine Weile um, dann eilte er zurück ins Appartement. »Bitte glaubt nicht, dass ich bereits unter Paranoia leide, aber beim Horch war eine Katze«, erklärte er, während er die Karte auf den Tisch legte.

Abraham und Mephisto hoben gleichzeitig die Brauen und sahen zu Millepertia, die aufsprang. »Zeig sie mir. Eine Katze könnte auf eine meiner einstigen Schwestern hindeuten«, erklärte sie beunruhigt.

Gemeinsam gingen sie nach draußen, doch der Straßenzug wirkte verlassen.

»Gibt es denn viele deiner Schwestern?«, wollte Lukas wissen.

»Weit mehr als Zauberer. Nur ist ihre Macht in der Regel deutlich geringer. Außerdem … wie sollten sie von uns erfahren haben?«

»Von diesem Ghulkönig-Ekel Makhbar vielleicht?«

Sie wog nachdenklich ihr Haupt. »Abraham hat am Haus Schutzsiegel gegen den Spürsinn der Ghule angebracht. Vermutlich war das mit der Katze nur ein Zufall. Dennoch: Wir sollten hier nach Möglichkeit nicht länger bleiben.« Sie wollte bereits umkehren, doch Lukas hielt sie zurück. »Warte, Mille. Wo du gerade hier bist … Kannst du mir vielleicht noch eine Frage beantworten?«

»Welche?«

»War dein Vater ein wichtiger Mann?«

Millepertia sah ihn verwundert an. »Mein Vater? Wie kommst du auf ihn?«

»Na ja«, er spähte kurz zur Appartementwohnung, um sicherzustellen, dass sie ungestört waren. »Ich frage mich schon die ganze Zeit, warum dich Urds Spiegel nicht mit deinem Namen angesprochen hat. Ich stand ja direkt hinter dir. Der Spiegel nannte dich Johannes' Tochter.«

Mille zog die Stirn in Falten. »Ehrlich gesagt habe ich mich auch gewundert. Mein Vater hieß Christian. Er war Gärtner auf dem Landgut eines Wormser Patriziers.«

»Gärtner?«

»Ja. Meine Mutter starb bei meiner Geburt. Er war ein gottesfürchtiger Mann und würde sich im Grabe umdrehen, wenn er wüsste, was ich getan habe.« Sie seufzte. »Zu seinen Lebzeiten habe ich von ihm viel über die Pflanzen und ihre magischen Bedeutungen gelernt. Ohne ihn wäre ich damals, als die Hölle meine Seele einforderte, nicht auf die Idee gekommen, im Hartheu Schutz zu suchen. Teufelsfluchkraut, Jageteufel, Alfblut – hinter all diesen Namen verbirgt sich uraltes Wissen. Ein Hartheubündel im Fenster kann Geister abwehren. Die Bauern haben ihr Vieh damit wirksam vor Flüchen und Dämonen bewahrt. Und wie du inzwischen weißt, hat das Hartheu auch mich beschützt.«

»Abraham hat mir erzählt, dass er dich eingehüllt in einen Kokon aus diesem Teufelsfluchkraut gefunden hat. Doch außer dir scheint es niemanden zu geben, der sich in ein Geschöpf halb Pflanze, halb Mensch verwandeln kann.«

»Du hältst mich für einen Freak?« Millepertia strich sich das Haar hinter die Ohren. Sie wirkte enttäuscht.

»Unsinn«, wehrte er den Einwand ab. »Ich will auf etwas anderes hinaus.«

»Ich spreche aber nicht gern darüber. Ich weiß nicht, was damals genau mit mir geschehen ist. Mir fehlt jede Erinnerung. Ich habe die Zeit wie ... wie in einem Winterschlaf verbracht.«

»Aber du hast währenddessen geträumt?«

»Ja, verdammt. Ich habe in diesen Träumen mein Ende gesehen. Mein Ende, an dem du Anteil haben wirst.« Sie wandte den Blick ab.

»Genau das finde ich seltsam. Denn in diesem Fall musst du bereits von mir geträumt haben, lange bevor ich überhaupt geboren wurde.«

»Na und?«

Lukas kratzte sich verlegen am Hinterkopf. »Na ja ... Ich habe mir mal erlaubt, mich im Internet schlauzumachen. Mir ist da nämlich etwas Ungewöhnliches aufgefallen.«

»Und was?«

»Ist dir eigentlich klar, dass dein heutiges Wesen bereits in deinem Namen verborgen ist?«

»Abraham hat das mal angedeutet«, sagte sie zögernd. »Millepertuis sei der französische Begriff für die Hartheugewächse.«

»Richtig. Wer also hat dir diesen Namen gegeben?«

»Soweit ich weiß, war das der Namenswunsch meiner Mutter.«

»Findest du das nicht eigenartig?«, fragte Lukas. »Warum wollte sie, dass du ausgerechnet so heißt?«

»Namensmagie.«

»Namensmagie?«, wiederholte Lukas.

»Abraham ist davon überzeugt, dass sich im wahren Namen eines Dings sein Wesen verbirgt. Schon in der Bibel heißt es: *Im Anfang war das Wort, und das Wort war bei Gott, und das Wort war Gott.*«

»In der Bibel? Moment mal ...« Lukas zückte sein Smartphone und verband sich mit dem Internet. Millepertia schüttelte lediglich den Kopf und fuhr fort: »Nach Abrahams Aussage sind nicht wenige davon überzeugt, dass das Wort mit Gottes Allmächtigkeit identisch sei. Deswegen ist der wahre Name einer Sache bei allen Formen der Zauberei äußerst hilfreich. Sogar bei Flüchen. Inwieweit das auch mich betrifft, weiß ich nicht.«

»Interessant.« Lukas betrachtete sein Suchergebnis auf dem Display und runzelte die Stirn. »Wusstest du, dass dein hübsches Zitat aus dem Johannesevangelium stammt?«

»Ja, mag sein … Und?«

»Na ja, das ist schon seltsam, denn mir ist da noch etwas anderes aufgefallen: Hartheu ist nämlich ein ziemlich … na ja, volkstümlicher Begriff. Im Zusammenhang mit dir habe ich ihn zum ersten Mal gehört. Ich würde dieses Gewächs nicht Hartheu nennen, sondern Johanniskraut. Wie ich inzwischen herausgefunden habe, nennt man dein Hartheu auch Johannisblut oder Johanniswurz. Johanniskraut, Johannes-Tochter und jetzt auch noch das Johannesevangelium – das alles ist doch kein Zufall!«

»Ich kann dir sagen, woher der Name kommt.« Millepertia sah ihn ernst an. »Wenn du die Blüten des Hartheu zerreibst, gewinnst du einen heilkräftigen roten Saft. Und darum kreist eine Legende. Angeblich wuchs das Johanniskraut aus dem Blut von Johannes dem Täufer. Du weißt schon, das war der Prophet, der Jesus im Wasser des Jordan getauft hat. Allerdings misst Abraham dem keine große Bedeutung bei.« Sie seufzte. »Einen weiteren Namen für das Hartheu hast du nämlich noch nicht genannt: Alfblut. Alf. Alb. Schwarzalb. Abraham ist sich sicher, dass es Schwarzalbenkräfte sind, die in mir wirken.«

»Aber Mille, was, wenn er sich irrt? Was, wenn er zu verbittert ist, um zu sehen, dass es auch eine gute Bedeutung haben könnte?« Lukas musterte sie eindringlich und merkte kaum, wie er sie bei den Händen fasste und sie fest mit den seinen umschloss, während er weitersprach. »Wie es scheint, stehen wir kurz vor Anbruch der Apokalypse. Teufel und Dämonen bekämpfen einander; im schlimmsten Fall geht unsere Welt dabei tatsächlich vor die Hunde. Aber wann immer ich euch frage, ob der Himmel bei alledem nicht vielleicht auch ein Wörtchen mitzureden hat, erhalte ich zur Antwort, dass er sich nicht für uns interessiert. Aber was, wenn er es doch tut? Vielleicht bist du der lebende Beweis dafür? Was, wenn es himmlische Kräfte sind, die es dir ermöglichen, Teufel und Dämonen zu trotzen?«

Millepertia entzog sich ihm und senkte den Kopf. »Lukas, ich bin einen *Höllenpakt* eingegangen«, sagte sie leise. »Ich habe den Tod von hundertfünfzig Schweden zu verantworten. Und ich habe meine Tochter auf dem Gewissen. Nenn mir nur einen Grund, warum der Himmel ausgerechnet mir eine zweite Chance geben sollte.«

Lukas betrachtete sie eine Weile nachdenklich. »Aus Gnade?«

»Und was ist dann mit Abraham? Er hätte eine solche Gnade viel mehr verdient als ich. Nein, Lukas, meine Zeit läuft ab. Wenn mir noch jemand helfen kann, dann ist es nicht der Himmel, sondern der Teufel.« Sie sah ihn betrübt an, und kurz schien es ihm, als wolle sie noch etwas hinzufügen. Dann aber wandte sie sich brüsk ab und marschierte zurück ins Haus.

Lukas sah ihr hilflos nach. Er hatte gehofft, ihr Mut machen zu können. Doch er hatte das komplette Gegenteil bewirkt.

Zurück im Appartement, sah er, dass Abraham in die ausgebreitete Karte vertieft war. Millepertia saß neben ihm und starrte mit versteinerter Miene auf das Glasröhrchen mit den Diamantsplittern. Abraham hatte es an ein Band gebunden, das er wie ein Pendel über der Karte kreisen ließ. Der alte Jude schien die Veränderung, die mit Millepertia vor sich gegangen war, nicht zu bemerken, aber Mephisto beobachtete die Hexe aufmerksam, sah dann zu Lukas hinüber und grinste süffisant. Doch falls der Teufel wirklich wusste, worüber sie sich soeben unterhalten hatten, schien es ihn nicht weiter zu interessieren, denn auch er wandte seine Aufmerksamkeit wieder dem Pendel zu.

Abraham ging äußerst konzentriert zu Werke. Wie ein Mantra murmelte er immer wieder hebräische Zaubersprüche, während sein improvisiertes Pendel unvorhersehbare Bahnen und Kreise über der Karte beschrieb und sich allmählich auf eine Region im Osten der Republik einschwang.

»Thüringen oder Sachsen«, murmelte der alte Jude. Seine Schläfenadern pochten vor Anstrengung und Konzentration. Die Kreise des Pendels wurden enger, dann straffte sich die Schnur. »Dresden!«, rief Abraham überrascht aus. »Dabei hatte ich einen Moment das Gefühl, als würde eine weitere Macht in der Nähe an dem Pendel zerren.«

»Dresden?«, echote Millepertia. »Dresden ist verdammt groß.«

Abraham zuckte bedauernd mit den Schultern, doch Mephisto wirkte zufrieden. »Das sollte reichen. Jetzt darf mein Famulus seine Brillanz unter Beweis stellen. Vorausgesetzt, er trägt seinen Kopf nicht bloß auf den Schultern, um irgendwelchen Sukkubi zwischen den Schenkeln zu lecken.«

»Kannst du nicht endlich mit diesem Mist aufhören!?«, fuhr Lukas den Pudel an.

»Es tut mir *so* leid.« Mephisto warf sich theatralisch auf den Rücken und wimmerte. »Wie *konnte* ich nur …? Ach was – ich würde es jederzeit wieder tun.« Er setzte sich wieder auf und grinste. »Jetzt aber zur Sache: Könntest du unsere beiden Hinterwäldler mal aufklären, was die Moderne so an Errungenschaften zu bieten hat?«

Lukas starrte Mephisto verwirrt an und ahnte plötzlich, wovon er sprach. War das denn so einfach? »Moment«, er zückte sein Smartphone und stellte abermals eine Netzverbindung her. »Wenn Urds Spiegel die Wahrheit gesagt hat, gibt es da vielleicht tatsächlich eine Möglichkeit. Mille, erinnerst du dich, dass uns der Spiegel vor den Diamanten gewarnt hat? Wie war noch gleich der Wortlaut?«

»In diesen Tränen schlummern ... die göttlichen Tugenden Glaube, Hoffnung und Liebe. Aber sie sind umschlossen von ewigem Leid. Hüte dich vor ihnen, weil ihnen Fluch und Verderben auf dem Fuß folgen«, rezitierte sie aus dem Gedächtnis.

»Genau. *Verflucht* war das Stichwort.« Lukas entfernte sich einige Schritt weit von Abraham, rief Google auf und gab als Stichworte *Diamant, Fluch* und *Dresden* ein. »Ich habe irgendwann mal etwas von irgendwelchen verfluchten Diamanten gelesen. Falls ich mich da nicht irre, werden auch andere etwas darüber gelesen haben. Und wenn das so ist, hilft das Internet meinem Gedächtnis binnen Kürze auf die Sprünge. In den Foren gibt es genügend Spinner, die ...« Ihm fiel ein, dass das alles keine Spinnerei war. Ohne seinen Satz zu beenden, las er sich durch die Sucheinträge und schüttelte ungläubig den Kopf. »Ich fasse es nicht. Hier gibt es tatsächlich einen Diamanten, der für uns interessant sein könnte: der *Grüne Dresden!*«

»Der was?«, fragte Millepertia.

»So wird der Dresdner Grüne Diamant genannt«, erklärte Lukas aufgeregt. »Das ist der größte geschliffene und von Natur aus grüne Diamant der Welt. Einundvierzig Karat! Gehörte einst zu den Schätzen der Wettiner Fürsten und galt als Lieblingsstein des sächsischen Kurfürsten Friedrich August des Zweiten.« Er las weiter. »Na ja, das Forum hier ist zwar nicht gerade eine verlässliche Quelle, aber hier steht, dass tatsächlich ein Fluch auf dem Stein liegen soll. Dieser Grüne Dresden soll angeblich einst der *Grüne Tropfen* des indischen Großmoguls Shah Jahan gewesen sein. Der hat ihn dann seiner Hauptfrau Mumtaz Mahal geschenkt. Das ist die, der zu Ehren das Taj-Mahal-Grabmal gebaut wurde. Jedenfalls wurde der Diamant angeblich in der indischen Region Golconda gefunden … und alten Legenden zufolge sind beim Fund des Tropfens dreizehn Minenarbeiter unter seltsamen Umständen gestorben. Es heißt … sie sind vor *Gram* umgekommen. Was auch immer das bedeutet.« Lukas schüttelte ungläubig den Kopf. »Wann der Diamant Indien verließ, steht hier nicht, aber er soll den Untergang des Mogulreichs eingeleitet haben. Und 1741 kam er dann dem Kurfürsten von Sachsen in die Finger. Der war offenbar auch ganz vernarrt in den Stein – und hat Friedrich August den Zweiten von Sachsen angeblich dazu gebracht, den Siebenjährigen Krieg anzuzetteln – der ja in einem ziemlichen Desaster geendet ist. Seit dieser Zeit trägt der Stein auch seinen heutigen Namen. Dresden war damals kurfürstliche und königliche Residenzstadt und … na ja, ich glaube, das reicht erst mal.« Er sah auf. »Ich bin mir sicher, das ist einer der beiden Adamanten, die wir suchen.«

Mephisto betrachtete das Smartphone argwöhnisch. »Und warum weiß ausgerechnet ich rein gar nichts von diesem obskuren Fluchdiamanten?«

»Das ist ein Rätsel, das wir hoffentlich noch klären werden«, brummte Abraham und wandte sich dann an Lukas. »Wo genau befindet sich der Edelstein jetzt?«

»Er wird im Neuen Grünen Gewölbe des Dresdner Residenzschlosses ausgestellt.« Lukas las weiter und stöhnte. »Offenbar wurde er einst mit anderen Edelsteinen in eine Agraffe, einen Hutschmuck, eingearbeitet. Die ist jetzt einer der größten Schätze Sachsens. Stellt euch das mal vor!« Er lachte, wurde aber schnell wieder ernst, als ihm klarwurde, was das bedeutete. »Leider heißt das vor allem eines: Einen besser bewachten Schatz als ihn werden wir vermutlich in ganz Dresden nicht finden.«

»Das sollte uns nicht schrecken«, murmelte der alte Zauberer. »Wozu habe ich all die Jahre Salomons Formeln studiert? Ich könnte versuchen, einen Dschinn herbeizubeschwören, der uns den Stein besorgt. Dschinnen gehören zu den mächtigeren Teufeln. Es gibt kaum welche, die für Diebstähle besser geeignet sind als sie. Nur verlangen sie für einen solchen Dienst eine entsprechende Gegenleistung.«

»Beschwör ihn«, sagte Mephisto. »Offenbar vergisst du, wer neben dir sitzt.«

Abraham lächelte schmallippig. »Durchaus nicht. Du verlangst ja für jeden Dienst ebenfalls eine entsprechende Gegenleistung.« Abraham breitete umständlich seine Zauberutensilien aus und bat Millepertia und Lukas, die Möbel im Wohnzimmer beiseitezurücken. Die folgende Stunde war er damit beschäftigt, einen Beschwörungskreis zu zeichnen, ihn akribisch mit Symbolen auszuschmücken und Paraphernalia auszulegen. Lukas beobachtete ihn mit einer Mischung aus Befremdnis, Faszination und Unruhe. Mephisto hingegen sah dem alten Juden lauernd zu, griff jedoch nur zweimal korrigierend ein.

Schließlich begann Abraham mit seinen Invokationen. Es dauerte eine Weile, bis unvermittelt Rauch im Kreis aufstieg. Kurz darauf erhob sich eine gehörnte Menschengestalt mit nacktem, basaltfarben schimmerndem Oberkörper und Pluderhosen, deren muskelbepackte Arme in Löwenklauen endeten. Der Dschinn öffnete die Lider und entblößte rabenschwarze Augäpfel ohne Iris. Lukas wich instinktiv bis an die Wand zurück.

»Meister?«, knurrte der Teufel.

Abraham kam nicht dazu, etwas zu sagen, denn Mephisto trat vor. »Ich ließ dich rufen!«

Ein überraschtes Grollen entstieg der Kehle des Dschinns, und demütig verneigte er sich. »Ihr, Fürst? Endlich! Wir bedürfen dringend Eurer Führung. Abaddon hält den Höllenthron besetzt, und die Dämonen erheben sich gegen Euch!«
»Ich weiß«, knurrte Mephisto mit seltsam veränderter Stimme, die die Einrichtungsgegenstände im Zimmer zum Vibrieren brachte. »Berichte!«
Der Dschinn wechselte in eine kehlige Sprache, die sogar Abraham nicht zu verstehen schien. Dennoch wurde selbst für Lukas rasch klar, wovon der Teufel sprach. Im Innern des Beschwörungskreises stiegen Bilder brennender Landschaften auf, auf der Heere entsetzlich anmutender Teufel und Dämonen aufeinander zuwogten und sich gegenseitig zerfleischten. Mephisto wechselte ebenfalls in die Höllensprache, und der rasselnde Tonfall deutete darauf hin, dass er dem Dschinn Befehle gab. Jedes seiner Worte schmerzte in Lukas' Ohren und erinnerte ihn wieder daran, wer der Pudel wirklich war. Millepertia stöhnte und überzog ihr Haupt schützend mit Hartheu. Auch Abraham hielt sich mit schmerzerfülltem Gesicht den Kopf. Unvermittelt verblassten die Bilder im Beschwörungskreis.
»Ich würde euch gern zurückbringen, Fürst«, röhrte der Dschinn plötzlich wieder verständlich. Lukas runzelte die Stirn, da der Schmerz in seinen Ohren ebenso rasch abklang, wie er aufgekommen war. Stattdessen spürte er, wie sein Herz angestrengt hämmerte und das Blut in seinen Schläfen zum Pulsieren brachte. »Doch leider vermag ich dies nicht. Abaddon hat das Höllenzepter an sich gerissen und damit einen Bann gegen Euch gewirkt, den er mit seiner Lebensessenz aufrechterhält. Zumindest so lange, bis er den Thron endgültig … Ihr wisst schon, wovon ich spreche. Gewinnt er den Krieg und gelingt ihm seine endgültige In-

thronisierung, wird er sich dieses Tricks nicht mehr bedienen müssen. Denn dann ist sein Wort Gesetz. Aber wir leisten Widerstand.«

»Das erklärt meine Unfähigkeit, in die Hölle zurückzukehren.« Mephisto schnaubte missmutig, und Lukas fiel auf, dass sich Abraham und Mille noch immer die Ohren zuhielten. Aus irgendeinem Grund schien er der Einzige im Raum zu sein, dem sich die Höllensprache unvermittelt erschloss. Er hatte nur eine Erklärung dafür: Es musste am Faustschen Blut in seinen Adern liegen.

»Und was ist mit meinem Leib?«, wollte der schwarze Pudel nun wissen.

Auch Lukas spitzte die Ohren.

»Eure Lebensessenz, Fürst, ist über den ganzen Infernalischen Abgrund verströmt. Niemand von uns kann sich dies erklären. Wir können Eure Gegenwart zwar spüren, doch bislang wirkte es so, als würdet Ihr schlafen.«

»Jetzt wisst ihr es besser. Ich bin hier, und das ist auch gut so. Denn hier kann ich derzeit deutlich mehr ausrichten, um Abaddon zu schaden, als in der Hölle selbst. Und jetzt bring uns den Stein!«

Der Dschinn verneigte sich und verschwand unter Zurücklassung schweflig stinkenden Qualms. Instinktiv warf Lukas einen Blick zur Zimmerdecke, wo er zu seiner Erleichterung keine Feuermelder entdeckte. Ein Hoch auf die Billighotels. Immerhin, was er erfahren hatte, war mehr als interessant und verriet ihm viel über das Wesen des Teufels. Wenn Mephistopheles tatsächlich nur ein Gestalt gewordener Bewusstseinssplitter Luzifers war, ließ sich leicht ermessen, wie es um die wahre Macht des Teufels bestellt war. Lukas schluckte und beschloss, das Gehörte einstweilen für sich zu behalten.

Als der Dschinn endgültig verschwunden war, wandte

Abraham sich an Mephisto. »Du hast mich benutzt«, sagte er kalt.
»Ach komm schon, alter Mann«, höhnte der schwarze Pudel. »Als wäre das etwas Neues. Dachtest du, ich ließe die Gelegenheit verstreichen, meine Leute auf Linie zu bringen? Und jetzt wartet ab. Mein Diener bringt uns, was wir wünschen.«
Abraham antwortete nicht, und so starrten sie alle schweigend auf den Beschwörungskreis. Gewiss zehn Minuten vergingen, bis der Dschinn abermals heulend aus dem Beschwörungskreis aufstieg. Sein gehörntes Antlitz war von Schmerz und Wut verzerrt. »Ich kann es nicht, Fürst.« Er präsentierte Mephisto von Brandblasen überzogene Löwenpranken. »An dem grünen Diamanten haftet etwas, das es einem Höllenbewohner wie mir nicht erlaubt, ihn zu berühren.«
Mephisto knurrte. »Kehre in die Hölle zurück«, herrschte er den Dschinn an, »und tue, was ich dir noch aufgetragen habe.«
»Ja, Fürst!« Der Teufel in Menschengestalt verbeugte sich kriecherisch und verschwand. Eine gespenstische Stille breitete sich im Zimmer aus.
»Ihr habt es gehört«, zürnte Mephisto. »Falls irgendwer noch auf einen Beweis gewartet hat, dass wir es mit dem richtigen Stein zu tun haben – das war er. Wir müssen uns um die Angelegenheit also persönlich kümmern. Und jetzt her mit euren Vorschlägen. Gebt mir eure Skrupellosigkeit. Zeigt mir die Abgründigkeit eurer Seelen. Der Plan muss teuflisch gut sein, sonst gelingt er nicht.«
Lukas, Abraham und Millepertia maßen den Teufel mit finsteren Blicken.
Der Pudel hechelte ungerührt. »Und? Kommt da jetzt was?«
Lukas ignorierte den süffisanten Blick des Pudels und

forschte stattdessen im Internet nach den Sicherungsmaßnahmen, mit denen sie vermutlich zu rechnen hatten. Die Ergebnisse waren niederschmetternd. »Kameras, Gaswarner, Vitrinenmelder der höchsten Sicherheitsstufe, Panzerglas, aktives Infrarotsystem, Photovoltaik-Sensoren, die direkt mit dem Alarmsystem verbunden sind. Kurz: das volle Programm«, ratterte er, was er las, herunter. Er stöhnte. »Und wir besitzen nicht einmal mehr den Tarnmantel.«

Abraham und Millepertia diskutierten den Einsatz komplizierter Zauberrituale, die entweder daran scheiterten, dass ihnen die Zaubermittel oder schlicht die Zeit dafür fehlte. Denn allen war klar, dass auch John Dee und gegebenenfalls Agrippa von Nettesheim dem *Grünen Dresden* nachjagten. Es war Mephisto, der schließlich einen Plan zum Diebstahl des Diamanten vorschlug, der gerade durch seine Schlichtheit bestach.

»Und wir sollen wieder mit dem Auto fahren?«, wollte Millepertia wissen.

Mephisto nickte. »Besser, wir rechnen damit, dass Abaddon versuchen wird, unseren Bewegungen auf die Spur zu kommen. Höllentore, Hexenkreise, Sphärenrupturen. Solange wir nicht wissen, wo er bereits Wächter aufgestellt hat, nähern wir uns unserem Ziel auf profane Weise. Wir besitzen offenbar einen Wissensvorsprung, ansonsten wäre der Klunker nicht mehr vor Ort.«

»Das Museum öffnet vormittags um zehn Uhr«, erklärte Lukas missmutig. »Das heißt, wir müssen hier spätestens um vier los. Bis dahin würde ich mir gern noch eine Mütze Schlaf gönnen.«

»Tu das.« Millepertia erhob sich seufzend. »Ich werde mich dann mal draußen auf die Suche begeben.«

»Hoffentlich stellen wir uns das alles nicht zu leicht vor«, brummte Abraham.

Mephisto sprang auf und sah sie der Reihe nach an. »Mehr Zuversicht, Freunde! Das Schicksal der Welt ruht jetzt in den Händen von Betrügern und Dieben, und der Teufel selbst lenkt ihre Schritte.«

»Ach, und das soll gut sein?«, grunzte Lukas.

»Warum nicht?«, feixte der schwarze Pudel. »Denn mal ehrlich: Anders ist es ja sonst auch nicht.«

Der Grüne Dresden

Sie parkten ihren Horch in einem Parkhaus nahe der Semperoper und näherten sich dem Dresdner Residenzschloss. Obwohl es unter der Woche war, hatte die warme Herbstsonne an diesem Vormittag etliche Touristen angelockt. Sie kamen aus Straßenbahnen und Reisebussen, schnatterten in den unterschiedlichsten Sprachen und folgten Reiseleitern mit Schirmchen, die die Besucher zu jeweils einem der fünf Museen auf dem weiträumigen Schlossgelände führten: dem Historischen und dem Neuen Grünen Gewölbe, dem Kupferstich- und dem Münzkabinett sowie der berühmten Türckischen Cammer. Zufrieden stellte Lukas fest, dass sie selbst sich nicht allzu sehr von den übrigen Touristengruppen unterschieden. Lediglich Abraham zog mit seiner orthodox anmutenden Haarpracht und dem langen Gewand mal wieder eine Vielzahl an Blicken auf sich. Mephisto hingegen schien eine diabolische Freude daran zu haben, junge Mädchen und Frauen zu becircen, indem er immer wieder um ihre Beine strich, sich an wohlproportionierten Schenkeln rieb und so binnen kurzer Zeit unter mehr Röcke kroch, als Lukas es in seinem ganzen Leben getan hatte. Erfolgreich war der Teufel mit seiner Masche dennoch; er erntete unzählige Streicheleinheiten und verzücktes Quietschen. Nicht ohne einen Anflug von Schadenfreude beobachtete Lukas, wie Millepertia den Pudel mit einem scharfen »Meffi! Bei Fuß!« zur Räson rief, als eine junge Frau angeekelt vor Mephisto zurückwich und verkündete, sie habe eine Hundehaarallergie und man solle sein Tier doch wirklich an der Leine führen.

Lukas genoss diesen Anflug von Normalität und bewunderte die barocke Pracht des Residenzschlosses, insbesondere die pastellfarbene und von Aberdutzenden Fenstern durchbrochene Außenfassade sowie die Sonne, die die Scheiben zum Blitzen und das rote Giebeldach zum Glühen brachte. Selbst die geschwärzten Mauern der Rundtürme, die an die Zerstörungen während des Zweiten Weltkrieges gemahnten, konnten das märchenhafte Bild nicht trüben. Sein Blick wanderte weiter, hinüber zu dem fast einhundert Meter hohen Hausmannsturm. Von dort aus, so hatte er es im Internet gelesen, hatte man einen phantastischen Rundblick auf die Dresdner Altstadt und das Elbtal. Kurz stellte er sich vor, wie es wohl wäre, wenn Mille, Abraham und er tatsächlich nichts anderes im Sinn hätten, als einen stinknormalen Tag mit einem stinknormalen Hund in Dresden zu verbringen. Dann aber seufzte er, verwarf den Gedanken und wandte sich wieder dem eigentlichen Grund ihres Kommens zu: dem Diebstahl des wertvollsten Steines im Grünen Gewölbe.

Er näherte sich mit Millepertia, Abraham und Mephisto der Warteschlange aus einem guten Dutzend Touristen.

»Also«, knurrte Mephisto leise. »Ich hoffe, jeder weiß, was er zu tun hat?«

Millepertia präsentierte vier langstielige, krautige Pflanzen mit grünen, kreuzweise wachsenden Blättern.

Lukas, der nur wusste, *dass* Mille den Auftrag hatte, eine Einbruchshilfe zu besorgen, aber nicht, um *was* es sich dabei handelte, starrte das Gestrüpp fragend an.

»Das sind magische Springwurzeln«, erklärte sie. »Nur Spechte können sie finden. Mit ihnen kann man jede Tür und jedes Schloss öffnen. Früher wussten die Leute das noch. Damals hat man jeden Gefangenen nach diesen Zauberpflanzen durchsucht. Uns werden sie hoffentlich dabei helfen, die Vitrine mit dem Grünen Dresden zu öffnen.« Sie reichte Lukas zwei der Springwurzeln.

Er nahm sie skeptisch entgegen und stopfte sie in seine inzwischen wieder genähten Jackentaschen. »Okay«, seufzte er. »Während ihr euch um den Diamanten kümmert, kümmere ich mich um mögliche Fluchtwege für den Notfall.«
»Gib dir damit Mühe«, knurrte Mephistopheles. »Viel Zeit bleibt uns nicht, wenn ich die Besucher erst schlafen gelegt habe. Vor allem dann nicht, falls Abraham versagt.«
Der alte Zauberer starrte noch immer hinüber zum Eingang.
Lukas ahnte, was in ihm vorging. Die Verantwortung, die auf seinen Schultern lastete, war groß. »Ich habe noch nie versucht, so viel freie geomantische Energien auf mich zu ziehen«, murmelte er. »Ich kann nicht versprechen, ob all diese modernen Geräte dann wirklich ausfallen.«
»Du wirst es trotzdem versuchen«, ermutigte ihn Mephisto. »Du bist sozusagen das Pik-Ass in unserem Ärmel. Unser schwarzer Joker.«
Abraham funkelte ihn zornig an. »Bringen wir es hinter uns.«
Gemeinsam marschierten sie auf den Eingang zu und hielten etwas Abstand zu dem Rest der Schlange. Lukas zwinkerte einem kleinen Jungen zu, der an der Hand seiner Mutter hing. Der Junge lächelte schüchtern.
»Niedlicher kleiner Bengel, was?«, ertönte plötzlich Mephistos Wisperstimme an seinem Ohr. »Dabei ist er ein richtiger Satansbraten. Immer wenn seine Eltern weg sind, füttert er die Hauskatze mit den Abführtabletten seiner Oma.«
Irritiert starrte Lukas den Pudel an. Mephisto zwinkerte ihm verschwörisch zu, und abermals streifte seine Flüsterstimme sein Ohr. »Der Kerl vor ihm«, er nickte in Richtung eines seriös mit Anzug gekleideten Mannes, »betrügt seine Frau schon seit Jahren mit ihrer Schwester. Die ist na-

türlich ebenfalls verheiratet. Und der rothaarige Kerl neben ihm unterschlägt seit Jahren Geld in seiner Firma. Er hat inzwischen ein richtiges Vermögen angehäuft. Ha, ha, und die Dame schräg vor ihm erst. Die ist Haushälterin bei einem katholischen Pfaffen und hat bereits zwei Kinder von ihm.«

»Gib Ruhe!« Lukas verpasste dem schwarzen Pudel einen Tritt. Mephisto jaulte kläglich, und der Typ, der seine Frau betrog, drehte sich angewidert zu Lukas um. »Das arme Tier. Unmöglich, mit welchen Leuten man seine Luft teilen muss.« Er erntete Zustimmung von allen Seiten.

Endlich erreichten sie die Kasse, und Lukas zückte seine letzten Scheine. »Tut mir leid«, meinte die junge Frau hinter der Sichtscheibe. »Aber wir sind angewiesen, nach Hunden Ausschau zu halten. Haustieren ist der Zutritt zum Grünen Gewölbe leider nicht gestattet.«

Mephisto sah sich lauernd um, und plötzlich leuchteten seine Augen rot auf. »Ich bin keiner der Hunde, die du suchst.«

Der Blick der Frau trübte sich. Schleppend sagte sie. »Das ist keiner der Hunde, die ich suche.«

»Weitergehen.«

»Weitergehen!«, wiederholte sie lahm.

Mephisto zwinkerte Lukas zu. »Jedikräfte. Du könntest ebenfalls über sie verfügen, wenn du endlich einen Höllenpakt eingingest. Allerdings war ich stets auf Seiten des Imperators. Ich steh einfach auf Uniformen.«

Zauberer und Hexe sahen Lukas fragend an, doch der winkte ab und schnappte sich stattdessen einen Ausstellungskatalog. »Lasst uns anfangen.«

Sie kamen an der beeindruckenden Vorhalle des Historischen Grünen Gewölbes im Erdgeschoss vorbei. In dem Luther-Kabinett war neben vielen anderen Exponaten auch ein Siegelring des Reformators ausgestellt. Mit Bedauern eilte Lukas an den prachtvollen Barocksälen vorbei und ins Obergeschoss, wo der Adamant in dem Neuen Grünen Gewölbe auf sie wartete. Lukas schlug den Katalog auf und deutete auf den direkten Weg zum Grünen Dresden, doch Mephisto schüttelte den Kopf. Er wollte sich erst einen Überblick verschaffen.

Also lotste Lukas seine Begleiter durch diverse Schausäle mit klangvollen Namen wie *Saal der Kunststücke*, *Mikro-Kabinett* oder *Raum der königlichen Pretiosen.* Lukas runzelte die Stirn, als er sah, wie schlicht die Räume waren, in denen die wohl wertvollsten Stücke des Museums ausgestellt waren. Statt dem prächtigen historischen Ambiente der unteren Ebenen passierten sie hier eine Vielzahl gläserner Vitrinen auf grünen, blauen und roten Sockeln. Dennoch fesselten einige der Stücke auf ihrem Weg seine Aufmerksamkeit. Der wundersam anmutende Kirschkern mit 185 eingeschnitzten Gesichtern etwa oder die Vitrine mit dem aus Silber und Gold gefertigten Prachtdiorama, das – so besagte es das Schild – den *Hofstaat zu Delhi am Geburtstag des Großmoguls Aurangzeb* zeigte. Schließlich erreichten sie das Watzdorf-Kabinett mit dem Grünen Dresden. Ein halbes Dutzend Besucher betrachtete die Auslagen.

Die Anzahl der Kameras auf dieser Etage ließ Lukas' Mut sinken.

Die kostbare Hutfibel lag hinter Panzerglas und war mit rotem Licht ausgeleuchtet. Keiner der vielen kleinen Edelsteine auf ihr funkelte so verheißungsvoll wie der Grüne Dresden. Er war facettiert und scheinbar in Tropfenform geschliffen. Sie wussten es besser.

»Da ist er«, knurrte Mephisto, der sich den Adamanten genauestens ansah. »Und jetzt auf eure Posten. Famulus, du hast zehn Minuten, dann beginnen wir.«

Lukas und Millepertia wechselten rasche Blicke, und er sah, wie sich Abraham im Gang vor dem Kabinett aufbaute und die Augen schloss.

In zügigem Schlenderschritt verließ Lukas die Schauräume und sah sich nach weiteren Türen und Toiletten um, fand jedoch keine. Das Neue Grüne Gewölbe war so konstruiert, dass die Besucher es nur durch einen Eingang betreten und verlassen konnten. Sicher steckte dahinter Kalkül.

Er betrat den Treppenflur und hielt nach Notausgängen und Türen Ausschau, die tiefer ins Schloss führten, fand jedoch keine, die ihm als Fluchtweg geeignet erschien. Im Erdgeschoss hingegen stieß er auf einen verschwiegen gelegenen Zugang, der seiner Vermutung nach auf den großen Schlosshof führen könnte. Sollte der Hauptausgang bei ihrer Flucht aus irgendeinem Grund versperrt sein, wäre dies hier vielleicht eine Option. Vorsichtig rüttelte er an der Tür, doch sie war verschlossen. Mist, so viele von diesen Springwurzeln besaß er nicht. Einen Moment lang haderte er mit sich, wartete ab, bis eine weitere Besuchergruppe an ihm vorbeigegangen war, und benutzte dann doch das Kraut. Er hatte den Knauf kaum berührt, da zerfiel die Pflanze bereits zu Asche. Dafür klickte es.

Er stieß einen leisen Pfiff aus und betrat einen Korridor, von dem mehrere schlichte Türen abzweigten. Es roch nach Kaffee und statischer Elektrizität. Wo war er? Er warf einen vorsichtigen Blick in den ersten Nachbarraum, und ihm war, als erlebe er ein Déjà-vu. Ebenso wie in von Nettesheims Villa starrte er auf diverse Monitore, auf denen Saalausschnitte, Vitrinen und goldene Schaustücke zu erkennen waren. Das konnte doch wohl nicht wahr sein! Unter allen möglichen Türen hatte er ausgerechnet die zu den Sicherheitseinrichtungen des Museums erwischt. Lukas grinste. Glück musste man haben.

Im Gang war das Rauschen einer Toilette zu hören. Lukas sprang aufgeschreckt in den Raum mit den Monitoren und sah sich hektisch um. Alles, was er entdeckte, war ein dampfender Becher Kaffee. Einen Ausweg gab es nicht. Nicht einmal ein Versteck unter den Tischen. Verdammt!
Hinter ihm ertönten Schritte. Kurz darauf erschien der Wachmann in der Tür. Lukas, der bereits ein betretenes Lächeln aufgelegt hatte, um den harmlosen, verirrten Touristen zu mimen, erstarrte. Das konnte, das *durfte* doch wohl nicht wahr sein! Aber die mit Tamponaden stabilisierte und angeschwollene Nase ließ keine Fragen offen – vor ihm stand jener Sachse, dem er erst vor wenigen Tagen in Staufen die Geldbörse gestohlen hatte. Der Mann trug chefig wirkende schwarze Securitykleidung und starrte ebenso ungläubig zurück. Dann brüllte er »Horst! Komm schnell her! Das glaubst du nie!« und stürmte im selben Atemzug wütend auf Lukas zu. Ehe er ausweichen konnte, packte der Wachmann ihn ungestüm an der Jacke und warf ihn gegen einen Tisch. Lukas trat ihm gegen das Schienbein, rannte auf den Zimmerausgang zu – und lief direkt in die Arme seines dicken Kollegen, den er ebenfalls aus Staufen kannte. Verzweifelt versuchte sich Lukas gegen seinen Griff zu wehren, doch sein Gegner schnaubte bloß und rammte ihm die Faust ins Gesicht.
Lukas sah Sterne und fühlte, wie ihm die Unterlippe aufplatzte. Er wehrte sich standhaft, als auch der Kerl mit der gebrochenen Nase eingriff und ihm den rechten Arm schmerzhaft auf den Rücken drehte.
Schon lag er auf dem Boden, und der Dicke setzte sich auf ihn. Lukas röchelte.
Horst zwang auch seinen linken Arm auf den Rücken, und Lukas spürte, wie sich Kunststoffriemen um seine Handgelenke schlossen. Die beiden zogen ihn wieder auf die Beine,

beförderten ihn unsanft auf einen Stuhl und bauten sich vor ihm auf.
»Du dreckiger Penner!«, zischte ihn der Bestohlene an. »Was machst du hier?«
»Vielleicht«, grunzte sein Kumpel, »ist er gekommen, um dir die Börse zurückzugeben? Frag ihn doch mal, Olli!«
»Und? Hast du sie dabei?«
Lukas leckte sich das Blut von der geschwollenen Lippe. »Tut mir leid, das Geld ist schon weg.«
Die Ohrfeige des Mannes kam so schnell und brutal, dass Lukas sie kaum sah. Es klatschte, dann stand seine linke Gesichtshälfte in Flammen. Abermals sah er Sterne.
»Ich will meine Kohle wieder, du diebische Elster. Und ich will wissen, was du hier suchst, wenn du schon nicht gekommen bist, um für deinen Diebstahl geradezustehen.« Zornig durchsuchte der Sachse Lukas' Taschen und warf Würfel, Kartenspiel, Schlüssel, Feuerzeug, Springwurzel und alles Geld auf den Tisch, das ihm geblieben war. Es waren nur noch Münzen. Leider fand der Kerl auch seinen Personalausweis. »Lukas Faust heißt der Bastard.« Triumphierend starrte ihn der Mann an.
Lukas war viel zu benommen, um etwas zu erwidern. Stattdessen entdeckte er, dass die Monitore im kompletten Rückteil des Raums zu flackern begannen und sich schließlich wie mit Schnee überzogen. Es waren jene Kameras, die oben in der Neuen Grünen Galerie aufgebaut waren. Abrahams geomantische Ausstrahlung zeigte also tatsächlich Wirkung. Im nächsten Moment fielen die Bildschirme ganz aus.
Die beiden Hilfssheriffs bemerkten es nicht. »Ob er hier irgendwas stehlen wollte?«, fragte der Dicke. Ein bösartiger Ausdruck schlich sich in Ollis Züge. »Egal, ob er hier klauen wollte oder nicht, wir hängen ihm einfach was an.«

»Können wir doch nicht machen«, brummte der Dicke, doch sein Kollege deutete zornig auf seine tamponierte Nase. »Der Wichser hat mir nicht nur die Nase gebrochen, er hat mir auch tausend Euro geklaut.«
»Fünfhundert«, korrigierte ihn Lukas stöhnend.
»Schnauze!« Der Kerl verpasste ihm eine weitere Ohrfeige. »Wegen dir konnte ich nicht in den Puff! Wir sagen einfach …« In diesem Augenblick wurde er auf die ausgefallenen Bildschirme aufmerksam. »Scheiße, was ist denn da los?«
Hastig überprüften die beiden die Monitore und Computer. Lukas lächelte grimmig, doch im nächsten Moment wurde er bleich. Denn noch funktionierten die Kameras in der unteren Etage. Soeben lief an einer von ihnen John Dee vorbei. Er trug eine einfache Jacke, die ihn kaum von den anderen Besuchern unterschied, doch Lukas erkannte ihn sofort an der hohen Stirn und dem auffälligen Schnurr- und Backenbart. Und Dee war nicht allein. Direkt neben ihm lief niemand Geringeres als … Sylvia! Lukas ächzte. Also war die Dämonin aus der Hölle zurück. Was auch immer Dee und der Sukkubus miteinander zu schaffen hatten, er musste Abraham, Mille und Mephisto dringend vor ihnen warnen.
»Gibt's ja nicht«, meinte der Dicke ungläubig. »Die Infrarotüberwachung ist auch ausgefallen. Ruf mal bei der Technik an. Ich geh so lange oben nach dem Rechten sehen.« Horst griff zu einem Spind, wo er Schlagstock und ein Walkie-Talkie an sich nahm. Dann war er weg.
Sein aufgebrachter Freund warf Lukas einen zornigen Blick zu und eilte zu einem der Nachbarräume.
Während der Kerl telefonierte, zerrte Lukas an den Plastikriemen. Keine Chance. Stöhnend erhob er sich und fasste die magische Springwurzel ins Auge. Mit dem Rücken trat er an den Tisch heran und berührte sie. Es knisterte, und

mit einem platzenden Geräusch riss die Fessel auseinander. Rasch packte er seine Habseligkeiten ein und schlüpfte zur Tür. Doch dort waren bereits wieder die Schritte des Sachsen zu hören.

Lukas tat das Einzige, was ihm in seiner Notlage einfiel. Er griff nach dem dampfenden Kaffeebecher, wartete, bis der Mann den Raum betrat, und schleuderte ihm die heiße Flüssigkeit ins Gesicht. Schreiend taumelte der Mann nach hinten, schlug mit dem Kopf unglücklich gegen den Türrahmen und ging bewusstlos zu Boden.

Rasch durchsuchte Lukas ihn, fand ein paar identische Riemen wie jene, derer er sich gerade erst entledigt hatte, fesselte den Sachsen und band ihn zusätzlich an einem der Tische fest. Als er dabei abermals die Geldbörse des Mannes ertastete, grinste er, zog sie hervor und steckte sie ungeöffnet ein. »Vielleicht sind es ja jetzt tausend Euro, du Pappnase.« Dann öffnete er den Spind, nahm einen zweiten Schlagstock an sich, hetzte zur Korridortür – und stolperte in eine bizarre Szenerie. Vor ihm standen drei regungslose Touristen, die mitten in der Unterhaltung eingefroren zu sein schienen. Nicht weit entfernt stand auch der dicke Sachse wie die Wachsfigur seiner selbst und mit einem Fuß in der Luft auf einer der Treppenstufen. Da Mephisto davon gesprochen hatte, die Besucher schlafen zu legen, musste das hier das Werk von John Dee sein!

Lukas hoffte, nicht selbst in den seltsamen Bann zu geraten, und schlich die Treppe nach oben. Schon hörte er Kampfgeräusche und sah aus dem Augenwinkel eine huschende Bewegung. Was war das? Zu gern hätte er jetzt seine doppelläufige Muskete dabeigehabt, doch die lag in der Limousine.

Mit erhobenem Schlagstock erreichte er den Zugang zum Neuen Grünen Gewölbe, aus dem ihm rot-schwarzes Flackerlicht entgegenwaberte. Glas klirrte, und er konnte die Kampfschreie einer Frau hören: Mille!

Lukas rannte in den Vorraum, über dessen Boden gelbe Schwefelschwaden strichen. Zwischen den Vitrinen lagen besinnungslose Touristen. Inmitten von ihnen kämpften Millepertia und der Sukkubus. Erstere hatte ihre Hartheugestalt angenommen, die Dämonin hingegen ihre schwarze Alptraumgestalt mit den hässlichen Altweiberhaaren. Kreischend schlugen die beiden aufeinander ein. Lukas stürzte sich von hinten auf den Sukkubus und zog der Kreatur den Prügel über den Kopf. Er hätte auch auf einen Stein einschlagen können, denn der Effekt war gleich null.

»Schön, dich wiederzusehen, Schätzchen!«, zischte das, was einmal Sylvia gewesen war. »Ich kümmere mich gleich um dich.« Ohne von Millepertia abzulassen, und ganz so, als wäre er bloß ein lästiges Insekt, schmetterte sie ihn mit ihrem langen Echsenschwanz gegen eine Vitrine.

Lukas ging röchelnd zu Boden und entdeckte aus den Augenwinkeln Abraham, der noch immer mit zitternden Lidern im Korridor zum Watzdorf-Kabinett stand und all seine Kraft dazu einsetzte, die Alarmanlagen außer Gefecht zu setzen.

Die Schatzvitrine indes stand einladend offen; die wertvolle Hutnadel mit dem Grünen Dresden lag herrenlos am Boden. John Dees Augen fixierten sie gierig, nur kam der Engländer nicht an sie heran. Denn zwischen ihm und ihr hatte sich Mephisto aufgebaut.

Dee brüllte lateinische Bannformeln und warf dabei immerzu Asche in die Luft, die sich zu glühenden Pentagrammen formte.

Mephisto löste sich zweimal mit lautem Knall auf, nur um Augenblicke später an genau derselben Stelle wieder zu erscheinen. »Verschwinde endlich, Satan«, keifte der Magier. »Du hast ausgedient!«

»Wie lange glaubst du, damit fortfahren zu können, John?«, sagte Mephisto halb drohend, halb gelangweilt. »Merkst du nicht, dass ich gegen deinen lausigen Bannzauber gewappnet bin?«

Lukas ahnte, wovon er sprach. Denn sein Blutpakt hatte schließlich Anteil daran, Mephisto im Diesseits zu halten.

Abermals wühlte Dee in seinen Taschen, hielt dann jedoch bestürzt inne. Offenbar hatte er seine Zaubermittel aufgebraucht.

Mephistos Hundeaugen glühten diabolisch auf, und er beschrieb eine wischende Bewegung mit der Pfote. Der Engländer wurde von einer unsichtbaren Kraft gepackt, wirbelte einmal um die eigene Achse und schlug schwer neben einer Vitrine im Vorraum auf.

»Und jetzt zu dir, Abtrünnige!« Mephistos glühender Blick erfasste den Sukkubus.

Die Dämonin kreischte panisch auf und löste sich mit einem gewaltigen Satz von Millepertia, der sie hinauf zu einer der Raumecken trug. Aus ihrem Maul und ihren Augenhöhlen stieg schwefelgelber Rauch auf. In einem letzten Akt des Aufbegehrens nahm sie die sündhafte Gestalt Sylvias an, die erst Lukas und dann Mephisto einen flehenden Blick zuwarf. »Gnade!«

»Gott kennt Gnade«, grollte Mephistopheles. »Ich nicht!«

Eine Stichflamme züngelte aus ihrer Brust. Sylvia brüllte gellend auf und zerplatzte. Glühende Knochen und brennendes Dämonenfleisch regneten zu Boden.

Millepertia erhob sich ächzend und spuckte auf die Überreste.

»Wenn ich dich nicht vertreiben kann, wird es eben mein neuer Herr tun!«, fauchte Dee neben der Vitrine. Stöhnend

richtete er sich auf. Seine Linke umfasste die Kristallkugel, die er bereits in Worms dabeigehabt hatte. Fahlweiß leuchtete sie auf, und aus der Tiefe des Kristalls stieg das Abbild eines skelettierten Reiters: Abaddon!
Mephisto wandte sich um und schnaubte wie eine Dogge, als über ihm der Putz von der Decke bröselte. Ansatzlos sanken schimmlige Fäden in die Tiefe. Auch dort, wo er stand, überzog sich der Boden mit pelzigem Schimmelbewuchs. Mephisto versuchte zur Seite zu springen, doch seine Pfoten klebten fest. Im nächsten Moment umhüllte ihn das pilzige Geflecht.
Dee lachte hässlich, doch zugleich ging mit ihm eine seltsame Veränderung einher. Er wurde mindestens zehn Jahre älter. Was auch immer er getan hatte, es forderte seinen Preis.
»Kümmert euch nicht um mich«, erscholl Mephistos warnender Ruf, »kümmert euch um den Adamanten!«
Lukas schreckte aus seiner Starre und hechtete trotz seiner Schmerzen an Dee und Abraham vorbei zum Korridor.
Doch auch der Engländer blieb nicht untätig. Während der schimmlige Bewuchs Mephisto immer weiter einhüllte, maß Dee Lukas mit wildem Blick und beschrieb eine Zaubergeste. Doch er beendete sie nicht, denn Millepertia stoppte ihn, indem sie ihm einen Hexenschuss durch die Glieder fahren ließ, der ihn mit schmerzendem Aufschrei zurück auf den Boden beförderte. Die Kristallkugel entglitt seinen Händen und rollte über den Boden.
Lukas erreichte den Eingang zum Kabinett und hielt schockiert inne. Die edelsteingeschmückte Hutnadel lag zwar noch immer am Boden, doch der Grüne Dresden war verschwunden.
»Lukas, am Eingang!«
Aufgeschreckt von Milles Aufschrei, wirbelte er herum

und glaubte seinen Augen nicht zu trauen. Am Saalausgang stand der Homunkulus! Das kaum unterarmgroße Wesen mit dem viel zu großen Kopf hatte das Chaos genutzt, um sich heimlich zu der Hutnadel zu schleichen und den Grünen Dresden aus ihm herauszubrechen. Jetzt hielt es den Stein in seinen dürren Armen.
Lukas wusste sofort, dass von Nettesheims Geist in dem Geschöpf steckte. Offenbar wähnte sich der Zauberer als lachender Dritter. Und jetzt dämmerte Lukas auch, was ihn nahe ihrer Limousine aufgeschreckt hatte. Es war nicht die Katze gewesen, sondern der Homunkulus. Er war offenbar bei ihrer Flucht in Baden-Baden auf den Wagen aufgesprungen, und durch ihn hatte von Nettesheim sie ausspioniert. Verflixt und zugenäht!
Das Männchen schlüpfte aufgeschreckt aus dem Saal und ergriff die Flucht, bevor ihn Millepertia mit einem weiteren Hexenfluch stoppen konnte.
»Hinterher, ihr beiden!«, erscholl Mephistos wütende Stimme. Und dann, kurz bevor ihn der Schimmel gänzlich einzuhüllen vermochte, zerplatzte sein Hundekörper zu schwarzem Rauch, dessen Druckwelle Dee ein weiteres Mal von den Beinen riss.
Millepertia und Lukas stürmten hinter dem Homunkulus her, als auf der Etage plötzlich die Sirenen schrillten. Abraham schien den Bann, der die Elektronik außer Gefecht setzte, nicht mehr aufrechterhalten zu können. Das künstliche Menschlein rannte derweil mit großen Sprüngen die Treppe ins Untergeschoss hinunter, und von Nettesheim besaß sogar die Geistesgegenwart, einen weiteren von Millepertias Hexenflüchen mit einer Schutzgeste abzuwehren. Zornig warf ihm Lukas den Hartgummiknüppel hinterher und fegte das kleine Wesen damit von den Beinen. Der Homunkulus klatschte gegen die Wand und verlor das Be-

wusstsein. Millepertia und er packten ihn und den Grünen Dresden. Kurz darauf mussten sie mit ansehen, wie ein Tourist nach dem anderen aus seiner Starre erwachte.

»Weg hier!«, zischte Lukas.

»Und was ist mit Abraham?« Millepertia sah aufgewühlt nach oben.

»Wenn wir zurückgehen, schnappt uns entweder Dee oder die Polizei.«

Tatsächlich war außerhalb des Schlosses bereits der gedämpfte Klang von Polizeisirenen zu hören. Lukas zog Millepertia zu der offenstehenden Tür des Securitybereichs. Ohne auf den Sachsen zu achten, der noch immer gefesselt im Monitorraum lag, rannten sie den Gang mit den Türen entlang und gelangten so zu einem vergitterten Fenster, das auf den großen, mit zahlreichen Büschen bepflanzten Schlosshof führte. Millepertia zückte ihre letzte Springwurzel und öffnete es, so dass sie ins Freie gelangten.

Auch dort herrschte Aufruhr. Noch zweimal musste Millepertia sich verwandeln, um sich und Lukas mittels ihrer Hartheugestalt im begrünten Schlosshof vor vorbeistürmenden Museumsangestellten zu verbergen. Auf diese Weise schafften sie es, den Ostausgang zu erreichen und das Residenzschloss zu verlassen. Da zu diesem Zeitpunkt vor dem Eingang die ersten Polizeiwagen hielten, dauerte es noch eine weitere halbe Stunde, doch schließlich erreichten sie das Parkhaus und ließen sich schwer atmend in die Sitze des Horchs sinken.

»Was sollen wir jetzt tun?«, keuchte Millepertia.

Lukas zuckte mit den Schultern. Er wusste es nicht. Stattdessen betrachtete er den bewusstlosen Homunkulus, dessen warmer Leib sich in seinen Händen seltsam anfühlte. Auch der Grüne Dresden, den sie erbeutet hatten, vermochte nicht darüber hinwegzutäuschen, dass ihr Sieg teuer er-

kauft war. Er wollte etwas sagen, als Millepertia plötzlich aufschrie. Etwas in ihrer Jackentasche leuchtete purpurrot.
»Was ist das?«, rief Lukas.
Millepertia zog aufgeschreckt Dees Kristallkugel aus der Jacke. »Das hier«, keuchte sie. »Ich dachte, wenn ich sie an mich nehme, hindere ich Dee daran, zu zaubern.« Panisch kurbelte sie die Seitenscheibe herunter, um die Kugel hinauszuwerfen, als in dieser das gealterte Gesicht des Engländers erschien und mit durchdringender Stimme zu sprechen begann: »Lukas Faust! Wo auch immer Sie jetzt stecken: Sie haben etwas, das mir gehört. Aber auch ich besitze etwas, das Sie vermutlich haben wollen.« Er zerrte den bewusstlosen Abraham ins Bild. »Falls Sie also nicht wollen, dass die Seele Ihres Gönners in die Hölle fährt, hören Sie mir jetzt gut zu.«

Das Menetekel

Der alte Horch rumpelte über den Waldweg, und Zweige streiften das Verdeck. Lukas stoppte den Wagen, als sich die Tannen um sie herum lichteten und ihr Ziel in Sicht kam. Vor ihnen, auf einem waldigen Bergrücken, zeichnete sich jene Burgruine im Mondlicht ab, von der Dee behauptet hatte, dass es sich bei ihr um sein deutsches Domizil handle. Das alte Gemäuer war noch etwa fünfhundert Meter entfernt. Auf Lukas wirkte es düster und bedrohlich.

»Da sind wir«, stöhnte er.

»Hauptsache, wir retten Abraham.« In Millepertias Augen stand Verzweiflung. »Wir dürfen nicht zulassen, dass ihm etwas passiert.«

Er nickte. »Ich möchte ihn auch retten, Mille«, sagte er sanft, »aber wir müssen auch an den Adamanten denken. Abraham würde nicht wollen, dass die zweite Teufelsträne zerstört wird.« Er sah Millepertia an, deren Gesicht im Mondlicht weich und verletzlich wirkte. »Hör zu: Ich verlasse mich auf deine Rückendeckung. Aber ich will nicht, dass du dich unnötig in Gefahr begibst. Versprich mir, dass du nur dann eingreifst, wenn unser Plan schiefläuft.«

»In Ordnung.« Millepertia strich sich angespannt das schulterlange Haar zurück. »Ich hätte nicht gedacht, dass ich das mal sagen würde. Aber ich hoffe wirklich, dass es dir gelingt, *ihn* wieder anzurufen. Ohne *ihn* haben wir nicht einmal den Hauch einer Chance.«

Lukas dachte schon die ganze Zeit über an Mephistopheles. Zwar war der Teufel in Pudelgestalt seit dem Zwischenfall am Vormittag verschwunden, doch Lukas hoffte gerade deswegen, dass ihm die Befreiung Abrahams auf elegante

Weise gelingen würde. »Mach dir keine Sorgen«, gab er sich zuversichtlicher, als er war. »Ich muss bloß nah genug an Abraham herankommen. Dann werde ich es ebenso wie in Heidelberg halten und Mephisto um Beistand anrufen. Und ich verspreche dir, ich sorge dafür, dass er diesmal nicht nur mich, sondern auch Abraham entrückt. John Dee wird das Nachsehen haben.«

»Und wenn etwas schiefläuft?«

»Dann habe ich dich als Back-up.« Er lächelte schmal. »Improvisiere einfach.«

Die Hexe wirkte noch immer nicht überzeugt, doch sie hatten die Sache lange genug durchgesprochen. Ihnen blieb nichts anderes übrig, als sich zumindest dem Anschein nach auf die Bedingungen des Magiers einzulassen. Lukas berührte sie am Arm. »Also, packen wir es?«

Mille sah ihn lange an, und fast meinte er, etwas Sanftes in ihren Augen zu lesen. War das etwa Sorge um ihn? Lukas wurde warm ums Herz, und einem Impuls folgend hob er die Hand. Doch noch ehe er ihr über die Wange streichen konnte, öffnete sie die Wagentür und lief in die Dunkelheit. Lukas sah ihr nach, bis ihre schlanke Silhouette zwischen den Bäumen verschwunden war. Ihm war nicht wohl dabei, sie in Gefahr zu bringen. Dee wollte, dass er allein kam, doch Millepertia hatte sich darauf nicht einlassen wollen. Jetzt musste er sich darauf verlassen, dass sie es schaffte, von hier wegzukommen, wenn Mephisto ihn und Abraham in die Zwischenwelt versetzt hatte. *Falls* Mephisto kam. Lukas seufzte, doch schließlich straffte er die Schultern und sprach sich selbst Mut zu. Natürlich, er war nur ein kleiner Trickbetrüger, der sich anschickte, einen uralten Magier hereinzulegen. Doch was blieb ihm anderes übrig? Außerdem hatte er in den zurückliegenden Tagen gelernt, dass bislang jeder dieser Zauberer unter einem erschreckenden Maß an

Selbstüberschätzung und Überheblichkeit litt. Im Zweifel war genau das ihre Archillesferse.
Lukas wartete einige Minuten, dann legte er den Gang ein und schaltete erstmals die Scheinwerfer an. Bewusst langsam fuhr er weiter auf die Burgruine zu. Er musste Millepertia etwas Zeit verschaffen, damit sie sich der Ruine heimlich nähern konnte. Seltsam. Lukas betrachtete die Ruine argwöhnisch. Ihn beschlich das Gefühl, dass die kleine Burg immer weniger heruntergekommen wirkte, je mehr er sich ihr näherte. Ein Trugbild? Ganz offensichtlich. Denn noch während er auf die geöffnete Toreinfahrt zuhielt, ragten geschwärzte, jedoch intakte Mauern und Türme vor ihm auf. Trotz der Dunkelheit konnte er sehen, dass die Wehr über dem Torhaus mit dämonischen Skulpturen geschmückt war, die Ziegenböcken mit Flügeln glichen. Auch an den Dachrinnen des Palas waren düstere Wasserspeier angebracht. Wie konnte man freiwillig in solch einem Gemäuer leben?
Er stoppte den Wagen und schaltete den Motor aus. Die Scheinwerfer ließ er brennen, denn Dees Heimstatt lag noch immer im Dunkeln. Dann nahm er die doppelläufige Muskete an sich. Einen Schuss konnte er noch mit ihr abfeuern, ohne dass der Fluch der siebten Kugel auf ihn zurückfiel. Und das war besser als nichts. Er wollte schon aussteigen, als sein Blick den Beutel streifte, der gut verschnürt hinter dem Beifahrersitz lag. Sie hatten den Homunkulus darin eingesperrt. Millepertia hatte es mit Riechsalz und diversen Kräutern probiert, um das künstliche Menschlein zu wecken, doch nichts hatte geholfen. Da das Wesen aber eindeutig lebte, hatten sie sich nicht dazu durchringen können, ihm etwas anzutun. Lukas ließ den Sack liegen, stieg aus und betrachtete die Burg abermals. Einen Moment lang glaubte er, über sich an den Mauern eine Bewegung ausma-

chen zu können. Er sah genauer hin, doch er erblickte dort oben bloß Schwärze und schroffes Gestein. Zugleich spürte er mit jeder Faser seines Körpers, dass er erwartet wurde. Beherzt trat er durch das einladend offenstehende Tor auf den Burghof und schnupperte. Es roch nach Schimmel und Öl. An dem Palas über sich entdeckte er mittlerweile sogar moderne Fenster, die verrieten, dass das Gebäude bewohnt wurde. An die Mauern zur Rechten schmiegten sich ehemalige Stallungen, die ebenfalls schon vor längerem zu Unterkünften umgebaut worden waren. Den eigentlichen Blickfang jedoch bildete der Turm neben dem Hauptgebäude, unter dessen Runddach ebenfalls Wasserspeier aufragten.
»Dee? Ich bin hier!« Lukas ging vorsichtig auf das Hauptgebäude zu, als hinter ihm Feuerschein aufflackerte. Alarmiert drehte er sich um und sah, dass ihm der Rückweg versperrt war. Vor der Toreinfahrt züngelte eine hohe Flammenwand empor, die sich rasch an den Mauern entlang über den Innenhof ausbreitete und ihn ringförmig umschloss. Kurz darauf sanken die Flammen in sich zusammen, doch noch immer gloste der Untergrund, aus dem sie hervorgegangen waren. Er stand jetzt in der Mitte eines Kreises. Shit! Im Schein der Glut konnte er einen menschengroßen Steinblock ausmachen. Er befand sich hinter dem Kreis, auf halbem Weg zum Turm. Was hatte das zu bedeuten?
Eine Tür am Hauptgebäude öffnete sich rumpelnd, und im Lichtschein einer Lampe trat John Dee ins Freie. Der gealterte Engländer trug wieder jenes schwarze, bis zu den Knöcheln reichende Gewand mit dem dunklen Pelzbesatz an Kragen und Schultern, in dem er sich ihnen bereits in Worms gezeigt hatte. Die hohe Stirn rahmte eine dunkle Lederkappe; seine Augen blitzen zufrieden. »Lukas Faust!« Er legte die Finger vor der Brust aneinander und näherte sich dem glosenden Kreis mit zufriedener Miene. »Wenn

wir beide ehrlich sind, hatten wir bislang noch nicht das Vergnügen. Zumindest möchte ich unsere kurze Begegnung in Dresden nur ungern als vergnüglich bezeichnen. Aber ich habe vor, das zu ändern.«

»Wo ist Abraham?«, herrschte ihn Lukas an.

»Er ist hier, mein Bester. Wie ich es versprochen habe.« Dee klatschte in die Hände, und über ihm am Nachthimmel ertönten Flügelschläge.

Lukas riss die Flinte hoch und starrte ungläubig die beiden animalischen Flügelwesen an, die auf ihren Schwingen zum Burghof herabsegelten. Das waren die verdammten Wasserspeier, die er vorhin auf den Mauerkronen erblickt hatte. Sie lebten! In ihren Klauen trugen sie Abraham von Worms. Er stöhnte und wirkte benommen.

»Gargylen!«, klärte ihn John Dee auf, der zusah, wie die geflügelten Ziegenwesen Abraham auf den Steinblock legten und ihn dort mit Gurten fesselten. »Sehr nützliche Wächter. Nur kochen können sie leider nicht.«

Was sollte der theatralische Auftritt? Lukas beäugte die unheimlichen Wesen misstrauisch, deren Haut fast die gleiche Farbe wie das umgebende Gestein hatte. Doch anders als die Golems in Worms schienen sie Wesen aus Fleisch und Blut zu sein. Erstmals erblickte Lukas den Tisch, der neben dem Steinblock stand. Auf ihm standen diverse Schalen, Töpfe und andere Gegenstände, von denen er einige zu kennen glaubte. Als sein Blick auf die miniaturisierte Armillarsphäre fiel, wusste er, dass es sich dabei größtenteils um Abrahams Besitztümer handelte.

Dann fiel sein Blick auf den von Dee erbeuteten Teil des Höllenzwangs. Auf den Seiten lag ein Messer mit schwarzem Griff und blitzender Schneide. Lukas wurde blass. Allmählich dämmerte ihm, was es mit dem Steinblock auf sich hatte. Das war ein Opferaltar! Ohne auf die Wasserspeier

zu achten, rannte er hinüber zu Abraham und prallte gegen ein unsichtbares Hindernis, das ihn wieder zurückwarf. Wütend starrte er die glosende Kreislinie am Boden an.
»Ein Zwingkreis.« John Dee lächelte maliziös. »Ihr berühmter Ahne Doktor Faust gilt als sein Erfinder. Dieser Zwingkreis verhindert, dass Sie den Burghof verlassen können.« Lukas atmete tief durch. Dee hatte ihn hereingelegt. Natürlich hatte er das. Lukas hatte nichts anderes erwartet. Er durfte jetzt nur nicht die Nerven verlieren. »Also schön«, sagte er schließlich. »Und was genau wird das jetzt hier?«
»Oh, ich war so frei, alles für eine kleine Willkommensparty vorzubereiten. Allerdings erhält zu dieser Party nicht jeder Zutritt. Sie dürfen sich also geehrt fühlen.« Dee schnippte abermals mit den Fingern, während er vor den Steinblock trat und das Messer in die Hand nahm. Zwei weitere Gargylen glitten vom Nachthimmel herab, nur dass diese eine Frauengestalt trugen, die sich trotz ihrer prekären Situation gegen den Griff der fliegenden Burgwächter wehrte. »Mille!«, rief Lukas entsetzt.
»Sie kennen das Mädchen? Nicht zu fassen.« Die Lippen des Zauberers zuckten belustigt. »Können Sie sich das vorstellen? Sie wollte sich hier ohne Erlaubnis Zutritt verschaffen – und ist wie eine dumme Bauerngöre in eine meiner Fallen getappt.«
Die geflügelten Wasserspeier schlugen über ihm mit ihren Schwingen, krächzten und ließen Millepertia über dem Zwingkreis fallen. Lukas sprang vor und versuchte sie aufzufangen. Kurz darauf gingen sie gemeinsam zu Boden.
»Alles in Ordnung mit dir?«, wisperte er.
»Es waren zu viele.« Mille schüttelte seine Hand ab und starrte Dee hasserfüllt an. »Das wirst du noch bereuen, Zauberer!«

»Ach ja?« Dee prüfte mit dem Daumen die Schneide seines Messers. »Herr Faust, ich denke, es wird langsam Zeit für die Eintrittskarte. Ich habe Ihnen immerhin Logenplätze verschafft.«

»Wir sind nicht so dumm, den Diamanten offen mit uns herumzutragen.« Lukas breitete die Arme aus, so als wäre er jederzeit bereit, sich durchsuchen zu lassen. »Sie bekommen ihn erst, wenn wir überprüft haben, ob es Abraham gutgeht.«

»Na, wie soll es ihm schon gehen? Er lebt. Wir brauchen ihn schließlich noch.« Dee lächelte. »Aber ich glaube Ihnen. Und Ihre Freundin trägt ihn ebenfalls nicht bei sich. Vergraben haben Sie ihn allerdings auch nicht, denn das hätten mir meine Späher berichtet. Natürlich habe ich Sie schon eine Weile beobachten lassen.« Er hob einen Finger. »Aber ich mag Herausforderungen, denen man mit etwas Logik begegnen kann. Und da bleibt eigentlich nur noch ein Versteck übrig.« Er bedeutete zwei der Gargylen, aufzusteigen. »Durchsucht das Auto.«

Lukas schluckte. Er hatte den Grünen Dresden im Radkasten versteckt. Dennoch bewahrten er und Millepertia eine gleichgültige Miene.

Die beiden Wasserspeier krächzten wie Vögel, stiegen auf und flogen über die Mauer hinweg davon. Kurz darauf war das hässliche Geräusch eines in Fetzen gehenden Verdecks zu hören. Dee sah interessiert auf, als die Gargylen wieder zurückkehrten. Sie trugen den Beutel und Dees Kristallkugel bei sich.

Dee nahm die Kristallkugel an sich, knüpfte den Beutel auf und zog den Homunkulus hervor. »Sieh an, der kleine Dieb aus dem Museum! Interessantes Werkstück, nur suchen wir nicht das hässlichste Gesicht, sondern den hübschesten Edelstein.« Wie eine ausrangierte Marionette warf er das

künstliche Menschlein auf den Tisch zu den übrigen Gegenständen.
Einen Moment lang glaubte Lukas zu sehen, wie der Homunkulus seine Augen aufschlug und sich umsah. Dann schloss er die Lider wieder und erschlaffte.
Dee fixierte die Gargylen ungehalten. »Das war alles? Als ich davon sprach, den Wagen zu durchsuchen, meinte ich, dass ihr ihn nötigenfalls bis auf das letzte Bauteil zerlegt, ihr dummen Kreaturen!«
Mit neuerlichem Vogelgeschrei stiegen die Wasserspeier zum Nachthimmel auf, und jenseits der Mauern erklang das Geräusch reißenden Metalls.
Lukas starrte Dee böse an. »Warum liefern Sie uns Abraham nicht einfach aus, und ich besorge Ihnen den Stein, ohne dass Sie den Wagen zerstören?«
»Weil Sie den historischen Moment offenbar nicht erkennen, Herr Faust. Wir sind nicht hier, um *Zeig mir deins, dann zeig ich dir meins* zu spielen, sondern um der Seele Ihres Ahnen einen neuen Körper zu verschaffen.« Dee sah ihn triumphierend an. »Und damit meine ich *Ihren* Körper.«
Lukas wurde flau zumute, und aus dem Augenwinkel sah er Milles erschrockenen Blick. Er wagte nicht, ihr in die Augen zu blicken. Abraham hatte ihn in Baden-Baden genau davor gewarnt. Und er war so dumm gewesen, direkt in die Höhle des Löwen zu laufen. Verdammt! Jetzt erinnerte er sich auch wieder daran, was ihm der jüdische Zauberer über den Ablauf des Rituals erzählt hatte. Dafür war ein Menschenopfer notwendig. Und Dee schien Abraham dafür auserwählt zu haben.
»Ich trachte schon so lange danach, Fausts Geheimnis auf die Spur zu kommen«, erklärte Dee und blätterte in den Seiten des Höllenzwangs. »Die fehlenden Seiten haben es

mir nicht leicht gemacht, seinen Willen zu erkunden. Doch es half, sich in seine Lage zu versetzen. Danach war es nicht schwer, das alte Ritual zu rekonstruieren.« Er sah auf. »Das mit Abraham von Worms tut mir fast ein wenig leid. Ich empfinde Respekt vor Ihrem Mentor, und das will etwas heißen. Aber für die Seelenrückführung ist ein Menschenopfer notwendig. Und es gibt keinen besseren sanguinischen Katalysator als einen Zauberer. Da Sie Agrippa leider haben entwischen lassen, wird mir Abraham als Ersatz dienen.«

»Warum lassen Sie sich darauf ein?«, rief Millepertia verzweifelt. »Sie müssen doch wissen, dass Doktor Faust Sie bei erstbester Gelegenheit verraten wird.«

»Natürlich wird er das. Ich würde an seiner Stelle nicht anders handeln.« Dee lächelte nachsichtig. »Deswegen stehen Sie beide ja in einem Zwingkreis. Und aus diesem wird auch Doktor Faust nicht mehr herauskommen, wenn er erst in seinen neuen Körper eingefahren ist. Auch warum ich Faust bei mir haben will, ist leicht erklärt: Ich benötige ihn, um den dritten Adamanten aufzuspüren. Sobald er mir dienlich war, werde ich ihn zurück in die Hölle schicken.«

Die beiden Wasserspeier kehrten zurück, und Lukas' Hoffnung, dass sie den Diamanten ebenso wie die Höllenbewohner nicht berühren konnten, zerstob. Denn einer von ihnen trug die Teufelsträne in den Krallen.

Lukas handelte. Er spuckte über die linke Schulter und schrie lauthals: »Mephistopheles! Mephistopheles! Mephistopheles!«

Mit einem Knall und viel schwarzem Rauch tauchte Mephisto neben ihm auf. »Sehr gut, Famulus«, knurrte er. »Alles läuft nach Plan!«

»Welcher Plan?« Lukas sah ihn zornig und erleichtert zugleich an. »Dein Plan ist scheiße.«

Mephistos Erscheinen war auch bei dem Opferstein nicht unbemerkt geblieben. Abraham von Worms hob stöhnend den Kopf, und John Dee wurde blass vor Wut. »Satan!«

»Freust du dich, mich wiederzusehen, John? Oder dachtest du, du wärst mich los?« Mephisto bleckte die Zähne. »Meine kleine Scharade diente bloß dazu, herauszufinden, wie viel du weißt.«

Dee wich einen Schritt zurück. »Und du dachtest hoffentlich nicht, dass du mich noch einmal unvorbereitet erwischen würdest?« Er breitete die Arme mit dem Messer aus, und seine Stimme donnerte über den Hof. »Abaddon, Herr und Meister, erscheine!«

Unmittelbar zu ihren Füßen, inmitten des Zwingkreises, flammte plötzlich ein Pentagramm mit unzähligen komplizierten Symbolen an Ecken und Rändern auf. Mit ihm kroch eine Kälte über den Burghof, die den Atem vor ihren Lippen zu kleinen Wölkchen gefror.

»Duckt euch!«, fauchte Mephisto. Mit der Kälte wehte ein bestialischer Schimmelgeruch heran, dem ein lautes Wiehern folgte.

Millepertia verwandelte sich schlagartig in ihre Hartheugestalt und warf Lukas zu Boden. Keinen Augenblick zu spät, denn unter lautem Hufgetrappel brach aus dem Erdreich jenes fürchterliche Skelett samt seinem Falben hervor, das Lukas bereits in Worms gesehen hatte. Der Helljäger!

Abaddon und Mephistopheles, dessen Augen jetzt rot glühten und dessen Pudelgestalt wie damals in Staufen auf Bulldoggengröße anwuchs, standen sich direkt gegenüber, fixierten einander und trugen einen stummen Zweikampf aus, dessen Widerhall allein im Flackern ihrer Blicke zu sehen war. Die rote Glut in den Augen des Teufels prallte knisternd auf den kalten Silberschein, der den Schädelhöh-

lungen des Helljägers entwich. Die Luft zwischen den beiden waberte.
Dee lachte und rammte das Messer nach unten.
»Nein!« Millepertia sprang entsetzt vor und warf sich gegen den Zwingkreis. Auch Lukas schrie auf. Erschüttert sah er mit an, wie sich Abraham röchelnd aufbäumte und dann erschlaffte. Blut breitete sich auf dem sandfarbenen Gewand aus. Lukas starrte ungläubig das Heft an, das bis zum Anschlag in Abrahams Bust steckte. Dee hatte es getan. Er hatte es tatsächlich getan.
Der Engländer hielt den Griff weiter umfasst und intonierte einen fremdartigen Gesang, der unheilschwanger über den Burghof rollte.
Millepertia gebärdete sich derweil wie wahnsinnig. Schreiend und schluchzend schlug sie in ihrer Hartheugestalt auf das unsichtbare Hindernis ein.
In diesem Augenblick war am Nachthimmel das aufgeschreckte Flattern eines Vogelschwarms zu hören.
Krähen. Viele Krähen.
Wie damals in Staufen stürzte der Schwarm in die Tiefe und manifestierte sich unmittelbar vor den Stallungen zu der Gestalt Agrippa von Nettesheims. Der Magier trug noch immer seinen Kaschmirmantel, bot ansonsten jedoch einen fürchterlichen Anblick. Sein Gesicht war bis hinauf zur Nase von Blasen und brandigen Wunden entstellt, durch ein verkohltes Loch in der rechten Wange schimmerten die Zähne, und Teile seines linken Armes waren von dem brennenden Bild in Mitleidenschaft gezogen worden. Er maß Lukas mit zornigem Blick. »Zu dir komme ich gleich!«, geiferte er, dann wandte er sich in einer fließenden Bewegung Dee zu. »Zunächst rechnen wir beide ab, John!«
Ein greller Kugelblitz löste sich aus Agrippas Händen und jagte auf Dee zu, der alarmiert eine Schutzgeste ausführte.

Der Blitz beschrieb einen jähen Haken und schlug im Dach der Stallung ein. Mit lautem Knall explodierte er.
Plötzlich stand das ganze Gebäude in Flammen. Glühende Scheite regneten auf das Burgpflaster.
»Tötet ihn!«, zischte Dee. Er deutete auf Agrippa, und unter lautem Kreischen stürzten sich die Gargylen auf den Eindringling, der sich gekonnt mit weiteren Kugelblitzen verteidigte. Eine der Kreaturen taumelte in den Kreis, prallte gegen Lukas und verletzte ihn mit einem Prankenhieb an der Hand.
Lukas schrie auf. Dennoch gelang es ihm auszuweichen, und so entdeckte er, dass das Leuchten des Zwingkreises schwächer wurde. Der verwundete Wasserspeier lag quer über der glühenden Kreislinie und versuchte wieder und wieder auf die Beine zu kommen, wobei er mit Klauen und Hufen scharrte.
»Mille, da!« Lukas deutete mit der blutenden Rechten auf die Lücke, die die Kreatur unwillentlich in den Zwingkreis geschlagen hatte.
Die Hexe packte ihn an der Jacke und warf sich mit ihrem Hartheukörper abermals gegen die magische Begrenzung. Ein Laut wie zerschellendes Glas ertönte, und der Zwingkreis erlosch. Hinter ihnen explodierte ein weiterer Kugelblitz und vernichtete die nächste Gargyle.
Von Nettesheim wollte sich gerade John Dee zuwenden, als dieser die Faust ballte. Schräg über ihm, vom brennenden Dach des Stallgebäudes, stürzte eine Lawine Schindeln in die Tiefe. Mit einem wüsten Aufschrei ging Agrippa zu Boden, wo er regungslos liegen blieb.
Die Einzigen, die sich von dem Geschehen unberührt zeigten, waren Mephisto und der Helljäger. Noch immer standen sie einander stumm gegenüber und trugen ihr Blickduell aus. Dann jedoch schnaubte Abaddons Falbe plötzlich

und brach samt seinem skelettierten Reiter auf den Hinterbeinen ein.
Mephistos Hundeaugen glühten noch intensiver.
Lukas schöpfte Hoffnung, doch dann sah er, wie einer der Wasserspeier sich anschickte, Dee die Teufelsträne zu übergeben.
»Mille!«, schrie er abermals, doch die Hexe hatte die Gefahr bereits erkannt, sprang vor und schlug dem Wasserspeier die Teufelsträne aus der Pranke. Ihre Pflanzenstränge wickelten sich um den geflügelten Ziegenkörper und rissen ihn zu Boden.
Das Monster schnappte nach ihr, doch viel gefährlicher erschien Lukas John Dee, der längst dazu übergegangen war, über Abrahams Körper Beschwörungsgesten auszuführen.
Lukas zögerte nicht länger. Er hob die Flinte und drückte ab.
Der Knall des Schusses ging in den übrigen Kampfgeräuschen fast unter, doch er sah, wie die Kugel in der Brust des Engländers einschlug. Dee taumelte einige Schritte nach hinten und stürzte zu Boden. Gereizt starrte er ihn an, dann riss er sich pathetisch das Gewand auf. Lukas starrte im Schein der Flammen auf eine alte Narbe in Herzhöhe, in dessen Mitte eine klaffende Wunde prangte.
»Ich habe mein Herz schon lange ausgelagert, Herr Faust.« Der Magier kam wieder auf die Beine, doch Lukas scherte sich nicht darum. Er stürzte hinüber zu dem Grünen Dresden, der herrenlos am Boden lag. Aber seine Hand blutete so stark, dass ihm der Adamant aus den Fingern flutschte, kaum dass er den Stein berührt hatte. Schon musste er sich wieder Dee zuwenden, der den Opferaltar mit Abrahams Leichnam umrundete und auf ihn zukam. »Sie müssen wissen, dass ich es in einem Zedernholzkästchen neben meinem Bett verwahre. Oben, in mei-

nem Schlafgemach.« Er deutete hinauf zur Turmspitze, die Lukas in diesem Augenblick so unerreichbar weit entfernt erschien wie der Mond. »Stets bewachen es drei meiner Lieblinge. Und solange das so ist, kann mir keine Verletzung etwas anhaben.«
Lukas zielte wieder auf ihn und wusste nicht, was er jetzt tun sollte. Dee betrachtete die Waffe interessiert. »Sieh an, ist das nicht die Muskete, die ich für Makhbar angefertigt habe? Ich habe mich schon gewundert, was für ein guter Schütze Sie sind. Nur nützt Ihnen die Waffe nichts.«
Lukas wich weiter zurück und sah aus den Augenwinkeln, wie Millepertia die Gargyle mit ihren Strängen erwürgte.
»Verraten Sie mir: Wie viele Kugeln haben Sie schon abgefeuert?«
Lukas stieß mit dem Rücken gegen die Mauer.
»Oh nein, doch nicht etwas sechs?«, verhöhnte ihn der Magier. »Wissen Sie denn nicht, dass auf der siebten Kugel ein Fluch lastet? Womöglich treffen Sie sich damit selbst.«
»Vielleicht lasse ich es darauf ankommen?«, keuchte Lukas. »Denn wenn tatsächlich der Teufel die letzte Kugel lenkt, dann sollte der doch eigentlich auf meiner Seite stehen, oder? Wo war Ihr Schlafzimmer mit dem Herz noch gleich? Oben im Bergfried?«
Die Waffe im Anschlag, drehte er sich zu einem der Turmfenster herum und stellte sich in Gedanken das pochende Herz des Mannes vor. Dee sprang ihn mit einem Aufschrei an – und in diesem Moment löste sich der siebte Schuss. Er und der Magier stürzten zu Boden. Lukas gewahrte zu seinem Entsetzen, dass der Lauf der Waffe auf Millepertia wies. »Oh nein!«
Die Hexe stand neben dem toten Wasserspeier und war über und über mit grünem Pflanzenblut bedeckt. Ächzend sank sie auf die Knie.

»Mille!« Lukas schleuderte Dees Körper von sich und rannte zu ihr. Sie sah erschöpft auf. »Hast du ihn erwischt?«
»Dann bist du nicht …?« Lukas sah wieder zu Dee, der hinter ihm auf dem Pflaster lag und ihn ungläubig anstarrte. Dann glitt sein Blick zum Turm hinauf, wo das Mondlicht im Fenster kurz unterhalb der Plattform ein Einschussloch enthüllte. Gotcha!
Dee stöhnte. Eine Lache roten Blutes breitete sich unter seinem Körper aus. Plötzlich verzerrten sich seine Gesichtszüge in namenlosem Grauen, ganz so, als könne er jetzt Dinge sehen, die ihnen verborgen blieben. Dann brach sein Blick.
Hinter ihnen knirschte der Boden. Unter wehklagendem Geheul brach der Helljäger auf dem Hofpflaster ein. Das noch immer fahl leuchtende Pentagramm schluckte ihn ebenso lautlos, wie es ihn ausgespien hatte.
Mephisto schüttelte befriedigt sein Fell und zwinkerte Lukas zu. »Allmählich laufe ich wieder zu alter Form auf!«
»Bist du dir da sicher?«
Aufgeschreckt von der Stimme fuhren sie herum und entdeckten Agrippa von Nettesheim, der eben noch vor der alten Stallung am Boden gelegen hatte. Der entstellte Zauberer strich sich angewidert über das Loch in der Wange und musterte Lukas. »Hatte ich in meinem Buch nicht Anweisungen gegeben, den Körper meines Nachfahren als Seelengefäß vorzubereiten?« Seine Stimme klang kehlig und ungelenk, fast so, als wäre er an den Gebrauch von Stimmbändern nicht gewöhnt. »Es wird Jahre dauern, bis ich diese Hülle wieder instand gesetzt habe.«
Millepertias Kehle entrang sich ein gequälter Laut, als sie zu Abraham herübersah. Lukas folgte ihrem Blick und verstand: Der alte Jude war tot.
Doch im Augenblick hatten sie noch ein anderes Problem.

Mephisto knurrte und sprach das aus, was jeder von ihnen dachte: »Faust!«
»*Doktor* Faust. So viel Zeit sollte sein.« Zu ihrem Entsetzen hob der Wiederauferstandene die Linke und präsentierte den Grünen Dresden. Der Adamant funkelte in einem Feuer, dessen Widerschein das von Brandwunden entstellte Gesicht des Zauberers noch grässlicher erscheinen ließ.
Lukas half der erschöpften Millepertia auf die Beine, von der die Hartheugestalt längst wieder abgefallen war. Was sollten sie jetzt tun?
»Wag es nicht!«, grollte der Teufel.
Doktor Faust rang Agrippas entstellten Gesichtszügen ein Lächeln ab. »Warum sollte ich nicht? Genau deswegen bin ich doch hier.«
Mephisto stieß ein warnendes Knurren aus, dann sprang er Faust mit einem Satz an. Der jedoch ballte die Faust, und der Stein zerbröselte mit platzendem Laut, als bestünde er lediglich aus Ton. Gleißendes Licht brach zwischen Fausts Fingern hervor, Mephistopheles überschlug sich winselnd in der Luft und krachte zu Boden.
Lukas wandte hastig seinen Blick ab. Wie schon damals in Staufen glaubte er von irgendwoher das Schmettern von Posaunen zu hören. Trotz des Kummers, den ihm Abrahams Tod bereitete, durchrieselte ihn ein feierliches Hochgefühl, wie er es zuvor noch nie erlebt hatte. Und aus irgendeinem Grund machte sich Hoffnung in ihm breit. Als er die Augen wieder öffnete, sah er, dass er Mille schützend umfasst hielt. Verwirrt sahen sie einander an, dann glitt Lukas' Blick erneut über den Hof.
Mephisto jedoch lag wie entrückt zwischen ihnen und dem Doktor am Boden. Der Blick seiner Pudelaugen wirkte verklärt, und er schien sie kaum wahrzunehmen. Auch Doktor Faust stand mit offenem Mund da. Doch dann blinzelte er,

und rasch schlich sich wieder Hochmut in seinen Blick. Drohend wandte er sich Lukas zu. »Und jetzt zu dir, Urenkel. Ich werde den bedauerlichen Irrtum korrigieren, der meiner Seele widerfahren ist.«

»Nicht, solange ich noch in dieser Welt weile!«, rief ein dünnes Stimmchen. Vom Tisch sprang der Homunkulus; seine großen Augen blitzten kämpferisch, und in seinen Armen trug das künstliche Menschlein die schwirrende Armillarsphäre.

»Abraham?«, keuchte Millepertia überrascht.

Faust fuhr herum und beschrieb mit den Fingern eine Beschwörungsgeste.

Der Homunkulus jedoch rannte mit seinen kurzen Beinchen auf sie zu und erreichte sie in jenem Moment, als eine Art Spinnennetz auf sie zuschoss.

Das Letzte, was Lukas sah, war, wie sich die Raumstruktur des Burghofs dehnte. Dann umhüllte sie Finsternis.

Faust
Des Dramas zweiter Teil

»Ich bin ein Teil von jener Kraft,
die stets das Böse will
und stets das Gute schafft.«
Mephistopheles,
Faust; Vers 1335

Gesang der Engel

»Die Apokalypse beginnt!« Lukas betrat mit einem Stapel Zeitungen die Berghütte und präsentierte Millepertia die neuesten Schlagzeilen. »An der Küste Frankreichs hat sich das Meer blutrot verfärbt. In Indien ist die Pest ausgebrochen. In den USA belagert das FBI eine gewalttätige Weltuntergangssekte. In Katalonien haben Bauern zwei Frauen als Hexen verbrannt. Im Irak lässt eine entsetzliche Dürre den Euphrat austrocknen. Eine rätselhafte Sonnenfinsternis über dem Atlantik. Heuschreckenschwärme in Ägypten. Zombie-Sichtungen auf Haiti.« Er seufzte, warf die Zeitungen auf einen Tisch und zückte stattdessen sein Smartphone. »Und im Netz sieht es ebenfalls nicht besser aus.« Er klickte einige Nachrichten an. »In den Esoterik-Foren diskutieren sie, ob der Maya-Kalender den Weltuntergang nicht doch noch ankündigt, nur halt dieses Jahr. Auffallend viele Schnappschüsse dämonischer Erscheinungen auf Facebook. Und … Werder Bremen kämpft weiter gegen den Abstieg. Alles mehr als beunruhigend.« Er sah sich in ihrem engen, mit Büchern, Bergkristallen, Wünschelruten und diversen anderen Zaubergegenständen vollgestopften Versteck um, unter denen der ausgestopfte Wolpertinger über dem Kamin das seltsamste Einrichtungsstück war. Das Vieh sah aus wie ein Hase mit Hirschgeweih und Falkenflügeln. Sowohl Millepertia als auch Abraham behaupteten, dass er echt sei.

Seit Abraham sie vor drei Tagen in diese Almhütte in den österreichischen Alpen versetzt hatte, waren sie zur Untätigkeit verdammt. Hinzu kam, dass jeder Gang ins Tal, wo sich die nächste größere Ortschaft befand, über eine Stunde dauerte – und dass Abraham aus Gründen der Vorsicht darauf bestand, dass sie sich dort tagsüber nicht blicken ließen. Lukas kaufte ihre Lebensmittel daher stets vor Sonnenaufgang in einer Tankstelle und sah zu, dass er kurz vor Tagesanbruch wieder zurück war. So auch heute. Das Geld des Sachsen leistete ihm dabei einmal mehr gute Dienste. Im Stillen kürte Lukas den Security-Mann zum Financier ihrer Unternehmung, und ganz allmählich gewann er den Eindruck, dass sich Abraham um eine finanzielle Beteiligung an ihren Kosten drückte.

»Ja, wir müssen etwas tun«, unterbrach ihn Millepertia niedergeschlagen. »Dummerweise habe ich nicht die geringste Idee, was das sein sollte.«

Er sah, dass sie dabei war, die Fenster der Almhütte mit Zauberkräutern zu verhängen. Die letzten Tage über war Millepertia in der Bergwelt unterwegs gewesen, um nach Kräutern und Pflanzen wie Engelwurz, Beifuß, Raute und – natürlich – Hartheu Ausschau zu halten. Mit ihnen hatte sie Amulette präpariert, die die Hütte angeblich gegen alle Arten von schwarzer Magie schützen sollten. »Alles, was ich tun kann«, fuhr sie fort, »ist, dafür zu sorgen, dass wir unseren Gegnern nicht unvorbereitet gegenüberstehen.«

»Indem wir uns verbarrikadieren?« Lukas hatte nicht vor, sich hier einzuigeln. Ihr selbstgewähltes Exil ging ihm schon jetzt gegen den Strich. Da draußen lauerte irgendwo sein Vorfahre, um die Welt in den Abgrund zu stürzen, und er brannte förmlich darauf, ihm ins verderbte Handwerk zu pfuschen. Trotzdem, Millepertia hatte recht. Sie besaßen nicht den Hauch eines Anhaltspunktes, wie sie dabei vorgehen sollten.

»Wir werden hier sicher nicht ewig bleiben«, entgegnete die Hexe. »Aber auch für diesen Fall habe ich uns gewappnet.« Sie reichte ihm einen aromatisch riechenden Beutel, der mit einer Lederschlaufe versehen war.

»Was ist das?«

»Eisenkraut! Bei unserem letzten Aufenthalt hier habe ich es an einem Karfreitag gesammelt und danach getrocknet. Sein Name kommt nicht von ungefähr, denn es vermag seinen Träger gegen Hiebe und Stiche zu schützen. Also: Häng es dir um den Hals.«

»Ich bin damit unverwundbar?«, fragte Lukas erstaunt.

»Nein, leider nicht. Aber es macht dich gegen Verletzungen deutlich resistenter.«

Lukas verbarg den Beutel unter seinem Hemd.

Millepertia reichte ihm anschließend drei knorrige Ranken.

»Und was ist das?«

»Das sind Irrwurzeln.«

»Irrwurzeln?«

»Allerdings. Wenn du im Wald auf sie trittst, verirrst du dich rettungslos. Es sei denn, du triffst zufällig jemanden, der dir wieder aus dem Wald heraushilft.«

»Und was kann ich damit tun?«

»Ich habe sie getrocknet.« Millepertias Gesicht nahm einen kämpferischen Ausdruck an. »Wenn du sie wirfst und jemanden mit ihnen triffst, verwirrst du dessen Sinne. Ich gebe zu, das ist nichts im Vergleich zu dem Donnerkeil, den du in Worms benutzt hast, oder zu den Freikugeln – aber du bist damit wenigstens nicht wehrlos.«

»Dank dir.« Er trat an eines von Milles altertümlichen Hexenbüchern heran und blätterte es durch. Die Seiten waren voller farbiger Illustrationen seltsamer Zauberpflanzen, von denen manche mit magischen Symbolen, manche aber auch mit den Darstellungen von Engeln, Teufeln und Tieren verziert waren. »Ich hätte niemals gedacht, dass es so viele von diesen Zauberpflanzen gibt«, murmelte er. »Erst dein Hartheu, dann diese Springwurzel. Und jetzt die hier. Wirklich erstaunlich.«

Millepertia lächelte. »Das Wissen um die magischen Kräfte der Pflanzenwelt wird jeder jungen Hexe zuerst beigebracht. Der Umgang mit ihnen ist sogar Nichtmagiern wie dir möglich.«

»Aber die Homunkuli sind keine dieser Pflanzen, oder?« Lukas deutete stirnrunzelnd auf die Abbildung eines eigentümlichen Wurzelmännchens mit großen Augen und wie zum Schrei aufgerissenem Mund. Es besaß deutliche Ähnlichkeit mit Abrahams jetziger Gestalt.

»Nein.« Die Hexe schüttelte den Kopf. »Was du da siehst, ist ein Alraunenmännchen. Alraunen gehören zu den mächtigsten, aber auch zu den gefährlichsten Zauberpflanzen.«

»Davon habe ich schon gehört.«

Millepertia trat neben ihn und betrachtete die Zeichnung ebenfalls. »Echte Alraunen, also solche mit Zauberkraft, wachsen nur an verfluchten Orten. Früher fand man sie oft dort, wo Menschen gehenkt wurden. Nur kommt das heutzutage nicht mehr allzu oft vor. Meine einstigen Schwestern ziehen sie daher an anderen verzauberten Orten. Hexentanzplätze oder Kreuzungspunkte von Drachenlinien zum Beispiel.«

»Und was machen sie dann damit?«

»Alraunen gehören zu den wichtigsten Bestandteilen der berühmten Hexensalbe. Sie bringt Dinge zum Fliegen oder ermöglicht Einblicke in verborgene Dimensionen. Außerdem lassen sich aus dieser Pflanze die wirksamsten Heilmittel brauen.«

»Was noch nicht erklärt, was sie so gefährlich macht.« Millepertia zwinkerte ihm zu. Es war nicht zu übersehen, dass sie Freude an dieser kleinen Lehrstunde in Hexenkunde hatte. »Ganz einfach: Bei echten Alraunen formen sich die Wurzeln zu Menschengestalt um. Diese Wesen sind von unheimlichem Leben erfüllt. Und das macht es schwer, Alraunen überhaupt aus der Erde zu ziehen. Wer dies leichtfertig tut, läuft Gefahr, Opfer des Alraunenschreis zu werden.«
»Das Alraunenmännchen *schreit?*«
»Oh ja.« Millepertia nickte und verzog das Gesicht. »Wer diesen Schrei hört, den treibt er in den Wahnsinn. Wusstest du, dass man Alraunen früher deshalb von Hunden ausbuddeln ließ? Ehrlich gesagt reicht es aber auch, sich die Ohren zu verstopfen.« Millepertia lachte leise auf. »Willst du noch mehr wissen? Vielleicht über die Macht von Haselnusssträuchern oder die Zauberkraft des Holunders? Man kann aus ihnen vorzügliche Abwehrmittel gegen Blitze erstellen.«
»Nein, dank dir. Deine Lektion in Zauberbotanik reicht mir fürs Erste.« Lukas sorgte dafür, dass die Irrwurzeln griffbereit in seinen Taschen verstaut waren. »Sag mir lieber, wie es Abraham geht.«
Millepertia, die sich wieder den Fenstern zuwandte, seufzte. »Er ist drüben und geht seinen geomantischen Studien nach. Er versucht noch immer einen Hinweis auf den letzten der drei Adamanten zu finden. Allerdings scheint auf seine Zauberkräfte nicht mehr allzu viel Verlass zu sein.«
Lukas ging an ihr vorbei zum Nachbarraum, klopfte und öffnete vorsichtig die Tür. Ihn erwartete ein nahezu komplett ausgeräumtes Zimmer, auf dessen Boden mit Kreide eine detailgetreue Abbildung der Kontinente und ihrer Länder zu sehen war. Auf leergeräumten Regalen und Stüh-

len in den Raumecken hatte Abraham eine Vielzahl Bergkristalle plaziert, und auf dem Fensterbrett brannte aromatisch riechendes Räucherwerk. Außerdem hatte Abraham ein bizarres Netz aus Fäden und kleineren Stegen geknüpft und es mitten im Raum aufgespannt. Auf diesem konnte der Geomant in seiner Homunkulusgestalt über der Weltkarte herumturnen und jede gewünschte Stelle erreichen.

Lukas musste noch immer schlucken, wenn er Abrahams neuen Körper erblickte. Seine kleine Gestalt war jetzt mit einem Gewand aus schlichtem Leinen bekleidet, das Millepertia für ihn genäht hatte. Es war ähnlich wie die Robe geschnitten, die Abraham früher getragen hatte. Allerdings sah er darin mit seinem übergroßen Rübenkopf wie eine lebendige Spielzeugpuppe aus. Lukas schüttelte sein Unbehagen ab und lächelte Abraham freundlich zu. Unter dem Strich war er mehr als froh, dass es dem Zauberer gelungen war, seinen Geist in das künstliche Menschlein zu versetzen und dem Tod so noch einmal von der Schippe zu springen.

Im Augenblick hing der Homunkulus in einer Trageschlaufe über der Darstellung Nordamerikas und pendelte mit seiner miniaturisierten Armillarsphäre die Ostküste aus. Missmutig hob er den Kopf und sah Lukas aus großen, eulenartigen Augen an. »Habt Ihr Lakritze mitgebracht?«

»Sicher. Sie hatten mich ja darum gebeten.«

Abraham holte die Armillarsphäre ein, hängte sie sich wie einen Ball vor die Brust und kraxelte auf dem Netz zum Zimmereingang zurück, wo er ihm die Hand reichte. »Wenn ich bitten dürfte.«

Lukas hob den kleinen Körper an und stellte ihn vor sich auf dem Zimmerboden ab. Abraham tat ihm leid. Zweimal hatte er den Versuch gewagt, sein Bedauern über das Schicksal zu äußern, das ihm widerfahren war. Doch beide Male hatte der Zauberer ihm brüsk das Wort abgeschnitten und ihm verboten, das Thema anzusprechen. Offenbar war das seine Art, mit der Transformation fertig zu werden. Lukas hatte dem nichts entgegenzusetzen. Er reichte dem Homunkulus ein Tütchen mit Salmiakpastillen. Gierig riss der Zauberer es auf und stopfte sich eine davon in den Mund. »Seit ich in diesem Körper stecke«, sprach er fast entschuldigend, »habe ich einen richtigen Heißhunger auf diese Pastillen. Keine Ahnung, warum, aber das werde ich noch erforschen.« Er schlüpfte in winzige Schuhe, die er ebenfalls Millepertia zu verdanken hatte, und nahm eine selbstgefertigte Umhängetasche auf, in die er den Rest der Pastillen füllte. »Es könnte daran liegen, dass Salmiak blutbildend wirkt«, fuhr er geschäftig fort. »Vielleicht versucht mein neuer Körper damit den Umstand auszugleichen, dass durch ihn nicht mehr mein altes Zaubererblut fließt. Zumindest bemerke ich eine gewisse Kräftigung, wenn ich mich mit dem Zeug vollstopfe. Und das ist höchst bemerkenswert.«

»Inwiefern?«, wollte Lukas wissen.

»Ganz einfach: Mein Geist steckt nicht mehr in meinem alten Körper. Ich wundere mich, dass ich überhaupt noch über Zauberkräfte gebiete.«

»Sie meinen den Umstand, dass in jedem echten Zauberer etwas Engelsblut fließt?«

»Genau. Durch meinen neuen Körper strömt aber das Blut des Homunkulusleibs. Und doch scheint meine Seele darauf zu reagieren. Ich kann mir das nur so erklären, dass von Nettesheim bei seiner Erschaffung auf sein eigenes Blut zurückgegriffen hat.«

»Apropos Blut«, ergriff Lukas die Gelegenheit beim Schopf. »Finanziell sind wir mal wieder ziemlich ausgeblutet. Wollten Sie unsere Reisekasse nicht schon vor Tagen auffüllen?«

»Ach, das. Natürlich. Na, dann folgt mir.« Abraham stiefelte an Lukas vorbei in den Kaminraum.
»Und? Irgendwelche neuen Erkenntnisse?« Millepertia trat mit einem dampfenden Teekessel zum Tisch und schenkte etwas heißes Wasser in eine winzige Tasse.
»Leider nein.« Abraham blieb vor einem ausgetretenen Läufer stehen und bedeutete Lukas, diesen fortzuziehen. Darunter befand sich eine Klappe mit metallenem Griff. »Ihr braucht Geld, also bitte bedient Euch. Es ist in der Tat an der Zeit, dass auch wir uns an den Kosten unserer Unternehmung beteiligen.«
Lukas lächelte zufrieden, öffnete die Klappe und entdecke darunter einen Hohlraum, in dem eine kleinen Truhe mit Silberbeschlägen stand. Lukas hob sie an und ächzte, so schwer war sie. »Donnerwetter, dem Gewicht nach zu urteilen, sind unsere Geldprobleme behoben.« Rasch stellte er sie auf dem Boden ab.
»Na, das will ich wohl meinen.« Abraham berührte die Armillarsphäre, und im selben Moment schnappten die Schlösser auf.
Lukas öffnete den Deckel und starrte mit offenem Mund den blinkenden Haufen Silbermünzen an. Konsterniert nahm er eine von ihnen zur Hand und drehte sie. Auf ihrer Rückseite trug sie die Prägung einer Art Burg. »Was zum Teufel ist das?«
»Das sind Friesacher Pfennige!«, erklärte der Homunkulus begeistert. »Das dürften exakt fünfhundert von ihnen sein. Ich verwahre sie hier oben im Gebirge seit etwa 1400. Sozusagen als kleine Reserve für Notfälle.« Er zwinkerte. »Diese Münzen waren die Bezahlung für eine erste Auftragsarbeit – einen Golem! Unsere Geldprobleme dürften sich damit wohl in der Tat erledigt haben.«
»Gut, das ist Silber, aber …« Lukas ließ die Münze zurück

in die Truhe fallen. »Damit können wir heutzutage nicht mehr zahlen.«
»Was? Wieso das denn nicht?« Der kleine Zauberer wirkte verschnupft. »Die Ghule akzeptieren diese Münzen doch auch.«
Millepertia im Hintergrund unterdrückte ein leises Lachen.
»Ich will ja nicht sagen, dass sie nichts wert sind«, versuchte Lukas den Zauberer zu beschwichtigen. »Im Gegenteil. Aber auf gar keinen Fall kann ich damit unten im Dorf Lebensmittel einkaufen. Und ich wüsste so schnell auch niemanden, bei dem man diese Münzen gegen Euro eintauschen könnte. Zumindest nicht, ohne größeres Aufsehen zu erregen.«
»Dann lasst Euch eben was einfallen. Aber nicht, dass es später heißt, ich habe mich um meine finanzielle Beteiligung gedrückt.« Ungehalten kletterte Abraham eine kleine Strickleiter zum Tisch empor, die sie eigens für ihn angefertigt hatten. Lukas hätte ihn auch wieder hochheben können, doch der Zauberer bestand darauf, alle Orte in der Almhütte selbst erreichen zu können. Oben angelangt, ignorierte er die Tasse und starrte stattdessen griesgrämig die Zeitungen an. Lukas hätte nur zu gern noch einmal in die Kiste gegriffen, aber aus irgendeinem Grund kam er sich dabei schäbig vor. Es war schließlich Millepertia, die einige der Silberpfennige an sich nahm und die Kiste mit den Münzen dann wieder zurückstellte. »Wenn ich Zeit finde, tausche ich sie um. Nur kann ich nicht versprechen, dass sich das morgen schon erledigen lässt.«
Super. Sie waren also immer noch auf das Geld des Sachsen angewiesen, und das schmolz mal wieder dahin.
»Wenn die dritte Teufelsträne existiert«, wechselte Abraham ansatzlos das Thema, »ist sie vermutlich gut verborgen. Vielleicht reicht der winzige Splitter an meiner Armillar-

sphäre auch einfach nicht aus, um eine Verbindung herzustellen. Den Rest musste ich ja leider zurücklassen.«
»Ebenfalls ein Punkt, bei dem uns mein Ahne voraus ist.« Lukas klappte die Luke am Boden wieder zu, zog den Läufer vor und ließ sich schwer auf einen Hocker fallen. »Nicht nur, dass Faust über unsere Splitter aus Staufen verfügt, er hat auch den Grünen Dresden.«
Tatsächlich hatte der Raub des Edelsteins die Nachrichtensender beherrscht, und sogar sein Name war dabei gefallen. Der verdammte Sachse hatte ihn der Polizei natürlich bereitwillig genannt. Unmittelbar nach den Geschehnissen in Dresden war sogar ein älteres Bild von ihm aus seiner Studienzeit in Heidelberg veröffentlicht worden. Lukas hatte daraufhin panisch die SIM-Karte seines Handys ausgewechselt und war nun ehrlich gesagt heilfroh, dass sie sich jenseits der Landesgrenzen befanden. Er würde es schon zu verhindern wissen, dass man ihn schnappte. Doch was, wenn seine Mutter von der Fahndung nach ihm erfuhr? Er konnte nur hoffen, dass Mephisto Wort hielt und sie tatsächlich abschirmte. Möglichst auch vor den Nachrichten. Doch wenn er ehrlich zu sich war, vermied er es lieber, darüber nachzudenken, wie sehr sein Leben in der vergangenen Woche aus den Fugen geraten war. Andererseits – was war das schon, angesichts des Loses, das Abraham ereilt hatte? Oder angesichts der drohenden Apokalypse? Hexenverbrennungen. Ozeane aus Blut, die Pest und Zombies. Bislang fand man all diese Meldungen zwar nur unter »Kurioses«, doch Lukas war sich sicher, dass sich das bald schon ändern würde. Wirklich erreichen taten ihn all diese Nachrichten jedoch noch immer nicht. Vermutlich war der einzige Grund, aus dem ihn all dieser Irrsinn nicht in den Wahnsinn trieb, der, dass er gar keine Zeit hatte, allzu viel darüber nachzudenken. Und das war auch gut so. Ein Grund mehr,

warum ihn das untätige Herumsitzen hier in der Hütte nervös machte.
Abraham nahm erstmals einen Schluck aus seiner Teetasse und blickte griesgrämig zu den Fenstern der Hütte auf. »Und *er*? Was ist mit *ihm*? Will *er* nicht mal was unternehmen? Ich lasse mich schließlich auch nicht so gehen.«
»Können wir nicht endlich mal mit diesen kindischen Umschreibungen aufhören«, murrte Lukas. »*Er* heißt Mephisto und weilt längst unter uns.«
»Trotzdem.« Millepertia lüpfte die Gardine und spähte nach draußen. »Ich frage mich ebenfalls, warum er sich so seltsam verhält. Schon seit Tagen hockt er da draußen auf der Klippe und rührt sich nicht. Mir will einfach nicht in den Kopf, warum er seiner drohenden Vernichtung so tatenlos entgegensieht.«
»Wie wäre es«, schlug Abraham an Lukas gewandt vor, »wenn Ihr noch einmal versuchtet, zu ihm durchzudringen? Ich bin diesbezüglich mit meinem Latein am Ende. Ihr habt ganz offensichtlich einen besonderen Draht zu ihm.«
Lukas atmete tief ein und sah die beiden an. »Was diesen *besonderen Draht* anbelangt … Mephisto berichtete mir, dass wir Fausts nicht von irgendwelchen Engeln abstammen, sondern von ihm persönlich.«
Millepertia sah ihn konsterniert an.
»Angeblich beruhen die besonderen Kräfte in unserer Familie auf genau diesem Umstand«, fuhr Lukas fort.
»Und das erzählt Ihr uns erst jetzt?« Abraham stemmte seine Ärmchen in die Hüfte. »Ist Euch nicht klar, welche Implikationen sich daraus ergeben?«
»Welche Implikationen?«
»Denkt an das, was Ihr und Millepertia durch Urds Spiegel erfahren habt«, rief der Homunkulus verärgert. »Sprach der Spiegel nicht davon, dass die Adamanten angeblich nur vom

Teufel selbst zerstört werden können? Warum also sollte der Teufel sie zerstören, wenn er selbst dadurch vernichtet wird?« Abraham deutete auf ihn. »Wenn durch Eure Adern aber tatsächlich Teufelsblut fließt und etwas seiner Macht an Euch und die Mitglieder Eurer Familie vererbt wurde ... Das erklärt, warum es Euch möglich war, den Adamanten in Staufen zu zerstören. Das erklärt überhaupt erst Fausts Plan und warum er darauf setzen konnte, dass ihn jemand zurückholt!« Abraham lachte böse. »Nur bedeutet das auch, dass Faust jetzt vor einem ernsthaften Problem steht. Er steckt im falschen Körper! Nämlich in jenem von Agrippa von Nettesheim. Und der stammt sicherlich nicht vom Teufel ab.«

»Sie vergessen den Grünen Dresden«, antwortete Lukas. »Den konnte Faust auch im Körper von Nettesheims zerstören.«

»Seid Ihr Euch da sicher?« Der Homunkulus sah ihn aufmerksam an. »Ich war zwar während des Kampfes etwas beeinträchtigt, aber mir war so, als hättet Ihr den Diamanten kurz zuvor berührt. Und Ihr wart verletzt.«

Lukas runzelte die Stirn. »Verdammter Mist, Sie haben recht. Es muss wieder etwas von meinem Blut auf den Stein gelangt sein.«

»Heißt das«, fragte Millepertia, »dass wir Lukas bloß verstecken müssen, um Fausts Pläne zu vereiteln?«

»Vielleicht. Aber wie lange soll das gutgehen?«

»Es hilft nichts. Wir brauchen Mephisto.« Lukas seufzte. »Also gut, hoffen wir, dass er heute etwas zugänglicher ist.« Er setzte die Tasse ab und verließ die Hütte.

Draußen erwartete ihn ein prachtvoller Anblick. Die Sonne stieg allmählich über den Bergzinnen auf, als wolle sie die bewaldeten Hänge um sie herum mit ihren Strahlen wachküssen. Lukas stiefelte beherzt den Bergrücken vor der

Hütte hinauf. Er wusste, wo Mephisto war. Seit ihrer Ankunft hockte der schwarze Pudel auf einem Felsen, von dem aus man einen prächtigen Blick auf Tal und umliegendes Gebirge hatte. Auch jetzt saß er noch immer da und tat … nichts.

Unaufgefordert setzte Lukas sich neben ihn und blinzelte der Sonne entgegen, die die Alpenwelt um sie herum allmählich zum Erglühen brachte. Der Teufel jedoch schien für all die Schönheit keinen Blick zu haben, denn er starrte geradewegs zu den Bergkuppen im Osten, der aufgehenden Morgenröte entgegen. Lukas beäugte ihn misstrauisch und glaubte im Blick des Pudels einen Anflug von Melancholie zu erkennen. »Wie lange willst du hier noch untätig herumsitzen?«, sprach er ihn an. »Was ist los mit dir? Willst du kampflos untergehen und Abaddon allen Ernstes deinen Thron überlassen?«

Mephisto reagierte nicht, was Lukas zunehmend in Rage geraten ließ. »Verdammter Mist, du bist der *Teufel!* Der himmlische Rebell! Ich kann nicht glauben, dass du jetzt einfach aufgibst.«

»Ich gebe nicht auf.« Zum ersten Mal seit Tagen rührte sich Mephisto und sah ihn an. »Aufgegeben habe ich noch nie. Im Gegenteil, ich habe nachgedacht.«

Lukas war so verblüfft, dass er kurz um Worte rang. »Wenigstens redest du jetzt wieder mit uns. Denn während du hier faul rumgehockt hast, haben wir die Stellung gehalten. Nur kommt Abraham ohne dich nicht weiter. Der dritte Adamant bleibt unauffindbar.«

»Er wird gut verborgen sein«, antwortete der Teufel.

»Ach ja? Woher willst du das wissen?«

»Wir haben bei unserer Suche vergessen, dass weder wir noch Doktor Faust die Ersten waren, die auf die Adamanten aufmerksam wurden.«

»Du sprichst von Arnold von Wied, dem einstigen Erzbischof Kölns?«
»Natürlich, Famulus.« Mephisto richtete sich auf. In seinem Blick blitzte statt der allumfassenden Lethargie der letzten Tage endlich wieder jener diabolische Wille auf, den Lukas an ihm vermisst hatte. Erleichtert lächelnd legte er dem Pudel die Hand auf den Rücken – und erschrak vor sich selbst. Hatte er sich gerade wirklich darüber gefreut, dass die Schaffensfreude des *Teufels* zurückgekehrt war? Einen Moment lang glomm die rote Höllenglut in Mephistopheles' Hundeaugen auf, und der Pudel sah ihn spöttisch an. Schnell und wortlos zog Lukas seine Hand zurück.
Mephisto tat, als habe er Lukas' Geste nicht bemerkt, und fuhr fort: »Von Erzbischof Arnold von Wied stammen die Aufzeichnungen aus dem verschollenen Trakt. Er hat einst dem Nibelungenhort einen Besuch abgestattet und Urds Spiegel befragt. Er dürfte gewusst haben, wo sich die dritte Träne befindet.«
»Woher nimmst du diese Sicherheit?«
»Weil Arnold von Wied nach eurer Zählweise im zwölften Jahrhundert lebte. Fausts blinder Bibliothekar hat deiner Aussage nach aber behauptet, dass Faust den Adamanten aus dem Höllenzwang einst im Schwarzwald fand. Ein Ereignis, das wir somit getrost auf das sechzehnte Jahrhundert datieren dürfen. Der Grüne Dresden hingegen scheint erst im siebzehnten Jahrhundert in Indien gefunden worden zu sein. Also, was schließen wir daraus?«
Lukas runzelte die Stirn. »Keine Ahnung, sag du es mir.«
»Wir schließen daraus, dass es für einen Pfaffen recht ungewöhnlich wäre, solch heidnische Forschungen gute vierhundert Jahre zuvor anzustrengen, wenn es dafür nicht einen triftigen Grund gab. Oder mit anderen Worten: Arnold

wusste bereits um die Adamanten. Und das konnte er nur, wenn er bereits auf einen von ihnen gestoßen war.« Eine Weile war nur der Bergwind zu hören, der sanft über die Grate und Felsen strich.

»Nur kommen wir an seine Aufzeichnungen nicht mehr heran«, sagte Lukas. »Und Arnold von Wied selbst können wir auch nicht mehr befragen, denn er ist schon seit weit über achthundert Jahren tot.«

»Das ist ein Grund, Famulus, aber kein Hindernis.« In Mephistos Blick spiegelte sich die Morgenröte. »Ich habe da bereits einen Plan.« Ohne ihn anzusehen, wandte der Pudel sich von ihm ab und trottete auf die Almhütte zu, hinter deren Fenstern Millepertia zu sehen war. Sie öffnete ihnen, und ohne ein Wort der Begrüßung sprang Mephisto auf einen Stapel dicker Schwarten unter dem ausgestopften Wolpertinger.

Abraham, der in seiner Homunkulusgestalt noch immer auf dem Tisch stand, verschränkte übel gelaunt die Arme vor der Brust. »Ah, Seine höllenfürstliche Majestät geruht, uns zu beehren. War es draußen zu zugig? Wünscht der Herr, dass wir den Kamin anfeuern? Oder gelüstet es ihn nach etwas Flohpulver?«

»Erspare mir deine Tiraden, Rübennase. Famulus!« Auffordernd sah der Pudel Lukas an. Der gab kurz den Inhalt ihrer Überlegungen weiter, was bei Millepertia und Abraham Stirnrunzeln auslöste.

»Habe ich das richtig verstanden?«, fragte die Hexe. »Du willst Arnold von Wied befragen? Wie das denn? Er war Erzbischof. Seine Seele dürfte sich im himmlischen Paradies befinden. Auf sie hast du keinen Zugriff.«

»Schätzchen, du willst mir doch nicht weismachen, dass du in all den Jahren auf diese Kirchenpropaganda hereingefallen bist?«, knurrte Mephisto. »Soll ich euch verraten, wie

viele Päpste, Bischöfe und sonstige Pfaffen bei uns im Höllenfeuer schmoren? Würden wir die hier auftürmen, bräuchtet ihr euch in den nächsten tausend Jahren um Feuerholz keine Gedanken mehr zu machen.«
»Arnold von Wieds Seele ist in die Hölle gefahren?«
»Nein, diese dummerweise nicht.«
»Dann sag schon, wie dein Plan aussieht«, wandte Lukas ungeduldig ein.
Mephisto setzte sich auf seine Hinterbeine. »Von der Engelkaste der Grigori, die einst bei der Errichtung des Garten Eden mitgeholfen haben, habt ihr schon gehört?«
»Selbstverständlich«, sagte Abraham kühl. »Ohne die Folgen ihrer fleischlichen Begierde würdet ihr Teufel es wohl kaum derart auf uns Zauberer abgesehen haben.«
»Was, wenn ich euch verrate, dass sie nicht bloß Nachkommen gezeugt, sondern auch unerlaubt himmlisches Wissen unter den Sterblichen verbreitet haben?«
Millepertia sah ihn fragend an. »Welches himmlische Wissen?«
»Engelsgesänge«, antwortete Mephisto. »Himmlische Musik, der die Macht der Engelschöre innewohnt. Quasi die himmlische Hitparade der Seraphim und Cherubim.«
Abrahams kleine Gestalt richtete sich gespannt auf. »Du sprichst von Engelsbeschwörungen?«
»Nein, ich spreche von Musik, mit der man den Beistand des Himmels anrufen kann. Eine Macht, die sogar die Kraft besitzt, Tote wiederzubeleben, deren Seelen in den himmlischen Paradiesen weilen.« Mephisto lächelte böse. »Oder was denkt ihr, wie es ein Heiliger vom Schlage Nikolaus' von Myra einst fertiggebracht hat, gleich mehrfach ermordete Kinder ins Leben zurückzuholen? Unsereins hatte damit jedenfalls nichts zu tun. Jedenfalls nicht mit der Wiederbelebung.«

»Du planst also, Arnold von Wied wiederzubeleben?«, fragte Lukas ungläubig.

Mephisto wiegelte ab. »Eine echte Wiederbelebung dürfte nach der langen Zeit schwierig werden. Aber mir schwebt etwas Ähnliches vor. Nur stellt uns die Beschaffung der Himmelsmusik vor eine gewisse Herausforderung. Und das, obwohl auch die Sintflut das Wissen um sie nicht aus der Welt hat schaffen können. Im Gegenteil: Noch bis ins Mittelalter hinein war sie bei den Sterblichen bekannt. Zuletzt sind die Erinnerungen an die Engelsgesänge heimlich in der *Schola cantorum,* einem Chor am Hofe von Papst Gregor, gepflegt worden. Der Kerl trägt nicht zu Unrecht den Beinamen *der Große.*« Er lachte dreckig. »Immerhin war er der erste Papst, der öffentlich die Größe hatte, Christi Gebot der Nächstenliebe nicht ganz so engstirnig auszulegen und dessen Lehren mit Prügel, Folter und Kerkerhaft durchzusetzen.«

»Du sprichst von den berühmten Grigorianischen Chorälen?«, fragte Abraham, ohne auf die Zwischenbemerkung einzugehen.

Doch Mephisto schüttelte den Kopf. »Ein schlichter Übersetzungsfehler, Abraham. In Wahrheit waren das die *Gri*gorianischen Choräle. Nicht einmal Gregor selbst hat je behauptet, dass die Choräle auf ihn zurückgingen. Der Chor verlor im vierzehnten Jahrhundert zunehmend an Bedeutung, weil jene, die noch um den wahren Liederschatz wussten, schon lange zuvor ins Ausland berufen worden waren. Unter anderem an den karolingischen Kaiserhof.«

»Existiert denn noch ein Hinweis auf diese Grigorianischen Gesänge?«, fragte Millepertia gespannt.

Mephisto schnalzte mit der Zunge. »Der letzte Geheimnisträger soll ein Priester namens Severin gewesen sein. Es heißt, er sei Mitte des zwölften Jahrhunderts im südlichen

Frankenreich bestattet worden. Von ihm geht in eingeweihten Kreisen die Mär, dass er mit seiner Sangesstimme Tote erheben konnte.«

»Aber er lebt doch ebenfalls nicht mehr«, sagte Abarahm mit seiner dünnen Fistelstimme. »Oder ist mir da etwas entgangen?«

»Mitnichten!« Mephisto nickte. »Doch er soll sein Geheimnis buchstäblich mit ins Grab genommen haben. Soll heißen: Er hat dort angeblich einen Hinweis auf die Engelsmelodie hinterlassen. Leider bin ich viel zu spät auf den Mönch aufmerksam geworden, denn auch die da oben«, er wies mit der Schnauze himmelwärts, »wissen ihre Geheimnisse zu bewahren. Wenn das Gerücht stimmt, müssten wir lediglich Severins Grab finden. Dann können wir mit dem dort verborgenen Wissen Arnold von Wied zurückholen und ihn nach dem fehlenden Klunker ausquetschen. Jedenfalls theoretisch.«

»Und wo liegt das Grab dieses Mönchs?«, fragte Millepertia.

»Da liegt leider das Problem«, stellte Mephisto verärgert fest. »Niemand weiß es. Aus diesem Grund möchte ich einen anderen, weitaus einfacheren Weg vorschlagen, um Wieds Wissen für uns zu gewinnen.«

»Und welchen?«

»Vielleicht kann uns eine Hinterlassenschaft Antonio Stradivaris dabei helfen.«

»Moment.« Lukas sah den Pudel irritiert an. »Du sprichst jetzt von dem berühmten italienischen Geigen- und Violinenbauer? Seine Streichinstrumente sind heute Millionen wert!«

»Oh ja, das sind sie.« Mephisto fletschte die Lefzen zu einem Grinsen. »Was glaubst du wohl, wem Stradivari seine Künste zu verdanken hatte? Der Preis war nicht etwa seine

Seele, sondern seine dreizehnte Violine. Die musste er mir weihen. Und so viel kann ich euch verraten: Sie ist sein eigentliches Meisterwerk. Dieses Instrument ist durch viele Künstlerhände gegangen, aber der ungekrönte Meister war sicher Nicolo Paganini, der berühmteste Geigenvirtuose des neunzehnten Jahrhunderts. Nicht ohne Grund ist er als *Teufelsgeiger* in die Geschichte eingegangen.«

Lukas, Abraham und Millepertia sahen einander unbehaglich an. »Und was kann diese Geige?«, hakte der Zauberer nach.

Mephisto zwinkerte. »Ihr Spiel schlägt nicht nur das Publikum in ihren Bann, ihr Besitzer kann sich mit ihr auch das Talent und die Kompositionen beliebiger anderer Musiker aus Vergangenheit und Gegenwart aneigenen.«

»Und wer besitzt die Teufelsvioline jetzt?«, wollte die Hexe wissen.

Mephisto ließ sich mit der Antwort Zeit. »Ben Dark. Auch wenn das bloß sein Künstlername ist. Er ist der Bandleader einer aufstrebenden Gothic-Metal-Band namens *Devil's Tabernacle*, die ich jüngst unter meine Fittiche genommen habe! Hoffnungsvolle Verderber der Jugend. Alles, was wir tun müssen, ist, ihn zu bitten, uns zu helfen.«

Devil's Tabernacle

»Da bin ich ja mal gespannt«, meinte Lukas mit spöttischem Unterton, während ihr Taxi auf das Gelände des Alten Schlachthofs im Osten Karlsruhes einbog. Da er noch immer befürchtete, dass er durch das in Umlauf gebrachte Fahndungsfoto Aufmerksamkeit erregen könnte, hatte er sich eine Sportkappe tief ins Gesicht gezogen, an deren Krempe er ständig nestelte. »Karlsruhe ist die einzige größere Stadt, in der Devil's Tabernacle auftritt. Ihre Tour endet in drei Tagen bei einem kleinen Stausee-Festival in Kelbra, von dem ich noch nie etwas gehört habe. Danach haben sie nur noch einen Gig Anfang Dezember irgendwo in Hamburg. So erfolgreich scheinen unsere *Jugendverderber* also nicht zu sein.« Er ließ das Smartphone sinken, mit dem er die Website der Band aufgerufen hatte, und sah aus dem Fenster. Angeblich baute die Stadt Karlsruhe hier an einem Kreativpark für mehrere Kulturinstitutionen. Ihr Ziel aber war das *Substage*, ein angesagter Musik-Club, dessen Vorderfront im Abenddunkel wie aus Hunderten übergroßer Legosteine zusammengesetzt wirkte.

»Ich war noch nie auf einem Konzert«, stellte Millepertia fest.

Lukas bemerkte lächelnd, dass sie aufgeregt zu sein schien.

»Ich kann dazu also nichts sagen.« Sie hielt die kleine Reisetasche, aus der Abrahams Kopf lugte, auf dem Schoß und starrte interessiert aus dem Fenster.

Ihr Taxi fuhr an parkenden Fahrzeugen und Motorrädern vorbei und entließ sie schließlich in der Nähe des Eingangs, über dem in Leuchtbuchstaben der Name des Clubs samt einem roten Emblem prangte. Millepertia zahlte, während

Lukas das gute Dutzend Fans musterte, das in Gothic-Outfits gehüllt den Vorplatz bevölkerte. Die Gruppe rauchte oder glühte mit mitgebrachtem Bier vor. Lukas wunderte das, immerhin kamen sie eine gute Dreiviertelstunde zu spät. Im Club sollte eigentlich schon lange die Post abgehen, und tatsächlich konnte er das gedämpfte Wimmern von E-Gitarren hören. Dennoch machte die Schar da vorn einen eher gelangweilten Eindruck.

Aller Vorsicht zum Trotz hatten sie ihr Alpenversteck wieder mittels eines Hexenrings verlassen und waren über die magische Verbindung in ein Waldgebiet im Süden Karlsruhes gelangt – leider deutlich später, als Lukas erhofft hatte. Hinzu kam, dass Mephisto sie kurz nach Erreichen ihres Zieles verlassen hatte, um irgendwelche Vorbereitungen in Angriff zu nehmen. Was genau er damit gemeint hatte, wussten sie nicht, aber der Pudel hatte versprochen, sich hier wieder mit ihnen zu treffen. Jetzt allerdings konnte Lukas ihn nirgendwo entdecken. »Ob Mephisto bereits im Club ist?«

»Ich weiß es nicht.« Millepertia wartete, bis das Taxi wieder abfuhr, und öffnete im Schutz eines Motorrads die Reisetasche.

»Hier drinnen ist es ganz schön stickig«, maulte Abraham, der in seiner Homunkulusgestalt aus der Öffnung kraxelte und sich misstrauisch umsah. Die dumpfen Beats eines Schlagzeugs hallten an ihre Ohren, in die sich wieder der Klang von E-Gitarren mischte. Der Homunkulus schob sich eine Salmiakpastille in den Mund und zerbiss sie missmutig. »Ihr seid Euch sicher, dass es sich bei diesen Geräuschen um Musik handelt?«

»Keine Bange, Sie müssen sich das nicht antun.« Lukas grinste und rückte sich die Kappe zurecht. »Am besten, Sie verstecken sich hier und halten die Augen offen. Nur für den Fall, dass sich unser Schoßhund verspätet. Mille und ich werden uns den Laden mal von innen ansehen.« Er nickte seiner Begleiterin zu, die sich ihm bereitwillig anschloss.

»Nee, das letzte Album war deutlich besser«, schallte es ihnen entgegen. »In ihrer neuen Formation sind die einfach nicht dieselben. Aber vielleicht spielen sie als Zugabe ja noch *Bloody Rain.*«

»Wo du das gerade sagst«, meinte einer der anderen. »In Indien soll gestern Blutregen runtergekommen sein. Krass. War im Fernsehen …«

»Echt? Cool! Warum passiert das nicht mal bei uns? Oder noch besser: *Blutregen* auf dem Wave Gothic Treffen – stell dir das mal vor! Der Hammer!«

Sie passierten drei Typen in schwarzer Kluft, von denen einer ein ausgewaschenes T-Shirt mit dem Aufdruck *Devil's Tabernacle* trug. Darüber prangte ein Pudelkopf mit Teufelshörnern. Lukas rollte mit den Augen, aber ihm entging nicht, dass einer der drei Millepertia hinterherblickte. Der Kerl war etwa in seinem Alter, trug das schwarzgefärbte Haar zu einem stylischen Schrägschnitt und lächelte sie an. Für einen Typen sah er überraschend gut aus.

Millepertia lächelte geschmeichelt zurück.

Lukas ärgerte ihr Verhalten. Sie waren hier ja nicht zum Flirten. Ein bisschen mehr Konzentration auf die vor ihnen liegende Aufgabe konnte er doch wohl verlangen.

Er besorgte Tickets, und sie ließen sich von zwei kräftigen Türstehern durchsuchen. Anschließend kamen sie am Merchandise-Stand der Band vorbei und betraten die schummrige Konzerthalle.

Der Lärm der Gitarren und Drums, in den sich hin und wieder das Spiel einer Querflöte mischte, machte eine Unterhaltung fast unmöglich. Weiter hinten, auf der abwechselnd von rotem und weißem Scheinwerferlicht angestrahlten Bühne, erblickten sie nun auch *Devil's Tabernacle.* Die Musiker trugen ausnahmslos schwarze Kutten; nur ihre langen Haare wollten nicht so ganz zu der Mönchstracht passen. Der Drummer, ein muskulöser Kerl mit Fransenbart und keltisch anmutenden Tattoos auf den Unterarmen, bearbeitete sein Schlagzeug, als wäre der Teufel persönlich hinter ihm her, während die beiden Gitarristen ihre Instrumente derart zum Schreien brachten, dass der Querflötenspieler ganz rechts mit seinem Spiel fast unterging. Auch der langhaarige Sänger der Gruppe warf sich ins Zeug. Er stand ganz vorn am Mikro und war der Einzige, der mit Nietenlederhose und freiem Oberkörper auftrat. Natürlich war auch er an Brust und Armen tätowiert. Er grölte irgendetwas auf Englisch, von dem Lukas bis auf den Refrain *Fuck the devil* kaum etwas verstand. Es war ihm auch egal, denn er vermisste das Spiel der Teufelsgeige, das ihnen Mephisto angekündigt hatte.

Der Saal war nur knapp zur Hälfte gefüllt. Vor der Bühne tanzten zwar tapfer fünfzig oder sechzig Fans, doch auffällig viele von ihnen lümmelten links am Tresen herum.

»Ich seh weiter hinten nach Mephisto«, schrie er gegen den Lärm an und deutete in Richtung des Mischpultes. »Vielleicht siehst du dich mal am Tresen um. Wenn er nicht auftaucht, versuchen wir die Band backstage abzupassen.«

Millepertia nickte, und Lukas schob sich tiefer in den Saal hinein. Zwei Mädchen mit schlohweiß gefärbten Haaren, tiefschwarzen Wimpern und ebenso schwarzen Goth-Kleidern musterten ihn skeptisch. Tatsächlich fiel er unter all den Mitgliedern der schwarzen Szene wie ein bunter Hund auf. Einen *schwarzen* Hund jedoch konnte er nirgendwo ausmachen. *Devil's Tabernacle* beendete das Stück mit einem dramatischen Schlussakkord. Verhaltener

Jubel machte sich breit. Künstlicher Nebel stieg auf, und die Bühne erstrahlte jetzt in bengalischem Feuer.
»Hey, Karlsruhe, ihr seid der Wahnsinn!«, versuchte der Frontmann Stimmung zu machen. Die Menge johlte lahm. Nur ein deutlich bekifft wirkendes Mädel in schwarzem Halbbrustkorsett, das mehr enthüllte, als es verbarg, kreischte begeistert. Nach und nach kamen rhythmische Rufe auf, die rasch lauter wurden: »Ben! Ben! Ben!«
Lukas bemerkte, dass dieser Ben Dark, wie er sich nannte, gar nicht auf der Bühne stand. Bestand die Band nicht eigentlich aus sechs Leuten?
Der Sänger lächelte sparsam und stimmte eine düstere Ballade an, die anfangs allein von der Querflöte begleitet wurde. Rasch setzten wieder die E-Gitarren ein, und der Drummer begleitete sie wie zu einem Trauermarsch. Ein Eindruck, der nur zu gut passte, denn der ganze Auftritt ähnelte eher einem Trauerspiel. Irgendwas stimmte mit *Devil's Tabernacle* nicht.
Lukas ging wieder zurück zum Tresen, und sein Blick vereiste. Mille war nicht weit gekommen. Stattdessen stand sie mit dem Typen vom Eingang zusammen, der ihr gerade einen braun schimmernden Cocktail mit Eis ausgab. Zu seinem Ärger spürte Lukas Eifersucht in sich aufsteigen.
»Nee, Ben Dark hat sich zwei Monate vor Tourbeginn von den Devils getrennt«, hörte er Millepertias Bekanntschaft gegen den Lärm anrufen. »Angeblich wegen künstlerischer Differenzen. Ohne ihn sind die jedenfalls nicht mehr dieselben. War heute sicher das letzte Konzert von denen, für das ich Kohle ausgegeben habe.« Er lächelte. »Apropos: Kann es sein, dass ich dich letztes Jahr bei dem Konzert in Ulm gesehen habe?«
Millepertia nippte am Glas, hob erstaunt eine Augenbraue und leerte den Cocktail dann in großen Zügen. »Nee, da

war ich ganz sicher in Worms«, meinte sie. »Ich war eigentlich die ganze Zeit über in Worms.«
»In Worms haben die auch gespielt?«
»Nicht, dass ich wüsste.« Millepertia deutete begeistert auf das leere Glas. »Haben die hiervon noch mehr?«
»Klar.« Der Typ grinste und orderte noch zwei weitere Cocktails.
Lukas drehte sich kämpferisch die Kappe in den Nacken und beschloss, dass es Zeit war, einzuschreiten. »Hi!«, machte er auf sich aufmerksam.
Der Typ sah ihn scheel an, schien ihn aber nicht zu erkennen.
»Lukas, mein Bruder«, stellte ihn Millepertia kurz angebunden vor.
Schlagartig besserte sich die Laune des Typen. »Ich bin Roger.«
»Alles roger, Roger?«, gab Lukas unterkühlt zurück, wohl wissend, dass der Kerl den dämlichen Spruch sicher nicht zum ersten Mal hörte.
»Aber sicher«, meinte der schlagfertig. »Schließlich ist bald Herbstmesse. Da besuche ich dann auch meinen Lieblingsstand: *Hau den Lukas,* Lukas.«
Unfreundlich starrten sie einander an, als die zweite Runde Drinks kam.
»Ihr beide seid echt witzig.« Millepertia schnappte sich das zweite Glas, lachte und stürzte den Inhalt in wenigen Zügen hinunter.
»Donnerwetter«, Roger sah erstaunt auf. »Deine Schwester verträgt was.«
Lukas war sich da nicht so sicher.
»Freunde dürfen mich Mille nennen«, rief sie gegen die Musik an. »Was ist das für ein Teufelszeug? Schmeckt gut.«
»Cuba Libre«, meinte Roger.

Lukas beschloss, das Thema zu wechseln. »Du meintest eben, dieser Ben Dark habe die Band wegen künstlerischer Differenzen verlassen. Woher weißt du das?«

»Mann, bis heute war ich Fan«, meinte Roger, der ebenso wie Lukas aufsah, als sich Mille auch sein zweites Glas schnappte und es leerte.

»Das schmeckt so gut«, entschuldigte sie sich. »Ich hab gar nicht gewusst, was ich all die Jahre über verpasst habe.« Ihre Wangen leuchteten rot.

»Du solltest damit vielleicht etwas aufpassen«, meinte Lukas besorgt. »Das Zeug hat es in sich.«

»Ach Quatsch«, sie winkte lachend ab. »Nichts, was ich mit ein paar Kräutern nicht wieder hinkriegen würde.« Sie drehte sich zum Saal um, wo die schwermütige Ballade endlich ein Ende fand. Stattdessen begann *Devil's Tabernacle* die Bude zu rocken. Mit einem begeisterten Aufschrei stürmte Millepertia nach vorn und mischte sich unter die Tanzenden.

»Alter Schwede.« Roger grinste. »Deine Schwester ist echt der Hammer. Und Kräuter zieht sie auch?« Er zwinkerte verschwörerisch.

»Besser, du glaubst mir: Sie ist in jeder Hinsicht eine Hexe.«

»Cool.«

Lukas seufzte innerlich, doch ebenso wie Roger konnte er nicht anders, als Mille beim Tanzen zuzusehen. Inmitten all der Schwarzgekleideten stach sie wie ein Leuchtturm hervor. Die Musik war zwar noch immer gewöhnungsbedürftig, und er hatte auch schon lange niemanden mehr erlebt, der sich so schnell einen angetrunken hatte, doch zugleich hatte er Millepertia noch nie so gelöst erlebt. So heiter. So hübsch.

»Ich pflücke sie mal von der Tanzfläche«, meinte er an Ro-

ger gewandt. »Besser, wenn sie morgen vor Gericht nicht betrunken erscheint.«
»Wie, vor Gericht?«
»Oh Mann, sollte ich eigentlich niemandem erzählen.« Lukas sah sich betreten um. »Sie und ihre Freundin hatten bei sich in der Wohnung eine riesige Hanf-Plantage. Also gewerbsmäßig.«
»Wusste ich es doch«, sagte Roger begeistert.
»Ja, nur winken ihr jetzt drei Jahre Knast wegen Handel mit Betäubungsmitteln.«
»Ist nicht wahr?« Rogers Begeisterung erlosch so rasch, wie sie aufgekommen war.
»Doch, leider. Darüber ist auch die Beziehung der beiden kaputtgegangen.«
»Deine Schwester hat … 'ne Freundin?«
»Hatte!«, erklärte Lukas niedergeschlagen. »Aber vielleicht lernt sie ja da, wo sie jetzt hinmuss, jemand Neues kennen. Egal. Ist heute ihr letzter Ausflug in Freiheit; ich hab versprochen, ein bisschen auf sie aufzupassen. Aber wenn du Bock hast, kannst du nachher gern noch mitkommen. Wir wollten noch ein bisschen in die Innenstadt. Vielleicht Karaoke. Mille liebt Karaoke.«
»Karaoke? Nee, lass mal.« Roger sah auf die Uhr. »Ich bin mit zwei Kumpels da, die sich vermutlich eh schon fragen, wo ich bleibe. Also, grüß sie von mir. Vielleicht sieht man sich ja mal wieder?«
»Klar, in ein paar Jahren oder so.« Lukas sah ihm nach und kam sich nicht einmal ansatzweise schlecht vor. Außerdem wurde es allmählich Zeit, dass sie sich wieder um die Teufelsgeige kümmerten.
Zu seiner Erleichterung löste sich Millepertia leicht schwankend aus dem Kreis der Tanzenden. »Hui, dieses Cuba Libre hat es aber in sich.« Sie lachte. »Ich glaube, ich habe

seit fünfzig Jahren keinen Alkohol mehr getrunken.« Verwirrt blickte sie sich um. »Wo ist denn mein spendabler Freund?«

»Musste schon weg. Ich glaube, seine Freundin hat ihn gerade angerufen.«

»Und dann gibt er *mir* einen aus?« Millepertia hakte sich angeschickert bei ihm ein. »Schade, dass er nichts von sich zurückgelassen hat. Ich sag dir, damit hätte ich ihm einen Fluch an den Hals gehext. Seine Freundin wäre mir dankbar dafür gewesen.«

»Kann ich mir vorstellen«, meinte Lukas unbehaglich. »Aber ich denke, die wird auch so herausfinden, mit wem sie es zu tun hat.« Er warf der Band einen letzten Blick zu und holte die Reisetasche aus der Garderobe. Anschließend zog er Millepertia mit sich an die frische Luft, wo sie sich wütend nach Roger umsah. Glücklicherweise war der schon fort.

Dafür entdeckte er endlich Mephisto. Der schwarze Pudel hockte am Rande des Platzes neben einem Fahrrad und blickte ihnen feixend entgegen. »Na, habt ihr beide Brüderschaft getrunken?«

»Ich könnte Brüderschaft trinken, mit wem ich will«, rief Millepertia angesäuselt und schien erst jetzt zu bemerken, dass sie noch immer an seinem Arm hing. Mit schnippischem Gesichtsausdruck löste sie sich von Lukas. »Aber hier gibt es ja niemanden, der es wert wäre. Und jetzt will ich endlich deinen Ben Dark kennenlernen. Vielleicht ist das ja ein richtiger Mann.«

Auch Abraham stieß nun zu ihnen. Entgeistert musterte er Millepertia. »Du hast *getrunken?*«

»Was dagegen?« Sie schwankte leicht.

Lukas sah sich misstrauisch zu der Gruppe vor dem Subway um, bevor er sich wieder dem Pudel zuwandte. »Dein

Teufelsgeiger hat sich von der Gruppe getrennt«, zischte er, »was du uns auch vorher hättest sagen können.«
»Selbst schuld«, hechelte der Teufel. »Ich hatte euch doch gesagt, dass ihr auf mich warten sollt.«
»Und wo warst du?«
»Das werdet ihr noch früh genug erfahren. Jetzt sollten wir uns erst einmal um Ben kümmern. Dazu müssen wir lediglich herausfinden, wo er jetzt steckt.«
»Du weißt es nicht?« Millepertia bekam sich vor Lachen kaum noch ein. »Und *du* willst der Teufel sein? Das ist ja armselig!«
»Könnte mal jemand die Hexe auf einem Scheiterhaufen abstellen«, knurrte der schwarze Pudel. Millepertia verstummte beleidigt und hickste leise.
Lukas hob Abraham auf, verbarg ihn unter seiner Jacke und fasste Mille sanft am Arm, um dem Pudel zu folgen. Doch die Hexe schüttelte ihn unwirsch ab. »Kannichalleine«, nuschelte sie.
»Hättet Ihr auf Mille nicht besser aufpassen können?«, schimpfte der Homunkulus, während sie weitergingen. »Ihr habt sie nicht einmal zwanzig Minuten ausgeführt, und jetzt ist sie sturzbetrunken.«
»Na, so betrunken ist sie nun auch wieder nicht«, beschwichtigte ihn Lukas.
Hinter ihm schepperte es, und Millepertia trat fluchend auf einen Fahrradständer ein. Er seufzte.
An Mephistos Seite umrundeten sie das große Schachtelgebäude. Hinter dem Subway befand sich ein mit Gittern abgesperrtes Areal, auf dem ein schwarzer Doppeldeckerbus stand. Ein Mann der Security rauchte dort mit dem Busfahrer eine Kippe. »Autogramme gibt es drinnen, nach dem Konzert«, rief er ihnen zu.
»Wir sind hier nicht wegen irgendwelcher Autogramme«,

grollte Mephisto. Seine Augen leuchteten schockrot auf, und die beiden Männer fuhren entsetzt zurück. Doch dann trübte sich ihr Blick, der Securitymann zog das Gatter beiseite, und der Fahrer öffnete für sie die Bustür. Kommentarlos setzte er sich ans Steuer, während sie die untere Etage des mit Sitzgruppen und Fernsehern ausgestatteten Tourbusses betraten. Auf den Tischen standen und lagen Bierflaschen und leere Zigarettenschachteln.

Lukas sah sich interessiert um und riskierte auch einen Blick in die obere Busetage, die vornehmlich die mit Vorhängen abteilbaren Unterkünfte barg. Überall lagen geöffnete Koffer und Rucksäcke herum, die darauf hindeuteten, dass die Band schon etwas länger unterwegs war. Ein schwarzer BH hing unter einer Lampe an der Decke. Grinsend kehrte er wieder nach unten zurück, legte die Sportkappe ab – und stöhnte, denn Millepertia hatte zwischenzeitlich die kleine Bar entdeckt und hantierte dort mit Flaschen.

»Jetzt sag mir doch endlich mal jemand, was in diesem Cuba Libre eigentlich drin war«, lallte sie und kippte wahllos diverse harte Alkoholkia in einen siffigen Pappbecher.

Abraham versuchte sie wenig erfolgreich davon abzuhalten, den Inhalt des Bechers auszuprobieren, während sich Mephisto ungerührt auf eine der Sitzbänke hockte und zum Clubgebäude stierte.

Lukas schaffte es, Millepertia dazu zu bewegen, auf Cola umzusteigen, und endlich döste sie ein. Und doch dauerte es fast eine Stunde, bis am Hinterausgang des Club-Gebäudes endlich Bewegung auszumachen war.

Die Instrumentenkoffer unter den Arm geklemmt und mit Bierflaschen in den Händen, enterten die Bandmitglieder den Bus.

»Der Auftritt war totale Scheiße«, murrte der muskulöse

Drummer. »Was haben wir von dem verfluchten Pakt, wenn wir den Laden nicht mal halb voll bekommen?«

»Gibst du jetzt *mir* die Schuld?«, fuhr ihn der Sänger an. »Ich hätte euch nicht im Stich gelassen.«

»Hallo, Jungs!« Mephisto thronte auf einem der Tische und blickte den fünf Devils lauernd entgegen. Die hielten mitten in der Bewegung inne und wurden bleich. »Du?«, keuchte einer der Gitarristen mit belegter Stimme. »Aber ... die fünfundzwanzig Jahre sind doch noch gar nicht um!«

»Deswegen bin ich auch nicht hier.«

»Fünfundzwanzig Jahre?«, fragte Lukas lauernd. »Und dann?«

»Standardvertrag«, knurrte Mephisto. »Danach sind ihre Seelen fällig. Im Gegenzug haben sie immerhin die Geige erhalten. Nur scheint mir, dass sie auf das Instrument nicht sonderlich achtgegeben haben.«

Die fünf Musiker starrten Lukas und die vor sich hin dösende Millepertia an. »Und wer seid ihr?«

»Vor allem ... was ist das da?«, unterbrach sie der Flötenspieler entsetzt und deutete auf Abraham, der sich jetzt in seiner Homunkulusgestalt zeigte.

»Ganz offensichtlich ist Benimm für Euch ein Fremdwort. Ihr solltet das zwingend ändern, junger Mann«, sagte Abraham und richtete sich zu voller Größe auf. Seine Stimme klang schneidend. Lukas staunte, wie es dem Juden gelang, trotz seines Äußeren würdevoll zu wirken. Aber was für ihn noch viel wichtiger war: Auch die Devils hatten offenbar nichts von der Sache in Dresden mitbekommen, denn niemand sprach ihn auf die Fahnung an.

Tatsächlich verstummte der Flötenspieler, stattdessen wandte sich der Sänger der Band erneut an Mephisto. »Was also willst du dann?«

»Ich will wissen, wo Ben und die Violine sind.«

»Ben?« Der Sänger und die anderen ließen sich auf die Sitze fallen und sahen einander finster an. »Der Wichser hat uns im Stich gelassen. Und die Violine hat er mitgenommen.«
»Ben ist 'ne Betschwester geworden«, knurrte der Drummer.
»Bitte!?« Mephistos Fell sträubte sich.
»Was gibt's daran nicht zu verstehen? Er macht jetzt auf fromm. Geht eifrig zur Kirche und so.«
»Jungs, veralbert mich nicht. Die da oben werden ihn doch nicht ausgerechnet mit dieser Masche rumbekommen haben? Statt in die Kirche zu gehen, hätte er sich besser dem Suff hingeben sollen.«
»Das soll besser sein, als in die Kirche zu gehen?«, empörte sich Abraham.
»Sicher«, grinste der Pudel. »Denn wenn du dein Leben dem Suff widmest, findet sich immer jemand, der dir dabei hilft, wieder davon wegzukommen.«
»Er hat uns gesagt, dass er herausgefunden hätte, welcher Fluch auf der Geige lastet«, murrte der Sänger und öffnete sich ein neues Bier. »Er hat behauptet, dass du uns reingelegt hast.«
»*Ich* euch *reingelegt?*« Mephisto sah empört auf und erntete böse Blicke. »Na gut, und wennschon?«, schob er nach.
»Darf ich Euch bitten, mich an der Art des Fluches teilhaben zu lassen, von dem Ihr sprecht?«, wollte Abraham wissen.
Der Sänger der Devils starrte den Homunkulus von oben bis unten an und trank einen Schluck. »Wollte uns Ben nicht verraten. Er meinte, dass wir uns danach alle noch mieser fühlen würden als jetzt.«
»*Ich* fühle mich mies«, mischte sich die verwaschen klingende Stimme Millepertias in das Gespräch.
Lukas, der das Unheil kommen sah, sprang auf, doch es war

zu spät. Die Hexe lächelte schief, kippte halb in den Gang und würgte. Rasch griff er zu einer herumliegenden Tüte und hielt ihren Kopf, während sie sich erbrach. Sie tat ihm leid. »Sag schon, Mephisto, was ist das für ein Fluch?«, murrte er.

Mephisto grinste breit. Seine Augen glosten unheilvoll.

Noch ehe er antworten konnte, klopfte es an die Bustür. Einer der Gitarristen stand auf und öffnete. »Ja?«

Lukas entdeckte durchs Fenster das bekiffte Mädel mit dem Halbbrustkorsett, das der Band vorhin so enthusiastisch zugejubelt hatte. »Hi, ich bin die Melanie. Ist Adam da?«

»Adam! Weiberalarm!« Der Gitarrist räumte den Platz für den Sänger, der unwillig zur Tür trat. »Was gibt's?«

»Hi, ich finde dich total super«, begann das bekiffte Mädchen ihre unwürdige Anmache. »Gibst du mir ein Autogramm? Vielleicht oben bei euch im Bus?« Sie biss sich auf die Unterlippe und sah ihn verheißungsvoll an. »Echt. Du erinnerst mich voll an meinen Ex.«

»Und du mich an meine. Verpiss dich!« Adam knallte die Tür zu, verriegelte sie und kam zurück an den Tisch. »Egal, was das für ein Fluch ist – Ben hat die Violine versteckt«, führte er das Gespräch weiter, als sei nichts geschehen. »Seitdem geht bei uns langsam alles den Bach runter.«

»Ihr werdet mir doch nicht weismachen wollen, dass ihr euch das einfach so habt bieten lassen?«, stellte der Teufel fest.

Der Drummer der Band beugte sich vor. »Natürlich nicht. Wir haben es erst mit gutem Zureden versucht und ihn dann in die Mangel genommen. Er hat trotzdem stillgehalten. Blöderweise haben wir Ben zum Träger der Violine bestimmt. Was hätten wir denn tun sollen? Ihn abstechen?«

»Warum nicht?«

Es klopfte abermals an die Bustür. Diesmal erhob sich der

Flötenspieler und öffnete sie. »Was jetzt?«, fragte er genervt.

Draußen stand schon wieder das bekiffte Mädel, nur befand sie sich jetzt in Begleitung einer Brünetten, die mindestens ebenso angeheitert wirkte wie sie selbst. »Holst du Adam noch mal und sagst ihm, dass ich noch 'ne Freundin mitgebracht habe?«

»Mann, ist das unwürdig«, lallte Millepertia und erbrach sich ein weiteres Mal.

Mephisto sprang knurrend auf und schlüpfte anstelle des Sängers zur Tür. »Sag mal, Mädchen«, fuhr er sie mit finsterer Stimme an. »Was an *Verpiss dich!* hast du nicht verstanden?«

Unter entsetztem Kreischen liefen die beiden Groupies davon.

»Schade. Genau so verdorben liebe ich die Jugend. Nur haben wir dafür leider gerade keine Zeit.« Bedauernd sah der schwarze Pudel zu den Bandmitgliedern auf. »Wisst ihr wenigstens, wo Ben jetzt steckt?«

»Schon«, nickte Adam. »Gar nicht weit weg. Er ist vor vier Monaten nach Karlsruhe gezogen. Seine Adresse hab ich oben.«

»Dann los«, befahl Mephisto und huschte in Begleitung des Sängers in die obere Etage. Die Runde sah sich betreten an und schwieg.

Lukas reichte Mille eine Sprudelflasche, aus der sie dankbar einige Schlucke trank.

»Und ihr seid tatsächlich einen Teufelspakt eingegangen?«, wandte er sich an die verbliebenen Bandmitglieder.

»Rock 'n' Roll, Alter!«, antwortete der Drummer und trank den Rest seiner Pulle leer. »Ihr werdet euch ja wohl ebenfalls nicht ohne Grund mit Mephisto abgeben? Das Leben ist kurz genug.«

»Der Teufel«, erklärte der Flötenspieler, »hat uns versprochen, dass wir mit seiner Hilfe alles erreichen können, was wir erreichen wollen.«
»Wirklich *alles*? Und dann macht ihr eine *Band* auf?«
»Wieso?« Verständnislos sah ihn einer der Gitarristen an. »Wir haben alles. Die drei großen M's: Mädchen, Mucke, Marihuana.« Die vier lachten, als sie die Stimme des schwarzen Pudels unterbrach.
»Wo wir schon bei dem M's sind: Vor allem mal habt ihr mich!« Mephisto trippelte die Treppe nach unten, dann schlüpfte er an ihnen vorbei zum Fahrer. Der startete ohne zu fragen den Motor.
»Hey!«, begehrte der Drummer auf. »Mein Schlagzeug ist noch nicht verladen.«
»Das könnt ihr euch später holen.«
Der Tourbus fuhr an und verließ unter lautstarkem Protest der Devils den Alten Schlachthof. Wütend genehmigten sich die fünf Musiker weitere Drinks, während sich Lukas um Mille kümmerte. Die saß bleich neben ihm, schien das Ärgste aber überstanden zu haben.
»Geht's wieder?«
Sie lächelte gequält. »Schlag mich, sollte ich je wieder so viel in so kurzer Zeit auf einmal trinken. Ich habe die letzten Jahrzehnte offenbar zu lange wie eine Nonne gelebt.«
Lukas wollte etwas Charmantes erwidern, doch Abraham kletterte ihnen gegenüber auf die Sitzreihe und musterte sie ungehalten. »Ihr beide solltet euch schämen. Solch ein Betragen ist weit unter eurer Würde.«
Lukas seufzte und warf einen Blick zu Millepertia, die bereits wieder eingeschlafen war. Er setzte sich die Sportkappe wieder auf und sah durch das Fenster, wie die Straßen an ihnen vorüberzogen, während sie sich der Karlsruher Innenstadt näherten.

Die Bandmitglieder weiter hinten diskutierten leise miteinander. Er hörte aus ihren Bemerkungen heraus, dass sie sich vor der Anwesenheit Mephistos fürchteten. Und noch immer fragten sie sich, wer er, Millepertia und Abraham eigentlich waren. Kurz überlegte Lukas, sich zu ihnen zu setzen, entschied sich dann aber dagegen. Ihm war nicht nach Erklärungen zumute. Und obwohl ihm die Geschehnisse der letzten Tage deutlich vor Augen standen und die Zukunft völlig ungewiss war, fühlte er in sich eine eigenartige Ruhe aufsteigen. Einen Frieden, der ihm seltsam fremd war. Er genoss das ungewohnte Gefühl; nur dass ihm der Grund dafür Angst machte. Denn verborgen unter dem Tisch hielt er noch immer Milles Hand. Und im Augenblick hätte ihn nicht einmal das Erscheinen seines Ahnen veranlassen können, den Platz an ihrer Seite zu räumen.

Die Teufelsgeige

Der Tourbus fuhr einmal quer durch die nächtlich erleuchtete Stadt und erreichte zwanzig Minuten später eine kleine Eigenheimsiedlung mit Vorgärten, die von vereinzelten Laternen erhellt wurde. Lukas sah auf die Uhr. Es war fast Mitternacht. Mit zischenden Bremsen hielt der Bus neben einer Reihe parkender Autos.

»Hey, Ben wohnt in der Nebenstraße da hinten!«, rief Adam und deutete etwas zurück.

»Ich weiß«, sagte Mephisto. »Aber wir wollen doch nicht gleich mit dem Bus durch die Haustür fahren, oder?«

Der Drummer zuckte mit den Achseln und öffnete ein weiteres Bier.

Mephisto nickte Lukas und Abraham zu. »Ich brauche gegebenenfalls eure Hilfe.«

Lukas half Abraham auf den Boden, und gemeinsam folgten sie dem Pudel ins Freie. Ihr Fahrer stierte noch immer ausdruckslos durch die Frontscheibe. Unter den Blicken der übrigen Devils marschierten sie zurück in die Nebenstraße, zu einem kleinen Backsteinhaus mit der Nummer sieben.

»Hier?«, hörte er die Stimme des Homunkulus irgendwo auf Kniehöhe.

Mephisto knurrte zustimmend und sah zum Dachgeschoss des Häuschens auf. »Angeblich hat er sich da oben zur Untermiete einquartiert. Wenn ich bitten dürfte, Famulus.«

Lukas marschierte durch den Vorgarten, suchte die Klingel und hielt inne. Unwillkürlich musste er grinsen, denn auf dem Schild der Dachgeschosswohnung prangte nicht der Name Ben Dark, sondern der eines gewissen Axel Kleineder. Das passte natürlich nicht so gut zu einer Gothik-

Metal-Band. Er drückte den Knopf und hörte im Geschoss über sich gedämpftes Summen. Niemand öffnete. Auch nicht beim zweiten und dritten Versuch. »Sieht so aus, als wäre er ausgeflogen.«

»Da oben ist tatsächlich kein Licht.« Abraham griff zu seiner Armillarsphäre, die vor der Homunkulusbrust baumelte. »Soll ich herausfinden, ob sich unter dem Dach des Hauses wirklich niemand aufhält?«

»Nicht nötig.« Mephisto wandte sich zur Straße um. »Ich spüre da nämlich so ein brennendes Jucken am Arsch, was mir immer dann passiert, wenn sich frömmelnde Gutmenschen nähern.«

Drei Häuser weiter bog in diesem Moment ein anthrazitfarbener Multivan mit angeschalteter Innenraumbeleuchtung in die Straße ein. In ihm waren mehrere Insassen zu erkennen, und auf der Seitenfront des Fahrzeuges prangte der weiße Schriftzug *Gott feiern – Menschen helfen!*.

Sie traten hinter einen Baum und sahen, wie der Wagen direkt vor dem Vorgarten hielt. Am Steuer saß ein Geistlicher mit runder Brille und weißem Stehkragen. Hinter ihm hatten zwei ältere Damen Platz genommen, die augenscheinlich Gesangbücher in den Händen hielten, denn sie blickten nach unten, und die gedämpften Zeilen von *Lobe den Herrn* drangen aus dem Auto zu ihnen herüber.

Mephisto furzte.

Bei dem Typen auf dem Beifahrersitz handelte es sich zweifelsohne um den gesuchten Ben Dark. Um ihn zu erkennen, hätte Lukas sich im Vorfeld nicht einmal seine Bilder im Internet anschauen müssen, denn der Endzwanziger wirkte inmitten der übrigen Insassen wie ein Fremdkörper. Sein langes schwarzes Haar war zu einem Zopf gebunden, die Schläfenpartien waren ausrasiert, und seine Oberlippe war von einem Ring durchstochen. Dazu trug er ein völlig un-

passendes weißes Hemd, das seine Hals- und Armtätowierungen nur unzureichend verbarg.
Ben wandte sich nach hinten, die älteren Damen brachen ihren Gesang ab und sprachen begeistert mit ihm, während der Pastor ausstieg und ihm freundlich die Beifahrertür öffnete.
Der einstige Devil betrat den Gehweg, und Lukas sah, was für ein Hüne er war. Er überragte den Kirchenmann fast um Haupteslänge. Ein zufälliger Beobachter hätte bei diesem Anblick vermutlich prophylaktisch die Polizei gerufen.
»Nächste Woche wieder zur gleichen Zeit?«, wollte Ben wissen.
»Gern, Axel. Dann werden wir die Chorprobe auch nicht mehr so weit nach hinten ausdehnen. Aber heute lief es einfach so schön.« Der Pastor lächelte selig und begleitete seinen Schützling ein Stück zur Gartenpforte. »Trägst du denn immer noch diese Wut in dir?«
Ben schwieg.
»Vielleicht wäre es besser, deinen ehemaligen Mitmusikanten zu verzeihen?«, schlug der Gottesmann vor. »Und das, obwohl sie dir so weh getan haben.«
»Ich versuch's.«
»Axel.« Der Pastor fasste Ben an den Händen und lächelte ihn aufmunternd an. »Weißt du überhaupt, wie stolz die Gemeinde auf dich ist? Nicht jeder schafft den Absprung aus solch gottlosem Treiben. Hinter dir liegt eine dunkle Jahreszeit, doch nun beginnt ein neuer Frühling.«
»Da wäre ich mir nicht so sicher«, gab Ben wortkarg zurück.
»Gerade weil du diese Zweifel hast, rate ich dir, es so zu halten, wie es uns der Apostel Paulus rät. Stimme das Hohelied der Liebe an!« Der Pastor deklamierte aus dem Gedächtnis: »Wenn ich mit Menschen- und Engelszungen re-

dete und hätte die Liebe nicht, so wäre ich ein tönendes Erz oder eine klingende Schelle. Und wenn ich prophetisch reden könnte und wüsste alle Geheimnisse und alle Erkenntnis und hätte allen Glauben, so dass ich Berge versetzte, und hätte die Liebe nicht, so wäre ich nichts.« Der Pfarrer seufzte. »Es hat einen Grund, warum es am Ende heißt: Nun aber bleibt Glaube, Hoffnung, Liebe, diese drei. Aber die Liebe ist die größte unter ihnen. Dazu zählt nicht nur die Nächstenliebe, Axel, dazu zählt auch die Feindesliebe.«
Mephisto stieß ein würgendes Geräusch aus. »So viel schwülstiges Gelaber auf einmal vertrage ich nicht auf nüchternen Magen. Ich werde das jetzt mal abkürzen.«
Alarmiert sah Lukas den schwarzen Pudel an, dessen Augen jetzt in einem schwachen, roten Licht glühten.
»Ist alles nicht so einfach, wie Sie denken, Herr Pfarrer«, meinte Ben. »Ich hab Ihnen auch nicht alles erzählt. Ich schätze mal, das würden Sie auch nicht verstehen.«
»Niemand versteht dich, Axel. Keiner von uns«, antwortete sein Gegenüber salbungsvoll. »Aber vielleicht fragst du dich, ob es dir nicht helfen würde, deinen ehemaligen Mitstreitern mal so richtig die Fresse zu polieren, statt demütig die linke und meinethalben auch die rechte Wange hinzuhalten?«
»Wie bitte?«
»Ich weiß, das mag überraschend kommen, aber das befreit!«, fuhr der Geistliche eifernd fort. »Lauere ihnen nach einem ihrer Konzerte auf, dann besorg es ihnen. So, wie es schon das Alte Testament fordert: Auge um Auge, Zahn um Zahn. Zertrümmere ihre Instrumente, spann ihnen die Freundinnen aus. Hauptsache, du kommst endlich wieder zur Vernunft.«
Ben sah sich lauernd um. »Sind Sie sicher, dass Sie noch Sie selbst sind, Herr Pfarrer?«

»Aber sicher, Ben.« Der Pfarrer lachte anzüglich. »Weißt du, ich würde den alten Schabracken da hinten im Wagen auch gern mal die Meinung geigen. Du glaubst nicht, wie sehr mir diese Chorproben zum Hals raushängen. Und doch muss ich jede Woche gute Miene zum bösen Spiel machen. Du hingegen hast alle Freiheit der Welt. Das ist etwas, um das dich andere beneiden. Und Neid ist gut. Er treibt den Menschen ebenso an wie Habgier und Stolz. Ohne sie gäbe es keinen Fortschritt auf der Welt.«
»Satan!« Ben sah sich wütend um, und Abraham fuhr Mephisto erbost an. »Hör damit auf!«
»So, dann werde ich mal.« Gut gelaunt boxte der Mann Ben gegen den Arm und setzte sich wieder ins Auto. »Na, die Damen? Wie wäre es mit einer kleinen Spritztour ins Bordell?«
»Herr Pastor!?« Entgeistert schlugen die Frauen die Hände vor den Mund. Der lachte und winkte ab. »War bloß ein kleiner Scherz. In Wahrheit stehe ich auf kleine Jungs.« Mit quietschenden Reifen fuhr er an, und schnell verschwand der Wagen in der Nacht.
»Los, Teufel! Zeig dich!«, sagte Ben, der lauernd in die Dunkelheit spähte.
Mephisto trat aus dem Schatten und baute sich vor ihm auf. »Ben, mein Lieber. Da du dich so verstockt zeigst, dachte ich mir, ich setzte auf einen Mittler, dem du neuerdings mehr vertraust.«
»Hör auf, das Leben Unschuldiger zu zerstören!«
»Ich soll damit *aufhören*? Aber, aber, mein Junge, was für ein abgrundtief dämlicher Vorschlag! Das ist immerhin mein Job.«
Auch Lukas trat nun aus dem Schatten, und der ehemalige Devil musterte ihn ungehalten. Als er Abraham in seiner Homunkulusgestalt entdeckte, zeigte Ben keiner-

lei Anzeichen von Entsetzen. »Hetzt du mir jetzt auch noch Heinzelmännchen auf den Hals?«, fuhr er den Pudel an.
Abraham zeigte einmal mehr innere Größe. Ruhig trat er vor und sagte: »Wer hochmütig ist, wird schließlich erniedrigt werden; der Bescheidene dagegen wird geehrt. Und wer sich selbst anpreist mit dem, was er zu bieten hat, und dann seine Versprechungen nicht hält, der gleicht den Wolken, die den ersehnten Regen nicht bringen.«
»Das Buch der Sprüche«, murmelte Ben und schnaubte verärgert.
Mephisto grinste schief. »Darf ich vorstellen: Abraham von Worms, zusammengeschrumpft auf seine geistige Größe. Außerdem mein Famulus Lukas.«
»Überspann den Bogen nicht.« Lukas fixierte den Teufel wütend.
»Was wollt ihr hier?«, fragte Ben.
»Kannst du dir das nicht denken?«, fragte Mephisto. »Ich will, dass du wieder zur Vernunft kommst.«
»Ich bin auf dem rechten Pfad!« Bens Lippen bebten. »Ich lasse mich nicht weiter von dir benutzen.«
»Mein Freund, wir …«
»Ich bin verdammt noch mal nicht dein Freund. Ich bin der Freund von niemandem hier!« Jetzt schrie Ben, und seine Stimme hallte durch die ruhige Siedlungsstraße. »Du hast mich im Glauben gelassen, der elende Pakt beträfe nur mich und die anderen. Doch das ist nicht wahr! Ich will nicht weiter für all die Toten verantwortlich sein.«
»Welche Toten?«, fragte Abraham, doch Ben schnaubte abfällig. »Wieso sollte ich mit einem Wesen sprechen, das sich im Gefolge des Teufels befindet? Ganz gleich, ob es die Bibel zitiert!«
»Ich bin ebenfalls ein Opfer Satans«, gab der Homunkulus

zurück. »Und ich bitte Euch höflich um Antwort auf meine Frage.«
»Benutzt. Übervorteilt. Opfer«, unterbrach ihn Mephisto und verdrehte die Augen. »Könnten wir uns vielleicht auf ein paar weniger tendenziöse Ausdrücke einigen? Ich habe euch Devils die Geige immerhin zu einem Schnäppchenpreis überlassen. Und irgendwo musste sich die Investition ja auch für uns rechnen.«
Lukas sah von Ben zu Abraham. Zweifelsohne standen beide kurz davor, vor Zorn zu explodieren. »Bitte, was für Tote meinst du?«, ergriff er nun selbst das Wort.
Ben starrte ihn wütend an. »Auch für dich gilt: Warum sollte ich dir antworten?«
»Weil ich hier offenbar der Einzige bin, der *keinen* Höllenpakt geschlossen hat. Und weil wir deine Hilfe wirklich benötigen.«
»Meine *Hilfe?*« Ben lachte trocken. »Ihr wollt, dass ich die elende Violine spiele, richtig? Aber das Mistding rühre ich nicht mehr an. Nach jedem verdammten Konzert, auf dem ich sie gespielt habe, ist einer unserer Fans draufgegangen. Anfangs ist mir das gar nicht aufgefallen. Erst als ich die Berichte über unsere Aufführungen genauer studierte. Autounfälle. Selbstmorde. Schlägereien. Krankheiten. Die ganze Palette. Also vergiss es!«
»Wenn ich etwas zu meiner Verteidigung vorbringen dürfte«, unterbrach ihn Mephisto, »durch euch hatte jeder von ihnen zuvor einige sehr schöne Stunden.«
»Dreckstöle!« Ben trat nach dem Pudel, doch der wich elegant aus.
Irgendwo hinten auf der Straße wurde ein Rollladen hochgezogen, und eine erboste Stimme ertönte. »Ruhe. Oder ich hole die Polizei!«
Lukas achtete nicht darauf. Stattdessen sah er Mephisto an

und gestand sich ein, wie bereitwillig er in den zurückliegenden Tagen verdrängt hatte, wer da in Wahrheit vor ihnen stand. »Warum hast du das deinen Bandkollegen gegenüber verheimlicht?«, wollte er von Ben wissen.

»Scheiße. Weil *ich* damals auf den genialen Gedanken mit dieser Teufelsbeschwörung kam«, zischte der Musiker. »Weil *ich* unbedingt den Erfolg wollte.« Er rang verzweifelt nach Worten. »Das ist allein *meine* Schuld. Ich hab sie da alle mit reingeritten.«

»Eure Einsicht ehrt Euch, junger Mann. Doch Ihr vergesst, dass Eure Mitmusikanten den Pakt mit freiem Willen eingegangen sind«, merkte Abraham an.

»Ach ja?« Ben schnaubte. »Ich habe den Jungs vorher so viel Dope verabreicht, dass die anschließend alles unterschrieben hätten.«

»Mit Blut? Schon klar!«, amüsierte sich Mephisto. »Komm schon, Ben, so bekifft waren die anderen nicht. Das alles bewegte sich komplett im Rahmen der üblichen Toleranzwerte. Nicht einmal die Langweiler da oben im Himmel würden das abstreiten.«

»Ist mir egal!«, schrie der Musiker. »Wenn ihr hier seid, um mich dazu zu bringen, weitere Leute umzubringen, dann habt ihr euch geschnitten.«

Auf der Straße war wieder der sich öffnende Rollladen zu hören, dem die empörte Stimme folgte. »Ich habe Sie gewarnt. Ich rufe jetzt die Polizei!«

Mephisto drehte sich kurz um, und seine Augen leuchteten. Das Rattern eines herabsausenden Rollos war zu hören, dem ersticktes Gurgeln folgte. »Jetzt hat er seine Ruhe«, knurrte er.

Schockiert wandte sich Lukas der Straße zu. »Ist er …?«

»Tot?« Mephisto lächelte zuvorkommend. »Nein. Aber das kann ich gern ändern. Soll ich?«

Ben schnaubte, dann schob er Lukas grob aus dem Weg und stürmte zur Haustür.

»Du könntest das alles vielleicht wiedergutmachen«, rief ihm Lukas hinterher.

Der Musiker drehte sich wütend zu ihm um. »Ach ja? Wer bist du, *Famulus,* dass du glaubst, mir Ratschläge erteilen zu können?« Drohend kam er auf ihn zu und packte ihn am Revers der Jacke. »Ich habe vom Teufel und seinen Jüngern gehörig die Schnauze voll.«

»Hey, warte! Hast du in den letzten Tagen mal die Zeitung gelesen oder die Nachrichten verfolgt? Heuschreckenschwärme. Pest. Dürre. Das ganze Programm. Kommt dir das nicht bekannt vor?« Wütend schüttelte er den Griff des Musikers ab. »Alter, das Weltenende steht bevor. Die *A-po-ka-lypse!* Na, klingelt's? Und jetzt hör mir endlich zu, verdammt noch mal!«

Ben starrte ihn ungläubig an. »Die Apokalypse?«

»Genau. Und dieser Teufel«, er wies auf Mephisto, »hat ausnahmsweise mal nichts damit zu tun.«

»Mein Famulus«, murmelte Mephisto anerkennend.

Ben sah ihn noch immer konsterniert an. »Und ich dachte, mir bliebe noch ein knappes Vierteljahrhundert.«

»Offenbar stand in Eurem Vertrag nichts über die irdischen Rahmenbedingungen«, murmelte Abraham.

Mephisto trat vor. »Du kannst uns helfen, das Ende abzuwenden. Du musst die Violine nur noch einmal spielen und dich dabei auf einen Mönch namens Severin konzentrieren. Wer weiß, welche himmlischen Einfälle dir dabei kommen?«

»Vergiss es. Ich rühre dieses Drecksinstrument nie wieder an.« Ben spuckte aus. »Du weißt ganz genau, dass nur ich die Violine in den nächsten einundzwanzig Jahren spielen kann. Das war Bestandteil unseres Vertrags. Und das Beste daran ist: Du darfst mir in all der Zeit nichts tun. Ich habe nicht ohne Grund auf diesen Passus bestanden. Und das, Satan, ist meine Rache an dir. Wenn ich schon in die Hölle einfahre«, er lachte abfällig, während er Mephistos Gestalt musterte, »dann wenigstens in dem Bewusstsein, dass auch du vor die Hunde gehst.«

Der Teufel sah drohend zu ihm auf. »Wir beide wissen, dass du das nicht durchhältst. Über kurz oder lang liegst du zu meinen Füßen und bettelst darum, dass ich euren Nachschub an Alkohol und Weibern aufrechterhalte.«

Ben reckte das Kinn und schwieg.

»Es reicht«, herrschte Lukas beide an und wandte sich Ben zu. »Mir geht dein Selbstmitleid auf den Zeiger. Bist du wirklich bereit, deiner Rache wegen die ganze Menschheit zu opfern? Falls ja, hast du in den letzten Monaten ja echt viel dazugelernt.« Er nahm die Sportkappe ab, packte Ben nun seinerseits am Arm und zerrte den überrumpelten Geiger mit sich um das Haus herum in den Garten. Mephisto und Abraham ließ er einfach stehen. »Und jetzt unterhalten wir uns mal unter vier Augen.«

»Was soll das?«, fuhr Ben ihn an.

»Ben, ich sagte es schon: Wir sprechen von der verdammten *Apokalypse.*«

»Schon begriffen. Aber wenn du mir jetzt mit dem zynischen Argument kommst, dass ein weiterer Todesfall im Vergleich zu Milliarden Toten zu verschmerzen wäre, dann geb ich dir was aufs Maul.«

»Nein, darauf wollte ich nicht hinaus.« Lukas seufzte. »Eher darauf, dass der Teufel dich im Augenblick mehr braucht als du ihn. Und darin liegt für uns alle eine gewisse Chance.« Er lächelte. »Mephisto selbst hat mich in Worms darauf gebracht. Das Stichwort ist ganz einfach. Es lautet *Nachverhandlungen!*« Und dann erzählte er Ben von dem

Angebot, das Mephisto Abraham und Millepertia unterbreitet hatte.
Doch Ben blieb misstrauisch. »Und was ist mit dem Fluch der Teufelsgeige?«
»Ich sagte doch: *Nachverhandeln!* Und jetzt schluck deinen verdammten Stolz runter. Du und deine Kollegen, ihr könnt zwei Fliegen mit einer Klappe schlagen. Nämlich euch *und* die Welt retten. Würde dir das nicht gefallen? Den Teufel mit seinen eigenen Mitteln zu schlagen?«
Der Geiger schwieg eine Weile, drehte sich abrupt um, und Lukas folgte ihm zurück in den Vorgarten. »Sind die anderen auch hier?«, fragte Ben den Teufel.
Der nickte misstrauisch und sah stirnrunzelnd zwischen Ben und Lukas hin und her. »Sie warten gleich um die Ecke auf uns.«
»Gut. Dann komm mit, und du erfährst meine Bedingungen.«
Mephisto nickte stumm, und gemeinsam marschierten sie zum Bus zurück, wo der Rest der Gruppe bereits auf sie wartete. Als die Devils erfuhren, was die Geige unter ihren Fans angerichtet hatte, herrschte tiefe Betroffenheit, die rasch in Wut umschlug. Jeder von ihnen war nun erpicht darauf, die Karten neu zu mischen. Natürlich wand sich der Teufel, doch die Musiker blieben unnachgiebig. Mit Abrahams Hilfe tüftelten sie einen neuen Höllenpakt für die Band aus, bei dessen Paragraphen sie um jede Formulierung rangen und die sie wieder und wieder nach verborgenen Fallstricken abklopften. Als sie zwei Stunden später damit durch waren, befanden sich Ben und die übrigen Musiker in einer gänzlich neuen Position. Mephisto gelobte zähneknirschend, den Fluch der Teufelsvioline während der kommenden einundzwanzig Jahre auszusetzen, außerdem räumte er ihnen die gleichen Zugeständnisse wie Abraham und Millepertia für den Fall seiner uneingeschränkten Inthroni-

sierung ein. Dass sich die Musiker im Gegenzug verpflichten mussten, niemals zu heiraten, in mindestens einem Song aller ihrer künftiger Alben den Erzengel Michael zu verspotten und weiterhin für die Legalisierung von Drogen aller Art einzutreten, erschien ihnen hinnehmbar.

Dann, endlich, führte Ben sie zum Versteck der Teufelsgeige. Er gab dem Fahrer entsprechende Anweisungen, und sie brausten mit dem Bus nach Norden, in Richtung des Hardtwaldes. Dort, auf einer verschwiegenen Lichtung, grub er einen ledernen Violinenkoffer aus. Das edle Instrument in seinem Innern war rabenschwarz lackiert, schimmerte im Licht der Busscheinwerfer matt und wirkte in seiner Schlichtheit völlig harmlos.

Adam und die anderen vier Musiker umringten Ben ebenso neugierig wie Lukas und seine Begleiter. Selbst Millepertia war wieder aufgewacht und nach der Einnahme einiger Alka-Seltzer auch wieder aufnahmefähig.

»Und jetzt konzentrier dich auf den Mönch, und fang endlich an, dir seine Kenntnisse zu eigen zu machen!«, knurrte Mephisto.

Ben klemmte die Violine unters Kinn, nahm den Bogen auf und begann mit geschlossenen Augen über die Saiten zu streichen.

Sein Spiel war von Anfang an schwungvoll, leidenschaftlich und von außergewöhnlicher Virtuosität. Er beschwor auf der abgeschiedenen Lichtung einen Klangteppich herauf, der Lukas einen Schauer der Ergriffenheit über den Rücken laufen ließ. Eigentlich stand er nicht sonderlich auf klassische Musik, doch diese Teufelsvioline hatte es in sich. Er spürte mit jedem Strich, mit jedem Ton, wie sein Blut in Wallung geriet. Ganz ohne Zweifel ging von dem Instrument ein hypnotischer Zauber aus.

Doch Ben wollte sie offenkundig nicht unterhalten. Sein

Geigenspiel schien dazu zu dienen, sich meditativ zu versenken. Denn nach kurzer Zeit flatterten seine Lider, und seine Augen verdrehten sich unnatürlich, während weiterhin das berauschende Violinspiel die Nacht erfüllte. Offenbar sah er Bilder oder hörte Töne, die für alle anderen verborgen waren.

Plötzlich zuckte er zusammen, und der Violine entfuhr ein disharmonischer Laut, der wie das Geräusch quietschender Nägel auf Glas hallte. Ansatzlos taumelte Ben nach hinten – direkt in die Arme des Drummers, der ihn gerade noch rechtzeitig auffing. »Fuck, Ben. Was ist los?«

Der Angesprochene zitterte. »Gott! Irgendwas war ... diesmal anders.«

»Was heißt hier *anders?*«, fuhr ihn Mephisto an. »Hast du dir jetzt die grigorianische Melodie des Mönchs aneignen können oder nicht?«

»Nein, ich hab rein gar nichts gehört«, stöhnte Ben, der nur langsam wieder auf die Beine kam. »Stattdessen hab ich bunte Lichter gesehen. Wie auf einem LSD-Trip.«

»Das war alles?«, knurrte der Teufel.

»Nein. Da waren Posaunenklänge. Ich bin mir sicher ...«

»Mille!?« Abrahams besorgte Stimme gellte schräg hinter ihnen auf.

Auch Lukas drehte nun den Kopf und sah ebenfalls, dass auch ihre Begleiterin zusammengesunken auf dem Waldboden lag. Besorgt stürmte er zu ihr und hob vorsichtig ihren Kopf. »Mille? Was ist mit dir?«

Sie stöhnte und öffnete langsam ihre Augen. »Lukas?«

»Ja, ich bin hier. Alles in Ordnung?« Er fühlte nach ihrem Puls, während Mephisto und die Bandmitglieder sie ebenfalls umringten.

»Ja, ich ...«, sie ächzte. »Dieses Geigenspiel. Es hat mich förmlich mitgerissen.«

»Was meinst du damit?«, fragte der Homunkulus.
»Ich war irgendwie … woanders. Und doch … auch wieder nicht. Ich habe etwas Eigenartiges gesehen. Fast so wie eine … Vision.«
»Ausgerechnet *du* willst etwas gesehen haben?« Mephistos Hundeaugen glühten misstrauisch, während er von Ben zu Millepertia blickte. Dann scharrte er ungeduldig mit den Pfoten. »Also gut. Hättest du vielleicht die Ehre, uns daran teilhaben zu lassen?«
»Einen Mann. Ich habe einen Mann gesehen.«
»Ein Mönch?«
»Nein. Der war definitiv kein Mönch.« Erschöpft richtete sie sich auf. »Er lag auf einer Waldlichtung, ähnlich wie der, auf der wir uns befinden. Nur lag er inmitten einer Decke aus gelb-grünen Pflanzen und … schlief.«
»Gelb-grüne Pflanzen?«, wiederholte Lukas nachdenklich.
Millepertia sah die Bandmitglieder der Reihe nach an. »Du weißt schon: Hartheu. Johanniskraut.«
Abraham atmete vernehmlich ein, und Lukas stieß einen leisen Pfiff aus.
Mephisto hingegen schnaubte verächtlich.
»Verrät mir mal jemand, was an dem Unkraut so besonders sein soll?«, murrte Ben.
Lukas half Millepertia nun endgültig auf die Beine. »Bist du so nett und zeigst den Jungs, was du kannst?«, bat er sie.
Millepertia zögerte, nestelte dann aber an ihrer rechten Hand und ließ zwischen ihren Fingern einen Hartheutrieb emporwachsen, an dessen Ende sich mehrere gelbe, sternförmige Blüten entfalteten.
Einer der Gitarristen stieß einen überraschten Pfiff aus. Ben hingegen glotzte Pflanze und Handfläche ungläubig an, holte tief Luft, warf einen Seitenblick auf Abraham – und schwieg.

»Und das war alles?«, grollte Mephisto angespannt.
»Na ja, der Mann auf der Lichtung war nicht gerade modern gekleidet. Eher … barock.« Millepertia rang nach Worten. »Erlesene Stoffe. Teurer Mantel. Teure Schuhe mit Schnallen. So ein bisschen wie Jagdkleidung.«
»Jagdkleidung?«, hakte Adam interessiert nach.
»Ja. Leider konnte ich sein Gesicht nicht erkennen, denn direkt hinter ihm ging die Sonne auf. Sie war so unsagbar grell, und ihre Strahlen stachen mir in die Augen, dass es fast weh tat.«
Mephisto starrte Millepertia geradewegs an, und seiner Kehle entstieg ein leises Knurren. Bevor er etwas sagen konnte, ergriff Abraham das Wort: »Du bist dir mit der Sonne ganz sicher?« Er berührte Millepertias Hand. »Hast du noch mehr sehen können?«
Sie legte den Kopf schief und dachte nach. »Na ja … Der Mann lag einfach nur da und schlief. Obwohl … ich glaube, zwischen diesem Hartheugestrüpp waren auch die Reste alten Mauerwerks zu sehen. Da bin ich mir aber nicht sicher. Wenn, dann waren das *ziemlich* alte Mauern.«
»Überaus faszinierend«, murmelte der Zauberer nachdenklich.
»Könntest du uns an deinen Überlegungen bitte teilhaben lassen«, murrte der Teufel.
Abraham nickte. »Die Szene erinnert mich an die Gründungslegende Karlsruhes. Diese Stadt ist unter Geomanten nämlich nicht gerade unbekannt. Betrachtet man Karlsruhe von oben, erkennt man, dass sie wie eine Sonne aufgebaut ist – mit dem Karlsruher Schloss in der Mitte und den Straßenzügen als Strahlen. Nicht ohne Grund wird sie auch Sonnen- oder Fächerstadt genannt.« Er war nun vollends in seinem Element. »Die Stadt wurde damals in alte Landschaftsstrukturen eingebettet. Und damit meine ich Ley-

und Drachenlinien von großer Kraft. Überhaupt existiert hier ein feingewobenes Netz geomantischer Verbindungen zu Bergspitzen, Kultplätzen und alten Quellen. Es gibt sogar Ley-Linien, die bis zu anderen Orten der Kraft reichen, etwa die heutigen Dome von Speyer, Worms und Mainz. Warum das so ist, habe ich nie herausfinden können. Allerdings«, er hob belehrend einen winzigen Finger, »ist bekannt, dass diese erstaunlichen Bauaktivitäten auf den Gründer der Stadt zurückgehen.«

»Und wer war das?«, fragte Lukas.

»Markgraf Karl Wilhelm von Baden-Durlach. Karlsruhe wurde von ihm gegründet. Und zwar mit der Grundsteinlegung des berühmten Schlosses im Jahre 1715. Und bis heute hält sich die Legende, nach der der Markgraf die Idee zur Gründung der Stadt im *Schlaf* hatte. Während eines Nickerchens, das er während eines Jagdausritts hier im Hardtwald hielt. Daher auch der Name: Karls*ruhe.*«

Mephisto verengte die Augen. »Ich begreife, worauf du hinauswillst. Karlsruhe liegt im Süden des einstigen Frankenreichs. Also genau dort, wo der Legende nach der Mönch Severin bestattet wurde.«

Abraham nickte. »Was, wenn sich der Markgraf damals ganz zufällig in der Nähe des alten Grabes zur Ruhe gelegt hatte?«

»Das war kein Zufall.« Mephistopheles schürzte spöttisch die Lefzen. »Vielmehr klingt das nach dem himmlischen Standardverfahren. Visionen. Entrückung. Das volle Programm samt strahlender Erleuchtung. Und der gute Karl Willi scheint das alles ziemlich ernst genommen zu haben.«

»Und warum das Ganze?«, wollte Millepertia wissen.

»Na, um Severins verfallene Grabstätte zu schützen.«

»Begreife ich nicht«, sagte sie skeptisch. »Läge es nicht viel mehr im himmlischen Interesse, das Mönchsgrab mit der Engelsmelodie einfach verfallen zu lassen?«

»Nicht, wenn es kurz davor stand, entdeckt zu werden.« Mephisto zwinkerte. »Und Zerstörung, Schätzchen, ist eher meine Domäne. Wenigstens das haben die Einfaltspinsel da oben begriffen, nachdem aber auch wirklich jeder Versuch, sich meiner geschätzten Mittel zu bedienen, stets nach hinten losging.« Mephisto lachte. »Ich wette, die ärgern sich heute noch schwarz über Sodom und Gomorrha. Da vernichten sie zwei komplette Städte, deren Bewohner einfach nur ein bisschen Spaß haben wollten, und das Erste, was dieser Lot tut, ist, seine eigenen Töchter zu besteigen.« Mephisto bekam sich vor Lachen kaum noch ein. »Lest euch das Alte Testament ruhig durch: eine Chronologie des Scheiterns. Seit ich da oben weg bin, regiert die Ideenlosigkeit. Nur die Marketing-Abteilung macht noch ihren Job.«

»Und das heißt jetzt was?«, wollte Ben schlecht gelaunt wissen.

»Das heißt, dass wir genau am richtigen Ort sind, um uns die Melodien der Engelschoräle anzueignen. Wir müssen sie bloß noch finden.«

Das Geheimnis der Sonnenstadt

Das Karlsruher Residenzschloss erhob sich vor dem blauen Septemberhimmel in all seiner barocken Pracht. Das Kuppeldach des Schlossturms mit den breiten, nach hinten abgeknickten Schlossflügeln im Westen und Osten erinnerte Lukas an das Haupt eines überdimensionierten Schwans, der kurz davor stand, sich zu den wenigen Wolken über ihnen aufzuschwingen. Der Anblick beeindruckte ihn, und so, wie sich ihre Suche entwickelte, würde er wohl auch schon bald die Gelegenheit haben, das Schloss von innen kennenzulernen.

Seit einer halben Stunde saßen er, Millepertia und Abraham in einem der halboffenen Waggons der Karlsruher Schlossgartenbahn und ruckelten von einer Diesellok gezogen durch den riesigen Schlossgarten. Abermals trug Lukas die Sportkappe, nur dass er zusätzlich noch auf eine Sonnenbrille setzte, um seine Augen zu verbergen. Doch niemand beachtete ihn. Die Touristen vor und hinter ihnen waren vielmehr damit beschäftigt, mit ihren Kameras die herrlichen Motive einzufangen: hübsch arrangierte Blumenbeete, alte Bäume und sogar einen blau glitzernden See. Der Park war nach Art eines englischen Landschaftsgartens gestaltet; die Fahrt mit der Parkbahn erschien ihnen daher als die geeignetste Methode, sich einen raschen Überblick über die Grünanlage zu verschaffen. Das schmale Schienennetz erstreckte sich in Form einer liegenden Acht über den gesamten Garten, und sie fuhren bereits das zweite Mal an einem Teehaus nahe der Schlossgärtnerei vorbei, vor dem kleine Besuchergruppen flanierten.

»Tut mir leid«, seufzte Millepertia. »Ich kann nirgendwo

Hartheu ausmachen. Vielleicht haben die anderen mehr Erfolg?«

Lukas blickte trotz der Sonnenbrille zurück, über Wiesen und Bäume hinweg und in Richtung des Botanischen Gartens, wo Mephisto mit Ben und Adam unterwegs war. Die übrigen Bandmitglieder hatten sich aufgeteilt, um in Zweiergruppen das verzweigte Wegenetz des Parks sowie den im Osten liegenden Fasanengarten abzusuchen.

Lukas klappte den Karlsruher Touristenführer auf, den er sich am späten Vormittag in der Innenstadt besorgt hatte, da das Internet einfach nicht genug Informationen hergab. »Vielleicht ist die Idee ja falsch, nach Johanniskraut Ausschau zu halten«, meinte er. »Vielleicht müssen wir nach anderen Hinweisen suchen.« Er deutete auf die Stadtkarte im Buch. »Wenn man sich den Grundriss Karlsruhes mit seinen sternförmigen Straßen genauer ansieht, liegt im Zentrum der Turm des Schlosses.« Abraham steckte seinen kleinen Kopf aus Millepertias Tasche und gebot ihm leise, die Karte des Stadtführers so zu halten, dass auch er einen Blick auf sie werfen konnte.

»Das ist mir bekannt«, sagte er dann. »Nur wurde das komplette Schloss bereits mehrfach aus-, um- und wiederaufgebaut. Zuletzt nach den Zerstörungen während des Zweiten Weltkrieges. Hätten die Arbeiter dort etwas Besonderes entdeckt, wüssten wir davon.«

»Aber wonach genau sollen wir dann Ausschau halten?« Lukas sah wieder auf, denn die Schlossbahn ruckelte an einem Kinderspielplatz vorbei. Die Knirpse johlten beim Anblick von Lok und Waggons.

»Vielleicht solltest du bei dem Turm noch einmal geomantische Untersuchungen vornehmen?«, schlug Millepertia vor. »Vielleicht wurde dort etwas mittels der Kräfte entrückt, die von den Ley-Linien ausgehen?«

»Mille.« Abraham sah unglücklich zu ihr auf. »Ich habe die komplette Stadtstruktur in den letzten zweihundert Jahren bereits mehrfach untersucht. Glaubst du, ein Ort wie dieser wäre einem Geomanten wie mir entgangen? In dem Schlossturm bündeln sich tatsächlich Energien, nur nennt man ihn nicht ohne Grund *Bleiturm.* Was anbei bemerkt bereits einen Affront an sich darstellt, denn Blei stört den Fluss der Kraftlinien. Der Markgraf, oder zumindest sein Architekt, besaß zweifelsohne geomantische Grundkenntnisse. Die Befähigung zu wirklicher Zauberei hingegen spreche ich ihnen ab.«

»Und warum zentrierte sich dann alles auf den Turm?«, hakte Millepertia nach.

Abraham hob die Hände. »Es ist überliefert, dass der Markgraf den Turm vorwiegend zu zwei Zwecken aufsuchte. Zum einen, um dort seine kostbaren Tulpenzwiebeln in Empfang zu nehmen. Hier im Schlossgarten«, er deutete nach draußen, »hat er damals weit über zweitausend verschiedene Blumen gezüchtet. Darunter über tausendeinhundert Tulpenarten. Vielleicht hat er sie dort dem geomantischen Kraftstrom ausgesetzt. Das würde seine Züchtungserfolge erklären. Zum anderen«, er lachte trocken, »hat er im Bleiturm einer Heerschar an Kammerzofen beigewohnt. Wer weiß schon so genau, wie sich die Bündelung der Erdenergien auf seine Libido auswirkte? Nicht ohne Grund ist die einstige Markgräfin nie in dieses Schloss eingezogen. Sie wusste um den freizügigen Lebensstil ihres Gatten.«

»Und dafür der gewaltige bauliche Aufwand?«, fragte Lukas ungläubig.

»Ich kann nur sagen, was ich weiß.« Der Homunkulus verzog das Gesicht. »Und da ist noch etwas: Wenn wir annehmen, dass hier tatsächlich himmlische Kräfte gewirkt haben, schließt das den Einsatz von Zauberei schon per Definition aus.«

Lukas sah an Millepertias Blick, dass ihr in diesem Moment dasselbe durch den Kopf ging wie ihm: Die rätselhafte Macht des Hartheus, des Johanniskrauts, ging nicht auf Schwarzalbenwirken, sondern auf himmlische Einflussnahme zurück. Abraham sträubte sich offenbar noch immer gegen den Gedanken, aber die Tatsache, dass Millepertia und nicht Ben von der Vision im Wald heimgesucht worden war, hatte auch den Geomanten vorsichtig werden lassen. Doch ihre Hoffnungen, an diesem Ort irgendeinen Hinweis auf den grigorianischen Gesang zu finden, erfüllten sich nicht.

»Ob er sich im Turm vielleicht an Engelsbeschwörungen versucht hat?«, fragte Millepertia plötzlich. »Es gibt Gerüchte, nach denen allein der Anblick bestimmter Blumen die Seele in Schwingungen versetzt und so die Kommunikation mit Engeln ermöglicht. Vielleicht war das der Grund, warum der Markgraf seiner botanischen Liebhaberei frönte?«

»Eine sehr gewagte These«, stellte Abraham fest.

»Aber du hast dich doch selbst einst mit Engelsbeschwörungen beschäftigt«, widersprach Millepertia. »Und du warst deiner eigenen Aussage nach nicht der Einzige, der …«

»Der Teufel hat diese abseitige Idee in die Welt gesetzt!«, schnitt ihr Abraham das Wort ab. »Ja, ich habe es versucht, doch wie du weißt, habe ich diesen Forschungen all mein Unglück zu verdanken. Engelsbeschwörungen sind unmöglich.«

»Aber was, wenn der Markgraf Schloss und Stadt in all dieser geomantischen Akribie erbaute, um wieder in Kontakt mit dem zu kommen, das ihn schon einmal berührt hatte?«, fragte Millepertia. »Was, wenn ihn damals tatsächlich eine himmlische Vision ereilte? Dann ist es doch möglich, dass ihn dieses Erlebnis von Grund auf verändert hat.«

»Und?«

»In diesem Fall wären das Schloss, die Struktur der Stadt und alles, was damit zusammenhängt, bloß Folge dieser himmlischen Vision. Quasi das Ergebnis einer unstillbaren Sehnsucht, die den Markgrafen zeit seines Lebens nicht mehr losließ.«

»Ich stimme dir zu«, sagte Lukas nachdenklich. »Die Sonne als Sinnbild für das Licht in Zeiten tiefster Finsternis. Errichtet für kommende Generationen. Für uns. Das alles so spektakulär und weithin sichtbar, dass man es nicht übersehen kann, und doch so rätselhaft, dass Nichteingeweihte den Sinn nicht verstehen können. Je länger ich darüber nachdenke, desto sicherer bin ich mir, dass hinter alledem himmlisches Wirken steht.«

»Ich weiß nicht.« Abrahams kleine Gestalt sank in sich zusammen; aus seiner Stimme sprach Verbitterung. »Nur zu gern würde ich daran glauben, dass der Himmel uns Sterbliche noch nicht aufgegeben hat. Trotz all unserer Unzulänglichkeiten.«

»Ich verstehe Ihre Wut, Abraham. Und doch kann ich Ihnen nicht folgen. Ich will es einfach nicht.« Lukas schüttelte den Kopf. »Unmöglich sieht der Himmel einfach nur dabei zu, wie die Schöpfung im Krieg der Teufel und Dämonen aufgerieben wird.« Er beugte sich vor und dämpfte seine Stimme, da sich bereits einer der anderen Fahrgäste zu ihnen umdrehte. »Im Übrigen halte ich die ganzen Hetztiraden, die Mephisto von sich gegeben hat, für Blödsinn. Uns droht die Apokalypse. Was, wenn die Himmlischen *wollen,* dass wir das Geheimnis der Himmelsmusik finden? Milles Vision muss doch einen Grund haben.« Ihm kam plötzlich ein Gedanke. »Vielleicht sollten wir uns mehr mit Karl Wilhelm von Baden-Durlach selbst auseinandersetzen statt bloß mit seinen Bauten?« Er suchte im Stadtführer nach Einträgen über den Markgrafen. Je länger er las, desto mehr entglitten ihm die Züge. Schließlich hielt er seinen Begleitern den aufgeklappten Band hin. »Wir haben uns so sehr mit dem Schloss beschäftigt, dass wir ganz übersehen haben, dass der Markgraf ganz in unserer Nähe bestattet liegt. Auf der gegenüberliegenden Seite des Schlosses, unter einer Pyramide auf dem Marktplatz Karlsruhes.«

»Hier in Karlsruhe existiert eine Pyramide?«, fragte die Hexe erstaunt.

»Ja«, bestätigte Abraham. »Sie gilt als eines der Wahrzeichen der Stadt. Der Markgraf hatte allerdings rein gar nichts mit ihr zu schaffen. Diese Pyramide existiert erst seit dem Anfang des neunzehnten Jahrhunderts. Von Baden-Durlach starb 1738.«

»Das mit der Pyramide ist richtig«, meinte Lukas, während er die Sonnenbrille lüpfte und sich weiter in den Text vertiefte. »Aber der Platz, auf der sie steht, könnte dennoch für uns von Interesse sein. Hier ist von der sogenannten Konkordienkirche die Rede, die früher exakt dort stand, wo sich jetzt die Pyramide erhebt. Die Kirche wurde auf Geheiß des Markgrafen erbaut. Und mal ehrlich: Was liegt näher, als zu Ehren jener, die ihm die Vision schenkten, ein Gotteshaus zu erbauen?«

»Gibt es noch mehr Informationen über diese Kirche?«, wollte Millepertia wissen.

Lukas hielt ihr den Touristenführer hin. »Die Konkordienkirche war die erste Kirche Karlsruhes und wurde in der Zeit der Stadtgründung errichtet. 1807 musste der Bau der Stadterweiterung in Richtung Süden weichen. Mit einer

Ausnahme: Die Gruft des Markgrafen blieb unangetastet. Die Pyramide wurde quasi wie ein Deckel über sie gesetzt.«

»Zeig mal.« Millepertia nahm ihm den Stadtführer ab, blätterte eine Seite weiter und riss erstaunt die Augen auf. »Unglaublich! Es ist sogar noch viel eindeutiger! Hier ist ein Foto der Tafel mit der Inschrift, die man heute auf der Pyramide findet.« Sie räusperte sich und las:

Hier
wo Markgraf Karl einst
im Schatten des Hartwaldes
Ruhe suchte
und die Stadt sich erbaute
die seinen Namen bewahrt
auf der Stätte
wo er die letzte Ruhe fand
weiht ihm dies Denkmal
das seine Asche verschließt
in dankbarer Erinnerung
Ludwig Wilhelm August
Großherzog
1823

»Mit anderen Worten: Die Pyramide steht genau dort, wo der Markgraf einst seine Vision hatte«, kommentierte Abraham das Gehörte. »Was bin ich bloß für ein Narr? Diese Verbindung hätte sich mir selbst erschließen können. Und wenn unsere Annahmen richtig sind, werte Gefährten, dann liegt dort unter jener Pyramide nicht nur der Markgraf bestattet …«

»… sondern auch der Mönch Severin!«, beendete Millepertia den Satz. »Wir müssen die anderen verständigen.«

Sie drückte Abraham zurück in ihre Tasche und sprang gemeinsam mit Lukas aus dem Waggon. Er kontaktierte die Bandmitglieder von *Devil's Tabernacle* mittels seines Handys, und schon eine halbe Stunde später trafen sie sich auf dem weiträumigen, von Statuen umgrenzten Schlossplatz. Dort informierten sie Mephisto und die Devils über ihre Entdeckung.

»Unter der Pyramide also«, knurrte der Teufel in Pudelgestalt. »Dann sollten wir uns das Ding mal ansehen.«

»So einfach ist das nicht«, widersprach Ben, der noch immer seinen Geigenkoffer bei sich trug. »Die Pyramide steht mitten auf dem Marktplatz. Den ganzen Tag über tummeln sich dort Touristen. Wenn wir da schon einbrechen müssen, sollten wir die Nacht abwarten.«

»Nein, wir müssen den Zeitplan einhalten«, widersprach der Teufel. »Heute Nacht werden wir bereits woanders erwartet. Wir müssen die Pyramide jetzt knacken.«

»Wir werden erwartet?«, hakte Adam misstrauisch nach. »Wo? Und vor allem: von wem? Wir sind schließlich auf Tour.«

Der Pudel lächelte. »Jungs, ihr seid nicht die Einzigen mit Fans auf dieser Welt. Ich war so frei, ein paar weitere Verbündete zu rekrutieren. Aber zu diesen kommen wir später. Jetzt gilt es, dem alten Mönch sein Geheimnis zu entreißen. Also, Jungs: Macht euch schon mal Gedanken, wer von euch mit ins Grab geht. Denn die drei da«, er sah zu Lukas, Millepertia und Abraham auf, »sind musikalisch leider so begabt wie rostige Eimer.«

»Danke für die Blumen«, knurrte Lukas, doch Mephisto zwinkerte ihm aufbauend zu. »Keine Bange, Famulus, ihr werdet ebenfalls gebraucht. Ihr leitet die Expedition, da ich euch leider nicht in die Pyramide begleiten kann.«

»Warum nicht?«

»Weil auf dem Platz einst eine Kirche stand«, erklärte Abraham spöttisch. »Der Boden ist vermutlich noch immer geweiht.« Sein Lächeln erstarb. »Das bedeutet leider auch, dass meine arkanen Kräfte dort versagen werden.«
»Aber werter Abraham, nicht doch.« Der schwarze Pudel richtete sich wie ein Feldherr auf. »Alles eine Sache der Planung. Ihr geht einfach so vor, wie ich es euch sage. Mille«, er nickte der Hexe zu. »Wir benötigen ein weiteres Mal Springwurzel, um den Einstieg zur Pyramide zu öffnen. Du, Abraham, bereitest dich auf eine geomantische Anrufung vor.«
»Ich verfüge nicht mehr über die Kräfte wie vor meiner Transformation.«
»Na, ein Ort wie dieser hier sollte deinen kleinen Tricksereien doch entgegenkommen.«
»Und was genau tue ich bei dieser Anrufung?«
»Bündle die hier wirkenden Erdkräfte, und verändere das Wetter.« Mephistos Augen blitzten tückisch. »Ich will, dass du die Innenstadt so vernebelst, dass man nicht einmal mehr die Hand vor Augen sieht.«
Abraham stöhnte. »Das braucht Zeit.«
»Du hast drei Stunden. Natürlich stehe ich dir auf bewährte Weise bei. Und jetzt: Ausführung!« Mephisto wies den Flötenspieler an, die Tasche mit Abraham an sich zu nehmen und ihn in Richtung Schlossgarten zu begleiten, während Ben, Adam, der Drummer und die beiden Gitarristen Millepertia und Lukas im Park dabei halfen, einen Specht ausfindig zu machen.
Es war der Drummer, der schließlich auf das charakteristische Klopfen des Vogels aufmerksam wurde und sie zu einem verschwiegen gelegenen Areal des Schlossparks führte. Staunend sahen er und die Devils zu, wie Millepertia Springwurzel erntete: Sie verwandelte sich in ihre Hartheugestalt,

rankte an dem Baum empor und verschloss das Nest des aufgebrachten Vogels mit Erdreich.

»Krass. Echt abgefahren!«, stieß Adam hervor. Seine Kollegen nickten.

Der Specht flog fort und kehrte rund eine Dreiviertelstunde später mit einer der magischen Springwurzeln zurück. Millepertia entriss sie ihm, befreite den Nesteingang vom Erdreich und kehrte wieder zu ihnen zurück.

Mit der Wurzel in Händen verließen sie das Schlossgelände, eilten über eine langgezogene Prachtstraße in die sich anschließende Fußgängerzone und auf dieser zu dem großen Marktplatz, wo sich zwischen Rathaus, klassizistischen Bauten und Marktständen die Pyramide erhob. Das dunkle Sandsteinmonstrum hatte eine Kantenlänge von etwa acht Metern und war vermutlich ebenso hoch. Begrenzungspfeiler, von denen schwere Ketten herabbaumelten, hinderten Besucher zumindest symbolisch, sie zu berühren.

Über der Gedenktafel mit der Inschrift, die den Zugang zur Pyramide verschloss, prangten weithin sichtbar die Lettern:

Markgraf Carl Wilhelm
legte den ersten Grundstein zu seinem
neuen Wohnsitz und dieser Stadt
am 17. Juni 1715

»Und jetzt?«, fragte Adam.

»Jetzt warten wir, ob Abraham erfolgreich ist«, antwortete Millepertia.

Lukas sah auf die Uhr, als er spürte, wie sich die Luft trübte. Ganz allmählich verschwanden die umliegenden Dachgiebel in nebligem Grau, dann erreichten die Schwaden den Boden und verbargen die Sicht auf die umliegenden Häuser und Marktstände. Und der Nebel wurde immer dichter.

»Bereit?«, fragte Lukas, froh darüber, nun endlich die Sonnenbrille wegstecken zu können.

Millepertia nickte, und auch Ben, Adam und der Drummer machten sich zum Aufbruch bereit. Die beiden Gitarristen wollten zurückbleiben, um vor der Pyramide Wache zu halten.

Durch den dichten Nebel um sie herum drangen Stimmen der Menschen, die von dem Wetterumschwung überrascht waren und sich mal lachend, mal fluchend, mal ängstlich ihren Weg durch die nahezu undurchdringliche Suppe ertasteten. Auch Lukas konnte Millepertia und die Devils neben sich kaum mehr erahnen.

Als die Stimmen um ihn herum sich entfernten und zunehmend leiser wurden, flüsterte er: »Los jetzt. Über die Absperrung.«

Er tastete sich vorwärts und stolperte fast über Millepertia, die niedergekniet war, um die Gedenktafel mit der Springwurzel zu berühren. Ein gedämpftes Knistern ertönte, dann ein Knacken. Die Devils rüttelten an der Platte, lösten sie so aus der Pyramidenwand und setzten sie unter angestrengtem Keuchen am Sockel des Bauwerkes ab.

Lukas schaltete die Beleuchtungsfunktion seines Smartphones an und leuchtete ins Innere. Der Lichtschein erfasste einen zentral stehenden Sandsteinblock, auf dem eine Kalkplatte mit Gravuren zu sehen war. Ohne Zögern kletterte er durch den engen Zugang ins Innere der Pyramide, und Millepertia und die drei Devils folgten ihm in den Innenraum.

Er sah sich um und staunte. Statt schräg aufragender Wände wölbte sich über ihnen ein altes Klostergewölbe. An den umliegenden Wänden befanden sich kleine Konchen, halbrunde Nischen, und an der Raumdecke gähnte ihnen eine quadratische Öffnung entgegen, durch die sie einen

Blick in den darüberliegenden Raum werfen konnten. Sehr schwach war dort oben Lichtschein zu erahnen, der durch kreuzförmige Lüftungsöffnungen ins Pyramideninnere sickerte.

Adam und der Drummer leuchteten den Innenraum ebenfalls mit ihren Smartphones aus, während Ben seinen Geigenkasten aufklappte und die Violine untersuchte, so als befürchte er, dass ihr der geweihte Boden etwas anhaben könnte.

Schließlich versammelten sie sich um die imposante Kalksteinplatte im Zentrum des Raumes, und der Drummer schob mit der Schuhspitze die Überreste einer toten Taube aus dem Weg, die sich irgendwie in die Pyramide verirrt hatte. Eingefasst von fein gearbeitetem Rankenwerk, war auf der Platte der Grundriss Karlsruhes zum Zeitpunkt von 1823 eingraviert. Farbliche Hervorhebungen dokumentierten die Stadtentwicklung seit der Gründung.

»Und ich dachte, hier steht ein Sarkophag«, murmelte Ben.

Lukas trat neben ihn und leuchtete den Sandsteinsockel ab, auf dem die Kalkplatte ruhte. »Wenn ich das richtig verstanden habe, steht die Pyramide *auf* dem Grabgewölbe.« Er leuchtete den Boden ab, doch sie konnten nirgendwo einen Zugang ausmachen.

Millepertia strich mit den Fingern über das eingravierte Rankenwerk. »Das ist ungewöhnlich. Ich hätte Lorbeer oder etwas in der Art erwartet. Aber das hier stellt zweifelsohne Hartheu dar.«

»Dann scheinen wir auf dem richtigen Weg zu sein«, sagte Lukas.

Der Drummer bückte sich und musterte Sandsteinsockel und Kalkplatte. »Irgendwie muss es von hier aus doch ins Grabgewölbe gehen«, brummte er. »Kommt, helft mir. Wir versuchen, die Platte anzuheben.«

Sie stellten ihre Lichtquellen in den Wandnischen ab, und die Männer mühten sich, die Platte anzuheben. Endlich kippte sie, dann polterte sie rumpelnd zu Boden.

»Seht euch das an!« Ben beugte sich über einen schmalen, in die Tiefe führenden Schacht, der sich inmitten des schweren Sockels auftat.

Lukas schnappte sich sein Handy und leuchtete nach unten. Er entdeckte Eisensprossen, die in die Dunkelheit führten. »Ich gehe voran.« Bevor ihn jemand daran hindern konnte, schwang er seine Beine über die Sockelkante und kletterte in die Tiefe. Die anderen leuchteten ihm.

»Und?«, hallte über ihm Adams Stimme.

Lukas spürte wieder Grund unter seinen Füßen und sah sich um. Er stand jetzt in einem düsteren und leicht muffig riechenden Tonnengewölbe mit verblassten religösen Motiven an den Wänden, dessen Decke dick mit Verkrustungen aus Kalk und Schimmel überzogen war. In den vier Raumecken standen in Wandnischen marmorne Engel. Ihre trauernden Blicke waren auf einen prachtvollen Zinnsarg gerichtet, der in der Gewölbemitte thronte. Sargdeckel und Seitenfronten des Prunksarges waren mit vergoldetem Laubwerk geschmückt, auf dem in Rot, Gold, Blau und Weiß das Familienwappen des Verstorbenen eingelassen war: ein reich ornamentiertes Schmuckwerk mit fünf Ritterhelmen, roten Löwendarstellungen und einem Mittelschild, auf dem sich unter anderem der rote badische Schrägbalken auf goldenem Grund befand.

»Ich habe das Grab des Markgrafen gefunden!«, rief er mit hallender Stimme.

Schon waren über ihm im Schacht Klettergeräusche zu vernehmen. Auch die anderen machten sich an den Abstieg.

Lukas trat vor den Sarg und betrachtete die aus Zinn gegossenen Ornamente – Totenköpfe, Tulpen und schon wieder das allgegenwärtige Johanniskraut. Hinter ihm schlüpften nach und nach Ben, Adam, Millepertia und zum Schluss der Drummer in die Gruft.

»Hübscher Sarg«, flachste Adam. »Versprecht mir, dass ich auch so einen kriege, wenn es für mich abwärtsgeht.«

»Kannst du haben«, erwiderte Ben. »Und zwar inklusive eines so muffig riechenden Grabgewölbes. Erinnert dann alle daran, wie du nach den Konzerten immer gestunken hast.« Die Devils lachten.

Millepertia hingegen wirkte noch immer überaus ernst. »Also gut … wo könnte man hier irgendetwas verstecken?«, fragte sie.

»Vielleicht hier drin?« Der Drummer klopfte missmutig gegen den Zinnsarg. »Ich will nicht hoffen, dass wir das Scheißding öffnen müssen.«

»In dem Sarg dürfte dem Schild oben zufolge bloß Asche zu finden sein.« Lukas richtete den Strahl seiner Lampe auf die Wände. »Aber ich glaube eh nicht, dass wir die Totenkiste öffnen müssen. Denn das hier ist nicht das Grab des Mönches. Und das suchen wir ja. Wenn sich Karl Wilhelm von Baden-Durlach aber nicht im Grab Severins hat bestatten lassen, dann vielleicht in seiner unmittelbaren Nähe? Schließlich gehen wir davon aus, dass die einstige Kirche über dem Grab errichtet wurde.«

Millepertia wandte sich den Engeln in den Raumecken zu. »Das sind vermutlich die vier Erzengel: Michael, Raphael, Gabriel und Uriel«, sagte sie.

Lukas sah zu den geflügelten Plastiken, konnte jedoch lediglich Michael anhand seines Schwertes identifizieren. Die drei anderen Engel sahen für ihn mit ihren fließenden Gewändern und den zum Gebet gefalteten Händen vor der Brust nahezu identisch aus.

Millepertia schritt derweil im Licht des Smartphones die

drei religiösen Motive an den Grabwänden ab. Es handelte sich um große Wandgemälde mit biblischen Darstellungen, auf denen jeweils ein Engel mit auffallend femininen Zügen zu sehen war, der auf allen drei Wandgemälden das gleiche himmelblaue Gewand trug. Auf dem Bildnis rechts des Sarges stand er vor einem Räucheraltar, über dem eine Taube aufstieg. Ein Greis kniete neben ihm, reckte die Hände zum Himmel empor und schien selig den Worten des Geflügelten zu lauschen. An der Wand am Fußende des Sarkophags richtete der Engel sein Wort an eine Frau mit gefalteten Händen. Lukas glaubte das Motiv zu kennen, aber ihm wollte nicht einfallen, woher. Auch die dritte Darstellung an der Wand links des Sarges kam Lukas diffus bekannt vor. Dort taufte der Engel Jesus Christus im Jordan.

»Komisch«, flüsterte Millepertia. »Ich hätte wenigstens *eine* Abbildung erwartet, auf der der Verstorbene schlafend im Hardtwald zu sehen ist.«

»Vielleicht hielt er das nicht für notwendig«, brummte Ben. »Nicht zu übersehen ist allerdings, dass der gute Karl glaubte, der Erzengel Gabriel habe ihm die Vision zur Stadtgründung geschickt.«

Lukas sah ihn fragend an. »Wie kommst du darauf?«

Ben lächelte. »Sieh dir den Engel auf den Wandgemälden doch mal genauer an. Das sind alles Darstellungen Gabriels.« Er wies zur Wand zu ihrer Rechten. »Das da ist die Verkündigung des Erzengels Gabriel an Zacharias, bei dem er ihm die Geburt Johannes des Täufers ankündigt. Die Abbildung mit der Frau hier dürftest du kennen: Gabriel prophezeit der Jungfrau Maria, dass sie Jesus gebären wird. Und hier, bei dem Bild mit der Taufe, ist ebenfalls Gabriel zu sehen.«

Millepertia runzelte die Stirn. »Hat nicht Johannes der Täufer Jesus getauft?«

»Ja, könnte man meinen«, nickte Ben. »Nur gibt es nicht wenige, die glauben, dass Johannes der Täufer von Gabriels Licht erfüllt wurde und der Erzengel so quasi durch ihn hindurch gewirkt hat.«

»Meine Fresse, du bist ja der wandelnde Prediger geworden«, grinste Adam, doch Ben winkte ab: »Ach, halt die Schnauze, Adam.« Er betrachtete die Engelsdarstellung genauer, dann fuhr er fort: »Gabriel galt schon immer als Verkünder und Überbringer himmlischer Botschaften – was nur zu gut zu der Vision des Verstorbenen passt. Übrigens gilt Gabriel auch im Islam als der Engel der Offenbarung, der Mohammed die Verse des Koran übermittelte.« Ben zwinkerte Millepertia zu. »Und nicht zuletzt ist Gabriel der einzige Erzengel, der immer wieder in weiblicher Gestalt dargestellt wird.«

Lukas verglich die Engelsabbildungen und stellte fest, dass Ben recht hatte.

»Hey, diese Engelsstatue trägt ebenfalls weibliche Züge«, verkündete die Bassstimme des Drummers von jenseits des Sarges. Er stand mit den Händen in den Taschen vor der Nische rechts der Stirnwand, die anders als die übrigen Mauern keine Malereien trug, und sie gingen zu ihm herüber, um seine Entdeckung zu begutachten. »Du hast recht«, sagte Ben.

»Das ist vielleicht der Hinweis, nach dem wir gesucht haben«, meinte Lukas aufgeregt, schob den Drummer beiseite und klopfte die Statue ab. Sie klang massiv. Schließlich umfasste er sie an der Leibesmitte und ruckelte an ihr, doch sie bewegte sich nicht. »Schade. Wohl doch Fehlanzeige.«

»Vielleicht lohnt ein Blick auf die anderen Statuen?«, schlug Ben vor. Er und die anderen Devils untersuchten die übrigen Nischen. Die Sockel der darin aufgestellten Engel waren jeweils mit einem marmornen Zapfen im Untergrund

fixiert. Dennoch gelang es ihnen problemlos, die schweren Skulpturen anzuheben. Leider verbargen sie nichts Ungewöhnliches.
»Und warum gelingt das nicht bei der hier?« Abermals musterte Lukas den Engel, den sie für Gabriel hielten.
Auch Millepertia betrachtete die Figur genauer und stieß dann einen erstaunten Laut aus. »Der Stern, der seinen Stirnreif ziert, ist kein einfacher Stern. Das ist eine Hartheublüte.« Sie zögerte kurz, dann stach sie sich mit einer Nadel in den Finger. Vor ihrer aller Augen wuchs aus der Wunde ein grüner, wippender Stengel mit kreuzförmigen Blättern empor, an dessen Ende sich eine gelbe Blüte entfaltete. Millepertia berührte den Engel mit dem Pflänzchen, und am Sockel der Statue knackte es. Dann wurde es still.
Irritiert sahen Lukas und die Musiker einander an.
»Lasst mich mal.« Ben versuchte die Statue erneut anzuheben. Diesmal mit Erfolg. Er zog an ihr, bis sie sperrte und in seltsam schräger Position verharrte. Stirnrunzelnd griff er in die Nische, dann betastete er den unteren Teil des Sockels. »Sieh einmal an. Hier hinten ist eine Kette befestigt!«
Lukas half ihm, und gemeinsam zerrten sie weiter an dem Engel. Es gab einen Ruck, die Statue kippte ihnen plötzlich entgegen, und mit ihr rutschte eine schmale, leicht rostige Eisenkette aus einem Loch im Nischenboden, die sich abrollte und klirrend zu Boden fiel. Die Kettenglieder mündeten in einem rostigen Metallstift.
Aus der Wand unterhalb der Nische schlug ihnen jetzt dumpfes Rasseln entgegen. Ein Geräusch, das an der Stirnseite des Grabgewölbes seinen Widerhall fand, als nähmen dort im Verborgenen schwere Gewichte und Zahnräder ihren Betrieb auf. Ein schleifendes Geräusch wie von Riegeln, die über Stein fuhren, hallte durch das Gewölbe, dann wurde es wieder still.

Triumphierend sahen sich Lukas und Ben an. Millepertia und der Drummer untersuchten sofort die Wand an der Stirnseite des Gewölbes. Der muskulöse Musiker stemmte sich gegen sie, und endlich gab sie nach. Auf einem Meter Breite öffnete sich eine Tür, Kalk und Gestein rieselten zu Boden. Der Drummer hustete.

»Mann, ist das geil!« Adam beleuchtete den dunklen Zugang. »Das ist ja fast wie bei Indiana Jones.«

»Dann weißt du ja, was passiert ist, als er die Bundeslade fand«, knurrte Ben, und Adam wurde bleich.

»Wir müssen da trotzdem rein«, sagte Lukas. Im Licht ihrer Lampen wurde ein zweites, sogar noch etwas größeres Grabgewölbe sichtbar, das über und über mit Spinnweben verhängt war. Zwischen diesen ruhte auf einem Sockel inmitten des Raums eine fast brusthohe, steinerne Urne.

»Eine *Urne?*« Millepertias Stimme klang zweifelnd. »Für ein Mönchsgrab wäre das ziemlich ungewöhnlich.«

»Wieso?«, fragte Lukas.

»Weil Feuerbestattungen im Mittelalter verpönt waren«, antwortete sie. Sie betrat das verborgene Gewölbe als Erste und zog einige der Spinnweben beiseite. »Die Christen nahmen die leibliche Auferstehung der Toten gemäß des Glaubensbekenntnisses damals sehr viel ernster als heute. In der orthodoxen Kirche sind Feuerbestattungen bis heute verboten.«

Lukas und die Devils halfen ihr beim Entfernen der Spinnweben, und gemeinsam legten sie auch an den Wänden dieser Gruft Malereien frei, die allerdings ungleich schauriger waren als jene im Grab des Markgrafen. In mehreren Reihen umtanzten die Wände Darstellungen von Skeletten und Menschen in seltsam verrenkten Posen, die einander an den Händen gefasst hielten. Die Knochenmänner erinnerten Lukas an Abaddon, doch seine innere Stimme sagte ihm, dass sie alles andere als eine Huldigung an den Dämonenfürsten waren.

»Erinnert mich an die frühen Totentanz-Darstellungen«, brummte der Drummer.

»Totentanz?«, echote Lukas.

»Du musst dir das eher sinnbildlich vorstellen, Alter. Eine Darstellung von Skeletten und Menschen aller Stände und Ränge, die an die Allmacht des Todes gemahnen sollte. Weil der Tod irgendwann alle zum Tanz auffordert. In Lübeck und Basel zum Beispiel gab es in den Kirchen früher mal berühmte Totentänze.«

»Ihr kennt euch gut aus«, stellte Lukas anerkennend fest.

»Na ja«, sagte Adam, »sind halt klassische Goten-Themen. Kreuze, Friedhöfe, Totentänze, solche Sachen. Aber ehrlich, ich steh auf den alten Kram. War auch mal die Idee für unseren Bandnamen, übrigens. *Saltatio Mortis.* Ist der lateinische Name für Totentanz. Blöderweise sind uns die Kollegen hier aus Karlsruhe zuvorgekommen. Scheint auch zu ziehen, der Name. Die sind mittlerweile echt gut im Geschäft.«

»Und das offenbar ganz ohne Teufelspakt«, stichelte Lukas.

»Wer weiß das schon so genau«, meinte Adam vielsagend. Unwillkürlich grinste er. »Egal. Ich glaub, ich ruf den Lasterbalk einfach mal an. Ist der Drummer von denen. Der ist mir eh noch ein Bier schuldig, seit er mir mal 'ne Frau ausgespannt hat. Mit den richtigen Fragen kriege ich das schon noch raus.«

»Ach?« Auch Ben grinste. »Sagtest du nicht mal, dass dir keine Frau widersteht?«

»Schnauze.«

»Und was soll dieser Totentanz hier?«, fragte Lukas.

»Keine Ahnung. Frag Ben, der macht ja seit neuestem auf Betschwester«, knurrte der Drummer.

»Die Betschwester haut dir gleich was aufs Maul«, fuhr ihn der Teufelsgeiger an. »Seht euch lieber um, damit wir rausfinden, wo der verdammte Mönch den Hinweis auf die Engelsmusik versteckt hat.«

»Da fällt mir nur ein Ort ein.« Adam deutete zur Urne. »Vielleicht verstecken sich da drin Notenblätter?«

Ben und der Drummer traten an die Urne heran, dann hoben die beiden den Deckel ab. Er löste sich mit einem Schaben. Ben verzog missmutig das Gesicht und griff hinein. Als er den Arm wieder herauszog, war sein Ärmel über und über mit Asche bedeckt.

»Nichts«, spie er angewidert aus. »Abgesehen von ein paar Knochenstückchen befindet sich da drin wirklich bloß Asche.« Missmutig klopfte er die Asche an seiner Hose ab, wo sie sich mit dem Staub und den Spinnweben vermischte, mit denen jeder von ihnen mittlerweile bedeckt war. Lukas verzog das Gesicht. Sie sahen aus wie eine Abordnung schlecht verkleideter Halloween-Gestalten.

»Moment mal.« Adam befreite die Außenseite der Urne vom Staub. »Hier ist spiralförmig eine längere lateinische Inschrift angebracht.« Er drehte die Urne ein paar Mal. »Ich kann's zwar nicht übersetzen, aber Worte wie ›deus‹ und ›angeli‹ dürften hier jedem etwas sagen, oder?«

Lukas trat neben ihn. »Ein Liedtext?«

»Gut möglich. Zumindest, wenn wir von einer Art Choral ausgehen.«

»Abraham könnte die Schrift für uns übersetzen«, meinte Millepertia.

»Ohne die zugehörige Melodie nützt uns die aber nichts.« Lukas sah auf. »Hat jemand was zum Schreiben dabei?«

Ben zückte einen Kuli; Lukas kramte wieder seinen Touristenführer hervor. Während ihm Millepertia mit seinem Smartphone leuchtete und er den lateinischen Text abschrieb, untersuchten die Musiker weiter das Grabgewölbe und klopften sogar die Steine ab, fanden jedoch nichts.

»Ein Satz mit X, das war wohl nix«, seufzte Ben, als Lukas gerade das letzte Wort auf den Einband übertragen hatte. »Ob wir vielleicht an der falschen Stelle suchen?«

Ratlos sahen sie sich um, bis der Drummer sich noch einmal dem Reigen der Totentänzer näherte und schließlich leise durch die Zähne pfiff. »Ich hab's, Mann! Der Totenreigen stellt die Melodie der Himmelsmusik dar! Ich hätte schon früher darauf kommen können, denn die moderne Notation war zu Severins Lebzeiten noch gar nicht erfunden. Seht euch die Tanzenden mal genauer an. Erinnern euch ihre Gesten und Körperhaltungen nicht an Noten und Neumen?«

»Neumen?«, fragte Millepertia.

»Fingerzeige«, antwortete der Drummer, der nun offenkundig in seinem Element war. Ben beugte sich zu Lukas und Millepertia vor und flüsterte: »Er hat früher Musikwissenschaft studiert. Sogar mit 'ner Doktorarbeit hat er mal angefangen.«

Der Drummer jedoch ließ sich von dem Geflüstere nicht stören. Mit funkelnden Augen schritt er weiter den Totentanz ab und fuhr begeistert fort: »Man vermutet, dass sich diese Neumen aus den Dirigierbewegungen frühmittelalterlicher Chorleiter ableiteten. Sie kamen im neunten Jahrundert auf und wurden erst ab dem elften Jahrhundert durch eine moderne Notation abgelöst.« Er drehte sich wieder zu ihnen um. »Wann lebte dieser Severin noch einmal?«

Lukas sah Millepertia hilfesuchend an. »Gestorben ist er angeblich Mitte des zwölften Jahrhunderts.«

»Sehr gut! Dann liege ich auch mit den Noten richtig. Offenbar wird hier auf eine Modalnotation zurückgegriffen.

Die Extremitäten der Dargestellten sind alle auf den gleichen Höhenebenen angebracht. Verbindet man sie, kann man aus ihnen Linien zur Bestimmung der Tonhöhe bilden. Wirklich raffiniert. Die Neumen allein liefern nämlich keine exakten Tonhöhenhinweise.« Der Drummer schürzte die Lippen zu einem schmalen Lächeln. »Gebt mir Stift, Papier und ein paar Stunden Zeit, und ich versuche mich daran, die Notation zu entschlüsseln.« Er wandte sich dem Sänger zu. »Adam, du hast doch früher Grigorianik-Pop gehört. *Enigma* und so. Und soweit ich weiß, hast du das Zeug auch gesungen.«

Adam sah seine Bandkollegen schuldbewusst an. »Hey, das ist lange her.«

»Egal, mach dich schon mal mit dem Liedtext vertraut.«

»Kann ich ebenfalls helfen?«, wollte Ben wissen.

»Klar, du bist ja der Einzige unter uns mit einem Instrument. Wir müssen die Melodie testen.« Der Drummer sah sich angestrengt suchend um, gebot den anderen kurz zu warten und verließ das Grabgewölbe, um durch den Schacht im Vorraum wieder nach oben in die Pyramide auf dem Marktplatz zu klettern.

»Was macht er da oben?«, fragte Adam. Doch auch Lukas wusste nicht, was der Drummer im Sinn hatte. Wenig später kehrte der Musiker wieder zu ihnen zurück. Mit sich brachte er die tote Taube, die oben neben der Kalksteinplatte gelegen hatte, und plazierte sie auf dem Deckel der Urne.

»Mir dämmert langsam, warum sich Severin damals verbrennen ließ«, flüsterte Lukas Millepertia zu, während sie dabei zusahen, wie die Devils ihr ganzes musikalisches Können zusammenwarfen, um der Totentanzdarstellung ihr Geheimnis abzutrotzen. »Er wollte verhindern, dass er selbst als Testobjekt missbraucht wird.«

»Hat sich nicht auch der Markgraf einäschern lassen?«,

fragte Millepertia bedeutungsvoll. Die beiden sahen den Devils weiter zu, deren Unterfangen den ganzen Nachmittag in Beschlag nahm. Immer wieder erfüllte Geigenmusik die beiden Gewölbe; auch Adam warf sich mit seiner Sangesstimme ins Zeug, doch der Erfolg ließ auf sich warten. Lukas kletterte in unregelmäßigen Abständen wieder nach oben, vergewisserte sich, dass der dichte Nebel über der Stadt andauerte, und schickte einen der Gitarristen los, damit dieser Mephisto über ihren Fund verständigte.

Die übrige Zeit vertrieb er sich damit, Sarg und Engelsdarstellungen im Grab des Markgrafen abzuschreiten. Unvermittelt hielt er inne. »Mille. Ich denke, hier ist noch eine weitere Botschaft verborgen.«

»Was meinst du?« Sie trat neben ihn.

»Die Wandbilder stellen gleich zweimal einen Bezug zwischen Gabriel und Johannes dem Täufer her. Falls Ben richtigliegt und der Erzengel Johannes den Täufer als eine Art Werkzeug benutzt hat …« Millepertia schwieg, und er lächelte ihr ermunternd zu. »Na, komm schon. Du hast mir schließlich erzählt, wie das Johanniskraut zu seinem Namen kam. Dass es aus dem Blut des Propheten wuchs. Wenn also hinter Johannes dem Täufer die Macht des Erzengels Gabriel steckt … glaubst du nicht, dass das Johanniskraut dann auch von seiner Kraft erfüllt ist? Und wenn das so wäre, stünde dir letzten Endes einer der Erzengel höchstpersönlich bei! Das würde auch erklären, warum *du* im Hardtwald die Vision hattest – und nicht Ben.«

Millepertia senkte den Blick, dann drehte sie sich weg. »Das würde nichts ändern. Im Gegenteil.« In ihren Augen glitzerten Tränen.

Lukas' Aufregung wich Bestürzung. »Mille, was ängstigt dich so? Alles deutet doch darauf hin, dass dich der Himmel noch nicht aufgegeben hat. Er scheint sogar aktiv in den Kampf zwischen Teufeln und Dämonen einzugreifen! Überleg doch: Die ganze Zeit über jagen wir diesen Teufelstränen hinterher, obwohl wir keine Ahnung haben, was wir dann mit ihnen tun sollen. Was, wenn *du* der Schlüssel zur Antwort auf unsere Fragen bist? Was, wenn sich dir der Himmel nicht umsonst auf diese Weise offenbart hat? Das wäre doch in jeder Hinsicht ein gutes Zeichen!«

Ein Schatten huschte über ihr Gesicht, und zu seiner Verwunderung ergriff sie seine Hand. »Denkst du, ich habe mir über all das nicht schon selbst Gedanken gemacht? Nur macht die Gewissheit, dass es sich bei meinen Träumen um himmlische Visionen handelt, alles noch viel schlimmer.«

»Das begreife ich nicht.«

»Es ist egal, wozu mich die Engel auserwählt oder nicht auserwählt haben, Lukas. Wenn sich mir die Himmelskräfte tatsächlich auf diese Weise offenbaren, kann ich an meiner Zukunft erst recht nichts ändern. Dann sind meine Träume keine Trugbilder oder vage Vorahnungen, sondern genau das, wofür ich sie immer gehalten habe: Sie verkünden mein Schicksal.«

»Aber was genau *verkünden* sie dir denn?«, fragte Lukas verzweifelt.

»Ich sehe mich in meinen Träumen sterben«, flüsterte Millepertia. »Ich sehe, wie die Höllenboten meine unsterbliche Seele ergreifen und in den Infernalischen Abgrund zerren. Und jener eine, der mir stets dabei zusieht, ist immer derselbe. Das bist du!«

»Ich weiß, aber … Hör zu, Mille: Das kann einfach nicht sein.« Lukas sah sie beschwörend an. »Ehrlich, ich würde alles in meiner Macht Stehende tun, um dich vor diesem

Schicksal zu bewahren. Vor mir musst du keine Angst haben.«

»Das weiß ich doch längst.« Millepertia lächelte unglücklich. »Glaub mir, ich hätte dich lieber bekämpft, als ...« In ihren grünen Augen lag plötzlich ein Ausdruck, in dem mehr lag als bloße Angst. Darin spiegelte sich Verwirrung. Staunen. Zärtlichkeit? Lukas merkte, dass er ihre Hände an sich gezogen hatte. Doch der winzige Moment, in dem sich ihre Seelen zu berühren schienen, verging.

Hastig löste sich Millepertia von ihm und wischte sich über die Augen. »Alles, was zählt, ist, dass du aufgetaucht bist, so wie es mir meine Träume angekündigt haben. Und das bedeutet, dass mein Ende nah ist. Eines Tages musste es eben so kommen. Niemand kann ewig vor seinem Schicksal davonlaufen.«

In diesem Moment hallte drüben im Grab des Mönches erneut die Singstimme Adams auf, dem sich das getragene Spiel der Teufelsgeige anschloss. Lukas, der Millepertia noch immer ansah, wandte seine Aufmerksamkeit dem benachbarten Gewölbe eher unwillig zu, und doch rieselten ihm bei den Klängen Schauer der Ergriffenheit über den Leib. Ebenso wie Millepertia kehrte er zur Geheimtür zurück und erlebte dort mit, wie die drei Musiker die rekonstruierte grigorianische Melodie vortrugen. Adam sang, Ben brachte seine Geige zum Klingen, und der Drummer gab klopfend den Rhythmus vor. Lukas war zu nichts anderem in der Lage, als mit offenem Mund dazustehen und zuzuhören – bis der verdorrte Körper der Taube auf der Urne zuckte. Vor ihren Augen sprang der mumifizierte Vogel auf die Beine, hob die löchrigen Flügel und begann unter den Klängen der Himmelsmusik einen seltsamen Tanz aufzuführen.

Ben, der das Schauspiel als Erster von den dreien bemerkte,

riss die Augen auf und unterbrach sein Violinenspiel. Auch Adam hielt mitten im Gesang inne.
Ansatzlos fiel die Taube wieder auf die Seite und rührte sich nicht mehr.
»Ihr habt es tatsächlich geschafft«, flüsterte Millepertia. »Eure Musik erweckt Tote zu neuem Leben.«

Hexensabbat

Vor zwei Stunden hatten sie Karlsruhe verlassen, und noch immer donnerte der Tourbus der Devils die Landstraße entlang. Das Scheinwerferlicht des Busses erfasste gelegentlich entgegenkommende Fahrzeuge, doch davon abgesehen war die bergige, bewaldete Gegend, die sie durchfuhren, verlassen. Lukas warf einen Blick auf die Armbanduhr. Die Zeiger standen auf kurz nach 23 Uhr, und er fragte sich, welches Ziel Mephisto, der neben dem Fahrer hockte, eigentlich ansteuern ließ. Sie hatten die Autobahn bereits viele Kilometer vor Freiburg verlassen. Auf der Straßenbeschilderung standen Namen, die er noch nie gehört hatte. Elztal oder Waldkirch zum Beispiel. Er wusste lediglich, dass sie sich irgendwo im Schwarzwald befanden. Auch Ben und die übrigen Devils wussten nicht, wohin die Reise ging, aber im Gegensatz zu ihm war es ihnen auch ganz offensichtlich egal. Sie hatten in Karlsruhe die Pyramide wieder in ihren alten Zustand versetzt, das Schlagzeug ihres Drummers verladen und hockten jetzt ausgestattet mit reichlich Bier hinten im Bus und übten Akkorde. Millepertia und Abraham hingegen saßen Lukas gegenüber. Ihre Gespräche waren schon lange zum Erliegen gekommen. Zu gern hätte er das Gespräch mit Millepertia an der Stelle fortgeführt, an der sie der musikalische Durchbruch der Devils unterbrochen hatte. Doch der Zauberer döste zwar vor sich hin, schlug jedoch zu Lukas' Leidwesen immer wieder die Augen auf. Und das hieß, dass er wacher war, als er es sich gewünscht hätte. Hin und wieder trafen sich Lukas' und Millepertias Blicke. Lukas gewann den Eindruck, dass auch ihr etwas auf der Zunge lag, doch die Hexe schwieg seit nunmehr gut einer Viertelstunde und

starrte zunehmend aufmerksam aus dem Fenster. Fast so, als würde sie einige Landmarken der Region erkennen.
»Und? Hast du eine Ahnung, wohin wir fahren?«
»Warte.« Millepertia presste ihr Gesicht an die Scheibe, dann weiteten sich ihre Augen. »Ich glaube, das da ist unser Ziel.« Sie deutete in Richtung eines mondbeschienenen rundlichen Bergrückens schräg vor ihnen.
Einen kurzen Augenblick lang glaubte Lukas, dass sich im silbernen Schein des Mondes ein Schatten abzeichnete, der von links nach rechts durch die Nacht huschte. Irritiert kniff er die Augen zusammen, doch als er sie wieder öffnete, war der Schatten verschwunden.
»Unser Ziel ist der Kandel«, flüsterte Millepertia aufgeregt. »Der Berg ist die höchste Erhebung im mittleren Schwarzwald – und auf ihm befindet sich ein ganz besonderer Ort.«
»Sehr gut, meine Teuerste«, tönte im Gang die Stimme Mephistopheles'. Der schwarze Pudel sprang auf eine Sitzbank und kläffte nach hinten. »Jungs, genug geübt. Es wird Zeit für eure Einweisung.«
Abraham richtete sich hellwach auf.
Die sechs Devils verließen ihre Plätze und kamen zu ihnen.
»Hat die Geheimniskrämerei also endlich ein Ende?«, fragte Ben.
»Hat sie.« Mephisto lächelte selbstgefällig. »Mille, könntest du die Gentlemen bitte aufklären?«
»Mephisto lässt uns zum Kandel bringen. Ich vermute, dass er dort ein Hexentreffen arrangiert hat«, erklärte sie ihnen.
»Bingo!« Der schwarze Pudel heulte begeistert. »Schön zu wissen, dass du dich an den Spaß erinnerst, den wir dort früher hatten.«
»Ich hatte damals keinen Spaß«, schnappte sie, was den Teufel allerdings wenig zu beeindrucken schien. »Ich gebe zu, ein bisschen langweilig warst du ja schon immer. Ver-

mutlich ist das der Grund, warum du und Abraham es so lange miteinander ausgehalten haben.«

»Nein, das lag daran, dass wir auf deine Gesellschaft verzichten konnten«, stellte Abraham fest und wandte sich seinerseits an die Devils. »Der Kandel genießt hier im Süden den zweifelhaften Ruf als Blocksberg des Schwarzwaldes.«

»Sie sprechen von dem berühmten Hexentanzplatz im Harz?« Der Flötenspieler sah sich zu seinen Bandkollegen um. »Da war ich in der Neunten mal auf Klassenfahrt. Die kleine hölzerne Brockenhexe, die ich damals mitgebracht habe, hängt heute noch bei mir auf dem Klo.«

»Ist ja rührend«, knurrte Mephisto.

Millepertia fuhr fort: »Hier im Süden trafen sich die Hexen zur Walpurgisnacht beim Kandel. Doch 1981 kam es bei dem dortigen Hexentreffen angeblich zu einem Unglück. Die Teufelskanzel, also der komplette obere Teil des Kandelfelsens, stürzte in dieser Nacht in die Tiefe. Angeblich hat man inmitten der Trümmer sogar einen Besen gefunden.«

»Das war kein Unglück«, knurrte Mephisto. »Das war die Folge eines Angriffs. Bislang dachte ich, dass die Inquisition dafür verantwortlich war. Inzwischen bin ich mir da nicht mehr so sicher. Gut möglich, dass unsere Gegner schon damals Vorbereitungen gegen meine Getreuen trafen.«

»Die Inquisition? Gibt es die denn noch immer?«, fragte Lukas.

»Allerdings. Diese frömmelnden Frauenhasser haben bloß die Methoden gewechselt. Allerdings sind die im Augenblick nicht unser Problem.«

»Wartet.« Adam beugte sich interessiert vor. »Ihr sprecht allen Ernstes von *echten* Hexen?«

»Aber sicher.« Gut gelaunt deutete Mephisto mit einer Pfote auf Millepertia. »Eine von ihnen sitzt direkt vor euch.

Oder dachtet ihr, ich hätte Mille bloß als Quotengroupie mitgenommen?«

»Quoten… was?«, zischte die Hexe wütend, und die Bandmitglieder grinsten.

»Wie viele kommen denn?«, wollte einer der Gitarristen wissen.

»Jungs, ihr werdet zufrieden sein.« Mephisto zwinkerte anzüglich. »Und eines kann ich euch ebenfalls versichern: Die Mädels freuen sich schon auf euch. Was Männer betrifft, sind die regelrecht ausgehungert.«

Die Laune der Devils stieg zunehmend.

Millepertia hingegen kochte. »Mal abgesehen davon, dass ich den Schwestern all die Jahre über nicht ohne Grund aus dem Weg gegangen bin: Was wollen wir da oben auf dem Berg überhaupt?«

»Die Hexen bringen uns Arnold von Wied«, erklärte Mephisto. »Bis gestern lagen seine sterblichen Überreste in einem Benedektinerinnenkloster nahe Bonn, für dessen Gründung er sich damals eingesetzt hat. Während ihr beschäftigt wart, haben meine Mädels dem Kloster einen Besuch abgestattet und dafür gesorgt, dass die Nonnen den Garten dieses Jahr nicht mehr selbst umgraben müssen.« Er lachte dreckig.

»Arnold von Wied? Stimmt, du hattest den Namen schon einmal erwähnt.« Ben sah sich unsicher zu seinen Bandkollegen um.

»Natürlich habe ich das, ihr Vollpfeifen.« Mephisto sah die Devils genervt an. »Das war der Erzbischof von Köln. Habt ihr schon vergessen, dass wir all die Anstrengungen um die Engelsschnulze bloß auf uns genommen haben, um ihn wiederzubeleben? Er wird uns hoffentlich verraten, wo sich der letzte der drei Adamanten befindet. Das heißt, ich hoffe, er verrät es dir, Famulus.« Er sah Lukas an.

»Warum mir?«
»Weil du der Einzige unter uns bist, der noch nicht den Schneid hatte, einen Pakt mit mir einzugehen.«
»Und was, wenn er trotzdem nicht bereit ist, mit mir zu sprechen?«
»Mal mich nicht an die Wand.« Mephistos Augen glühten verärgert auf. »Du wirst dich gefälligst anstrengen. Am besten, du schleimst dich bei ihm ebenso ein, wie du es bei Mille auch tust. Du schaffst das schon.«
Lukas spürte, wie ihm Zornes- und Schamesröte gleichermaßen ins Gesicht stiegen, während der Tourbus in einen Bergtunnel brauste. Direkt dahinter nahmen sie die erste Ausfahrt, dann ging es eine Weile bergauf, durch dichten Wald und schließlich auf einen Parkplatz, wo das Fahrzeug mit zischenden Bremsen hielt. Schilder am Rand des Stellplatzes wiesen Wanderwege aus. Offenbar war der Berg bei Tag ein beliebtes Reiseziel für Kletterer.
»Endstation, Freunde.« Mephisto sprang in den Zwischengang. »Von hier aus geht es zu Fuß weiter.«
Die Devils griffen nach ihren Instrumenten, und selbst der Drummer hängte sich eine schlichte Holztrommel um den Hals.
Adam verteilte feixend Kaugummis: »Für kussechten Atem!«
Lukas verdrehte die Augen und steckte seines unbenutzt weg. Einer der Gitarristen tat es ihm gleich, präsentierte aber stattdessen ein Mundspray. »Mann, Alter, was Mädels betrifft, bin ich Profi«, prahlte er.
Die Devils lachten, und Lukas konnte hören, wie die Musiker Verabredungen trafen, wann sich wer von ihnen später in der Nacht mit einer der Hexen oben im Bus amüsieren würde. Er musste unwillkürlich grinsen, wurde jedoch schlagartig wieder ernst, als er Millepertias prüfenden Blick

auf sich ruhen sah. Stattdessen bot er Abraham an, ihn auf den Kandel zu tragen.

Unter Mephistos Führung marschierten sie einen steilen Waldpfad zum Kandelgipfel hinauf. Inzwischen hatten sich die Wolken wieder vor den Mond geschoben, und ihnen schug eine feuchte, kühle Luft entgegen, die würzig nach Baumharz roch. Hin und wieder konnten sie die bewaldete Ebene unter ihnen erblicken, wo vereinzelte Lichter auszumachen waren. Lukas hatte sich mittlerweile schlaugemacht und wusste daher, dass der Kandelfelsen irgendwo am Westhang des Massivs in fast tausend Metern Höhe lag. Die größte Strecke zum Gipfel hatten sie bereits mit dem Bus bewältigt.

Tatsächlich schallten ihnen schon bald aus dem Wald gedämpftes Gelächter und spitze Rufe entgegen. Sie kämpften sich weiter auf dem schmalen, steinigen, rutschigen Wanderpfad voran; die Devils fluchten und wünschten sich besseres Schuhwerk. Allein Millepertia eilte leichtfüßig den Berghang hinauf. Nur ihr Gesichtsausdruck verriet, dass sie sich sorgte.

Lukas ließ sich zu ihr zurückfallen. »Alles in Ordnung?«

»Ja.« Millepertia sah ihn im Halbdunkel an. »Ich frage mich bloß, wie die Hexen auf meine Rückkehr reagieren.«

»Na, so lange, wie du dich bei ihnen nicht mehr hast blicken lassen, wird vermutlich kaum noch eine leben, die dich kennt.«

»Da täusch dich mal nicht.«

Sie waren kaum eine Viertelstunde marschiert, als sie über sich schallendes Gelächter vernahmen, dem sich ein luftiges Brausen anschloss. Über den Baumwipfeln flog eine Frauengestalt hinweg.

»Meine Fresse, ich glaub's nicht!«, rief der Drummer. »Die reiten tatsächlich auf Besen!«

»Etwas mehr Beeilung!«, bellte Mephisto. »In einer Viertelstunde ist Mitternacht. Da will ich einen Auftritt erleben, wie ihr ihn noch nie geboten habt.«

»Und danach?«, fragte einer der Devils.

»Danach könnt ihr gern eure Tour fortsetzen. Jetzt, da Ben mit seiner Stradivari wieder zurück ist, garantiere ich euch den Erfolg.«

Frauenstimmen und Gelächter schlugen ihnen entgegen, unvermittelt öffnete sich der Wald, und sie erreichten den Rand einer großen Lichtung, auf der sich eine gewaltige Schutthalde türmte. Sie bestand aus einer Vielzahl von kleinen und großen Felsen, die sich unmittelbar unter einem mächtigen Felsmassiv erstreckten. Viele der Gesteinsbrocken waren lediglich kopfgroß, der größte der Kolosse erreichte hingegen die Ausmaße eines VW-Busses. Über ihnen, am Berghang, ragte eine massive Steilwand gute zwanzig oder dreißig Meter auf. Die gewaltige Mauer reflektierte das Licht der Fackeln, die ringförmig um die Schutthalde verteilt waren und in deren Flackerlicht ein gutes Dutzend Hexen rätselhaften Beschäftigungen nachgingen. Vier von ihnen sausten auf Stecken und Besen über den Nachthimmel und kreischten Anweisungen in die Tiefe, die Lukas nicht genau verstehen konnte.

Abraham verlangte, heruntergelassen zu werden.

Plötzlich gellte ein aufgeregter Ruf durch die Nacht: »Der dunkle Fürst ist eingetroffen!«

Unter begeistertem Kreischen sammelten sich die Hexen vor und über ihnen, um Mephistopheles in seiner schwarzen Pudelgestalt zu begrüßen. Der stand längst auf einem hohen Fels und blickte den Hexen majestätisch entgegen. Eine von ihnen landete mit ihrem Besen, dann warf sie sich unterwürfig vor ihm in den Dreck. »Oh, schwarzer Meister!«

»Ach du Scheiße«, stöhnte Ben. Das lüsterne Dauergrinsen, das den ganzen Aufstieg über in sein Gesicht gemeißelt gewesen zu sein schien, erstarb. Ebenso wie das der anderen Devils, denn bei der Hexe handelte es sich um eine fast zahnlose Greisin mit schlohweißem Haar und dicken, behaarten Warzen auf der Wange, deren Kleider nur noch aus Flicken zu bestehen schienen. Auch die übrigen Hexen, die sie neugierig umringten, schienen mehr Jahrhunderte auf den mehr als sprichwörtlichen Buckeln zu haben, als gut für sie und ihre Bindehaut gewesen wäre. Es gab Vogelscheuchen mit faltigen Gesichtern, aus denen spitze Hakennasen ragten, und gebückt gehende alte Weiber mit runzligen Wangen, die ihr lichtes Haar mühsam unter Kopftüchern zu verbergen suchten. Nur zwei von ihnen besaßen überhaupt noch alle Zähne, und je mehr von ihnen zusammenströmten, desto unangenehmer wurde der Schweißgeruch, der sie umgab. Lüstern stierten sie Lukas und die Devils an, die unisono ihre Kaugummis ausspien und nach einem Fluchtweg Ausschau zu halten schienen.
»Darf ich vorstellen!«, dröhnte Mephistos Stimme vom Felsen herab. »Die Getreuesten meiner Getreuen.«
Die Hexen kicherten geschmeichelt, und eine von ihnen trällerte Ben vulgär mit ihrer Zunge entgegen. »Wir sind gekommen, so wie Ihr es verlangt habt, Meister!«, rief sie mit keckernder Stimme. »Und wie ich sehe, habt ihr zu unserer Belohnung ein paar gestandene Mannsbilder mitgebracht.«
Mephisto grinste. Er schritt nicht ein, als die Hexe vortrat und Ben geifernd in den Schritt griff. »Dreihundert Jahre Erfahrung, Süßer. Ich melk dich ab wie einen Esel.«
Angewidert schlug der Teufelsgeiger ihre Hand beiseite. »Vergiss es! Wir sind lediglich hier, um Musik zu machen.«
»In der Tat, meine bezaubernden Täubchen«, feixte der Teufel. »Zunächst benötigen wir die Manneskraft unse-

rer Freunde, um zu tun, warum wir uns hier versammelt haben.«
»Und was ist mit der da?« Eine der Hexen trat empört vor und deutete mit ihren knotigen Fingern auf Millepertia. »Ich kenne dich, du Schlampe!«, giftete sie. »Du bist eine Abtrünnige. Wo warst du in all den Jahren? Und womit, zur Hölle, hast du dein jugendliches Aussehen bewahrt?«
Auch die übrigen Hexen stierten nun Millepertia an, und Lukas sah, wie sich kaum verhohlene Gier in die Züge der alten Frauen schlich.
»Ich glaube nicht, dass dich das irgendetwas angeht«, gab Millepertia kühl zurück.
»Es ist dein Blut, richtig? Ich kann es riechen.« Gemeinsam mit zwei anderen Hexen trat die Alte vor. Eine jede von ihnen hielt plötzlich ein scharfes Messer oder eine Sichel in Händen.
Millepertia war kurz davor, sich in die Handfläche zu beißen, und auch Lukas fasste nach einer der Irrwurzeln, als eine der Hexen wie vom Schlag getroffen zurücktaumelte.
»Nur eine dumme Bewegung, und das war die letzte Tat in eurem verkorksten Leben«, sagte Abraham kalt. Er trat in seiner Homunkulusgestalt zwischen den Beinen des Drummers hervor und hielt die schwirrende Armillarsphäre wie einen Morgenstern erhoben.
»Ein Zauberer!«, keifte eine der Hexen entsetzt. Keine von ihnen wagte es nunmehr, näher zu treten.
»Nachdem wir uns nun alle kennengelernt haben«, rief Mephisto leutselig, »sollten wir uns wieder dem Anlass dieser kleinen Party zuwenden. Ich hoffe, ihr habt eurem Lieblingshund ein paar Knochen mitgebracht?«
»Natürlich, Herr! Euer Wunsch war uns Befehl.« Die zahnlose Alte, die den schwarzen Pudel als Erste begrüßt hatte, wies mit ihrem Besen zu dem mächtigsten der herumliegen-

den Felsen. Anders als die übrigen Gesteinsblöcke wurde er von zwei Feuerschalen ausgeleuchtet, zwischen denen ein Stoffbündel lag.

Mephistos Augen blitzten zufrieden. Mit harschen Worten wies er die Musiker an, sich bereit zu machen. Dann bedeutete er Lukas, mit ihm zu kommen. Im Gegensatz zu Mephisto brauchte er eine Weile, bis er das felsige Areal durchquert und den Felsblock bestiegen hatte.

Zwei der Hexen landeten auf ihren Besen unmittelbar neben ihm und Mephisto und knüpften die Stoffbahn auf.

»Das hier ist alles, was vom Erzbischof übrig blieb, Herr!«, zischelte eine von ihnen, dann spie sie angewidert aus.

Vor ihnen lagen dunkel angelaufene Knochen, wie zu einem Kehrichthaufen zusammengefegt. Obenauf thronte der knöcherne Schädel Arnold von Wieds.

»Sehr gut!«, knurrte Mephisto und nickte den Devils zu. »Fangt an!« Dann sprang er vom Felsen und verschwand in der Dunkelheit.

Auch die beiden Hexen wichen zur Seite.

Unwillig hoben die Musiker ihre Instrumente und begannen zu spielen. Die Hexen auf dem Platz machten vulgäre Bemerkungen, doch als Bens Geigenbogen erstmals über die Saiten der Violine strich und Adam seine Sangesstimme erhob, verstummte auch die letzte von ihnen. Mehr noch, Lukas konnte sehen, wie die Hexen zunehmend ergriffener lauschten. Der Schall von Geige, Flöte, Gitarren und Trommel hüllte die Lichtung in einen Klangteppich von berauschender Schönheit. Und als sich Adams Gesang wie eine Engelsstimme unter die Melodie mischte, sanken zwei der Hexen auf die Knie.

Lukas wusste noch immer nicht, worum es in dem lateinischen Text ging, aber er spürte instinktiv, dass es sich dabei um eine Ode an die Schöpfung handelte.

Eine der beiden Hexen vor ihm starrte die Devils entrückt an, der anderen rann stockend eine Träne über die Wange. Sie schien es nicht einmal zu bemerken.
Auch er selbst konnte sich dem Einfluss der himmlischen Musik nicht entziehen. Seine Armhaare stellten sich auf, und je länger das Spiel der Devils andauerte, desto mehr beschlich ihn der Eindruck, als würde die Natur um sie herum den Atem anhalten.
In diesem Augenblick bemerkte er zwischen den Felsblöcken Bewegungen. Im Schein der Feuerschalen schleppte sich eine halbverweste Drossel über das Erdreich, richtete sich ruckartig auf einem ihrer Vogelbeine auf und begann im Kreis zu hüpfen. Nur drei Meter weiter, zwischen zwei kleineren Felsen, erhob sich ein Schatten, den er für eine Blindschleiche hielt. Das tote Tier pendelte selbstvergessen ihren vertrockneten Leib hin und her. In der Nähe von Millepertia glaubte er den ausgemergelten Körper eines Wildkaninchens zu erblicken, das einen bizarren Tanz aufführte, und selbst zu seinen Füßen summte hohl ein vertrockneter Käfer, der sich mit nur einem Flügel wild im Kreis drehte. Himmel, offenbar erwachte unter dem Einfluss des grigorianischen Gesangs alles Tote in Hörweite zu neuem Leben.
Tatsächlich machte der Prozess auch vor den Menschenknochen auf dem Tuch nicht halt. Wie von Geisterhänden bewegt, ruckten und zuckten sie, dann sprangen sie jäh empor und puzzelten sich vor Lukas' weit aufgerissenen Augen in anatomisch richtiger Position zu einem ausgewachsenen Menschenskelett zusammen. Als auch von Wieds Schädel in die Höhe flog und auf dem Halsbereich der Wirbelsäule zum Ruhen kam, war es um Lukas' Fassung geschehen. Japsend taumelte er nach hinten, rutschte vom Fels ab und stürzte in die Tiefe.

Im gleichen Moment erwärmte sich der Beutel mit dem Eisenkraut an seiner Brust. Lukas fühlte einen schweren Schlag an Schulter und Hinterkopf, doch der Schmerz blieb erträglich. Stattdessen spürte er ein leichtes Beben im Untergrund. Das komplette Erdreich zwischen den Felsen war in Aufruhr geraten. Er wollte lieber nicht wissen, was unter seinem Körper gerade alles wiederbelebt wurde. Entgeistert sprang er auf die Beine und sah im Schein der Flammen, wie sich über ihm Arnold von Wieds Skelett im Spiel der Engelsmelodie bewegte. Lukas konnte es nicht glauben, doch von Wieds sterbliche Überreste tanzten auf dem Felsen zu der himmlischen Musik. Mehrere seiner Knochen fehlten, darunter einige Rippenbögen sowie Gliedmaßen seiner Finger. Trotzdem spürte Lukas bei dem Anblick weder Ekel noch Abscheu. Nicht einmal weiteres Erschrecken. Im Gegenteil. Das bizarre Schauspiel, das der einstige Erzbischof vor dem zunehmend bewölkten Nachthimmel darbot, war in einem kosmischen Sinne sogar … ästhetisch. Es wirkte wie wie eine Huldigung an das Leben selbst.

Mach schon!, flüsterte eine leise Stimme im zunehmend stärker über die Lichtung wehenden Wind, die eindeutig die von Mephistopheles war.

Lukas schluckte. »Eure Exzellenz, versteht Ihr mich?«, rief er zu den Überresten von Wieds empor.

Das Skelett des Kirchenmannes hielt mitten im Tanz inne, sah sich langsam um und richtete seine hohlen Augen auf ihn.

Lukas wusste sich nicht zu helfen, doch fast war ihm, als würde der Tote da oben erst jetzt begreifen, dass er sich wieder unter den Sterblichen befand. »Eure Exzellenz«, versuchte er es noch einmal. »Wir brauchen Eure Hilfe. Die Welt steht kurz davor, der Apokalypse anheimzufallen.« Mutiger werdend und sich nur kurz zu den andächtig dastehenden Hexen umsehend, kletterte er wieder auf den Felsen hinauf. Der Wind ließ ihn frösteln; erste Regentropfen besprenkelten das Felsgestein. Lukas ignorierte den Wetterumschwung, und auch die Devils spielten selbstvergessen weiter.

Noch immer stierte ihn der Knochenmann an.

»Zwei der Teufelstränen wurden gefunden und zerstört«, haspelte Lukas. »Dämonen und Teufel bekämpfen einander. Wenn der dritte Adamant gefunden wird, öffnet sich das Höllentor. Dann kann uns Sterbliche nichts mehr vor der Hölle retten. Bitte«, verzweifelt ging er vor dem Skelett auf die Knie, »Ihr müsst uns mit Eurem Wissen um den letzten der Edelsteine beistehen. Wir wissen, dass Ihr Kenntnis von ihm hattet.«

Lukas hatte eine Prüfung erwartet. Sogar ein deutliches Nein. Doch nichts von alledem geschah. Stattdessen nickte das Skelett in feierlichem Gestus und starrte ihn an. Dann berührte es Lukas mit dem Knochenfinger an der Stirn.

Der wagte nicht, sich zu rühren. Doch er fühlte, dass ihm der Erzbischof ein Kreuz auf die feuchte Stirn malte. Erteilte er ihm etwa seinen Segen?

Das belebte Skelett wandte unvermittelt seinen Blick von ihm ab und fixierte jene Stelle, an der sich Mephistopheles versteckt hielt. Der Teufel richtete sich stolz zwischen den Schatten auf und erwiderte den Blick.

Unvermittelt bückte sich das Gerippe. Am Himmel über ihnen rumpelte es, und ein feiner Regenschleier ging nun auf die Lichtung nieder. Von Wied strich mit dem Knochenfinger über den zunehmend nasser werdenden Fels, fast so, als versuche er, dort das Moos abzukratzen.

»Ich verstehe nicht.« Verwirrt starrte Lukas den Toten an. Regenwasser sammelten sich an der Kieferleiste des Knöchernen.

Das Skelett wiederholte seine Bewegungen, und endlich begriff er, dass der einstige Erzbischof unsichtbare Buchstaben auf den Fels malte.
Lukas setzte sie zusammen und sprach das Wort fragend aus. »*Orphanus.* Richtig?«
Das Skelett nickte, dann malte es weitere Buchstaben auf das Gestein, die Lukas murmelnd zusammenfügte. *»Castrum etiam Cu…«*
In diesem Augenblick zuckte ein greller Blitz über den Himmel und schlug krachend in eine der Tannen am Waldrand ein, die augenblicklich in Flammen aufging. Aufgeschreckt wirbelte Lukas herum, auch die Hexen erwachten aus ihrem entrückten Zustand. Das Spiel der Devils kam abrupt zum Erliegen, und von Wieds Knochenleib fiel klappernd in sich zusammen.
»Ich wusste, dass du nahst«, knurrte Mephisto ruhig und ohne sich umzudrehen.
»Tatsächlich?« Vor der brennenden Tanne schälte sich der Schatten eines Mannes ab, der lässig die von Felsen bedeckte Lichtung betrat. Faust!
Lukas wich entsetzt zurück. Doktor Fausts Seele steckte noch immer im halbverbrannten Körper Agrippa von Nettesheims. Jetzt trug er einen dunklen, gürtellosen Mantel, der ihm bis zu den Knöcheln reichte. Den Lederhut mit breiter Krempe hatte er sich tief in die Stirn gezogen, aber noch immer schimmerten die Zähne durch das brandige Loch in der Wange hindurch. Faust hielt in seiner Linken eine glosende Kristallkugel, die Lukas verdächtig vertraut war.
Sein Ahne musterte geringschätzig die Schar der Hexen, die ihn anfauchten, ihre Besen und Stecken hoben und nur auf das Zeichen zum Angriff zu warten schienen.
Der schwarze Pudel drehte sich nun doch zu Faust um,

sprang auf einen der Felsen und beäugte ihn interessiert. »Sieh an, Johann, du trägst jetzt das Höllenauge Abaddons?«

»Ich fand es auf Dees Burghof«, antwortete Faust herausfordernd. »Doch machen wir uns nichts vor, er war nie in der Lage, sein Potenzial voll zu nutzen. Schließlich bin *ich* Abaddons wahrer Legat in dieser Welt.«

»Und doch spüre ich, dass dein neuer Mentor noch immer dort ist, wohin ich ihn verbannt habe: im Infernalischen Abgrund. Warum wagst du dich dann hierher?«

»Du wirst ihm schon bald wieder gegenüberstehen, Satan.« Faust lächelte maliziös. »Und solange du an deine armselige Hundegestalt gefesselt bist, wirst du es mir sicher nachsehen, dass ich jede Gelegenheit ergreife, um meine Pläne weiter voranzutreiben.«

»Sicher. Ich täte an deiner Stelle nichts anderes.« Mephisto neigte den Kopf. »Zugleich erfüllst du mich mit Stolz, Johann. Du bist mein Werk. Kein Sterblicher vor dir hat je gewagt, so weit zu gehen wie du.«

»Dann überlässt du mir den Körper meines Nachfahren freiwillig?«

Lukas brach der Schweiß aus, und er sah sich unwillkürlich nach einem Fluchtweg um.

»Damit du auf die Macht des Faustschen Blutes zugreifen kannst? Natürlich nicht«, antwortete Mephisto. Er murmelte ein Wort, und von der brennenden Tanne aus breitete sich in rasender Geschwindigkeit ein Feuerstrom aus, der Faust ringförmig umschloss. »Dein Weg endet hier.«

»Wer sagt denn, dass ich vorhabe zu gehen?«, antwortete Faust ruhig und hob die Kristallkugel an, die jetzt in einem fauligen Licht erstrahlte. »Nun wirst auch du bleiben!«

Ein scharfes Knacken peitschte über die Lichtung, und rings um Mephisto brannte sich ein fahlweiß leuchtendes

Pentagramm in Felsblöcke und Erdreich. Der Wind trug des Pudels alarmierte Flüsterstimme an ihre Ohren.
Schafft die Devils in Sicherheit. Macht euch bereit, meinen Famulus zu verteidigen.
Dann richtete Mephisto sich auf. »Und was hast du jetzt vor, so ganz ohne die Hilfe deines Mentors?«
»Unzufriedene findet man nicht allein unter den Mitgliedern der Wilden Jagd«, gab Faust selbstgefällig zurück. »Man findet sie überall. Oder was denkst du, wie ich hierhergefunden habe?« Er spähte zum Waldrand. »Alberich, zeig dich!«
Rechts von ihnen, zwischen den Bäumen, schlug krachend ein weiterer Blitz ein, und im Schein der Fackeln schälte sich der boshafte Albenkönig aus dem Dunkeln. Seine Fledermausohren zuckten unruhig, und ein hässliches Grinsen huschte über sein Antlitz. »Ich sagte doch, dass ihr es noch bereuen würdet, mich hereingelegt zu haben«, hechelte er. »Aber natürlich halte ich mich an meinen Schwur und tue euch nichts. Nur gilt das nicht für meine Verbündeten. Ich leiste ihnen lediglich etwas logistische Hilfe.« Dann deutete er auf Lukas. »Also, tut, was Faust von euch verlangt: Schafft den Jungen zu ihm!«
Rund um die Lichtung schlugen weitere Blitze ein; mit jedem Knall erschienen zwischen den Bäumen weitere Gestalten. Fast zwei Dutzend bizarrer Wesen traten ins Licht. Darunter eine tiefschwarze Spukgestalt, die von Flammen umzüngelt wurde, ein kindergroßer Gnom mit gewaltigem Buckel und schiefsitzenden Zähnen, garstige Schwarzalbinnen, die den Hexen an Scheußlichkeit in nichts nachstanden, und zwei muskulöse Hünen, die sich die Kleider vom Leib rissen und sich vor ihren Augen in Werwölfe mit gebleckten Reißzähnen verwandelten. Die Hexen kreischten alarmiert, dann schossen im Zickzack ein halbes Dut-

zend sprühender Kugelblitze über die Lichtung. Zwei von ihnen verfehlten ihre Ziele, doch die übrigen trafen, explodierten und schleuderten ihre Opfer weit in den Wald zurück. Kläffend, brüllend und geifernd stürmte die Horde die Lichtung. Gleich vier der Hexen schwangen sich auf ihren Besen zum Himmel auf, doch eine von ihnen wurde noch während des Aufstiegs von dem buckligen Gnom angefallen. Mittels eines gewaltigen Sprungs setzte er über die Lichtung hinweg, schlug auf ihrem Rücken auf und zwang sie unter triumphierendem Geheul zur Bruchlandung zwischen den Felsen.

Überall hallte jetzt Kampfgeschrei durch die Nacht. Weiter hinten prügelte eine der Hexen verzweifelt auf einen der Werwölfe ein, während Millepertia in ihrer Hartheugestalt einen Schwarzalben mit spinnenförmigen Gliedmaßen anfiel. Der Panik nahe sah er zu und wusste nicht weiter. Was sollte er nur tun? Er wollte gerade vom Felsen springen, als links von ihm eine um sich selbst rotierende Kreatur auf ihn zubrauste, die wirkte, als bestünde ihr Leib zur Gänze aus Kornähren. Irrte er sich, oder trug das Wesen tatsächlich Pfeil und Bogen?

»Der Bilwis gehört mir!« Eine der Hexen hinter ihm riss Lukas zur Seite und wurde an seiner statt vom Schuss des Wesens getroffen. Stocksteif und mit aufgerissenen Augen kippte die Hexe hintenüber.

Schon war eine andere heran. Zornig ballte sie die Faust. Am Himmel rumpelte es, und faustgroße Hagelkörner prasselten auf den Angreifer nieder und hinderten ihn an einem zweiten Schuss. Der Wetterschlag zerfetzte das Wesen.

Die Hexe lachte gehässig. Im gleichen Augenblick sprang sie ein Schatten von der Seite an, packte sie und zerfetzte ihr mit einem raschen Biss die Kehle.

Knurrend ließ der Werwolf die erschlaffte Hexe fallen und richtete seinen gelben Augen auf Lukas. Silber, dachte Lukas, dem die Achillesferse der Werwölfe aus Buch und Film nur zu vertraut war. Ein Königreich für Silber. Stattdessen schleuderte er dem Ungeheuer eine der Irrwurzeln entgegen und warf sich vom Felsen. Ganz auf den Schutz des Eisenkrautes vertrauend, schlug er abermals zwischen den Gesteinsbrocken auf und stöhnte. Der Werwolf über ihm schlug, biss und trat wie trunken um sich, und unvermittelt prasselten die Knochen von Wieds auf ihn nieder.

In diesem Moment jagte eine der Hexen auf ihrem Besen über sie hinweg, und eine grelle Stichflamme züngelte dem Werwolf aus dem Nacken. Das Ungeheuer brüllte vor Schmerzen auf.

Doch die Jagd auf Lukas hatte erst begonnen. Kaum hatte er sich wieder erhoben, als die nächsten Angreifer auf ihn zustürmten. Von vorn nahte die brennende Spukgestalt, von hinten eine grässliche Kreatur mit Ziegenkopf und Pferdehufen. Und auch der verletzte Werwolf kam wieder zur Besinnung. Brüllend warf er sich auf ihn, und so schlug Lukas mit dem erstbesten Gegenstand zu, den er in die Hände bekam: von Wieds Oberschenkelknochen. Das Gebein traf den Werwolf mit voller Wucht am Schädel. Zu Lukas' Erstaunen heulte der Werwolf schmerzerfüllt auf. Waren die Knochen *heilig?* Doch Lukas kam nicht dazu, sich weitere Gedanken darüber zu machen, denn der Lykantroph fegte ihm mit dem ersten Prankenhieb den Knochen aus der Hand, mit dem zweiten packte er ihn an der Kehle. Doch plötzlich ließ er ihn wieder los und schlug stattdessen jaulend auf sein Fell ein. Überall auf seinem Körper breitete sich Hartheu aus, das ihn umwickelte und wie einen Kokon umhüllte. Dann kippte er um.

»Mille!«

Die Hexe stand in ihrer Hartheugestalt plötzlich neben ihm und deutete auf die anderen beiden Angreifer. »Ich den Feuerputz, du den Habergeiß!«

»Den *was?*«

Millepertia ignorierte ihn und schleuderte der feurigen Spukgestalt etwas von ihrem Blut entgegen, das jedoch zischend verbrannte. Dann prallten sie aufeinander.

Lukas hingegen bekam es mit der Ziegenkreatur zu tun. Meckernd senkte das Monster seine Hörner und stürmte auf ihn zu. Ein beherzter Sprung zur Seite rettete ihn, das stinkende Ungetüm donnerte mit den Hörnern gegen den Fels und wirbelte schnaubend wieder zu ihm herum. In seiner Verzweiflung griff sich Lukas zwei weitere Bischofsknochen und warf sie nach dem Ungetüm.

Fauchend wich der Habergeiß zurück.

Da kam Lukas eine Idee. Er hetzte zu der zerfetzten Korngestalt, die noch immer inmitten Dutzender Hagelkörner lag, und sammelte ihren Bogen auf. Drei weitere Bilwispfeile steckten noch in dem Köcher. Zitternd legte er den ersten Pfeil auf und schoss ihn auf den Habergeiß ab. Das Geschoss ging daneben, doch zwang es das Ziegenwesen, in Deckung zu gehen, bevor es wieder auf ihn zustürmte. Lukas schoss den zweiten Pfeil ab. Diesmal traf er. Der Habergeiß geriet aus dem Tritt, dann kollerte er gelähmt zwischen zwei Felsen. Rasch spannte Lukas den letzten Pfeil ein und eilte Millepertia zu Hilfe, doch die erhob sich bereits von einem glühenden Aschehaufen. Der Hartheubewuchs ihres Pflanzenkörpers war versengt, und sie blutete grün aus einer Wunde im Nacken.

Alarmiert sah sie an ihm vorbei. »Aufpassen, ein Aufhocker!«

Lukas reagierte viel zu spät. Schräg über ihm rauschte ein kindsgroßer Schatten auf ihn zu, der ihn hart zu Boden schleuderte und ihn mit einem Gewicht ans Erdreich nagelte, als wöge er unzählige Zentner. »Ergib dich, junger Faust«, wisperte der Gnom mit dem gewaltigen Buckel. Verzweifelt versuchte Lukas den Aufhocker abzuwerfen, doch die dämonische Kreatur presste ihn nur noch mehr in den Dreck. Dann jedoch kreischte sein Gegner auf und löste sich von ihm. Stattdessen sprang er mit einem gewaltigen Satz auf Millepertia zu, schwang sich auf ihren Rücken und zwang nun sie wie einen altersschwachen Gaul zu Boden. Lukas griff wieder nach dem Bogen und schoss. Stocksteif kippte der Aufhocker hintenüber.

»Schnell!« Er half der stöhnenden Millepertia auf die Beine. »Wir müssen weg!« Er zog sie im Schatten der Felsen mit sich, dann warf er einen Blick zurück. Es sah schlecht aus für die Hexen. Obwohl der Platz mit toten, verletzten und verzauberten Gegnern übersät war, waren nur noch sechs von ihnen auf den Beinen und kämpften zornig gegen die Übermacht. Weitere Kugelblitze sausten sprühend durch die Nacht, und beständig rumpelte es über ihnen in der Wolkendecke. Dazwischen standen Faust und Mephisto in ihren Bannzonen aus Feuer und fahlweißem Licht. Lukas gewann den Eindruck, als würden die beiden unbeeindruckt vom Geschehen um sie herum miteinander reden.

»Wo ist Abraham?«, keuchte Lukas.

»Fort«, antwortete Millepertia. »Er bringt die Devils in Sicherheit.« Tatsächlich war von den Musikern nichts mehr zu sehen.

»Und was ist mit uns?«

»Dem Plan zufolge bringe ich dich jetzt in Sicherheit, dann treffen wir uns in Worms wieder.«

»Und wie genau bringst du mich in Sicherheit?«

»Damit!« Millepertia deutete zu einem Stapel von Hexenbesen, die ihre Gegner am Rande der Lichtung zusammen-

getragen hatten. »Dummerweise werden sie bewacht, und ich weiß nicht, wie wir an sie herankommen sollen.«
Lukas sah auf und entdeckte bei den Stecken gleich vier Schwarzalben, die unruhig mit den Hufen scharrten. Einer von ihnen war unglücklicherweise Alberich.
»Haltet euch nicht mit den Hexen auf!«, geiferte der Schwarzalbenkönig. »Sucht den jungen Faust. Ich habe noch eine Rechnung mit ihm offen!«
Soeben fiel eine weitere Hexe. Nun kämpften nur noch fünf Schwestern. Lukas hatte eine waghalsige Idee. »Das hier ist doch ein Hexentanzplatz, oder?«
»Ja. Warum?«
»Ziehen deine Schwestern hier Alraunen?«
Millepertias Augen weiteten sich. »Das ist viel zu gefährlich«, zischte sie.
»Auch hiermit?« Lukas zückte das Kaugummi, das ihm Adam vorhin gegeben hatte. Sie teilten sich den Strang, steckten sich die Kaugummihälften in den Mund und liefen kauend durch die Nacht.
Millepertia führte ihn zielstrebig an den Leichen zweier Wesen vorbei, die abgesehen von den langen Reißzähnen nicht viel von den Hexen unterschied. »Da!«, wisperte sie und deutete zum Waldrand.
Lukas entdeckte unter einem Baum drei krautige, mehr oder minder stengellose Pflanzen mit breiten Blattrosetten. Sie erinnerten ihn an Kohl.
»Rasch, hilf mir beim Graben. Die Wurzeln reichen tief.«
Hektisch wühlten sie den Waldboden auf, als zu ihrem Entsetzen Alberichs Ruf zu hören war. »Da hinten sind sie. Sie versuchen zu entkommen!«
Lukas und Millepertia scharrten die Erde weiter wie Hunde auf. Doch sie kamen nicht weit, denn unvermittelt wurde Millepertia von einem Schlag getroffen, der sie

über eine Distanz von fast zwei Metern gegen einen Baum schleuderte.
Lukas schrie auf, als auch er angehoben und schmerzhaft wieder zurück auf den Waldboden geschleudert wurde. Trotz des Eisenkrautes wurde ihm die Luft aus den Lungen getrieben, und er sah bunte Sterne.
Unmittelbar neben ihm schlug Alberich seinen Tarnmantel zurück. »Dreckiger kleiner Bastard! Bevor dich Faust bekommt, wirst du leiden.«
»Du hast bei Gott geschworen, uns nichts zu tun!«, keuchte Lukas.
»Ach, scheiß auf Gott!« Alberich wollte ihn abermals packen, als sich Hartheustränge um seinen Hals wickelten und ihn zurückrissen. »Schnell, Lukas!«
Der verstopfte sich die Ohren hastig mit dem Kaugummi, und während Millepertia den Albenkönig verzweifelt von ihm forthielt, packte er die Alraune, stemmte sich gegen einen Baumstamm und zerrte an ihr. Dann gab es einen Ruck, und er stolperte zurück. Im Zwielicht sah er, dass er eine verzweigte, fast zwei Handspann lange Wurzel am Blätterschopf gepackt hielt, die tatsächlich Ähnlichkeit mit einem Menschen besaß. In diesem Moment riss die Gestalt ihre Wurzelaugen auf, starrte ihn an und begann gellend zu schreien.
Der Lärm war trotz der Ohrpfropfen markerschütternd. Verstört hielt er das Alraunenmännchen in Alberichs Richtung. Der Albenkönig, der längst Millepertias Pflanzenstränge zerrissen hatte, hielt sich die Ohren zu und taumelte mit weit aufgerissenen Augen zurück. Auch auf der Lichtung kamen die Kämpfe schlagartig zum Erliegen. Die Kontrahenten wankten und gingen in die Knie. Die Hexen jedoch, die um die Gefahr des Alraunenschreis wussten, machten, dass sie auf ihren Besen davonkamen.

Sofort stürmte Lukas zu Millepertia, die noch immer halb in ihre Johanniskrautgestalt verwandelt vor dem Baumstamm lag und sich die Ohren verzweifelt mit Kaugummi verschloss. Zu seiner Erleichterung kam sie wieder auf die Beine, und gemeinsam hetzten sie am Lichtungsrand entlang zu den Hexenbesen hinüber. Zwei der Wächter waren längst geflohen; nur eine der Kreaturen versuchte Widerstand zu leisten. Doch der ohrenbetäubende Schrei blieb auch bei ihm nicht ohne Wirkung. Lukas hielt ihm das Alraunenmännchen am ausgestreckten Arm entgegen. Dunkles Dämonenblut quoll der Kreatur aus den Ohren. Kreischend warf sie sich herum und rannte frontal gegen einen Baum, vor dem sie reglos liegen blieb.

Plötzlich erschütterte ein Schlag das Wurzelwesen, und es verstummte ebenso jäh, wie es zu schreien begonnen hatte. Aus dem Körper des Alraunenmännchens ragte der Schaft eines Messers. Verwirrt sah es Lukas an und erschlaffte.

»Bringt sie mir! Verdammt, bringt sie mir!« Benommen stelzte Alberich zwischen den Felsen auf sie zu, stolperte und schlug der Länge nach hin. Nur zwei oder drei der Angreifer waren noch kampffähig. Darunter eine düstere Männergestalt, die auf einen Felsen kletterte und sich dort in einen fast menschengroßen Rabenvogel mit nachtschwarzem Gefieder verwandelte.

»Schnell! Das ist ein Nachtkrapp.«

Lukas hörte Millepertias Stimme nur gedämpft. Noch während er sich das Kaugummi aus den Ohren pulte, warf sie ihm einen der Besen zu. Ungläubig starrte er das Ding an. Das war ein klassischer Reisigbesen, wie sie heutzutage kaum noch in Gebrauch waren. »Und jetzt?«

»Setz dich drauf! Besinn dich, dass in deinen Adern das Blut eines Zauberers fließt!«, rief sie – und dann hob sie einfach ab.

Fassungslos sah er ihr nach und dann zu Alberich, der in diesem Moment wieder auf die Beine kam. Kreischend vor Zorn wuchtete der Schwarzalb einen schweren Felsen empor. Einer Eingebung folgend setzte sich Lukas rittlings auf den Besen. Er packte den Stiel so, dass das Blut einer seiner Schürfwunden das Holz berührte. Jäh schoss der Besen mit ihm in die Höhe. Keinen Augenblick zu spät, denn unmittelbar hinter ihm schlug Alberichs Wurfgeschoss eine tiefe Schneise ins Unterholz. Im nächsten Moment peitschten Lukas Tannenzweige ins Gesicht. Er begann zu trudeln und krachte weiter hinten im Wald in die Schonung. »Konzentriere dich!«, brüllte Millepertia auf Höhe der Tannenspitzen. Ihre Pflanzentriebe hatten sich längst wieder zurückgebildet, und auf ihrem Besen sah sie wild und verwegen aus. Ganz im Gegensatz zu ihm selbst.

»Bei Harry Potter sah das irgendwie einfacher aus«, fluchte er, rappelte sich stöhnend wieder auf, packte den Besen aufs Neue und sammelte sich.

Abermals schoss er in die Höhe, doch diesmal versuchte er den Besen mehr gedanklich als durch reine Verlagerung seines Gewichtes zu lenken. Es klappte.

»Ich fliege! Mein Gott, ich fliege!« Hysterisch lachend rauschte er über die Baumwipfel hinweg, als er hinter sich das Rabenwesen erblickte. Mit zornigem Flügelschlag setzte ihnen die unheimliche Kreatur nach, und ihr langgezogener Raubvogelschrei schallte weit über die Täler des Breisgaus.

»Wohin?«, rief Lukas.

»Nach Norden!«

Millepertia und er stürzten sich auf ihren Hexenbesen in ein enges Tal und gewannen rasch an Geschwindigkeit. Unter ihnen jagte der Schwarzwald wie ein dunkles Meer dahin, und die Nachtluft fing sich knatternd in ihren Kleidern. Aller-

dings war sie bei weitem nicht so kühl, wie Lukas erwartet hatte. Und der Nachtkrapp holte auf. »Wir müssen das Mistvieh irgendwie loswerden!«, schrie er Millepertia zu.
»Ich kenne keine Zauber, die uns hier oben nützlich wären«, rief sie. »Aber vielleicht kommen wir ihm anders bei. Folge mir!« Sie gewann wieder an Höhe und raste über ein Forsthaus hinweg, das gute dreißig Meter unter ihnen lag. Lukas, der nicht wusste, was sie vorhatte, folgte ihr und erhöhte seinerseits das Tempo. Dabei pulsierte die Wunde an seiner Hand, und er spürte zu seinem Erschrecken, dass das Holz des Besens sein Blut aufsaugte, wie ein Schwamm das Wasser. Schräg unter ihnen kam die Straße hinauf zum Kandel in Sicht, auf der Lukas zu seiner Erleichterung den Tourbus der *Devils* zu erkennen glaubte. Rasch verschwand das Fahrzeug hinter ihnen in der Nacht. Kurz darauf öffnete sich das enge Tal und machte Platz für eine größere Ortschaft, deren beleuchtete Häuser und Straßen aus der Höhe wie Spielzeugbauten aussahen.
Millepertia beschrieb eine enge Linkskurve, und endlich sah er, worauf sie zuhielt: die Strommasten am Rande einer Bundesstraße! Die Hochspannungsleitung durchzog die bergige Landschaft wie eine Wellenbahn, die nördlich und südlich von ihnen scheinbar ins Unendliche auslief.
Der Nachtkrapp war noch immer hinter ihnen und hielt mit kräftigen Flügelschlägen auf sie zu.
Millepertia und er setzten in ihrer Not zu einem Sturzflug an und brausten dicht über einen von Häusern gesäumten Straßenzug entlang. Ein betrunkener Fahrradfahrer kam ihnen entgegen, schrie panisch auf und kippte bei ihrem Anblick von seinem Drahtesel. Dicht über ihm schossen sie an ihm vorbei, doch der gewaltige Rabe holte abermals auf.
»Wir trennen uns!«, rief Millepertia. »Du nach rechts, ich nach links!«

Eine von Laternen beleuchtete Kreuzung kam auf sie zu, und Lukas scherte nach rechts aus.
Der Nachtkrapp schlug ebenfalls einen Bogen und flog ihm gezielt hinterher.
Lukas sauste dicht über einen Schornstein hinweg und entdeckte wieder die Straße mit den Strommasten. Geradewegs hielt er auf sie zu und hörte hinter sich den Raubvogelschrei seines Verfolgers. Dann, endlich, hatte er die Masten erreicht. Panisch zog er waghalsige Kurven um die summenden Drähte, doch der Riesenvogel schien um die Gefahr des Starkstroms zu wissen, denn er tat ihm nicht den Gefallen, in die Drähte zu krachen. Stattdessen kam er ihm so nahe, dass er mit dem Schnabel nach ihm hacken konnte.
Lukas ließ sich schreiend in Richtung Straße fallen, wich im letzten Moment einem Lkw aus und sorgte im Tiefflug dafür, dass die summenden Elektrodrähte stets zwischen ihm und seinem Verfolger blieben. Der Nachtkrapp krächzte wütend, als über ihm etwas vom Nachthimmel herabschoss. Millepertia! Im Sturzflug stieß sie auf den gewaltigen Raben nieder und rammte ihn. Der Nachtkrapp flatterte noch, dann berührte sein Federkleid die Drähte. Weit über tausend Volt jagten durch den Rabenkörper, und sein Todesschrei mischte sich mit einem lauten Brizzeln. Funken sprühten, Drähte rissen, dann stand das dämonische Geschöpf in Flammen.
Lukas wich erleichtert einem Zaun aus, gewann wieder an Höhe und blickte zurück zu ihrem hilflos brennenden Gegner. »Du bist eine echte Teufelsbraut!«, rief er Millepertia zu.
»Wusstest du doch.« Millepertia lachte, als sie etwas hart am Nacken traf. Vor seinen Augen stürzte sie mit dem Besen ab.
»Mille!« Lukas wollte ihr schon hinterherfliegen, als schräg über ihm Alberich seinen Tarnmantel zurückschlug. Auch er ritt einen der Hexenbesen.

»Hast du geglaubt, so leicht könntest du mir entkommen, junger Faust?« Er lachte schallend, griff unter den Umhang und schleuderte mit seinen magisch verstärkten Kräften einen weiteren Stein nach ihm.
Lukas kippte instinktiv zur Seite, dennoch erwischte ihn das Geschoss schmerzhaft am Arm. Allein dem Eisenkraut verdankte er es, sich noch am Besenstiel festklammern zu können. Teufel, was sollte er tun?
Panisch flog er zurück in Richtung Ortschaft, doch Alberich ließ sich nicht abschütteln. Der Albenkönig war zwar ein ebenso schlechter Flieger wie Lukas, aber er besaß weitere Steine, die er nach ihm warf.
Lukas raste über Häuser, Straßen und dann dicht über einen Kirchturm hinweg, dessen Fensterläden unter einem der Wurfgeschosse barsten. Im Turm ertönte ein dröhnender Gongschlag. Egal. Hauptsache, er lockte Alberich von Millepertia weg.
Inzwischen hatte er die Ortschaft fast überflogen und jagte auf einen waldigen Hang zu, der von einer beleuchteten Burgruine überragt wurde. Lukas kam eine verzweifelte Idee. Er hob den Besen an, schoss steil nach oben und an der Ruine vorbei. Noch immer war der Nachthimmel von einem Horizont zum anderen mit einer dichten Wolkendecke bedeckt. Abermals prickelte seine Wunde, doch es war ihm egal, wie viel seines kostbaren Blutes der Besen für dieses Manöver verlangte. Vielleicht gelang es ihm, sich inmitten der Wolken zu verstecken?
Erste Nebelfetzen zogen an ihm vorbei, und kurz glaubte er, dass etwas an seinem Kopf vorbeirauschte. Dann, endlich, umschloss ihn dichter Nebel. Doch Alberich gab nicht auf. Der verräterische Albenkönig raste auf seinem Hexenbesen weiter hinter ihm her.
Lukas konnte seine Verwünschungen hören, und er legte

all seinen Willen in weitere Geschwindigkeit. Seine Gliedmaßen zitterten bereits vor Kälte. Ein Umstand, der nicht allein von der nasskalten Höhenluft herrührte, sondern vielmehr von dem Blutverlust. Außerdem fragte er sich, wie hoch er inzwischen aufgestiegen war. Langsam wurde die Luft dünn.

Lukas schoss durch die Wolkendecke und entdeckte in einiger Entfernung über sich weitere Wolken, zwischen denen Sterne durchblitzten. Keine Ahnung, wie ihn Alberich so zielstrebig ausfindig machte, doch auch der Schwarzalb brach hinter ihm durch die Wolken und hielt bereits einen weiteren Felsbrocken in der Hand. Immerhin war er deutlich langsamer als vorhin, was in Lukas die Hoffnung aufkeimen ließ, dass die Wolkenjagd am Ende durch reine Willenskraft entschieden werden könnte.

Lukas flog noch weiter in die Höhe, bis er abermals zwischen Wolken eintauchte. Allmählich hatte er Schwierigkeiten mit dem Atmen, außerdem schlotterte er vor Kälte – und der Hexenbesen begann zu bocken. Höher ging es einfach nicht.

Alberich aber war kein Mensch, und so tauchte sein gedrungener Körper keine sechs Meter hinter ihm plötzlich wieder im allgegenwärtigen Grau auf, und er lachte spöttisch. »Na, Menschlein«, schrie er. »Gleich habe ich dich.«

Lukas blinzelte und sah vor Benommenheit bereits bunte Lichter. Bunte Lichter? Das war seine Chance! Lukas setzte alles auf eine Karte und warf die verbliebenen Irrwurzeln hinter sich, von denen eine Alberich an der Brust erwischte. Er sah noch den irritierten Blick des Albenkönigs; dann ließ er sich abrupt in die Tiefe fallen. Jetzt galt es! Schon hörte er das ohrenbetäubende Dröhnen der Turbinen, und ein gewaltiger Schatten mit Positionslichtern brach zwischen den Wolken hervor. Lukas erkannte

den Schriftzug auf der Seite der riesigen Passagiermaschine: Lufthansa.
Alberich kreischte entsetzt auf und versuchte auszuscheren, doch es war zu spät. Ein lauter Knall erschütterte die Nacht, das rechte Triebwerk der Passagiermaschine kreischte auf und zog eine schwarze Rauchfahne hinter sich her. Dann war die Maschine wieder in den Wolken verschwunden. Alberich aber war fort.
Lukas trudelte von einer mächtigen Windwelle getroffen in die Tiefe. Eine ungekannte Erschöpfung stieg in ihm auf, während er immer weiter abstürzte. Verzweifelt versuchte er sich gegen den Fall aufzulehnen oder wenigstens den Besen nicht loszulassen, doch seine Glieder waren inzwischen fast taub. Außer seiner Panik schien es nichts mehr zu geben, das ihn noch mit dem Leben verband. Benommen stürzte er durch die tieferliegende Wolkendecke und sah unter sich bereits eine beleuchtete Autobahn auf sich zukommen – als ihn eine Hand an der Lederjacke packte und seinen unkontrollierten Sturz stoppte.
»Mille!?«
Sie flog auf ihrem Besen direkt neben ihm, hielt ihn fest und lächelte erleichtert. »Wenn noch Zweifel bestanden, wer hier ein Teufelskerl ist, dann hast du sie soeben ausgeräumt«, rief sie erleichtert. »Und jetzt weg von hier.«

Enigma

Lukas erwachte in seinem alten Gästezimmer im Wormser Wasserturm. Rotes Abendlicht fiel durch das schlanke Turmfenster, und der klobige Schrank war wieder vor die Tür zum Nachbarraum gerückt. Als er die Decke zurückschlug, sah er, dass er bis auf sein T-Shirt und seine Boxershorts nackt war. Er erhob sich und entdeckte auf dem Stuhl neben dem Bett nicht nur seine ramponierte Jacke, sondern auch die Kleidungsstücke, die er bei der Flucht aus dem Wasserturm hatte zurücklassen müssen. Sogar sein alter Rucksack lag zusammengefaltet am Boden. Daneben ruhte eine Pappschachtel. Er öffnete den Deckel und fand darin all jene Trickutensilien, die seit seiner Abreise aus Berlin nicht mehr zum Einsatz gekommen waren. Schachteln mit doppelten Böden, Becher, Dosen, Karten, Seile und manches mehr. Kleinkram, der für einen raschen Auftritt auf der Straße bestimmt war und nicht im mindesten an die Ausrüstung heranreichte, die noch immer in Berlin lag. Er seufzte wehmütig. Inzwischen war ihm, als läge ein halbes Jahrhundert zwischen der Gegenwart und seinem alten Leben.

»Na, wieder wach?« Millepertia streckte ihren Kopf ohne anzuklopfen durch die Zimmertür. Er hatte nicht einmal ihre Schritte gehört.

Lukas erhob sich mit der Schachtel in der Hand und lächelte. »Wie lange habe ich denn geschlafen?«

»Ziemlich genau dreizehn Stunden«, antwortete sie, schob die Tür mit dem Fuß auf und trug ein Tablett herein, auf dem er einen dampfenden Becher mit Tee und einen großen Teller mit belegten Broten ausmachen konnte. Sein Magen knurrte bei dem Anblick, und ihm lief das Wasser im Munde zusammen. Er dachte an den lieblosen Kanten Brot, den sie ihm einst gebracht hatte, und kurz lag ihm ein diesbezüglicher kesser Spruch auf den Lippen, doch dann schluckte er ihn hinunter. »Danke«, sagte er.

Millepertia stellte das Tablett auf dem Bett ab. »Ich habe all meine Hexenkunst aufwenden müssen, um deinen Blutverlust auszugleichen. Der Besen hat dich ausgesaugt wie ein Vampir. Ganz zu schweigen von deinen übrigen Verletzungen. Anders gesagt: Das war knapp.«

Lukas, der noch immer die Schachtel in Händen hielt, wandte seinen Blick endlich von ihrer schlanken Gestalt ab und sah nun selbst, dass seine Arme und Beine von Prellwunden und Ergüssen überzogen waren. Immerhin hielten die Schmerzen sich in Grenzen. »Dank deines Eisenkrautbeutels habe ich von all den Schindereien kaum etwas gespürt.«

»Na ja, manchmal hat es eben auch sein Gutes, eine Hexe zu sein.« Sie deutete auf seine Boxershorts. »Willst du hier noch länger halb bekleidet herumstehen? Abraham erwartet dich bereits.«

»Er hat es also ebenfalls geschafft? Mann, was bin ich froh!« Erleichtert suchte er einen Platz für den Karton, doch Millepertia nahm ihm den Kasten ab und stellte ihn kurzerhand in den Schrank. »Jetzt, wo du weißt, dass es echte Zauberei gibt, brauchst du das hier sicher nicht mehr.«

»Das denkst auch nur du.« Lukas zog sich an, während er weitersprach. »Die Zauberkunst, also das, was wir Normalos darunter verstehen, ist keine einfache Freizeitbeschäftigung. Sie ist eine Lebenseinstellung. Seine Seele an den Teufel verkaufen kann schließlich jeder. Doch jemandem die Sinne zu täuschen und ihm etwas vorzugaukeln, das gar nicht existiert, ist wahre Kunst.« Er zwinkerte ihr zu und musste lachen. Da war er wieder, ihr skeptischer Gesichtsausdruck. »Wusstest du«, fragte er, während er sich die Schuhe zuband, »dass die alten Illusionisten ganz ohne himmlische oder teuflische Kräfte ein Brathähnchen wiederbeleben konnten?«

»Du veralberst mich.«

»Glaub mir, das war damals einer der besten Tricks, um die Hofgesellschaften zu unterhalten.«

»Und wie ging das?«

»Na ja, aufführen kann man dieses Zauberkunststück heutzutage nicht mehr. Zumindest nicht, ohne es mit dem Tierschutz zu tun zu bekommen. Sie haben damals nämlich ein Huhn genommen, ihm Schlafmohn zum Fressen gegeben, es gerupft und dann mit Eigelb eingeschmiert. Anschließend haben sie es gerade so lange in den Ofen geschoben, bis es knusprig aussah, und es dann hübsch auf einem Silbertablett serviert. Der Zauberer brauchte bloß noch ›Hokuspokus‹ zu sagen und das Tier mit einer Gabel zu piken – und schon lief es gackernd davon.«

Millepertia sah ihn entsetzt an, dann lachte sie plötzlich. Schockiert schlug sie sich die Hand vor den Mund. »Das denkst du dir aus. Das haben sie nicht wirklich gemacht?«

»Doch.« Lukas biss in eines der Brote. »Du solltest am besten wissen, dass die Zeiten früher derber waren als heute. Übrigens war das eben auch bloß ein Trick«, meinte er nach einem Schluck Tee.

»Und was für einer?«

»Na, dich mal zum Lachen zu bringen.« Er grinste.

Millepertia lächelte flüchtig. Eine Weile standen sie einander so gegenüber, schließlich räusperte sie sich. »Mir ist heute nicht nach Lachen zumute. Abraham brennt darauf, dich zu sehen. Beeil dich besser.« Eine Spur zu hastig verließ sie das Zimmer, und Lukas sah ihr stirnrunzelnd nach. Eilig verschlang er die restlichen Brote, trank den Tee aus und folgte ihr nach draußen.

Der Anblick, der sich ihm dort bot, war niederschmetternd. Die Galerie über dem großen Turmzimmer sah noch immer aus, als sei ein Sturm über sie hinweggefegt. Steine, Bücher und Pergamentrollen lagen überall herum; nur wenige von ihnen waren wieder in die Regale zurückgelegt worden. Im Hauptraum des Turmes sah es nicht besser aus. Allzu deutlich hatte auch hier die Wilde Jagd ihre Spuren hinterlassen. Die Regale waren zwar wieder aufgerichtet worden, doch hatten Abraham und Millepertia bislang nicht viel Mühe darauf verwendet, aufzuräumen. Gemmen, Wünschelruten, Sand, Bücher und Gesteinsproben lagen heillos durcheinander. Rechts der Treppe waren verkohlte Buchfragmente, Glasscherben und Asche zu einem großen Haufen zusammengekehrt worden; an der Wand dahinter lehnten die beiden Hexenbesen. Auch die zertrümmerten runden Turmfenster waren provisorisch mit Betttüchern zugehängt worden, die der Wind ausbeulte. Allein das Foucaultsche Pendel über dem großen, runden Basaltblock in der Mitte des Turmzimmers hing wie damals in gewohnt schiefer Pose über den merkwürdigen Symbolen.

»Ah, da ist ja unser Siegfried«, schlug ihm aus einem der Bücherregale die dünne Stimme des Homunkulus entgegen. Abraham hockte dort auf einer ausgerollten und mit Steinen beschwerten Pergamentrolle und nickte ihm anerkennend zu.

»Wie kommen Sie auf Siegfried?«, wollte Lukas wissen.

»Soweit mir bekannt, ist es bislang nur ihm gelungen, den Schwarzalbenkönig zu bezwingen. Bei der nächsten Begegnung mit Alberich solltet Ihr Euch vorsehen. Er dürfte stinksauer sein.«

»Bei meiner *nächsten* Begegnung? Dieser Giftzwerg wurde in der Turbine eines Flugzeugs zerschreddert!«

»Ich bitte Euch, Herr Faust. Er ist ein *Schwarzalb.*« Abra-

ham seufzte nachsichtig. »Aber Ihr habt recht: Es dürfte einige Monate dauern, bis er seine Wunden geleckt hat. Und hier vermag er Euch auf gar keinen Fall aufzuspüren. Ich habe die Schutzsiegel des Turmes erneuert und einige neue hinzugefügt. Da John Dee in die Hölle gefahren ist, könnte im Augenblick bloß Abaddon selbst auf die Idee kommen, hier noch einmal nach dem Rechten zu sehen. Nur gehe ich kaum davon aus, dass er uns ausgerechnet in unserem alten Domizil vermutet.« Unglücklich sah sich der kleine Zauberer um. »Dee hat einige meiner wertvollsten Bücher mitgehen lassen. Sollten wir die ganze Angelegenheit überstehen, werde ich mir seine Burg vorknöpfen. Darauf könnt Ihr Euch verlassen.« Unvermittelt präsentierte er einen Tetraeder aus gelblichem Bergkristall. »Immerhin erweist sich meine neue Größe in Teilbereichen auch als vorteilhaft. Ich habe doch tatsächlich mein babylonisches Prisma wiedergefunden. Ich suche es schon seit zwei Jahrzehnten. Es ist ganz einfach hinter die Bücher hier gefallen.« Er grinste.
»Was ist mit den Devils?«, fragte Lukas.
»Sorgt Euch nicht um sie. Sie haben ihre Tournee fortgesetzt. In voller Besetzung – und somit sicherlich erfolgreicher als zuvor«, antwortete der Zauberer, während er sich eine seiner Salmiakpastillen in den Mund schob. »Heute Abend haben sie einen Auftritt nahe Nürnberg, und morgen Abend schon endet ihre Tournee in Kelbra. *Er* hat mir versichert, dass er sich um ihren Schutz kümmern wird.«
Abraham kletterte an einer seitlich am Regal hängenden Strickleiter zu Boden, und auch Millepertia stieß wieder zu ihnen. Sie hielt eine Kanne in der Hand, die angenehm nach warmem Kakao roch, ohne ihnen etwas davon anzubieten. Stattdessen setzte sie sich erwartungsvoll auf eine Tischkante.
Auch Abraham baute sich jetzt vor ihm auf. »So, und jetzt

verratet uns endlich, was Euch Arnold von Wied anvertraut hat. Ich brenne vor Neugier.«

Lukas sah sich argwöhnisch um. »Mephisto ist also nicht hier?«

»Sprecht seinen Namen nicht aus!«, herrschte ihn der Homunkulus an, fuhr dann aber milder gestimmt fort: »Nein. Er ist zwar später im Bus aufgetaucht, um den Devils zu versichern, dass sie sich keine Sorgen machen müssen, ist dann aber wieder mit unbekanntem Ziel verschwunden.«

»Also konnte Meph… Also konnte *er* Faust stellen?«

»Nein, wenn ich *ihn* richtig verstanden habe, ist Faust mit Unterstützung seines neuen Herrn Abaddon entkommen.«

»Der Teufel wird offenbar schwächer«, sagte Millepertia. »Und das bereitet mir ehrlich gesagt Sorgen.«

»Dann begreife ich nicht, wo Me… *er* jetzt ist.« Lukas sah sich um. »Angesichts der unheilvollen Verbindung, die ich mit *ihm* eingegangen bin, müsste *er* … herrje, ist das nervig. Also gut: müsste *er* mich doch jederzeit finden können.« Lukas verzog das Gesicht. »Sagt mal, warum machen wir das überhaupt noch mit diesem *er*?«

»Weil man *ihn* grundsätzlich niemals beim Namen nennt, werter Herr Faust«, erklärte Abraham ernst. »*Er* ist nämlich in der Lage zu spüren, wer *ihn* beim Namen nennt. Auch, wenn wir im Augenblick mit *ihm* zusammenarbeiten ist *er* bloß ein Zweckverbündeter. Ich lege noch immer keinen gesteigerten Wert darauf, dass *er* dieses Domizil ausfindig macht. Was den Rest Eurer Frage anbelangt: *Er* hat gerade an allen Fronten zugleich zu kämpfen.«

»Na ja, aber wir brauchen *ihn* doch, oder?«

»Ich brauche *ihn* ganz sicher nicht«, antwortete der Homunkulus mit fester Stimme. »Im Gegenteil: Ich bin froh, dass wir einige Stunden ungestört sind.«

»Und was, wenn er inzwischen längst weiß, wo wir uns auf-

halten?«, wollte Millepertia wissen. Abraham schnaubte abfällig. »Das ändert nichts an meiner Feststellung. Und wenn *er* wirklich schwächer geworden ist, dürfte es auch *ihn* Kraft kosten, meine magischen Schutzmaßnahmen zu durchdringen. Glaubt mir, *er* wird uns früh genug wieder heimsuchen. Nutzen wir die Zeit. Im Zweifel ist es durchaus von Vorteil, wenn wir einen Informationsvorsprung besitzen, von dem zur Abwechslung niemand anderes weiß.«
Lukas zog sich einen Stuhl mit abgebrochener Lehne heran. »Also gut. Arnold von Wied hat mehrere lateinische Worte auf den Fels gemalt, mit denen ich leider nichts anzufangen weiß. Wobei, na ja, ich glaube, bei dem zweiten Hinweis handelte es sich um einen Begriff aus mehreren Worten. Allerdings befürchte ich, dass von Wied ihn mir nicht vollständig übermitteln konnte, da Faust auftauchte, bevor er fertig war.«
»Eines nach dem anderen. Beginnt mit dem ersten Begriff«, forderte ihn Abraham auf.
»Der lautete *Orphanus.*«
Abrahams eulenförmige Augen weiteten sich vor Überraschung.
»Und außer Euch hat niemand etwas davon mitbekommen?«
Lukas überlegte. »Kann ich nicht genau sagen. Mephisto hat mir vermutlich nicht ohne Grund zwei Hexen zur Bewachung zugeteilt. Die eine wurde von einem Werwolf getötet. Was mit der anderen geschehen ist, weiß ich nicht. Ich weiß auch nicht, wie viel diese Hexen von alledem überhaupt mitbekommen haben.« Lukas wechselte einen raschen Blick mit Millepertia. »Euch sagt das Wort also etwas?«
»Allerdings.« Der Homunkulus rieb sich das kleine Kinn. »Orphanus ist die lateinische Übersetzung für den *Wai-*

sen. Das war der berühmteste Diamant des Mittelalters. Kein Stein vor oder nach ihm soll ihm an Pracht gleichgekommen sein. Der Zauberer Albertus Magnus beschrieb ihn in seinen Schriften als einen Diamanten von blassrosa Farbe.«

»Dieser Adamant war also berühmt?«, fragte Millepertia.

»Oh ja.« Abraham nickte. »Selbst Dichter wie Walther von der Vogelweide haben ihn besungen. Der Waise war Teil der Reichskrone und gehörte damit zu dem bedeutendsten Prunkstück der Reichskleinodien des Heiligen Römischen Reiches. Mit dieser Krone wurden Könige und Kaiser seit dem Hochmittelalter gekrönt.«

»Und wo ist die Krone jetzt?«, wollte Lukas wissen.

Abraham zählte mit den winzigen Fingern ab. »Zusammen mit dem Reichskreuz, dem Reichsschwert, dem Zepter, dem Reichsapfel und der angeblich heiligen Lanze liegt sie heutzutage in der Wiener Schatzkammer der Hofburg. Nur interessiert uns der ganze Plunder nicht. Denn der Waise gilt spätestens seit Mitte des vierzehnten Jahrhunderts als verschollen. Zumindest schweigen sich die Chronisten über ihn aus, ganz so, als wäre er gestohlen oder – noch peinlicher – gegen eine Fälschung ausgetauscht worden, die dann als solche entlarvt wurde.«

Lukas schürzte missmutig die Lippen. »Und was jetzt?«

»Die Lösung könnte in dem anderen Hinweis stecken.« Der Zauberer sah ihn fragend an.

Lukas seufzte. *»Castrum etiam Cu.«* Er zuckte entschuldigend mit den Schultern. »Wie gesagt, das letzte Wort scheint unvollständig zu sein. Aber wenn mich meine Asterix-Kenntnisse nicht trügen, ist *castrum* wohl der Hinweis auf eine Burg.«

»Ja, in der Tat!« Abraham schlug grübelnd die kleinen Ärmchen übereinander. »Ohne Zweifel wusste der Erzbischof um den Verbleib des Orphanus oder des Waisen. Nur frage ich mich, welche Burg er gemeint haben könnte.« Murmelnd wiederholte er den Begriff, als käme er ihm irgendwie bekannt vor.

»Vielleicht eine Burg in der Nähe von Köln?«, schlug Millepertia vor. »Arnold von Wied war doch Erzbischof von Köln?«

Abraham nickte. »War er auch. Nur existieren in der Region viele Burgen. So kommen wir nicht weiter. Ich habe eine andere Idee. Folgt mir.« Er eilte mit Trippelschritten hinüber zu einem Bücherregal ganz am Rande des Turmzimmers. Die dortigen Regalreihen waren mit Dutzenden dicker Schwarten ausgefüllt, deren wellig-braune Ledereinbände sich kaum voneinander unterschieden. »Mille, sei so gut und reich mir den dritten Band rechts, aus der zweiten Regalreihe von oben.«

Die Hexe kam der Aufforderung nach und legte das Buch auf den Boden. Der Homunkulus stemmte den Buchdeckel empor, und Lukas konnte seitenweise lateinische Aufzeichnungen erkennen.

»Die Bände behandeln die Kirchengeschichte«, erklärte der alte Jude. »Ich habe schon früh angefangen, mich mit den Klerikern und ihren Mysterien zu beschäftigen, denn sie hüten in ihren Klöstern, Bibliotheken und Archiven manches aus der mythischen Vorzeit. Vor allem die Kirchen sind und waren für einen Geomanten wie mich von Interesse. Denn ebenso wie das Schloss in Karlsruhe stehen die älteren von ihnen auffallend häufig auf Kraftorten von großer Macht. Ich habe schon immer vermutet, dass die Priester früher mehr über die Rupturen in der Schöpfung wussten, als allgemein bekannt ist. Man könnte fast glauben, sie versuchten die Kreuzungspunkte der Drachenlinien mit ihren geweihten Bauten zu versiegeln.«

»Sie suchen eine *Kirche?*«, fragte Lukas irritiert.
»Nein.« Abraham blätterte einige Seiten vor. »Ich suche weitere Informationen über Arnold von Wied. Beschäftigt man sich mit den Sakralbauten, stößt man unweigerlich auch auf Informationen über jene, die dort gewirkt haben. Derzeit scheint es mir, dass wir dringend mehr über Arnold von Wied in Erfahrung bringen sollten. Bei all dem, was hinter uns liegt, haben wir das sträflich vernachlässigt.«
Er bat Millepertia, den Band zurückzustellen und ihm stattdessen zwei weitere Folianten auf den Boden zu legen. Sie halfen ihm, die Seiten umzublättern; im dritten Buch wurde er endlich fündig. »Ah, hier haben wir ihn: Arnold von Wied. Zwölftes Jahrhundert. Bekannt auch als Arnold der Zweite. Er war bloß fünf Jahre Erzbischof.«
»Und? Irgendwelche Besonderheiten?«, wollte Millepertia wissen.
Abraham überflog die eng beschriebenen Zeilen und schüttelte den Kopf. »Nein, sieht man davon ab, dass seine Kirchenkarriere bereits als junger Mann begann. Er verstand es früh, sich bei den Mächtigen der damaligen Zeit unentbehrlich zu machen. Er war sogar beim Zweiten Kreuzzug zugegen. Sein Tod kam schnell und kann als profan bezeichnet werden: Er stürzte in Xanten bei einem Wettlauf zu Tode. Das Benediktinerinnenkloster, aus dem die Hexen seine Knochen entwendeten, wurde auf sein Geheiß hin gegründet. Und … sieh an, er war es auch, der Friedrich Barbarossa 1152 im Aachener Dom zum römisch-deutschen König gekrönt hat.«
Lukas schreckte aus seinen Gedanken. »Sie meinen *den* Barbarossa? Den berühmten Kaiser Rotbart?«
Abraham sah ihn erstaunt an. »Kennt Ihr noch einen anderen?«
»Nein, natürlich nicht. Aber …« Lukas atmete tief ein.

»Nur hat auch dieser schimmelige Bibliothekar in Heidelberg Barbarossa erwähnt.«
Homunkulus und Hexe wechselten überraschte Blicke.
»Inwiefern?«, wollte Abraham wissen.
»Den genauen Wortlaut kriege ich jetzt nicht mehr zusammen. Aber ich glaube, es ging darum, dass Barbarossa von Wied damit beauftragt hatte, Kontakt zum Schwarzalbenkönig aufzunehmen. Außerdem sprach der Untote von einer Waffe, dem Schwert Salomons, das von Wied angeblich aus dem Orient mitgebracht hat. Faust schien hinter der Klinge ebenfalls her zu sein.«
Die Gesichtszüge des Homunkulus verdunkelten sich vor Zorn. »Und wann, wenn mir die Frage untertänigst gestattet ist, hattet Ihr vor, uns über all diese durchaus entscheidenden Details in Kenntnis zu setzen?«
Lukas schluckte. »Na ja, ich wusste doch nicht, dass das noch wichtig werden könnte. Wenn Sie mich in dieser dämonischen Bibliothek nicht allein zurückgelassen hätten, dann …«
»Himmel, bin ich denn von Idioten umgeben?«, herrschte Abraham ihn ungewohnt harsch an und sprang vom Buch. »Wir stehen kurz vor der *Apokalypse.* Da ist *alles* wichtig. Und dann kommt Ihr und berichtet uns ganz nebenbei, dass Barbarossa Kenntnisse über *Schwarzalben* besaß? Ist Euch denn nicht bewusst, was das bedeutet?«
»Nein, ehrlich gesagt nicht.« Lukas sah peinlich berührt zu Millepertia auf, die ebenfalls nicht so wirkte, als wüsste sie, worauf der Zauberer hinauswollte.
»Es bedeutet, dass Barbarossa und Arnold von Wied *zusammengearbeitet* haben«, wütete Abraham weiter. »Was glaubt Ihr denn, wer einst die Reichskrone mit dem Orphanus trug?«
»Barbarossa?«

»Nein, der Osterhase.« Der Homunkulus verdrehte die Augen, als er Lukas' verwirrten Gesichtsausdruck bemerkte. »Natürlich war es Barbarossa!«, fuhr Abraham fort, der sich langsam wieder zu beruhigen schien. »Das würde allerdings auch erklären, wie von Wied auf den Fluch aufmerksam wurde, der auf dem Edelstein liegt. Über die Auswirkungen dieses Fluches ist mir nichts bekannt, jedoch können wir auf Basis unserer neuen Erkenntnisse davon ausgehen, dass von Wied den Orphanus aus der Reichskrone entfernte. Und zwar mit an Sicherheit grenzender Wahrscheinlichkeit mit Einwilligung Barbarossas.« Plötzlich wurde er still, und ein staunender Ausdruck schlich sich in das kleine Gesicht des Homunkulus. »Millepertia, da hinten, nahe dem Abakus, müsste ein Buch mit einem Einband aus rotem Rindsleder liegen. Schnell, bring es mir, bitte.«
Millepertia lief ohne zu zögern in die angegebene Richtung und kam nach kurzer Zeit mit einer dicken Schwarte wieder, auf der eingebrannt das Symbol eines Turmes zu sehen war. Sie schlug das Buch auf und legte es auf den Boden, so dass Abraham auf die Seiten klettern konnte, die er eine Weile lang mühevoll umblätterte.
»Wusste ich doch, dass mir der lateinische Begriff bekannt vorkam.« Er deutete auf die Abbildung einer großen Burganlage, die sich über einen Hügelkamm erstreckte. »Der Ausdruck, den von Wied meinte, lautet vollständig *Castrum etiam Cuphese.*«
»Wie sind Sie darauf gekommen?«, fragte Lukas.
»Durch die Erwähnung Barbarossas. Mit *Castrum etiam Cuphese* ist eine mittelalterliche Befestigung gemeint. Nämlich die *Reichsburg Kyffhausen* im östlichen Ausläufer des Kyffhäusergebirges – damals eine der größten Burgenanlagen des Heiligen Römischen Reiches. Sagt Euch das nichts?«
»Kyffhäuser?« Lukas richtete sich auf. »Natürlich sagt mir

das etwas. Um das Kyffhäusergebirge rankt sich schließlich eine der bekanntesten Sagen Deutschlands. Die Barbarossa-Sage!«

Millepertia nickte aufgewühlt. »Und in dieser Sage heißt es, dass Kaiser Rotbart in einem unterirdischen Schloss die Zeit überdauert, um sein Reich eines Tages neu zu errichten. Alle hundert Jahre würde er Raben entsenden, die nachsehen sollen, ob die Zeit für seine Rückkehr schon reif sei. So lange schläft er dort den Schlaf des Gerechten.«

Abraham wiegte seinen kleinen Kopf. »Dabei ist überliefert, dass Barbarossa in Kleinasien in einem Fluss ertrank. Allerdings ist er der einzige Herrscher des Mittelalters, dessen Grabgelege bis heute unbekannt ist.«

»Oh Mann.« Lukas atmete tief ein. »Mir fiele schon etwas ein, das es wert wäre, tief in einem Berg versteckt zu werden.«

»Allerdings.« Abraham schwieg eine Zeitlang, dann schüttelte er den Kopf. »Und doch stimmt mich eine Sache nachdenklich.«

»Welche?«

»Warum hat von Wied Euch gegenüber dieses Geheimnis so bereitwillig ausgeplaudert?« Abraham stemmte die Arme in die Hüften. »Führen wir uns die Sachlage doch einmal plastisch vor Augen: Er wurde auf einem Hexentanzplatz wiederbelebt. Rund um ihn herum befanden sich Höllenpaktierer. Selbst der Teufel persönlich war zugegen. Und wenn wir es recht betrachten, haben wir den grigorianischen Himmelsgesang vollständig pervertiert. Also frage ich noch einmal: Warum hat er Euch all diese Hinweise geliefert?«

»Vielleicht stecken dahinter verborgene himmlische Absichten?«, versuchte sich Lukas an einer Erklärung. Er sah zu Millepertia auf, die ihn ausdruckslos ansah.

Abraham verengte die Augen. »Ehrlich gesagt traue ich im

Augenblick weder Himmel noch Hölle. Fast glaube ich, dass sie alle uns Sterbliche nach Gutdünken benutzen.« Er seufzte. »Aber was bleibt uns anderes übrig, als der Spur zu folgen? Es gibt nur noch eine Sache, die wir erledigen müssen, dann reisen wir ab. Noch heute Nacht. Und dann ...«

»Nein!«, unterbrach Millepertia ihn mit scharfer Stimme und sprang auf. »Das Kyffhäusergebirge wird bis morgen warten.«

»Aber wir ...«

»Du hast mich gehört, Abraham. *Morgen!*« Sie wies mit ihrer Kakaokanne unnachgiebig auf ihn. »Und jetzt lass uns die andere Angelegenheit hinter uns bringen.« Brüsk wandte sie sich ab und marschierte die Treppe nach oben.

Abraham sah ihr unglücklich nach. »Dann aber wirklich morgen«, murmelte er missmutig.

Lukas sah ihn fragend an. »Was war *das* denn?«

»Es liegt am Datum«, murrte Abraham ohne weitere Erklärung. »Aber wie dem auch sei: Versuchen wir zunächst, unseren Gegnern zuvorzukommen. Denn ich habe da bereits einen kleinen Aufbau vorbereitet.«

»Einen *was?*«

»Ihr werdet schon sehen. Wenn ich um Hilfe bei den Stufen bitten dürfte? Wir müssen nämlich ebenfalls nach oben.«

Zarte Seelen

Lukas hob den kleinen Zauberer verwundert an und folgte Millepertia, die an seinem Zimmer vorbeilief und die Tür zu einer Kammer ganz hinten auf der Galerie öffnete. Sie betraten einen kargen, nur unzureichend von Kerzen beleuchteten Raum mit steinernen Wänden, die über und über mit seltsamen Kreidesymbolen bekritzelt waren. Auf dem Boden ruhte eine große Holzwanne, die bis zum Rand mit Wasser gefüllt war; daneben standen zwei Stühle. Auf einem von ihnen lag ein im Kerzenschein blitzender Handspiegel, auf dem anderen saß ein kaum zehnjähriger Junge mit braunem Wuschelkopf, neben dem ein Becher mit Kakao stand. Mit schläfrigem Blick starrte er auf die Wasseroberfläche.

Konsterniert blieb Lukas im Eingang stehen. »Verdammt, wer ist das?«

»Ein Knabe«, antwortete Abraham.

»Scheiße, das sehe ich. Aber was sucht er hier? Wer ist das?«

»Ehrlich gesagt, habe ich ihn nicht nach seinem Namen gefragt.« Abraham versuchte sich an einem aufbauenden Lächeln. »Ich habe ihn vorhin auf der Straße abgefangen. Vor dem Abendbrot bringe ich ihn wieder zurück zu seinen Eltern. Na ja, vielleicht ein bisschen später.«

»Seid ihr *wahnsinnig?*« Lukas starrte Zauberer und Hexe entsetzt an. »Ihr könnt doch nicht einfach ein *Kind* von der Straße entführen!«

»Das tun wir üblicherweise auch nicht«, sagte Millepertia betreten. »Aber heute geht es nicht anders. Bei der Kaptromantie benötigen wir einen unschuldigen Jungen oder eine schwangere Frau als Medium, die noch nicht in den neunten Monat getreten ist. Abraham hat bloß keine Schwangere gefunden.«

»Und was soll das sein, diese Kaptromantie?«

»Es handelt sich dabei um eine alte Wahrsagekunst, bei der man Luftgeister in ein Wasserbecken bindet«, dozierte Abraham. »Im Anschluss positioniert man einen Spiegel im Wasser, und das Medium erkennt darin das, was der ausführende Zauberer zu wissen wünscht.«

»Trotzdem, ihr könnt dazu doch nicht einfach ein Kind …«

»Würdet Ihr mir freundlicherweise unsere Alternativen benennen?«, fragte Abraham. »Sollten wir Eurer Überzeugung nach unsere Hände in den Schoß legen und warten, bis uns unsere Gegner wieder einen Schritt voraus sind? Sicherlich nicht, nicht wahr? Demnach ist es ratsam, dass wir die Initiative ergreifen. Wir müssen herausfinden, was Euer Ahne plant und ob er gleichfalls über die Hinweise im Bilde ist, die Euch der Erzbischof am Kandel mitteilte. Auf der ganzen Welt gibt es womöglich lediglich zwei oder drei Zauberer, die der Kaptromantie mächtig sind. Einer von diesen steht vor Euch. Die meisten glauben, diese Weissagungsmethode sei mit den alten Römern ausgestorben. Faust wird nicht damit rechnen, dass er auf diese Weise ausgespäht werden kann. Und jetzt bewahrt Contenance, junger Mann. Dem Jungen wird nichts geschehen.«

»Das würde ich auch niemals zulassen«, ergänzte Millepertia matt.

Lukas kochte innerlich, aber ihm fiel nichts ein, was er seinen Begleitern hätte entgegensetzen können. Abraham hatte ja recht. Und auch wieder nicht. Zum Speien war das alles. »Na gut, dann beeilt euch wenigstens«, knurrte er.

Abraham wies Lukas an, die Tür zu schließen und sich auf den Rand des Beckens zu setzen. Dann bat er um Ruhe. Konzentriert starrte er den Jungen an und begann zu sin-

gen. Es war ein leiser, hypnotischer Gesang in einer fremden Sprache, und Lukas musste unwillkürlich gegen die aufsteigende Müdigkeit ankämpfen. Plötzlich spürte er einen Luftzug im Raum, der die Kerzen zum Flackern brachte und das Wasser im Becken in Vibrationen versetzte.
Rasch glättete sich die Oberfläche wieder, dann erhob sich der Junge ruckartig von seinem Stuhl. Millepertia ließ den Handspiegel ins Wasser gleiten.
»Sieh in den Spiegel. Konzentriere dich auf einen Mann namens Doktor Johann Faust«, sprach der Zauberer beschwörend.
Das Kind beugte sich mit weit aufgerissenen Augen vor und starrte ins Becken.
»Was siehst du?«
Die Lippen des Jungen bebten, und es dauerte eine Weile, bis seine helle Kleinjungenstimme zu hören war. »Ich sehe ihn neben einem fünfzackigen Stern, der sich in einem Kreis befindet«, wisperte er. »Da sind überall schwarze Kerzen. Ganz viele. Und … in dem Stern steigt etwas auf. Wie Blasen in einem See.«
»Was genau steigt aus dem Stern heraus? Kannst du es sehen?«
»Ja, jetzt. Ein Tier. Ein Pferd mit hellem Fell. Nein. Da sind Knochen. Ich glaube, das Pferd ist tot. Aber trotzdem kann es sich bewegen.«
Abraham verengte die Augen. »Siehst du noch etwas?«
»Ja. Auf dem Pferd sitzt ein Reiter. Ein … Knochenmann. Ich glaube, das ist der Tod.« Plötzlich weinte der Junge und verzog sein Gesicht in namenlosem Grauen. »Der Knochenmann sieht mich an. Er sieht mich an!«
»Unterbrechen Sie das. Sofort!«, schrie Lukas.
Abraham handelte augenblicklich. Er beschrieb mit seiner winzigen Rechten eine wischende Bewegung, und der Jun-

ge hörte schlagartig auf zu schluchzen. Er setzte sich wieder und schloss die Augen.

»Ich gebe zu, das war haarscharf«, fluchte Abraham. »Offenbar beschwört Faust in diesem Moment Abaddon erneut aus dem Infernalischen Abgrund. Damit habe ich nicht gerechnet.«

»Toll. Ich hoffe für Sie, dass dem Jungen nichts passiert ist«, herrschte ihn Lukas an.

»Nein, ist es nicht.« Millepertia stand neben dem Kleinen, strich ihm mitfühlend über den Kopf und hob erst das rechte und dann das linke seiner Augenlider an. »Er schläft tief und fest. Er wird sich an nichts erinnern.«

»Faust beschwört also gerade wieder Abaddon in unsere Welt«, stellte Lukas wütend fest. »Das ist ehrlich gesagt nicht gerade die Art von Erkenntnis, die ich mir bei dem ganzen Aufwand erhofft hätte.«

»Mir ergeht es ebenso«, gab Abraham niedergeschlagen zu. »Andererseits lassen sich aus der gemachten Beobachtung andere Dinge erschließen. Denn Faust wendet in diesem Augenblick erhebliche Ressourcen auf, um den Helljäger erneut zu beschwören. Und das könnte man als Verzweiflungstat deuten. Denn wenn Faust Abaddon nicht zwingend bräuchte, nähme er diese Mühen nicht auf sich. Ich komme daher zu der Conclusio, dass Faust das Geheimnis der dritten Teufelsträne bislang verborgen geblieben ist. In Anbetracht der Umstände ist das eine hoffnungsvolle Nachricht. Wir können ihm also zuvorkommen.«

»Und was, wenn er sich die *Devils* schnappt und mit ihnen erneut versucht, Arnold von Wieds Seele heraufzubeschwören?«, fragte Lukas nicht ohne Sorge. »Seine Knochen lagen noch auf dem Kandel, als wir den Berg verließen.«

»Gute Frage«, antwortete der Homunkulus. »Doch angesichts der Umstände gehe ich davon aus, dass *er* seine

Schützlinge nicht unbewacht lässt. Davon abgesehen bezweifle ich nachdrücklich, dass der alte Bischof jemand anderem als Euch Auskünfte erteilt. Schon gar nicht Doktor Faust.«

Lukas nickte bloß.

»Wir werden morgen aufbrechen«, sagte Millepertia mit fester Stimme. »Bring jetzt den Jungen zurück, Abraham. Wir anderen sollten uns ausruhen. Gut möglich, dass wir danach lange Zeit nicht mehr dazu kommen.« Sie wandte sich Lukas zu. »Das gilt vor allem für dich. Du musst von letzter Nacht noch immer erschöpft sein.«

Lukas wollte widersprechen, denn tatsächlich fühlte er sich relativ ausgeruht. Auf der anderen Seite erschien ihm Millepertias Verhalten sonderbar. Fast, als wolle sie ihn und Abraham loswerden. Warum? Er würde es herausfinden. Und so nickte er und begleitete Abraham und den in Trance versetzten Jungen nach unten, zu der seltsamen Wand des Turmzimmers, in der das magische Pendant eines Fahrstuhls verborgen lag. Die Wand öffnete sich, und Millepertia sah Abraham und dem Kleinen traurig hinterher. Wortlos wandte sie sich ab und ging wieder nach oben in ihr Zimmer.

Lukas war sich inzwischen sicher, dass mit ihr irgendetwas nicht stimmte. Eine innere Stimme sagte ihm, dass es besser war, sie nicht mit Fragen zu behelligen. Er eilte daher ebenfalls zurück auf die Galerie, schnappte sich in der Kammer mit dem Wasserbecken die Kakaokanne und warf sich in seinem Zimmer auf das Bett.

Während die Nacht über Worms hereinbrach, machte er sich mit Hilfe seines Smartphones mit der Barbarossa-Sage, dem Kyffhäusergebirge und der dortigen Reichsburg vertraut. Derweil lauschte er immer wieder aufmerksam in Richtung Galerie. Einige Zeit später hörte er unten aus dem

Hauptraum das Schaben der Ziegelwand. Offenbar war Abraham zurückgekehrt. Bald darauf wurde es wieder still im Turm, und Lukas rief ein Foto auf, das er in Heidelberg heimlich von Millepertia aufgenommen hatte. Er betrachtete es eingehend, dann seufzte er. Er konnte es drehen und wenden, wie er wollte: Sie bedeutete ihm inzwischen mehr, als er für möglich gehalten hätte. Trotz oder vielleicht gerade wegen ihrer spröden Art. Dabei war es ungewöhnlich für ihn, dass er bei ihr nicht in erster Linie daran dachte, wie er sie ins Bett bekommen konnte. Und das, obwohl Millepertia unzweifelhaft anziehend war und ihm der Gedanke daran schon einige Zeit durchs Hirn geisterte. Beklommen schaltete er sein Handy aus, legte sich mit hinter dem Kopf verschränkten Händen aufs Bett und starrte zur Zimmerdecke empor. Dass auch er ihr nicht unsympathisch war, fühlte er. Doch durfte er es zulassen, sich ausgerechnet in einer Situation wie jetzt zu verlieben? Gefühle wie diese machten ihm in Wahrheit Angst. Wenn er tief in sich hineinlauschte, dann wusste er auch, warum. Er hatte Angst davor, dass er es wieder verbocken würde.

In diesem Moment vernahm er auf der Galerie die leisen Schritte nackter Füße. Millepertia? Seine Zimmertür wurde einen Spaltbreit aufgezogen, und Lukas stellte sich schlafend. Einen Moment lang beschlich ihn die törichte Hoffnung, dass sie ihm einen heimlichen Besuch abstatten wollte und sich seine Sehnsüchte erfüllten. Doch sie war offenbar nur darauf bedacht nachzusehen, ob er auch wirklich schlief. Schon war sie wieder fort. Was hatte sie vor? Plante sie unten irgendeinen Hexenzauber? Oder wollte sie gar den Turm verlassen? Wenn ja, wohin? Und würde sie sie damit nicht in Gefahr bringen, entdeckt zu werden?

Lukas schlüpfte in seine Stiefel und schnappte sich seine Ja-

cke. Anschließend schlich er leise auf die Galerie und beugte sich verstohlen über die Brüstung.
Im Halbdunkel, jenseits des großen Pendels, konnte er sie sehen. Millepertia ging mit ihrem Hexenbesen in den Händen zu einem der Turmfenster und zog die Leinenbespannung beiseite. Rittlings bestieg sie den Stecken und warf sich in die Nacht.
Jetzt hielt Lukas nichts mehr. Möglichst leise stürmte er die Treppenstufen nach unten, schnappte sich den anderen Flugbesen und eilte ebenfalls zum Fenster. Worms erstreckte sich unter ihm als gewaltiges Lichtermeer. Er fügte sich an den Glasscherben eine Wunde zu, packte den Besen fester und warf sich mit ihm ebenfalls nach draußen.
Kühle Luft strich über seinen Körper, und aus der Ferne war Motorenlärm zu hören, während er sich aufmerksam am Nachthimmel umschaute. Er befürchtete bereits, Millepertia verloren zu haben, als er ihre dunkle Silhouette etwas weiter entfernt über dem Dächermeer erblickte. Umgehend raste er auf dem Besen in ihre Richtung. Sie hielt auf die beleuchtete Brücke über den Rhein zu, der sich unter ihnen als schwarzes, sanft glitzerndes Band von Nord nach Süd erstreckte.
Millepertia gewann an Höhe, offenbar um nicht von einem der Nachtschwärmer erblickt zu werden, und er tat es ihr gleich.
Lukas spürte wieder, wie seine Handwunde zu prickeln begann, doch es war ihm egal. In respektabler Entfernung folgte er ihr, wie sie den Strom querte und das Stadtgebiet hinter sich ließ. Unter ihnen kamen schachbrettmusterartig angelegte Felder und kleinere Ortschaften in Sicht, als Millepertia ein dunkles Gebiet ansteuerte, das sich als Wäldchen entpuppte. Zunehmend verlor sie an Höhe und steuerte eine in der Dunkelheit kaum wahrnehmbare Lichtung

an, wo sie behutsam aufsetzte. Von dort aus lief sie zu Fuß weiter.
Lukas überlegte, ebenfalls zu landen. Doch vermutlich hätte er dort unten bloß Geräusche verursacht. So wartete er einen Moment, sank dann, ließ sie nicht aus den Augen und verfolgte sie weiter auf dem Besen. Im Schutz der Baumwipfel flog er hinter ihr her, bis sie einen kleinen Hügel erreichte, der von hohen Buchen umgrenzt wurde.
Sie lehnte den Besen gegen einen der Bäume, und im Mondlicht sah er mit an, wie sie vor dem Hügel auf die Knie ging und den Erdboden berührte. Dann begann sie eine alte Volksweise in altertümlicher Mundart anzustimmen, die er noch nie gehört hatte. Das Lied hatte etwas Beruhigendes an sich. Lukas ließ sich auf dem Besen tiefer sinken, achtete darauf, keine Zweige zu streifen, und landete auf einem moosbewachsenen und tief verschatteten Baumstumpf, der nur wenige Meter von dem Hügel entfernt lag. Gespannt hielt er den Atem an, denn Millepertias Körper überzog sich mit blühendem Hartheu und sorgte so dafür, dass sich der Bewuchs auch auf dem Hügel ausbreitete.
Was tat sie da? Lukas verengte die Augen, als die Wolkendecke aufbrach und der Mond den Hügel in silbernes Licht tauchte.
Millepertia hatte inzwischen aufgehört zu singen. Stattdessen zupfte sie auf dem Hügel zwischen der Pflanzendecke herum und weinte leise. Lukas ging das Geräusch durch und durch, doch wagte er es nicht, sich zu rühren.
»Dies ist ein Abschied für immer, mein Schatz«, schluchzte sie leise und wischte sich die Tränen aus dem Gesicht. »Ich werde bald sterben. Sehr bald schon. Der Himmel hat es mir prophezeit. Danach werden wir einander nie wiedersehen. Denn der Ort, an dem meine Seele dann weilt, ist dem deinen so fern, dass es mir unmöglich sein wird, dich zu

besuchen. Es tut mir so leid.« Sie wischte sich die Tränen aus dem Gesicht. »Ich werde dich niemals vergessen. Niemals. Ich liebe dich. Für immer.« Stumm erhob sie sich. Dann, mit einem Ruck, der sie sichtlich Überwindung kostete, drehte sie sich um, schnappte sich den Besen und brauste auf ihm davon.

Lukas sah ihr betroffen nach, bis sie hinter den Baumwipfeln verschwunden war. Erst dann wagte er es, sich zu rühren. Vorsichtig schritt er auf den Hügel zu und blieb bestürzt stehen. Er konnte jetzt sehen, was dort vor sich gegangen war. Der Erdaufwurf war komplett mit einem Blütenteppich bedeckt, der ein Gesicht ausformte. Er hatte sich einst gefragt, ob sich Millepertia nach all den Jahren noch an ihre Tochter erinnern konnte. Jetzt kannte er die Antwort. Denn das Gesicht, das die Blüten abbildeten, war unzweifelhaft das eines kleinen Mädchens. Es lächelte ihm unschuldig entgegen. Stockend rann nun auch ihm eine Träne über die Wange, und er kam sich in seinem Treiben schäbig vor. Heute musste der Geburts- oder Todestag der Kleinen sein.

Plötzlich spürte er Angst in sich aufsteigen. Das eben war ein Abschied auf immer gewesen. Er hatte Millepertias Reden bislang als fixe Idee abgetan, aber sie meinte es offenbar ernst. Hatte sie in ihren Träumen etwa mehr gesehen, als sie ihm verraten hatte?

Seine Angst schlug in blanke Wut um. Wenn die himmlischen Mächte wirklich so ungerecht waren, wie Millepertia angedeutet hatte, wollte auch er nichts mit ihnen zu schaffen haben. Es war ihm egal, was die Überirdischen mit ihr beabsichtigten. Oder mit ihm. Sie waren Herren ihres eigenen Schicksals. Er hingegen würde Himmel und Hölle gleichermaßen beweisen, dass sie nicht ihre Spielbälle waren.

»Sophie«, flüsterte er und ballte die Rechte zum Schwur. »Ich weiß, dass du mich nicht kennst. Aber ich verspreche dir bei allem, was mir heilig ist, auf deine Mutter aufzupassen. Ich werde nicht zulassen, dass wir sie verlieren. Ich werde ihre Seele retten – auch wenn darüber die Welt untergeht!«

Orphanus

»Seht, da hinten!« Millepertia wies voraus zu einem bewaldeten Bergkamm, auf dem im Abendlicht die dunkle Silhouette eines Turms auszumachen war. Das Bauwerk wirkte aus der Entfernung wie der antike Leuchtturm von Alexandria, nur ohne das Licht an dessen Spitze.
Lukas, der nicht nur schwer an seinem Rucksack trug, sondern auch die beiden mit Leinentüchern umwickelten Reisigbesen geschultert hatte, sah gequält auf und blinzelte gegen die untergehenden Strahlen der Abendsonne an. Endlich hatten sie ihr Ziel erreicht. Das weithin sichtbare Bauwerk war zwar noch einige Kilometer entfernt, doch handelte es sich dabei ohne Zweifel um das bekannte Barbarossa-Denkmal, das Ende des neunzehnten Jahrhunderts zu Ehren von Kaiser Wilhelm dem Ersten erbaut worden war. Der protzige Turm überragte die Ruinen der einstigen Reichsburg Kyffhausen und markierte so ihren Zielort.
»Na, das wurde auch Zeit.« Lukas fasste die Straße, die sie schon seit gut zwei Stunden entlangmarschierten, ins Auge, wartete einen Pkw ab, der nah an ihnen vorbeibrauste, und suchte sich am Waldrand einen geeigneten Sitzplatz zum Ausruhen. Längst schmerzten seine Füße von der Wanderung. Inzwischen bereute er es, Abrahams Vorschlag unterstützt zu haben, mit dem Zug nach Kelbra ins Kyffhäusergebirge zu reisen, statt sich magischer Reisemethoden zu bedienen. Andererseits befürchtete Abraham sicher nicht ohne Grund, dass ihre Gegner auf jede erdenkliche Weise nach ihnen suchten. Der kleine Zauberer hatte sie daher, wie damals bei ihrer überstürzten Flucht vor der Wilden Jagd, über das verlassene Gängesystem der Ghule aus dem Turm und so in die Nähe des

Wormser Bahnhofs geführt. Über sechs Stunden waren für die Zugreise nach Kelbra draufgegangen, den Fußmarsch bis hierher nicht eingerechnet. Dummerweise hatten die Zugtickets das letzte Geld des Sachsen aufgezehrt. Millepertia hatte die Silberpfennige immer noch nicht umtauschen können, so dass sie jetzt vollkommen pleite waren. Ein Plakat in Kelbra hatte ihn zwar daran erinnert, dass die Devils am heutigen Abend irgendwo in der Region ihr Abschlusskonzert gaben, und einen Augenblick lang war Lukas auch versucht gewesen, sie anzurufen und sie zu bitten, sie den Rest ihrer Wegstrecke zu fahren, doch das kam natürlich nicht in Frage. Sicher ließ Mephisto die Band weiterhin beobachten; eine neuerliche Begegnung mit ihm war aus Vorsichtsgründen nicht ratsam. Und das waren nur die weltliche Probleme.

Viel größere Sorge bereitete ihm Millepertia, denn seit dem Morgen machte sie einen gefassten, nahezu abgeklärten Eindruck – fast so, als habe sie sich bereits mit ihrem Schicksal abgefunden. Die Zugreise hindurch hatte sie vermeintlich geschlafen, doch wann immer sie glaubte, er sähe es nicht, hatte sie ihn gemustert. Ob sie ahnte, dass er ihr gestern gefolgt war? Lukas hoffte es nicht und hatte ihr natürlich auch nichts davon erzählt.

Ihm war es noch immer zutiefst peinlich, ihr bei einem solch intimen Moment nachgestellt zu haben. Dennoch musste er mit ihr sprechen, denn falls sie ihm etwas verheimlichte, musste er es wissen. Nur bedurfte es dafür des rechten Augenblicks. Und genau darin lag die Crux. Denn bislang hatte es keinen Augenblick gegeben, in dem er sie unter vier Augen hätte ansprechen können.

Millepertia setzte sich neben ihn und befreite Abraham aus dem Rucksack, der nun ebenfalls zum Barbarossa-Denkmal spähte.

»Sehr gut.« Der Geomant nickte zufrieden. »Wann schließen die da oben?«
»Offiziell? Ich glaube, in wenigen Minuten«, antwortete Lukas, der sich nun die Schuhe auszog und seine Füße massierte. Unweit von ihnen donnerte ein Laster vorbei. »Spätestens gegen neunzehn Uhr sollte da oben kein einziger Tourist mehr sein.«
»Bei unserem Tempo sind wir ohnedies kaum vor zwanzig Uhr da«, stellte Millepertia fest.
»Meiner Einschätzung nach ist es ist nicht nötig, sich weiter Schusters Rappen zu bedienen«, widersprach Abraham. »Wir sind schon sehr nah herangekommen, und in einer halben Stunde geht die Sonne unter. Ich denke, wir können es riskieren, den Rest der Strecke im Schutz der Dunkelheit mit den Besen zu bewältigen.«
Lukas sah kurz zu Millepertia, die lediglich nickte und die Reste ihres Proviantes auspackte. Schweigend verspeisten sie ihre Brote, während es um sie herum immer düsterer wurde. Dann gab Abraham das Kommando zum Aufbruch.
Mit hohem Tempo ritten Lukas und Millepertia auf ihren Hexenbesen durch die Nacht, geradewegs auf das Barbarossa-Denkmal zu. Über ihnen funkelten die Sterne; unter ihnen zog eine bergige Waldlandschaft dahin, die am Rande ihres Sichtfeldes von den Lichtern kleiner Ortschaften erhellt wurde. Rasch kam ihr Ziel näher. Lukas sah nun, dass der protzige Turm wie erwartet inmitten der Ruinen der einstigen Reichsburg Kyffhausen aufragte und so ihre Anflugzone markierte.
Wenig später glitten sie auf ihren Besen in die Tiefe, flogen über einen verwaisten Parkplatz hinweg und landeten auf einer auf breiten Rundbögen stehenden Aussichtsterrasse zu Füßen des Ehrenmals, unter der sich ein quadratischer Innenhof erstreckte. Dort unten, direkt in den Sandsteinso-

ckel des Denkmals gemeißelt, befand sich eine Plastik von Friedrich Barbarossa. Sie erinnerte an die bekannte Legende um den Stauferkönig. König Rotbart war dort in schlafender Pose auf seinem Thron abgebildet und strahlte mit seinem überlangen Bart feierliche Würde aus.
Lukas betrachtete das Abbild mit gemischten Gefühlen. Überragt wurde es von einem hohen Reiterstandbild aus grünstichigem Kupfer, das Kaiser Wilhelm den Ersten verherrlichte und dem ein germanisch anmutender Krieger samt einer Frau mit Eichenlaubkranz zu Füßen lagen. Welche verstaubten Ideale damit auch immer zum Ausdruck gebracht werden sollten, sie kümmerten ihn nicht.
Vorsichtig sahen sie sich um. Auf der dem Denkmal gegenüberliegenden Seite ihres Landeplatzes lag eine weitere, etwas tiefer liegende Terrasse, die ihren Standort in einem breiten Halbrund umschloss. Wie schon aus der Luft ersichtlich, wirkte hier alles verlassen. Nur etwas weiter im Westen, vom Denkmal abgeschirmt, hatte er aus der Luft Nutzbauten erkennen können, hinter deren Fenstern vereinzelt Lichter gebrannt hatten. Sie reichten bis zu einer quadratischen Turmruine, hinter der nur noch Dunkelheit auszumachen war. »Und jetzt?«, fragte Lukas.
Abraham kletterte aus Millepertias Tasche, sah sich um und wandte sich dann Lukas zu. »Fassen wir zusammen, was wir herausgefunden haben«, schlug er vor, kraxelte auf ein Gesims und berührte die Armillarsphäre vor der schmalen Brust. »Dank Eurer Recherchen mittels des kleinen Wunderkastens wissen wir, dass die Reichsburg einst in drei Anlagen unterteilt war. Ich glaube kaum, dass wir hier oben, auf dem Gebiet der einstigen Oberburg, fündig werden. Die Ruinen wurden größtenteils mit dem Denkmal überbaut. Bleiben also Mittel- und Unterburg, wobei von der Mittelburg ebenfalls kaum noch etwas vorhanden ist.«

»Was nicht heißt, dass man dort nicht doch etwas finden könnte.« Lukas wischte sich eine Haarsträhne aus dem Gesicht.

»Dennoch bleibe ich dabei, dass wir in der Unterburg mit der Suche beginnen sollten.« Abraham spähte zu einer Ruinenlandschaft im Osten hinüber, von der in der Dunkelheit kaum mehr als Schemen zu erkennen waren. »Und das nicht etwa, weil ihre Überreste am besten erhalten sind, sondern weil unsere Recherchen nur bei ihr ergeben haben, dass sie zweifelsfrei bereits zur Zeit Kaiser Barbarossas existierte.«

»Und was ist mit dieser Barbarossa-Höhle?«, wandte Millepertia ein. »Ihr sagtet doch, dass eine Höhle dieses Namens ein beliebtes Ausflugsziel in der Umgebung sei.«

»Na ja.« Lukas baute den Besen wie eine Standarte vor sich auf. »Die wurde erst im neunzehnten Jahrhundert entdeckt. Wenn du mich fragst, ist das nicht mehr als eine nette Touristenattraktion.«

»Werten wir die Existenz der Höhle als gutes Zeichen«, meinte Abraham. »Denn sie spricht dafür, dass im Untergrund dieses Gebirges weitere Hohlräume existieren könnten. Würde ich an diesem Ort etwas verbergen wollen, so wählte ich für mein Versteck sicher nicht einen Ort innerhalb der vergänglichen Bauten, sondern eine Stelle tief zu unseren Füßen. Ein Grund mehr, zur Unterburg zu fliegen und dort mit der Suche zu beginnen.«

»Meinetwegen«, seufzte Lukas, und so bestiegen sie abermals die Hexenbesen. Sie ließen das riesige Denkmal hinter sich, dann flogen sie den Bergkamm hinunter in östliche Richtung. Bald schälte sich unter ihnen eine gepflegte Anlage mit einer nahezu geschlossenen Ringmauer aus dem Zwielicht, zwischen denen die Fundamentreste von Wohn- und Wirtschaftsgebäuden aufragten. Lukas stieß einen leisen Pfiff aus, denn die Ringmauer war nicht nur erstaunlich gut erhalten, sondern stellenweise auch recht hoch und wurde nur von einem Tor in der Westseite durchbrochen. Unweit des Durchgangs ragte der Stumpf des einstigen Bergfrieds auf, dahinter befanden sich die Überreste weiterer Gebäude, Mauern und freigelegter Kellergewölbe.

»Also, ausschwärmen?«, fragte er, nachdem sie gelandet waren. Millepertia und Abraham nickten.

Lukas kramte sein Smartphone hervor, reichte Millepertia eine Taschenlampe, und sie machten sich getrennt auf den Weg. Er passierte Wege, Wiesen und Mülleimer und seufzte. Alles um ihn herum war auf touristische Bedürfnisse hin ausgelegt. Er hatte nicht die geringste Ahnung, wonach er eigentlich Ausschau halten sollte. Irgendwann trafen sie sich wieder vor dem einstigen Bergfried. »Und? Habt ihr etwas gefunden?«

Millepertia verneinte, doch Abraham deutete nachdenklich auf die einstige Burgkapelle. Ihre Außenwände fügten sich nahtlos an die Ringmauer. »Falls uns tatsächlich himmlische Mächte hierhergeführt haben, könnten wir uns diese Kapelle dort noch einmal genauer ansehen. Ich selbst allerdings habe dort bislang außer alten Steinen nichts Besonderes entdecken können.«

Millepertia beleuchtete den im Schatten liegenden Bau, während Lukas versuchte, im Internet mehr über die Funktion des Gotteshauses herauszufinden. »Das ist die einstige *Kapelle zum Heiligen Kreuz*«, zitierte er schließlich. »Im Mittelalter diente sie als Wallfahrtsort.«

»Mehr ist nicht über sie bekannt?«

»Nein, nicht dass es hier stünde, jedenfalls. Mal davon abgesehen, dass sich dort im sechzehnten Jahrhundert ein Schneider eingenistet hat, der sich eine Zeitlang als der wie-

derauferstandene Kaiser Barbarossa ausgab.« Lukas grinste, dann stutzte er plötzlich. »Angeblich soll der Bau Johannes dem Täufer geweiht sein.«
»Soso«, murmelte Abraham skeptisch. »Die Sache, der Ihr in Karlsruhe auf die Spur gekommen sein wollt. Vorerst muss ich Euch leider enttäuschen: Engelsstatuen habe ich im Innern keine ausmachen können.«
»Wir sollten die Kapelle trotzdem noch einmal untersuchen.« Lukas nickte Millepertia auffordernd zu und betrat kurz darauf die verkrauteten Innenräume der Kapelle. Im Innern war es erstaunlich eng. Die alten Mauerstümpfe und Wände schimmerten rötlich im Schein der Taschenlampen. Rechter und linker Hand prangten Fensterdurchbrüche in den Mauern, durch die der Wind wehte. Im Osten waren die Überreste des einstigen Altarraums zu sehen. Ein einsamer, steinerner Rundbogen überspannte den Durchlass dorthin, der Rest des Daches fehlte.
Lukas leuchtete die Mauern ab, fand jedoch nicht einmal Reste von Malereien.
»Wie ich bereits anmerkte: Außer Steinen ist hier nichts zu finden«, stellte Abraham fest.
»Doch«, widersprach Millepertia. Sie bückte sich und beleuchtete mit ihrer Lampe den Bewuchs zu ihren Füßen. »Das hier ist Hartheu.«
Lukas sah zu seiner Überraschung, dass Millepertia recht hatte. Da die Pflanzen keine Blüten aufwiesen, hatte er das Gestrüpp im Dunkeln für einfaches Unkraut gehalten. »Und jetzt?«
Millepertia trat wortlos unter dem Rundbogen hindurch in den einstigen Altarraum. Auch dort überprüfte sie die Pflanzendecke. Lukas und Abraham wechselten Blicke, als sie plötzlich niedersank und die Hände vor der Brust faltete.

»Was tut sie da?«, zischte der Geomant. »Sie glaubt doch wohl nicht, dass sie als Teufelspaktiererin ...«
»Schscht. Lassen Sie sie!«, unterbrach ihn Lukas.
Gespannt sahen sie dabei zu, wie sich Millepertia ins Gebet vertiefte. Nach mehreren Minuten legte sie ihre Hände auf den Erdboden, und schlagartig verwandelten sich diese in Hartheu. Knisternd sprossen junge Triebe aus Fingern und Gelenken und wucherten auf die Stirnwand des Altarraums zu, wo sie wie Efeu emporrankten und sich verzweigten. Sprachlos traten die Männer hinter sie.
Millepertia erhob sich schwankend, als wäre sie soeben aus tiefer Trance erwacht.
»Alles in Ordnung?« Lukas stützte sie.
»Habt ihr die Stimmen ebenfalls gehört?«, flüsterte sie.
»Nein, da waren keine Stimmen.« Abraham war anzumerken, dass er nicht so recht wusste, was er von dem Geschehen halten sollte. Prüfend trat er unter die Wand und betrachtete das Rankenwerk. »Ist es das, wofür ich es halte?«
»Ja, der Bewuchs bildet offenbar eine Karte der Unterburg.«
Erstaunt wandte sich Lukas wieder Millepertia zu, doch sie schien seinem Blick auszuweichen. »Sie weist uns den Weg«, sagte sie mit belegter Stimme und beleuchtete mit der Taschenlampe ein ringförmiges Gebilde aus Johanniskrautsträngen. Ihre Finger wanderten über Blätter und Blüten hinweg und folgten einem der Pflanzenstränge zu einem Ort außerhalb der Anlage. »Wir müssen hier entlang, zur Flanke des Berges. Dort sollte sich etwas befinden, das wir nicht übersehen können. Kommt.« Sie verließ die Kapelle, und so hob Lukas den Homunkulus auf und folgte ihr.
Millepertia führte sie zielstrebig aus der alten Burganlage heraus, querte einen Wanderweg und schlug sich dann zur Südflanke des Berges durch.

»Haben die Himmlischen mit dir gesprochen?«, wollte Lukas wissen, nachdem er einige Minuten keuchend hinter ihr hergestolpert war.
»So ähnlich«, entgegnete sie wortkarg, während sie sich an Bäumen und alten Felsen zu orientieren versuchte. Plötzlich kam im Schein ihrer Taschenlampe ein mächtiger, unbehauener Felsklotz in Sicht, und sie blieb stehen. Schwarz und mächtig ragte der Stein aus dem Boden. »Das ist es!«, flüsterte sie.
»Das ist was?«, fragte Lukas.
»Der Einstieg zum Versteck der letzten Teufelsträne.«
Abraham bedeutete Lukas, ihn abzusetzen, und sie untersuchten den Brocken. Er war von Moos überwuchert, dennoch entdeckte Lukas auf ihm ein verwittertes Symbol. Es ähnelte den einfachen Wappenkreuzen, wie er sie von den Abbildungen alter Kreuzfahrer her kannte.
»Eine Markierung?« Er stemmte sich gegen den Felsen, doch dieser rührte sich nicht einen Millimeter. »Keine Chance. Für das Ding brauchen wir einen Kran.«
Millepertia half ihm, doch auch das brachte sie nicht weiter. Irritiert trat sie einen Schritt zurück. »Und doch bin ich mir sicher, dass es hier weitergeht.«
»Vielleicht wissen wir bereits um des Rätsels Lösung?«, sinnierte Abraham. Lukas leuchtete zu Boden und sah, wie der kleine Zauberer unter den Stein trat und ihn sanft berührte. »Orphanus!«
Unvermittelt erbebte der Untergrund, und wie ein gewaltiger Mühlstein rollte der Felsbrocken Stück für Stück zur Seite. Abraham sprang erschrocken zurück, und gemeinsam sahen sie zu, wie sich vor ihnen im Untergrund ein dunkler Gang offenbarte, in dem steinerne Treppenstufen in die Tiefe führten.
»Wow.« Lukas leuchtete nach unten und versuchte seinen

aufgeregten Herzschlag unter Kontrolle zu bringen. Leider reichte der Schein seiner Lichtquelle nicht bis zum Ende der Stufen. Auch als Millepertia mit ihrer Taschenlampe neben ihn trat, konnten sie kein Ende sehen. Immerhin war der Gang hoch und breit genug, dass sie ihn bequem beschreiten konnten.

Millepertia wollte bereits an ihm vorbeigehen, doch er hielt sie zurück.

»Warte. Was machen wir, wenn wir den Waisen da unten wirklich finden?« Sie wechselten unbehagliche Blicke.

»Falls uns tatsächlich himmlische Mächte an diesen Ort geführt haben«, erhob Abraham die Stimme, »müssen sie dir doch irgendeinen Hinweis darauf gegeben haben.«

»Nein.« Sie schüttelte den Kopf.

»Dann übergeben wir den Stein tatsächlich … *ihm?*« Lukas sah sich misstrauisch nach Mephistopheles um. »Mir kommt das noch immer so vor, als würden wir versuchen, den Teufel mit dem Beelzebub auszutreiben.«

»Ich weiß, was Ihr meint.« Abraham seufzte. »Leider scheint dies die einzige Option zu sein, die sich uns bietet. Um seiner Vernichtung zu entgehen, wird er ihn sicher mit Klauen und Zähnen verteidigen. Nur ist er ganz eindeutig nicht mehr der Alte.«

Millepertia zuckte mit den Schultern. »Im Augenblick sind wir ohnedies auf uns allein gestellt.«

»Soll ich ihn herbeirufen?« Lukas strich nachdenklich über sein Kinn, doch Abraham schüttelte den Kopf: »Nein. Der Gedanke, *ihn* weiter in unsere Pläne einzubeziehen, behagt mir noch immer nicht. Warten wir erst einmal ab, was wir dort unten überhaupt vorfinden. Vielleicht ist Erzbischof Arnold von Wied auf eine Lösung für das Problem gekommen, die wir selbst bislang noch nicht in Betracht gezogen haben.«

»Dann los!« Lukas reichte Millepertia einem Impuls folgend die Hand. Tatsächlich griff sie danach, und gemeinsam gingen sie die Stufen hinunter. Ihre Schatten geisterten über die Wände, und ihre Schritte hallten durch den schmucklosen Felsengang. Er beschrieb nur wenige Windungen. Hin und wieder konnten sie über sich an der Decke die Rußspuren alter Fackeln ausmachen. Während sie über die lange Treppe immer tiefer in den Berg hinabstiegen, wehte ihnen ein warmer Luftzug entgegen. Plötzlich weitete sich der Gang zu einem gemauerten Rundbogen. Hinter diesem erstreckte sich ein steinerner Balkon, von dem aus zwei Freitreppen linker und rechter Hand weiter nach unten führten. Lukas trat neben Millepertia vor das Geländer. Gemeinsam leuchteten sie mit ihren Lampen in die Dunkelheit, konnten jedoch kaum etwas erkennen. Lukas wandte sich ab und war bereits auf dem Weg zu einer der Treppen, als sich an den Höhlenwänden unvermittelt große Fackeln entzündeten und das Gewölbe aus der Dunkelheit rissen.

»Mein Gott!«, hörte er Abraham flüstern.

Auch Lukas riss fassungslos die Augen auf. Das Licht offenbarte eine gewaltige, an manchen Stellen dreißig Meter hohe Höhle, deren Wände und Decke wie ausgefranst wirkten – fast so, als hingen Tausende Lappen von der Decke. War das Gips?

Drei monumentale Steinsäulen stützten den Felsendom. In die Flanken waren riesige Bildhauereien eingearbeitet. Lukas starrte nach vorn zur Galerie, und es verschlug ihm den Atem. Zusammengesunken auf dem Boden lagen und saßen dort weit über einhundert bärtige Gestalten. Sie lehnten teils aneinander, und dass es sich bei ihnen um schwerbewaffnete Kreuzritter handelte, war deutlich an den Kettenhemden und den mit schwarzen Kreuzen geschmückten Wappenröcken zu erkennen. Die Männer hielten Speere und Schilde in den gepanzerten Händen und waren zudem mit Schwertern, Äxten und Bögen bewaffnet. Sogar die Körper von Pferden konnte Lukas inmitten der vielen Ritter ausmachen – und lange Lanzen, die bei diesen schräg in die Luft stachen.

»Das ist einfach … unglaublich«, keuchte Lukas, der unwillkürlich an die berühmte Terrakottaarmee des ersten chinesischen Kaisers denken musste. Nur dass die vielen Gestalten da unten eindeutig aus Fleisch und Blut waren.

»Hört ihr das?«, wisperte Millepertia ergriffen. »Sie *atmen.*«

Tatsächlich konnten sie in der Höhle ruhige Atemzüge vernehmen. Lukas brauchte eine Weile, bis er seine Fassung wiedergewann. »Also stimmt die Legende, dass hier unten ein ganzes verdammtes Heer den Jahrhundertschlaf schläft. Ich glaube es einfach nicht.«

»Ja. Und wie in der Sage beschrieben, dienen sie nur einem.« Abraham ließ sich von Millepertia auf dem Geländer absetzen. Aufgewühlt deutete er zu einem verschatteten Ort am gegenüberliegenden Ende des Felsendoms, der unmittelbar vor einer glatt polierten Felswand lag. Dort, auf einem mit Treppenstufen versehenen Thron, der in einem Stück aus einem Felsblock gemeißelt war, saß ein Mann mit geschlossenen Augen und entschlossenen Zügen, dessen langes rotes Haupt- und Barthaar keinen Zweifel zuließ, wer er war: Kaiser Barbarossa! Sein Haar reichte bis zur obersten Stufe vor dem Thron hinab, und er sah selbst schlafend wie ein wahrer Herrscher aus. Kampfbereit war er in einen Harnisch gehüllt, und seine Hände ruhten auf dem Griff eines Langschwertes, das quer vor ihm auf dem Schoß lag.

»Sieht jemand den Waisen?«, fragte Millepertia sanft.

Lukas verengte die Augen. »Ich bin mir nicht sicher, aber ich glaube, da hinten, auf der steinernen Rückenlehne des

Throns, glitzert etwas. Nur führt der Weg dorthin quer durch die Ritterschaft. Wer zu dem Waisen will, muss durch sie hindurch.« Beklommen sahen sie einander an.

»Es hilft nichts«, seufzte Abraham. »Wenn wir weiter hier herumstehen, werden wir nicht erfahren, welche Pläne Arnold von Wied und Barbarossa einst verfolgten.«

Lukas zögerte. »Und was, wenn *das hier* die Lösung ist? Ein ganzes Heer zur Verteidigung eines Adamanten?«

»Das ist keine Lösung«, wisperte Millepertia. Dann löste sie sich von ihrem Platz und schritt langsam die Treppe hinunter, bis sie in etwa drei Metern Tiefe den Höhlenboden erreichte.

Lukas schnappte sich Abraham und folgte ihr vorsichtig.

Gute zehn Meter maß die Distanz zum ersten der Ritter. Er war ein Hüne mit dichtem, struppigem Vollbart, der gegen den Sattel eines schlafenden Pferdes lehnte. Seine Lider waren geschlossen, doch in den Händen hielt er kampfbereit Axt und Schild. Sie traten bis auf zwei Meter an ihn heran und blieben stehen.

»Es ist wohl besser, wenn wir die Ritter nicht berühren«, flüsterte er. »Vielleicht sollten wir versuchen, auf dem Luftweg zum Thron zu gelangen?«

Er reichte Millepertia ihren Besen, doch in diesem Augenblick schlug der Ritter vor ihnen plötzlich die Augen auf und fixierte sie, als habe er sich bloß schlafend gestellt. Mit knarrendem Rüstzeug erhob er sich, dann zog er sein Schwert.

Erschrocken wichen die drei vor ihm zurück, während auch das übrige Heer wie ein Mann erwachte. Unter dem Klirren von Kettengliedern und dem Quietschen und Rascheln alten Leders erhoben sich vor ihnen über einhundert Ritter. Selbst die Pferde schreckten hoch und sprangen auf die Hufe. Doch weder den Kämpen noch den Tieren entfuhr auch nur ein Laut. Unzählige Augenpaare richteten sich auf sie. Stumm. Kalt. Gnadenlos. Und in einem jeden der Blicke blitzte ein fast überirdischer Wille.

»Scheiße, was jetzt?«, keuchte Lukas.

»Wer wagt es, unseren Schlaf zu stören?!«, donnerte eine Stimme durch den Dom. Barbarossa! Der alte Herrscher hatte sich erhoben, überragte nun sein Heer deutlich und reckte gebieterisch sein Schwert in die Höhe.

Lukas und Millepertia sanken unwillkürlich auf die Knie.

Mit einem raschen Schnitt befreite sich Barbarossa von dem langen Bart, der sich vor ihm wie ein roter Läufer über die Stufen legte.

Auffordernd nickte Lukas Millepertia zu, die sich möglichst demütig erhob. »Wir sind hier, weil wir Arnold von Wieds Spuren gefolgt sind. Wir sind auf der Suche nach der Träne des Teufels, die Ihr hütet«, sagte sie. Ihre Stimme klang hoch und zitterte leicht.

Ein Ruck ging durch das Heer, und Barbarossa deutete mit der blitzenden Klinge auf sie. Seine Stimme hallte abermals durch die Höhle. »Glaubt ihr, ich würde euch den Orphanus einfach *überlassen?*«

»Nein, vermutlich nicht.« Hilflos sah Millepertia sich zu Lukas und Abraham um. »Wir dachten … wir wussten nicht, dass Ihr hier seid.«

»Jetzt wisst ihr es. Und wenn dies euer Anliegen war, werdet ihr unser Geheimnis mit ins Grab nehmen. Ihr werdet diesen Ort nicht mehr lebend verlassen.«

»Ich dachte, es sei der *Himmel,* der uns hierhergeführt hat«, zischte Lukas, während er mit zunehmender Sorge sah, wie die vielen Ritter vor ihnen ihre Waffen hoben. »Mach ihm das klar!«

Millepertia wollte erneut zur Rede ansetzen, als hinter ihnen eine bekannte Stimme durch die Höhle schallte. »Sehr

beeindruckend, dieser Aufmarsch. Aber doch wohl etwas verstaubt.«
Erschrocken wirbelten sie herum und entdeckten auf der steinernen Balustrade Doktor Faust. Lukas' Ahne, der noch immer im Körper Agrippa von Nettesheims steckte, lüpfte den Lederhut und entblößte die Backenzähne in seinem von Brandlöchern entstellten Gesicht.
»Abraham, wie kann das sein?«, keuchte Millepertia. »Ich dachte, du hättest alles getan, um unsere Wege zu verhüllen«.
»Habe ich auch«, gab dieser sichtlich perplex zurück.
Doktor Faust wandte sich nun Barbarossa und seinen Rittern zu. »Die Narren da vorn sind nicht die Einzigen, die Anspruch auf den Orphanus erheben.« Selbstgefällig trat er an die steinerne Brüstung heran und besaß sogar die Frechheit, Lukas zuzuzwinkern, so als ahne er, welche Fragen sein Auftauchen auslöste. »Nur gestehe ich freimütig, dass ich mit Hilfe des Adamanten eine neue Weltordnung errichten werde. Eigentlich müsste Euch das doch gefallen, Rotbart!«
»Wer auch immer Ihr seid, zwischen Euch und dem Orphanus steht mein Heer!« Barbarossa bellte einen Befehl, und ein halbes Dutzend Ritter umringten Lukas, Millepertia und Abraham, während die übrigen Kreuzfahrer Speere und Schilde hoben und diszipliniert Schlachtformation einnahmen. Zwischen den Reihen brachen vier Reiter hervor, die sich mit ihren Lanzen direkt unter der Galerie aufbauten. Sowohl Lukas als auch Millepertia hielten hilflos die Besen vor sich.
»Und das ist nicht alles«, donnerte Barbarossa, während er sich ein Pferd heranführen ließ und aufsaß. Er hob seine Klinge, über die nun blitzende Lichtreflexe huschten. »In meinen Händen halte ich das Schwert Salomons!«

»Meine Güte!«, keuchte Abraham. »Dieses orientalische Meisterwerk existiert tatsächlich!«
»Wissen Sie etwa mehr über die Klinge?«, flüsterte Lukas erstaunt.
»Sicher. Das ist keine normale Waffe. Angeblich kann man mit ihr Dämonen töten!«
»Nett, dass ausgerechnet *Sie* uns diesmal so zeitig darüber aufklären«, entfuhr es Lukas wütend.
Faust hingegen zeigte sich wenig beeindruckt. »Schade, Rotbart«, sagte er, während er Dees Kristallkugel hob. »Ich hatte gehofft, nach Eurem Nickerchen wärt Ihr etwas verständiger. Natürlich habe ich nicht vor, Euren Leuten alleine entgegenzutreten. Ein anderer wird dies für mich erledigen.« Die Kristallkugel in seiner Hand erstrahlte in einem fahlen, grellen Licht, und von irgendwoher hallte das Klappern von Hufen durch die Höhle. Von der Kugel ausgehend, zogen blasse Schlieren wie Nebelstreife in die Tiefe, aus denen düster und majestätisch eine hochgewachsene Knochengestalt samt Falben hervorbrach: der Helljäger!
Abaddon fegte mit einem wuchtigen Schwerthieb die beiden vordersten Reiter aus dem Weg und baute sich vor dem Heer auf wie der leibhaftige Tod. Dampf wölkte aus den Nüstern seines fahlen Rosses; in den knöchernen Augenhöhlen des Dämons erstrahlte kaltes Silberlicht. Die beiden verbliebenen Reiter schreckten vor ihm zurück, hielten sich jedoch kampfbereit.
»Mephistopheles! Mephistopheles! Mephistopheles!«, schrie Lukas verzweifelt und spuckte über die linke Schulter. Doch es geschah … nichts.
Abaddons Schädel ruckte kurz zu ihm herum, doch rasch wandte sich der Dämon wieder Barbarossa und seinem Heer zu. Faust hingegen hatte nur einen geringschätzigen Blick für Lukas übrig. »Ich befürchte, Urenkel, du hoffst

vergeblich auf Unterstützung. Sorge im Folgenden bitte dafür, dass dein Leib unbeschädigt bleibt. Denn ob nun Himmel oder Hölle, wir werden jetzt dafür sorgen, dass die Seelen eines jeden hier dorthin gelangen, wo sie hingehören.« Er lachte und begann dann, einen gutturalen Gesang anzustimmen.
»Vernichtet sie. Alle!«, donnerte da Barbarossas Stimme durch die Höhle.
Die beiden vordersten Reiter preschten auf Abaddon zu. Auch das Heer hinter ihnen marschierte mit gesenkten Speeren und dröhnenden Schrittes Richtung Galerie.
Der dämonische Falbe des Helljägers stieg wiehernd auf die Hinterbeine und zertrümmerte mit den Vorderhufen den Schild des ersten Angreifers. Der andere Reiter traf Abaddon mit der Lanze am Brustkorb, doch sie prallte an den Knochen ab, als träfe sie auf Stein. Abaddon ließ seine Klinge wie ein Schnitter kreisen und köpfte seinen Widersacher, als bestünde die Rüstung des Mannes aus Papier.
Noch bevor die Fußkämpfer den Helljäger erreichten, passierte etwas Seltsames. In der Höhle begann es zu schneien. Nein, das war kein Schnee, das war grünlich weißer Schimmel! Ganze Sporenwolken rieselten von der Höhlendecke herab und nebelten das Heer wie dichtes Schneetreiben ein.
»Verdammt, was ist das?« Lukas hustete krampfhaft und spürte, wie ihm die Sporen in die Atemwege gerieten. Verzweifelt durchsuchte er seine Jacke nach einem Taschentuch, um sich vor dem dämonischen Niederschlag zu schützen, fand jedoch keines. Die Luft schmeckte jetzt wie verdorbenes Fleisch, und der Vorstoß der Ritterschaft fand ein Ende, noch ehe er begonnen hatte. Die komplette Höhle war nun von Erstickungslauten erfüllt. Hundertfaches Würgen, Keuchen und Spucken drang an

ihre Ohren. Überall um sie herum brachen die Ritter in die Knie.

Lukas verfolgte das fürchterliche Geschehen nur am Rande, denn er hatte genug mit sich selbst zu tun. Er japste, rang verzweifelt nach Luft, doch mit jedem Atemzug atmete er mehr von den Sporen ein. Der dämonische Schimmel verstopfte seine Atemwege, verklebte seine Augen und setzte seine Lungen in Brand. Zu seinen Füßen vernahm er das Schwirren von Abrahams Armillarsphäre und glaubte zu sehen, dass sich Millepertia längst in ihre grün-gelbe Hartheugestalt verwandelt hatte. Doch seine Augen tränten; schon bald konnte er außer vagen Schemen kaum noch etwas erkennen. Er röchelte, und bunte Sterne tanzten vor seinen Augen. In einem kurzen, klaren Moment sah er, dass die Adern an seinem Arm anschwollen und sich grünlich schwarz verfärbten. Diese Sporen waren wie Gift! Sie drangen in seine Blutbahn ein. Wenn ihm jetzt kein rettender Einfall kam, würde er hier an Ort und Stelle elendig verrecken.

Während Lukas verzweifelt versuchte, sich den Schleim aus der Mundhöhle zu räumen, stürzte einer der Ritter neben ihm und riss ihn dabei mit sich zu Boden. Lukas schwindelte, und sein Körper verkrampfte sich im Todeskampf. Luft. Er brauchte dringend Luft! Die bunten Lichter vor seinen Augen erloschen.

Jetzt sterbe ich, dachte er, als er unvermittelt ein Prickeln auf seinem Oberkörper spürte. Etwas drang tief in ihn ein, und der damit einhergehende Schmerz spülte sein Bewusstsein wieder an die Oberfläche. Hitze wallte durch seinen Leib, als läge sein Körper auf einem glühenden Rost. Einen kurzen Moment lang glaubte er, mit seinem Bewusstsein über seinem Körper zu schweben und weit über sich ein Licht zu erkennen, das ihm seltsam tröstlich erschien. Doch

schon stürzte er wieder zurück, dann begann die Qual aufs Neue. Ihm war, als zwängten sich Schraubstöcke durch seinen Körper, und stöhnend schlug er die Augen auf.
Unweit von sich hörte er Schwertergeklirr, wüste Kampfgeräusche – und dann entdeckte er auf seinem Körper das Johanniskraut. Es hatte ihn komplett überwuchert. Nein, das war nicht richtig. Tatsächlich beugte Millepertia sich in ihrer Hartheugestalt über ihn und löste soeben die Hände von seinem Oberkörper. Dabei zog sie lange Wurzeln aus seinem Fleisch, was sich anfühlte, als würde sie ihm Schläuche aus den Adern ziehen. Sie keuchte, als habe sie einen Marathonlauf absolviert, dann fiel sie neben ihm zu Boden. Ihre grünen Augen wirkten kraftlos und blass, und ihr Pflanzengesicht verwandelte sich halb zurück in Menschengestalt. Schweiß stand auf ihrer Stirn, und auf ihrem Haupt verwelkte eine Blüte.
Lukas griff erschrocken nach ihrer Hand und spürte den Druck ihrer Finger. »Mille, was hast du getan?«
»Dich gerettet«, krächzte sie heiser. Sie erweckte den Eindruck, als wüte in ihr ein schlimmes Fieber. »Ich habe dir ein paar Tropfen meines Blutes verabreicht, um dich so vor dem Gift zu schützen. Und jetzt kümmere dich um die Teufelsträne! Schnell!«
Lukas sah auf die die vielen Toten um sie herum. Er hockte inmitten eines schrecklichen Leichenfeldes. Die leblosen Gesichter der Ritter ähnelten verzerrten Fratzen. Viele der Kämpfer hatten Schaum vor dem Mund, andere waren von dicken Schimmellagen überwuchert, die ihre Rüstungen und Waffen kaum noch erkennen ließen.
Barbarossa hingegen schien es mit Salomons Schwert geschafft zu haben, der hinterhältigen Sporenattacke zu entgehen. Hoch zu Ross kämpfte er inmitten all seiner niedergestreckten Kreuzritter mit dem Helljäger und schlug mit der

heiligen Klinge wuchtig auf den Erzdämon ein. Stahl dröhnte auf Stahl, und die Schwerter der beiden ungleichen Kontrahenten schlugen bei jedem Aufeinandertreffen Funken. Barbarossa beherrschte unbenommen das Kriegshandwerk. Obwohl Abaddon ihn immer wieder mit Sporenwolken zu blenden versuchte und aus den Flanken seines Falben Tentakel hervorzüngelten, an deren Enden bissfreudige Schlangenköpfe pendelten, hielt sich der alte Stauferkönig standhaft. Sein Pferd blutete aus zahlreichen Wunden, und der Schild in seiner Linken war an mehreren Stellen zersplittert, doch auch er fügte dem Helljäger Verletzungen zu. Gleich zwei von Abaddons Rippenbögen waren gebrochen, und an den Skelettfingern seiner linken Klaue fehlten mehrere Glieder. Abaddon schien von der heftigen Gegenwehr überrascht, doch er gab keinen Zollbreit nach.
Hastig suchte Lukas nach dem Geomanten, konnte dessen Homunkulusgestalt jedoch nirgends entdecken. »Wo ist Abraham?«
»Ich kümmere mich um ihn«, keuchte Millepertia schwach. *»Geh endlich!«*
Lukas löste sich widerwillig von ihr, und in diesem Moment entdeckte er Faust. Sein Ahne hatte die Höhle nun fast zur Gänze durchquert und stand unmittelbar vor dem Thron.
»Scheißkerl!«, knurrte Lukas, sah ein letztes Mal zu Millepertia, deren Augen erschöpft flatterten, packte seinen Hexenbesen und sprang auf ihm in die Höhe. Sich ganz darauf verlassend, dass der Zweikampf zwischen Abaddon und Barbarossa von ihm ablenkte, raste er im Tiefflug über die vielen Leichen hinweg auf den Zauberer zu. Es gelang ihm sogar, einem der erstickten Ritter unter ihm die Streitkeule zu entreißen. Die Waffe war überraschend schwer, doch Lukas war von solcher Wut erfüllt, dass er das Gewicht stumpf ignorierte.

Faust hatte inzwischen die oberste Stufe des Throns erreicht und griff nach einem prächtigen, blassrosa funkelnden Diamanten, der ganz oben auf der Lehne des Throns angebracht war. Doch da war Lukas bereits heran und schlug ohne Erbarmen zu. Sein Ahne wirbelte zwar instinktiv herum, konnte jedoch nicht verhindern, dass ihn der Streitkolben hart im Nacken traf. Lukas glaubte, das Knacken von Knochen zu hören.

Schmerzerfüllt brüllte Faust auf und taumelte einige Stufen nach unten. Lukas hingegen machte auf dem Besen abrupt kehrt und raste erneut auf ihn zu – als Fausts Kristallkugel grell aufflammte.

Geblendet riss Lukas den Kopf herum, verfehlte seinen Gegner und krachte frontal gegen die nahe Felswand. Der Aufprall schleuderte ihn vom Besen, und er kollerte, sich mehrfach überschlagend, in die Tiefe. Kaum, dass er wieder zu sich kam, war Faust auch schon bei ihm und fegte ihm mit einem Fußtritt die Waffe aus der Hand. Ungestüm packte er ihn am Kragen und zog ihn empor. »Du mieses Stück Aas! Wie hast du es geschafft, der Sporenattacke zu entgehen?«

Lukas blinzelte und versuchte sich erfolglos aus dem Griff zu befreien. »Find's selbst raus, Arschloch!«

Faust rammte ihm schmerzhaft das Knie zwischen die Beine, und Lukas ging abermals zu Boden, wo er sich vor Schmerzen krümmte. Endlich verschwand der blinde Fleck, der ihn am Sehen hinderte. Zu seiner Genugtuung blutete Faust zwischen Kopf und Schulter. Es schien ihm Mühe zu bereiten, die Linke mit der Kristallkugel zu heben.

»Ich dachte, du brauchst diesen Körper noch?«, ächzte Lukas.

»Das wird mich nicht daran hindern, dir so lange weh zu tun, bis ich die Antwort auf meine Frage erhalte.« Faust wollte ihn abermals packen, als weiter vorn in der Höhle ein tobsüchtiger Dämonenschrei ertönte, dessen Hall ihnen wie Nadeln in die Ohren stach.

Beide Fausts ruckten zu Barbarossa und Abaddon herum. Die Rösser der Kontrahenten lagen von klaffenden Wunden übersät am Boden. Nur Barbarossa stand noch. Schwankend und vom Kampf gezeichnet hielt er Salomons Schwert über dem Kopf und schlug dem vor ihm knienden Helljäger mit einem wuchtigen Hieb den schwarzen Skelettschädel vom Hals. Eine Explosion aus schwarzem Unlicht erfüllte die Höhle, und eine Woge schwefliger Luft schlug ihnen entgegen.

Barbarossa wandte sich jetzt dem Thron zu, doch er taumelte, und sein bärtiges Gesicht war von Erschöpfung gezeichnet. Das Schwert entglitt seinen Fingern, dann brach auch er zusammen.

»Das war es mit deinem elenden Mentor!«, zischte Lukas.

»Oh, genau das war der Plan!«, erwiderte Faust süffisant.

Lukas verging das Lachen. Stattdessen sah er irritiert zu seinem Ahnen auf, auf dessen brandigem Gesicht sich ein gehässiges Grinsen abzeichnete. »Als ich erfuhr, dass Barbarossa und Arnold von Wied zusammengearbeitet hatten, musste ich bloß eins und eins zusammenzählen, um herauszufinden, wem der Erzbischof die heilige Klinge wohl anvertraut hatte.« Faust fischte mit der Rechten ein Stück Kreide unter den Kleidern hervor und zog um Lukas einen Kreis. Der versuchte trotz der Schmerzen wieder auf die Beine zu kommen, doch ein weiterer brutaler Tritt seines Ahnen beförderte ihn zurück auf den Boden. »Liegen bleiben!« Faust beendete den Kreis und versah ihn mit Zauberrunen, die verdächtig jenen ähnelten, die Lukas auf Dees Burg gesehen hatte. Er streckte verzweifelt seinen Arm aus und ertastete ein unsichtbares Hindernis über der Kreislinie.

»Ich hatte schon befürchtet, dass du meinen Plan durchschauen könntest«, fuhr Faust fort. »Denn wie ich von meinem Helfer in Heidelberg erfuhr, hat er dir unglücklicherweise berichtet, dass auch ich nach Salomons Schwert Ausschau hielt.«
»Der schimmlige Bibliothekar?« Lukas sah den Zauberer verwirrt an. »Er hat doch gar nichts von einem Plan erzählt.«
»Nun ja.« Doktor Faust lachte herablassend. »Eine Zeitlang ging ich davon aus, dass du nicht nur das Faustsche Blut, sondern auch meinen Genius geerbt hättest, Urenkel. Nur saß ich dabei ganz offensichtlich einer grotesken Fehleinschätzung auf.« Faust deutete hinüber zu Barbarossas niedergestrecktem Körper. »Es handelt sich bei diesem Schwert um eine Engelsklinge. Ich wusste, dass man mit ihr selbst Abaddon würde aus dem Weg räumen können, wenn ich seiner nicht mehr bedurfte. Zumindest in seinem geschwächten Zustand.« Faust lächelte überheblich, doch Lukas glotzte ihn weiterhin verständnislos an. »Du *wolltest*, dass Abaddon stirbt?«
»Sicher. Wer will schon in einer Welt leben, die von ihm beherrscht wird?«
»Aber was ist mit der Aufhebung deines Höllenpaktes?«
Faust lachte trocken und steckte das Kreidestück weg. »Ich habe inzwischen längst wieder die Seiten gewechselt. Um dieses Detail wird sich unser gemeinsamer Freund kümmern. Denn ich habe ihm Möglichkeiten aufgezeigt, an die er nie gedacht hat.«
Lukas rappelte sich ebenso mühsam wie verwirrt auf. »Welcher gemeinsame Freund?«
»Er meint mich, Famulus.« Auf dem Thron erhob sich Mephistopheles in seiner schwarzen Pudelgestalt.
»Mephisto!?« Lukas begriff nun gar nichts mehr.

»Sicher. Ich war es, der Johann hierhergeführt hat. Hast du unseren kleinen Blutspakt vergessen? Ich musste dir bloß folgen, um das Versteck des Orphanus zu finden.«
»Ich … begreife nicht, warum? Hast du vergessen, dass dich mein sauberer Ahne *vernichten* will?«
»Ich habe nicht vergessen, dass ich euch *glauben* machte, dass es sich so verhält. Nur dass es sich eben anders verhält. Während unseres Aufenthaltes auf dem Kandel war Johann so freundlich, mir seine Pläne in aller Offenheit darzulegen. Tatsächlich verhilft er mir zu meiner alten Macht. Du weißt doch hoffentlich, wer ich einst war?«
Faust machte Mephisto bereitwillig Platz, der nun vom Thron sprang und vor den Zwingkreis trottete. »Die seltsame Schwäche, die mich in letzter Zeit heimsuchte. Meine Unpässlichkeit. Sie waren bloß Vorboten der Herrlichkeit Gottes.«
Lukas starrte den Teufel mit einem Ausdruck an, der diesen mitleidig lächeln ließ. »Ich hätte es schon ahnen können, als ihr mir von eurer Begegnung mit Urds Spiegel erzähltet. Während meines Höllensturzes vergoss ich tatsächlich drei Tränen. In ihnen schlummerten die wesentlichen Teile meiner himmlischen Essenz. Die göttlichen drei Tugenden, die einen jeden Engel auszeichnen: Glaube, Hoffnung, Liebe.« Mephistos Blick verklärte sich. »Sie preisgeben zu müssen, war die eigentliche Strafe des Allmächtigen für meine Rebellion. In der Hölle ist kein Platz für himmlische Tugenden. Doch jetzt, mit jeder zerstörten Träne, kehren diese Teile meines einstigen Selbst wieder zu mir zurück. Begreifst du? Ich konnte die Veränderung schon in Staufen spüren, doch da war mir noch nicht klar, was dies zu bedeuten hatte. Als dann aber auch der zweite Adamant seinen kostbaren Schatz preisgab und mich plötzlich die Hoffnung durchflutete, da ahnte ich erstmals,

dass all dies *Sein* Zeichen sein könnte, auf das ich schon seit einem Äon warte.«

Lukas starrte den Pudel noch immer mit offenem Mund an. »Was für ein *Zeichen?*«

»Na, *Sein* Zeichen! Dafür, dass meine Strafe nun endlich ein Ende findet. Unser aller Schöpfer gibt mir eine zweite Chance, *Seine* Liebe wiederzuerlangen, Famulus! Ich kann endlich wieder der werden, der ich einst war. Ich vermag wieder in den Himmel aufzufahren.« Mephisto lächelte versonnen. »Den Teufel wird es dann nicht mehr geben. Denn wenn der dritte Adamant fällt, wird aus mir endlich wieder Luzifer, den man nicht umsonst den Morgenstern nennt. Ich war schon immer der strahlendste *Seiner* Himmelsboten. Es wird Zeit für meine Rückkehr.«

»Aber wenn der letzte Adamant fällt, wird sich diese verdammte Höllenpforte öffnen!«, schrie Lukas. »Dann wird die Apokalypse über die Welt hereinbrechen.«

»Nein, wird sie nicht. Denn um sie zu öffnen, bedarf es noch immer des Schlüssels, den Abaddon hütete. Doch Abaddon ist nicht mehr. Der Rest seiner gebrochenen Existenz wurde soeben zerschlagen.« Mephisto sah milde zu Doktor Faust auf. »Dies war Teil unserer Vereinbarung. Johann würde Abaddon herlocken, damit wir ihn mit Barbarossas Hilfe vernichten konnten. Ich hingegen werde als Dank seinen Höllenpakt aufheben, bevor ich in den Himmel auffahre. Denn jetzt, da Abaddon vernichtet ist, gehört auch der lächerliche Bann der Vergangenheit an, der bislang meine Rückkehr in die Hölle vereitelte. Es steht mir frei, ein letztes Mal in den Infernalischen Abgrund zurückzukehren. Und genau das werde ich tun, um dort auch um Fürbitte für all jene zu ersuchen, die unser aller Schöpfer einst mit mir in den Abgrund verbannte. Es ist lange überfällig, den Himmel wieder zu einen.«

Lukas sah dem Pudel entgeistert dabei zu, wie dieser zurück auf Barbarossas Herrschersitz sprang und erwartungsvoll zu dem Orphanus aufsah, der prachtvoll auf der Thronlehne funkelte.
»Und du lässt mich allen Ernstes mit diesem Schweinehund zurück?«, keuchte Lukas, der die unerwartete Offenbarung noch immer nicht glauben konnte.
»Mach dir keine Gedanken, Famulus.« Mephistopheles lächelte verklärt. »Da ich auch dir gegenüber nicht undankbar erscheinen möchte, ließ ich Johann einen Eid darauf ablegen, dein Leben zu schonen. Besinnt euch beide des edlen Geblüts, dem ihr entstammt. Und nun gehabt euch wohl.« Mit einem raschen Satz schnappte er nach dem Orphanus auf der Thronlehne und verschwand in einer Rauchsäule stinkenden Schwefels.
Lukas war wieder mit Faust allein.
»Das … kann doch nicht wahr sein«, keuchte Lukas.
»Ich schätze, doch.« Doktor Faust grinste. »Mehr noch: Alles entwickelt sich genau so, wie ich es geplant habe.«
»Du kannst mir nichts vormachen.« Lukas erhob sich endgültig und fixierte seinen Ahnen düster. »*Niemals* hast du vor, deinen Schwur zu halten.«
»Du meinst die Sache mit deinem Leben?« Sein Gegenüber schürzte geringschätzig die Lippen. »Doch, das muss ich leider. Nur werden wir beide die Körper tauschen. Ich werde in deinen Leib einfahren; im Gegenzug erhältst du die widerliche Hülle, mit der ich mich derzeit herumschlage.« Er lachte. »Das ist allein schon deswegen notwendig, damit ich das letzte Kapitel meiner kleinen Unternehmung aufschlagen kann. Denn du hast doch wohl hoffentlich nicht geglaubt, dass es mir allein darum ging, den Höllenpakt aufzuheben?«
»Nicht?«

»Nein, denn jetzt, da Abaddon Geschichte ist und der Teufel kurz davor steht, wieder in den Himmel aufzusteigen, werde *ich* den Höllenthron besteigen.«

»Bist du wahnsinnig?« Lukas Stimme wurde heiser.

Faust schüttelte den Kopf und hob die Kristallkugel. »Das, was ich hier in Händen halte, ist keine einfache Kristallkugel. Es ist der Schlüssel zum Infernalischen Abgrund, den Abaddon all die Zeit hütete. Ein Detail, das ich bei meiner Verhandlung mit Mephistopheles natürlich ausgespart habe.« Er zwinkerte diabolisch. »Ich werde mit dem Schlüssel die Höllenpforte öffnen, warten, bis Luzifer den Infernalischen Abgrund verlassen hat, und dann tun, was jeder Zauberer mit etwas Ehrgeiz tun würde.« Faust beugte sich vor. »Einer muss die dämonischen Horden schließlich im Zaum halten, oder was denkst du? Die Menschheit wird mir dankbar sein. Kurz: Ich werde wie ein Gott über zwei Welten zugleich herrschen. Nur, dass ich mich nicht so zurückhalten werde wie Satan. Man wird sich noch nach ihm zurücksehnen, während ich die Welt mit meinem eisernen Willen umforme. Und wer weiß, vielleicht reichen meine Ambitionen eines Tages noch weiter? Oder sollte ich sagen: noch höher?«

»Du *bist* wahnsinnig.«

»Ach, komm schon. Die Welt, wie ich sie formen werde, wird in dieser Hinsicht ganz sicher nicht so kleingeistig sein.« Faust richtete sich wieder auf, wechselte die Kristallkugel in die Rechte und hob sie empor. »Wenn ich es recht bedenke, sollte ich die Höllenpforte gleich hier öffnen. Schon, damit du mitansehen kannst, zu was wir Fausts imstande sind, wenn wir uns auf unsere eigentliche Stärke besinnen.«

Lukas keuchte. »Tu das nicht! *Bitte!*«

Doch Faust hörte ihm nicht mehr zu. Er schloss die Augen,

konzentrierte sich, und die Kugel erstrahlte abermals in einem fahlweißen Licht, dessen Widerschein sich auf der großen Felswand hinter ihnen abzeichnete. Lukas hörte ein hohes, wimmerndes Geräusch. Es dauerte eine Weile, bis er verstand, dass es über seine eigenen Lippen kam. Er wimmerte vor Furcht. Wie Nebelstreifen tanzten jetzt faulige Lichtreflexe über den Fels und schlossen sich zu dreizehn aschfahl glosenden Symbolen zusammen, die ein gewaltiges Halbrund ausbildeten. Lukas wich bis ganz an den Rand des Zwingkreises zurück und sah von dort aus mit an, wie sich das Gestein inmitten der Symbole glättete und eine samtschwarze Farbe wie rauchiges Glas annahm. Es wirkte nun tatsächlich wie ein Tor.

Dann wurde es auf einen Schlag eiskalt, und sein Atem gefror vor seinen Lippen zu kleinen Wölkchen. Die Wand strahlte jetzt eine bittere Kälte ab, ein scharfes Knacken peitschte durch die Höhle, während sich vor seinen Augen in dem Portalrund ein langer Riss ausbildete. Bodenlose Panik kroch Lukas' Kehle hinauf, verschnürte sie mit eisigem Griff, und sein Wimmern erstarb.

Faust öffnete die Lider und betrachtete sein Werk zufrieden. Abermals knackste es in dem Gestein, der Riss verbreiterte sich, und ein grelles rotes Leuchten zwängte sich durch den Bruch. War das Höllenfeuer? Lukas starrte wie paralysiert auf die Pforte. Ein fernes Heulen und Wehklagen drang aus dem Spalt, bei dem sich ihm vor Grauen die Nackenhaare aufstellten. Um sie herum stiegen nun Staubfahnen der allgegenwärtigen Schimmelsporen auf und wehten in Richtung des Risses, so als würde von ihm ein starker Sog ausgehen.

»Sehr schön, der Prozess beginnt«, murmelte Faust zufrieden. Er wich einen Schritt vor der Wand zurück. »Luzifer hat es offenbar nicht abwarten können, seiner Schwäche nachzugeben.« Er lachte, dann wandte er sich wieder Lukas zu. »Und nun zu uns beiden, Urenkel. Da es bei diesem Tempo wohl noch etwas dauert, bis das Tor offen steht, sollten wir die Zeit nutzen. Bei all dem, was ich noch plane, möchte ich nur ungern auf Luzifers Blut verzichten. Lass uns korrigieren, was mir angetan wurde. Wir werden jetzt die Körper tauschen.«

»Nein, das werden wir nicht!«, brach es aus Lukas heraus. Mit diesem Schrei löste sich seine Starre, und der blanke Zorn verlieh ihm neuen Mut. »Ich werde mich dir *widersetzen.* Du wirst nicht in mich einfahren, du widerliches Drecksschwein.«

»Vergeude keine Kraft.« Faust zog mit der Kreide weitere Kreise vor den Thron und beschriftete diese mit arkanen Symbolen. Hinter ihm knackste es abermals, und ein weiterer Riss bildete sich im Tor aus, der noch mehr von dem schimmligen Staub an sich zog.

»Und jetzt entspanne dich. Dann wird der Prozess nicht so schmerzhaft.« Faust breitete seine Arme aus, legte den Kopf in den Nacken und begann einen düsteren Gesang anzustimmen – als unvermittelt ein schlanker Schatten heranschoss und ihn hart gegen die Höllenpforte schleuderte.

Millepertias Hexenbesen!

Faust stürzte schreiend zu Boden. Wütend hielt er nach seinem Angreifer Ausschau. »Wer wagt es …?«

»Ich, Johann!« Unweit des Thrones sprang Abraham von Worms in seiner Homunkulus-Gestalt auf die Füße und hielt die schwirrende Armillarsphäre erhoben. »Ich werde deinem Treiben jetzt ein Ende setzen!« Unmittelbar hinter Faust krümmte sich der Raum; die Risse in der Wand wölbten sich übergroß und wie eine Blase hervor. Zugleich schrumpfte Lukas' Ahne auf einen Bruchteil seiner Körpergröße zusammen.

»Was *tust* du?«, brüllte er außer sich.
»Geomantie, Johann«, gab Abraham kühl zurück. »Aber davon hast du ja nie wirklich etwas verstanden.«
Der Zwischenraum zwischen Faust und den Rissen im Portal schrumpfte weiter zusammen, und Faust wob abwehrende Zaubergesten. Doch sie kamen zu spät. Mit einem dünnen Aufschrei zog sich sein seltsam gestauchter Körper in die Länge und wurde im nächsten Moment von dem übergroßen Riss im Portal aufgesogen – ganz so, als wäre auch er bloß Staub. Die Portalwand nahm wieder normale Gestalt an, und ein weiterer Riss brach sich im Gestein Bahn.
Abraham rannte zu dem Zwingkreis, wischte einige der Symbole aus, und Lukas konnte sein Gefängnis endlich wieder verlassen. Mit weit aufgerissenen Augen und schlotternden Knien stolperte er vorwärts und ging vor Abraham zu Boden. »Danke«, stieß er hervor. »Das kam in letzter Minute.«
»Tut mir leid, ich musste meine Kräfte erst sammeln.«
»Zum Leidtun gibt es keinen Anlass«, ächzte Lukas. Die Euphorie, diesen Wahnsinn überlebt zu haben, durchfuhr ihn nun in heißen Wellen. Am liebsten wäre er lachend durch die Höhle gesprungen – doch dann erstarrte er. Die Höllenpforte! Sie knisterte noch immer, bedrohlich und stetig, und Lukas' Angst kehrte zurück. Es war noch nicht vorbei.
Die glosenden Risse hatte inzwischen ein feines Spinnennetzmuster angenommen. Die Wand wirkte nun erst recht wie aus schwarzem Glas gemacht, das nur darauf zu warten schien, unter dem Innendruck zu bersten.
»Das sind Sphärenrisse«, erklärte Abraham düster. »Besser, wir kommen ihnen nicht zu nahe, sonst erwischt es auch uns.«

»Dummerweise ist Faust jetzt genau da, wo er ohnedies hinwollte«, flüsterte Lukas, der seine Augen nun nicht mehr von dem Portal abwenden konnte.
»Wie meint Ihr das?«, fragte Abraham.
Lukas berichtete ihm von Fausts Plänen, ohne das Höllentor aus den Augen zu lassen.
»Faust will die Herrschaft über die Hölle antreten?« Abraham klang ungläubig.
»Können wir etwas gegen das Portal ausrichten?«, fragte Lukas zurück.
»Wir? Ich wüsste nicht, wie. Hier müsste schon der Himmel selbst eingreifen.«
»Der Himmel?« Lukas wandte sich erschrocken um und spähte über die vielen Leichen hinweg. »Wo ist eigentlich Mille? Sie sagte vorhin, sie wolle sich um Sie kümmern.«
»Um mich? Ich dachte, sie wäre irgendwo bei Euch?« Auch Abraham fuhr herum. »Als der Angriff begann, versteckte ich mich in einer Fuge im Boden, um abzuwarten. Zu meinem Glück oder Unglück stürzte einer der Ritter mit seinem Körper auf mich, so dass ich mich erst befreien konnte, als der Kampf zwischen Barbarossa und Abaddon bereits ein Ende gefunden hatte.«
»Mille war also nicht bei Ihnen?«
»Nein. Ich habe mich selbst befreit. Dort, wo Ihr und sie vor Eurem Angriff auf Euren Ahnen standet, lag nur ihr Besen – und den habe ich eben zum Angriff gegen Faust genutzt.«
Lukas packte seinen eigenen Besen und flog über das Ritterheer hinweg nach vorne zur Felsengalerie. »Mille!«, brüllte er immerzu. Endlich erreichte er den Platz, wo sie die Sporenattacke erwischt hatte, und landete. Er sah nun ebenfalls, dass die Stelle, abgesehen von den toten Rittern, die sie umringt hatten, verwaist war.

Und dann endlich entdeckte er sie. Millepertia lag etwas weiter entfernt und mit welkem Blütenhaupt gegen eine der riesigen Säulen gelehnt. Sie zitterte krampfhaft.

»Mille!« Panisch kämpfte er sich zu ihr durch und kniete sich neben sie. »Was ist mit dir?«

Ihr halb pflanzliches, halb menschliches Gesicht war aschfahl, ihre Lider flatterten. Plötzlich sah er, dass die Adern auf den freiliegenden Hautflächen tiefschwarz verfärbt waren. »Oh nein!« Lukas wirbelte herum und begann, Abrahams Namen zu schreien, doch der Magier hockte längst auf dem zweiten Hexenbesen, schoss auf sie zu, ließ den Besen bei seiner Ankunft einfach fallen und untersuchte Millepertias Haut. »Dämonengift! Wie ist das möglich? In ihrer Pflanzengestalt sollte sie dieser Anfeindung doch gewachsen sein.«

»Sie sprach davon, dass sie mir ein paar Tropfen ihres Blutes verabreicht hätte.«

»Nein, ich habe dich belogen«, erklang eine schwache Stimme zu seinen Füßen, und Lukas und Abraham starrten fragend und voller Angst Millepertia an. Diese hatte ihre Lider unter großer Anstrengung ein Stück weit geöffnet und sah Lukas aus nunmehr tiefschwarzen Augen an. »Tatsächlich«, röchelte sie, »habe ich das Gift aus deinem Körper gezogen und es in mir aufgenommen.«

»Du hast *was?*« Lukas sah sie entsetzt an.

»Ich musste es tun. Nur du kannst deinen Ahnen aufhalten.«

»Aber *warum,* Mille? Von uns dreien bin ich der, der am verzichtbarsten ist. Ohne Abraham wäre ich eben draufgegangen.«

Ihr Körper zuckte, und schwarzer Speichel troff von ihren Lippen.

»Mille!« Lukas umfasste verzweifelt ihr Gesicht. »Verdammt, *tun Sie* doch etwas!«, schrie er Abraham an. »Sehen Sie nicht, dass sie hier direkt vor unseren Augen krepiert?«

»Ich weiß nicht, was ich tun soll« Der kleine Zauberer wirkte wie ein Haufen Elend. »In Worms vielleicht. Aber wir sind hier nicht in Worms.«

Lukas' Sichtfeld verengte sich. Wütend wischte er die Tränen aus den Augen, die ihm nun unablässig die Wangen hinabrannen. Es störte ihn nicht. »Mille! Bitte, du musst gegen das Gift *ankämpfen.*« Lukas presste ihre Hände an sich und blinzelte immer neue Tränen fort, um ihren Blick mit dem seinen halten zu können. »Du *darfst* mich nicht verlassen. Hörst du? Ich werde das nicht zulassen.«

»Weißt du noch, als wir uns in Heidelberg über Namensmagie unterhielten?«, wisperte sie schwach. »*Lukas.* Dein Name bedeutet *Ins Licht hineingeboren.*« Sie rang nach Luft. »Wenn uns einer retten kann, dann du. Darauf vertraue nicht nur ich. Darauf vertraut auch …« Jäh bäumte sie sich auf, und ihre schwarzen Augen traten hervor, als habe ihr jemand ein Messer in die Brust gerammt. »Die Hölle!«, röchelte sie erstickt. »Ich sehe die Höl…«

Sie erschlaffte.

»Mille? Mille!« Ohne über die Folgen seines Tuns nachzudenken, wischte Lukas ihr den schwarzen Speichel von den Lippen und begann mit Herzmassagen und Mund-zu-Mund-Beatmung.

»Bitte«, sagte Abraham neben ihm traurig. »Das ist …«

»Halten Sie den Mund!«, brüllte er ihn an. Immerzu machte er weiter und überprüfte, ob Millepertia wieder zu atmen begann. Doch sie lag leblos vor ihm und rührte sich nicht. Irgendwann wurden ihm die Arme lahm, und seine Lunge brannte vor Anstrengung.

Er hatte sie verloren.

Lukas hielt ihren Körper weiter in seinen Armen und ließ seinen Tränen freien Lauf. Auch Abrahams Augen waren gerötet.

»Ich habe nicht einmal den Mut gefunden, es ihr zu sagen«, stammelte Lukas. »Nicht einmal das habe ich hinbekommen.«

Abraham schien zu ahnen, wovon er sprach. »Ich bin mir sicher, sie wusste um Eure Gefühle für sie.«

»Nein. Ich hätte es ihr *sagen* müssen.« Mit tränenverschleiertem Blick sah er auf. »Dann ist ihre Seele jetzt wirklich in der Hölle? Ist das sicher?«, fragte er tonlos und sah Abraham flehend an.

Abraham senkte den Blick.

In diesem Moment bewegten sich die wenigen verbliebenen grünen Triebe auf Millepertias Leib. Sie wanderten über ihren erschlafften Körper und wickelten sich um seine Hände. Lukas spürte plötzlich einen sanften Druck auf seinen Gelenken, als drängten winzige Kapillarröhren durch seine Poren. Ihn schwindelte …

… und er lag unvermittelt auf einer taufrischen Waldwiese. Über ihm funkelten die Sterne des Nachthimmels, doch jenseits der Bäume zeichnete sich bereits die Röte der Morgensonne ab. Ihr junges Strahlen mischte sich mit dem Schein der Sterne zu einem unwirklichen Zwielicht, das tausendfach in den Tautropfen glitzerte, die sich perlengleich auf den Gräsern gesammelt hatten. Lukas atmete verwundert die würzige Waldluft ein, erhob sich und sah zu den Bäumen auf.

Der Wald machte einen urtümlichen Eindruck, als habe vor ihm noch keine Menschenseele einen Fuß in ihn gesetzt. Lukas betrachtete seine Arme und Hände, die ihm auf unbestimmbare Weise unwirklich erschienen. Die Tautropfen schwanden, und er entdeckte, dass die Lichtung tatsächlich über und über mit grün-gelbem Hartheu bedeckt war.

Wo war er?

Der Lichtschein zwischen den Bäumen wurde immer greller und verdrängte zunehmend die Nacht. Fast so, als würde unmittelbar über einem Hügel jenseits der nahen Waldgrenze die Morgensonne aufgehen. Das Licht wurde so intensiv, dass er seine Augen abschirmte. Und mit dem Licht ertönte ein Rauschen, das unmöglich vom Wind herrührte, sondern von dem Schlag mächtiger Flügel. Plötzlich schälte sich ein majestätischer Schemen aus dem Licht, und eine geflügelte Lichtgestalt mit andächtig ausgebreiteten Händen und leicht angewinkelten Beinen sank auf die Lichtung herab. Ihre nackten Fußspitzen berührten sanft den Hartheubewuchs, und weiche Locken umschmeichelten das strahlende Antlitz des Wesens. Lukas starrte die Erscheinung an und war mit einem Mal vollkommen eins mit sich. Es gab keine Fragen mehr, keine Schmerzen. Vor ihm stand ein *Engel.* Seine Existenz allein war die Antwort auf alle Fragen. Sie schloss alle Wunden, heilte jeden Schmerz und umspülte ihn wie das Licht der Sonne. Das Sprechen fiel ihm schwer, das Denken ebenso, und der Wunsch, sich in die lockende Wärme und Freude fallen zu lassen, die der Engel ausstrahlte, wuchs mit jedem Atemzug. All seine Ängste schwanden – und doch war da etwas tief in ihm, das sich weigerte, sich von all den überirdischen Empfindungen einlullen zu lassen. Trotz. Stolz. Und Aufbegehren. Nein! *Mille.* Wieder und wieder, wie ein Mantra schlug ihr Name den Takt seines Herzens. *Mille, Mille, Mille. Mille steckt in der Hölle. Ich habe Milles Tochter geschworen, dass ich ihre Mutter rette. Mille braucht meine Hilfe. Mille ist …* tot.

Er schüttelte sich, und der kraftvolle Puls seines Herzschlags kämpfte gegen die Ruhe an, die ihn durchflutete. Was er fühlte, war nicht wahr. Die Glückseligkeit, die von ihm Besitz zu ergreifen trachtete, war Betrug. Es *gab* Fragen. Er *hatte* Ängste. Und er war es leid, ein Spielball irgendwelcher Mächte zu sein.

»Ich ahne, wer du bist«, sprach er beherrscht. »Du bist der Erzengel Gabriel.«

»Meine Kraft ist Gott«, antwortete der Engel mit sanfter, weiblich anmutender Stimme. »Und ich bin sein Bote. Wir haben dich schon lange erwartet.«

»Liegt es in deiner Macht, Mille zurückzubringen? Denn das ist das Einzige, was mich interessiert.« Trotzig sah Lukas zu der Engelserscheinung auf. Er fühlte sich schlecht dabei. Es fühlte sich falsch an und kostete ihn Kraft, Zorn zu empfinden, wo alles um ihn herum heiter und glückselig war. Doch auch in seinen Adern floss Engelsblut. Es schien zu kochen und machte ihn zunehmend wütender. Er war das Ränkespiel der Überirdischen einfach leid.

»Nein«, antwortete der Engel bedauernd. »Auch wenn ich sie einst vor den Sendboten der Hölle errettet und mit meinem Licht erfüllt habe. Ich liebe sie, wie Mutter und Vater ihre Kinder lieben …«

Johannes' Tochter! Lukas erinnerte sich plötzlich wieder an die Anrede, die Urds Spiegel für Millepertia gebraucht hatte. Hatte Gabriel Millepertia mit der gleichen Macht erfüllt, wie es der Engel einst auch mit Johannes dem Täufer getan hatte? In diesem Fall hatte Urds Spiegel Millepertia schon vor Tagen einen verborgenen Hinweis gegeben, wer ihre Geschicke lenkte und …

Noch ehe Lukas den Gedanken festhalten konnte, fuhr der Erzengel fort. »Doch allen Geschöpfen Gottes wurde der freie Wille gegeben. So auch ihr. Millepertia hat ihr Schick-

sal selbst gewählt. Gegen einen Höllenpakt vermögen auch wir nichts auszurichten.«
»Warum hast du sie all die Zeit über beschützt, wenn du ihr am Ende doch nicht helfen kannst?«, fragte er verbittert.
»Weil nur ihr die Macht gegeben war, dich davor zu schützen, der Finsternis anheimzufallen.« Gabriel blickte mitfühlend auf ihn herab.
»Himmel oder Hölle. Ihr seid alle gleich.« Lukas spürte Zornestränen in sich aufsteigen. »Ihr manipuliert und benutzt uns wie Figuren in einem Spiel. Aber ihr irrt. Was ihr so lieblos betrachtet, ist nicht das Schachbrett, auf dem ihr eure Puppen nach eurem Gutdünken bewegt. Es ist unser Leben.«
»Dessen sind wir uns bewusst, Lukas. Obgleich auch wir nicht ohne Fehler sind, ist all unser Sein darauf gerichtet, euch vor den Verstrickungen der Finsternis zu bewahren.«
»Dann *rettet* uns!«, schrie er den Engel an und spürte, wie ihn die Trauer übermannte. »Gebietet dem Wahnsinn endlich Einhalt!«
»Darum bin ich gekommen. Um dir einen Weg zu dem Ziel aufzuzeigen, das du dir erhoffst. Es ist dein Weg, Lukas. Deine Wahl. Derjenige, der dem Wahnsinn Einhalt gebieten kann, bist du.«
»Ich?«
»Ja, Lukas. Denn in deinen Adern strömt Luzifers Blut.«
Verwirrt starrte er zu dem Erzengel auf. Dass in seinen Adern Mephistos Blut floss, fühlte er mehr denn je, aber wie Millepertia und ihm das weiterhelfen sollte, verstand er noch immer nicht.
Gabriels strahlende Lichtgestalt schwebte näher.
Lukas spürte ein sehnsuchtsvolles Prickeln und eine Ehrfurcht, die ihn mit aller Macht auf die Knie zwang. Doch er wollte nicht knien. Vor niemandem.

»Wir können die Hölle nicht betreten«, wisperte der Engel. »Doch du, Lukas, du kannst diesen Weg beschreiten. Du kannst tun, was uns unmöglich ist.«

»*Was* ist euch unmöglich?«

»Die Hölle aufzusuchen, um unserem Bruder Gottes Botschaft auszurichten …«

Höllenfeuer

Lukas nahm Barbarossas Schwertgehänge an sich und steckte Salomons heilige Klinge zurück in die Waffenscheide. Währenddessen betrachtete er den toten Stauferkönig. Barbarossa lag reglos und von schweren Wunden gezeichnet vor ihm auf dem Höhlenboden; das blutverschmierte rote Haar klebte ihm noch immer im Gesicht. An der Standhaftigkeit dieses Mannes wollte er sich ein Beispiel nehmen.

»Bitte, Lukas, das kann Gabriel doch unmöglich wörtlich gemeint haben«, sagte Abraham zum wiederholten Mal. »Mir ist kein lebendes Wesen bekannt, das die Hölle je zuvor in Fleisch und Blut betreten hat.«

»Doch. Mein Ahne. Vorhin.« Lukas blickte über all die Toten hinweg zu der Höllenpforte am jenseitigen Ende der Höhle, auf der sich inzwischen ein Gitternetz aus glühenden Rissen ausgebreitet hatte. Selbst hier, unweit des Höhleneingangs, konnte man den leichten Luftstrom spüren, den es zu der Pforte hinzog. Bei der Vorstellung, dass von dort schon bald ein gewaltiges Dämonenheer über die Welt hereinbrechen würde, wurde ihm schlecht.

»Und was ist der Inhalt dieser Botschaft?«

»Ich darf sie nur dem Teufel selbst verkünden.« Lukas schloss die Gürtelschnalle und hielt kurz inne. »Ich kann nur hoffen, dass sie ihn beeindruckt. Allerdings bin ich mir dessen nicht so sicher. Außerdem befürchte ich, dass ich zu spät kommen werde. Denn diese verdammte Pforte dahinten macht ganz den Eindruck, als würde sie nicht mehr lange halten.«

Abraham trat müde neben ihn. »Flucht wird mir wohl kaum etwas nutzen«, brummte er.

»Nein, Flucht nicht. Aber Sie könnten mir vielleicht etwas Zeit verschaffen.« Lukas kam eine Idee. Aufgebracht kramte er sein Smartphone hervor, schaltete es an und reichte es dem Geomanten. »Ich hoffe, Ihre Antipathie gegen Technik wirkt sich in Ihrem neuen Körper nicht so dramatisch aus wie früher.«

Abraham umfasste das Handy erstaunt mit beiden Händen. »Nein, wie Ihr seht, erfüllt Euer modernes Fernmeldegerät noch immer seinen Dienst. Nur verstehe ich nicht, wie uns das nutzen kann.«

»Fliegen Sie damit nach oben. Rufen Sie von dort aus Ben und die Devils an. Sie erinnern sich: Die hatten heute ihr Abschlusskonzert in Kelbra. Der Ort liegt ganz in der Nähe. Die Jungs sollen herkommen, als wäre der Teufel hinter ihnen her. Sie müssen ihr grigorianisches Himmelsstück noch einmal spielen.«

Abrahams Blick huschte über die vielen Leichen in der Höhle, dann nickte er. »Jetzt begreife ich! Verlasst Euch auf mich. Ich werde tun, was in meiner Macht liegt.« Abraham betrachtete das Handy, als handele es sich bei ihm um eine besonders schwer zu bewältigende Zauberformel. Dann drückte er es an seinen kleinen Körper, schlüpfte an Barbarossa vorbei, sammelte eine Lederschnur auf, die neben einem der anderen Toten lag, und band das Smartphone damit an Millepertias Besenstiel fest. »Eine Frage noch, Herr Faust: Wenn Ihr nicht glaubt, dass Eure Botschaft etwas bewirken kann … weshalb nehmt Ihr das Wagnis dann auf Euch?«

»Weil ich es einem kleinen Mädchen geschworen habe. Und weil darin unsere letzte Hoffnung liegt.« Lukas kniete sich bekümmert neben Millepertias Leichnam. »Und meine letzte Hoffnung. Denn selbst wenn ich versage und unsere Welt schon bald den Bach runtergeht – will ich wenigstens

Milles Seele befreien. Ich werde dafür sorgen, dass sie ins Paradies einziehen kann. Das bin ich ihr schuldig. Und wenn es das Letzte ist, was ich im Leben tun werde.« Er erhob sich langsam und blickte noch einmal in ihr bleiches Gesicht, dann schloss er seine Jacke.

»Eure Gesinnung ist edel, und Eure Tat ist es auch. Ich wünsche Euch Glück.« Abraham nickte zum Abschied, dann stieg er auf den Besen und schoss trotz seiner Größe mit beeindruckender Geschicklichkeit in Richtung Höhlenausgang.

Auch Lukas klemmte sich den Besen zwischen die Beine, nur dass er auf ihm geradewegs auf das Höllenportal zuflog. Der Sog, der von den deutlich breiter gewordenen Sphärenrissen ausging, zerrte an ihm wie ein Sturmwind. Lukas landete mit einiger Mühe direkt vor der knisternden Wand, berührte den breitesten der glühenden Risse und spürte den Sog. Ein Schmerz fuhr durch seinen Körper, als läge er auf einer Streckbank. Gepeinigt schrie er auf – dann verschluckte der Riss auch ihn.

Finsternis schlug ihm entgegen, und er vernahm ein immer lauter werdendes Wehklagen, das ihn vor Grauen fast ohnmächtig werden ließ. Barbarossas Höhle verblasste, die Szenerie um ihn herum veränderte sich, und …

… er fand sich inmitten eines Alptraumes wieder!

Er stand auf einem verwitterten Plateau, über das rostroter Staub wie getrocknetes Blut wehte. Ein bitterkalter Wind rüttelte an ihm, beißender Schwefelgestank drang in seine Lungen, und von allen Seiten gellten Schreie in Kaskaden und Kakophonien an seine Ohren. Vor ihm lag Dantes Inferno – oder das, was ein Höllen-Brueghel einst auf die Leinwand gebannt hatte. Über den düsterroten Himmel waberte ein Meer aus Flammen. Die weite Ebene unter ihm war übersät von scharfkantigen Felsen und gewaltigen Knochen. Den Horizont füllten ins Riesenhafte verzerrte Dornenranken, die bis weit hinauf zum brandigen Unhimmel reichten. An den riesigen Dornen waren nackte Menschenleiber aufgespießt. Tausende. Zehntausende. Ihre bleichen Körper krümmten sich an dem höllischen Rankenwerk wie Maden, und Lukas glaubte die Qualen der dort Gemarterten spüren zu können, als wären es die seinen. Das Entsetzen, das ihn umfing, war so greifbar, dass es ihn zu zerquetschen schien. Er würgte und versuchte unter Aufbietung all seiner Willenskraft, ruhig und gleichmäßig weiterzuatmen. Es gelang ihm kaum.

Hastig wandte er sich von dem fürchterlichen Anblick ab und trat an die Abbruchkante des Plateaus heran. Unter ihm, inmitten einer von Flammen umzüngelten Ebene, wand sich ein Fluss aus Eiter und blitzenden Klingen durch die Höllenlandschaft. Immerzu trieben in den gelbbraunen Fluten schreiende Menschen nach oben, und er musste mit ansehen, wie ihre Seelenleiber von den Messern zerfetzt und dann erneut nach unten gerissen wurden. Lukas schloss die Augen, um sich zu beruhigen. Während der schweflige Wind ihm Zunge und Gaumen ausdörrte, verstand er, dass er in dieser lebensfeindlichen Dimension verdursten würde, wenn er hier noch länger untätig herumstand. Aber musste er das überhaupt? Alles in ihm schrie nach Flucht. Auch wenn er es nicht wollte, drehte er sich wie in Zeitlupe zu dem Tor um, durch das er gerade erst diesen Un-Ort betreten hatte. Doch da war – nichts. Kein Portal, kein Tor, kein Sphärenriss. Er stand irgendwo im höllischen Nirgendwo, und es gab kein Zurück.

Lukas kämpfte gegen die aufsteigende Panik an, schwang sich schließlich auf den Hexenbesen und tränkte ihn mit ein paar Tropfen von seinem Blut. Prüfend stieg er mit ihm über den Staubschleiern auf und dankte allen Himmelsmächten, dass die Hexenmagie auch hier ihren Dienst erfüllte. Dann sprang er in die Tiefe und jagte auf dem Besen über das Grauen hinweg, das unter ihm immer neue Dimensionen annahm. Zu seiner Linken, nur unweit des Eiterflusses, kam ein ganzer Wald aus Gepfählten in Sicht, die flehend zu ihm aufsahen und deren Schreie im allgegenwärtigen Wimmern und Stöhnen fast untergingen. Erstmals sah er dort auch Dämonen. Die alptraumhaften Kreaturen mit pumpenden Leibern und schwarzschillernden Flügeln besaßen Ähnlichkeit mit monströsen Schmeißfliegen, sah man davon ab, dass an ihren Flanken Hunderte Tentakel wie Flimmerhärchen wogten. Sie hockten auf den Gesichtern der Gequälten, und ihre Saugrüssel stecken in den aufgerissenen Mündern, so als ernährten sie sich von ihrer Pein. Vermutlich taten sie das auch. Es waren auffallend wenige, aber Lukas war der Anblick dennoch mehr als genug. Er machte, dass er davonkam. Doch die Grausamkeiten endeten nicht. Er jagte schräg auf eine Anhöhe zu, an deren Flanken Tausende gepeinigter Seelen emporkrabbelten. Die meisten von ihnen stürzten bei ihrem Aufstieg zurück in die Tiefe, wo karpfenartige Monstrositäten mit Raspelzähnen und tiefschwarzen Glotzaugen den Sand durchpflügten. Jene, die den Aufstieg schafften, erwartete am Gipfel ein steiler Grat, der lotrecht in die Tiefe abfiel, um weit unten einem Feuersee mit irrwitzig hohen Flammen Platz zu machen. Die Lohen verbrannten alles, was in sie hineinstürzte. Und es waren viele, die fielen, und noch mehr Verzweifelte, die sich an dem schroffen Gipfel festklammerten. Jene, die von den Nachrückenden verdrängt wurden, erfasste noch im Fall das Feuer. Sie stürzten wie kleine Kometen mit feurigen Schweifen in den Flammensee.

Nur sterben konnte hier niemand. Lukas sah ungläubig mit an, wie sich aus den Flammen des Sees ein beständiger Strom schwarzverkohlter Gestalten ans Ufer schleppte. Sie alle taumelten einer Zone entgegen, in der bizarre Schreckgestalten mit Ameisenköpfen auf sie warteten, um ihnen eine gelbliche Flüssigkeit in den Rachen zu kippen. Jene, die sie tranken, heilten wieder, um dem Schrecken erneut zugeführt zu werden. Lukas fragte sich, um was es sich bei dem seltsamen Wunderelixier handelte, als der kalte Höllenwind den beißenden Geruch von Jauche herantrug.

Er hatte genug gesehen. Wenn er sich dem Treiben da unten weiter hingab, würde er ohne Zweifel den Verstand verlieren. Außerdem kroch ihm die Kälte in die Glieder. Er musste Luzifer finden. Und Millepertia. Doch die Chance, sie unter all den gemarterten Seelen aufzuspüren, erschien ihm mit jeder verstrichenen Minute aussichtsloser. Wenn er mit seiner Suche Erfolg haben wollte, musste er jemanden um Hilfe bitten.

Mutlos hielt er inmitten des Höllengeschehens nach einem Anhaltspunkt Ausschau, den es anzusteuern lohnte, als er eine von schwefligen Dünsten erfüllte Senke entdeckte, in der er menschliche Silhouetten zu erblicken glaubte, die vor blinkenden Objekten standen. Spiegel? Da er im weiten Umfeld keine Teufel und Dämonen ausmachen konnte, flog er auf den nebelverhangenen Ort zu, von dem ihm nun gellende Schreie und gehässiges Gelächter entgegenschlugen. Was ging dort unten vor sich?

Er flog in den Nebel hinein und näherte sich einer der Gestalten bis auf zehn Schritt. Es handelte sich um einen Mann mit langen, schwarzen Haaren, der so wirkte, als würde er sich für einen Bühnenauftritt bereit machen. Er war nackt, stand mit einem Schminktiegel in der Hand vor einem hochaufragenden Spiegel und trug Rouge auf seine Wangen auf. Auf einem Tisch neben ihm standen weitere Schminkutensilien parat. Dem Spiegelbild zufolge sah der Kerl verdammt gut aus. Direkt hinter dem Tisch mit den Schminkutensilien wallte der Nebel, und wann immer aus den Schlieren Geräusche ertönten, hielt der Unbekannte inne und griff lauernd zu einer Nagelfeile. »Spieglein, Spieglein an der Wand, wer ist der Schönste im ganzen Land?« Er kicherte irre. Nur gab es hier keine Wand, und der Spiegel antwortete auch nicht.

»Entschuldigen Sie, können Sie mir helfen?«

Der Mann wirbelte herum.

Lukas wurde bleich. Sein Körper war vollkommen entstellt und über und über von Narben bedeckt. Die langen Haare ähnelten einer schlecht sitzenden Perücke, die Lippen wirkten wie angenäht und die Nase, als sei sie mehrfach gebrochen und gerichtet worden. Außerdem waren die Hände mit den schwarz lackierten Nägeln unterschiedlich groß.

»Ein *Lebender!?*«, keuchte der Deformierte und schien sein Glück kaum fassen zu können. »Bitte, du musst mir helfen. Sehe ich aus, als könne ich einen Sukkubus zu einer Nacht mit mir überreden?«

»Wen bitte?« Überrumpelt starrte Lukas ihn an.

»Wenn mich ein Liebesdämon erwählt, darf ich die Hölle endlich verlassen. Ich muss ihr bloß *gefallen.*« Er starrte selbstvergessen in den Spiegel, bevor er sich wieder zu Lukas umdrehte. »Also, wie findest du mich? Ich war zu meinen Lebzeiten einer der bestaussehenden Schauspieler Italiens. Wer mir in meiner Karriere auch immer gefährlich wurde, ich hab sie alle ausge…stochen.« Er kicherte.

»Na ja. Es gäbe da vielleicht noch ein bis zwei Dinge, die ich ändern würde«, stammelte Lukas distanziert, »aber …«

»*Was* würdest du ändern? Los, sag schon.« Lauernd kam der Mann auf ihn zu. »Ich *muss* dem Sukkubus gefallen.«

Als er näher kam, sah Lukas seine unterschiedlich farbigen Pupillen. Braun und grün. »Okay, ich sag es dir, wenn du mir sagst, wie ich den Teufel finde.«
»Du willst zum Teufel?« Hektisch betupfte der Fremde sein Gesicht erneut mit Rouge, und seine Wangen wirkten nun wie mit Blut beschmiert. Aus weit aufgerissenen Augen starrte er Lukas an. »Wenn du bei ihm ein gutes Wort für mich einlegst, könnte ich es dir verraten.«
»Okay. Mach ich. Also schieß los: Wo finde ich ihn?« Lukas verlor langsam die Geduld. Außerdem glaubte er, inmitten des Nebels geduckte Schemen ausmachen zu können, die ihm nichts Gutes verhießen.
»Ich war selbst noch nie beim Höllenthron«, sagte der Unbekannte seltsam in sich gekehrt. »Doch vielleicht weist dir das Geheimnis des Sündenpfuhls den Weg dorthin.«
»Der Sündenpfuhl?«
»Man findet ihn, wo der Blutregen endet. Die im Sündenpfuhl gefangenen Seelen speisen den Brunnen der verlorenen Hoffnung. Manchmal werden Verdammte zu dem Brunnen geführt, weil man in seinem Wasser alles sehen kann, was man sich wünscht. Dabei kann man das doch auch in einem Spiegel …« Er lachte keckernd. »Die meisten zerbrechen an der Wahrheit, die ihnen der Spiegel enthüllt. Oder würde es dir gefallen, deine einstige Geliebte in den Armen eines anderen zu sehen? Einem, mit dem sie nach deinem Tod viel glücklicher ist?«
»Du warst dort? Am Sündenpfuhl?«
»Oh ja.« Nun gloste blanker Hass im Gesicht des Mannes. »Ich hab sie gesehen. Sie und all diese jungen Kerle, die heute an meiner statt vor der Kamera stehen. Und mich, mich hat man vergessen!« Er heulte vor Wut, kam aber rasch wieder zu sich. »Der Brunnen wird bewacht«, zischte er. »Und auch vor den Seelen, die im Sündenpfuhl gefangen sind,

musst du dich hüten. Anders als ich sind sie nicht irrtümlich hier. Das sind echte Höllenpaktierer. Ihre Seelen sind der letzte Abschaum. Und jetzt sag mir endlich …«
Er kam nicht dazu, seinen Satz zu beenden, denn aus dem Nebel stürmten unter lautem Kreischen drei deformierte Gestalten auf ihn zu, deren Anblick Lukas vor Grausen zurückstolpern ließ. Eine von ihnen besaß nur ein Auge. Bei der zweiten blitzten dort, wo sich eigentlich ein Mund befinden sollte, kalte, lippenlose Zahnreihen. Und die dritte trug dort, wo einst ihre Brüste gewesen waren, blutige Stümpfe. Der Geschminkte fuhr herum, doch da rissen die drei ihn bereits zu Boden, und der Lippenlose holte zum Schlag aus. Der Einäugige stoppte ihn. »Beschädige ihn nicht!«, keifte er. »Ich will seine Augen unversehrt!«
»Hauptsache, ich kriege meine Lippen zurück!«
Die Frau hingegen hechelte unentwegt, ritzte dem Unglücklichen die Haut über der Stirn mit einer Scherbe auf und riss ihrem Opfer die langen Haare samt der Kopfhaut ab. »Die gehören jetzt mir!«, kreischte sie triumphierend.
Der Schauspieler schrie vor Schmerzen.
Lukas wich entsetzt zurück, als die Angreifer auch ihn entdeckten. »Ein Neuer!«, wisperte der Einäugige erstaunt.
»Er ist *unversehrt*«, schmatzte die Frau mit den blutigen Stümpfen und kam langsam näher.
Lukas spürte, wie ihm die Galle hochkam. Er würgte trocken. »Wagt es ja nicht, mir zu nahe zu kommen!«, keuchte er, zückte Salomons Klinge und hielt das Schwert abwehrend vor sich. Rasch klemmte er sich den Besen zwischen die Beine und warf sich in die schwefelgeschwängerte Luft. Die grässlichen Seelen versuchten noch, ihn zu fassen zu bekommen, doch Lukas war längst außerhalb ihrer Reichweite. Bloß weg von hier!
Er stieg so hoch auf, wie er konnte, und flog weiter dem

Horizont entgegen. Unter sich sah er Verdammte, die ausgehungert von den roten Früchten eines mutierten Höllenbaumes aßen, dessen Feuer sie von innen heraus verzehrte. Und er sah andere, die vor Durst aus Quellen mit kochend heißem Wasser tranken.

Endlich erblickte er jenseits einer Bergkuppe, deren Grate wie gewaltige Rasiermesser wirkten, dunkle Regenschleier, die lotrecht vom Flammenhimmel stürzten. War das der Blutregen, von dem der verdammte Schauspieler gesprochen hatte? Der kalte Wind rüttelte an seinem Körper, und als er in die Regenwand eintauchte, färbte das Nass seine Kleidung rot. Die schweren Tropfen schnitten wie eisige Kristalle in seine Haut. Lukas stöhnte, als das Schwert an seiner Seite aufglühte und ein sanfter Schimmer sich um ihn legte. Der Schmerz endete so schnell, wie er gekommen war. Doch der Schein der heiligen Klinge reichte nicht bis zu dem Besen. Der Stiel dampfte und zischte, als wäre der Blutregen in Wirklichkeit … Säure.

Lukas spürte, wie sein Fluggerät zunehmend bockte und an Höhe verlor. Verzweifelt erhöhte er die Geschwindigkeit, sank jedoch immer tiefer. Jählings durchstieß er den blutigen Regenschleier, doch nun schlug ihm bestialischer Verwesungsgestank entgegen. Vor sich erblickte er eine düstere und von gelben Schwefelschwaden bedeckte Sumpflandschaft, aus der schwarze Felsen wie Klauen hervorstachen. Manche dieser Erhebungen waren untereinander mit Stegen aus menschlichem Gebein verbunden, die wie Knüppeldämme kreuz und quer durch den Morast führten. Und aus dem fauligen Untergrund stiegen Blasen auf, die sich zu grellen Feuerlohen entzündeten und gleich darauf wieder erloschen. Das musste der Sündenpfuhl sein.

Lukas schoss über die morastige Ebene hinweg und steuerte einen Ort in der Mitte des Sumpfes an, auf der er eine

Erhebung zu entdecken meinte. Je näher er kam, desto mehr verdichteten sich die Formen. War das der elende Brunnen? Und das daneben, der Schatten dort – war das ein Mensch? Gerade kniff Lukas die brennenden Augen zusammen, um besser sehen zu können, als sein Besen abermals bockte und sich mit einem Ruck absenkte. Lukas keuchte, steuerte und ruderte mit den Beinen. Er schaffte es gerade noch, einen der ausgeblichenen Knüppeldämme zu erreichen, wo er hart aufschlug. Es platschte unnatürlich laut, als der Besen im Morast versank. Nur mit Mühe gelang es Lukas, sich an den Knochen festzuhalten, denn auch sein Unterleib versank allmählich in dem eisig kalten Sumpf. Mit aller Kraft zog er sich hinauf auf den Steg, als etwas seine Fußgelenke berührte. Mit einem Aufschrei zog er Salomons Schwert und schlug auf die stinkende Brühe ein. Ein höllisches Jaulen hallte ihm entgegen, der Griff löste sich. Lukas zog sich endgültig auf den Knochendamm, hielt zitternd die Engelsklinge vor sich und traute seinen Augen kaum. Dicht unter der Oberfläche der Brühe glitten blasse Schemen heran, die unter dem Steg hindurchtauchten und seinen Standort wie Haie umkreisten. *Seelen.*

Einer der Toten streckte den Kopf aus der Sumpffläche, und Lukas keuchte überrascht auf. Kopf und Schultern des Mannes waren von Bisswunden entstellt, doch er erkannte die Gestalt sofort – Agrippa von Nettesheim!

Die verdammte Seele des einstigen Zauberers starrte ihn ebenfalls an. »Der junge Faust?«, bibberte er ungläubig. »Und das leibhaftig!« Nettesheim würgte Wasser und schien sich vor Schwäche kaum oben halten zu können. »Bitte, sag mir, wie viele Jahrhunderte ich schon hier bin.«

»Jahrhunderte?«

»Ja. Wie viel Zeit ist seit meinem Tod vergangen?«

Lukas sah ihn an. »Ein paar Tage?«

Ein unmenschlicher Laut kam über Agrippas Lippen, hell und schrill, und dann verstand Lukas, dass der verstorbene Zauberer schrie. In seinen Augen brannte das Entsetzen, als er begriff, dass das, was hinter ihm lag, erst der Anfang gewesen war. Auch in Lukas kroch das Entsetzen höher und höher, als er verstand. Millepertia war irgendwo hier unten. Seit einer Stunde vielleicht, die ihr wie eine Ewigkeit erschien. Jede Sekunde, die er verlor, litt sie unvorstellbare Qualen. Er musste weiter, musste sie finden. Jetzt.

»Agrippa«, fuhr Lukas sein Gegenüber an. »Bitte! Ich muss zum Höllenthron. Und ich muss meine Begleiterin finden. Sie erinnern sich? *Millepertia.* Die junge Frau an meiner Seite!«

»Ich brauche deine Wärme«, röchelte der Verblichene, ohne auf die Bemerkung einzugehen. Ängstlich sah er sich um, dann wagte er es, den Damm zu berühren und sich nach oben zu ziehen. Die Arme um den schlotternden Leib geschlungen, blieb er eine Weile liegen, dann brach er in wahnsinniges Gelächter aus. »Sie sind fort«, kicherte er. »Ich bin hier oben, und sie sind tatsächlich fort! Dann stimmt es, dass sich die Höllenpforte geöffnet hat?« Fragend sah er zu Lukas auf, der misstrauisch auf Abstand blieb. »Seit ich hier bin, ertrinke ich Stunde um Stunde aufs Neue«, keuchte der Zauberer. »Und wann immer ich versuche, aus dem Pfuhl herauszukommen, kommen sie und zerfleischen mich.«

»Wer greift Sie an?«

Ein gieriger Ausdruck stahl sich in den Blick des einstigen Zauberers. »Bitte, wärme mich, junger Faust. Mich friert.« Ungelenk erhob er sich und stolperte auf Lukas zu. Weitere Tote drängten aus dem Faulwasser, die sich würgend und stöhnend auf den Steg zogen. Auch sie starrten Lukas mit gierigen Blicken an.

Lukas zögerte nicht. Er warf sich herum und rannte auf die

felsige Erhebung mit dem Brunnen zu, als über dem Sündenpfuhl ein vielstimmiges Heulen erschallte, das unter den Höllenpaktierern hinter ihm panisches Geschrei auslöste.
»Oh nein! Sie sind noch immer da!«
Links und rechts des Knüppeldammes huschten drei Kreaturen mit räudigem Fell, glühenden Augen und zwei Schwänzen heran, wie Lukas sie bereits in Worms und Baden-Baden gesehen hatte. Höllenhunde! Die Bestien hetzten über die neblige Wasserfläche und stürzten sich wie tollwütig auf die gepeinigten Seelen hinter ihm. Jene, die nicht schnell genug zurück in den Pfuhl sprangen, rissen sie in Stücke, und einer der Höllenhunde wandte sich nun ihm zu, so als begriffe der Dämon erst jetzt, dass vor ihm ein Mensch aus Fleisch und Blut stand. Unter wütendem Knurren ging er auf ihn los.
Lukas riss Salomons Schwert nach vorn, kaum dass die Kreatur in Reichweite war. Schwarzes Blut spritzte, und der überraschte Höllenhund stürzte inmitten einer schlammigen Fontäne in den Morast. Auch die übrigen Höllenhunde ließen jetzt von ihren Opfern ab.
Lukas wandte sich ab und rannte, bis er das Eiland erreicht hatte. Brackiges Sumpfwasser überspülte den blanken Fels der Uferzone, und schräg vor ihm führten ausgetretene Treppenstufen nach oben zu dem Brunnen. Die Höllenhunde waren noch immer hinter ihm, doch er hielt sie mit dem Schwert auf Abstand, während er in fieberhafter Eile die Stufen bis zum Brunnen erklomm. Oben angekommen, sah er, dass dessen Umrandung nicht aus Ziegeln, sondern aus verfugten Menschenschädeln bestand. Unmittelbar vor dem Brunnenrand aber stand ein Mann, den er nur zu gut kannte: sein Ahne!
Noch immer steckte Faust in Agrippa von Nettesheims halbverbranntem Körper. Und er sah Lukas ebenso über-

rascht an wie er ihn. Langsam hob er seine schwarze Kristallkugel und musterte ihn lauernd. »Welch unerwartet rasches Wiedersehen. Ich frage mich, was du an diesem Ort verloren hast?«

»Dasselbe könnte ich dich fragen«, knirschte Lukas, der das Knurren der Dämonen in seinem Rücken zu ignorieren versuchte. Die Hunde brachten ihn nicht weiter. Wenn jemand wusste, wo Mephisto war, dann war es Faust.

Der schürzte die brandigen Lippen. »Nach meiner – zugegeben – unerwartet frühzeitigen Rückkehr in diese Dimension dachte ich mir, dass es klug wäre, sich einen Logenplatz zu sichern, von dem aus ich das Ergebnis all meiner Bemühungen mitverfolgen kann.«

Lukas warf einen Blick auf die von feurigen Reflexen überzogene Wasserfläche des Brunnens, in dem er das Abbild eines von rotem Staub durchwehten Canyons erblickte. Massen von heuschreckenartigen Dämonen wogten durch ihn auf ein riesiges Portal zu. Doch ihr Vormarsch wurde gebremst, denn hinter dem Portal tobte eine erbitterte Schlacht. Menschen stellten sich ihnen entgegen, Kreuzritter in blinkenden Harnischen und blutverschmierten Wappenröcken. Und sie wüteten unter den einfallenden Horden ebenso gnadenlos wie die Monstrositäten unter den ihren. Lukas spürte bei dem Anblick keine Erleichterung, sondern blankes Entsetzen.

»Das geht nun schon seit einer Stunde so«, fuhr Faust verärgert fort. »Wenn man genau hinhört, kann man die Klänge dieser Himmelsmelodie hören. War das deine Idee? Oder die von Abraham, diesem hinterhältigen Kretin?« Faust warf Lukas einen forschenden Blick zu.

Lukas jedoch vernahm keine Himmelsmelodie, nur das Knurren der beiden Höllenhunde hinter ihm auf der Treppe.

»Falls das tatsächlich deine Idee war, Enkel – mein Kompliment. Offenbar war es etwas voreilig von mir, die Höllenpforte ausgerechnet in Barbarossas Höhle zu öffnen. Nur wird euch euer kleines Aufgebot auch nichts nützen. Deinen Musikern geht nämlich langsam die Puste aus.« Er lachte. »Außerdem steht Luzifer kurz davor, seine Transformation abzuschließen. Und das bedeutet, dass ich schon in Kürze seinen Thron besteigen werde. Sieh selbst.« Er trat ein Stück zur Seite und beschrieb mit der Hand eine wischende Bewegung über die Wasseroberfläche. Das Abbild im Brunnen veränderte sich, und nun sah Lukas einen Berg, der über und über mit gehörnten Kreaturen übersät war. Sie alle stiegen dem Gipfel entgegen, auf dem vom Flammenhimmel gleißender Lichtschein in die Tiefe fiel. Und inmitten des Lichtes stand ein majestätisches Wesen mit feurig roter Haut und wie verbrannt wirkenden Flügeln – der Teufel! Mit ausgebreiteten Klauen und in den Nacken gelegtem Hörnerschädel stand er da, als badete er in dem Lichtschein. Aus dem Körper des Höllenfürsten brachen nun ebenfalls Lichtlanzen hervor, die sich mit dem Himmelslicht mischten und sie sogar überstrahlten. Lukas keuchte. Die Zeit lief ihm davon.

»Und doch frage ich mich«, fuhr Faust fort, »warum du mir an diesen Ort gefolgt bist. Ich gestehe, einen solchen Schneid hätte ich dir nicht zugetraut.«

»Gib den Weg frei!«, blaffte ihn Lukas an. Hinter ihm knurrten noch immer die Höllenhunde, blieben jedoch angesichts des blitzenden Schwertes auf Abstand.

»Also bist du gar nicht meinetwegen hier? Interessant.« Faust steckte die Kristallkugel in die Jackentasche und hob einen langen Oberschenkelknochen vom Boden auf. Wie ein Fechter ging er in die Knie und streckte den Knochen wie einen überlangen Spazierstock vor sich. »Ich darf also annehmen, dass dich etwas treibt, das mich am Ende doch noch in Schwierigkeiten bringen könnte?«

Die Höllenhunde auf den Treppenstufen knurrten, und einer versuchte, nach oben zu springen. Lukas stieß mit dem Schwert zu und erwischte ihn an der Schnauze. Es zischte, der Dämon heulte auf und zog sich winselnd zurück, während Lukas wieder Faust in die Augen blickte. »Ich muss bloß zur Seite treten«, drohte er, »und die beiden Kreaturen hinter mir werden dich zerfleischen!«

»Wohl kaum«, meinte sein Gegenüber belustigt. »Meine Zauberfertigkeiten sind an diesem Ort zwar etwas eingeschränkt, aber ich hüte noch immer Abaddons größten Schatz. Du erinnerst dich an die Kristallkugel, den Schlüssel zum Infernalischen Abgrund?« Er klopfte gegen seine ausgebeulte Jackentasche. »Die Dämonen nehmen mich dank seiner Hilfe als Gleichgesinnten wahr. Du hingegen bist für sie bloß ein Appetithappen – und daran ändert auch dein lausiges Schwert nichts.«

»Dann solltest du etwas gegen die Hunde unternehmen, wenn du noch Interesse an meinem Körper hast.«

Faust zwinkerte ihm amüsiert zu. »Schon vergessen? Das hier ist der Ort immerwährender Qual. Die hiesigen Bewohner können dich verstümmeln, so oft sie wollen – du heilst immer und immer wieder. Das macht es ja gerade so interessant. Das Leiden hört niemals auf!« Als wolle er seine Worte unterstreichen, kratzte sich Faust mit den Fingernägeln über den Arm und riss sich mehrere blutige Schrammen. Sie wuchsen vor Lukas' Augen wieder zusammen. »Siehst du? Das betrifft sogar echtes Fleisch. Aus diesem Grund denke ich, dass wir nun wie folgt vorgehen: Ich scheuche dich die Stufen hinunter und sehe dir dabei zu, wie dich die Hunde zerfetzen. Sobald deine Seele endlich entweicht, werde ich mich deiner Hülle annehmen – und

mich in alter Frische regenerieren. Aber vorher – vorher werde ich dich windelweich prügeln.« Mit diesen Worten tänzelte Faust vor, wirbelte den Knochen wie einen Knüppel über den Kopf und schlug zu.
Lukas wehrte den Hieb im letzten Moment mit der Breitseite des Schwertes ab und sprang seinerseits vor. Doch sein Ahne wich dem Stoß gekonnt aus. Dann schlug er die Klinge mit dem Knochen elegant zur Seite, um ihm sogleich mit einem Schlag zuzusetzen, der Lukas die Luft aus dem Brustkorb presste.
»Unsereins musste sich zu meiner Zeit zu verteidigen wissen«, höhnte Faust. »Das waren harte Zeiten. Wie steht es um diese Sitte im einundzwanzigsten Jahrhundert?«
Schräg hinter Faust schlüpften die beiden Höllenhunde auf die Plattform. Sie knurrten, und ihr Blick heftete sich argwöhnend auf Salomons Schwert.
Abermals traf Lukas ein Schlag seines Ahnen am Oberkörper; und er schlug rasend vor Zorn und mit all seiner Kraft zurück. Aber es war wie verhext: Was auch immer er tat, Faust duckte sich oder wich seinen Stößen elegant aus. Und er war schnell. Immer wieder täuschte er ihn mit angedeuteten Schlägen, während Lukas selbst Salomons Schwert zunehmend schwerer in den Händen lag. Schon bald würde er zu erschöpft sein, um weiter Widerstand zu leisten.
Abermals warf sich Lukas mit dem Schwert nach vorn, doch Faust wich dem Stoß aus. Und diesmal erwischte er ihn mit einem Schlag am Kopf, der ihn bis vor die Treppenstufen taumeln ließ. Lukas' Schädel dröhnte vor Schmerz. Nur mit letzter Kraft gelang es ihm, seine Klinge hochzureißen, als einer der Höllenhunde auf ihn zusprang. Das Schwert bohrte sich in die Brust der Bestie, und die Reißzähne des Dämons klappten dicht vor seinem Gesicht zusammen. Der Aufprall schleuderte Lukas vorwärts. Ge-

meinsam stürzten sie die Stufen hinab in die Tiefe, wo sich Lukas mehrfach überschlug und stöhnend liegen blieb. Um seine Klinge herum zerfiel der erste Höllenhund zu Asche, doch sein Bruder ließ sich davon nicht beeindrucken, stieß vor – und biss zu. Mit schreckensweiten Augen sah Lukas, wie ein großes Stück seines Muskelfleisches im Maul der Bestie landete. Schreiend hieb er zu, trennte der Kreatur mit nur einem Schlag den Kopf ab und sah am Rande, wie auch dieser Hund zu Asche zerfiel.

Doch der flammende Schmerz in seinem Bein raubte ihm fast die Besinnung. Heulend wand er sich am Boden, während Doktor Faust mit überlegenem Gestus die Treppe zu ihm herabkam. Noch ehe sein Ahne heran war, verebbte die Qual. Fassungslos sah Lukas zu, wie sich seine Wunde schloss. Nie hätte er gedacht, dass er der Hölle einmal dankbar sein würde. Jetzt aber hob er die Klinge und mühte sich wieder auf, noch ehe sein Ahne ihn erreicht hatte.

Faust hielt inne und deutete mit dem Knochen auf ihn. »Du schlägst dich besser, als ich dachte. Dennoch sollten wir die leidige Angelegenheit endlich hinter uns bringen.«

Fieberhaft suchte Lukas nach einem Ausweg, und während er in Fausts höhnisch lächelnde Fratze starrte, kam ihm eine verzweifelte Idee. Noch ehe sein Ahne ihn abermals in die Defensive drängen konnte, humpelte Lukas auf ihn zu und hieb und stach wie von Sinnen mit dem Schwert auf ihn ein. Faust parierte, duckte sich, wich abermals gekonnt aus – aber er wich zurück. »Junge, das bringt doch nichts«, sagte er milde. Er schien noch nicht einmal außer Puste zu sein. Lukas aber lächelte matt. Er hatte sein Ziel erreicht, denn Faust stand jetzt genau dort, wo er ihn haben wollte – am Ufer des Sumpfes.

»Agrippa!«, brüllte Lukas. »Jetzt!«

Faust fuhr herum, als aus dem fauligen Morast zwei

menschliche Hände hervorschossen und sich um seine Knöchel legten.
»Das ist mein Körper, du dreckiges Schwein!«, röchelte von Nettesheims verlorene Seele, und Lukas fiel ein Stein vom Herzen. Sein Plan war aufgegangen.
Faust schlug nach dem Verdammten, doch dieser ignorierte ihn und umfasste Fausts Beine nur noch fester. Endlich war sein Ahne festgenagelt, und Lukas war am Zug. Der erste Schlag seines Schwertes zertrümmerte den Knochen, der zweite erwischte Faust quer über der Brust. Der Zauberer brüllte vor Schmerz auf, doch Lukas war noch nicht fertig mit ihm. Mit einem zornigen Aufschrei sprang er seinen Ahnen an, warf ihn um und trieb ihm die Klinge so durch den Oberkörper, dass sie tief im Fels unter ihm stecken blieb.
Faust schrie vor Wut, als zwei weitere Höllenhunde über die Wasserfläche auf sie zuschossen. »Tötet ihn!«, schrie Faust, den Salomons Klinge noch immer an den Untergrund heftete. »Labt euch an seinem Fleisch!«
»Sie werden sich an dir laben, Mistkerl!« Lukas rollte sich von ihm herunter und präsentierte Faust Abaddons Kristallkugel, die dieser noch bis eben unter der Kleidung getragen hatte. »Mich betrachten sie nun als Freund. Und wärst du nicht schon hier, würde ich jetzt mit Freuden sagen: *Fahr zur Hölle!*«
Im nächsten Moment waren die Dämonen heran und gruben ihre Reißzähne in Fausts Leib. Die gellenden Todesschreie seines Ahnen verfolgten Lukas den Weg hinauf zum Brunnen der verlorenen Hoffnung, doch sie berührten ihn nicht. Nur aus dem Augenwinkel sah er, wie die Dämonen einen blassen Schemen in Menschengestalt aus Agrippas Körper herausrissen und Doktor Fausts wimmernde Seele in den Sündenpfuhl zerrten.

Sein Ahne war tot.
Lukas empfand noch nicht einmal Triumph. Er fühlte sich wund und zerschlagen, aber er war noch nicht am Ziel. Hier und jetzt war nicht der Ort, um auszuruhen. Er musste weiter.
Ratlos starrte er in das Wasser des Brunnens, in dem jetzt wieder Mephisto zu sehen war, der in diesem Augenblick seinen Höllenkörper wie eine schäbige Hülle abstreifte. Verdammt, wo war der Teufel bloß? War dieser Berg etwa der Höllenthron? Lukas ächzte leise vor Enttäuschung. Wo auch immer Luzifer sich befand, er würde zu spät kommen. Andererseits ... Das Bild im Brunnen war so klar. So echt. Hatte sich Faust hier oben etwa noch aus einem anderen, sehr viel praktischeren Grund aufgehalten? Lukas fällte einen Entschluss, dann setzte er alles auf eine Karte: Er schloss die Augen und ließ sich mit einem Stoßgebet ins Wasser fallen.
Eisig kalt spülten die Fluten über ihn hinweg, rissen an ihm und schienen ihn meilenweit fortzutragen. Tobendes Gebrüll kreischte in seinen Ohren und wurde rasend schnell lauter. Als Lukas glaubte, der Kopf müsse ihm platzen, riss er die Augen voller Panik auf und – sah sich umringt von Hunderten Teufeln mit glühenden Augen, ziegenbockartigen Körpern und spitzen Hörnern, die ihn herrschsüchtig und feindselig anstarrten. Ihre unmittelbare Nähe und der bestialische Geruch, der von ihnen ausging, waren so furchterregend, dass Lukas nun endgültig glaubte, den Verstand zu verlieren. Und wäre da nicht der Name Millepertias gewesen, der noch immer wie ein Mantra durch seine Gedanken trieb, hätte er sich nach dem Wahnsinn sogar gesehnt. Ihm war alles recht, wenn er nur nicht mehr hier sein musste. Er dachte an ein Gedicht von Robert Frost, das er einmal gelesen hatte: *The woods are lovely, dark and deep;*

But I have promises to keep; And miles to go before I sleep. Er nickte grimmig. Noch durfte er nicht aufgeben. Später vielleicht. Aber nicht jetzt, so nah vor dem Ziel.

Von weiter oben stach ein heller, fast tröstlicher Lichtschein in seine Augen, der ihm inmitten all des Wahnsinns wie ein Rettungsanker erschien. Das Licht war so unwirklich wie ein sprudelnder Quell in der Wüste. Lukas badete darin und schöpfte neue Kraft. »In mir strömt das Blut Satans!«, brüllte er die Alptraumgestalten an und riss Abaddons Kristallkugel in die Höhe. »Und das hier ist der Schlüssel zum Abgrund. Ich fordere eine Audienz bei dem Teufel. Ich bin hier, um ihm eine Botschaft zu überbringen!«

Das allgegenwärtige Geifern, Schnauben und Schnaufen nahm einen gereizten Klang an, und Lukas spürte, wie ihm eine Kralle die Kristallkugel aus der Hand fegte. Er befürchtete schon, die Höllengestalten würden ihn einfach zerreißen – als ihnen allen aus dem Licht eine ehrfurchtgebietende Stimme entgegenschlug.

RÜHRT IHN NICHT AN!

Zum Schlag erhobene Klauen senkten sich, und die Heerschar der Teufel blickte zum Gipfel auf. Lukas ignorierte das Stechen, das sein Bein noch immer plagte, und vermied es ebenso, die Gehörnten um sich herum anzusehen. Diese hingegen bildeten nun tatsächlich vor ihm eine Gasse aus roten und schwarzen Leibern, die weit auf den Berg hinauf führte. Und dort, auf dem Gipfel, keine vier Dutzend Meter über sich, ragte vor dem flammenden Höllenhimmel eine bizarre Gestalt auf. Der Leib mit den wuchtigen Hörnern glühte rot wie die Esse, und die borstige Haut war wie der Körper einer Schmetterlingslarve aufgerissen. Darunter glomm eine atemberaubend schöne Lichtgestalt mit Schwingen, die den roten Leib bereits jetzt wie Schwanenflügel umrahmten. Das Licht, das von den Flügeln ausging, war so grell, dass Lukas sich abwenden musste. »Luzifer«, wisperte er.

LUKAS! WESHALB BIST DU HIER?

Lukas mühte sich den Berg weiter hinauf und brach schließlich, noch immer geblendet, vor dem Erzengel in die Knie. »Gabriel schickt mich«, keuchte er und blinzelte in das Licht. Trübe zeichnete sich in der Rechten des Höllenengels der Orphanus ab. Luzifer hielt den Adamanten hoch erhoben und schien kurz davor zu stehen, ihn zu zerdrücken. Lukas kniff erneut die Augen zusammen. Der flammende Lichtschein, der von Luzifer ausging, war in dessen unmittelbarer Nähe kaum auszuhalten. »Gabriel bittet dich, von deinem Tun abzulassen«, rief Lukas in das Licht.

WESHALB SOLLTE ER MICH DARUM BITTEN? Luzifers Stimme war wie eine mächtige Brandung. *ICH SPÜRE MIT ALL MEINEM WESEN, DASS GOTT MIR MEINE REBELLION VERZIEHEN HAT. ICH KANN NUN ENDLICH WIEDER MEINER HIMMLISCHEN BESTIMMUNG FOLGEN. WIR ALLE KÖNNEN DAS.*

»Aber *genau das* ist es doch!«, rief Lukas verzweifelt. »Gott *hat* dir längst verziehen. Seine Liebe ist allumfassend. Und diese Liebe hat dich nie ausgeschlossen. Nur *ist* das hier deine Bestimmung! Du *sollst* hier sein.«

DAS ERGIBT KEINEN SINN! Luzifer trat nun vor. Lukas glaubte in seiner Nähe zu verbrennen, so heiß war es. *WENN ER MICH LIEBT, KANN ER UNMÖGLICH WOLLEN, DASS ICH AN DIESEN VERDAMMTEN ORT GEFESSELT BIN.*

»Gabriel sagte mir, dass sich die Folgen eurer Rebellion nicht korrigieren lassen«, haspelte Lukas. »Die Höllenpforte existiert nur, weil dein Aufstand die Sphären erschüttert hat. Der Erzengel Michael hat dich nicht in die Hölle hinabgestoßen! Du hast dich freiwillig in den Infernalischen Abgrund begeben, um deine Tat wiedergutzumachen. Du und die Deinen, ihr seid es, die die Hölle im Zaum halten. Allein eure Anwesenheit sorgt dafür, dass die Dämonen nicht in die Schöpfung einfallen.«

DARAN MÜSSTE ICH MICH ERINNERN.

»Nein, denn genau *das* war Teil von Gottes Gnade, um dir dein Los zu erleichtern. Du hast deine Tat mit einem Opfer gesühnt, wie es vor dir kein zweiter Engel erbracht hat. Glaube, Hoffnung, Liebe. Du hast deine göttlichen Tugenden, deine himmlische Essenz, abgestreift, um überhaupt hierhergelangen zu können.« Lukas rang nach Worten. »Erinnerung aber bedeutet, sich gewahr zu werden, was du aufgegeben hast. Gabriel sagte mir, dass selbst du unter dieser Last zerbrochen wärest. Bitte, Luzifer, geh in dich. Gabriel sagte, du würdest all das erkennen, wenn du wieder wirst, wer du einst warst.«

Luzifer schwieg, und selbst die Teufel um sie herum verstummten. Der Körper Luzifers bebte, während er einen inneren Kampf auszufechten schien. Kurz dachte Lukas an den Pudel, der sie all die vielen Tage begleitet hatte und dem er stets mit Vorsicht, oft mit Abscheu, selten mit einer Spur von Zuneigung, nie aber mit Ehrfurcht begegnet war. Nun, da Lukas sah, welche Schönheit, welche Größe und welches Leid in diesem Wesen steckte, schämte er sich. Hatte er überhaupt ein Recht dazu, Luzifer um diesen Gefallen zu bitten? Auf der anderen Seite: Hatte er eine Wahl?

NEIN. ICH WILL NICHT!, donnerte da Luzifers Stimme aus dem Licht. *GOTT GAB AUCH MIR DEN FREIEN WILLEN.* In seiner Stimme lagen Zorn und Aufbegehren. *ICH HATTE EINEN ÄON ZEIT, UM EUCH ZU BEOBACHTEN. EUCH, DEREN LEBEN ICH MIT MEINEM OPFER BEWAHREN WOLLTE. WENN GOTT MICH TATSÄCHLICH ZUM RICHTER ÜBER EURE EXIS-*

TENZ BESTIMMT HAT, DANN HÖRE MEIN URTEIL: IHR MENSCHEN SEID ES NICHT WERT, DASS ICH DIESES OPFER WEITER AUF MICH NEHME. IHR WART ES NIE!

»Bitte! Warum urteilst du so hart über uns?«

WEIL IHR SELBST ES SEID, DIE DER HÖLLE TÜR UND TOR ÖFFNEN. UND IHR BEDÜRFT DAFÜR KEINER HÖLLENPFORTE. IHR BEDÜRFTET DAFÜR NICHT EINMAL UNS. DIE WAHRE HÖLLE, SIE SCHLUMMERT IN EINEM JEDEN VON EUCH. EUER GANZES SEIN FUSST AUF MORD, MISSBRAUCH, VERRAT UND MACHTGIER. IHR FÜHRT KRIEGE, UND IHR MISSBRAUCHT DIE SCHWACHEN. UND WENN DER SCHWACHE STARK WIRD, HÄLT ER ES EBENSO. IHR SCHRECKT NICHT EINMAL DAVOR ZURÜCK, DIE SCHÖPFUNG AUSZUBEUTEN, SO ALS EXISTIERTET IHR LOSGELÖST VON IHR. GLÜCK IST FÜR EUCH GLEICHBEDEUTEND MIT BESITZ; FREUDE GLEICHBEDEUTEND MIT DEM LEID ANDERER. UND JEDEN TAG LASST IHR ES AUFS NEUE ZU, DASS DIE FINSTERNIS EURE HERZEN VERGIFTET.

»Aber wir sind nicht alle so!«, rief Lukas.

DOCH, JEDER VON EUCH! Luzifer beugte sich zu ihm herab, und Lukas stand kurz davor, vor Hitze ohnmächtig zu werden. *ALLES, WONACH IHR STREBT, IST MACHT UND DIE TÖRICHTE HOFFNUNG AUF UNSTERBLICHEIT. ALS KÖNNTET IHR DAMIT DIE SELIGKEIT GEWINNEN! SELBST DIE EITLEN FÜHRER EURER RELIGIONEN LÜGEN UND BETRÜGEN EUCH JEDEN TAG AUFS NEUE. SIE BERUFEN SICH AUF GOTTES GEBOTE, DOCH WANN IMMER SIE IHREM MACHTSTREBEN IM WEGE STEHEN, TRETEN SIE*

DIESE GEBOTE MIT FÜSSEN. EIN JEDER VON EUCH KANN ES SEHEN, UND DOCH IGNORIERT IHR ES. GOTT GAB EUCH DIE VERNUNFT, LUKAS. ER SEGNETE EUCH MIT VERSTAND. NUR BENUTZT IHR BEIDES NICHT. UND JETZT SAG MIR, WARUM ICH WEITERHIN DAS OPFER AUF MICH NEHMEN SOLL, EINE SOLCHE WELT ZU BEWAHREN? FÜR WAS SOLLTE ICH WEITER LEIDEN? SAG ES MIR!

»Aber wir machen alle Fehler«, sagte Lukas verzweifelt. »Auch du hast einst einen Fehler begangen, Luzifer. Du hast dich ebenso über die Schöpfung gestellt, wie vielleicht auch wir es tun. Wir irren. Wir fehlen. Und wir scheitern. Und doch ringen wir jeden Tag aufs Neue um unsere Seele. Vielleicht liegt ja genau darin Gottes Absicht? Und vielleicht ähneln wir einander darin mehr, als du im Moment wahrhaben willst. Glaub mir: In uns allen steckt auch viel Gutes. Und wir können uns ändern.«

ABER ICH SEHE *ES NICHT. ICH SEHE NUR HASS, NEID UND MISSGUNST. DER INFERNALISCHE ABGRUND IST NICHTS WEITER ALS EIN ZERRBILD EURER ABGRÜNDIGKEIT. HIER GIBT ES KEINE QUAL, DIE ES NICHT BEREITS BEI EUCH GÄBE.* Luzifer klang resigniert. *DU MAGST ES NICHT WISSEN, ABER EURE WELT WAR NICHT DIE ERSTE, DIE DER ALLMÄCHTIGE ERSCHUF. VIELLEICHT WIRD ES ZEIT, DASS AUCH SIE VERGEHT.*

Luzifer senkte seine Klaue mit dem Adamanten und ballte die Faust. Es knirschte. Grelles Licht brach zwischen seinen Fingern hervor, und von weit über ihm, dort wo das Himmelslicht hervorbrach, erscholl ein sphärischer Posaunenstoß, dessen stählerner Hall Lukas von den Beinen fegte. Ein vielkehliges Schnauben und Ächzen ertönte rings um ihn herum, und der Widerhall von Luzifers Atem schien die

Grenzen des Infernalischen Abgrundes zum Beben zu bringen. Doch all das nahm Lukas nur am Rande war. Er lag zusammengekrümmt am Boden, rang um Atem und ertrank in einem allgegenwärtigen Gefühl von Sehnsucht, das aus dem tiefsten Innern seiner Seele aufzusteigen schien.

Längst hatte sich Luzifer von ihm abgewandt, und der strahlende Schein, der von ihm ausging, ließ keinen anderen Schluss zu, als dass er seine Höllengestalt nun endgültig abgestreift hatte. Ein erwartungsvolles Raunen lief durch die Reihen der Teufel, und Lukas verstand, dass dies die anderen Gefallenen sein mussten, die eine Rückkehr in den Himmel ebenso sehr herbeisehnten, wie Luzifer selbst es tat.

ES WIRD ZEIT!

»Nicht!« Lukas sprang verzweifelt auf und ging sogleich wieder auf die Knie. »Bitte, sag mir, was ich tun kann, um dich vom Gegenteil zu überzeugen«, rief er mit aller Inbrunst, die er aufzubringen vermochte.

Die strahlende Engelsgestalt verharrte mitten im Schritt, und das aufgeregte Scharren und Kratzen um sie herum verstummte. Majestätisch wandte sich Luzifer zu ihm um und durchbohrte ihn förmlich mit seinem Blick. *BEWEISE MIR, DASS IHR MENSCHEN ES WERT SEID ZU LEBEN!*

Lukas brach unter der Last der Worte zusammen. »Aber *wie* kann ich das? Wie soll ausgerechnet *ich* diesen Beweis antreten?«

WENN SELBST DU ES NICHT WEISST, LUKAS, DANN WEISS ES NIEMAND.

Aus dem Himmelslicht schälten sich plötzlich strahlende Stufen. Luzifer nickte den Teufeln zu, während er seinen Fuß auf die erste Stufe setzte.

KOMMT. DER HIMMEL ERWARTET UNS.

Ohne jede Hoffnung sah Lukas mit an, wie Luzifer dem Licht entgegenschritt und ihm die gewaltige Schar der Teufel folgte. Sein Kommen war umsonst gewesen. In jeder Hinsicht. Ihm liefen bittere Tränen über die Wangen, doch plötzlich sprang er wieder auf, denn wenigstens eine Seele wollte er vor all dem Grauen bewahren. »Bitte, Luzifer! Wenn in dir auch nur ein Funken Mitgefühl ist, erweise mir einen letzten Gefallen. Rette Milles Seele! Erlöse wenigstens sie von ihrem Höllenpakt. Wenn wir schon alle sterben müssen, dann – bitte! – gib ihr die Chance, eines Tages ins Paradies einzukehren.« Er breitete hilflos seine Arme aus, und das grelle Licht brach sich in seinen Tränen. »Nimm meinetwegen mich an ihrer statt. Auf mich wartet dort oben niemand.«

WARUM, LUKAS? WARUM ERBITTEST DU VON MIR DIESEN GEFALLEN?

»Weil ich es nicht ertragen würde, sie auf ewig in der Hölle zu wissen«, schluchzte er. »Weil ich sie … liebe.« Lukas sank auf die Knie, und seine Stimme brach. »Und wenn das nicht möglich ist, dann weise mir wenigstens den Weg zu ihr, damit sie hier unten nicht so allein ist.«

DU WÜRDEST DIE HÖLLE AUF DICH NEHMEN, DAMIT MILLEPERTIA HIER NICHT ALLEIN IST?

»Ja. Hier und jetzt! Ich gehöre dir.« Lukas entblößte demütig seine Hände, unfähig, auch nur *einen* weiteren Ton herauszubringen. Stattdessen schloss er die Augen, erwartete Luzifers Urteil – und spürte, wie etwas Heißes auf seine Handfläche schlug, wo es sich zu einem festen Objekt verdichtete. Verwirrt öffnete er die Augen und erblickte in seiner Rechten einen Diamanten von außergewöhnlicher Pracht.

Das grelle Licht vor und über ihm sank in sich zusammen. Stattdessen trat die gewaltige Hörnergestalt des Teufels auf

ihn zu, auf dessen vernarbtem Antlitz sich ein tiefer Schmerz spiegelte. Sehnsüchtig sah der Teufel der gleißenden Himmelsleiter nach, die sich allmählich wieder zu dem vom Flammen bedeckten Himmel zurückzog.
Ohne ihn.
Und auch ohne all die anderen Teufel, die sie umringten und ausdruckslos anstarrten. Eine zweite Träne rann stockend über des Teufels Züge, fiel in die Tiefe und kondensierte in Lukas' Linker zu einem weiteren Diamanten von außergewöhnlicher Schönheit.
GLAUBE, LIEBE, HOFFNUNG. Der Teufel seufzte sehnsuchtsvoll. *DOCH DIE LIEBE IST DIE GRÖSSTE UNTER IHNEN.* Er sah ihn an, dann weinte er die dritte Träne.
VIELLEICHT, LUKAS FAUST, sagte Luzifer sanft, während die Träne sich aus seinem Auge löste und herniederfiel, *SEID IHR MENSCHEN ES JA DOCH WERT, GERETTET ZU WERDEN.*

*

Lukas erwachte in Barbarossas Höhle, die einem Vorhof zur Hölle glich. Der Boden war über und über mit schwarzgrauer Asche, ausgeglühten Knochen und den Resten alptraumhaft deformierter Dämonenschädel bedeckt. Dazwischen lagen die Kreuzritter. Es gab keinen unter ihnen, der nicht von klaffenden Wunden entstellt war. Dennoch lag auf den Gesichtszügen der Männer ein friedlicher Ausdruck. Ihre Leiber bekamen nun Risse, sie bröckelten und verwandelten sich vor seinen Augen zu Staub, der sich mit der Asche vermischte. Fast so, als habe eine gnädige Schicksalsmacht beschlossen, all den Wahnsinn aus der Welt zu tilgen, durchwehte ein Luftzug den Felsendom und wirbelte Staub und Asche fort, als habe es sie nie gegeben.

Wahnsinn? Lukas schüttelte den Kopf, denn auch die Erinnerung an das, was er im Infernalischen Abgrund erlebt hatte, verblasste und kam ihm nunmehr wie ein böser Traum vor. Vielleicht war das auch gut so, denn er spürte, dass er an den Erinnerungen binnen Kürze verzweifelt wäre. Alles, was ihn daran erinnerte, dass er wirklich in der Hölle gewesen war, waren die drei prachtvollen Diamanten, die er noch immer in Händen hielt. Die Teufelstränen glitzerten in weißem, grünem und zartrosafarbenem Feuer und gemahnten ihn in all ihrer Pracht an jenen, der sie um ihrer aller willen vergossen hatte.
Lukas steckte die Adamanten in seine Tasche, dann wandte er sich müde der Felswand hinter Barbarossas Thron zu. Dort, wo sich eben noch die Höllenpforte abgezeichnet hatte, wirkte das Gestein nun wieder so glatt und unberührt wie bei ihrem Betreten der Höhle.
Unweit des Höhlenausgangs konnte er erschöpftes Schnaufen hören. Lukas richtete sich auf und entdeckte auf den Stufen die schweißüberströmten Bandmitglieder von *Devil's Tabernacle.* Die Jungs atmeten noch immer schwer und hielten ihre Instrumente wie Rettungsanker umklammert. Einige von ihnen wiesen blutige Schrammen an Gesicht und Armen auf, doch sie lebten. Und das allein zählte.
Als Lukas auf sie zukam, hob Ben Dark den Kopf. »Alter, du kommst zu spät.« Er lachte matt. »Wir haben die Bude gerockt wie noch nie. Nur werde ich echt zu alt für diesen Scheiß.«
»Sag ihm, er soll uns ein Bier holen«, keuchte der Drummer.
»Wo ist Abraham?«, wollte Lukas wissen.
Adam, der ganz oben auf den Stufen lag, beschrieb eine fahrige Bewegung nach links und krächzte. Er hatte keine Stimme mehr.
Lukas wandte sich der hohen Steinsäule zu, gegen die noch

immer Millepertias Leichnam lehnte. Ihre Gesichtszüge waren blass, und sie wirkte, als würde sie schlafen. Der Kampf, der in der Höhle getobt hatte, hatte ihrem Leib keine weiteren Schäden zugefügt. Lukas wusste auch, wer dafür verantwortlich war, denn neben ihr hockte Abraham in seiner Homunkulusgestalt. Sein puppenhaftes Leinengewand war von Brandlöchern durchsetzt, und die goldene Armillarsphäre um seinen Hals glich einem Klumpen geschmolzener Schlacke. Der Zauberer hielt einen Finger Millepertias umfasst und sah erschöpft zu ihm auf. »So habt Ihr es also geschafft?«

Lukas lächelte freudlos. »Ich habe Mille von ihrem Höllenpakt befreit. Wenigstens das ist mir gelungen.«

»Ja, ich spüre ebenfalls, dass der Teufel sein Wort gehalten hat«, sagte Abraham halb zu sich selbst. »Und ich denke, den Musikern geht es ebenso.«

»Nein, ich selbst bin an Milles Stelle einen Pakt …« Lukas beendete seinen Satz nicht, denn plötzlich fiel es ihm wieder ein. Natürlich! Sie alle hatten ja diese neue Vereinbarung mit Mephistopheles getroffen. Hatte ihn der Teufel am Ende etwa wieder reingelegt? Hätte er gar keinen Pakt mit ihm eingehen müssen?

Lukas schüttelte den Gedanken unwirsch ab. Egal. Welche Bedeutung hatte das alles schon?

Er fühlte sich unfähig, Freude zu empfinden. Oder Furcht. Oder sonst irgendetwas. In ihm war bloß Leere. Er kniete nieder und griff nach Millepertias kalter Hand. »Ich hoffe so sehr, dass du deine Tochter wiedersieht«, flüsterte er ihr zu. Vor Schmerz und Trauer wollte er sich abwenden, als sich ihre Hand plötzlich in der seinen zu regen schien. Er keuchte, auch Abraham erstarrte, und beide starrten verblüfft Millepertia an. Plötzlich bäumte sich ihr Leib auf und sog rasselnd Luft in ihre Lungen. Ihre Augen öffneten sich.

»Mille? Mille!« Aufgewühlt hielt Lukas ihren Kopf. »Du *lebst?* Mein Gott, wie ist das möglich?«

»Ich weiß es nicht.« Ihre Stimme klang schwach, doch ihre grünen Augen schimmerten dankbar. »Aber ich weiß, was du für mich getan hast.«

Lukas war sprachlos. Stattdessen liefen ihm vor Freude die Tränen über das Gesicht. Viel Zeit verstrich, ehe er flüsterte: »Ich hätte dir das Paradies wirklich gegönnt. Aber so ist es mir deutlich lieber.«

Millepertia lächelte gerührt. »Dann werde ich bis dahin einfach hiermit vorliebnehmen.« Sie zog seinen Kopf zu sich und küsste ihn.

Epilog

Lauter Applaus brandete auf. Lukas stand im Scheinwerferlicht auf der Bühne, hielt die beiden großen Bälle in der Hand, deren Farben er mittels eines Camouflage-Tricks von Grün zu Blau und dann zu Rot verändert hatte, und verneigte sich. Zuvor hatte er einen von Houdini inspirierten Entfesselungstrick aufgeführt, war an einem Seil hochlevitiert, hatte die üblichen Löffel verbogen, Goldfische in klingende Münzen verwandelt und sich selbst auf dem Höhepunkt seiner Aufführung unter einem fallenden Tuch verschwinden lassen. Und das alles natürlich ohne echte Zauberei, sondern durch ehrlich erworbene Trickserei. Das Publikum schien mehr als zufrieden zu sein, und er war es auch. Alles lief bestens.

Es war jetzt das dritte Mal, dass er hier auftrat. Das Varieté war in einer alten Kirche in Ost-Berlin untergebracht, die bereits vor der Wiedervereinigung sanierungsbedürftig gewesen war. Ein angesehener Verein zur Förderung von Kunst und Musik hatte die Räumlichkeiten schließlich erworben und sie entsprechend umgebaut. Und noch immer konnte er es nicht fassen, dass es ihm so rasch gelungen war, zum Jahresende noch ein Engagement zu finden. Gut, er war nur einer von vier Bühnenzauberern, die das Publikum an diesem Abend unterhielten, und man hatte ihn auch nur genommen, weil einer der anderen Künstler krank geworden war. Aber das war im Ergebnis nicht entscheidend.

Jetzt und hier saßen vor ihm über einhundert Zuschauer, und er hatte den Eindruck, als klatsche das Publikum bei ihm besonders laut. Gut gelaunt warf er die Bälle nach hinten und verwandelte zum Abschluss ein Taschentuch in eine Blume, die er einer dunkelhaarigen Mittsechzigerin in der Reihe ganz vorne zuwarf. Seiner Mutter.
Dass sie hier war, erschien ihm noch immer wie ein Wunder. Es war das erste Mal, dass er seine Zaubershow in ihrer Anwesenheit aufführte. Millepertia hatte darauf bestanden, dass er sie einlud, und nun saß sie direkt neben der Hexe, applaudierte besonders laut, und die beiden Frauen tuschelten. Und was das Schönste war: Seine Mutter sah ihn mit einem Blick an, in dem Stolz lag. Er konnte sich nicht daran erinnern, dass sie ihn je so angesehen hatte. Oder hatte er das bloß vergessen?
Dankbar warf er ihr und Millepertia eine Kusshand zu und formte mit den Lippen Worte, von denen er hoffte, dass nur Millepertia sie verstehen werde: *Nachher bei der Bar. Ich liebe dich.*
Noch einmal verbeugte er sich, dann verließ er die Bühne und machte einem rothaarigen Mittdreißiger in pinkem Anzug und mit viel Metall im Gesicht Platz, der nicht ganz ohne Grund Ähnlichkeit mit dem Joker aus Batman besaß. Denn seine Spezialität bestand aus einer Abfolge verdammt guter Kartentricks, die den Abschluss des heutigen Abends bildeten.
Lukas versicherte sich, dass die Bühnenarbeiter seine Trickgegenstände pfleglich behandelten, dann marschierte er an einem der Beleuchter vorbei in die Garderobe, um sich umzuziehen. Im Raum roch es nach Schminke und Kostümen, und zu seinem Erstaunen war er hier allein. Offenbar warteten die beiden anderen Kollegen bereits hinten im Gruppenraum auf ihren gemeinsamen Abschlussauftritt. Er hatte

gerade das Hemd gewechselt, als jemand klopfte. »Herein, wenn es nicht der Teufel ist«, rief er gut gelaunt, drehte sich um – und seine Gesichtszüge entgleisten. Durch die Tür traten drei Polizisten in Uniform in Begleitung eines schlanken Mannes mit angegrauten Schläfen, der kurz seinen Ausweis zückte. Kriminalpolizei. »Lukas Faust?«

»Ja?« Lukas sah, dass im Gang hinter den Männern die Varieté-Chefin stand und ihn verschüchtert musterte.

»Wir suchen Sie im Zusammenhang mit dem Diebstahl eines Diamanten, der kürzlich aus der Staatlichen Kunstsammlung Dresden entwendet wurde.«

Lukas glotzte die Beamten ungläubig an. Das war doch wohl ein böser Scherz? Warum musste ihn diese Angelegenheit *ausgerechnet* heute einholen? Heute, da seine Mutter zu Besuch war? »Und?«, spielte er den Arglosen.

»Sie wurden von zwei Security-Leuten identifiziert, die Sie außerdem der Körperverletzung und der Nötigung bezichtigen.«

Die verdammten Sachsen. Natürlich. »Das alles ist absoluter Blödsinn«, entgegnete er leutselig.

»Nun, wir werden sehen.« Der Kommissar forderte ihn auf, sich zu erheben, und einer der Beamten legte ihm Handschellen an. »Wir nehmen Sie vorläufig fest. Einen Anwalt können Sie gern vom Revier aus anrufen.«

Die Männer führten ihn ab, und Lukas warf der Varieté-Dame einen hilflosen Blick zu. »Ein Missverständnis«, versicherte er ihr im Vorübergehen. »Machen Sie sich keine Sorgen, morgen Abend bin ich wieder da.«

Nur war er sich da nicht so sicher.

Die Polizisten führten ihn aus dem ehemaligen Kirchengebäude heraus zu einem Hinterhof, auf dem diskret zwei Streifenwagen geparkt waren. Einer der Beamten verfrachtete ihn auf den Rücksitz und setzte sich zu ihm, während ein anderer Kollege vorn am Steuer Platz nahm. Der Kommissar klopfte zufrieden aufs Autodach und nahm mit dem dritten Kollegen im zweiten Wagen Platz.

Scheiße. Wozu hatte er verdammt noch mal die Welt gerettet, wenn er dafür nun in den Knast wanderte? Mutlos lehnte er sich zurück und schloss die Augen – als er bemerkte, dass sich der Wagen nicht bewegte. Überhaupt war es im Auto verdächtig still. Er öffnete die Augen wieder und entdeckte, dass die Beamten regungslos dasaßen. »Hallo?« Er beugte sich vor und betrachtete den Polizisten neben sich. Doch der schien ihn nicht wahrzunehmen. Verwirrt sah er durch die Heckscheibe und entdeckte im Licht einer Laterne, dass sich auch der zweite Streifenwagen nicht vom Fleck rührte. Selbst die Varieté-Chefin stand noch immer wie angewurzelt in der Tür zum Hinterhof.

»Beschissene Situation, oder?«, hörte er vom Beifahrersitz Mephistos Stimme. Der schwarze Pudel sprang auf die Hinterpfoten, lehnte sich mit den Vorderläufen lässig auf die Rückenlehne und strahlte ihn mit seinem breitesten Hunde-Grinsen an.

»Du?!« Lukas ließ sich stöhnend zurückfallen. »Bitte, nicht schon wieder.«

»Was denn, was denn?«, empörte sich Mephisto. »Wenn du unbedingt allein sein willst, stell dich mit dem *Wachturm* in der Hand in eine Fußgängerzone.« Er fletschte grinsend die Zähne. »Schon vergessen, dass du einen Höllenpakt eingegangen bist? Wir beide sind noch nicht mal dazu gekommen, den Deal entsprechend zu feiern. Und was tust du? Machst auf glückliche Familienzusammenführung – und lädst mich nicht mal ein.«

»Warum kannst du mich nicht einfach in Ruhe lassen?«, herrschte er den Teufel an. »Was machst du hier überhaupt? Das hier ist eine ehemalige Kirche. Geweihter Boden.«

»Ach, komm schon. Der Acker ist längst entweiht. Und du solltest inzwischen am besten wissen, dass man in einer Kirche nur selten Erleuchtung findet. Zumindest, wenn sie nicht gerade brennt …« Der Teufel zwinkerte ihm zu.
»Also, was willst du von mir?«
»Na, was wohl? Dir helfen.« Neben Lukas schnappte der Türriegel nach oben, und auch seine Handschellen öffneten sich und fielen auf die Sitzbank. »Ich kann doch nicht zulassen, dass du nach allem, was du für die Welt getan hast, so einfach ins Gefängnis wanderst.«
»Was kümmert es dich?«
»Bitte, Famulus, du bist sozusagen mein Fleisch und Blut. Einer von denen, die bis zum Ende bleiben und dann das Licht ausmachen. Das imponiert mir.«
»Verarsch mich nicht. Du tauchst nie ohne Grund auf.«
»Natürlich nicht. Ich bin schließlich der Teufel.« Mephisto öffnete mit einem Wink seiner Pfote die Fahrzeugtüren und sprang nach draußen. »Kommst du jetzt, oder willst du da drinnen verschimmeln? Um die Sache mit der Polizei kümmere ich mich schon. Und wo wir schon mal dabei sind: Wo sind die Klunker jetzt eigentlich? Meine Tränen. Du weißt schon.«
Lukas sah noch einmal zu den Polizisten, dann stieg er seufzend aus. »Das werde ich gerade dir verraten. Abraham hat sie versteckt und sich anschließend die Erinnerung daran aus dem Gedächtnis gelöscht. Weder du noch ich werden es je erfahren.«
»Bedauerlich. Aber, na ja, wir weinen dem Ganzen besser keine weitere Träne nach.« Der Pudel hechelte amüsiert. »Und jetzt, Famulus, unterhalten wir uns über deine Ausbildung.«
»Vergiss es. Ich bleibe der, der ich bin. Keine Zauberei. Kei-

ne Höllentricks. Selbst der Himmel kann mir gestohlen bleiben.«
»Verstehe ich nur zu gut.« Mephisto seufzte schwer. »Das mit Mille war von denen da oben aber auch ein ganz schön lausiger Trick. Wenn die Welt wüsste, dass sie bloß noch existiert, weil du dich in so eine dürre Vogelscheuche verknallt hast, dann …«
»Hör damit auf!« Lukas funkelte ihn zornig an.
»Ehrlich«, säuselte der Teufel. »Ich bin der Letzte, der eurem jungen Glück im Wege steht. Schließlich habt ihr es mir zu verdanken.«
»Was bitte?« Lukas musterte Mephisto misstrauisch.
»Ja, glaubst du denn, der *Himmel* habe dir deine Mille zurückgegeben? Diese Egoisten hätten sie glatt für sich behalten. Nein, das war *ich,* dein alter Freund und Hexenstecher.« Mephisto präsentierte seine stolzgeschwellte Hundebrust. »Und ich habe noch viel mehr getan. Ich habe dafür gesorgt, dass Mille auch weiterhin nicht altert. Ewige Jugend – nur, damit du nicht irgendwann mit einer alten Vettel ins Bett steigen musst.« Mephisto verzog seine Lefzen. »Dabei frage ich mich noch immer, was du an diesem Hungerhaken eigentlich findest.«
»Ewige Jugend?« Lukas brachte etwas Abstand zwischen sich und den Hund. »Unmöglich hast du ihr diese Gabe ohne Grund gegeben!«
»Na ja«, Mephisto wand sich in gespielter Verlegenheit. »Hexe bleibt Hexe. Ich gestehe, ich habe da eine kleine Wette mit denen da oben am Laufen, ob sie in Zukunft standhaft bleibt.«
»Was soll das heißen?«
»Mille liebt dich doch ebenfalls, oder?«
Lukas sah den Pudel lauernd an. Worauf wollte Mephisto hinaus?

»Dummerweise alterst *du* ganz normal«, fuhr der Teufel fort. »Die Süße wird also auf Dauer nicht viel Freude an dir haben. Klar, zuerst wird sie versuchen, sich mit der Situation zu arrangieren. Danach, befürchte ich, wird sie deswegen schon bald so verbittert sein, dass sie alles in ihrer Macht Stehende tut, um dich bei ihr zu behalten. Und dann klopft sie ganz sicher wieder bei mir an. Ach«, der Pudel lächelte versonnen. »Liebe kann *so schön* sein.«

»Du glaubst also, dass Mille meinetwegen einen neuen Höllenpakt eingehen würde?«, fragte Lukas erschrocken.

»Na ja, dir gegenüber würde sie das vermutlich nicht zugeben. Aber warum sollte sie klüger sein als du?« Mephisto sah mit großen Augen zu ihm auf. »Es sei denn …«

»Es sei denn, was?«

»Es sei denn, du besinnst dich endlich deiner dir gegebenen Kräfte und sorgst selbst dafür, dein Rentenalter etwas nach hinten zu verschieben.«

»Du bist ein miese Töle!«, zürnte Lukas. »Ein verräterischer Hundsfott. Ich hoffe, du verrottest in der Hölle für alle Ewigkeit und …«

Mephistopheles gähnte bloß. »Bist du endlich fertig?«, wollte er wissen.

Lukas ließ sich erschöpft auf eine herumstehende Limonadenkiste fallen und funkelte ihn böse an. »Warum willst du mit aller Macht, dass ich die Zauberei erlerne? Ich *hasse* das Höllenwerk. Du bekommst meine Seele doch schon so.«

»Weil ich hier oben jemanden brauche, dem ich trauen kann. Und weil wir beide ein verdammt gutes Team waren. Das wirst du doch wohl zugeben.« Mephisto strich um seine Beine, dann sah er ernst zu ihm auf. »Himmel und Hölle. Engel und Teufel. Dämonen und Zauberer. Glaube nicht, dass du schon alles weißt.« Er knurrte. »Ist dir eigentlich klar, dass Abaddon die vier Apokalyptischen Reiter von der

Kette gelassen hat? Außerdem hat sich Fausts Ränkespiel bei den anderen Unsterblichen herumgesprochen – was meinem Ruf nicht gerade guttat. Überall kriechen diese Bastarde jetzt aus ihren Löchern und suchen nach neuen Wegen, um mir den Thron zu entreißen. Allen voran eine: Lilith!«

»Lilith? Die erste Frau Adams? Die existiert ebenfalls?« Lukas stöhnte.

»Sicher tut sie das«, knurrte Mephisto. »Das Miststück hat die Höllenrevolte dazu genutzt, aus dem Exil auszubüxen, in das ich sie einst verbannt hatte. Und glaube mir: Sie ist das rachsüchtigste Stück Weib, das du dir vorstellen kannst. Angeblich verfolgt sie einen Plan, der selbst jenen deines Ahnen in die Tasche steckt. Und es heißt, dass sie nach dir suchen lässt. Ich weiß nur nicht, warum. Noch nicht.« Mephistos Augen glühten in einem roten Licht. »Erlerne die Zauberei, Famulus«, beschwor er ihn. »Denn es gibt kein Zurück. Tust du es nicht, ist dein schönes neues Leben keinen Pfifferling wert. Und das deiner Freunde ebenfalls nicht.«

Lukas sah den Teufel lange an. »Es geht also wieder von vorn los?«

Sein Gegenüber nickte ernst.

Lukas stöhnte. Verzweifelt ging er alle Optionen durch, die ihm blieben, doch jede von ihnen lief darauf hinaus, dass er dem Schrecken am Ende wehrlos ausgesetzt war. Er seufzte schwer. »Also gut. Was soll ich tun?«

Mephisto war zufrieden. »Ich wusste, dass ich auf dich zählen kann. Also dann: Genieß erst einmal deinen Abend. Und sieh zu, dass deine Mutter wieder verschwindet. Gib auch Mille und Abraham Bescheid, denn ich befürchte, die Angelegenheit betrifft auch sie. Ich melde mich bei euch.«

Er wandte sich zu den Polizeiautos um; das Glühen in seinen Augen intensivierte sich. Hinter ihm fuhren die Streifenwagen an und rollten vom Parkplatz, ohne dass sich die Beamten noch einmal zu Lukas umsahen. Auch die Varieté-Chefin kam leicht verwirrt zu sich. »Ah, Herr Faust, da sind Sie ja. Kommen Sie, Ihre Kollegen erwarten Sie bereits für den gemeinsamen Schlussauftritt.«

»Natürlich. Bin gleich da.« Lukas wartete, bis die Frau ins Gebäude zurückgekehrt war. »Mephisto«, rief er dem schwarzen Pudel hinterher, der sich nun ebenfalls anschickte, den Hinterhof zu verlassen. »Wird diese Geschichte je ein Ende finden?«

Der schwarze Pudel blieb stehen. »*Diese* Geschichte schon. Was jedoch das Ringen um eure Seelen anbelangt«, er lächelte diabolisch, »das wird wohl bis in alle Ewigkeit so weitergehen.«

ENDE

Willkommen in der magischen Welt von Amaranthina!

DANA S. ELIOTT

TABERNA LIBRARIA – DIE MAGISCHE SCHRIFTROLLE

ROMAN

Ursprünglich wollten die Freundinnen Silvana und Corrie nur eine ganz normale Buchhandlung eröffnen. Doch der alte Laden, den sie im beschaulichen Woodmoore erstehen, hütet ein Geheimnis: In seinem Keller liegt ein Portal zu einer anderen Welt, in der sich übernatürliche Geschöpfe tummeln und Magie höchst real ist. Und so sind körperlose Stimmen und seltsame Buchbestellungen erst der Anfang von einem Abenteuer, bei dem Corrie und Silvana sich den Plänen eines finsteren Magiers entgegenstellen müssen.

KNAUR